Ipek Demirtas

Wintermädchen

Der Fremde zwischen zwei Welten

ACABUS | Verlag

Demirtas, Ipek: Wintermädchen. Der Fremde zwischen zwei Welten, Hamburg, ACABUS Verlag 2011

1. Auflage
ISBN: 978-3-86282-007-8

Die eBook-Ausgabe dieses Titels trägt die ISBN 978-3-86282-014-6 und kann über den Handel oder den Verlag bezogen werden.

Lektorat: ds, ACABUS Verlag
Covermotiv: © ramazan ogretmis - Fotolia.com, © Marianne Mayer - Fotolia.com
Umschlaggestaltung: ds, ACABUS Verlag

Bibliografische Information der Deutschen Nationalbibliothek:
Die Deutsche Nationalbibliothek verzeichnet diese Publikation in der Deutschen Nationalbibliografie; detaillierte bibliografische Daten sind im Internet über http://dnb.d-nb.de abrufbar.

Der ACABUS Verlag ist ein Imprint der Diplomica Verlag GmbH, Hermannstal 119k, 22119 Hamburg.
© ACABUS Verlag, Hamburg 2011
Alle Rechte vorbehalten.
http://www.acabus-verlag.de

Printed in Europe

Für meinen Bruder Ali

Zwei Welten	9
I. Kapitel – Elaine. Zwei Jahre zuvor	25
II. Kapitel – Die erste Rückkehr	75
III. Kapitel – Zu Hause	125
IV. Kapitel – Georg	175
V. Kapitel – Die zweite Rückkehr	227
VI. Kapitel – Die Heimkehr	283

Er hatte sich auf den Weg zwischen zwei Distanzen begeben und war irgendwo dazwischen geblieben. Ohne je wirklich anzukommen.

Zwei Welten

~ Heute ~

Der Mann sprach viel und schnell. Die Art, wie er sprach, dabei gestikulierte, und sein Mienenspiel verrieten eine Mischung aus Unsicherheit und Trotz. Als ob er wüsste, dass das, was er sagte, nicht haltbar war, er sich die Wahrheit aber nicht eingestehen wollte. Vor allem nicht, dass er für diese Wahrheit eine entscheidende Mitverantwortung trug. Sein Gegenüber hörte ihm zu, ließ ihn sprechen, fuhr nicht dazwischen. Obwohl jedes Wort, jeder Satz zum jetzigen Zeitpunkt eigentlich nur mehr Zeitverschwendung war. Er kannte solche Situationen. Sie waren ihm unangenehm.

Der Mann, der immer weiter sprach, sich immer mehr in Fahrt redete, musste doch wissen, dass es nicht nur sinnlos war, sondern vor allem würdelos. Er konnte nicht im Ernst glauben, dass irgendetwas von dem, was er jetzt sagte, den letztlich verheerenden Eindruck korrigieren konnte. Den Eindruck von der Lage des Unternehmens und vor allem den Eindruck von seiner Kompetenz und seinem Verhalten. Im Grunde war sein Auftritt jetzt, da alle Fakten unumstößlich klar lagen, beinahe das Schlimmste. Jetzt hätte er Größe zeigen können, zeigen müssen, Einsicht, sich seiner Verantwortung stellen und sie bekennen. Er tat es nicht, und er würde es auch nicht tun. Wie ein bockiger Teenager, der für jeden ersichtlich Mist gebaut hatte und der sich dann nicht nur herauszureden, sondern sogar noch zu produzieren versuchte. Aber der Mann war kein Teenager, sondern der Geschäftsführer eines Unternehmens mit fast 2000 Mitarbeitern. Und viele von ihnen würden die Zeche dessen zahlen müssen, was er weitgehend zu verantworten hatte.

„Glauben Sie mir, mein lieber Herr Kara, ich kenne mich aus, ich bin lange genug im Geschäft, um solche Zahlen", dabei machte er eine abschätzige Handbewegung, „ja, sagen wir: auszuhalten. Man darf sich davon nicht ins Joch nehmen lassen, und Sie können versichert sein, dass ich noch einige, ich betone, einige Trümpfe im Ärmel habe." Er lächelte etwas gezwungen.

„Denn Sie, mein lieber Herr Kara, bewegen sich eben nur im Horizont der Zahlen, da kann man dann schon mal nervös werden, das verstehe ich durchaus, aber ich sage Ihnen aus meiner reichlichen Erfahrung an der Front, jaja, an der Front, mein Lieber, nicht vor dem Rechner, sozusagen in der Etappe, hahaha" ... Er holte kaum Luft.

„Ich sage Ihnen, viele dieser Zahlen, schon halb Totgesagte, haben ein viel längeres und zäheres Leben, als Sie sich das vielleicht vorstellen können, und es sind, mit aller Bescheidenheit, Männer wie ich, alte Frontkämpfer sozusagen, jaja, die dem ... dem Zahlenjoch Paroli bieten."

„Alte Frontkämpfer." Dieser Mann war nicht einmal 50, und eine „Front" hatte er im Leben nicht gesehen.

Das Büro, in dem sie allein waren, war groß und teuer eingerichtet. Kirschholzmöbel, kleingetäfeltes Parkett, Holzpaneele an den Wänden, Bilder, wahrscheinlich wertvoll, Expressionismus, dachte der weiter zuhörende Mann. Er zögerte nur den Moment hinaus, in dem er den immer hektischer pulsierenden Wortnebel mit wenigen Sätzen auflösen würde. Auch wenn der Andere das dann unverändert nicht begreifen würde. Oder nicht begreifen wollte. Wie konnte man sich selbst nur so bloßstellen? Und je mehr der Andere sich selbst, sein Können, seine Erfahrung, seine Verbindungen und seinen eigenen Nimbus lobte, desto drastischer fiel nur der Kontrast zur Wirklichkeit aus. Das Empfinden von Peinlichkeit war dem Zuhörenden fast körperlich unangenehm.

Er zündete sich eine Zigarette an. Seine Blicke wanderten immer wieder und kaum merklich zu den hohen, doppelflügeligen Fenstern des Büros. Draußen eine dünn beschneite Dächerlandschaft, es graupelte aus einem trüben, schon dunkelnden Nachmittagshimmel. Winter. Der Winter machte ihn immer traurig. Nicht so wie viele Menschen, die den Sommer lieber mochten und jetzt unter den kurzen, oft düsteren Tagen litten. Es war etwas anderes, das er tief in sich vergraben hatte. Lange schon. Sein Blick kam zurück. Er saß dem anderen Mann an einem niedrigen Rauchglastisch gegenüber, wie dieser in einem der vier schweren, dunkelrotledernen Sessel. Auf dem Tisch Papiere, viele Diagramme, Tabellen.

Die Männer glichen sich in ihrer Kleidung: Gut geschnittene Anzüge in gedeckten Farben, hochwertige Hemden, Krawatten und Schuhe, beide trugen die Haare kurz, waren sorgfältig rasiert, hatten gepflegte Hände. Der Redende mochte vielleicht zehn Jahre älter sein, war aber in etwa genauso groß und schlank wie der Zuhörende. Nur ihre Nationalität oder besser, ihre ethnische Herkunft war verschieden. Obwohl auch der jetzt Zuhörende fließendes, akzentfreies Deutsch sprach, verrieten seine dichten pechschwarzen Haare, seine dunklen Augen und seine auch im Winter leicht olivfarbene Haut, dass er oder zumindest seine Familie aus dem Süden kam, dem orientalischen Süden. Ein gebürtiger Türke, ein Levantiner, ein Perser vielleicht oder ein Araber. Aber hier spielte das keine Rolle. Wer es bis hierher geschafft hatte, gehörte durch seine Funktion dazu, gleich, wer er sonst sein mochte und woher er kam. Die Funktion bestimmte hier, wer er für andere war. Der Erfolg, was er für andere war. Hier gab es nur den Erfolg oder sein Gegenteil. Und weil das so war, versuchte der Redende wahrscheinlich jetzt, wenn auch so aussichtslos, wenigstens die Fassade aufrechtzuerhalten. Er würde Angst haben, dass er mit dem Eingeständnis seines Misserfolges alles verlor. Vor den anderen. Vor sich.

Der immer noch zuhörende Mann drückte seine Zigarette aus, er räusperte sich. Es war Zeit, das Schauspiel zu beenden.

„Herr Doktor Breidenfels", er hob wie beschwichtigend seine Hände. „Herr Doktor Breidenfels, lassen Sie uns an dem Punkt hier abbrechen, es führt ja nicht weiter." Der Andere verstummte plötzlich, sah ihn konsterniert an.

„Schauen Sie ..." Er zog eine der Tabellen zu sich. „Das Unternehmen ist seit gut zwei Jahren definitiv überschuldet, und wenn Sie bisher noch überlebt haben, dann deshalb, weil es mehrfach Kapitalzuführungen gegeben hat, meines Erachtens übrigens unter falschen Voraussetzungen."

„Das ist ... Also, das ist wirklich ..."

„Das ist die Sachlage, Herr Doktor Breidenfels! Ich bin anscheinend, und das ist erstaunlich genug, der Erste, der es einfach nur ausspricht. Und das können wiederum Sie mir glauben: Ich werde nicht der Letzte sein."

Der Andere fuhr auf. „Was wollen Sie damit sagen, Herr Kara?"

„Ihnen muss doch klar sein, dass es jetzt weitere Prüfungen und Untersuchungen geben wird."

„Ungeheuerlich, das ist ungeheuerlich!" Der Mann federte aus seinem Sessel, stemmte die Hände in die Seiten.

„Das ist es in der Tat, Herr Doktor Breidenfels." Der Mann blieb sitzen, sprach ruhig und konzentriert.

„Aber Ihnen muss doch längst klar gewesen sein, dass die tatsächliche Lage spätestens im Zuge des angebahnten Verkaufsprozesses offenbar werden musste, und Sie dann auch den Anteilseignern dazu Rede und Antwort würden stehen müssen." Der Andere begann mit ausgreifenden Schritten auf und ab zu gehen.

„Wenn ... wenn das wirklich so ist ... so sein sollte, wie Sie hier vermuten ..."

„Ich vermute das nicht, es sind Fakten, Herr Doktor Breidenfels."

„Das ... das wird sich noch herausstellen, und Sie können versichert sein, mein lieber Herr Kara, wenn ich feststellen sollte, dass es hier ... hier Unregelmäßigkeiten gegeben hat, dann werde ich die Verantwortlichen ..."

„Sie sind der Verantwortliche, Herr Doktor Breidenfels! Und Sie sind es nicht nur Ihrer Funktion, sondern auch Ihrem eigenen Handeln nach." Kara schüttelte kaum merklich den Kopf. Wie konnte sich dieser Mann nur in eine solche Lage bringen? Und wie hielt er selbst die Unwürdigkeit seines ganzen Auftritts aus? Jedes Mal, wenn er mit einer solchen Situation konfrontiert wurde, machte ihn das am meisten betroffen, auch wütend. Menschen in dieser Position, mit diesen Privilegien, mit dieser Verantwortung mussten sich doch würdig verhalten. Mindestens das oder vor allem das. Was sollte sie sonst und in Wirklichkeit unterscheiden von ...

Früher, ganz früher, als ihm hier alles noch fremd gewesen war, als er sein eigenes tagtägliches Staunen über diese neue und so andere Welt noch kaum hatte bewältigen können, früher, als Kind, da hatte er geglaubt, dass alle die Menschen, die Anzüge trugen, die an irgendwelchen Schreibtischen saßen – dass sie alle würdig und groß sein müssten, kultiviert und gebildet und so anders als ...

Später in seinem Hotelzimmer, wie immer eines der besten Häuser der Stadt, stand Harun Kara am Fenster und rauchte eine Zigarette. Es war dunkel geworden, aber durch die Dunkelheit schimmerte der jetzt dicht fallende Schnee. Die Aussicht ging auf einen großen Platz, gegenüber das machtvolle Säulenportal des Opernhauses. Aus dessen großflächigen Fenstern fiel Licht. Menschen auf der breiten Freitreppe. Die Oper war nicht sein Fall. Theater ja, auch sinfonische Konzerte, aber nicht beides zusammen. Er wollte sich entweder auf die Worte, die Handlung oder auf die Musik, die reine Poesie der Klänge konzentrieren. Mit ihrer Mischung konnte er nichts anfangen.

Vorhin hatte er mit seinem Chef telefoniert. Berichtete von den letzten Ergebnissen und dem fruchtlos gebliebenen Gespräch mit Doktor Breidenfels.

„Man könnte wirklich glauben, dass dieser Mann völlig ahnungslos ist. Ich werde das nie begreifen."

„Machen Sie sich darum keinen Kopf, Harun, das klärt sich jetzt alles von selbst", hatte Schornröder gesagt und kurz geschnauft.

„Unser Freund Breidenfels kann jedenfalls schon mal das Büro räumen und übrigens froh sein, dass er es nicht mit mir zu tun hatte. Sehr gute Arbeit, Harun, wie immer. Aber apropos gute Arbeit – sagen Sie, macht es Ihnen etwas aus, gleich im Anschluss, also von dort nach Marseille zu fliegen, es brennt ..."

„Bei Fratoc S.A.?"

„Exakt. Wie kommen Sie darauf?"

„Ich habe es erwartet. Erinnern Sie sich an mein Memo?"

„Deshalb möchte ich, dass Sie übermorgen hinfliegen. Was Sie an Unterlagen brauchen, lasse ich Ihnen zumailen. Und Harun", wieder hatte Schornröder geschnauft, „wenn Sie morgen unsere Investorengruppe einführen, ich brauche es Ihnen im Grunde ja nicht zu sagen, bitte trotz allem kein Scherbengericht, Sie verstehen schon. Ich werde dafür sorgen, dass Breidenfels Ihnen nicht dazwischenpfuscht, der macht alles nur noch schlimmer."

Sie hatten noch eine Weile gesprochen, über einige Details für morgen. Und für Marseille. Marseille war gut. Dort unten würde bestimmt kein Schnee liegen. Und der ausgehende Winter überhaupt ein anderes Gesicht haben. Eine Stadt am Meer, das war schön. Harun mochte Städte, die am Meer liegen. Ihr weiter Horizont zum Wasser hin hatte etwas Befreiendes. Alles konnte sich im Irgendwo verlieren. Kein Echo kam zurück. Harun hatte sich dann auf das breite Bett gesetzt, den Rücken gegen die Wand gelehnt, die Beine ausgestreckt und sein Notebook eingeschaltet. Die PowerPoint-Präsentation für morgen. Ein paar kleine Änderungen noch. Und grafische Spielereien.

„Mister PowerPoint" – den Ruf hatte er sich erworben.

„Wenn ich sehe, wie Sie mit diesem Computerkram umgehen", sagte Schornröder oft, „komme ich mir wie ein Steinzeitmensch vor."

Aber Harun wünschte sich insgeheim, er würde die Tastatur eines Klaviers so beherrschen wie die eines PC. Immer wieder der Vorsatz, Unterricht zu nehmen, sich ein Klavier zu kaufen. Wie das gewesen wäre, wenigstens, aber was hieß hier „wenigstens"?! Wie das also gewesen wäre, auch nur annähernd so spielen zu können wie der Pianist in der einen oder anderen Bar, die er kannte. Man musste nur anfangen, einfach anfangen. Musste. Genauso musste er endlich mal die Bilder in seiner Wohnung aufhängen, die letzten Kisten ausräumen und die Bücher sortieren. Musste. Dafür reichte die wenige Zeit, die er zu Hause verbrachte, doch allemal. Musste.

Harun hatte keine Lust mehr, zum Essen auszugehen. Draußen zu sein, im Schnee. Nicht einmal im Taxi. Er würde im Hotelrestaurant essen. Oder, noch besser, im Kaminsalon, da wurde auch serviert. Und ein offenes Feuer brannte. Es war so beruhigend, in die marmorgefassten Flammen zu schauen. Und an manchen Abenden spielte in der dem Kaminsalon vorgelagerten Bar ein Pianist. Einfach nur im warmen Halbdunkel dort sitzen, nach dem Essen ein paar Zigaretten rauchen, den Blick verschwimmen und sich von den leicht angeschlagenen Melodien einhüllen lassen. Morgen daran denken, noch zwei Hemden und zwei T-Shirts zu kaufen, es gab hier im Haus eine gut sortierte Modeboutique.

Später kam ihm noch einmal Doktor Breidenfels in den Sinn. Wahrscheinlich würde ihm trotz allem nicht viel passieren. Entlassung, Abfindung, das würde es gewesen sein. Sein Vertrag gab es her. Und wahrscheinlich hatte niemand allzu großes Interesse an einer genauen Untersuchung darüber, wie es zu diesem Desaster kommen konnte. Zu viele hätten es bemerkt haben können, merken und etwas tun müssen. Vielleicht hatte Breidenfels auch nur gemacht, was besonders der Beirat und andere von ihm erwartet hatten: Die Dinge schön geredet und alle in den Hoffnungen gewogen, die sie offenbar hatten hören wollten. Es war immer wieder erstaunlich, wie viel Irrationalität man gerade dort begegnete, wo man sie nicht unbedingt erwartete.

Wenn ihn überhaupt etwas an seinem in jeder Hinsicht anstrengenden Job anstrengte, dann war es das. Das Irrationale. Obwohl er sich einen Habitus angewöhnt hatte, damit umzugehen. Das Rezept war einfach: Sich nicht darauf einlassen. Beim Rationalen bleiben. Ruhig, sachlich. Höflich, solange es ging. Der große Vorteil seines Jobs lag darin, dass die Projekte wechselten. Selbst wenn eines mal drei oder auch sechs Monate dauerte – letzteres kam kaum vor –, danach war es vorbei, ein neues Projekt, ein neues Unternehmen, eine andere Stadt, andere Menschen. Das erleichterte. Man schleifte nicht ab. Wurde nicht unweigerlich in irgendwelche Geflechte und Nähen verwickelt. Man blieb ein Externer. Ein Externer. Ich bin ein Externer ... Als Harun merkte, dass ihm die Augen immer wieder zufielen, zeichnete er die Rechnung ab, gab der hübschen Bedienung ein großzügiges Trinkgeld und verließ den Kaminsalon.

Schornröder hatte wie immer Wort gehalten. Doktor Breidenfels tauchte am folgenden Tag nicht auf, und die Präsentation verlief nach Haruns Vorstellungen. Die Holländer waren Freunde klarer Worte und honorierten sie mit klaren Aussagen. Mehr war unter diesen Umständen nicht zu erwarten gewesen. Am Abend ging man gemeinsam essen, Breidenfels' sichtlich um Haltung bemühte Sekretärin hatte ihnen einen Tisch in einem ausgezeichneten Speiselokal reserviert. Die Holländer erwiesen sich als angenehme Konversationspartner, wobei angenehm für Harun vor allem bedeutete, dass es unangestrengt möglich war, die Aufmerksamkeit immer auf die Gegenseite gerichtet zu lassen. Nur die einzige Frau in der Gruppe, eine sehr attraktive Halbasiatin, wahrscheinlich aus den ehemaligen Kolonien, hatte ein paar, allerdings taktvoll gebliebene, Versuche gemacht, mehr über Harun in Erfahrung zu bringen. Vielleicht das Erkennen eines anderen Externen ... Wer wusste das schon?

Schade. Oder auch nicht. Es führte zu nichts. Keine Nähe führte zu irgendetwas. Außer immer zu sich. Und deshalb zu nichts. Deshalb war es gut, nur ein Passant zu sein, ein Passierender.

Bis zum Morgen seines Abfluges nach Marseille hatte es fast ununterbrochen geschneit, der endende Winter noch einmal und wie selten geworden zugeschlagen. Auch noch flächendeckend. Harun war froh gewesen, nicht in seine, laut Nachrichten und Wetterbericht, ebenfalls verschneite Heimatstadt zurückkehren zu müssen. Zumal er bis zum nächsten Projekt eigentlich auch noch ein paar Tage frei gehabt hätte. Wenn jetzt nicht die Sache mit Fratoc gekommen wäre.

Und es gab Weniges, was er mehr scheute als freie Tage im Winter. Im Norden Frankreichs sah es mit dem Wetter jetzt kaum besser aus. Aber hier unten, im Süden, vom späten Schneechaos in weiten Teilen Europas keine Spur. Stattdessen klarblauer Himmel und Temperaturen um 15 Grad. Dafür Chaos bei der Fratoc S.A. Chaos à la Francaise. Bei allem Chaos eben nie ohne jenen gewissen Charme. Harun mochte Frankreich und war, ohne es dabei je zu zeigen, immer wieder stolz darauf, die Sprache soweit gelernt zu haben, dass es ihm die in unterschiedlichem Grade alle chauvinistischen Angehörigen der Grande Nation mit Respekt vergalten. Ihm, dem Pass-Deutschen und – wie sollte man es nennen? – Volkstürken, also für unwissende Augen Zugehörigen des muslimischen Kulturkreises. Deutscher oder Muslim. Zwei gerade hier in Frankreich nicht unbedingt immer optimale Ausgangspositionen. Genauso wenig wie jemand, der die Einheimischen mit kommentarlos forderndem Englisch überfiel. So brach Harun jede Front auf: Ein passabel Französisch sprechender Türke mit deutschem Pass. Auch das hatte offenbar Charme.

Und dann also drei wie erwartet turbulente, von morgens bis abends mit hintereinander gestauten Besprechungen, Telefonkonferenzen, hektischem Mail-Verkehr und Sitzungen gefüllte Tage. Die schmalen Zeitfugen dazwischen vor dem Notebook, immer wieder am Handy. Das allgegenwärtige „Zahlenjoch", wie Breidenfels es genannt hatte. Immerhin das nicht ganz zu Unrecht. Ein ständiges Analysieren, Korrigieren, Jonglieren unter begleitendem Diskutieren, Intervenieren, Moderieren. Rational sind nur die Zahlen. Und manchmal nicht einmal die. Harun saß, wie stets in solchen Krisenlagen, noch bis spätnachts im Büro, bereitete den

Tag nach, den kommenden vor, an dem er wiederum zu den Ersten gehörte, die erschienen. Es machte ihm nichts aus. Eher im Gegenteil. Und Französisch hin, Türke her, unter dem Strich war er eben doch ein Deutscher. Aber einer mit Charme, wenn auch etwas distanziert. Verbindlich distanziert. Zum Bedauern auch mancher Dame, der dieser zudem gut aussehende, immer gut gekleidete, kultiviert auftretende Mann unweigerlich ins Auge fiel.

Schließlich geschafft. Schornröder war zufrieden, die anderen waren es auch. Wenngleich sie solche Art straff geführten Marathons hier kaum gewöhnt waren. Freitag, Wochenende. Vom Balkon seines Hotels hier der Blick bis zum Meer. Im Hellen hatte Harun es nur bei seiner Ankunft kurz gesehen. Cote d'Azur. Wie wahr. Nachts war es sein Begleiter, sein Pförtner zum Schlaf gewesen. Er hatte die Balkontür gekippt gelassen, damit das sanfte Branden und Rauschen bis in sein Zimmer wehen konnte. Eigentlich müsste man irgendwo am Meer leben. Für ihn war es letztlich gleichgültig, wo er wohnte. Solange nur Flughafen und Bahnhof gut zu erreichen waren. Aber wenn er wirklich in irgendeiner Stadt am Meer lebte, würde er seine Wohnung dort dann endlich fertig einrichten? Würde er sich in der Stadt dann zu Hause fühlen, wenn er nach Hause käme? Würde er die Tage schätzen und wirklich genießen lernen, an denen er nicht arbeitete? Immerhin, er lebte doch auch jetzt zwar nicht am Meer, aber in einer Hafenstadt, die die Nähe des Meeres ahnen ließ.

Er sollte eigentlich noch am Freitagabend zurückfliegen. Aber etwas ist ihm die ganze Zeit über nicht aus dem Sinn gegangen. Denn in der Lobby des Hotels hatte Harun am ersten Tag eine Entdeckung gemacht: eine Postkarte, nur eine Bildpostkarte in einem Ständer. Sehr kunstvoll fotografiertes Motiv auf hochwertigem Papier. Eine Landschaftsaufnahme. Silbrig dahinströmender Fluss in einem felsigen Tal, teils grüne Anhöhen, Sommerhimmel darüber. Und weil die Karte eine französische Ortsbezeichnung trägt, fragte er den Concierge schließlich, wo die abgebildete Gegend läge. Der erklärte, dass sich dieses Tal etwa 40 Kilometer weiter landeinwärts befände. Im Esterel-Gebirge. Der kleine Fluss wäre ein Seitenarm der Rhône.

„Sehr, sehr reizvoll, Monsieur, wirklich, es lohnt sich."

Und Harun hatte sich entschlossen, noch zu bleiben, sich Samstagvormittag einen Wagen gemietet. Er konnte genauso gut erst am Sonntag fliegen, hat seinen Flug umbuchen lassen. Kosten spielten keine Rolle. Das gehörte zu den kleinen Privilegien, die er sich lange erarbeitet hatte. Längst hätte er auch aufsteigen können in der Hierarchie seiner Firma. Man hatte es ihm mehr als einmal signalisiert und angeboten. Aber er hatte kein Interesse daran. Es war gut wie es jetzt war. Er konnte relativ unabhängig arbeiten, in eigener Verantwortung, ohne festes Team, ohne fixe Einbindung. Selbst da ein Externer. Unsere „Ein-Mann-Geheimwaffe", wie Doktor Endress es nannte.

Und weil Harun gut war, sehr gut, ließ man ihn gewähren, Headhunter schliefen nicht, billigte ihm darüber hinaus eine Reihe persönlicher Vergünstigungen zu, die er maßvoll nutzte. Wie jetzt.

Auch diesen Samstag machte das Licht dem Namen der Region alle Ehre. Harun hatte ein kleines Peugeot-Cabriolet gewählt, sich eine wollene Mütze gekauft, er fuhr mit offenem Verdeck und Sitzheizung die kurvige Bergstraße entlang. Neben ihm eine Karte, auf der ihm der Concierge die Route zu diesem Tal markiert hatte. Er war froh, jetzt hier entlangzufahren, durch die zwar noch winterliche, aber offen unter dem blanken Licht liegende Natur, die schon auf den Frühling zu warten schien. Bei ihm oben, in seiner Stadt, lag immer noch Schnee.

Wäre er wie vorgesehen gestern zurückgeflogen, hätte er heute vielleicht Ines anrufen können. Besser, sie ihn. Ines war hübsch, nett, intelligent. Harun mochte ihre Gesellschaft. Besser als allein in der Wohnung zu sein. Aber es würde Probleme geben, früher oder später. Wie immer. Harun war fast sicher, dass Ines nicht einfach nur seine Gesellschaft mochte.

Er erreichte das Ziel seines Ausflugs. Auf einer Art Hochplateau gab es einen Parkplatz. Es standen nicht viele Wagen dort. Ein beliebtes Ausflugsziel, hatte der Concierge gesagt. Aber jetzt, im Winter wäre es meist nicht so voll.

Darauf hatte Harun gehofft. Dort auf Scharen von Menschen zu treffen, hätte jeden Zauber zerstört. Den Zauber, den er jetzt empfand, während sein Blick von der Höhe hinunter in das schmale Tal ging, wo der

Fluss in der Mitte entlang strömte. Man konnte hier auf der Höhe oder unten an seinem Ufer bis zu einem großen Dorf oder einer kleinen, sehr kleinen Stadt gehen. Malerisch konservierte Vergangenheit. Auch davon gab es Postkarten im Hotel. Harun ging nach kurzem Überlegen einen teils mit eisernem Geländer flankierten Pfad hinunter, bis er das sandige und geröllige Ufer des Flusses erreicht hatte. Sein Rauschen und Plätschern hallte von den hohen Felswänden wider, sonst war es still. Niemand weit und breit zu sehen.

Gott lauschen ... Ja, hier konnte man Gott lauschen. Harun schloss seine Augen, atmete tief, ein Schauer durchzitterte seinen ganzen Körper. Alles war auf einmal so nah und so unerreichbar zugleich. Er ging ein paar Schritte am Ufer entlang und bemerkte schließlich seine Tränen. Dann kehrte er langsam um, stieg den Pfad zurück hinauf. Wieder im Wagen, zündete er sich eine Zigarette an. Irgendwann vielleicht, irgendwann ... Er fuhr den Weg zurück, aß in einem Restaurant am Hafen zu Mittag. Dann unternahm er einen langen Spaziergang am Strand, ließ die nachwirbelnden Gedanken und Bilder in ihm zur offenen Weite hinaus entweichen. Den Rest der Zeit bis zum Abflug am nächsten Vormittag verbrachte er in seinem Zimmer und auf dem Balkon.

~ Damals ~

Der kleine Junge ist dick vermummt. Ein kleines dahin springendes Bündel in dunklen Farben, das sich abhebt von den silberweiß übermantelten Konturen der Felsen, dem silberweiß überdeckten Boden und der silberblau schimmernden Oberfläche des kleinen Flusses, der hier am Boden des Tals entlang strömt und plätschert. An seinen Rändern scharf gezackte Eisstücke. Der kleine Junge springt Muster in die Schneedecke und ist so versunken dabei, dass er nichts um sich herum wahrzunehmen scheint. In seinem Kopf hält ihn die magische Vorstellung gefangen, dass er ein bestimmtes Muster, von dem er nicht einmal sagen könnte, wie es im Ganzen aussieht oder wann es fertig ist, dass er also dieses bestimmte unbestimmte Muster hier und jetzt auf seinem Weg vollenden muss, um den sonst geheimen Weg gezeigt zu bekommen, der von den ringsum hohen Felsen aus direkt in den Himmel führt.

Denn die Berge hier seien Stufen Allahs, sagen die Leute. Aber niemand könne sie je betreten. Außer wenn er tot sei, und Allah ihn dann zu sich hole. Natürlich nur, wenn er zuvor auch immer seine Gesetze befolgt habe. Aber Harun hat schon Geschichten gehört, Geschichten, die manchmal von den Alten erzählt werden, wenn alle um den Tisch oder am Ofen versammelt sind. Und diese Geschichten handeln von Menschen, die vor langer, unendlich langer Zeit den geheimen Weg entdeckt haben, der schon im Leben in den Himmel führt. Diese Menschen seien dann eines Tages plötzlich verschwunden, und niemand wisse oder habe je herausgefunden, wo sie geblieben seien. Was mit ihnen geschehen sei, darüber wird Unterschiedliches erzählt. Offenbar hängt es damit zusammen, was es für Menschen waren. Da gab es schlaue, die es mit ihrer List geschafft hatten, den Weg zu entdecken. Ihnen war das wohl nicht allzu gut bekommen, sie hatten sich an Allah versündigt. Und es gab andere, gute und gläubige Menschen, denen es in der Welt aber schlecht gegangen war, und ihnen hatte Allah selbst eines Tages den Weg gezeigt, sie direkt ins Paradies geführt.

Harun schwankt immer wieder zwischen Angst und Neugier. Ob Allah ihm böse sein würde, wenn er jetzt den Weg entdeckte, nachdem das Muster vollendet war? Auch wenn er dann nur einmal schauen würde, kurz schauen, wieder umkehren, niemandem den geheimen Weg verraten und auch nicht, was er an seinem Ende gesehen hätte? Niemandem ...

Wenn es ihm wirklich gelänge, würde er es aber gern Bahar erzählen. Nur ihr. Und natürlich erst, nachdem sie sämtliche Schwüre geschworen hätte, es niemandem jemals zu erzählen. Der Weg, den er jetzt hier am Ufer des kleinen Flusses entlang springt oder entlang mustert, der Weg führt zu dem Dorf, wo Bahar lebt. Ein noch kleineres Dorf als das, wo Harun zu Hause ist. Zwei von vielen hier in den Bergen Ostanatoliens verstreuten Dörfern, deren Namen fast nur die Menschen hier kennen.

Jetzt im Winter gibt es weniger zu tun, die Schafe und Ziegen bleiben in ihren kleinen Ställen oder während der Sonnenstunden auf den kleinen Koppeln inmitten der Dörfer. Zwar muss Harun die meiste Zeit im

Stall arbeiten, ausmisten, das Heu wenden, frische Ballen hereintragen helfen, die Tiere von Schmarotzern befreien, aber er hat sich längst ein paar Techniken und einen Rhythmus zurechtgelegt, dass er mit seinen Aufgaben gut fertig wird. Auch wenn seinem Cousin Erdoan das nicht gefällt.

„*Der Schmarotzer macht sich auf unsere Kosten ein schönes Leben*", *mault er immer wieder.*

Aber seit Harun dem Onkel auf dem Markt hilft, damit der beim Handeln und Rechnen nicht mehr übervorteilt wird, genießt er gewisse Freiheiten.

Hoch oben, noch über den Felsen, kreisen zwei Bussarde, ihre Rufe hallen durch das Tal. Ob sie den Weg zum Himmel auch kennen? Der alte Mesut hat gelächelt, als Harun ihm davon berichtete, dass er einen Plan habe, die Stufen Allahs zu entdecken. Er, Harun, hätte nämlich einen Traum gehabt. Und in diesem Traum wäre es ein geheimes Muster gewesen, das man in den Schnee zeichnen müsse, um den Weg zu finden.

Und was er dann machen würde, wenn er den Weg entdeckt habe, hatte ihn Mesut gefragt.

„*Vielleicht nur einmal kurz schauen*", *hatte Harun geantwortet. Und vielleicht, wenn er denn schon einmal da wäre …*

„*Vielleicht also was noch, Harun?*" *Der hatte sich kurz geniert.*

„*Also, wenn Allah nicht gerade sehr viel zu tun hat, dann würde ich ihn vielleicht fragen, wann … wann meine Eltern kommen und ob … ob er ihnen nicht sagen könnte, dass sie mich bald holen kommen sollen.*" *Der alte Mesut hatte ihm über den Kopf mit dem dichten schwarzen Haar gestrichen.*

„*Das tu nur, Harun, das tu dann nur. Du bist ein freundlicher, guter Junge, und Allah wäre dir gewiss nicht böse.*"

Haruns Eltern sind kurz nach seiner Geburt in ein fremdes, fern liegendes Land gegangen, um dort zu arbeiten, bis sie unheimlich reich sein würden. Und dann wollten sie kommen und ihn zu sich holen. Seither und bis dahin lebt Harun im Haus seines Onkels Kemal. Aber er hätte gerne auch Eltern.

Falls er jetzt die Stufen Allahs entdeckte, wie lange würde es wohl dauern, bis er ... ja, bis er dann am Ende der Stufen angekommen wäre, geschaut und vielleicht Allah kurz gefragt hätte?

Aber Bahar würde die ganze Zeit auf ihn warten, gar nicht wissen, wo er bliebe und sich bestimmt Sorgen machen. Das hat er gar nicht bedacht. Und außerdem ist es kalt. Wenn sie dann zu lange hier draußen auf ihn warten müsste, würde sie sich noch eine Erkältung holen. Für einen Moment verliert er seine Konzentration, gerät ins Straucheln, stolpert, versucht sich zu halten, aber landet schließlich bäuchlings im Schnee.

Oh nein! – Aus!

Das Muster darf doch nicht unterbrochen werden, keine Unregelmäßigkeit aufweisen! Das war's! Dabei hat er schon so viel geschafft. Der ganze Weg, die ganze Anstrengung umsonst.

Zornig schlägt er mit den Armen in den Schnee, fast kommen ihm die Tränen. In dem Augenblick ertönt ein helles Lachen von einem der Felsen her. Harun schreckt hoch. Eine zweite kleine, ebenso dick vermummte Gestalt stürmt auf ihn zu.

„Was machst du denn da?" *Mit einem Mal ist aller Zorn verflogen, statt Tränen lacht auch Harun befreit auf, erhebt sich aus dem Schnee, klopft seine Sachen ab.*

„Das ... das war ein ... ein Epi... ein Ex - pe - ri - ment", *sagt er etwas verlegen. Das Wort hat er vom alten Mesut gelernt. Wie schon viele geheimnisvolle Wörter, die außer ihnen beiden hier niemand kennt. Und das Rechnen.*

Die zweite Gestalt ist ein kleines Mädchen, nur ihr Gesicht lugt unter einer Art Turban und Kapuze zugleich hervor. Es ist ein feines Gesicht mit zwei funkelnden Augen. Sie strahlen Harun an. Manchmal denkt er, ganz heimlich, tief in sich, dass diese Augen seine Stufen Allahs sind ... Als leuchteten sie nur für ihn.

„Ein ...??!" *Sie blickt fragend.*

„Ach, nicht so wichtig", *sagt Harun.* „Es hat sowieso nicht geklappt."

Eigentlich ist er froh, denn so hat sich das Problem erledigt, dass Bahar hier umsonst auf ihn gewartet hätte. Und er hätte sich eigentlich denken können, dass sie ihn wieder irgendwo auf dem Weg erschrecken würde, indem sie plötzlich hinter einem der Felsen hervorspringt, wie sie es fast immer tut, wenn er hier unten zu ihr unterwegs ist.

„Gehen wir zu unserer Höhle?", fragt er.

„Ja, und sieh mal." Bahar zeigt auf einen kleinen Beutel, den sie über der Schulter trägt. „Meine Mutter hat mir etwas zu essen mitgegeben und dir auch!"

„Fein."

I. Kapitel – Elaine. Zwei Jahre zuvor

Drei Wochen São Paulo, dann, vor dem Rückflug nach Europa, Zwischenstopp in New York, dort zwei Tage Meeting in den Global Headquarters, anschließend eine Woche Mailand und, kurzfristig, acht Tage Prag, als Ersatz für einen plötzlich ausgefallenen Kollegen.

Belling hätte einen Kreislaufkollaps erlitten, hieß es. Burn-out, wurde sogar gemunkelt, nicht ohne Schadenfreude. Belling war so alt wie Harun. Arbeitete mindestens genauso viel. Harun hatte bislang kaum mit ihm zu tun gehabt. Aber er wusste, dass Belling ehrgeizig war, unbedingt und schnell nach vorne kommen wollte. Und dabei, was die Mittel anging, nicht zimperlich war. Seinen Job machte er wohl gut, er galt, wenn er auch sonst nicht sonderlich beliebt war, als hochkompetent. Ein Mann mit Zukunft.

Während Harun Bellings Projekt in Prag, wo man gerade in einer entscheidenden Phase steckte, weiterführte, bis dann ein neuer Teamleiter übernehmen würde, wurde bekannt, dass Belling für längere Zeit ausfiele. Etwas Ernstes also. Das Herz, hieß es. Zuviel gearbeitet. Zuviel geraucht. Zuviel Stress. Zuviel Druck aufgebaut. Sich zuviel zugemutet. Harun stellte sich vor, wie Belling sich fühlen mochte, dass ausgerechnet ihm das passiert war. Wahrscheinlich haderte er mit sich wegen der plötzlich offenbar gewordenen „Schwäche". Ein Unfall, irgendeine äußere Einwirkung, ja, zwar ärgerlich, aber sozusagen überpersönlich. Krankheit oder am Ende bloß Überlastung dagegen ein persönliches Manko. Ein persönliches Defizit. Dem Tempo, den Belastungen des Jobs nicht gewachsen. Also aus dem Rennen. Selbstverschuldet. Solches Denken war verbreitet. Und Harun versuchte sich vorzustellen, wie er sich fühlen würde, wenn ihm so etwas passierte: Ausfallen wegen Überlastung, Überforderung. Dem Stress, dem Druck nicht standgehalten, Schwäche gezeigt haben. Er hatte nie darüber nachgedacht.

Bis jetzt. Also: Zuviel arbeiten? Vielleicht. Zuviel rauchen? Sicher. Aber Stress? Druck? Auch wenn er viel arbeitete, wenn die Arbeit bis auf die oft auch noch eingeschränkte Zeit des Schlafens sein Leben ganz beherrschte, wenn Termine drängten, Probleme sich häuften, wenn er kurzfristig, wie jetzt in Prag, einsprang, obwohl er gerade vier fordernde Wochen im Ausland hinter sich hatte, trotz alledem empfand er sich nicht als gestresst oder unter Druck. Nicht wirklich. Von einem gewissen Punkt an körperlich müde, erschöpft, ja, aber es blieb etwas Unmittelbares, das auch wieder verging. Stress und Druck kamen, wenn die Arbeit mittelbar wurde. Oder wenn man fürchten musste, das etwas nicht gelang, dass man scheiterte. Vor allem, wenn mit dem Scheitern mehr verbunden war als das Nichtgelingen von etwas Unmittelbarem. Harun fürchtete kein Scheitern und sah den Erfolg nicht als Mittel zu etwas. Auch das Gelingen blieb ihm unmittelbar. Freude, manchmal Stolz, das geschafft zu haben, worum es gerade ging. Wieder etwas abgehakt.

Bei Menschen wie Belling kam der eigentliche Druck nicht aus der Arbeit selbst, sondern aus ihrem Ehrgeiz, aus dem eigenen Karrierefahrplan, dem sie sich und das, was sie taten, unterwarfen. Er kam aus ihrer Ungeduld, ob und wann sie welche Stufe erreichen würden und ihrer daraus resultierenden inneren Spannung. Der Druck kam daher, dass sie Ziele verfolgten, die über das Unmittelbare hinausgingen. Dass es nicht nur einen Karrierefahrplan, sondern einen Lebensplan gab. Dass sie neben ihrem Beruf vielleicht noch eine Familie hatten. Erweiterter Planungsraum. Erweiterte Ziele. Mögliche Zielkonkurrenzen, Zielkonflikte. Belling war verheiratet, hatte, soweit Harun wusste, zwei Kinder. Pflichten. Ansprüche. Pläne. Ziele. Ein Leben.

Als Harun in die heimische Niederlassung seiner Firma in Deutschland zurückkam, sagte ihm Schornröder, dass Belling einen Hörsturz erlitten hätte. Nicht absehbar, wann er wieder fit wäre.

„Schön, dass Sie uns Prag in Gang gehalten haben. Henzel hat sich schon lobend über die Übergabe geäußert", schnaufte Schornröder und fuhr sich mit einem riesigen Stofftaschentuch über die Stirn. In seinem Büro standen die Fenster offen, er mochte Klimaanlagen nicht, selbst bei diesen hochsommerlichen Temperaturen, die ihn auch wegen seiner Körperfülle gehörig schwitzen ließen. Henzel war der neue Projektleiter für Prag.

„São Paulo, Mailand, alles klar?" Schornröder wischte mit der Hand ein paar Krümel von seiner wieder einmal etwas zu bunt geratenen Krawatte.

„Alles klar", sagte Harun. „Ich werde die paar Tage hier nutzen, um ein paar Sachen nachzubereiten und die Präsentation für das Board zu machen."

„Ausgezeichnet. Tun Sie das. Tja, und dann ..." Schornröder grinste nach einem Blick auf irgendeines der Papiere, die seinen ausladenden Schreibtisch ohne erkennbare Ordnung übereinander, ineinander, nebeneinander geschichtet bedeckten. Irgendwo dazwischen, wie eine Insel, ein Teller mit zwei belegten Brötchen. Eier, Salat, Tomaten. Eins war angebissen.

„Was halten Sie denn von Kapstadt, hm?" Er trank einen kräftigen Schluck aus einer kleinen Wasserflasche, von denen immer ein ganzer Kasten in seinem Büro stand.

„Kapstadt", wiederholte Harun, überlegte kurz.

„Meeijsebosch & Van Hees?", fragte er dann.

„Ja, Potzdonnerwetter, kann man Sie denn mit gar nichts überraschen?!", schüttelte Schornröder den Kopf, hob dann einen Finger.

„Sie waren doch gerade in New York. Das haben Sie von Lonsdale, dieser verflixten Plaudertasche, oder?"

„Auch. Aber ich habe seit einiger Zeit schon die Meldungen verfolgt und eigentlich erwartet, dass ..."

„Da kann man bloß hoffen, dass nicht alle so aufmerksam sind wie Sie, und dass Lonsdale es nicht auch noch ans Schwarze Brett hängt. Herrgott noch mal, es ist wirklich nicht zu fassen, was sich Leute in solchen Positionen leisten, Kindergarten", schnaufte Schornröder, „wie im Kindergarten ...!"

Es kam nicht allzu oft vor, dass Harun ein paar Tage in der Niederlassung verbrachte, morgens von seiner Wohnung aus zur Arbeit fuhr. Von Tür zu Tür brauchte er dann ungefähr 20 Minuten. Aufstehen, nicht am Buffet frühstücken, Kaffee auf dem Hocker neben der kleinen Küchenzeile, zur Arbeit fahren. Und abends zurück. Jeden Abend in der eigenen Wohnung. Beinahe ungewohnter als das Unterwegssein, das Schlafen im Hotel. Irritierend. Dafür hochsommerliches Wetter auch hier. Wie in den vergangenen fünf Wochen woanders. Und das Licht, die Wärme, die davon durchdrungene Atmosphäre schien die Orte einander anzunähern.

Wie schon die immer gleich passierenden Sichträume unterwegs: Flughafen, Taxi, Hotel, Büros und Konferenzsäle. Lange Tage. Abendliches Leben. Gemeinsame Essen in Restaurants. Draußen überall gleißendes Wetter, nirgendwo Temperaturen unter 27 Grad, jetzt auch hier nicht. Nur das Blau des Himmels hatte unterschiedliche Tönungen. Und die Luft roch anders. Und dann waren da, vor allem abends und nachts, noch die Sirenen der Streifenwagen und Ambulanzen in den Straßen gewesen, anhand deren verschiedenen Rhythmen und Klangbildern sich wie immer unterscheiden ließ, wo man gerade oder zumindest, dass man nicht zu Hause war. Zu Hause ...

Jetzt wieder hier, in der eigenen Stadt. Zwischenaufenthalt. Nächste Woche vermutlich schon Kapstadt. Wahrscheinlich für länger. Wieder eine Stadt am Meer. Harun freute sich darauf. Auf den Geruch des Wassers, den man je nach Wind in der Nase hatte, das Rauschen der Brandung abends, nachts, wenn das Hotel nicht zu weit von der Küste entfernt lag oder der Wind es weiter landeinwärts trug. Außerdem ging es in Kapstadt nie ganz so hektisch zu. Er würde die neue Camus-Biografie mitnehmen. Und dazu dessen Reisetagebücher. Kapstadt. Er war bereits dreimal dort gewesen, das letzte Mal vor zwei Jahren. Ob es dieses kleine Restaurant an der Mole noch gab? Geheimtipp damals. Mal sehen.

In der heimischen Firmenniederlassung gab es freie Büros, die von den Mitarbeitern genutzt wurden, die gerade im Haus, ansonsten aber meist unterwegs waren. Die Büros sahen alle gleich aus und waren gleich ausgestattet. Praktisch, unpersönlich. Aber die Fenster gingen in Richtung eines nahen Parks. Schöner Ausblick. Sommerlich sattes Grün. Das Gebäude war alt oder besser historisch, natürlich restauriert, kernsaniert, innen bis auf dekorative Elemente modern. Die bodentiefen Flügelfenster ließen sich öffnen, davor hüfthohe, filigrane Gitter. Praktisch, um sich hinauszulehnen und zu rauchen. Denn natürlich war in den Räumen das Rauchen untersagt.

Wie immer musste Harun sich hier besonders konzentrieren. Er war diesen Tagestakt nicht gewohnt. Und das Ungestörte, Unbedrängte. Als wäre er ein ganz gewöhnlicher Angestellter, der jeden Morgen zu seiner nahe gelegenen Arbeitsstelle fuhr und abends zurück in seine Wohnung kam. Dazwischen ein immer gleicher, beinahe behäbig dahin fließender Tageslauf. So kam es ihm jedenfalls vor. Nach den gerade vergangenen fünf Wochen unterwegs warf die vergleichsweise Stille hier das Echo der gerade vergangenen Bewegung in ihm zurück. Die sich in schnellem Tempo reihenden Bilder der wie immer vorübergehend gewesenen Kulissen. Obwohl ihm seine Stadt eigentlich nicht weniger vorübergehend vorkam als die anderen Städte, vor allem die, in denen er öfter war, die ihm genauso vertraut schienen, denn die meiste Zeit verbrachte er unter dem Strich doch unterwegs. Eigentlich blieb er auch hier unterwegs. Immer auf Abruf wieder irgendwo anders hin. Und er war gern unterwegs. Zu Hause zu sein hatte immer auch etwas Forderndes. Vor allem die Forderung, sich zu Hause zu fühlen, die ihn, gerade wenn er es ganz bewusst versuchte, überforderte.

Harun konnte sich auch nicht aufraffen, Ines anzurufen, ihr zu sagen, dass er wieder da wäre und ein paar Tage hätte. Vielleicht am Wochenende. Wenn das Wetter so bliebe. Vielleicht könnte man an die See fahren. Vielleicht. Harun drückte die Zigarette am Geländer aus, tat die Kippe in eine leere Zigarettenschachtel und ließ das Fenster halbgeöffnet. Das hier oben nur noch leise, aber vernehmbar heran dringende Klanggewoge der Stadt half ihm sich zu konzentrieren.

Schade, dass Wolfgang nicht da war. Von einer seiner Vortragsreisen, die er regelmäßig unternahm, hatte er Karten geschrieben, kurze Billets, wie immer. Dieses Mal aus Wien, aus Rom. Auch er unterwegs. Aber sein Unterwegssein war anders, natürlich. Wolfgang erinnerte ihn immer an jenen Typus des reisenden Europäers aus der ersten Hälfte des letzten Jahrhunderts. Obwohl er nicht von Gestern war. Und wenn, dann im guten Sinne. Mit fast siebzig dazustehen wie Wolfgang war beneidenswert. Erstrebenswert. Aber ließ sich so etwas überhaupt anstreben? Wieder kam ihm Belling in den Sinn. Lebensplan. Ziele. Welchen Plan hatte er selbst, welche Ziele?

Am dritten Tag kam Doktor Endress, der Regionalleiter West- und Zentraleuropa, in das Büro, das Harun jetzt benutzte und eröffnete ihm, dass am Wochenende eine exquisit besetzte Managertagung in London stattfände, auf der er ihn, Harun, gerne sähe. Zumal durch Bellings Ausfall ein

Platz freigeworden wäre. Belling. Klar, dass der sich dafür empfohlen hatte. Networking. Karriere ohne Networking funktionierte nicht. Oft genug, zu oft funktionierte sie vor allem durch Networking.

„Machen Sie sich bei solchen Anlässen nicht immer so rar, Herr Kara. Ich weiß ja, man hat zumal am Wochenende nicht immer Lust darauf", mahnte Endress ihn wohlwollend, als Harun spontan und offenbar unverkennbar wenig Begeisterung dafür zeigte.

„Es ist nicht nur für Ihren weiteren Weg von Vorteil, sondern manchmal sagt man sich dann hinterher auch: Eigentlich war's doch ganz nett ... Also, Harun, ich lasse Sie auf unsere Equipe setzen. Einer unserer Besten sollte da doch nicht fehlen!" Endress hatte ihm aufmunternd zugenickt.

Doktor Endress gehörte wie Wolfgang zu den Menschen, die Harun bewunderte. Nicht bloß, weil ersterer eine international angesehene Koryphäe war, sondern weil er Stil hatte und ihn ganz unmittelbar verkörperte. In seiner Erscheinung, schlank, groß, immer perfekt, aber dezent gekleidet, in seiner Haltung, immer beherrscht, konziliant, aber fest und klar. Ein Vorbild für ihn. Nicht bloß als Manager, sondern auch als Person. Endress, über sechzig, allerdings gute zehn Jahre jünger wirkend, war kultiviert, gebildet, sein Horizont reichte weit über das Berufliche hinaus.

Obwohl er immer eine gewisse, nie demonstrative oder gar brüskierende Distanz hielt, hatte sich im Lauf der Zeit doch das ein oder andere Gespräch zwischen ihnen ergeben. Darüber, vielleicht mehr noch als über Haruns anerkannte Leistungen, hatte sich ein unausgesprochenes Vertrauensverhältnis entwickelt, dem Harun nicht zuletzt auch seine privilegierte Position im Unternehmen verdankte. Abgesehen davon, dass er auch in Schornröder, dem Operationschef, einen gewichtigen Fürsprecher besaß.

Wobei das Paradox seiner Privilegierung darin lag, dass sie gerade nicht im Dienste einer solchen beschleunigten Karriere, sondern eher deren Gegenteil stand. So würde es jedenfalls Belling sehen. Harun dagegen war froh, dass es ihm bislang gelungen war, seinen weitgehend unabhängigen, sozusagen querhierarchischen Status zu halten.

„Unser hochmobiles Ein-Mann-Sonderkommando", wie ihn Schornröder gerne nannte, oder auch „Der Passepartout".

So wäre Harun von sich aus auch nie auf diese Tagung gefahren. Das blieb überhaupt das Einzige, was er sich von seinen Vorgesetzten dann doch gelegentlich an Kritik anhören musste. Neben der mittlerweile mehr oder weniger akzeptierten Tatsache, dass er keine Ambitionen zeigte, in der sozusagen politischen Hierarchie des Unternehmens nach oben zu steigen. Dass er sich dementsprechend auch bei allen Aktivitäten, die sich vorrangig um die berühmte Netzwerkpflege, um Kontakte oder mehr und weniger repräsentative Anlässe drehten, soweit irgend möglich zurückhielt. Die Gegenwart lauter Menschen, die ganz offenbar Pläne hatten, Ziele, die an ihrer und für ihre Zukunft arbeiteten, strengte ihn an. Zumal es gerade bei solchen Anlässen eben um so etwas wie den Austausch von Zukunft ging.

Bei dieser Tagung in London sollten Vorträge renommierter Manager im Mittelpunkt stehen, die darüber referieren würden, wie sie in den vergangenen fünf Jahren jeweilige Unternehmen saniert, umstrukturiert und auf Erfolgskurs gebracht hatten. Meist spielte da die mehr oder weniger eitle Selbstinszenierung sich darin gefallender Herren eine nicht unwesentliche Rolle, und Harun schien der so vorgeführte „Erfolg" nicht selten auch etwas schal. Denn je ungerührter und überheblicher sich der harte Sanierer gegenüber den Folgen seiner Entscheidungen für viele Menschen gab, desto mattstählern glänzender der Nimbus im Kreise der anderen. Und seltsamerweise oder auch nicht seltsamerweise schien sich dieser Geist dann auch auf viele der Zuhörer zu übertragen, die sich bei den Gesprächen in den Pausen oder während der gemeinsamen Essen in entsprechendes Licht zu setzen suchten.

Jeder war natürlich erfolgreich und auf dem Weg, noch erfolgreicher zu werden. Und jeder wusste natürlich, wie er bekanntgewordene Probleme im eigenen oder einem anderen Unternehmen zweifellos erfolgreich lösen würde, wenn man ihn nur fragte. Jedenfalls erfolgreicher als die, die gerade damit befasst waren. Und natürlich rücksichtsloser. Nur keine falschen Sentimentalitäten. Das Leben war ein Kampf. Das Arbeitsleben erst recht. Und sie alle waren Kämpfer. Umso schlimmer, wenn man schwach wurde. Wie Belling jetzt offenbar.

Harun litt nicht an Komplexen, wusste um seine Fähigkeiten, seine Kompetenz, auch um seinen entsprechenden Ruf in der Branche. Er hatte keine Scheu, seine Meinung zu vertreten, aber diese Art aufdringlich ritualisierter und dabei nicht immer unbedingt gerechtfertigter Selbstpräsentation lag ihm nicht, hatte ihm nie gelegen. Auch nicht, wenn es um das eigene Fortkommen ging. Gerade dann nicht. Eigentlich wunderte er sich manchmal selbst, dass er es dennoch so weit gebracht hatte. Was dabei den Teil anbetraf, der nicht von der eigenen Leistung abhing, hatte er einfach Glück gehabt. Das Glück, Vorgesetzte zu finden, die eben in der Lage und auch bereit waren, reine Leistung zu honorieren, sich nicht blenden zu lassen oder irgendeiner Art von „Networking" den Vorzug vor der besseren Qualifikation zu geben. Das war nicht selbstverständlich.

Vielleicht hatte seine Karriere umgekehrt sogar damit zu tun, dass ihm an „Karriere an sich" nie gelegen war. Harun ging es wirklich nur um die jeweilige Sache, darum, diese Sache gut, sie bestmöglich zu machen und sich in dieser Gewissheit genau dort aufgehoben und eingebunden zu fühlen, wo er gerade war. Ohne den Blick ständig voraus, auf die nächste Stufe oder höhere Position gerichtet zu halten. Er hatte eigentlich immer nur in seiner jeweiligen Gegenwart gelebt. Eigentlich schon seit der Uni. Es war ihm unbedacht selbstverständlich gewesen, dass er mit seinen erstklassigen Leistungen, seinem immer höflichen, aber sicheren und festen Auftreten seinen Platz finden würde. Einen Platz dort, wo es Menschen wie Doktor Endress gab. Wo alles ganz anders war und weit, weit jenseits ... Keine Vergangenheit. Und keine Zukunft. Nur Gegenwart, eine Abfolge von Gegenwarten. Keinen Lebensplan. Kein ... Leben ...

Dem Wochenende in London war nicht mehr auszuweichen gewesen. Harun hatte sich zur Freude seines Chefs anmelden lassen und war hingeflogen. London, ein Katzensprung. Wie viele Städte schon oft gesehen. Was man von Städten sah, in die einen berufliche Aufgaben führten, die termingedrängt um Schreib- und Konferenztische kreisten. Diesmal konnte man sich dort allerdings einfach im Strom treiben lassen. Es gab keine Termine außer dem Veranstaltungsplan, keine Probleme, keine Hektik, nur beobachten, zuhören. Und schließlich blieb auch das seine

Welt oder zumindest der Teil davon, der sein Leben ohnehin weitestgehend bestimmte. Und weil ihn manchmal auch die arbeitsfreien Wochenenden deprimierten, die ungewohnte Stille in seiner Wohnung, von blassem oder düsterem Gedankenwucher umlauert, hatte er die Aussicht auf die beiden Tage London schließlich gar nicht mehr als so unangenehm empfunden.

Und so schön es vielleicht gewesen wäre, mit Ines an die See zu fahren, vorausgesetzt, sie hätte überhaupt Zeit gehabt, den Stunden mit ihr haftete auch immer etwas unausgesprochen Forderndes an. Am meisten scheute Harun die Enden ihrer Verabredungen, wenn sie sich dann trennten an der Schwelle zur Nacht und das Alleinsein hinterher desto schwerer wog. Wenn es auch unausweichlich blieb. Für ihn.

Das Hotel in London war wie zu erwarten erstklassig, die Besetzung der Tagung hochkarätig, die Eitelkeiten auf entsprechend hoher Frequenz. Harun trieb ohne jede Anstrengung durch die Stunden, begrüßte diejenigen, die er kannte, wurde von anderen begrüßt. Seine Welt. Man gehörte dazu. Die üblichen Konversationen flossen dahin, es gab sogar das ein und andere Interessante zu erfahren.

Und Samstagnachmittag klopfte ihm dann auf einmal jemand auf die Schulter. Harun sah sich verdutzt um und einem Mann seines Alters ins leicht verschmitzt lächelnde Gesicht. Für die ersten Sekunden wusste er ihn nicht unterzubringen, obwohl ihm sofort klar war, dass er den Mann kannte, aber schließlich begegneten ihm im Zuge seiner Arbeit ständig wechselnd so viele Menschen.

„Bin ich so alt geworden, dass du mich nicht mehr erkennst? Ich bin's, Frank, Frank Keller ... Arndt-Gymnasium, Sie erinnern sich hoffentlich noch, mein lieber Herr Kara ...?" Er hob mahnend den Zeigefinger.

Harun war es spürbar peinlich, ihn nicht sofort erkannt zu haben. Es war einfach zu überraschend gekommen.

„Nein ... Ach was ... Du siehst ... Mensch, Frank ... Ich bin nur völlig ...!"

„Brauchst nicht taktvoll zu sein, sag' ruhig, dass ich dein Vater sein könnte ..."

Aber Frank Keller hatte sich im Gegenteil überhaupt nicht verändert. Und vielleicht mochte es gerade daran gelegen haben. Dasselbe offene

Jungengesicht, die immer noch vollen, jetzt sorgfältig gestutzten blonden Haare und blitzenden blauen Augen. Harun berührte Franks Schultern. So viele Jahre ...

„Quatsch, du siehst aus, als kämst du eben von unserer Abiturfeier. Das gibt es ja nicht. Wie lange haben wir uns jetzt nicht gesehen?"

„Ein paar Jährchen sind's schon, mein Lieber", lachte Frank. „Komm, lass uns was trinken und den nächsten Vortrag schwänzen, ich nehme wie üblich alle Schuld auf mich. Läuft mir doch der Herr Kara nach all den Jahren so einfach über den Weg ... Das muss angemessen gefeiert werden!"

In der Oberstufe hatten sie beide Leistungskurse zusammen gehabt und auch sonst recht viel gemeinsam gemacht. Eine Viererbande, Frank Keller, Uwe Brink, Peter Löschwald und Harun. Eigentlich eine schöne Zeit. Damals war sein Vater, wenigstens zu einem Teil, noch stolz darauf gewesen, dass er zum Gymnasium ging. Gleichzeitig hatte er sich aber auch zunehmend daran gestört, dass Harun fast nur mit Deutschen Umgang hielt und sich dadurch immer mehr von der eigenen Kultur, ihren Traditionen und Werten entfernte. Zumindest von dem, was sein Vater dafür hielt.

Nach dem Abi waren zwei von ihnen zur Bundeswehr gegangen, Peter Löschwald sogar als Berufssoldat. Peter ... Bei ihm war Harun damals die ersten Tage untergekommen, nachdem ... Er schüttelte die sich eben wiederbeleben wollende Erinnerung ab. Frank ging damals für ein Jahr in die USA, sein Vater verfügte über gute Verbindungen. Irgendwie hatte sich das Leben nach dem Abi dann einfach verzweigt. Komisch eigentlich, nachdem man so eng nebeneinander, ja, erwachsen geworden war und sich währenddessen gar nicht vorstellen konnte, dass die gemeinsame Zeit einmal enden würde. Mit dem Ende der Schulzeit machte man zum ersten Mal die Erfahrung, dass das Leben aus vielen scheinbaren Ewigkeiten bestand. Ewigkeiten, die einfach vergingen, wenn ihre Zeit gekommen war, ganz undramatisch und ohne, dass man es recht merkte. Das dann jeweils Neue nahm einen viel zu sehr in Anspruch, und der Blick ging doch immer eher voraus, nicht zurück. Das kam später. Irgendwann ... Nichts ging wirklich verloren. Und nun war da plötzlich Frank.

Haruns alter Schulkamerad lebte seit vier Jahren in Barcelona. Auch er hatte Karriere gemacht, war jetzt stellvertretender Leiter der Niederlassung einer internationalen Beratungsfirma. Natürlich bestand er auf einem Besuch, schwärmte leidenschaftlich von seiner Stadt am Meer, in der Harun auch bereits öfter gewesen war. Berufliche Aufenthalte. Das Übliche. Ohne eine Ahnung zu haben, dass Frank Keller dort lebte. Und sogar im gleichen Gewerbe tätig war. Sie hätten sich durchaus begegnen können. Nicht nur in Barcelona. Wie seltsam. Davon abgesehen gehörte Barcelona zu den Städten, deren Atmosphäre ihn immer besonders vereinnahmt hatte. Wenn er abends dann manchmal durch die Straßen, über die Plätze geschlendert war. Also musste Frank Keller ihn nicht allzu sehr drängen.

„Dann wirst du endlich auch Elaine kennenlernen. Sie wird dich dann bestimmt nach dem Frank von Damals fragen – also liefere bloß ein angemessen strahlendes Bild von mir. Ich verlasse mich auf dich!"

„Ehrensache, Frank!"

Trotz Haruns anfänglich schwelender Befürchtungen, damit könnte sich der Weg zu Erinnerungen auftun, die er tief in sich eingelagert hatte, wurde die überraschende Begegnung in London zu einem beschwingten Erlebnis. Schön, den alten Schulkameraden wiederzusehen. Und in Franks Gegenwart war es immer schwer bis unmöglich gewesen, in Trübsinn oder auch nur Tiefsinn zu verfallen. Eine Schulfreundin hatte einmal gesagt, allein wenn Frank lächelte, hellte sich jede Gewitterwolke auf. Daran hatte sich nichts geändert. Unter Verzicht auf das offizielle Programm verbrachten die beiden einen lebendigen, teils in gemeinsamer Erinnerung schwelgenden, teils die ihnen je unbekannten Wegstrecken des anderen austauschenden Abend. Frank erzählte viel, mit Leichtigkeit und Witz, wie früher, und Harun gelang es, wie immer bei geselligen Anlässen, unauffällig zurückhaltend zu bleiben. Die parallele berufliche Erfahrung lieferte zudem genügend Stoff und einen gemeinsamen Raum. Natürlich war Frank auch neugierig auf Haruns Privatleben, natürlich fragte er, aber er blieb jemand, der nicht hartnäckig insistierte.

„Und, die Liebe, Harun? Was machen die Frauen? Du kannst dich doch sicher vor Angeboten nicht retten." Er grinste, prostete ihm zu. „Oder bist du auch in festen Händen?"

„Frei wie ein Vogel!", sagte Harun. „Ist entspannender bei einem Vielflieger wie mir ... "

„Dachte ich auch lange ... bis ich dann eben Elaine begegnet bin."

Elaine. Franks Lebensgefährtin seit sechs Jahren. Verheiratet waren sie nicht. Aber das sagte heute ja nichts. Und immerhin waren sie offenbar gemeinsam nach Barcelona gegangen. Das hieß, sie mit ihm. Elaine. Ein Name. Nicht mehr. Ein Foto führte Frank nicht mit sich.

„Ich hab's nicht so mit Heiligenbildern", lächelte er. „Außerdem ist das Original unvergleichlich ..."

Harun war neugierig, wer und wie die Frau an Franks Seite wohl sein mochte. Die Frau, die es geschafft hatte, Frank an die Kette zu legen.

„Wenn du sie erst siehst und erlebst, wirst du mich schon verstehen", sagte er.

„Ich bin gespannt ..."

Doktor Endress behielt also Recht. Im Nachhinein war Harun froh, nach London geflogen zu sein. Die überraschende Wiederbegegnung mit dem alten Freund hatte ihm gut getan, und er freute sich wirklich auf den Besuch in Barcelona, den sie baldmöglichst realisieren wollten. Es schien, als wäre genügend Zeit vergangen, um sich wenigstens diesem Teil der Vergangenheit wieder nähern zu können, ohne dass Wunden aufgerissen würden. Wunden, die nichts mit den Freunden von damals zu tun hatten, sondern ... Es gelang Harun, jene Gedanken nicht herankommen zu lassen. Darin hatte er schließlich auch eine jahrelange Übung.

Das von Schornröder avisierte Projekt in Kapstadt verzögerte sich etwas, und zufällig bekam Harun einen Auftrag in Madrid. Es schien, als wollten die Umstände ein schnelles Wiedersehen der beiden alten Schulfreunde begünstigen.

Harun flog an einem Freitagmittag von Madrid nach Barcelona, hatte sich in einem kleinen, aber sehr guten Hotel am Stadtrand, unweit des Hauses, in dem Frank und Elaine lebten, ein Zimmer reserviert. Obwohl Frank ihm natürlich ein Quartier angeboten hatte.

„Wozu ein Hotel, unser Haus ist wirklich groß genug!"

Aber Harun war es lieber so. Vielleicht weil er nicht mehr gewöhnt war, mit anderen ein Dach zu teilen, sich nicht ganz zurückziehen zu können. Solche Art von Nähe irritierte ihn. Flüchtig kam ihm dabei der Gedanke, dass so etwas in der Türkei unmöglich gewesen wäre. Die Gastgeber empfänden es als persönliche Beleidigung, wenn der Gast nicht in deren vier Wänden übernachtete und zwar ganz gleich, wie eng und wenig komfortabel die auch sein mochten. Nähe ... Alles war immer Nähe dort, selbst die größte Distanz.

Harun würde das Wochenende über bleiben und Montag dann gleich von Barcelona aus nach Paris fliegen, wo er oft zu tun hatte. Elaine war auch Französin, wie Frank gesagt hatte, sie stammte sogar aus Paris. Dann hätten sie zumindest ein erstes gemeinsames Konversationsthema. Sie spräche im Übrigen auch sehr gut Deutsch.

„Du hast doch immer gern und viel gelesen, damals jedenfalls und im Unterschied zu mir altem Banausen."

„Tue ich noch."

„Na, dann wirst du dich mit ihr ausgiebig über Literatur unterhalten können. Ich bin da ja leider ein bisschen schwach auf der Brust, immer noch", hatte Frank gelacht, als sie telefonierten, um das Wochenende perfekt zu machen. Elaine war Übersetzerin für Romane, Kurzgeschichten, hin und wieder arbeitete sie auch für die Zeitung.

„Wahrscheinlich werdet ihr beide mich dann irgendwann ganz vergessen. Was aber den Vorteil hätte, dass ich vielleicht für ein, zwei Stunden ins Büro könnte. Du kennst das ja. Nimm's mir dann nicht übel, wird auch bestimmt nicht lange dauern."

Während Franks Stimme aus dem Telefonhörer erklungen war, hatte sich Harun sein verschmitzt lächelndes Gesicht vorgestellt. Er hatte sich wirklich kaum verändert.

Freitagnachmittag, zur Kaffeezeit, lief Harun von seinem Hotel aus zur angegebenen Adresse. Der Weg war nicht schwer zu finden, denn sie lag im gleichen Viertel. Sehr vornehme Gegend, ruhige Straßen, viele alte Villen mit großen Gärten. Üppiges Grün ragte über Mauern, bunte Farben blühten. Hier also hatten Frank und Elaine ihr originelles Häuschen gemietet, das sich der wohl aus der Art geschlagene Spross einer reichen Familie vor Jahrzehnten hatte errichten lassen. Harun stand eine Weile davor. Wirklich ein Schmuckstück. Nicht protzig oder repräsentativ wie die übrigen, mehr verspielt. Das täuschte auf den ersten Blick über die

Größe hinweg. Bestimmt fühlte Frank sich hier wohl mit seiner Elaine. Eine Frau, ein Haus. Ein Leben. Harun spürte eine vage Aufregung und wunderte sich. Vielleicht lag es daran, dass er diese Art von Geselligkeit nicht gewöhnt war.

Und dann stand er Elaine gegenüber, die im die Tür geöffnet hatte.

„Harun, nicht wahr?"

„Ja", sagte er. Die ersten Worte sprachen beide Französisch.

Wenn man jemandem zum ersten Mal gegenüberstand, jemandem, von dem man schon das ein und andere gehört, jemandem, der eine enge Verbindung zu einem Freund hatte und jemandem, von dem man wusste, dass man ihn die nächsten zwei Tage aus der Nähe erleben würde, dann war die eigene Aufmerksamkeit natürlich schon im Voraus besonders gerichtet. Und als Elaine dann Harun begrüßte, nach einem kurzen, eigentümlich intensiven Blick aus ihren leicht geschrägten goldbraunen Augen, mit einem warmen Lächeln und, ganz selbstverständlich, auf französische oder auch hiesige Art mit leichten Küssen auf beide Wangen, fühlte er sich sofort von ihr angezogen. Ein ovales Gesicht mit hohen Wangen, das dunkelbraune, leicht gelockte Haar, das sie hochgesteckt trug, ihre schlanke Figur ...

Elaine war eine sehr attraktive Frau. Bei Frank auch kaum anders zu erwarten. Ein undefinierbarer Duft ging von ihr aus, eine Mischung aus Vanille, Tabak und Lavendel ... Sie hielt eine brennende Zigarette in der Linken. Harun hatte die unsinnige Empfindung, als wäre dies nicht sein erster Besuch, ihre erste Begegnung. Immer noch sahen beide sich an. Elaines Attraktivität war von der Art, die sofort nach innen zieht. Sie blieb nicht an der Oberfläche, erschöpfte sich nicht in jener Art spontan erotischem Reflex. Harun lächelte verlegen, räusperte sich ...

„Na, dass der Herr Kara mich, das heißt uns, nun doch endlich mal beehrt ..." Sein alter Schulfreund war neben Elaine getreten und begrüßte Harun mit seinem freudigen Jungenlachen. „Komm rein und spare nicht mit Bewunderung ..."

Gemeinsam zeigten sie ihm das in mediterranem Stil, sehr geschmackvoll eingerichtete Haus und den von geschickter Hand gestalteten, dabei aber genügend verwildert belassenen Garten, worauf besonders Elaine Wert gelegt hatte.

„Wenn du ihr Arbeitszimmer siehst, wirst du verstehen ...", neckte Frank. Elaine zog ihre Brauen hoch. Harun kam es vor, als müsste er sich von einem jetzt rasch um ihn wachsenden Gespinst befreien, das aus wirren Eindrücken und Gedanken bestand, die unzweifelhaft um Elaine kreisten. Er konnte sich nicht erinnern, dass eine Frau je so auf ihn gewirkt hatte. Unheimlich. Deshalb konzentrierte er sich umso mehr auf das, was er sah, was Frank oder Elaine sagten, und folgte der Aufforderung, nicht mit Bewunderung zu sparen. Was wenig schwer fiel, weil das Haus auch von innen wirklich ein Schmuckstück war. Offene Räume, viel Licht, Wände und Böden in Safran- und Ockertönen, dunkles Holz, die Möbel erinnerten an Fotos aus den Zwanziger Jahren. Sie schienen besonders ausgesucht und ließen viel freien Platz.

„Wir haben wirklich Glück gehabt", sagte Frank. „Das ganze Ding hier war wie ein einziges, perfekt konserviertes Museum ..." Elaine nickte.

„Seit der Besitzer verstorben ist, hat man es, wie soll ich sagen, ja, gepflegt leer stehen lassen." Jetzt sprachen sie alle Deutsch. Elaine mit unverkennbar französischem Akzent, der ihrer eigentümlichen, beinahe etwas schleppenden Sprechweise zusätzlichen Reiz verlieh.

„Die Möbel waren schon drin ...?"

„Nicht alle, aber viele klassische Stücke", erklärte Elaine. „Spanisches Bauhaus sozusagen, ja ... Wir haben dann so komplettiert ..."

„Und warum hat man gerade euch das Haus vermietet?"

„Oh, das war Frank mit seinem großen Jungencharme, nicht?" Elaine lächelte. „Er hat der alten Dame, der das Haus gehört, ganz ungehörig schöne Augen gemacht, und wir mussten aufpassen, dass sie ihn nicht noch adoptiert ..."

„Was etwas für sich hätte", sagte Frank. „Ganz alte und vor allem immer noch sehr reiche Familie ... So, komm, jetzt geht's nach oben und, wie gesagt, wenn du Elaines Arbeitszimmer siehst, wirst du ihre Vorliebe für wilde Gärten verstehen ..."

„Du bist ein Lästermund ... Harun, lass dich nicht von ihm beeinflussen", sagte Elaine.

„Ich werde streng neutral sein." Die merkwürdige Aufregung, die Harun vorhin, als er vor dem Haus stand, in sich gespürt hatte, ließ nicht nach. Im Gegenteil. Es war, als vibriere irgendetwas in ihm. Eigentlich kein unangenehmes Gefühl. Nur irritierend. Vor allem, weil es offenbar mit Elaine zu tun hatte, deren Erscheinung und Bewegung ihn mehr und mehr gefangen nahm. Aber vorhin, vor dem Haus, hatte er Elaine doch noch gar nicht gesehen...

Von ihrem Arbeitsraum, den sie sich im ersten Stock eingerichtet hatte, ein quadratischer Raum mit großem Fenster und einem kleinen Balkon samt eiserner Wendeltreppe, die direkt in den Garten führte, ging sofort ein besonderer Zauber für Harun aus. Klar, worauf Frank angespielt hatte.

Wandhohe Kirschholzregale, von Büchern, Ordnern, Manuskriptstapeln überquellend, ein ebensolcher, bis auf den letzten Fleck von Büchern, bauchigen Mappen, Zeitungsteilen und bunten Zetteln belegter Schreibtisch, eine grüne Couch, davor ein flacher, gleichfalls voll belegter Tisch, es gab spanische, französische und deutsche Zeitungen mit deutlichen Lesespuren, über der Couch an der Wand dicht gehängte Schwarzweißfotografien, Landschaften, Stadtszenen, Portraits. Der ganze Raum lebte und mit ihm alle Dinge darin.

Und Haruns Blick tastete, seltsam berührt, über die Fülle von Kleinigkeiten: Die beiden randgefüllten Aschenbecher, den schwarzen Füllfederhalter auf dem Papierstapel neben dem aufgeklappten Notebook, die über eine Lehne der Couch geworfene, verblichen gemusterte Stola oder eine sichtlich bejahrte braunrote Ledertasche, die am Schreibtisch lehnte. In der Luft lag eine Mischung aus Zigarettenrauch, Parfümduft und dem Sommergeruch des Gartens. Es roch nach Gedanken, nach Tun, nach Atmen, Ruhe und Bewegung; nach gelebten Momenten, die hier ihren Ort gefunden haben. Dichte Spuren von Leben, das hier zu Hause war, sich ausgebreitet hatte, alles durchdrang. Unwillkürlich sah Harun seine eigene Wohnung vor sich – nicht mehr als eine beliebige Kulisse. Die Möbel und Dinge standen, lagen dort und hätten ebenso gut woanders stehen, liegen können. Ohne Beziehung zum Raum. Und sie hatten kein Zentrum.

„Was sagst du?", fragte Elaine ihn, trat ans Fenster und zündete sich eine Zigarette an.
Langsam ließ sie den Rauch entweichen.
„Ja, das hier ist mein wildes Reich, le génie chez soi, nicht wahr ...?" Und sie lächelte. „Frank ist es ein Rätsel, wie ich in diesem Chaos arbeiten kann."
„Künstler", rief Frank in gespielter Verzweiflung aus, „Künstler ..."

Später saßen sie dann im Garten, im Schatten alter Bäume, tranken Kaffee und aßen von den Petits Fours, die Elaine selbst gemacht hatte. Frank und Harun tauchten in ihre gemeinsamen Erinnerungen, unterhielten Elaine mit zahlreichen Geschichten und Anekdoten. Elaine hörte aufmerksam zu, und mehr als einmal sah Harun sich dabei ihrem intensiven, beinahe forschenden Blick ausgesetzt. Sie lachten viel, vor allem Franks Lachen wirkte wie früher ansteckend, und Harun konnte sich kaum erinnern, wann er das letzte Mal so leichte und unbeschwerte Stunden verbracht hatte.

Dass er seinen Blick immer wieder von Elaines Gesicht weg zwingen musste, dessen Züge und Mimik ihn genauso immer wieder in den Bann zogen wie auch ihre Gesten, die Bewegung ihrer Arme, ihres Oberkörpers, blieb eine merkwürdige Irritation. Es war dabei auch nicht oder nicht nur ihre irgendwo zwischen Frau und Mädchen hin und her schwingende Attraktivität, diese Mischung aus Grazilität und Reife, sicher noch betont von ihrem unweigerlich reizenden französischen Akzent, es war eben jene besondere Tiefe, die Harun in ihr ahnte, und in die er sich gezogen fühlte. Eine Tiefe, die von ungewisser Melancholie bestimmt war. Für den Abend wurde Harun dann in die gemeinsame Vorbereitung eines spanischen Essens eingespannt. Elaine forderte ihn auf, sie auf eine kleine Einkaufsfahrt in die Stadt zu begleiten, um verschiedene frische Zutaten zu besorgen.

„Die Zeit kann Frank dann ganz unschuldig nutzen, um sich mit seinem Laptop zu beschäftigen. Er leidet sonst nämlich an Entzugserscheinungen ..."

„Alte Petze", knurrte Frank augenzwinkernd und drehte Elaine eine Nase.

„Und dafür wird er nachher alle Schälarbeiten übernehmen ..."

„Harun, bitte leg ein gutes Wort für mich ein ..."

Und so fuhren Elaine und Harun dann in ihrem kleinen Renault in die Stadt. Harun war froh, um nicht zu sagen glücklich, mit Elaine allein zu sein. Zugleich etwas beschämt. Was waren das für unsinnige Empfindungen? Das war die Frau oder Lebenspartnerin seines alten Freundes. Die er heute das erste Mal sah. Harun versuchte daher, den lockeren Ton zu halten, der die ganze Zeit zwischen ihnen geherrscht hatte.

„Ich werde Frank nachher beim Schälen unterstützen, zu viel mehr reichen meine Küchenkünste leider auch nicht."

„Oh, lass dich da nicht täuschen, Harun, wenn Frank dazu aufgelegt ist und sich die Zeit nimmt, dann lohnt es sich, am Tisch zu sitzen. Und ich nehme an, dir zu Ehren lässt er heute Abend etwas von seiner Kunst sehen."

Harun war überrascht und spürte sogar einen kleinen Stich.

„Das hätte ich ihm gar nicht ..."

„Naja, seine Talente beschränken sich bisher auf die spanische Küche, die hat's ihm nämlich angetan." Elaine fuhr schnell und sicher. Auch beim Autofahren hatten all ihre Bewegungen etwas ebenso Nachlässiges wie Konzentriertes. Harun musste sich Mühe geben, ihren Nacken, ihr Profil, ihre schlanken, festen Arme, die das schlichte grüne Sommerkleid freiließ, nicht zu auffällig zu beobachten. Unwillkürlich sinnierte er über Elaines Hautfarbe, die weder auffällig gebräunt noch eigentlich hell ist. Ein dunkles Weiß, ein von Innen her gedunkeltes Weiß. Wie ein geheimer Schatten der Melancholie, den er in ihr ahnt ... Was waren das für absurde Gedanken?!

Sie mussten nicht allzu weit fahren. Elaine rangierte den Wagen geschickt in eine kleine Parklücke vor einer alten Markthalle mit verblichen blau gestrichenen Fenstern in der Höhe, wo sich, wie in südeuropäischen Ländern üblich, die Stände mit Frischware reihten: Alle Sorten Fleisch, Fisch, Gemüse, Obst, Früchte. Blecherne Lampen, die an langen Befestigungen von der Decke hingen. Gefliester Boden, der regelmäßig abgespritzt wurde. Dazwischen ineinander übergehende Gerüche und das laute Hallen von Stimmen und Geräuschen. Elaine kannte sich hier aus, ging zielsicher von einem Stand zum nächsten, sah, prüfte, parlierte mit den Verkäufern, und in Haruns beiden Händen sammelten sich die Tüten. Elaine lächelte ihm zwischendurch zu, erklärte etwas, berührte manchmal leicht seinen Arm. Und Harun wünschte sich, jetzt unbegrenzte Stunden vor sich zu haben. Allein mit ihr. Und wenn es nur wäre, dass sie weiter und ohne Ende durch diese Markthalle gingen ... Was war das? Was sollte das?

An einer Art Kaffeebar lud Elaine ihn ein. „Das haben wir uns jetzt verdient. Besonders natürlich mein fleißiger Träger!"

Beide rauchten, Harun gab ihr Feuer.

„Das ist auch, was wir an Spanien so lieben", erklärte sie. „An Spanien und am Süden, weißt du, diese, wie soll ich es sagen, diese Sinnlichkeit schon im Alltäglichen, ganz ohne jede Inszenierung, es liegt einfach in der Luft, im Licht und ... und in den Menschen."

„Ich verstehe schon, was du meinst ... Ich bin ja selber ... Also eigentlich ... In meiner ... Kultur ..." Harun war verwirrt, seine Gedanken, mehr seine Gefühle eilten ihm voraus, die Worte kamen nicht hinterher ...

„Ja, Frank hat gesagt, dass du ursprünglich aus der Türkei kommst. Wobei das bei deinem Namen auch kein Geheimnis ist, nicht?" Sie lächelte ihn wieder an.

„Ich war zwar noch nie dort, aber ich könnte mir denken, dass dieses Mediterrane, dieses Südliche im Lebenstakt da auch überall gegenwärtig ist. Vielleicht mit etwas anderem Akzent, aber alles, was mit dem Licht, der Luft, dem Essen, der Geselligkeit und vielleicht auch mit dem Herzen zusammenhängt, wird bestimmt eine Ähnlichkeit haben, oder?"

„Ja." Harun nickte. Und widerstand dem jetzt unpassenden, unsinnigen Impuls, ihr zu erzählen, dass er bis auf seine frühe Kindheit nie mehr in dem Land gewesen, dass seine Verbindung zur ... zur türkischen Welt lange schon ganz abgerissen war. Seit jenem erbitterten Streit mit seinem Vater vor so vielen Jahren ...

„Ich ... ich mag diese Lebensart auch sehr, es ist wie eine Art Geborgenheit, ein Aufgehobensein, ein ... wie ein Grundton in allem, der mit jedem Augenblick verbindet."

Wieder sah Elaine ihn mit einem ihrer intensiven Blicke an. Sie nickte langsam, ließ eine Rauchwolke entweichen.

„Weißt du, Harun, ich denke manchmal, es gibt Menschen, die genau eine solche Lebenswelt um sich herum brauchen, wie als Kontrapunkt zu ihrem ... ja, zu ihrem eigentlich melancholischen Wesen. Und es ist komisch, aber gerade im Süden, der so in allem doch das Gegenteil ist, gibt es, glaube ich, viele Melancholiker. Aber sie werden im Gleichgewicht gehalten."

Harun war beinahe ergriffen von diesen Worten, aber noch bevor er Gelegenheit hatte, darauf zu antworten, drückte Elaine ihre Zigarette aus.

„Komm, lass uns gehen, sonst verplaudern wir den Abend noch hier."

Und wie gern hätte Harun den Abend hier verplaudert ... Unsinn. Wahnsinn. Wohin sollte das führen?

Sie fuhren zurück. Elaine nahm einen kleinen Umweg und zeigte ihm eine Stelle am Rande der sich hier die Hügel heraufwindenden Straße, von der aus man bis aufs Meer sehen konnte. Der Teil der Stadt, in dem das Haus stand, lag deutlich höher.

„Hier bin ich oft und lasse meine Gedanken frei. Und sie können nirgendwo freier sein als zum Meer hin, nicht ..."

„Vielleicht, weil sie nicht zurückkommen. Der Horizont nimmt sie uns ab ..."

„Ja, vielleicht ..." Wieder registrierte er ihren aufmerksamen, beinahe forschenden Blick und hatte Mühe, ihm standzuhalten. Aus Furcht, sie könnte merken, dass es ihn Anstrengung kostete, ihrem Blick standzuhalten. Was war da, in diesem Blick? Was zog ihn so hinein? Es war unheimlich.

Sie setzten ihre Fahrt fort.

Frank saß noch an einem kleinen Schreibtisch, der in einer Nische des Wohnraums stand, klappte schwungvoll sein Notebook zu, als die beiden hereinkamen, nahm Harun lachend einige Tüten ab.

„Ja, mein Lieber, sonst bin ich hier der Lastesel." Elaine drückte Frank einen Kuss auf die Wange.

„Du Armer ..."

Frank öffnete in der geräumigen, offenen Küche einen Rotwein. Dann arbeiteten die drei dort gemeinsam an einer besonderen Paella, die Frank aus verschiedenen Rezepten kombinierte. Harun glitt in einem seltsamen Gefühlsgemisch durch diese Stunden. Er fühlte sich wohl, so wohl wie selten, zusammen mit den beiden, aber seine innere Aufmerksamkeit für Elaine wuchs immer mehr, zugleich mit ihr ein noch vager Schmerz und ein dafür umso deutlicheres schlechtes Gewissen Frank gegenüber. Harun konnte noch nicht ausmachen, was es war, das ihn auf eine so unheimliche, weil ebenso starke wie nicht erklärliche Weise zu ihr zog. Irgendetwas ging von ihr aus. Und irgendetwas entstand zwischen ihnen, es war nicht zu leugnen, etwas noch nicht Fassbares, weder zu Denkendes noch gar Auszusprechendes. So kam es ihm vor.

Er verscheuchte diese Empfindungen und Gedanken. Sie irritierten, verwirrten, lähmten ihn. Desto mehr versuchte er, sich Franks wie immer leichter und scherzender Art anzupassen, unbeschwert und schlagfertig zu sein. Zwischendurch immer wieder Elaines Blick, den er Bruchteile von Sekunden auffing. Was sagte, was fragte dieser Blick? Oder bildete er sich das alles nur ein? Und wenn ja, was eigentlich bildete er sich ein? Seine bemüht versteckte Unsicherheit ließ ihn mehr Wein trinken als üblich. Aber es half.

So gingen das Vorbereiten, Zubereiten, Warten, Auftragen und schließlich Essen unter Gesprächen und Musik aus einer diskret verborgenen Anlage, deren Lautsprecher im großen Wohn- und Essraum sowie auf der Terrasse verteilt waren, fließend ineinander über, während das Tageslicht allmählich in eine sanfte südliche Sommerdämmerung und schließlich ein weiches Dunkel fiel. Sie saßen lange draußen. Windlichter brannten auf dem hölzernen Tisch, auf dem sich dann die leeren Schüsseln, Teller, Flaschen und Karaffen sowie zwei volle Aschenbecher sammelten. Nach dem Essen rauchte auch Frank.

„Schön, dass du hier bist, Harun, hat ja lange genug gedauert. Ich hoffe, wir haben dich überzeugt, dich nicht allzu lange wieder rar zu machen, was, Ela ...?"

Ela, so nannte er sie, und hob sein Glas.

„Je l'espère aussi!", sagte Elaine mit ihrer dunklen Stimme und prostete Harun ebenfalls zu.

„Totalement convaincu", antwortete Harun.

Es wurde spät, gemeinsam räumten sie noch den Tisch ab und die Sachen in die Küche.

„Soll ich dich zum Hotel fahren?", fragte ihn Frank, aber Harun möchte die kleine Strecke gerne laufen. Er spürte den Wein, das reichliche Essen, war müde, aber auch unruhig. Sie verabredeten sich für ein spätes Frühstück am folgenden Tag.

„Gute Nacht, Harun", verabschiedete sich Elaine, wieder mit leichter Umarmung und Küssen auf seine Wangen. Und Harun roch ihren Duft. Vanille, Tabak und Lavendel. Süß und herb ...

Die Nacht war warm, der Himmel voller Sterne, aus den Gärten der Häuser zirpten die Grillen.

Während Harun durch das schmeichelnde Dunkel zurück zu seinem Hotel lief, sah er immer noch Elaines Gestalt vor sich, hörte ihre Stimme. Zwecklos, sich etwas vorzumachen: Ja, sie hatte ihn vom ersten Moment an fasziniert. Etwas in ihr. Etwas an ihr. Ihre Augen, ihr Blick, ihre Bewegung, ihre Art zu sprechen, zu schweigen. Sinnlichkeit, Lebenslust, Tiefe, Geheimnis, und alles schon in jeder kleinsten Geste gegenwärtig, unangestrengt, ohne jede Eitelkeit. Belesen war sie, klug, interessiert und vielseitig, wusste über Kultur zu sprechen wie über Politik und Ökonomie, gelassen, mit Maß und Witz, immer mit Charme und immer ohne jede Effekthascherei. Aber das gehörte schon zu dem, das dazukam ...

Dazu ... Wozu kam es? Es ging eine Festigkeit von ihr aus, eine Kraft und Natürlichkeit, aber gleichzeitig war da irgendwo eine große Stille, etwas zutiefst Melancholisches, das dem feinfühligen Beobachter aufschien wie durch eine manchmal und für kurze Weilen von leichtem Wind zur Seite bewegte Gardine, die dann die Sicht auf ungefähre Schemen freigab, die sich im Halbdunkel dahinter abzeichneten. Und diese Stille, diese Melancholie war es auch, die ihrer Stimme, die all ihren Bewegungen, die selbst ihrem fröhlichen Lachen oder ihrer temperamentvollen Geste trotzdem diese kleine Verzögerung, diese fast unmerklich nachhallende Langsamkeit gab. Noch nie hatte Harun eine größere erotische Wirkung empfunden. Aber es war nicht bloß die erotische Wirkung, sie war das Außen eines noch verborgenen Inneren.

Wie schön es wäre, jetzt mit Elaine an dieser Stelle zu stehen oder auf einem der Felsbrocken zu sitzen, dort, wo sie vorhin kurz angehalten hatten ... Jetzt die Lichter der Stadt zu ihren Füßen und dahinter das schwarzsilberne Schimmern des Meeres. Wie schön es wäre, Elaine im Arm zu spüren und ihr alles zu sagen. Alles ... Zum ersten Mal verspürte Harun das Bedürfnis, sich einem anderen gegenüber zu offenbaren. Seine Zweifel, seine Zerrissenheit, seine Einsamkeit hinter der Fassade. Spürte Elaine das, ahnten es ihre Blicke ...?

Er war glücklich, glücklich in den Augenblicken dieser Vorstellung, aber die Augenblicke verwehten, lösten sich auf, und zurück blieben Ratlosigkeit, Bestürzung, auch Scham und eine vom Wein noch unterstützte Schwere, die ihn in seinem kleinen Hotel schließlich in den Schlaf sinken ließ. Einen bleiernen Schlaf voller Träume, an die keine Erinnerung blieb, außer einem unbestimmt schalen Nachgefühl am nächsten Vormittag und im hellpastellenen Sonnenlicht, das durch die cremefarbene Seidengardine vor dem bodentiefen Fenster weich ins Zimmer drang.

Ein wunderschöner Sommermorgen, ein leichter Wind ging. Harun stand auf, duschte lange, rasierte sich. Während er unter der Dusche stand, hatte er den, nicht weniger als all das andere, irritierenden Gedanken, nicht zum Frühstück zu den beiden zu gehen. Stattdessen anzurufen und irgendeine Ausrede zu gebrauchen, dass er leider sofort irgendwohin müsste. Für Sekunden hatte diese Vorstellung etwas Befreiendes. Dann schüttelte er sie ab. Unmöglich. Blödsinnig. Er machte sich auf den kurzen Weg. Das frische Vormittagslicht, die Wärme und jene leichte Brise hier oben in den Hügeln taten gut. Man konnte das Meer bis hier herauf riechen. Elaine und Frank hatten draußen gedeckt, wieder saßen sie und redeten, lachten, aßen. Ließen sich Zeit. Und es war wirklich, als ob sie sich schon lange kannten. Als ob Frank und er sich nicht so lange aus den Augen verloren gehabt hätten und ... Elaine immer schon ...

Später fuhren sie dann alle zusammen hinunter in die Stadt und an die Marina, gingen dort am Strand und die Promenade entlang spazieren. Wie unbeschwert, wie schön hätte alles sein können. Wenn Harun nicht mehr und mehr realisiert hätte, dass Elaine ihm unausweichlich mehr zu bedeuten begann, als sie ihm hätte bedeuten dürfen.

Während sie gingen, sprachen oder die Aussicht genossen auf das Stadtpanorama hier unten, die Front der alten Viertel, die modernen Bauten der Marina, das blaugleißende Meer oder, in der anderen Richtung, die nach Westen hin hoch ansteigenden Hügel, versuchte Harun zu ergründen, was ihn an ihr so anzog. Natürlich, sie war attraktiv, sie war ein Typ Frau, der ihm gefiel, aber das war es nicht oder zumindest nicht ursprünglich und nicht allein. Als ob Elaine etwas in ihm berührt hätte, Elaine als die, die sie war, also ohne irgendetwas zu tun, genauso wenig wie Harun irgendetwas getan hatte. Außer ihr einfach nur zu begegnen.

Dann verabschiedete sich Frank wie angekündigt für eine Weile ins Büro. Er hatte es auch Elaine schon vorher gesagt.

„Tja, meine Lieben, genießt eure Freizeit, einer muss ja schaffen", zwinkerte er Harun zu. „Es dauert nicht lange. Und du bist ja in guten Händen, Ela, mein alter Schulkollege ist nämlich auch ein Bücherwurm."

Und so bummelten Elaine und Harun erst über diese berühmte Marktstraße, die Ramblas, dann durch die alten Gassen in dem Viertel unten am Wasser, das den Namen Barrio Chino, also Chinesenviertel, trägt. Obwohl es dort nicht auffällig viele Chinesen gab.

Elaine trug einen schlichten, knielangen Rock in Cremefarbe, dazu ein gleichfarbiges, ärmelloses Shirt, was ihre schlanke, sportliche und doch weibliche Figur besonders zur Geltung brachte. Das Haar trug sie zu einem Pferdeschwanz gebunden, eine Strähne fiel lose in die Stirn. Während sie gemeinsam zwischen den Menschen auf den Ramblas, an den Ständen entlang schlenderten, sich gegenseitig auf dieses und jenes aufmerksam machten, besonders Elaine manches neugierig beäugte, manchmal fast kindlich begeistert, versuchte Harun seine Fantasie im Zaum zu halten. Seine geheime Fantasie, dass er hier mit seiner Freundin, Partnerin, Frau ... Elaine wie so oft schon unterwegs war und noch sein würde. Und in den engen Gassen des Chinesenviertels, das an die längst vergangene und ansonsten spurlos vergangene Zeit des alten Hafens erinnert, kam es Harun vor, als wäre er wirklich hier zu Hause, immer zu Hause gewesen ... Mit ihr zu Hause ...

Sie aßen ein paar Tapas, tranken Kaffee in einem kleinen Restaurant, das in einem schattigen Hof beinahe verborgen lag, aber gut besucht war. In der Mitte des Hofes plätscherte ein Brunnen. Und dann sprachen sie, wie Frank es vorhergesehen hatte, angeregt über Bücher. Bücher, die sie beide gelesen, oder solche, die einen von ihnen beeindruckt hatten, sprachen, immer zeitvergessener, über Literatur überhaupt, und Harun fragte Elaine vieles, nach dem Leben in dieser besonderen Stadt am Meer, nach ihrer Herkunft, ihrer Arbeit. Fast fürchtete er, dass sich das Gespräch einmal auf ihn richten könnte, so, als könnten dann Dämme brechen, von denen er sich insgeheim doch wünschte, dass sie brachen.

Elaine hatte also Literatur studiert, Sprachen, auch Deutsch, dann in Paris bei einem großen Verlag als Lektorin gearbeitet und irgendwann begonnen, Kritiken zu veröffentlichen, unter einem Pseudonym. Ihre Beiträge fanden Anklang, und schließlich machte sie sich als Lektorin, Übersetzerin und Literaturjournalistin selbstständig. Frank und sie waren sich auf dem Flughafen Orly begegnet, beide auf dem Weg in die Stadt, in der sie heute zusammen lebten. Und in Harun stach die Frage, warum nicht er Elaine auf dem Flughafen von Orly begegnet war, schließlich war er oft dort, und die Wahrscheinlichkeit ihrer Begegnung wäre um keinen Deut geringer gewesen.

„Natürlich träume auch ich den Traum, irgendwann selbst zu schreiben", sagte sie, „also eigene Geschichten, weißt du, und klar, den großen Roman ..." Sie lächelte, klopfte eine neue Zigarette aus der leicht zerdrückten Packung, Harun gab ihr Feuer, ihre Hand berührte kurz die seine.

„Aber es ist nicht so einfach, die Seiten zu wechseln, wenn man mal auf dem anderen Weg ist. Und im Moment habe ich soviel zu tun, dass ich sowieso nicht dazu käme ..." Sie trank ihren Kaffee aus, den sie schwarz nahm, wie Harun.

„Aber vielleicht ist das auch ein Zeichen ..."

„Ein Zeichen wofür? Ich kann mir dich jedenfalls gut als Schriftstellerin vorstellen." Auch Harun entzündete sich eine neue Zigarette.

„Merci, merci ... Aber manchmal denke ich, wenn meine Leidenschaft für das Schreiben, also zum Beispiel des großen Romans ...", wieder lächelte sie und blinzelte ihm zu, „wenn also diese Leidenschaft groß genug wäre, dann würde ich es auch tun, und solange das nicht so ist ... Ich denke, es braucht einfach noch Zeit. Aber ich spüre, dass es in mir, also ganz tief in mir arbeitet. Aber wieso kannst du dir mich denn gut als Schriftstellerin vorstellen?" Elaine schaute ihn wie so oft mit dieser besonderen, beinahe forschenden Aufmerksamkeit an.

„Nun, weil ..." Und wie jedes Mal musste Harun sich bemühen, diesem Blick unbefangen zu begegnen, nicht in ihm zu versinken, den Faden nicht zu verlieren. Er ließ den Rauch seiner Zigarette ausströmen, als ob er sich für einen Moment dahinter verbergen wollte.

„Weil ... Mir scheint, du bist eine sehr genaue Beobachterin und ... und alles, was du beobachtest, gerade auch Kleinigkeiten, hinterlässt einen Eindruck bei dir, löst Gedanken aus, die sich damit verbinden, und das speicherst du dann ab, oder es speichert sich in dir ab ... Etwa wie ein sich ständig erweiterndes Mosaik."

Elaines Blick war unverwandt auf ihn gerichtet geblieben.

„Das mit dem genauen Beobachten kann ich dann ja gleich zurückgeben. Wollen wir los?"

Sie brachen auf, schlendern die Gassen entlang wieder hinunter zum Wasser. Die Palmen an der Promenade wiegten sich in leisem Wind, tief und gleichmäßig rauschte eine sanfte Brandung.

„Ich glaube, ich könnte nie woanders leben als im Süden und am Meer", sagte Elaine. „Ich brauche dieses Licht, die Helligkeit, die Wärme ..." Sie breitete kurz ihre Arme aus, hielt das Gesicht der Sonne und dem Meer entgegen.

„Es spiegelt sich in allem, in den Mauern, den Gerüchen, den Klängen, den Menschen ... Und all das antwortet dem Süden, den manche in sich tragen." Unwillkürlich dachte Harun: Was würde geschehen, wenn Frank versetzt wird, irgendwo nach Norden, in eine Stadt ohne Meer. Wenn sich ihm dort die nächste Karrierechance eröffnete ...?

„Und, trägst du ihn auch in dir, den Süden?", fragte Elaine, wieder mit ihrem Harun irritierenden Blick.

Er sah hinaus über das in Ufernähe von kleinen Schaumwellen überkrönte Wasser.

„Ich glaube ja ... Aber ich ... ich bin noch nicht dort angekommen ..." Elaine trat neben ihn.

„Manche von uns bleiben immer Reisende, gleich wo sie sind ..."

Sie blieben eine Weile nebeneinander stehen und gingen dann schweigend weiter, erreichten den Parkplatz, wo Elaines kleiner Renault stand, mit dem sie hergefahren waren.

„Wenn du auch noch etwas arbeiten willst, Elaine ... Du musst dich nicht die ganze Zeit ... Ich meine, ich habe etwas zu lesen mit und kann ..."

„Wollen wir uns nicht in unseren Garten setzen und ein bisschen Siesta halten, wie's sich hier gehört?" Elaine lächelte ihn an. „Sonst sind wir heute Abend nicht in Form."

„Gern", sagte Harun. Für den Abend waren sie mit Freunden von ihr und Frank auf der Marina verabredet, in einer Art Clubrestaurant mit Jazz-Musik.

„Das wird dir gefallen", hatte Frank gesagt, „fantastischer Panoramablick aufs Meer, gute Musik, und unsere Freunde sind wirklich nett. Kann ja auch nicht anders sein."

„Können wir noch mal an diesem Aussichtspunkt halten, wo wir gestern kurz gewesen sind?", fragte Harun während der Fahrt zurück zum Haus.

Sie warf ihm einen erstaunten Blick zu. „Hatte ich sowieso vor ... Da haben wir beide das Gleiche gedacht." Und Harun verspürte ein aufflammendes Glücksgefühl.

Und wieder standen sie dann auf dem kleinen Stück sandigen, mit Geröll bedeckten Bodens neben der Straße, vor sich einige kniehohe Felsbrocken und dahinter der offene, weite Blick, der Himmel und Meer in unbestimmter Ferne blassblau verschmelzen ließ. Sie rauchten beide.

„Immer, wenn ich hier stehe, fühle ich mich angekommen und weiß doch, dass die Reise weitergeht."

„Wohin?", fragte Harun spontan und bereute die Frage im gleichen Augenblick.

„Ich weiß nicht ..."

„Vielleicht ist es das Meer ..."

„Ja, vielleicht ..."

Wieder zurück, setzten Elaine und Harun sich nebeneinander in zwei bequeme Liegestühle im Schatten eines der alten, mächtigen Bäume, die das Grundstück zur rückwärtigen Seite hin beschirmten. Elaine brachte eine Karaffe eisgekühlten Orangensafts und stellte sie auf ein niedriges Tischchen zwischen ihnen.

Und dann dösten sie in der warmen Luft, lasen, er in seiner Camus-Biografie, sie in einer der Mappen, die sie aus ihrem Arbeitszimmer geholt hatte, und immer wieder unterbrach ein kurzer oder längerer Dialog das vertraute Schweigen. Vertraut, so kam es Harun vor. Unerklärlich vertraut wie ihr ganzes Zusammensein. Als läge dem ein tiefes, unausgesprochenes Wissen des einen um den anderen zugrunde. Wenn da nur diese in ihm gärende Spannung nicht wäre. Er versuchte, sie zu ignorieren, zurückzudrängen. Die Spannung kam aus dem Bewusstsein der Nähe zu Elaine, der räumlichen und der anderen. Aus dem Bewusstsein dieses vertrauten Empfindens und aus dem Wissen um die Haltlosigkeit, Begrenztheit, Unsinnigkeit all seiner Empfindungen.

Aber waren sie wirklich unsinnig? Oder empfand Elaine vielleicht sogar ähnlich? Auch sie musste es doch spüren, das Leichte, Schwingende, Tragende ihres Miteinanderseins, dieses Ineinandergreifen von Gesagtem und Unausgesprochenem und vielleicht auch jene Spannung, nicht nur in Harun, sondern auch in sich, jene Spannung, die aus dem unwillkürlichen Erkennen kam, auf einen Menschen getroffen zu sein, der ...

Als Frank dann am späten Nachmittag mit einem Taxi zurückkam, wusste Harun ohne Zweifel, dass er sich in Elaine verliebt hatte. Frank, der den Schleier dieses wunderbar zeitentrückten Zusammenseins zerriss. Und Harun war es nur unter dem Aufbieten aller Kraft gelungen, Anschluss an die wieder herrschende Realität zu finden. Unwillkürlich hatte er Elaine beobachtet, ob sich irgendwelche Anzeichen erkennen ließen, dass es ihr ähnlich ginge. Jede Geste, jeder Blick, jeder Schritt, jedes Wort ... Der Wahnsinn des Verliebten. Vor dem gemeinsamen Ausgang am Abend hatte sich Harun dann in sein Hotel zurückgezogen, hoffend, dass es nicht als die Flucht erscheint, die es gewesen war. Unmöglich, mit Frank und ihr jene plaudernde, scherzende Illusion aufrechtzuerhalten, die bloß die Wahrheit verdeckte. Seine Wahrheit. Denn ihre Wahrheit war eine andere.

Die Wahrheit war, dass Elaine und Frank ein Paar waren, dass bei allen Unterschieden ihrer Persönlichkeiten doch eine besondere Zweisamkeit bestand. Das hatte Harun von Anfang an gespürt. Und wenn er ehrlich war: Auch die ihn so berührende Ausstrahlung Elaines ging doch ein in eine Art Geist, in die ganze Atmosphäre dieses Hauses, das die beiden zusammen belebten. Zusammen. Ein gemeinsamer Geist, der das Haus erfüllte. Natürlich, es war vor allem Elaine gewesen, die es gestaltet hatte, es war Elaine, die, wenn nicht selbst auf Reisen, dort ihre Tage verbrachte, weil sie von zu Hause arbeitete.

Aber Frank wirkte dort keineswegs wie ein Fremdkörper. Auch wenn Harun zu seiner eigenen, insgeheimen Beschämung, nach Anzeichen, Indizien, Hinweisen dafür suchte. Dafür, dass die beiden eigentlich nicht wirklich zusammenpassten. Dass die Unterschiede zwischen ihnen größer sind als die scheinbaren Gemeinsamkeiten, die auch durch dieses Haus Gestalt fanden. Aber war ist nicht so. Frank gehörte genauso zu diesem Haus. Und Elaine gehörte zu ihm. Er, Harun, war der Gast, der vorübergehende. Der Fremde. Der heimliche Verräter ...

Der Abend, den er dann gemeinsam mit den Freunden von Frank und Elaine in dem Club an der Marina verbrachte, wurde zu einem anstrengenden Wechselbad der Stimmungen und Zustände. Zumal Harun sich nichts von allem anmerken lassen durfte und wollte. Unter keinen Umständen. Die Freunde, ein weiteres Paar und eine Frau, allesamt Spanier und im gleichen Alter, waren Gott sei Dank sehr umgänglich und sympathisch. Der überaus aparten Frau, sie hieß Sol, war dabei wohl die diskrete Aufgabe zugedacht worden, an Haruns Seite und zusammen mit ihm an diesem Abend sozusagen das dritte Paar zu bilden. Und sie wurde ihrer Rolle auf angenehme Art, mit Charme und Takt gerecht. Es fiel ihr nicht schwer, und Harun merkte, dass er ihr ebenso sympathisch war. Die Unterhaltung wurde auf Englisch und Französisch geführt, später tanzten sie ausgiebig.

Die wunderbarsten und schlimmsten Momente waren für Harun die, während er mit Elaine einen langsamen Tanz tanzte, zu dem sie ihn aufgefordert hatte. Es war alle Kraft nötig gewesen, sich nicht auf ihren Duft, ihre Wärme, die Berührung ihres Körpers zu konzentrieren, um nicht alle Kontrolle über die eigenen Bewegungen zu verlieren. Dabei ständig in der Furcht, Elaine oder sogar die anderen, vor allem Frank, könnten ihm anmerken, was mit ihm los war. Insgeheim hatte Harun seiner spanischen Begleitung viel zu danken. Sol wurde, natürlich ohne es zu wissen, eine Art Rettungsanker an diesem Abend. Mit ihrer souveränen Art, ihrem Esprit – einigen Andeutungen nach kam sie wohl aus bestem Hause – war sie nicht bloß eine begabte, sondern auch erfahrene Gesellschafterin und verstand es unaufdringlich, Harun eine perfekte Partnerin für diesen Abend zu sein. Als wären es tatsächlich drei Paare, die miteinander ausgingen. Es wurde spät, und als man sich endlich trennte, raunte ihm Frank noch zu: „Ich glaube, du hast eine Eroberung gemacht, mein Lieber. Bis morgen also, wieder zum Frühstück!"

Doch am nächsten Morgen brachte es Harun wirklich nicht mehr fertig, den kurzen Weg zu Franks und Elaines Haus zu nehmen, mit ihnen gemeinsam zu frühstücken, Elaine gegenüber zu sitzen und Frank, dabei so zu tun als ob ... nichts wäre ... Als er an diesem Morgen aufwachte, lag die Gewissheit, die Gewissheit, Elaine zu lieben, wie ein Abgrund vor ihm. Kein größerer, kein drängenderer Wunsch als sie zu sehen, mit ihr zu sprechen, mit ihr zu dieser Stelle zu gehen, von der aus man das Meer sehen konnte, ihr dort alles zu sagen. Wissend, dass das alles unmöglich war ...

Er ging im Zimmer auf und ab wie ein gefangenes Raubtier, rauchte eine Zigarette nach der anderen und fühlte sich dabei, als stünde seine Hinrichtung unmittelbar bevor. Ausweglos. Und dann packte er wirklich seine Sachen, bezahlte das Hotel, ließ sich ein Taxi kommen und zum Flughafen fahren. Kein eigentlicher Entschluss, kein Sich-Aufraffen, es passierte einfach, als hätte irgendeine Kraft seine Steuerung übernommen. Weil er nicht mehr dazu imstande war. Eine Art Notprogramm. Erst vom Flughafen aus rief Harun dann Frank an. Das erste Mal war sie dran, Elaine ... Wie ein Schock. Er legte wieder auf, brauchte eine Weile für den nächsten Anlauf. Beim zweiten Mal hatte er Frank in der Leitung und erzählte ihm irgendetwas, dringende Nachricht von der Firma, es brenne, er müsse sofort los, leider, Grüße an Elaine und so fort ... Auch die Worte kamen von allein, ohne Nachdenken, ohne Plan.

„Mensch, Junge, schade ... Das ist halt der Fluch unseres Jobs ... Ela wird ganz schön enttäuscht sein ..."

Würde sie wirklich? Und bedeutete das etwas? Was ...? – Unsinn, alles Unsinn ...

„Aber du hast natürlich die Pflicht zur Wiederkehr, zur baldigsten Wiederkehr, keine Ausflüchte, Herr Kara ..."

Das war der Vorteil, wenn man im gleichen Gewerbe war. Zumal in diesem, da kam so etwas schon vor, dass man Hals über Kopf los musste. Vom Flughafen aus ließ Harun einen großen Blumenstrauß an die beiden schicken. Mit einer Dankeskarte und einem Sorry für den überstürzten Aufbruch. Er ließ sich auf die nächste Maschine nach Paris setzen. Vier

Stunden Wartezeit. In der Senator-Lounge saß er, stierte vor sich hin. Blätterte fahrig in den ausliegenden Magazinen und Zeitungen. Keine Konzentration. In seinem Kopf eine dumpfe Leere. Oder lähmende Fülle. Nicht daran rühren, nichts in Bewegung bringen. Einfach nur sitzen, wie halb betäubt ...

Vor einem Vierteljahr war er Elaine das erste Mal begegnet, und seitdem hatte sie von ihm Besitz ergriffen. Man konnte es anders kaum nennen. Besitz von seinen Gedanken, seinen Gefühlen, seiner Fantasie. Elaine, die Lebenspartnerin seines alten Schulkameraden Frank. Elaine, die von nichts wusste, wie Frank von nichts wusste. Was hätte es auch zu wissen geben können? Nur dass es so war. Ohne Erklärung, schon gar nicht Rechtfertigung. Aber immerhin gab es auch nichts zu rechtfertigen. Denn was sich in ihm abspielte, blieb allein ihm überlassen, solange es keine Folgen für andere hatte.

Gut, die Folge für Frank bestand darin, dass Harun sich nach seinem überstürzten Aufbruch aus Barcelona zurückhielt. Ein paar Mal hatten sie telefoniert. Genauer gesagt, Frank mit ihm. Seinen Initiativen zu einem erneuten Besuch Haruns oder einem Treffen nur von ihnen beiden, irgendeine beruflich bedingte Zufälligkeit nutzend, war Harun mehr oder weniger geschickt ausgewichen. Es wäre ihm unmöglich gewesen, Frank zu begegnen und so zu tun, als gäbe es da nichts. Wenn auch nur in ihm, mit ihm. Und weil er es nicht ausgehalten hätte, sich vorzustellen, dass Frank dann zu ihr zurückkehren würde. Mit ihr zusammen sein würde. Mit ihr ... Noch unmöglicher eine Begegnung mit Elaine. Harun war sicher, dass Elaine es dann merken würde, merken musste. Oder hatte sie es schon in Barcelona gemerkt?

Was sollte werden? Irgendwann würde auch Frank darauf kommen, dass mit Harun irgendetwas nicht stimmte. Vorerst sorgte noch ihrer beider vom Beruf weitgehend bestimmtes und davon reichlich gesättigtes Leben dafür, dass selbst Wochen und sogar Monate so vergehen konnten, ohne dass es zu einem allzu verdächtigen Fragezeichen auswuchs. Termine, Projekte, Reisen. Vielleicht kam auch Franks unverändert, von keinerlei Schwere oder sogar Misstrauen behelligtes, leichtes Gemüt dazu.

Haruns äußeres Leben verlief wie immer. Mehr noch als sonst, falls das überhaupt möglich war, stürzte er sich in seine Arbeit. Ein Auftrag folgte dem nächsten. Und tatsächlich ergab sich zwei Wochen nach Barcelona dann der angekündigte Einsatz in Kapstadt. Harun war froh, dass dieses Projekt sich dann über sechs Wochen erstreckte. Ablenkung, ganz woanders. Aber gleich, wo er sich aufhielt, Elaine begleitete ihn. Und die Erinnerung an ihre Begegnung. Gerade einmal anderthalb Tage. Besonders jener Nachmittag damals im Garten hatte sich in seiner Erinnerung zur zeitlosen Ewigkeit gedehnt.

Die Wärme, das Licht, das sanfte Rauschen der vom Meer her kommenden Brise in den Bäumen. Und Elaine nur eine Armlänge von ihm entfernt, dazwischen das gemeinsame Schweigen, die verbindenden Blicke, ihre gelassen getauschten Worte, alles so, als wäre Harun nicht erstmalig zu Gast im Haus des Freundes und seiner Frau gewesen, sondern selbst der Mann, der hier zu Hause war, zusammen mit ihr, die zu ihm gehörte wie er zu ihr.

Alles, was sie gesagt, die Art, wie sie es gesagt hatte, mit dieser unerklärten und keiner Erklärung bedürfenden Aufmerksamkeit und Vertrautheit, dieser unaufdringlichen Tiefe und immer wieder auch ihrer ganz eigenen, aus dieser Tiefe hinauf scheinenden Melancholie, hatte Harun sich in ihrer Gegenwart aufgehoben und verstanden fühlen lassen wie niemals zuvor und je mit irgendwem. Außer vielleicht ... Aber das war etwas anderes gewesen, ließ sich damit nicht vergleichen. Oder doch? Selbst wenn, lag es unendlich, unwirklich weit zurück. Im solange versunkenen Traumland der Kindheit ... Jetzt war er erwachsen, ein Mann. Und Elaine eine Frau. Und trotzdem: Auch wenn sie sich an jenem Wochenende das erste Mal begegnet waren, für Harun hatte es mehr etwas von einem wie schicksalhaft geführten Wiedererkennen gehabt. Und deshalb war er sich auch gewiss gewesen, dass Elaine all die verborgenen Widersprüche und Abgründe seiner Existenz verstanden hätte, sie vielleicht sogar geahnt hatte. Ihre immer wieder mit jener besonderen Intensität auf ihm ruhenden Blicke schienen es zu verraten. Vielleicht war es ihr gegangen wie ihm. Vielleicht hatten ihre Blicke auch ihn erkannt. Und genau das hatte ihn, fast paradox, davon abgehalten, sich ihr zu offenbaren. Zu ungeheuerlich wäre doch die ganze Situation gewesen. Und was, wenn alles nur Einbildung gewesen war? So oder so hätte es dann kein Zurück mehr gegeben.

Heute wusste er, dass es ohnehin kein Zurück mehr gegeben hatte. Aber so war alles nur in ihm geblieben. Kein Zurück mehr. Damals, an jenem Wochenende, als es begonnen hatte, war es ein im Angesicht der Realitäten irritierendes, verwirrendes, auch beängstigendes, aber doch und trotz allem erfüllendes, in immer wieder aufblitzenden Momenten sogar schönes Gefühl gewesen, die überwältigende Idee einer Möglichkeit. Plötzlich war da etwas, das sonst immer gefehlt hatte. Er hatte nicht einmal gewusst, was genau es war, nur dass Elaine etwas in ihm ansprach, was noch keine Frau vor ihr in ihm angesprochen hatte ... Keine Frau ...

Dabei hatte Harun sich mit seiner ganz persönlichen, von außen und der Oberfläche her kaum wahrnehmbaren Einsamkeit doch schon abgefunden. Mochte es den Menschen, dem er sich wirklich mitteilen, mit dem er sich und das, was er im Innersten war, wirklich teilen konnte, eben nicht geben. Mochte auch daraus seine Überzeugung gewachsen sein, dass es ohnehin absurd blieb, sich mit einem anderen eins fühlen zu wollen. Denn musste nicht gerade die eigene Freiheit Basis für alles bleiben, und entstand nicht von vornherein ein ungesundes, labiles Gefälle, wenn sie es nicht war? Das Individuum sollte im Idealfall eine Einheit bilden, was schwer genug fiel, aber zwei Menschen konnten niemals eine Einheit werden, und wenn, doch immer nur scheinbar, nämlich auf Kosten des einen.

So hatte sich Harun den Versuchen der Frauen, die ihm auf diese Weise nahe kommen wollten, entzogen, umso entschiedener, je ausdrücklicher und unausweichlicher ihr Drängen wurde. Geblieben waren, ganz von früher her, einige, letztlich halbherzige und meist bereute Affären oder später und bis heute irgendwann am entscheidenden Punkt mehr oder weniger friedlich auseinandergegangene Bekanntschaften. So wie es ihm vielleicht bald auch mit Ines bevorstünde.

Und dann Elaine. Vom ersten Anblick an. Was hatte sie getan? Nichts. War sie die schönste Frau, der er jemals begegnet war? Nein. Entsprach sie einem Typ Frau, der immer schon in dieser besonderen Weise auf ihn gewirkt hatte? Nicht, dass er es hätte sagen können. Dennoch war jenes unheimliche, ungeheuerliche Gefühl vom ersten Augenblick an in ihm gewachsen und während der zwei oder drei Stunden im kunstvoll verwilderten Garten ihres Hauses zur ebenso unerklärlichen wie unausweichlichen Gewissheit geworden: Elaine war ein Teil von ihm und er ein Teil von ihr. Zusammen waren sie eins. Und ohne einander würden sie immer unvollständig bleiben.

An jenem Nachmittag dort war Harun sich sicher gewesen, dass er sie kannte, dass es eine Verbindung zwischen ihnen gab, geben musste, dass ihre Seelen die beiden Teile eines Ganzen waren. Oft hatte er sich später gefragt, sein Gedächtnis durchforscht, ob er je Gleiches oder Ähnliches empfunden hatte. Er fand nichts. Außer eben jenen verwehten Widerklang einer lang, unendlich lang zurückliegenden Kinderempfindung, die hinter dichten Nebelschwaden ebenso wirklich wie unwirklich schien ...

Elaine. Sie hatte von ihm Besitz ergriffen und jetzt wäre er ihr beinahe wieder begegnet. Beinahe. Ein grausames Wort. Und ausgerechnet Frank hatte ihn angerufen. Wie ironisch das Schicksal sein konnte.

Frank teilte ihm plötzlich mit, dass Elaine in Kürze nach Deutschland käme, unter anderem, um an einem Übersetzer-Symposion teilzunehmen, das in einer nicht weit entfernt liegenden Stadt stattfinden würde. Und ob sie, also Elaine und Harun, die Gelegenheit nicht nutzen, sich nicht dort treffen mochten. Elaine würde es gewiss freuen. Sie wäre doch so beeindruckt gewesen von ihm, Franks altem Schulfreund ... – Es würde sie freuen. Beeindruckt wäre sie gewesen ... Harun hatte es wie eine Stichflamme in sich aufschießen gespürt. Eine Flamme aus Freude und Furcht. Er hatte sich Frank antworten gehört, noch bevor seine heranwallenden Gedanken jeden Satz ersticken konnten.

„Welch ein Zufall ... Ja ... Natürlich ... Gern."

Wie harmlos sich der Verrat geben konnte. Kein Zögern, keine Skrupel. Wie weit würde er gehen, wenn sich die Gelegenheit ergäbe? Und welche Gelegenheit würde sich ergeben ...?

Sie hatten ausgemacht, dass Harun Elaine am besagten Tag dann dort vom Flughafen abholen würde. Ohne dass Frank Elaine etwas davon sagen wollte. Eine Überraschung sollte es werden. Frank hatte sich an seiner Idee erfreut.

„Sie wird ganz schön Augen machen, du wirst sehen."

Oh ja, das würde er sehen. Ihre Augen, ihren Blick ... Und noch ohne, dass Harun in dem Moment in der Lage gewesen wäre, die eigenen Termine zu überschauen, sicher zu sein, dass er überhaupt im Lande wäre, hatte er zugesagt. Aber es wäre auch nichts oder kaum etwas denkbar gewesen, was ihn davon hätte abhalten können, an dem betreffenden Samstag zur Stelle zu sein, um Elaine zu sehen. Elaine hier, nur eine knappe Stunde entfernt, je nach Verkehr!

Und freuen würde sie sich, hatte Frank gesagt. Und beeindruckt wäre sie gewesen. Verbarg sich dahinter etwas? Und was hatte es zu bedeuten, dass nicht sie selbst auf die Idee gekommen war, ihn zu fragen, sondern Frank? Frank, der Ahnungslose. War auch Elaine ahnungslos, oder war das ein Zeichen? War sie selbst vielleicht gar nicht imstande gewesen, mit ihm, Harun zu sprechen, weil auch sie ... War es ein Spiel mit dem Schicksal, wie es gerade Frauen undurchschaubar spielten, um ihrerseits ein Zeichen herauszufordern, das ihnen den Weg wies aus ihrem Dilemma? Steckte Elaine in diesem Dilemma? Stand sie, Elaine, schon zwischen Frank und ihm, Harun?

In Haruns Kopf hatte nach dem Telefonat ein Karussell bunter Gedankenfetzen zu rasen begonnen. Frauen waren feinfühlig. Und Elaine hätte doch nicht einmal mit übernatürlicher Sensibilität ausgestattet zu sein brauchen, um schon vor einem Vierteljahr, an jenem Wochenende in Barcelona, zu registrieren, wie es um Harun stand. Obwohl Harun natürlich alles vermieden, zumindest zu vermeiden versucht hatte, was darauf hindeutete. Aber Elaine musste es registriert haben. Seine Blicke, seine Stimme und wenn nicht das, dann die immer unerträglicher gewordene Spannung, die in ihm gewesen, von ihm ausgegangen war, die schwerer erträglich gewesen war, je länger er in ihrer Gegenwart verweilte. Spannungsveränderungen in Millimetern. Jede Frau spürte so etwas. Erst recht eine Frau wie sie.

Und jetzt würde Elaine also kommen. Suchte sie endlich die Begegnung mit ihm? War dieses Symposion vielleicht nur die willkommene, sogar gesuchte Gelegenheit? Oder eben das Zeichen des Schicksals, wie es Elaine vielleicht ihrerseits erschien? Auch für sie war nun ein knappes Vierteljahr vergangen seit ihrer Begegnung. Ob sie in dieser Zeit genauso empfunden hatte wie er? Und war ihr in dieser Zeit vielleicht ebenfalls klargeworden, dass sie ihm, Harun, nicht entkommen konnte, nicht ihrer gemeinsamen Bestimmung, allen Widrigkeiten zum Trotz? Und war das sogar der eigentliche Grund, warum sie nun kam? Kam sie eigentlich – zu ihm?!

Nach dem Gespräch mit Frank hatte sich die Welt um Harun mit einem vibrierenden Leuchten aufgeladen. Ihm war es vorgekommen, als hätte sich die Schwerkraft für ihn reduziert, er meinte in bestimmten Momenten wirklich darauf achten zu müssen, nicht plötzlich über dem Boden zu schweben, wie es die Männer einst auf dem Mond getan hatten oder heute in der die Erde umkreisenden Raumstation. Peinlich fast. Wie ein erstmals verliebter Teenager. Und war er nicht tatsächlich zum ersten Mal wirklich verliebt? Zum ersten Mal seit ... Nein, das jetzt nicht. Noch nicht. Vielleicht wenn Elaine und er ... Denn da war jener ganz ferne Widerklang tief in ihm, als ob ihn das alles an irgendetwas erinnerte, was weit, so weit zurücklag. In der Zeit und im Raum ... Doch er war dieser ungefähren Erinnerung, diesem Vorschatten einer tief in ihm schlummernden Erinnerung, nicht nachgegangen. Auch dieses Mal nicht. Etwas hatte ihn abgehalten. Etwas schützte ihn. Und jenes Schweben war ein so wunderbarer Zustand gewesen. So wunderbar, so unberechenbar.

Aber solch ein Schweben kannte, fast wie beim Segelfliegen, immer auch den plötzlichen thermischen Abschwung. Dann ging es von der eben noch schwindelnden Höhe ebenso schwindelnd abwärts. Fragen, Zweifel bildeten dann das Luftloch, in das man plötzlich stürzte. Es brauchte nichts und niemanden dazu, es kam genauso plötzlich, wie man vorher angefangen hatte zu schweben ...

Einbildung! Alles nur Einbildung. Elaine, die Ahnungslose, würde vor ihm stehen. Sympathisch, freundlich und ohne den kleinsten Funken von dem Gefühl, das Harun schon kurz unter seiner Haut verzehrte. Sie würde ihm mit ihrer ahnungslosen Verbindlichkeit unendlich viel ferner sein, als sie es in ihrer wirklichen Abwesenheit war.

Schön, dich zu sehen, Harun. Das ist ja schön, Harun, dass wir uns mal wiedersehen ... Nett, dass du mich abholst, Harun ... Und sie würde ihn – wie man es in Spanien macht unter Freunden oder auch in Frankreich, woher sie kam – wieder auf beide Wangen küssen, und dann neben ihm hergehen, als wäre weiter nichts. Und für sie wäre ja auch weiter nichts. Nur Harun würde, Zentimeter, Millimeter neben ihr, in stummen Schreien verglühen, verbrennen, verlodern.

Wie sollte das gehen? Wie sollte er dann jeden einzelnen Augenblick überstehen, wie verhindern, dass sie doch bemerkte, dass etwas mit ihm nicht stimmte? Dass seine absurde Sehnsucht offenbar wurde, die sie befremden musste. Und dann war er doch noch versucht, alles abzusagen. Es wäre kein Problem. Irgendeine berufliche Verpflichtung. Ohnehin Glück ... oder eben das Gegenteil, dass er an diesem Samstag verfügbar war. Aber vielleicht wäre alles auch noch ganz anders. Vielleicht würde das eben noch tosende, glosende Feuer in ihm von einer Sekunde zur anderen in sich zusammenstürzen, verlöschen, verdampfen. Dann, wenn er sie wiedersehen und der Zauber, der Bann, der Wahn sich plötzlich verflüchtigen würde. Weil die Elaine, der er dort zum zweiten Mal begegnete, nicht die Elaine wäre, die seit ihrer ersten Begegnung in ihm lebte. Mit der er lebte. Die er liebte. Vielleicht liebte er eine Illusion, und die Wirklichkeit würde ihn im Augenblick kurieren ... – Unsinn!

So war Harun dieser zweiten Begegnung entgegengeflogen –geschwebt und immer wieder – gestürzt. Er war ihr nicht ausgewichen. Hatte Frank nicht angerufen, um Elaine abzusagen.

Die Maschine aus Barcelona sollte um kurz nach 16 Uhr ankommen. Harun war schon am Vormittag losgefahren, er hatte nicht mehr gewusst, wie er die immer zäher fließende, allmählich zu gerinnen scheinende Zeit in seiner Wohnung aushalten sollte.

Ob es das gab, dass die Zeit bis zum Stillstand gerinnt, bevor noch der Punkt erreicht wäre, auf den sie sich zu bewegte? Vielleicht gab es das. Aber es beträfe nur die eigene Zeit, die Zeit in einem. Die andere, die allgemeine, die Zeit des Lebens, der Welt flösse immer weiter, wie unberührt davon. Und diese Zeit erreichte immer den Punkt.

Das Fahren, die Bewegung der Fahrt hatte Harun dann wenigstens eine oberflächliche Erleichterung verschafft. Es war ein klarer, sonniger Herbsttag. Die prächtigen Farben der Baumkronen leuchteten in reiner Luft. Harun mochte diese Bilder. So etwas gab es nicht in der Türkei. Viel zu früh in der Stadt angekommen, hatte er seine Bewegung zu Fuß fortgesetzt, kreuz und quer durch die Straßen, ohne dass er hinterher etwas über seinen Weg oder das, was er gesehen hatte, hätte sagen können. Die Zeit erreichte immer ihren Punkt. Und irgendwann war es dann soweit, Harun stand wirklich in der Ankunftshalle des Flughafens, der Doppeltür aus blindem Glas gegenüber, durch die die Passagiere aus Barcelona kommen würden. Er überlegte, Blumen zu kaufen, ließ es dann aber. Was sollten die Blumen ihr sagen? Worüber sollten die Blumen sie täuschen? Sie würde Augen machen, hatte Frank gesagt. Ja, es würden ihre Blicke sein, die ihnen alles sagten …

Seine Blicke gingen zwischen der Armbanduhr und dem Ausgang der Ankunftszone hin und her. Und dann öffneten sich die beiden Flügel der blinden Glastür, Menschen traten heraus, einzeln, zu mehreren, in Gruppen, die Türen schlossen sich wieder, öffneten sich erneut, um weitere Menschen passieren zu lassen. Manche wurden erwartet, andere gingen zielstrebig allein, einige mit ihren Handys beschäftigt. Harun sah seinesgleichen, gedeckte Anzüge, Kurzhaarfrisuren, teure, kompakte Trolleys, schlanke Ledermappen für das Notebook. Und die Türen öffneten sich und schlossen sich wieder.

Seitdem der Flug aus Barcelona als „gelandet" angezeigt worden war, stand Harun wie angewurzelt auf einem Fleck, waren die Klänge und Geräusche um ihn verwischt. Jeden Moment musste nun Elaine durch die offene Flügeltür treten, ein kurzer Blick, dann würde sie ihn entdecken, lächeln, vielleicht kurz winken und auf ihn zukommen. Jeden Moment käme sie auf ihn zu … Elaine … Und die Türflügel glitten zur Seite, schreitende Gestalten, erwartungsvoll spähende oder in sich gekehrte Gesichter, und die Türflügel schlossen sich wieder.

Und der erste Moment ihrer Wiederbegegnung, die bevorstehende Sekunde dehnte sich von der Gegenwart in die Zukunft, dehnte sich immer weiter, während Harun reglos stand, seine Augen unbewegt auf die blinde Glastür gerichtet, die sich irgendwann zum letzten Mal schloss und bis zum nächsten Flug nicht mehr öffnen würde. Ebenso hatte sich der Raum um ihn herum geleert, war jetzt wieder befreit von den Hindernissen der einzeln oder in Gruppen Wartenden, wieder frei durchzogen von fließender Bewegung quer zur Ausgangsfront. Solange, bis die Ankunft der nächsten Passagiere alles wieder von vorn beginnen ließ. Aber Elaine war nicht gekommen …

Harun brauchte lange Zeit, sich von dem Punkt zu lösen, an dem er immer noch unverändert stand. Lange Zeit, bis er sich wieder vor der Ankunftshalle fand, schließlich wieder auf dem Parkplatz, bei seinem Wagen. Und lange Zeit, bis er einsteigen konnte und einfach nur saß, saß und rauchte, bis er beim Ausdrücken einer Zigarette bemerkte, dass der verchromte Aschenbecher voll war. Was er die ganze Zeit über gedacht hatte, wusste er hinterher nicht. Alles war wie taub. Sein Kopf, seine Glieder. Und jede Bewegung hatte ihm die Gefahr verheißen, dass ein ungeheurer Schmerz ihn überwältigen würde. Nicht bloß überwältigen, sondern zerreißen. Vernichten.

Elaine war nicht gekommen! Es war ihre Antwort im geheimen Dialog, der zwischen ihnen stattfand, ohne dass irgendwer davon wusste. Nicht einmal sie beide. Elaine war nicht gekommen. Was immer es zu bedeuten hatte. Hatte es etwas zu bedeuten? Aber was?

Erst als es zu dämmern begonnen, ein orangerotes Flammen vom Horizont her den Himmel entzündet hatte, fuhr Harun vom Parkplatz des Flughafens. Wie benommen, erschöpft vom Aufruhr seiner Gefühle und Gedanken. Und mit einer ersten, noch ganz ungefähren Erleichterung. Es war nicht das Ende! Trotz allem! Auch an die Fahrt zurück hatte er später keine Erinnerung. Irgendwann am späten Abend landete er mit seinem Citroën dann wieder in der Garage unweit seiner Wohnung, stand draußen, über sich ein, obwohl dunkelnd, immer noch leuchtender Himmel. Für einen Herbstabend war die Luft erstaunlich mild. Dazu der eigentümlich würzige Duft dieser Jahreszeit. So wie sie hier riecht. Zu Hause ... Harun lief noch lange durch die Straßen, abendliches Leben um sich, fürchtete die Leere seiner Wohnung.

Was konnte passiert sein? Es musste trotz allem irgendeinen Sinn geben.

Und es gab diesen Sinn! Später erfuhr Harun, das Nichtzustandekommen der Begegnung am Flughafen hatte, wie oft in gerade solchen Fällen, seine Ursache in einer jener „banalen Finessen des Schicksals" gehabt. So nannte es Wolfgang. Als ob irgendwer einen Genuss an solchen Inszenierungen, mehr noch, ihren Auswirkungen auf die unwissend Beteiligten empfände. Und es war auch hier eine Banalität gewesen, die ihre Begegnung verhindert hatte. Es wäre manchmal wirklich erschreckend, wie die Dinge dabei mit einer fatalen Präzision ineinandergriffen, sagte Wolfgang, als Harun ihm schließlich davon erzählte.

So als ob irgendetwas uns seine Macht demonstrieren wollte, die ebenso einfach wie hocheffektiv in der bloßen Verfügung über Banalitäten bestand, deren Arrangement dann wie ein nur auf uns gemünztes Zeichen wirkte. Als ob das Schicksal von allen anderen unbemerkt zu uns spräche. Man müsste dann nur seine Sprache richtig verstehen.

So hatte Elaine einfach nur einen anderen Flug genommen und vor allem: Sie selbst hatte ja gar nicht gewusst, dass Harun sie abholen würde. Dementsprechend hatte es auch keinen Grund gegeben, Harun oder Frank über ihren auf den folgenden Morgen verschobenen Flug zu informieren. Frank war zu dem Zeitpunkt beruflich auf Reisen gewesen und hatte, wie von ihm dann auch Elaine, erst später von dem völlig unbemerkten Malheur erfahren.

„Mensch, Harun, tut mit wirklich leid, das ist ja blöd gelaufen. Hoffentlich ziehst du jetzt keine falschen Schlüsse aus meinen Managerqualitäten", hatte Frank ihm später am Telefon gesagt. „Und du, Elaine war richtig traurig, als sie erfahren hat, was ihr entgangen ist."

Sie hatte also wirklich nichts gewusst! Wirklich nicht die geringste Ahnung gehabt, dass Harun auf sie gewartet hatte. Und traurig wäre sie darüber gewesen, „richtig traurig", wie Frank gesagt hatte. Vielleicht sogar wie erschlagen, überwältigt von der entgangenen Möglichkeit. Und ob es ihr dann, als sie es erfahren hatte, insgeheim vielleicht so gegangen war wie ihm, Harun, an dem Tag am Flughafen? Frank hatte ihn nicht gefragt, warum er Elaine nicht einfach auf ihrem Handy angerufen hatte, als sie nicht gekommen war, die Nummer hatte er Harun ja gegeben.

Aber was hätte Harun darauf antworten sollen? – Nicht erreicht, die Nummer nicht greifbar gehabt, keine Verbindung ...?

In Wirklichkeit war er nicht einmal in die Nähe des Gedankens gekommen, Elaine anzurufen. Ihre Nummer stand immer noch auf dem Zettel, den er in seiner Brieftasche aufbewahrte. Es wäre ihm völlig unmöglich gewesen, mit ihr zu sprechen. Schon die Vorstellung, ihre leicht heisere, immer ein wenig schleppend klingende Stimme zu hören, löste gleichermaßen Erregung wie Furcht in ihm aus. Und so hatte er irgendwann sogar Erleichterung darüber empfunden, dass die Begegnung mit ihr nicht zustande gekommen war.

Damit konnte alles bleiben wie zuvor. Die lustvolle Qual des ungewiss Offenen, weil nicht Entschiedenen, und also nur der eigenen Fantasie Überlassenen. Wenn auch mit allen Schwankungen und Stürzen. Vielleicht war die Zeit noch nicht gekommen, sich wieder zu begegnen. Vielleicht war er noch nicht soweit. Und sie. Und vielleicht war es ganz im Gegenteil sogar eine Gunst des Schicksals gewesen, ihnen eine zu frühe Wiederbegegnung zu ersparen, die nur zerstört hätte, was noch reifen musste. Unabhängig voneinander. In ihm und in ihr ... Darin lag der Sinn, dass sie sich an jenem Tag verpasst hatten. Die Sprache des Schicksals, wenn man sie nur richtig verstand. Die Bilder verflüchtigten sich, die Gedanken ...

Der Besuch in Barcelona war nun über ein halbes Jahr her. Die Beinahe-Begegnung mit Elaine in Deutschland lag mehr als zwei Monate zurück. Seit über einem halben Jahr hatte Harun sie also weder gesehen noch gesprochen und mit Frank nur ein paar Mal telefoniert. Ein unsinniger Zustand. Nicht bloß, was das anbetraf.

Seit jenem Besuch war kein einziger Tag vergangen, ohne dass Harun an Elaine gedacht hatte. Auf die eine oder andere Weise. In verschiedenen Stadien. Am Anfang waren seine Gedanken noch vergleichsweise harmlos gewesen. Er hatte sie einfach wiedersehen, mit ihr sprechen, mehr von ihr wissen, mehr von sich erzählen, dieses überwältigende Gefühl von Übereinstimmung und Nähe noch einmal erleben wollen. Aber diese Harmlosigkeit trog. Denn es war ihm unmöglich geblieben, etwa Elaine anzurufen, um sich noch einmal selbst für das Wochenende zu bedanken. Und nachdem eine vertretbare Frist für einen solchen Anruf ohnehin verstrichen war, hätte er es erst recht nicht fertiggebracht, sie ohne bestimmten Grund anzurufen, einfach um an ihre unbestreitbar wechselweise Sympathie anzuknüpfen, ihre Gespräche und getauschten Gedanken. Und selbst, als Frank ihrer beider Begegnung in Deutschland als kleine und so ahnungslose Überraschung für Elaine zu organisieren versuchte, diese Begegnung dann aber durch einen jener banalen Zufälle nicht zustande gekommen war, selbst da war Harun unfähig geblieben,

Elaine anzurufen. Obwohl er sich nach nichts mehr sehnte als ihre Stimme zu hören, ihre Augen zu sehen, ihre Gegenwart zu spüren.

Elaine war ein Teil seines Lebens geworden. Ohne dass sie davon wusste. In seiner Fantasie verbrachte er Stunden mit ihr, und sie herrschte über seine Nächte. Mehr als nur in der Fantasie. Längst hatte Harun die Kontrolle darüber verloren. Dabei war diese sexuelle Obsession, der er sich wie ein Süchtiger hingab, ohne die er keine Nacht durchstehen konnte, weder das Entscheidende noch das Wichtigste. Sie war vor allem der Schrei nach ihr, der in Wirklichkeit Abwesenden. Und gerade in den Nächten wurde sich Harun ihrer Abwesenheit am Schmerzlichsten bewusst.

Nicht, weil er vor allem darunter litt, in Wirklichkeit nicht mit ihr schlafen zu können, sondern weil ihm in den Nächten jede Ablenkung fehlte, sich über seine Einsamkeit und ihre Abwesenheit hinwegzutäuschen. Und weil seine Sehnsucht nun ein Gesicht hatte, eine Gestalt, eine Stimme, verdichtete sich dieses Bild in der Stille seiner Nächte. Ihr Bild. Solange das Bild gegenwärtig war, wurde Elaine das Zuhause, das er nicht hatte. Mit ihr teilte er seine Gedanken, seine Stimmungen, seine Erlebnisse, seine Hoffnungen. Und ihr Bild erfüllte all seine Wünsche, verstand all seine Worte, die gesagten und ungesagten, schwieg mit ihm, lachte mit ihm, war mit ihm nachdenklich, traurig. War ihm nah, wie sie ihm an jenem Nachmittag im Garten nah gewesen war, aber jetzt in beiderseitigem Wissen nah. Von niemandem gestört. Vereint.

An einem nasskalten Abend mitten im Winter, erzählte Harun seinem Freund Wolfgang dann endlich von Elaine. Von der Frau, die neben der Arbeit mittlerweile sein Leben beherrschte. Ohne dass sie anwesend war. Ohne dass sie überhaupt davon wusste. Harun erzählte von seiner zufälligen Teilnahme an jener Managertagung in London vor einem halben Jahr, wie er seinen alten Schulkameraden Frank dort getroffen und dieser ihn spontan nach Barcelona eingeladen hatte.

„Und so hat sich dann der Weg zu Elaine aufgetan", sagte er mit einem fast resignierten Seufzen, „noch ohne dass ich etwas davon ahnen konnte. Und wenn ich etwas geahnt hätte... Ich weiß nicht, vielleicht wäre ich dann Franks Einladung gar nicht gefolgt." Wolfgang schüttelte den Kopf.

„Das Schicksal ist einfallsreich und immer gut für Winkelzüge in ungeahnte Richtungen. Aber stell dir bloß mal vor, wir wüssten tatsächlich immer alles und müssten für jeden kleinsten Schritt eine bewusste Entscheidung treffen, im Angesicht aller Folgen und Folgefolgen." Er bestellte nach kurz fragendem Blick noch eine Flasche Wein und Nachschub an spanischem Schinken, Käse und Oliven. Sie saßen in einem avantgardistisch eingerichteten Lokal mit großen Panoramascheiben, die den Blick auf den nächtlichen Fluss, dahinter die Hafenanlagen freigaben. Unzählige Lichtpunkte im unwirtlichen Dunkel draußen. „Und jede Entscheidung, egal wofür oder wogegen, hätte immer Folgen und Folgefolgen usw. ... Es ist irrig, anzunehmen, dass es eine Alternative gäbe, wo alle Folgen durchweg angenehmer und positiver Natur wären."

Harun zündete sich eine neue Zigarette an. „Wahrscheinlich hast du Recht ..."

„Wie war das eigentlich, als du Elaine das erste Mal gesehen hast?", fragte Wolfgang. „War's wirklich der berühmte Blitz, die magische Sekunde ...?"

Harun zog an seiner Zigarette, ließ sich mit der Antwort Zeit.

„Ein Blitz war es nicht ... ‚magische Sekunde', hm, vielleicht schon eher ... Es war ein ganz merkwürdiges Gefühl, ich habe es vorher so noch nie erlebt. Es war ... wie war es eigentlich?" Harun atmete ein paar Mal tief.

„Ich habe sie ja nur ein Wochenende lang erlebt. Aber was heißt schon ‚nur'? Um sich zu verlieben. Immer dieses Wort: verliebt ... Es erscheint mir so unzureichend, so beliebig, weil ... Es war mehr, viel mehr ... Ich war mir ..., nein, in mir war etwas sich sicher, dass ich den Menschen gefunden hatte, der ..." Er sah Wolfgang an. „Du hast mir doch mal von diesem Gleichnis erzählt, von Platon ..."

„Die andere Hälfte ...", sagte Wolfgang und zog leise lächelnd an seiner Zigarre. „Ich verstehe schon, du willst sagen, etwas in dir hatte die andere Hälfte erkannt, und dieses Erkennen war dir gleichermaßen gewiss wie unfassbar."

„Ja ... es hatte mich erschlagen. Auch weil es das erste Mal war, dass ich so etwas empfand." Harun schwieg einen Moment, sein Blick verlor sich in den dunkel spiegelnden Scheiben. Fast irreal wirkte es, wenn eines der großen Fracht- oder Containerschiffe in machtvoller Lautlosigkeit draußen vorüberglitt. Ein leichter Schneeregen hatte eingesetzt, die Tropfen und Flocken schimmerten flüchtig, wenn sie vor einer Lichtquelle niedergingen. Wie fern jener Sommernachmittag in Barcelona zu liegen schien. Und wie nah zugleich. Er hielt sein Weinglas gegen das Licht, betrachtete gedankenversunken die blutrote Flüssigkeit darin.

„Heute bin ich mir sicher, es hätte schon genügt, wenn ich sie nur einmal gesehen hätte, ihr Gesicht, ihre Augen, wie sie sich bewegt. Und wahrscheinlich liegt das alles gar nicht nur an ihr, sondern daran, dass sie, warum und wodurch auch immer, irgendetwas in mir anspricht, sich mit irgendetwas in mir verbindet, das ... das den Kern meines eigenen Wesens berührt. Und wenn das so passiert, dann ist alles ... alles Erotische eigentlich bloß so etwas wie die Außenseite davon. Das heißt, es wäre nicht erotisch, nicht so, nicht auf diese intensive, wie rauschhafte, besinnungslose Art, wenn die erotische Anziehung nicht ihren Grund in dieser unheimlichen Tiefe hätte, der man sich vielleicht zuerst gar nicht richtig bewusst wird. Eben weil es einen so überwältigt. Und dann ... dann ist es zu spät."

„Ja", sagte Wolfgang und lehnte sich zurück, „Die Liebe, die eigentliche, unbedingte, wie ein Vulkan ausbrechende und eben alles überflutende Liebe ist wirklich wie eine Krankheit. Sie bricht aus, man wird wie von einem Virus befallen und ist machtlos, etwas dagegen zu tun. Und wahrscheinlich hast du Recht: Dieser Virus kommt nicht oder wenigstens nicht nur von außen, sondern man trägt ihn schon in sich, und plötzlich, wenn dann der passende Impuls von außen kommt, wird er in einem aktiviert." Wolfgang zog an seiner Zigarre.

„Bei den Griechen war's dann Amors Pfeil, der den Glücklichen oder Unglücklichen nach der Götter Laune traf. Nicht umsonst stellen ja in ihrer Mythologie auch Eros und Thanatos das mächtigste Flügelpaar unseres Daseins dar. Und daran, dass ausgerechnet Thanatos, der Todesgott, dem Eros gegenübersteht und umgekehrt, dem Eros, der die Liebe und das Leben symbolisiert, daran schon lassen sich die unbedingten Kräfte ahnen, die hier im Spiel sind. Die mit uns spielen, ganz nach der Götter manchmal grausamer Eingebung." Wolfgangs Blick hatte plötzlich einen melancholischen Ausdruck. „Und wir sind bei allem doch nicht aus unserer Verantwortung entlassen, jedenfalls die nicht, die ein Gewissen haben. Was wir tun, fällt auf uns zurück. Manchmal kommt es mir vor, als wären wir niemals einsamer als im Angesicht des Absoluten, und zwar ganz gleich, ob es der Tod oder die Liebe ist." Wolfgang trank einen Schluck Wein. „Und im äußersten Fall bedeutet der Tod dann eine dünne Schicht Erleichterung über dem Abgrund von Verzweiflung."

„Schöner Satz ...", bemerkte Harun.

„Traurige Sätze sind meistens schön ..."

Sie schwiegen eine Weile.

„Es ist doch eine vollkommen absurde Situation." Harun dämpfte seine unwillkürlich lauter gewordene Stimme, neigte sich näher zu Wolfgang.

„Da komme ich auf Einladung meines alten Schulfreundes nach Barcelona, sehe seine Frau ... also, im Grunde ist Elaine ja seine Frau ... Ich sehe also seine Frau, und vom ersten Moment an passiert da etwas, gegen das ich nichts machen kann. Und die beiden nehmen mich so ... so herzlich auf, und ich fühle mich auch sofort wohl bei ihnen, aber ... aber mit jeder Minute merke ich, wie es mich mehr zu ihr hinzieht und habe sogar noch das Gefühl, dass auch sie irgendetwas spürt. Es war ... es war doch auch wie ... wie ein Verrat an Frank."

„Ja", sagte Wolfgang leise, „Liebe und Verrat gehen oft eine grausame Allianz ein. Grausam für den Verratenen, aber nicht weniger, wenn auch anders, grausam für den oder die Verräter. Vorausgesetzt, sie sind mit Gewissen geschlagen. Und du hast ihr nie irgendein Zeichen gegeben. Bis heute nicht", stellte Wolfgang ohne besondere Betonung fest.

„Nein ... Nein, das habe ich nicht. Das ist es ja auch. Die ganze Zeit seither, ich habe überhaupt kein ... kein reales Zeitgefühl dafür ... Es kommt mir nicht vor wie ein halbes Jahr, es kommt mir vor wie eine Ewigkeit und so, als gäbe es nichts davor. Am Anfang war ich selbst viel zu überwältigt, bis mir richtig klar wurde, was diese Begegnung damals für mich bedeutete. Dann erschien es mir völlig absurd. Und schließlich war ... ist sie die Lebenspartnerin eines Freundes. Irgendwann hat sich mein Gefühl dann, hat sich Elaines Bild in mir verselbstständigt. Auch das ist verrückt, es ist fast so, als könnte die wirkliche Elaine wie eine Gefahr für das Gefühl und für das Bild werden, das ich von ihr habe. Vielleicht ist ja alles nur ein Irrtum, also alles, was ich mit Elaine verbinde, von ihr erwarte. Obwohl ..."

„Obwohl ...?", hakte Wolfgang nach.

„Bisher hat keine Frau eine solche Wirkung auf mich gehabt, irgendetwas muss da also sein, sonst könnte Elaine diese Wirkung auf mich ja gar nicht haben ..."

Wolfgang hatte Harun ruhig, mit einem kaum merklichen Lächeln zugehört.

„Ich glaube, ich weiß, was du meinst. Letztlich geht es dabei um den Unterschied zwischen dem bloß erregenden Attrakt des Augenblicks, mag er kürzer oder länger dauern, also dem Attrakt, dem wir Männer uns qua Natur kaum entziehen können, zumindest wenn wir ehrlich sind, und eben jener Anziehung, die dann nicht nur die Frau, sondern den ganzen Menschen meint. Und dann, mein lieber Harun", er legte kurz seine Hand auf die des Freundes, „dann hat es uns wirklich erwischt."

Harun nickte: „Erwischt, ja ... Ich habe es mit jedem Moment mehr gespürt, am Anfang gar nicht ausdrücklich, aber da war etwas, das mich immer mehr anzog, und auch wenn es jetzt reichlich pathetisch oder verklärend klingt, diese ... diese sexuelle Obsession, die kam erst später, da war es aber schon passiert." Er zündete sich eine neue Zigarette an, nahm einen tiefen Zug.

„Vielleicht bin ich wirklich krank ... Krank vor Liebe oder dem, das ich dafür halte. Kannst du dir vorstellen, Wolfgang, dass ich jede Nacht mit ihr schlafe, in der Vorstellung von ihr mir einen runterhole, und es ist dann wirklich so, als säße sie dabei auf mir, als spürte ich mich in ihr und könnte sie sehen, sie fühlen, sie riechen, ihren besonderen Duft, während sie mich reitet, mich ansieht, und ich sie berühre und fast wahnsinnig dabei werde. Und dann, wenn ... wenn es vorbei ist, liege ich da in meinem eigenen Saft und rieche nur den Geruch meines Samens und da ist dann diese ... diese alles lähmende Leere, die mich in sich zieht und der ich zu entkommen versuche, indem ich noch mal anfange, wenn ich denn kann. Alles in mir schreit nach ihr, nach ihrer Nähe und am lautesten schreit es danach, nach dem Höhepunkt, wenn die ganze Fantasie kollabiert, der Rausch sich verzieht und nur ich übrig bleibe, allein da in meinem Bett ... Das ist doch krank, oder?"

Wolfgang schüttelte bedächtig den Kopf.

„Was heiß ‚krank' ... Klar, es ist eine Art Krankheit, Liebe, leidenschaftliche Liebe, Sehnsucht, Begehren. Und es ist Glück, wenn zwei diese Krankheit dann miteinander teilen können. Aber wenn alles unerfüllt bleibt, ist derjenige, den das betrifft, auch nicht kränker als der Glückliche. Er spürt seine Krankheit nur anders. Und in deinem Fall, immerhin ist Elaine die Partnerin deines alten Schulfreundes und bist du ein ... ein besonderer Charakter ..."

„Besonderer Charakter, ja", Harun lachte gequält auf, „durch die ganze Sache mit Elaine merke ich, wie ... wie desolat in Wahrheit alles in mir ist, hinter der Fassade. Jede Nacht erlebe ich durch sie, durch diese Fantasien solche intensiven Gefühle, berauschende und schmerzvolle, die mir sogar fehlen würden in meinem Leben. Manchmal frage ich mich auch, ob ich dieses ... dieses eingebildete Glück vielleicht nur so ertragen kann, also in der Fantasie. Vielleicht bin ich gar nicht wirklich fähig, einer Frau nah zu sein, wirklich nah, ihre Nähe jeden Tag wirklich zu ertragen. Ich weiß es nicht, weil ich keine Erfahrung damit habe. Und vielleicht würde von all dem, was in meiner Fantasie lebt, in der Wirklichkeit nichts übrig bleiben. Vielleicht würde ich Elaine verlieren, mein Bild von ihr, von uns, wenn ich ihr räumlich nah wäre, ganz unabhängig davon, dass sie mit Frank lebt ... zu Frank gehört."

Wieder ein gewaltiges Containerschiff, das hinter den Fenstern vorbeizuschweben schien. Kleine Lichtpunkte in der dunkelmassigen Stahlfassade. Bald würde der Riese die offene See erreichen, Kurs nehmen in irgendeine Ferne ... Harun versank für ein paar Augenblicke in seinen Gedanken.

Eine Zeit lang hatte er Elaine sogar gehasst. Dafür, dass sie ihm so nahe gekommen war. Unerreichbar nah. Dafür, dass sie all das in ihm ausgelöst und, ja, jenen „Virus" zum Ausbruch gebracht, aber ihm doch nie irgendein Zeichen gegeben hatte, ein eindeutiges, unmissverständliches Zeichen. Ein „Ja" oder auch ein „Nein". Harun hatte sie dafür gehasst, dass sie von alldem, das in ihm, mit ihm vorging, nichts wusste, ihr Leben einfach weiterlebte. Mit Frank ... Es war alles so ... so unsinnig.

Die beiden beschlossen, aufzubrechen und trotz der ungemütlichen Witterung noch ein paar Schritte zu gehen.

„Nach solchen Gesprächen muss man sich erleichtern", lächelte Wolfgang. „Das ist wie mit der Verdauung. Wenn man schwer gegessen hat, tun ein paar Schritte gut."

„Weißt du, was das Verrückteste an allem ist?", sagte Harun, während er mit dem Freund an der jetzt fast verlassen liegenden Hafenpromenade entlang durch die kalte Winternacht ging.

„Das Verrückteste an allem ist, dass es mir vorkommt, als könnte es gar nicht anders sein. Ich ... ich empfinde es als ... ja, als normal, als mir genau entsprechend ... So wie es ist, verstehst du?" Er blieb kurz stehen, entzündete sich eine neue Zigarette. Der Schneeregen hatte aufgehört, eine zerrissene Wolkendecke ließ ferne Sterne blinken.

„Nicht, dass mir nicht klar wäre, wie verrückt es natürlich doch ist. Aber dieses Verrückte kommt mir so vertraut vor, und ... ich wüsste nicht mehr, wie ich ohne das alles ... ja, leben sollte ..."

„Liebe", sagte Wolfgang leise, „Liebe ist verrückt, ist gefährlich, vor allem dann, wenn ihr die Leitplanken der, sagen wir mal, der halbwegs geordneten Erfüllung, der lebendigen Wirklichkeit oder eben der kleinen und größeren Kompromisse fehlen. Dann bleibt nur das radikale, auf sich selbst zurückgeworfene Gefühl." Er sah Harun an. „Natürlich verrät ein solches Gefühl mehr über den Liebenden als die Geliebte. Wie auch in deinem Fall. Es ist das Virus, das du in dir trägst, dein ganz eigenes Virus."

„Ich weiß ...", Harun schwieg eine Weile. Ihrer beider Atem bildete vergängliche Nebelwölkchen im kalten Dunkel.

„Alles, was ich erreicht habe, und ich habe viel erreicht, ich weiß, mehr als viele andere, alles was ich mir aus eigener Kraft erkämpft habe, was im Grunde mein ganzes Leben ausmacht, und was es bestimmt hat seit ... seit so vielen Jahren ... Das alles wäre ohne diese Begegnung, ohne sie bloß ein Irrtum, verstehst du?"

„Ich verstehe dich gut, mein Freund. Das ist ja das Unheimliche, das Wahnsinnige an der Liebe, dass sie alle Maßstäbe, Ordnungen, alle Werte, Verankerungen, Sicherheiten mit einem Mal null und nichtig werden lässt, nur um ihrer selbst oder um des Menschen willen, den man liebt. Wobei diese Art von Liebe eben auch viel, wenn nicht entscheidend und ursächlich mit dem zu tun hat, was in dem Liebenden selbst geschlummert hat bis zum Augenblick."

„Das Virus ...", warf Harun ein.

„Genau, das Virus. Dein Virus, Harun ..." Wolfgangs Gesicht verschwand kurz hinter einer dichten Wolke Rauchs aus seiner Zigarre.

Harun wusste, dass Wolfgang damit Recht hatte. Es ging bei allem nicht nur um Elaine. Eigentlich ging es um ihn selbst. Elaine war so etwas wie die Verkörperung, im wahrsten Sinne des Wortes die Verkörperung des fehlenden Stücks in seinem Leben. Wobei das „fehlende Stück" nicht so etwas war wie das letzte Detail in einem ansonsten bereits gelungenen Dasein, sondern ganz im Gegenteil schien es erst die Voraussetzung, damit sein Dasein überhaupt gelingen konnte, damit er zu sich selbst kam, bei sich ankam, sich mit sich und der Welt versöhnt fühlte.

Denn das war er nicht und war es nie gewesen. All die Jahre, obwohl ausgefüllt mit Tun, mit Zielen und Wollen, mit Geschehen, mit Erfolg auf seinem Weg, mit Bestätigung, Gelingen, ja, und trotzdem ... All die Jahre war er in einem Zustand geblieben, als würde er neben und hinter allem auf etwas, auf das Eigentliche, warten, als hätte er sich mit allem anderen nur abgelenkt, um dieses eigentliche Warten auszuhalten. Bis er Elaine begegnet war. So viele, ungezählte Tage hatte es gegeben, an denen er abends, auf Geschäftsreise in irgendeiner Stadt von seinem Hotelzimmer oder sonst von seiner immer seltsam unbehaust bleibenden Wohnung aus, noch einmal hinausgegangen war, eigentlich zu müde, aber zugleich unruhig und voll plötzlich unbestimmt aufgärender Erwartung von irgendetwas. So als hätte dieses Etwas genau an dem Abend da draußen auf ihn warten können.

Und so war er dann durch fremde, nicht ganz fremde oder vertraute Straßen gestreift, rauchend, in Gedanken und solange, bis seine Müdigkeit jene merkwürdige Aufregung in ihm doch besiegt hatte. Für dieses Mal. Ja, er hatte immer gewartet, all die Jahre, nicht wissend auf was. Hatte er also auf Elaine gewartet oder auf das, was Elaine für ihn verkörperte, bedeutete? Ihr konnte er sagen, der seither in seiner Fantasie Anwesenden – ihr könnte er sagen, der unerreicht wirklich fern von ihm Lebenden, was das für ein Gefühl war, das er manchmal, für Sekunden, irgendwann zwischendurch eingefangen hat. Nein, nicht eingefangen, nur berührt, gestreift, bevor es wieder verging.

In einer von irgendwoher herangewehten Melodie etwa, die in ihm widerhallte, einer plötzlich intensiven Lichtstimmung und ihrem Widerschein, die ihn ergriff, beim Anblick von Kindern, die er bei ihrem alles um sie herum vergessenden Spiel beobachtete oder einer Gruppe Menschen, die an einem Tisch zusammensaßen, aßen, redeten, lachten, unter denen er sich dann für einen Moment selbst fand, so, als gehörte er ganz selbstverständlich und wirklich dazu, nicht bloß für den Augenblick, sondern immer schon und für alle Zukunft.

„Ich habe keine Erklärung dafür", sagte Harun, „aber in ihr, in Elaine ist das, was ich gesucht habe. Sie ist der Mensch, der ... der mir ... ein Anker sein kann. Es ist, als ob ich zu etwas zurückkehre ... oder nicht zurückkehre ... als ob ich etwas wiedergefunden habe, das vor sehr, sehr langer Zeit ..." Er verstummte. Wolfgang sah ihn unverwandt an.

„Ich habe mich ihr vom ersten Augenblick an nah und verbunden gefühlt, noch bevor es mir richtig bewusst wurde, geschweige denn, dass ich eine verständliche Erklärung dafür geben könnte ... Ich kann sie ja noch nicht einmal jetzt geben, weil ich nicht weiß, was es ist, was uns verbindet. Oder besser, was mich ihr so verbunden fühlen lässt. Obwohl ich mir manchmal ganz sicher bin, dass auch sie irgendetwas Besonderes empfunden haben muss, wenigstens in ein paar der Momente, die wir in Barcelona zusammen waren."

„Auf was wartest du noch, Harun?", fragte Wolfgang. „Meinst du nicht, es ist nun Zeit, den Schritt zu tun und Elaine, die wirkliche Elaine zu fragen, ob auch sie etwas und was sie empfunden hat?"

Harun überlegte eine Weile. „Ja, vielleicht hast du Recht ... Oder bestimmt hast du Recht!"

„Aber?!"

Wieder verging einige Zeit, bevor Harun antwortete.

„Es ist nicht wegen Frank. Obwohl mich das natürlich sehr belastet und ich eigentlich nicht weiß, wie ..."

„Sondern?" Wolfgang blieb hartnäckig.

„Ich ... Es klingt sicher blöd oder nach einer Ausrede. Aber ich habe das Gefühl, dass es jetzt noch nicht an der Zeit ist ..."

II. Kapitel – Die erste Rückkehr

Nach dem Lärm der vergangenen Tage nun Stille. Obwohl „Lärm" ein unangemessenes Wort dafür war. Ungehörig. Aber jetzt, in dieser plötzlichen Stille, kam es ihm so vor. Oder schien es ihm jetzt nur so still, weil vorher soviel – „Lärm" gewesen war? Seine Familie, seine Eltern, sein Land. Er war müde, erschöpft. Und erleichtert, hier zu sitzen. Weg vom ... Von alldem.

Harun lehnte seinen Kopf an den Rand des ovalen Kabinenfensters. Er hatte das Schutzrollo halb heruntergezogen. Aus der unteren Fensterhälfte drang die gleißende Helligkeit, rief ihm die hier drinnen nicht mehr fühlbare Hitze von draußen zu. Natürlich war es um ihn herum nicht still. Das übliche Raunen und Rumoren vor dem Start, dazu das Klappen der Gepäckfächer und immer wieder die Stimme einer der Stewardessen, die irgendetwas zu einem Passagier sagte.

Vielleicht kam der nachhallende Lärm dieser vergangenen Tage auch gar nicht von ihnen, den Tagen, sondern aus ihm selbst? Als Nachhall der Begegnung, der Konfrontation? Waren es nicht seine eigenen Gedanken, Gefühle, die in ihm unhörbar lärmend übereinander stürzten? Unwirklich kam ihm alles vor, das ganze, zu äußerster Wirklichkeit geballte Zeitstück, das jetzt hinter ihm lag. Mit seinen so anderen, so fremden und doch nicht fremden Kulissen, Lauten, Gerüchen. Mit den so fremden und doch nicht fremden Menschen, ihren Bewegungen, ihren Gesten und Worten. Gerade den Menschen, die seine Familie waren. Seine vergessene und doch nie vergessene Familie. Und plötzlich alles so nah, so laut. So bedrängend, fordernd. Fremd und vertraut. Unerreichbar vertraut. Zerrissen jetzt der Schleier des Fast-Vergessens. Alles wieder gegenwärtig. Kam daher der Lärm in ihm?

Hätte er das alles vermeiden können? Und hätte er es überhaupt vermeiden wollen? Diese Frage war immer wieder in ihm an die Oberfläche gebrochen. Mit den Jahren flüchtiger, aber doch so, dass er sie bemerken musste. Irgendwo tief unten, wohin er alle Gedanken daran verbannt hatte. Daran. An seine Familie. An sein Woher. Ohne dass er all das je ganz hatte bannen können.

Das war die nie ausgesprochene, kaum gedachte, nur immer wieder gefühlte Frage gewesen.

Was also sollte, was würde er tun, wenn sein Vater oder seine Mutter im Sterben lägen oder dem Tode nahe erkrankten? Die einzig verbliebene Vorstellung, sich ihnen doch noch einmal zu nähern. Vielleicht würde man ihn auch gar nicht benachrichtigen. Oder erst, wenn es zu spät wäre. Zu spät für eine Begegnung noch im Leben. Aber Harun hatte gewusst, geahnt, dass man ihn benachrichtigen würde. Trotz allem. Eines Tages. Irgendwann. Vorher.

Und so hatte sein kleiner Bruder, der längst nicht mehr klein, sondern ein erwachsener Mann geworden war, ihn dann benachrichtigt. Hatte Haruns Telefonnummer herausgefunden und ihn angerufen. An einem frühen Sonntagnachmittag. Harun hatte das Telefon lange klingeln lassen, gedacht, es wäre Ines, war unschlüssig gewesen, ob er abheben sollte. Wie er oft unschlüssig war. Und dann ... Und dann eine fremde Stimme, eine lang fremd gewordene Sprache. Und doch hatte Harun sofort gewusst, wer da am anderen Ende der Leitung gewesen war. Noch bevor der Name des Anrufers fiel.

„Hallo ... Bist du das, Harun ...?"

Ja, er ist es, Harun. Als ob plötzlich die Zeit erstarrt wäre. Nein, nicht bloß erstarrt. Als ob sie in ihrer Erstarrung zugleich begonnen hätte, rückwärts zu laufen. Rasend schnell. Jahre wie Sekunden. Zeit und Raum aufgehoben.

„Ich bin es ... Ibrahim."

Ja, es ist Ibrahim, sein kleiner Bruder. Nur stimmt das Bild, das er von Ibrahim noch in sich trägt, nicht mit der tiefen, ernsten Stimme des Mannes am Telefon überein. Wie alt ist Ibrahim damals gewesen, als er ihn das letzte Mal gesehen hatte? Acht, ja, acht Jahre alt, ein Kind. Ein Kind, das nicht verstehen konnte, dass sein älterer Bruder von ihnen weggehen würde. Von ihm und Papa und Mama. Von den Eltern, der Familie.

Aber der, der ihn da am vergangenen Sonntagnachmittag angerufen hatte, war nun längst kein Kind mehr. Und der Mann, der Ibrahim war, hatte ihm mitgeteilt, dass ... Vater krank sei, sehr krank. Sie hatten sonst nicht viel gesprochen. Keine Fragen gestellt, um die Zeit, die Ewigkeit, die zwischen ihnen gewachsen war wie eine unübersehbare Fläche wilden, brachen Landes, zu durchdringen. Wie hätte das auch mit nur ein paar Fragen und Antworten möglich sein sollen? Es war nur die Nachricht: Der Mann, der sein Vater war, lag sterbenskrank zu Hause.

Es war also soweit. Und Harun würde kommen. Natürlich würde er kommen. Endlich würde er kommen. Ibrahim hatte ihm beschrieben, wohin, ihm die Adresse genannt. Dann hatten sie aufgelegt.

Harun würde kommen. Zu der Adresse, zu dem Haus, in dem sie lebten, all die Jahre über gelebt hatten. Ohne ihn. Und er hier, weit von ihnen, ohne sie. So viele Fragen, die sich plötzlich auftreibend gestaut hatten, gestaut zu einer nebelnden Leere und Schwere. Und trotzdem, es war seltsam: Harun hatte, ohne es recht fassen zu können, sofort eine Nähe zu dieser fremden Stimme am Telefon empfunden. Zur Stimme, die von zweitausend Kilometern und 17 Jahren her plötzlich zu ihm herübergeklungen war. In einer fremd vertrauten Sprache. Der Stimme des Mannes, der einmal sein kleiner Bruder gewesen war. Wer war er heute? Doch immer noch sein Bruder. Sein ferner, fremder Bruder. Dessen Stimme ihn berührt hatte. Etwas Fernes und Fremdes tief in ihm. Ganz nah.

Es war so. Und wenn er es nicht immer gewusst hätte, wäre es ihm spätestens jetzt, nach diesen Tagen, gewiss geworden: Wurzeln zu haben, sie zu fühlen, tief in sich, konnte nicht weniger schmerzhaft sein als wenn man keine Wurzeln hätte, es stattdessen nur eine Leere gäbe. Dann wäre der Schmerz wohl Sehnsucht, Sehnsucht nach etwas, das die Leere füllte. Bei ihm war keine Leere, aber doch ein Schmerz. Der Schmerz, der von den Wurzeln kam, von denen er losgerissen war, ohne von ihnen gelöst zu sein. Der Schmerz, der ihn jetzt aufstörte wie nie, ihn mit Fragen verfolgte, die er sich nicht stellen wollte. Weil es keine Antworten darauf gab. Nur den Schmerz.

Weg von dort, wo die Wurzelenden nicht nur in die Erde reichten. Endlich, nach diesen aufgeladenen und zugleich entrückten Tagen, saß Harun nun wieder hier im Flugzeug. Damit schon fast wieder in seiner Welt, die so weit entfernt lag von dieser Welt da draußen, der Welt seiner Wurzeln, der er nun wiederbegegnet war. So plötzlich und so nah, so unerträglich nah. Die Nähe fühlte sich viel schmerzhafter an, als es die Ferne ihm längst geworden war. Gewohnter Schmerz, vergessener

Schmerz. Draußen immer noch das Land, die schwere, heiße Luft, in ihr die Farben und Düfte, die Klänge und Laute seiner Heimat, getrennt von ihm nur durch die dünne Kabinenwand. Nicht nur durch die Kabinenwand. Durch all die Zeit. Durch das, was geschehen war in dieser Zeit. Und vor ihr. Getrennt durch den, der er geworden war. Fern seiner Wurzeln. Aber nicht geschützt vor ihnen.

Harun ließ die Augen geschlossen, versuchte, ruhig zu atmen. Es lag hinter ihm. Die Begegnung, die Blicke, die Worte. Und das Schweigen. Das Schweigen im Angesicht der Gegenwart, der Vergangenheit. Und auch die Fragen, das Fordern, das ständige und beengende Umgebensein von forschenden Augen, sprechenden Mündern, berührenden Händen. So viele Stunden. Wie hatte er es ausgehalten? Allein, dass er jetzt hier wieder für sich sein, einfach sitzen konnte, ohne dass irgendetwas von ihm erwartet wurde, erleichterte ihn. Und Flugzeugkabinen waren ihm vertraut, selbstverständlich vertraut. Vertrauter als seine Heimat. Denn er saß viel in Flugzeugen, wechselte mit ihnen zwischen Städten, Hotels, Büros, Konferenzsälen. Unterwegs heimisch sein. Heimisch in der Bewegung. Aber jetzt flogen, nein flohen seine Gedanken der Maschine voraus und hin zu dem Ort, von dem aus er jedes Mal zu seinen kurzen, schnellen Reisen aufbrach. Seinem Zuhause.

Harun sehnte sich jetzt danach, zu Hause zu sein. Weg von seiner fremden Heimat, die ihn verwirrte, bedrängte, traurig machte. Wie seine Familie. Es machte ihn traurig, dass er sich wieder ein Stück mehr befreit fühlte, jetzt, beim Aufbrummen der Turbinen, beim Anfahren der Maschine, der langsamen Bewegung zum Rollfeld hin. Immer mehr Erleichterung und Traurigkeit, je schneller die Fahrt dann endlich über die Startbahn ging, vibrierend und ruckelnd über unebene Stellen im Asphalt, der unter glühender Sonne lag wie das Land, das endlich hinter ihm, unter ihm zurückblieb. Sein Land, seine Wurzeln und irgendwo da unten seine Familie. Aber jetzt ging es nach Hause. Woanders hin. Tausende Kilometer von hier, weit weg, zurück in seine Welt. Fern der Heimat. Und seiner Familie.

Seine Familie. Wiedersehen nach 17 Jahren Schweigen, Verdrängen. Was hatte er empfunden, was empfand er? Weder Wut noch Hass, die er zu Anfang, gleich nach der Trennung im Streit und lange noch empfunden hatte. Keines dieser Gefühle. Es lag so lange zurück. Narbenwülste wie Jahresringe über der darunter heimlich verwachsenen Wunde. 17 Jahre Leben ohne diese Menschen, die seine Familie waren. 17 Jahre woanders. Ein neues Leben, ein anderes Leben. Und nichts hatte das Wachsen dieses neuen Lebens gestört, der Zorn des Anfangs es sogar genährt, finstere, trotzige Entschlossenheit. Nichts von dem Davor war geblieben, außer den Erinnerungen, die dann allmählich verblasst waren, mehr und mehr überlagert wurden von diesem neuen, von dem Leben, das heute sein Leben war. Und nie ein Anruf, nie ein Brief. Nicht von ihm. Nicht von ihnen. Ganze 17 Jahre lang. Als wäre man füreinander tot oder nie verbunden gewesen. Bis zu Ibrahims Nachricht vor ein paar Tagen.

Steil stieg die Maschine. Fliegen war für ihn wie für andere das tägliche Benutzen öffentlicher Verkehrsmittel. Gewohnheit. Nur gab es hier immer einen Sitzplatz. Meist arbeitete er, den aufgeklappten Laptop auf dem kleinen Klapptischchen vor sich oder irgendwelche Unterlagen auf dem Schoß. Manchmal las er ein Buch. Das Fliegen selbst nahm er kaum wahr, bis auf diese Momente meist nur beim Starten. Fliegen war ein Teil seines Lebens. Seine Familie nicht. Ob Ibrahim je geflogen war? Nein, er war nie geflogen. Seine Eltern auch nicht. Und seine anderen Verwandten schon gar nicht. So viele ihm fremd oder lange fremd gewordene Gesichter, die ihn neugierig beäugt hatten, auch respektvoll. Ihn, den Fremden aus einer anderen Welt, mit dem sie doch verwandt waren. Wie er mit ihnen.

War das überhaupt möglich, seine Familie zu vergessen, seine Heimat, seine Kultur, seinen Ursprung? Und hatte er all das wirklich vergessen? Er musste, nachdem er allein in Deutschland zurückgeblieben war, ein neues, ein anderes Leben leben. Für ihn ein fremdes Leben, das ihn jedoch mit der Zeit, mit jedem Jahr ein Stück mehr bestimmte, bis er selbst dieses Leben geworden war. Und damit ein Fremder. Es war die Zeit selbst gewesen, es waren die sich unaufhaltsam aneinander reihenden Jahre, die das Davor, das Früher, in die Ferne rücken ließen. Kein Signal war mehr zwischen Haruns neuem, irgendwann nicht mehr neuem, sondern einfach gegenwärtig gewordenem Leben und seinem alten hin und her gegangen. Es waren zwei Leben geworden, die nichts miteinander zu tun, und die nichts gemein hatten als eine nur noch in der verdrängten Erinnerung existierende Vergangenheit.

Und wahrscheinlich waren es längst auch zwei Erinnerungen, denn im Schweigen seit der Trennung hatten sie nicht einmal mehr ihre Erinnerungen geteilt. Erinnerungen verändern sich mit den Jahren. Ja, es waren zwei Erinnerungen, Harun wusste es nun. Seine Erinnerung und die Erinnerung der ... anderen. Seiner Familie. Vor allem seines Vaters. Harun hätte jetzt gern geraucht. Als ob man schwere, lastende Gedanken als kräuselnden Rauch aus sich herausblasen konnte. Ein Nachteil des Fliegens, dass man nicht rauchen konnte.

Die Maschine lag nun gerade in der Leere des Himmels, Kurs Nordnordwest. Tief unten, unendlich tief unten, schon weit entfernt der Bosporus. Scheide zwischen Morgen- und Abendland. Zwischen Europa und ... Ja, und was? Darüber stritten die Politiker, die Historiker. Darüber und ob es überhaupt eine Scheide war. Oder nicht doch eine Brücke? Und was war dann er, Harun? Ein Geschiedener, der sich entschieden hatte. Für Europa? Und also gegen ... das Andere? Oder war er ein Brückengänger zwischen zwei Welten? Ein löbliches Beispiel, ein Vorbild sogar? Gebürtiger Türke mit deutschem Pass. Und deutschem Erfolg. Mehr Erfolg als viele Deutsche. Entschieden der Erfolg, das Gelingen darüber, wer man war? Und wäre man ohne Gelingen und Erfolg nichts? Darüber hatte Harun immer wieder nachgedacht. Er, der Vielflieger mit elektronischem Ticket und Zugang zur Senator-Lounge.

Ja, was wäre er, der Brückengänger oder Geschiedene, ohne Gelingen und Erfolg auf der anderen Seite? Was blieb ihm außer Gelingen und Erfolg? Er, der seine Familie verlassen, seine Wurzeln hinter sich gelassen hatte. Musste ihm nicht alles gelingen, musste er nicht Erfolg haben? Weil er nicht geblieben war, was er von Geburt an war: Ein Mensch, der irgendwo geboren war, die Sprache dieses Irgendwo sprach, seine Sitten und Rituale beherrschte, sich mit anderen gleicher Art dort bewegte. Dort, wo er herkam. Wohin er gehörte, ob Erfolg oder nicht. Und wo seine Familie war. Wie Ibrahim, sein Bruder. Der nicht unglücklich schien. Der gewiss glücklicher war als er. Obwohl Harun sich nicht als unglücklich empfand. Aber auch nicht als glücklich. Es war kompliziert. Jetzt war es wieder kompliziert geworden. Jetzt, wo das Früher, das Davor, wieder in die Gegenwart gerückt war. Nein, nicht gerückt. Wo es in die Gegenwart eingeschlagen war und einen tiefen Krater hinterlassen hatte. Einen unübersehbaren, unüberfühlbaren Krater.

Das Vergessene und doch nicht Vergessene. Wenn ihm die Gedanken darüber kamen, hatte er sich immer wieder gefragt, wie es möglich sein konnte, was längst Wirklichkeit geworden war: Wie ein Sohn seine Eltern und Eltern ihren Sohn einfach vergessen konnten, aus dem Leben streichen, aus der Erinnerung, dem Herzen? Aus dem Leben vielleicht und weitgehend aus der Erinnerung, der bewussten, gepflegten – aber doch nicht aus dem Herzen! Das war nicht möglich! Ihm war es nicht möglich, in Wirklichkeit, in tiefster, innerster Wirklichkeit nie möglich gewesen. Auch wenn es wirklich schien.

Aber was ging in den beiden Menschen vor, die doch seine Eltern waren? In seinem Vater, dessen verschlossenes, versteinertes Gesicht bei ihrer ersten Begegnung Harun nun wieder vor sich sah. Verschlossen und versteinert in Bitterkeit und Trotz, bis auf den kaum beherrschten Ausdruck der Schmerzen, die von seiner Krankheit kamen. Aber war nicht schon da doch noch etwas hinter dieser Fassade gewesen? Hatten seine unwilligen Tränen, die er vor seinem Sohn zu verstecken suchte, nicht schon vorausgewiesen? Aber Tränen verrieten nicht gleich, wem oder welchem Gefühl sie wirklich, ob sie dem Anderen oder nur sich selber galten ...

Auch seine Mutter hatte geweint. Mehr und öfter als der Vater. Und unversteckt. Und dabei wie immer geschwiegen. Dieses Bild von der Frau, die seine Mutter war, in einer Ecke des Raumes stehend oder in einen Sessel gekauert. Und immer schweigend. Das war das Bild, das er von seiner Mutter hatte. Weiter nichts. Seine Mutter, diese ewig schweigende, alles hinnehmende Frau, Augenblick auf Augenblick in belangloser Geschäftigkeit aufgehend oder wie selbst gar nicht vorhanden nur still verharrend. Harun hätte keine einzige Eigenschaft zu nennen gewusst, die ihm seine Mutter als Person erscheinen ließe. Wer war sie? Und was hatten ihre Tränen gesagt? Hatten sie überhaupt etwas gesagt, oder waren sie nur so etwas gewesen wie ein Reflex, ein ritueller Reflex?

Auch für diese Gedanken schämte er sich. Die Tränen der Eltern. Tränen konnten Herzen erschließen. Aber diese Tränen hatten es nicht getan. Auch sie waren fremd geblieben. Fremde Tränen fremder Menschen. Die Tränen seiner Eltern. Darüber hatte Harun geweint. Nachts, leise. Ein Fremder, der heimliche Tränen in der Wohnung seiner Eltern geweint hatte.

Wer waren diese Menschen, die doch seine Eltern blieben? Und wie sollte er sie erreichen? Er hatte sie nicht erreicht in diesen vergangenen Tagen, und sie nicht ihn. Nicht wirklich. Trotz allem. Obwohl sie sich so nahe gewesen waren, wie Harun es sich nie hatte vorstellen können, dass sie einander noch einmal nahe kommen würden. Aber was besagte schon die Nähe im Raum? Die Zeit blieb doch zwischen ihnen.

17 Jahre des Schweigens. Und er, Harun, war lange keiner mehr von ihnen. Und würde doch bis ans Ende seines Lebens einer von ihnen bleiben. Sie hatten einander nicht erreicht. Und es lag nicht nur an den Eltern. Vielleicht lag es auch überhaupt nicht an ihnen, sondern an ihm. Oder einfach daran, dass die Dinge nun einmal waren, wie sie waren. Gefühle ließen sich nicht nach Belieben anpassen, nicht wie Bilanzen, je nach Lage und Zweck, nach Plan und Strategie variieren, manipulieren, interpretieren. Man konnte seine Gefühle nicht überzeugen, nicht wirklich, nicht in sich.

Nur Ibrahim ... Aller Zeit, allen Schweigens, aller Fremdheit zum Trotz – ihre Herzen hatten einander wiedererkannt und sich einander zuzuwenden begonnen. Er hatte es gespürt. Wohl auch Ibrahim. Obwohl kaum weniger zwischen ihnen lag. Zwei verschiedene Leben, die ohne einander gewachsen waren. Sie hatten einander nicht wachsen gesehen. Wussten nichts von ihren Wegen, ihrem Werden, nichts von ihrem Wollen, ihren Erfahrungen, ihren Kämpfen, den Siegen und den Niederlagen, nichts von ihren Entscheidungen und den gelebten Konsequenzen. Sie wussten nichts und jetzt kaum mehr außer ein paar geballten Eindrücken von ihren Welten, die mehr als zweitausend Kilometern und zwei Leben auseinander lagen. Den Welten, in denen sie lebten, die sie mit und in sich trugen, die ihre Existenz waren. Und doch ...

Aus ihren Herzen hatte etwas zueinander gesprochen, ohne dass sie selbst es beeinflusst hätten. Es war schön. Und es blieb schmerzhaft. Denn gerade die gefühlte Nähe der Herzen ließ doch auch die Ferne spüren, die Ferne, die 17 Jahre Zeit gehabt hatte, zwischen ihnen zu wachsen.

Es war eine andere Art Ferne als zu den Eltern. Weniger absolut und vielleicht deshalb sogar schwerer. Was lag dagegen zwischen ihm, Harun, und den Eltern? War es nicht dasselbe, das schon vor 17 Jahren zwischen ihnen gestanden hatte? Ohne die und vor der Ferne in Raum und Zeit? Es war nicht erst durch die Trennung gekommen. Nein, es war schon vorher da gewesen. Die Trennung hatte es nur unerbittlich sichtbar gemacht. Unwiderruflich. Unwiderruflich? Sie waren doch seine Eltern. Ihre Tränen hatte er gesehen. Aber sie hatten Haruns Tränen nicht gesehen.

Ibrahim hatte nicht geweint. Nicht in seiner Gegenwart. Aber sein Blick hatte wirklich ihm gegolten, ihm, Harun, seinem Bruder. Ein offener, suchender, tiefer Blick. Er war wie eine Hand gewesen, die ausgestreckt blieb, und die Harun mit seinem Blick ergriffen hatte. Und sie beide hatten das gespürt. Als ob sie am je anderen Ende einer langen, sehr langen Brücke gestanden hätten, entschlossen, einander entgegenzugehen. Und gewiss, dass die Brücke, die ihrer beider Blicke bauten, halten würde. Wie lang der Weg auch sein mochte, ein Weg, der vielleicht kein Ende hatte ... Bei seinen Eltern hatte er diese Blicke nicht empfunden. Zu ihnen gab es keine Brücke hin ... Oder war er selbst es, der sie verweigerte? Und spielte es nach dieser langen Zeit noch eine Rolle?

Eine Zeitung raschelte neben ihm und in seine Gedanken. Beinahe erschreckte ihn das Geräusch. Harun hatte vorhin nicht registriert, wer auf dem Platz im Flugzeug neben ihm saß. Aus den Augenwinkeln erkannte er jetzt die FAZ, von einer Männerhand gehalten. Weiße Manschetten. Vielleicht dachte der lesende Kopf der FAZ haltenden Hand, dass sein Nebenmann am Fenster ein Türke war. Schließlich sah er wie ein Türke aus. Oder wenigstens nicht wie ein Deutscher, ein genetischer Deutscher. Immerhin besaß er ja einen deutschen Pass. Er mochte also seinem Nebenmann wie ein westlicher Türke scheinen, ein städtischer Türke. Kein anatolischer Bauer. Nein, so wirkte er wohl kaum. Nicht von seiner Erscheinung, nicht von seinem Ausdruck her. Obwohl seine Familie, seine Eltern genau dorther kamen. Wie auch Harun selbst ... So unwirklich lange lag das zurück. Jenes entlegene Bergland Anatoliens. Dass seine Eltern heute in Istanbul lebten und unter ihresgleichen dort sogar als recht wohlhabend galten, verdankten sie ihrer Zeit als Gastarbeiter in

Deutschland. Gäste. Geduldete. Hingenommene. Längst aber waren sie wieder dort, wo ihre Sprache gesprochen wurde, Deutsch hatten sie in den Jahren kaum gelernt. Waren dort, wo die ihnen vertrauten Sitten und Rituale galten. Wo Menschen lebten wie sie. Zurück in der Heimat. Und vielleicht, weil sie im fremden Deutschland Fremde geblieben waren, waren sie es in ihrem eigenen Land nun nicht. Vielleicht waren sie auch nicht lange genug fort gewesen, um in der Heimat Fremde zu werden.

Es schmerzte ihn. Jetzt, wo er es ganz unmittelbar gefühlt hatte. Unausweichlich, nicht zu verdrängen: Ja, er war ein Fremder im Land seiner Herkunft. Zu lange fort. Zu lange in einer anderen Welt. In Deutschland war er kein Fremder. Oder jedenfalls viel weniger fremd als in seiner Heimat. Seiner Heimat. War es denn seine Heimat? Was war das, Heimat? Das Herkommen, das Ankommen oder einfach nur das Da-Sein? Nein, Heimat war mehr als das. Viel mehr. Wenn es auch mit dem Da-Sein zusammenfallen konnte. Ein großes Glück, wenn jemand in seinem Da-Sein heimisch, wenn es Heimat war, wo er lebte, er es als Heimat empfand. Mehr als bloß irgendein Ort. So viele Menschen gab es, die irgendwo lebten. Heimatlos. Abgeschnitten von ihren Wurzeln, ihren Ursprüngen. Manche gezwungen, andere freiwillig. Aber was hieß das schon: freiwillig? War es nicht oft so, dass im Kampf der Zwänge, mochten es auch nur innere Zwänge sein, ein Zwang die Oberhand gewann?

Harun ließ seinen Blick wieder durch die untere Hälfte des Kabinenfensters hinaus auf den weißgebauschten Teppich fallen, über dem sich der grenzenlose Raum aus strahlendem Blau erstreckte. Wenn von hier vielleicht die Seelen kamen, was waren sie dann? Keine Deutschen, keine Türken und auch keine Söhne, keine Brüder, keine Neffen, keine Cousins. Seelen hatten keine Familie, oder sie bildeten eine einzige große Familie. Erst wenn sie in einem Körper gefasst oder gefangen und so zur Welt gekommen waren, dann wurden sie all das. Ohne Wahl. So wie er, Harun, Sohn geworden war, Sohn seines Vaters, Kind seiner Eltern, ein türkischer Junge aus dem Bergland Ostanatoliens. Nein, kein westlicher Türke. Kein städtischer Türke. Die Erscheinung trog. Dort kam er her, wie seine Eltern, wenn sie jetzt auch in Istanbul lebten. Und dort, weit jenseits aller Horizonte lagen auch die Erinnerungen seiner Kindheit, dort war ...

Harun fühlte ein plötzliches Brennen durch seinen Körper laufen, Tränen drangen bis hinter seine Augen, das Atmen fiel ihm schwer. Er musste schlucken, holte ein paar Mal tief Luft, versuchte es so zu tun, dass es nicht auffiel. Und drängte seine Gedanken zurück, zwang sie in einen anderen Strang ... Seine Eltern, sein Vater, das war es doch, das war es jetzt, das waren die letzten Tage ...

Ja, Sohn seines Vaters. Das blieb man. Immer. Auch nach Streit, Zerwürfnis, Trennung. Auch hassend, verachtend, vergessen wollend. Und vielleicht gerade dann. 17 Jahre alt war auch das letzte Bild gewesen, das er von seinem Vater im Kopf hatte. Jetzt gab es ein neues Bild. Nach 17 Jahren Schweigen. Das Bild eines alt gewordenen, kranken Mannes, der immer noch sein Vater war. Ein fremder Vater. Selbst das Wort „Vater", dieses einfache, klare Wort war Harun fast unaussprechlich geworden, das er es kaum hatte sagen können. Was hatte jener fremde Mann, dem er nun so plötzlich wieder begegnet war, mit diesem Wort zu tun? Das hatte er sich unwillkürlich gefragt, als er das Wort mit größter Anstrengung, kaum hörbar, schließlich doch über seine Lippen gezwungen hatte. Ohne Echo. Das fragte er sich jetzt. 17 Jahre Trennung. Längst selbstverständlich geworden. Kein Weg zurück. Und nun doch. Von Angesicht zu Angesicht. Jetzt breitete sie sich in seiner Gegenwart aus, die Vergangenheit. Was sollte werden mit diesen neuen Bildern, nicht nur seines Vaters? Mit der plötzlich wieder existierenden Gegenwart seiner Mutter, seines Bruders? Der Gegenwart ihrer Welt, die einmal seine gewesen war? Harun hätte viel darum gegeben, jetzt eine Zigarette zu rauchen. Er schloss die Augen wieder. Alles so nah ...

Ja, mit einem Schlag, mit dem Klingeln seines Telefons am vergangenen Sonntagnachmittag, war aus der Vergangenheit wieder Gegenwart geworden. Der Sonntag nicht länger ein wennschon oft etwas verlorener, melancholischer Ruheplatz im gewohnt gedrängten Zeitgefüge seines Lebens, sondern unvermittelt eine Insel in einem plötzlich herangefluteten fremden Meer. Harun hatte nach dem Anruf eine unbemessene Weile wie hypnotisiert dagesessen. Es war keine Einbildung, der Anruf, die Stimme – es war Wirklichkeit gewesen. Irgendwann hatte er dann den nächstmöglichen Flug nach Istanbul gebucht, noch für den Abend desselben Tages. Wie ferngesteuert war er sich vorgekommen. Er hatte eine Reisetasche gepackt und dann die verbleibenden Stunden rauchend in dem bequemen Liegesessel mit Blick durch das Balkonfenster verbracht. Seinem Balkonfenster. In seiner Wohnung. Kaum fähig, sich zu rühren. Immer noch wie in einer Art Trance.

Doch in seinem Inneren hatte es sich zu rühren begonnen. Alles schien in eine unabsehbare Bewegung geraten. Und Harun hatte sich mit seinen Augen an der Dächerlandschaft der Stadt festgehalten, seiner Stadt, die Stadt, in der und von der aus er sein Leben führte. Aber dahinter hatte sich dann plötzlich das fremde Meer erstreckt, war näher gekommen, steigende Flut, schien ihn anzuziehen, hinauszuziehen. Weg von den lange vertrauten Ufern. Zwischendurch war er doch ein paar Mal in einen Halbschlaf geglitten, einen von wirren, beunruhigenden Bildern durchwebten Halbschlaf. Am späten Nachmittag hatte er sich dann, nach einer Dusche und einer Tasse Kaffee, mit einem Taxi zum Flughafen fahren lassen. Früher als notwendig. Zum Flughafen, wie so oft, wie immer. Wie nie. Den Flughafen, auf dem er sich blind zurechtgefunden hätte. Er war unruhig gewesen.

Die Zeit bis zum Einchecken hatte er in der Senator-Lounge verbracht, endlich eine Kleinigkeit gegessen, weniger aus Hunger, als um überhaupt etwas zu tun. Und weitere Zigaretten geraucht. Und, was er sonst nie tat, etwas getrunken. Zwei Gläser Portwein. Das Personal kannte ihn, er war so etwas wie ein Stammgast dort. Ja, er, Harun, der Vielflieger aus der internationalen Kaste derer, die für wichtig befunden wurden. Stets im Zentrum des Geschehens. Wo es keine Rolle spielte, wer einer war, woher einer kam, solange er nur seinen Job beherrschte. Dafür gab es Privilegien. Wie irgendwann den Zutritt zur Senator-Lounge. Weil man so viel Zeit auf Flughäfen verbrachte. Flughäfen als eine Art erweitertes Zuhause. Die Begrüßung war wie immer aufmerksam, freundlich gewesen. Unaufdringliches Geplauder und diskretes Zurückziehen beim Bemerken, dass er in Gedanken war, mit irgendetwas beschäftigt. Ja, mit irgendetwas. Ein unsichtbares Gespinst hatte ihn eingehüllt. Niemand sah es, ahnte es nur. Wie darin gefangen war er sich vorgekommen. Harun, der

Türke, auf dem Weg zu seiner Familie. Dahin, wo seine Wurzeln lagen. Und der Schmerz.

Und als er dann endlich in der Maschine gesessen, sie abgehoben und Kurs auf Istanbul genommen hatte, war ihm alles, von Ibrahims Anruf bis zu diesen Augenblicken, wie ein einziger Moment vorgekommen. Eine einzige Handlung jenseits aller Zeit ...

Und es kam ihm auch jetzt so vor, immer noch. Die ganze Zeit, eine ganze Woche wie ein einziger Augenblick, der nicht aufhören wollte. Wie ein unheimlicher Fleck, der sich plötzlich unaufhaltsam auf einer vertrauten Fläche befremdend auszubreiten begonnen hatte, immer weiter, immer weiter. Bis von der vertrauten Fläche nichts mehr übrig wäre ...

Was sollte jetzt werden? Die 17 Jahre waren nun weggeschmolzen, alles war wieder ganz nah. Die Gesichter, die Stimmen, die Augen, die Worte. Das Zerwürfnis. Das Nichtverstehen. Die Anklage. Die Bitterkeit. Aber trotz dieser Nähe blieb alles unerreichbar. Eine dicke Wand aus Glas. Undurchdringlich durchsichtig. Und in Haruns Gedanken schlich sich mit einem Mal die Angst, dass eben diese Wand nun auch zu Hause da sein würde. Ihn nicht mehr zurückließe in seine Welt, die er sich geschaffen hatte. Die Wand und der Fleck. Er hatte plötzlich das Bedürfnis, sich zu bewegen, seien es nur ein paar Schritte. Weg aus seiner Ecke hier am Fenster, als ob das um ihn gewachsene Gedankengespinst sonst schon zu jener Wand würde, einer Wand eng um ihn, die ihn einschlösse, erstickte ...

Im letzten Augenblick konnte Harun mit seinen Worten der fast ruckartig vorausdrängenden Bewegung seines Körpers Platz schaffen.

„Pardon?! Ich müsste einmal ..." Sein Nebenmann, inzwischen nicht mehr die FAZ, sondern in irgendwelchen Papieren lesend, sah kurz auf, nickte, erhob sich. Der Mann auf dem Gangplatz folgte, auch er ein Anzugträger, Deutscher oder nördlicher Europäer.

„Danke ..."

Spontan erleichtert ging er den Gang entlang in Richtung der hinteren Toiletten, als könnte er alles für ein paar Weilen auf seinem Fensterplatz zurücklassen. Vielleicht würde es sich dort in dieser Zeit verflüchtigen. Eine dicke Wand aus Glas zwischen ihm und den Menschen, die jetzt um ihn waren. Im Unterschied zum Hinflug war die Maschine jetzt auf dem

Rückflug von anderen Menschen, einer anderen Art Menschen besetzt. Überwiegend Geschäftsreisende. Europäer. Türken. Ein paar Stadttouristen vielleicht.

Anders als vor ein paar Tagen. Da waren es in der Sonntagabendmaschine viele Landsleute gewesen ... Landsleute ...? Wer waren seine Landsleute? Die Deutschen? Die Türken? Beide? Vergangenen Sonntag hatten ihn überwiegend Türken umgeben, die entweder Verwandte in Deutschland besucht hatten oder umgekehrt Verwandte in ... der Heimat besuchen wollten. Neben ihm hatte da eine ältere, einfach gekleidete Frau mit Kopftuch gesessen. Sie hatte ihm beim Start gütig zugenickt und dann leise zu beten begonnen. So als bete sie nicht nur für sich und ihren Sohn oder Enkel auf der anderen Seite neben sich, sondern auch für ihn, Harun. Einen der Ihren. Und genau wie sie auf dem Weg in die *Heimat*. Stummes Einverständnis im Erkennen. Auch er schließlich ein Türke. Einer von ihnen. „Allah führe uns sicher heim." Und Harun hatte überrascht registriert, dass ihre melodisch gemurmelten Worte beruhigend auf ihn wirkten. Ihr Gebet, so war es ihm vorgekommen, würde ihn schützen. Vor der fremden Heimat. Vor dem unbekannten Meer, auf dem er plötzlich trieb. Vor ... Vor was auch immer.

In der engen Flugzeugtoilette stützte Harun sich jetzt mit beiden Händen an der Wand neben dem Spiegel über dem kleinen Waschbecken ab. Er streckte die Glieder, atmete tief. Eine dicke Wand aus Glas ... Er durfte nicht zulassen, dass diese so plötzlich wieder Gegenwart gewordene Vergangenheit ihn auch zu Hause ... zu Hause beherrschte. Nicht nach all diesen Jahren! Schließlich gab es dafür doch keinen Grund! Seine Welt blieb seine Welt, und sie hatte mit dieser anderen, diffusen, sentimentalen, immer noch fern liegenden Welt nichts zu tun! Und dass ein solches Wiedersehen und unter solchen Umständen aufwühlend blieb, war doch nicht ungewöhnlich. Er musste die Dinge nur in der richtigen Weise ordnen, durfte sich nicht von diesem Strom ins Uferlose, Fassungslose ziehen lassen.

Sein Vater war krank, sehr krank. Wahrscheinlich würde er sterben. Und sie verstanden sich nicht. Hatten sich damals nicht verstanden und taten es heute nicht. Ihre Leben waren unverbunden, außer der Tatsache, dass sie eben Vater und Sohn blieben. Biologisch. Harun hatte seine

Schuldigkeit getan, war gekommen; trotz allem. Und alles andere ließ sich eben nicht ändern. Es war, wie es immer gewesen war. Und warum hätte es auch anders sein sollen?

Während er sich im Spiegel entgegensah, stiegen die Bilder auf, sah er nicht sich, sondern sie und sich selbst in ihnen ... Nach 17 Jahren also war es soweit gewesen. Mit dem Klingeln des Telefons hatte jener nicht enden wollende Augenblick seinen Anfang genommen. Der Fleck sich unaufhörlich auszubreiten begonnen. Der Fleck auf der vertrauten Fläche seiner Welt – es durfte nicht sein! Die Vergangenheit durfte ihn jetzt nicht verschlingen, nicht nach all den Jahren! Sie durfte keine Macht gewinnen über seine Gegenwart und Zukunft, nicht über sein Zuhause und sein Leben. Es durfte nicht sein. Aber die Bilder fluteten in ihm ...

Noch am späten Abend des vergangenen Sonntags, nach Ibrahims Anruf am frühen Nachmittag, ist Harun auf dem Atatürk-Flughafen gelandet, dem großen internationalen Airport auf der europäischen Seite der Stadt. Zum ersten Mal in seinem Leben. Er ist noch nie in Istanbul gewesen. Und nie mehr in der Türkei seit ... Es ist so unendlich lange her.

Ibrahims Angebot, ihn abzuholen, wenn er ihm sagte, wann und wo er ankommen würde, hat Harun abgelehnt, nur nach der Adresse gefragt, zu der er kommen soll. Warum eigentlich? Vielleicht hat er nur den Moment der Begegnung hinausschieben, die ersten Schritte auf dem ... fremden Boden dort, dem fremden, wartenden Boden allein machen wollen. Er weiß es selbst nicht.

Flughäfen ähneln sich, zumal die in den großen Städten. Und Harun ist es gewöhnt, sich auf Flughäfen, in großen Städten zu orientieren. Mittlerweile kennt er viele Flughäfen und viele große Städte. Überall auf der Welt. Soweit man Städte bei dieser Art von Aufenthalten kennenlernt. Geschäftsreisen machen alle Städte irgendwie gleich. Istanbul und diesen Flughafen kennt er nicht. Obwohl es vergleichsweise nahe liegt. Obwohl sie Klienten auch hier haben. Obwohl er doch Türke ...

Wie immer hat er nur Handgepäck, also kein Warten am Band. Aber dieses Mal Passkontrolle. Außerhalb der EU. Außerhalb. Der türkische Beamte mustert Haruns deutschen Pass. Ein deutscher Pass mit türki-

schem Namen. Ein Türke mit deutschem Pass. Ein Abtrünniger. Ein Verräter – Unsinn.

Der Beamte zeigt, außer einem kurzen Kopfnicken nach aufmerksamem Blick in Gesicht und Dokument, keine Reaktion. Warum sollte er auch? Und bestimmt ist Harun weder der erste noch einzige Deutschtürke, der hier durchkommt.

Erst in der lautstark bevölkerten Halle fällt ihm plötzlich ein, dass er seine Firma benachrichtigen, jemandem Bescheid sagen muss. Harun ruft seinen Chef an, spricht ihm die Nachricht auf dessen Mailbox. Dringende Familienangelegenheit ... Ja, so nennt man das doch: Familienangelegenheit. Das erste Mal nach all den Jahren, dass Harun sich um „Familienangelegenheiten" zu kümmern hat. Er ist froh, nur die Mailbox erreicht zu haben. Keine Fragen, kein Staunen ...

Er spricht nie über seine Familie. Wie einer, der keine Familie hat. Bis zu diesem Anruf. An einem Schalter wechselt Harun Geld. Und draußen, unter dem Vordach der Ankunftshalle, endlich die warme Luft des Sommerabends. Harun bleibt stehen, schließt die Augen, saugt sie unwillkürlich ein. Eine andere Luft. Schwingend von anderen Geräuschen, Klängen. Und anderen Gerüchen. Dichter, voller. Auch nach Meer riecht es, scheint ihm. Der Flughafen liegt nahe der Küste. Um ihn herum Bewegung, Stimmen, laute Rufe, immer wieder Hupen, Motoren, Türenschlagen.

Er wirft die Reisetasche über die Schulter, nimmt ein Taxi, nennt dem Fahrer die Adresse im Stadtteil Gaziosmanpaşa, einem der neueren Viertel, die in den letzten Jahrzehnten am westlichen Rand Istanbuls entstanden sind. Dort also leben sie. Seine Eltern. Sein Bruder. Dort hat sein – Vater ein Haus gebaut. Ein Mietshaus. Von dem Geld, das er als Gastarbeiter in Deutschland verdient hat. Harun weiß es aus dem Anruf von Ibrahim. Ein Haus. In der Heimat. Die Harun nicht kennt. Nicht mehr. Nur als Kind ... Aber diese Heimat liegt noch ferner, noch weiter, weit jenseits der großen Stadt, die ihm ebenso unbekannt ist. Wie das Haus, zu dem er jetzt fahren wird. So wie die Menschen, die dort leben.

Harun zieht seine Jacke aus. Es ist sehr warm. Das Taxi fährt schnell über eine breite Ausfallstraße, die vom außerhalb gelegenen Flughafen zur Stadt führt. Draußen der Verkehr, die bewegten und festen Lichter *im weichen Dunkel. Vorüberziehende Silhouetten, Landschaft, Gebäude, große, beleuchtete Reklametafeln. Durch das geöffnete Fenster der Fahrtwind. Und aus dem Radio türkische Wortkaskaden. Unwirklich. Und auf eine noch ferne Art ganz nah. Wie eine vertraute Musik, die man lange, sehr lange nicht gehört hat. Gut, dass man in dem Taxi rauchen darf.*

Der Fahrer raucht auch. Er sagt immer wieder etwas. Und Harun antwortet. Hinterher kann er nicht sagen, was sie geredet haben. Belangloses. Was man manchmal redet im Taxi. Aber sie reden Türkisch. Natürlich. Nicht natürlich. Harun ist verwundert, sich Türkisch reden zu hören. So lange keine türkischen Worte aus seinem Mund. Und jetzt holpern sie mühsam hervor, wie schwere kantige Steine auf einem eingerosteten Förderband. Hat ihn der Taxifahrer nicht ein paar Mal forschend im Rückspiegel gemustert?

Als der Wagen schließlich bei der angegebenen Adresse hält, muss der Fahrer Harun zweimal ansprechen.

„Wir sind da, Efendi!"

Efendi. Das ist eine Art Respektbezeugung. Ähnlich wie es die Italiener zu sagen pflegen: Commentatore, Dottore. Und doch anders. Es geht weiter. Reicht tiefer.

„Wir sind da!"

Er ist da! Und kann sich offenen Auges nicht mehr des Weges erinnern, der sie schließlich hierher mitten in dieses Viertel geführt hat. Nicht an die Fahrt. Nicht an das, was sie gesprochen haben. Dicht umkrochen von kaum zu fassenden Gedankenschlangen, zitternd im laut pochenden Takt seines Herzens. Harun bezahlt, gibt ein gutes Trinkgeld.

„Vielen Dank, Efendi! Allah schütze Sie!"

Dann steigt er aus, zieht seine Jacke an, hängt seine Reisetasche wieder über die Schulter, nickt dem Fahrer noch einmal kurz zu und geht die paar Schritte zum Eingang des weißen, vierstöckigen Hauses.

Hier also. Eine saubere Wohnstraße, sogar in Abständen schmal aufragende Bäume. Neuere, mehrstöckige Gebäude stehen hier, nicht älter als 20, 30 Jahre. Sie sind in hellen Farben gestrichen. Geparkte Autos am Bordstein. Auf dem recht breiten Gehsteig gibt es Bänke an den Hausmauern. Und es sind immer noch Menschen draußen. Schwatzend sitzen und stehen sie zusammen, aus geöffneten Fenstern dringen Musik und Stimmen, teils wohl aus laut aufgedrehten Fernsehern. Es riecht nach gebratenem Öl und anderem. Mauern, Fenster und Türen sind hier nicht dazu da, um zu trennen oder Grenzen zu markieren. Übergänge. Niemand lebt für sich.

Harun bleibt einen Moment stehen. Er fragt sich, ob es hier so aussieht, wie er es sich vorgestellt hat. Hat er sich etwas vorgestellt? Vielleicht eine enge Gasse mit unebenem Boden und lückenhafter Pflasterung, flankiert von ineinandergeschachtelt altersmüden Fassaden, in der Höhe quer von Seite zu Seite gespannte Wäscheleinen? Unwillkürlich sieht er hoch. Vor einigen Fenstern, deren bunte Läden jetzt aufgeklappt sind und auf einigen der kleinen Balkone hängt tatsächlich Wäsche. Er tritt auf einen Hauseingang zu.

„Kara" liest Harun auf der Klingeltafel. Seinen Namen. Einmal im vierten, einmal im dritten Stock. Die Wohnungen seiner Eltern und seines Bruders. Und wieder, wieder kommt es ihm vor, als wäre seit Ibrahims Anruf am Nachmittag und bis jetzt erst ein einziger Augenblick vergangen. Ein einziger, unaufhörlicher Augenblick. Wie im Traum. Zeit und Raum miteinander verschwungen, Stunden und Entfernungen ineinander geschlungen. Gerade noch zu Hause und jetzt – hier!

Obwohl auch diese Haustür offen steht, natürlich, klingelt er im vierten Stock, der Summer ertönt schwach, wie asthmatisch. Harun tritt hinein. So einfach ist es also gewesen: Ins Flugzeug steigen, hierher fliegen und dann vor der Tür des Hauses stehen, klingeln, hineingehen. Er hätte es jederzeit tun können. Und hat es nicht getan. 17 Jahre lang nicht. Sie hätten ihn anrufen können, jederzeit. Und haben es nicht getan. 17 Jahre lang nicht. Aber jetzt hat man ihn angerufen, jetzt ist er gekommen und steigt langsam die Treppen hinauf. Das Licht im Hausflur funktioniert nicht. Aber Wohnungstüren stehen auf, Licht fällt heraus. Geräusche, Gerüche dazu. Neugierige Blicke.

„Merhaba!"

„Selam!" Harun erwidert mechanisch den Gruß. 17 Jahre hat es gebraucht. Im vierten Stock schließlich schaut ihm eine Frau von der Wohnungstür her entgegen und, als sie ihn dann herankommen sieht, fängt sie sofort an zu weinen.

"Mein Sohn, mein Sohn ... Mein Gott, mein Gott ..." In einem unaufhörlichen Tränenschwall: *"Harun, mein Sohn ..."* Ihre Stimme hallt im Treppenhaus wider, andere Stimmen nehmen das Gehörte auf, geben es weiter, wie ein Echo:

"Der Sohn ist da – der Sohn aus Deutschland ist da! – Allah hat ihn heimgeführt!"

Und Harun, der heimgeführte Sohn, tritt auf die Mutter zu oder hält seine Schritte einfach nicht an, bis er direkt vor ihr zum Stehen kommt und mechanisch seine Arme ausbreitet. Ihre Tränen fließen weiter. Er drückt seine Mutter nicht, hält nur die Arme um sie.

"Mein Sohn, mein Sohn ..." Sie zieht ihn in die Wohnung.

"Mein Gott, mein Gott ..." Und will ihm die Hände küssen, aber er wehrt es ab. Sanft, doch bestimmt.

"Du bist hier, mein Sohn ... Ich danke dem Allmächtigen ..."

Harun hätte in diesen Augenblicken nicht zu sagen gewusst, was er fühlt. Ob er überhaupt etwas fühlt oder einfach nur in diesen Momenten treibt, die ihn auf einmal umstürmen, überfluten und – befremden. Warum weint nicht auch er, nimmt seine Mutter nicht fest in die Arme, um alles, was gewesen ist, wenigstens in diesen ersten Momenten, davon überspülen zu lassen? Er kann es nicht. Am liebsten wäre er jetzt aus diesem Traum aufgewacht, der eben kein Traum ist. Denn im Traum, solange er währt, ist der Träumende Teil des Traums und bleibt von ihm geführt. Aber Harun hat das Gefühl, mitten im Traum erwacht zu sein, dabei aber im Traum gefangen zu bleiben. Erwacht, ohne dem Traum zu entkommen. Verlegen steht er da. In dieser fremden Wohnung, neben der weinenden Frau, nicht wissend, was sagen, was tun. Warum hört der Traum nicht auf? Endlich fragt sie ihn, wie die Reise gewesen sei, und ob es ihm auch gut gehe. Und er antwortet, dass er einen angenehmen Flug gehabt habe, und dass es ihm gut gehe.

"Danke."

Die Reflexe der Konversation. Wortrituale vor Beginn einer Zusammenkunft.

"Und dir, wie geht es dir ... Mutter ...?"

Mutter. Ein Wort. Wie schwer es ihm fällt, dieses Wort auszusprechen. Und was bedeutet es ihm? Und was empfindet seine Mutter, wenn sie „mein Sohn" sagt?

„Ach, mein Sohn, mein Sohn", antwortet sie und erhebt die Hände. *Und in dieser Geste sind alle Erschwernisse umfasst, all das nie Ausgesprochene. Das nie Änderbare. Das nur Hinzunehmende. Sind damit auch die 17 Jahre gemeint? Was geschehen ist und nicht geschehen? Harun merkt, wie schon vorhin, beim Taxifahrer, wie mühsam ihm die Worte in Türkisch kommen. Ungelenk, angestrengt. Und seine eigene Stimme bleibt ihm fremd in dieser Sprache.*

„Komm, mein lieber Sohn, komm", sagt seine Mutter, „Lass uns zu Vater gehen, er wartet doch."

Wartet er? Wartet sein Vater auf ihn? Hat er auf ihn gewartet, die ganze Zeit?

Harun folgt seiner Mutter, nimmt flüchtig Eindrücke dieser fremden Wohnung auf, die eine türkische Wohnung ist. Natürlich. Eine türkische Wohnung einfacher, wenn auch nicht armer Leute. Buntfarbige Drucke an den Wänden, Landschaftsfotografien und schlicht gemalte Bilder. Dann treten sie in einen großen Raum, das Wohnzimmer würde man sagen, und da liegt er in einem Bett, das sie dort aufgestellt haben.

„Ahmed", sagt seine Mutter, „Ahmed, sieh', er ist gekommen. Unser Sohn ist gekommen, Ahmed, sieh' doch." *Und sie fängt wieder zu weinen an.*

Eine Stehlampe mit orangefarbenem Schirm wirft einen sanften Lichtkreis in den sonst halbdunklen Raum, durch dessen offene Fenster der leichte, immer noch warme Abendwind hereinweht. Sie steht neben einem Krankenbett. Harun erschreckt beim Anblick des Mannes, der darin liegt. Sein Anblick macht ihm Angst. Ein bis auf die Knochen abgemagerter alter Mann. Seine schwarzen Augen tief in den Höhlen, die Wangen eingefallen, die Haut bleich und erschlafft. Der Tod hat seine Einladung schon hinterlassen und wartet auf den nur ihm bekannten Aufbruch. Vielleicht ist er im Raum, beobachtet sie. Will ihm, Harun, noch Gelegenheit geben ...

Als Harun sich seinem Vater nähert, langsam, unsicher, ein Erwachter im Traum, zwingt er das Wort aus sich heraus, das Wort, das sich dagegen zu sperren scheint, von ihm ausgesprochen zu werden:
„Papa!" Fast tonlos.
Und auch der alte Mann in dem Bett beginnt zu weinen.
Ist das der Moment? Sind diese Tränen endlich die Brücke? Muss man sie nicht gehen, im Wissen um den wartenden, beobachtenden Tod? Keine Anklagen, keine Vorwürfe, die Jahre und alles mit den Tränen hinwegspülen, verzeihen, vergeben ...
Harun steht wie erstarrt vor dem Bett. Der alte Mann versucht zu sprechen, was ihm aber nicht gelingt und ihn desto mehr weinen lässt. Ein stummes, ersticktes Weinen. Dafür reden die Augen. Was sagen sie? Ihre Blicke treffen sich, alles liegt in der Schwebe. Und dann plötzlich verschließen sich, versteinern die Züge des Vaters wieder. Ein kraftloser Zorn spricht aus diesem Gesicht. Harun kann sich nicht rühren, ist unfähig, sich zu ihm zu beugen, ihn zu umarmen. Obwohl er es möchte, um mit dieser Umarmung dem sich verschließenden, versteinernden Blick zu entgehen, ihn vielleicht sogar noch zu lösen.
So sehen sie sich an, und Harun spürt mit einem Mal die brennende Gewissheit, dass alles ist, wie es war. Als seien keine 17 Jahre vergangen. Und weil der todkranke Mann vor ihm immer noch weinen muss, sei es aus Zorn, sei es aus Verzweiflung, sei es warum auch immer, dreht er jetzt seinen Kopf von Harun weg.
Der erste Moment, in dem mit einer Geste, einem Blick, einem Wort alles möglich gewesen wäre, ist vorüber.
Harun tritt langsam zurück und setzt sich in einen der Sessel, die gegenüber dem Bett stehen. Ja, der Moment ist vorüber. So plötzlich wie er kam. Wenn es ihn überhaupt wirklich gegeben hat. Vielleicht ist es auch nur Haruns Wunsch gewesen. Ein Wunsch, der über seine eigenen Kräfte ging. Er hätte diesem Mann, der sein Vater ist, verziehen. Oder es wenigstens versucht. Oder ihm das Gefühl gegeben, es zu tun. Aber der todkranke Mann dort lässt es nicht zu. Er hat Harun nicht verziehen, und er verzeiht Harun nicht. Nicht einmal jetzt. Und die Mauer seines Blicks war stärker als Haruns Kraft, sie zu überwinden.

Die Mutter weint wieder, ringt die Hände. Harun betrachtet sie zum ersten Mal genauer. Auch sie ist alt geworden, von den Jahren verbraucht, glanzlos. Aber was ihn mit einem Mal noch betroffener macht, ist dieses ... dieses Wesenlose ihrer Erscheinung. Sieht sie nicht aus wie tausende türkische Frauen aussehen, alte Frauen, die vom Land stammen? Mit ihren schwer gewordenen Körpern in den dunkel gemusterten Kleidern, den faltigen Gesichtern, das glanzlos gewordene schwarze, grau durchzogene Haar unter einem verblichenen Kopftuch fast verborgen. Sie spricht wie tausende türkischer Frauen sprechen, dieselben Gesten, dasselbe Mienenspiel. Dasselbe Weinen, dasselbe Klagen. Dasselbe Schweigen. Wer ist diese Frau? Was denkt sie, fühlt sie? Was interessiert sie, was macht ihr Freude? Welche Träume hat sie noch, welche hatte sie? Er ist doch ihr Sohn. Was hat er von ihr?

„Ach, mein Sohn, mein Sohn", sagt die Mutter und geht zum Telefonapparat, der hier im Wohnzimmer steht.

„Ich rufe deinen Bruder", sagt sie. „Er hat dich sicher schon kommen gehört."

Gleich würde also der kleine Junge hinaufkommen, der längst ein erwachsener Mann geworden ist. Gleich würde Harun die Gestalt zu der Stimme sehen, die er schon gehört hat. Würde der kleine Junge dann aus seiner Erinnerung entschwinden, als den er seinen Bruder 17 Jahre lang und bis heute vor sich gesehen hat?

Der Mann im Krankenbett hat seinen Kopf immer noch zur Wand gedreht. Er weint nicht mehr, sein Atem geht ruhig. Er scheint eingeschlafen. Unruhig streifen Haruns Blicke durch den großen Raum. An den Wänden auch hier einfach gerahmte Drucke und Bilder: Auf einem erkennt Harun die Blaue Moschee, auf einem anderen das unvermeidliche Pamukkale. Eine Art türkischer Wallfahrtsort. Und überall stehen verspielt silbern gefasste Fotografien, sie zeigen vor allem Ibrahim und ein kleines Mädchen. Es gibt ein großes Hochzeitsfoto von Ibrahim und seiner Frau, auch eines von Vater und Mutter. Nur keines von ihm, Harun. Als gehörte er nicht dazu. Ein breiter Teppich zeigt die Hagia Sofia. An einer anderen Stelle hängt das Portrait Mustafa Kemals. Seine schmalen, flammenden, unheimlichen Augen scheinen auf Harun gerichtet.

Harun hat eine Biografie über ihn gelesen. Empfindet Bewunderung für ihn. Ein großer Türke. Ein großer Mensch.

Was mögen seine Eltern darüber denken? Warum haben sie sein Portrait hier aufgehängt? Haben sie seine Ideen verstanden? Könnte er darüber vielleicht mit ihnen reden? Nein, eine abwegige Vorstellung. Seine Eltern gehören zu jenen Menschen, die ganz in ihrer eigenen Unmittelbarkeit aufgehen. Kein Horizont. Kein Blick für das, was über dieses Unmittelbare hinausreicht. Und wohl nicht einmal für ihn, Harun. Und für Ibrahim?

Sein kleiner Bruder, 17 Jahre und jetzt bloß noch ein Stockwerk von ihm entfernt.

Und er hat dies kaum gedacht, als ein Mann in den Wohnraum tritt, groß und von kräftiger Statur – Ibrahim!

Harun steht aus dem Sessel auf, geht ein, zwei Schritte, dann stehen sie einander gegenüber. Geben ihrer beider Blicke Zeit, sich zu mustern. Nicht verlegen, nicht zögernd, sondern um ihre Erscheinungen voreinander aufzunehmen, denn auch das Bild, das Ibrahim von Harun hat, bis zu diesem Augenblick hatte, ist 17 Jahre alt. Ohne etwas zu sagen, sehen sie sich in die Augen. Ibrahims Blick ist offen und fest, er lächelt. Harun spürt eine Wärme von ihm ausgehen. Dann reichen sie einander beide Hände und nehmen sich in die Arme.

„*Mein Bruder, ich bin sehr froh ...*"

Und ihre Mutter beginnt erneut zu weinen und vor sich hin zu murmeln.

„*Ich danke dem Allmächtigen. Meine Söhne, meine Söhne... Setzt euch nur, setzt euch doch, ich gehe uns Tee machen.*"

Und sie setzen sich, jeder in einen Sessel. Ibrahim deutet auf den inzwischen wirklich eingeschlafenen Vater, sieht Harun fragend an. Der schüttelt den Kopf. Das genügt. Ibrahim versteht. 17 Jahre, und keine Erklärungen sind nötig.

„*Du ... du musst ihm Zeit geben. Er tut sich so schwer, aber ich bin mir sicher, dass ...*"

„*Ja*", *sagt Harun leise.*

Zeit. 17 Jahre Zeit. Wenn sich in diesen 17 Jahren nichts geändert hat, wie soll sich jetzt etwas ändern, in Tagen nur vielleicht? Hätte er früher kommen müssen? Früher beginnen, den Weg zu suchen, den Weg zurück? Nein, nicht zurück, sondern zueinander, denn zurück gibt es keinen Weg. Hätte es nie gegeben. Zurück hätte bedeutet, sich aufzugeben, alles aufzugeben, zu einem Irrtum zu machen, einem Irrweg. Nein, ein Zurück gibt es nicht. Aber ein Zueinander! Er sieht zu Ibrahim und weiß, dass dieses Zueinander möglich ist. Trotz der 17 Jahre. Trotz der vielen verlorenen, nein, nicht verlorenen, trotz der vielen vergangenen Zeit. Es hätte keinen Sinn, sich mit dem „Warum erst jetzt?" aufzuhalten. Die Dinge sind so gekommen. Vielleicht, weil sie so kommen mussten. Auch wenn er jetzt Schmerz darüber empfindet, von seinem gar nicht mehr kleinen Bruder 17 Jahre entfernt zu sein.

„Wir werden Zeit haben!", sagt Ibrahim. Als hätte er seine Gedanken erraten.

Ja, jetzt würden sie Zeit haben. Und Harun ist entschlossen, sich die Zeit zu nehmen. Er ist hier, sein Bruder sitzt neben ihm. Und vor ihnen liegt schlafend der Vater. Die Mutter kommt mit dem Tablett aus der Küche. Jetzt sind sie zusammen. Eine Familie. Gleich, was die kommenden Tagen bringen, wie sie auch verlaufen würden. Harun ist zu allem bereit.

Und da war wieder sein Gesicht im Spiegel. War der kleine, fensterlose, von einem Neonlicht fahl erleuchtete Raum. Dazu das Summen und Brummen der Turbinen des Flugzeugs. Und um ihn herum, unsichtbar hinter den dünnen Wänden, einfach nur Luft und Leere, blauweißes Nichts. Wie lange hatte er hier in der engen Flugzeugtoilette vor dem Spiegel gestanden? Kein Zeitgefühl.

Es drängte ihn hinaus. Niemand wartete vor der Tür. Die Stewardess in der kleinen Nische daneben lächelte ihm zu. Er war also nicht aufgefallen. Harun ging zurück zu seinem Platz.

„Pardon?!" Seine Sitzgenossen erhoben sich.

„Danke!" Kurzes Nicken. Und wieder am Fenster. Blauweißes Nichts draußen. Grenzenlos. Aber das Licht schien sich verändert zu haben. Harun sah auf die Uhr. Sie mussten bald schon zum Landeanflug ansetzen. Sehr bald. Wieder zu Hause. Endlich.

Was würde dann dort sein, jetzt, mit all den ineinander drängenden Bildern in seinem Kopf, mit den einer stakkatischen Fieberkurve gleich auf- und niederjagenden Gefühlen, den wie tausend Seifenblasen unaufhörlich steigenden und bald wieder zerplatzenden Fragen? Würde dieser endlose Augenblick zu Hause endlich aufhören, ihn zurücklassen in seine Welt, wo er sicher war, sich auskannte, seinen Platz hatte? Es musste doch möglich sein, gerade jetzt, wo er seine Vergangenheit wiedergefunden hatte, musste es doch möglich sein, die Gegenwart fortzusetzen. Denn sie wäre nicht länger der Schutzwall gegen die verdrängte Vergangenheit, sondern schlösse sie mit ein. Er wäre nicht länger mehr der Mann, der bei sich selbst aufhörte. Nein, jetzt hatte auch er Familie. „Familie", was immer das auch in Wirklichkeit bedeuten mochte. Und einen Bruder. Ihn vor allem. Blieben nur die 17 Jahre. Sie waren der Preis. Er war nun bezahlt. War er bezahlt? Konnte er je bezahlt werden?

Eine Stewardess kündigte den beginnenden Landeanflug an. In gut einer Stunde wäre Harun wieder in seiner Wohnung. Dort, wo er vor fast einer Woche aufgebrochen war, um 17 Jahre und fast zweitausend Kilometer weit zu reisen. Alles hatte sich endlich, sein ganzes Leben hatte sich zuletzt in diese Tage gedrängt. Mit allen Verletzungen, Verzweiflungen, mit allem Zorn, aller Wut, mit allen Ängsten, Abgründen. Aller Schmerz, alle Fragen waren wieder da gewesen, aber auch und desto mehr irritierend, alle Sehnsucht, alle Hoffnung, alles Warten auf Irgendetwas, um endlich jenes Loch in ihm zu schließen, das ihm, allem Gelingen und Erfolg zum Trotz, doch immer geblieben war. Ja, da war es wieder, das Loch und so nah, so gegenwärtig, wie es die letzten Jahre über nicht mehr gewesen war. Zwar immer vorhanden, aber so, dass er es für Weilen doch vergessen konnte oder sich zumindest nicht von seiner Gegenwart bedroht gefühlt hatte.

Das Loch war ein Teil seines neuen, längst nicht mehr neuen Lebens geworden. Er wusste, dass es da war, irgendwo. Aber er hatte sich daran gewöhnt, ihm die meiste Zeit so fern zu bleiben, dass es außer jener ihm immer eigenen, schweigenden Traurigkeit ganz tief auf dem Grunde seines Wesens keine Wirkung zeigte. Aber jetzt fühlte Harun sich, als wäre das niemals ganz fertige Puzzle seines Lebens wieder ganz durcheinander und seine Teile in jenes Loch geworfen worden. Und ihm bliebe nun, all die Teile wieder aus dem Loch zu holen, um sie neu zusammenzusetzen. Ganz neu, nach all den Jahren. Davor hatte er Angst. Und um das Loch wuchs jener sich unaufhaltsam ausdehnende Fleck, jener sich endlos streckende Augenblick seit dem Anruf seines Bruders am gerade erst vergangenen Sonntag.

Harun versuchte, seine Gedanken wieder vorauszulenken, dorthin, wo er seine vertraute Umgebung wusste. Seine bis zum vergangenen Sonntag so vertraute Umgebung. Er wollte sich darauf freuen, in seinem Bett zu schlafen. Und darauf, lange zu schlafen. Ohne alle Gedanken. Er wollte sich auf den ersten Blick freuen, wenn er dann wieder aufwachte, den ersten Blick aus dem großen Fenster in den Himmel über der Stadt. Seiner Stadt. Und er wollte sich darauf freuen, dass dann, wenn er wieder aufwachte, diese Unruhe, diese tiefe Unruhe, die seinen ganzen Körper durchwellte, dann verflogen wäre. Er würde sich befreit fühlen, würde den Samstag damit verbringen, in die Stadt zu gehen, ein wenig zu bummeln, sich im Menschengewühl zu verlieren, dem anderen Menschengewühl in den anderen Kulissen seiner Welt. Der Welt, die seine geworden war in den 17 Jahren. Seine Welt, die ihn trug. Soweit es möglich war. Aber sie musste ihn nun wieder tragen, wie sie ihn getragen hatte bis zum vergangenen Sonntag, bis zu Ibrahims Anruf. Und jetzt musste sie es vielleicht noch viel mehr.

Gut, dass morgen Samstag war. Samstag wäre die Stadt belebt. Harun mochte Sonntage und Feiertage nicht. Wenn alles still lag. Wenn die Fassaden schwiegen. Wenn alles unbeweglich war und selbst die sonntägliche, feiertägliche Bewegung auf den dann umso beliebteren Wegen am Wasser oder entlang der Promenaden im Zentrum etwas in sich, an sich hatte, das Harun bedrückte wie ein stumm bleibendes Echo. Er wusste, dass all diese Bewegung, dass diese ganze Atmosphäre ein Echo hatte, er sah es sogar, aber er hörte es nicht. Wie jemand, der wusste, das gerade bestimmte Klänge durch die Luft schwangen, in deren Schwingung sich alle bewegten, nur er selbst konnte diese Klänge nicht hören, war taub dafür, blieb ausgeschlossen und wusste sich ausgeschlossen. Und das ihm Unhörbare verdichtete und verdickte sich immer mehr, bis ihm die eigenen Bewegungen schwer fielen, legte sich wie ein zäher Nebel auf das Gemüt.

Aber morgen war Samstag, und das war gut. Vielleicht würde er später Wolfgang besuchen, seinen besten Freund. Wenn der Zeit hätte. Wolfgang, dessen Wesen und Leben ihm so fest erschienen, so fest und sicher. Von innen heraus. Und der auch ihm, wenn sie zusammen waren, von diesem Gefühl etwas gab, ihm freigiebig von diesem Gefühl lieh, das Harun selbst nicht hatte. Trotz allem Gelingen, trotz allem Erfolg nicht. Nie ganz, nie wirklich. Trotz allem, was er erreicht, trotz der vielen kleinen Freuden, die er sich gesucht hatte. Wie die auf die Ankunft in seiner Stadt nach einer der Reisen. Auf die Fahrt vom Flughafen zu seiner Wohnung, wenn wieder alles geschafft war, eine Aufgabe bewältigt, eine Herausforderung bestanden. Und er war gut in seinem Beruf. Er stand doch fest im Leben, hatte sich ein Leben geschaffen. Ein Zuhause. Eine Heimat?

Und so fand Harun sich plötzlich in der Ankunftshalle des Flughafens stehen. Er war wieder zurück. Nach dieser unvermuteten und ganz anderen Reise. Eine Reise, die immer noch andauerte. Auch wenn er jetzt wieder hier stand. Die Landung, das Aussteigen, der Weg aus dem Transitbereich hierher, es war geschehen, scheinbar ohne dass er es bewusst registriert hatte. Kein Zeitgefühl. Kein Weltgefühl. Oder nicht mehr das gewohnt gewesene.

Reglos stand er nun da, um sich das Gewebe meist eiliger Schritte, dazu das Surren von Rollkoffern oder Gleiten von Gepäckwagen. In Abständen Lautsprecherdurchsagen, gebettet in das träge, durch den hohen Raum treibende Stimmengeström, das widerhallend leicht auf- und abschwoll. Angekommen. Zurück. Harun blieb weiter reglos, unschlüssig. Hinausgehen, ein Taxi nehmen, zu seiner Wohnung fahren. Auspacken, Ordnung machen, ins Bad gehen und dann einfach ins Bett. Obwohl es erst früher Abend war. Aber etwas hielt ihn ab. Und er setzte sich langsam in Bewegung. Etwas in ihm setzte ihn langsam in Bewegung.

Und in ihm die Bilder. Da war der todkranke Vater, fast ganz an das Bett gefesselt. Über den der Tod wachte. Auf den der Tod wartete. Hätte Harun diesen vom Tod schon gezeichneten Mann irgendwo anders gesehen, ohne irgendetwas zu wissen, vielleicht hätte er ihn nicht einmal erkannt. Die vielen Jahre hatten ihre Spuren hinterlassen, aber vor allem die Krankheit jetzt. Sie entzog dem Körper allmählich das Lebendige, und sie entzog ihm das Bild, das man vom lebendigen Körper hatte. Der Anblick wurde umso erschreckender, je länger das letzte Bild im Leben zurücklag. Vor 17 Jahren hatte sich Harun im Streit, im erbitterten, erbarmungslosen Streit von diesem Mann getrennt. Nicht nur von ihm, aber vor allem von ihm, dessen hartes, stolzes Gesicht den Sohn von sich gewiesen hatte, dessen zornige Gesten, die Gesten eines starken, beweglichen Körpers, nur noch Nein und Drohung ausdrückten ...

‚Wenn du das tust, dann bist du nicht mehr mein Sohn! Dann geh und tritt mir nie wieder unter die Augen!', waren seine Worte.

Und es hatte keinen Zweifel gegeben, dass es ihm ernst damit gewesen war. Damit und mit allem anderen, was er gesagt hatte. Herausgeschrien. Soviel Zorn, soviel Kraft, soviel Härte ... Ja, ernst war es ihm gewesen. Und auch Harun. Wenn auch auf ganz andere Weise. Eine Weise, die sein Vater nicht verstand. Die wohl niemand verstand. Unversöhnlich hatten sie sich gegenübergestanden: Ein junger Mann, ein Junge, der gerade dabei war, früher, schneller, anders zum Mann zu werden, als er es sich vorgestellt und gewünscht hätte. Und ein gestandener Mann, an dem die Worte und Wünsche des anderen abgeprallt waren wie an einer undurchdringlichen Wand.

Und jetzt ist es dieser zerbrechliche, eingeschrumpfte Körper, der kaum noch von Haaren bedeckte Kopf, dem Harun gegenübersitzt. Erschlagen, überwältigt vom Kontrast dieser beiden Bilder, dem letzten vor 17 Jahren und diesem jetzt, das sich ihm hier bietet, in der fremden Wohnung seiner Eltern in Istanbul, zu der Ibrahim ihn gerufen hat, weil der vergehende Mann vor ihm im Sterben liegt. Der Mann, der sein Vater ist.

Der Tod besiegelt alles. Nur vor dem Tod haben wir noch Gelegenheit, das zu beeinflussen, zu verändern, was er dann besiegeln wird. Für immer. Und Harun spürt eine große Dankbarkeit in sich, dass Ibrahim ihn gerufen hat. Vor dem Tod seines Vaters, der kommen wird. Denn jetzt ist noch Gelegenheit, etwas zu ändern. Jetzt darf es keine Rolle mehr spielen, was sie trennt. Die Jahre nicht, kein Warum, kein Richtig und Falsch, nichts. Harun ist hier, eine Armlänge von diesem Mann entfernt. Und der Tod darf ihre Trennung nicht besiegeln.

Doch jedes Mal, wenn Harun sich ihm nähert, wendet der Vater sich ab. Oft unter diesem furchtbaren, wie erstickten Weinen, an das Harun sich fast schon gewöhnt hat. Er wendet sich ab im letzten Rest von Zorn, den dieser Körper, dieser Geist noch aufbringen kann, im verharschten Stolz und Trotz des Unbeugsamen. So als liege trotz der räumlichen Nähe etwas Unüberwindliches zwischen ihnen, eine Unmöglichkeit, die sie beide auseinander zwingt wie zwei gleich gepolte Magneten. Umso stärker, je näher sie sich im Raume kommen. Und auch Harun ist nicht imstande, diesen grausamen Bann zu durchbrechen, den Mann da vor ihm, ganz nah vor ihm, zu berühren, zu umarmen. Und immer wieder, wenn seine Schmerzen in plötzlichen Wellen unerträglich werden, schreit der Vater nach seiner Frau, nach Ibrahim. Nie nach Harun, obwohl er doch weiß, dass er da ist, ganz nah. Als ob er nicht existierte. Nicht mehr existierte, seit ihrem Zerwürfnis.

‚Wenn du das tust, dann bist du nicht mehr mein Sohn! Dann geh und tritt mir nie wieder unter die Augen!'

Er sagt es nicht, vielleicht kann er es auch nicht mehr sagen. Aber es geht von ihm aus. Harun hört die verstummten Worte. Der Bannfluch bleibt also bestehen. Noch im Angesicht des nahenden Endes scheint der Vater nicht bereit, seinem ans Totenbett geeilten Sohn – zu verzeihen? – Er ihm? Müsste nicht er, Harun, dem Vater verzeihen? Der Vater auf sein Verzeihen hoffen, warten? Und Harun will es tun, ist bereit es zu tun, aber der Vater lässt es nicht zu. Die Mauer des Schweigens bleibt zwischen ihnen beiden, obwohl sie doch jetzt nur noch ein Flüstern voneinander entfernt sind.

So vergehen diese unwirklichen Tage in dieser fremden, unwirklichen und doch so wirklichen Welt. Alles ist als ob es gar nicht anders sein könnte. Tagsüber läuft Harun oft ziellos durch die Straßen. Von einer zur nächsten, über kleine und größere Plätze, manchmal steigt er einfach in einen Bus und fährt ein paar Stationen. Sieht dabei aus dem Fenster, beobachtet unauffällig die Menschen, hört, wie sie sprechen. Und sie sprechen gern und viel. Die Stadt ist riesig, auf die neueren Viertel am Rand folgen die älteren und alten im Herzen. Da gibt es sie, jene verwinkelten Gassen mit den verwachsenen Abdrücken der Geschichte und jenem sinnlichen Vibrato des Orients. Genauso wie die großen Bou-

levards und Verkehrsachsen, die dicht belebten Einkaufsstraßen oder die modernen Banken- und Geschäftsquartiere mit ihren kühlen Stahl- und Glasgesichtern. Gleich, wie überall auf der Welt, auch hier, in dieser mit Abstand größten türkischen Metropole, die dennoch türkisch ist, aber nicht die Türkei.

Doch die Seele des Landes ist auch hier zu spüren, wo man Gott nicht in der Stille lauschen kann. Sie ist vor allem dort zu spüren, wo die einfachen Menschen leben, ihre kleinen Geschäfte betreiben, die sich überall und auf kleinstem Raum finden. Jene Menschen, die oft aus Anatolien stammen. Aus den selbst von hier, der großen Stadt zwischen den Kontinenten, so entlegenen Weiten und Bergen. Der fernen und doch nicht fernen Heimat auch einer unverwechselbaren Melancholie, die sich in den Liedern spiegelt, in der Musik, selbst in vielen der modernen Poprhythmen, die hier aus offenen Autofenstern dröhnen. Und wenn Harun sich jetzt in dieser ihm fremden Stadt bewegt, dann fühlt er, der Fremde, sich nicht eigentlich fremd. Als ob in allem, in den übereinander stürzenden Kaskaden der Geräusche, den umeinander wehenden Gerüchen, sogar in den flüchtig passierenden Gesichtern der Menschen irgendetwas wäre, das ihm auf Fragen antwortet, die er gar nicht stellt. Oder liegt es nur daran, dass er die Sprache versteht, er dem von überall her andrängenden Wortgewoge Sinn geben, die Aufschriften lesen kann, die Schlagzeilen der Zeitungen an den überladenen Kiosken? Manchmal isst er unterwegs eine Kleinigkeit, kauft an einem der unzähligen Stände oder kleinen Küchennischen direkt an der Straße etwas auf die Hand, setzt sich damit irgendwo auf eine Bank, einen Mauervorsprung und versucht dieses seltsame Empfinden, das fast Geborgenheit sein könnte, zu begreifen.

Harun kennt so viele Städte von seinen beruflichen Reisen her. Auf allen Kontinenten. Auch südliche. Solche am Meer. Istanbul ist eine südliche Stadt am Meer. Soviel Bewegung überall, außer während der heißen Mittags- und Nachmittagsstunden. Soviel tönendes, riechendes, wimmelndes Leben. Gedrängt, laut, in schnellem Takt. Aber die Schnelligkeit täuscht. Selbst die Eiligen sind nicht wirklich eilig. Sie tun nur so. Alle Hektik ist eigentlich Attitüde. Ausdruck von Temperament, von Unruhe, die nach Auslauf verlangt. Vor allem in Worten und Gesten. Oft bleibt

Harun irgendwo stehen, in Hörweite einer leidenschaftlich palavernden Gruppe, lauscht irgendeinem Disput, der in Wahrheit gar kein Disput ist, sondern für alle daran Beteiligten die Gelegenheit, ein vielstimmiges und vielbewegtes Konzert anzustimmen, an dessen Klang und Anblick sie sich dann selbst berauschen. Jede Kleinigkeit, jede Beiläufigkeit kann sich zu einer endlosen Sinfonie entwickeln, an der sich immer mehr Stimmen und Hände beteiligen. Als sei gerade dieser „Disput" das unaufschiebbar Wichtigste für jeden der Teilnehmer.

Harun fällt nicht auf. Niemand wirft ihm forschende, gar misstrauische Blicke zu. Im Gegenteil. Oft scheint es, als warte man, dass auch er sich beteilige. Wie die unausgesprochene Einladung an einen von ihnen. Aber Harun gibt dem Impuls nicht nach, den er erstaunt auch in sich selbst spürt. Er scheut sich noch, fürchtet, sein Türkisch sei nicht gut genug. Will sich nicht als „Fremder" zu erkennen geben, als „Deutschländer", wie man das hier nennen würde. Und trotzdem, das Gefühl, das er hat, wenn er durch diese Stadt geht, es ist anders als bei jeder anderen Stadt. Und immer wieder stellt er verblüfft fest, dass er sich in dieser ihm doch bislang fremden Stadt nicht weniger heimisch fühlt als in der Stadt, in der er seit vielen Jahren lebt.

Viel Zeit verbringt er auch mit Yaprak, seiner kleinen Nichte. Denn Harun ist jetzt Onkel. Nein, nicht jetzt, er ist es schon seit drei Jahren. Und Yaprak freut sich über den neuen Menschen in ihrer kleinen Welt, zu dem sie gleich Zutrauen gefasst hat. Für sie gibt es kein Brachland der Vergangenheit, keine entzündeten Erinnerungen und drückend mahlenden Gedanken, die sich wie Treibsand ausbreiten, jede Bewegung lähmen, jedes Wort beschweren.

Täglich kommen Verwandte, Bekannte, Nachbarn, versammeln sich im Wohnraum, dessen hölzerne Läden tagsüber geschlossen bleiben, um ein wenig vor der Hitze draußen zu schützen. Sie kommen jetzt nicht mehr nur wegen des Vaters, sondern auch, um den verlorenen Sohn zu bestaunen. Und sie reden auf ihn ein: „Gut, mein Sohn, dass du gekommen bist. Euer Vater kann so stolz sein auf seine Söhne ... Du hast dein Zuhause nicht vergessen, Harun ... Ja, wenn das eigene Blut ruft, verstummt alles andere."

Niemand hier macht Harun Vorwürfe, es gibt keine Anklagen, als hätte die Vergangenheit nie existiert. Tee wird getrunken, Gebäck verzehrt, die jüngsten der anwesenden Frauen bedienen alle übrigen.

Und man bestaunt ihn, Harun, den verlorenen Sohn aus dem fernen Land. Den Fremden, der doch auch einer der Ihren ist. Einige, die auch in Deutschland waren, als Gastarbeiter wie die Eltern, sagen ein paar Brocken auf Deutsch zu ihm. Und Harun lobt sie dafür, weil er fühlt, dass seine Anerkennung sie stolz macht. Manche fragen, was er in Deutschland tut, und Harun gibt einfache Antworten. Er arbeite dort im Büro, erklärt er. Das verstehen sie und quittieren es mit Respekt. Die Mutter hört sichtlich stolz zu, wenn er einem der Gäste Antwort gibt.

„Hörst du, Ahmed", sagen sie dann zum Vater, „du musst stolz auf deinen Sohn sein ..." Und der Vater stiert vor sich hin. Manchmal, wenn er etwas mehr bei Kräften ist, murmelt er irgendetwas. Und die anderen murmeln auch. Es entsteht ein verstrüpptes Gewoge türkischer Worte, eine Art Unterhaltung, der Harun kaum oder gar nicht folgen kann. Er, der Fremde, dem auch die eigene Sprache fremd geworden ist. Regelmäßig kommt der Arzt, begutachtet den Zustand des Vaters, gibt ihm eine Spritze gegen die Schmerzen. Harun hat ihn nach den Aussichten gefragt, der Arzt ihn ernst angeschaut, mitfühlend und dann langsam den Kopf geschüttelt.

Man wisse es nie, Allah ist groß, Allah ist mächtig. Und die Spritze lindere immerhin seine Schmerzen. Harun hat einen Druck auf der Brust, den Hals sich verschließen gespürt. 17 Jahre. Und jetzt wartet der Tod. Als ob er auch in den scharf geschnittenen Mustern der weißgelben Lichtbahnen läge, die über Tag durch die Ritzen der hölzernen Läden dringen.

Harun schläft in der Wohnung seiner Eltern. Obwohl er solch ununterbrochene Nähe nicht gewöhnt ist, überhaupt solche Nähe anderer Menschen. Und gerade jetzt. So schläft er also im alten Zimmer von Ibrahim, der seit seiner Hochzeit eine Etage tiefer wohnt. Mit seiner Familie.

Beinahe ist „schläft" nicht das richtige Wort. Denn hier, im alten Zimmer von Ibrahim, der bis zu seiner Heirat bei den Eltern wohnte, so wie es türkische Kinder tun, liegt Harun oft lange wach. Manchmal bis zum Morgen. Durch das wegen der Hitze immer offene Fenster dringen Geräusche von der Straße oder aus den anderen Häusern. Ganz still ist es nie. Diese Geräusche und Gerüche, die in der warmen Luft durch die Nacht treiben, sie sind anders als in Deutschland. Der Sommer ist anders. Nicht nur heißer. Und wenn Harun wach liegt, denkt er, dass es die Geräusche und Gerüche sind, die Ibrahim all die Jahre über gehört und gerochen hat. Während aus dem Jungen ein Jugendlicher und schließlich ein Mann wurde. 17 Jahre. In denen Harun woanders war, weit weg, nicht nur in Kilometern.

Aber jetzt ist er plötzlich hier. Und nur ein paar Meter entfernt sind die Eltern. Er versucht sich vorzustellen, dass er noch ein Junge ist, der jetzt in seinem Zimmer in der elterlichen Wohnung liegt. Und hier, in Ibrahims Zimmer, vergießt Harun seine heimlichen Tränen. Seine Tränen über all die Jahre, die Ferne, die Entfremdung, seine Tränen über den kranken Vater, der sich ihm entzieht, und über die Mutter, die sein Herz nicht erreicht, obwohl er sie gerne erreichen würde. Harun sucht das Gefühl für sie, weiß, wie es sein müsste, sein sollte, und findet es doch nicht. Nur Ibrahim ... Ja, Ibrahim! Er hat seinen Bruder wiedergefunden.

Viele Stunden steht Harun nachts am offenen Fenster, raucht, sieht über die Schemen und Schatten der Konturen, sieht den Tag heraufkommen, die Sonne hinter den Dächern aufsteigen. Die türkische Sonne. Ein und dieselbe und doch eine andere Sonne über einer anderen Welt als ... zu Hause. Und wo ist er hier?

In den Morgen tönt der Ruf des Muezzin von der ebenfalls neueren Moschee des Viertels. Von weiter her klingen gleichartige Rufe. Als ob sich ein Echo über die ganze riesige Stadt pflanzte und sich die vielen Rufe von den unzähligen Minaretten wie in einem bewegten Geflecht über die Dächer schwingen würden.

Harun steht zusammen mit der Familie auf. Er hört die Geräusche, wartet rauchend im Zimmer. Ibrahim hilft der Mutter morgens, den Vater ins Bad zu bringen, wo sie ihn waschen und rasieren. Als Harun sich erbot, der Mutter zu helfen, hat der Vater ihn zurückgewiesen. Wenn Harun dann ins Wohnzimmer tritt, ist dort bereits zum Frühstück gedeckt. Warm duftendes Fladenbrot und das Aroma frisch aufgebrüh-

ten Tees. Kurz nach Ibrahim, der den Bruder auf die Wangen küsst, folgt seine Frau Pinar mit Yaprak. Die Kleine ist ein temperamentvolles, neugieriges Kind. Schon morgens plappert und lacht sie unermüdlich und legt nun besonderen Wert auf die Aufmerksamkeit von Onkel Harun. Sie hat die hübschen Züge der Mutter und die Augen des Vaters. Die Augen auch Haruns.

Denn man sieht ihnen an, dass die beiden Brüder sind. Die gleiche Augenpartie, die gleiche männliche Gestalt, nur ist Ibrahim im Ganzen etwas kräftiger, breiter als Harun. Vielleicht kommt es auch durch seine Arbeit. Er ist so etwas wie ein Zimmermann, Schreiner und Tischler, hat eine eigene kleine, das heißt gar nicht so kleine, Werkstatt gleich in der Nähe. Denn es gibt dort sogar drei Angestellte und einen Lehrjungen.

Ibrahim hat Harun alles gezeigt. Seine Werkstatt, das Viertel, und er ist mit ihm durch einige Teile Istanbuls gefahren. Abends, wenn er mit seiner Arbeit fertig war. Als Harun ihm gesagt hat, dass er noch nie in Istanbul gewesen wäre, schaute er ihn nachdenklich an: „Dann wird es aber Zeit für eine kleine Stadtrundfahrt! Und wer Istanbul einmal sieht, muss wiederkommen." Dabei legte er dem Bruder die Hand auf die Schulter. Einmal hat Harun ihn auch tagsüber in seiner Werkstatt besucht.

„Ich habe mich spezialisiert", erklärte ihm Ibrahim. „Wir machen hier Innenausbauten und Einrichtungen. Und wenn Vater nicht so umständlich wäre, hätte ich auch längst etwas an ihrer Wohnung gemacht."

Ibrahims Wohnung, obwohl von gleicher Art wie die der Eltern, sieht ganz anders aus. Mit hölzernen Balken, Paneelen, Dielen und geschickt eingebauten Möbeln, alles in einem freundlichen, hellen Holz. Es zeugt von Geschmack und Können. Harun ist stolz auf seinen Bruder. Der versteht offenbar sein Handwerk. Und er liebt seinen Beruf.

„Weißt du, mit den Händen etwas zu formen, was du dir vorher im Kopf ausgedacht, was du entworfen, berechnet und geplant hast, das ist etwas Fantastisches." Seine Werkstatt, die man durch eine der Hofeinfahrten erreicht, von denen es hier viele gibt, sieht sauber aus, er legt Wert auf Ordnung. Zwei kleine Kastenwagen hat er: „Ibrahim Kara – Innenausbauten". Pinar, seine Frau, hilft halbtags im Büro, macht die Ablage, schreibt Angebote und Rechnungen. Yaprak ist dann bei den

Großeltern oder einer befreundeten Familie gegenüber, die ein Kind im gleichen Alter hat. Oder jetzt mit ihrem Onkel Harun. Dem Onkel, den sie nun erst kennengelernt hat. So wie auch Ibrahims Frau ihren Schwager.

Pinar hat Harun Fotos von ihrer Hochzeit gezeigt, einer großen und bunten türkischen Hochzeit mit über 200 Gästen. Ein großes Fest im Viertel. Ibrahim und seine Frau haben viele Freunde und Bekannte hier. Das Viertel mit den kleinen Läden, Geschäften und vielen Teestuben, wo die Männer sitzen, spielen und rauchen, ist ihnen wie ein erweiterter Wohnraum. Alle paar Schritte ein Gruß, ein Schwätzchen, eine Frage, wie es gehe, den Eltern, dem Vater vor allem, der kleinen Yaprak oder im Geschäft. Ihr Zuhause. Ihre Heimat. Oft bahnt sich so auch ein Auftrag an für Ibrahim. Sie sind hier zu Hause. In ihrer Heimat. Bei den Ihren. Ibrahim genießt Respekt. Im Viertel gibt es einen Rat, der sich um öffentliche Angelegenheiten kümmert. Ibrahim gehört ihm an, trotz seines vergleichsweise jungen Alters.

„Manche sagen, ich sei wie ein deutscher Handwerksmeister", lächelt er. „Tüchtig, ordentlich, zuverlässig. Vielleicht ist ja doch irgendetwas hängen geblieben, von früher, weißt du ..."

Von früher, denkt Harun. Mein Gott. 17 Jahre ist es her, und gerade acht ist Ibrahim gewesen, als die Eltern mit ihm zurück in die Türkei gegangen sind. Ohne Harun.

Aber nicht sie haben Harun zurückgelassen, sondern Harun ist zurückgeblieben. Weil er studieren wollte. In Deutschland studieren, anstatt eine Frau hier in Istanbul zu heiraten, die für ihn bestimmt worden war. Weil sein Vater es mit dem Vater des Mädchens irgendwann so vereinbart hatte. Ein Mädchen, das er nicht kannte, das ihn nicht kannte. Heiraten hatte er sie sollen und sich eine Arbeit suchen, um die künftige Familie zu ernähren. So war es üblich. So war es Brauch. So hatte man sich zu fügen. Aber trotz des erbitterten Streits darum hatte wohl keiner die Unmöglichkeit wirklich verstanden, die für Harun darin gelegen hatte. Harun, den Ungehorsamen. Den Abtrünnigen. Den Ehrlosen.

Es war nicht bloß um die Unmöglichkeit gegangen, jemanden zu heiraten, den man noch nie gesehen hatte. Nicht bloß darum, alles auf-

zugeben, wofür er bis dahin gekämpft, was er sich erarbeitet hatte. Sein Abitur, ein gutes Abitur. Den Ausbildungsplatz. Und dann das Studium. Nein, es wäre auch sonst unmöglich gewesen, irgendjemanden zu heiraten, eine Familie zu gründen, noch dazu in der Türkei. Wie hätte er das tun können? Denn das wäre der wirkliche Verrat gewesen ... Und niemand hätte diesen Verrat verstanden, geschweige denn ermessen, wie groß der Verrat gewesen wäre.

Harun hatte ein solches Leben nicht gewollt. Wollte sich nicht in ein Leben drängen lassen, wie es seine Eltern führten. War mit seinem Kopf, seinem Verstand, seiner Fantasie und seiner Gewohnheit zu weit schon in der anderen Welt. Es gab keine Umkehr, keine Rückkehr. So hatte er seinen Weg weitergehen müssen. Und er hat es geschafft. Auch den Preis bezahlt. Den Preis, ein Fremder zu werden für die Seinen, in seiner Heimat. Vielleicht überhaupt ein Fremder. Und vielleicht war er das schon von dem Tag an wirklich unrettbar gewesen, als ... – Nein. Nicht das. Nicht jetzt. Und hier ...

Beim Frühstück sitzen sie alle zusammen. Die ... Familie. Seine Schwägerin schenkt Tee ein. Neben Oliven und Schafskäse gibt es türkische Wurst, mit Eiern gebraten, dazu in Scheiben geschnittene Tomaten, mit etwas Öl und Salz serviert. Der Vater kann nichts Festes essen, er bekommt eine nahrhafte Suppe, die die Schwägerin oder Ibrahim ihm einflößen. Harun würde es gerne tun, aber der Vater weist ihn zurück. Immer wieder. Wie ein Ritual. Die Mutter ringt die Hände dazu, Ibrahim schüttelt leise den Kopf und seine Schwägerin Pinar wirft Harun einen mitfühlenden Blick zu. Aber fast hat er sich auch daran gewöhnt. Und es gelingt ihm sogar, die türkische Küche zu genießen, die seine Mutter und auch Pinar leichthändig beherrschen.

Zu Hause ... Zu Hause isst er nur selten türkisches Essen. Unter der Woche, während der Arbeit, wo er meist unterwegs ist, wo Flughäfen, Büros, Konferenzräume, erste Hotels, teure Restaurants sich reihen, eigentlich nie. Bloß hin und wieder, am Wochenende, bekommt er plötzlich einen heißen Appetit darauf. Dann geht er in einen der zahllosen türkischen Läden in seiner Stadt, kauft einige Dinge, wie diese besondere türkische Wurst, die er in seiner Wohnung dann mit Butter anbrät, zwei, drei Eier darüber gibt und sich Tee dazu macht, türkischen Tee.

Sommers setzt er sich damit auf seine kleine Terrasse, schaut über die Firste der umliegenden Dächer in den Himmel und lauscht einem fernen, so fernen Echo in sich nach.

Denn für diese, vor allem so intensiv durchdufteten Momente ist er dann in einer anderen Welt, die niemand außer ihm kennt. Wenn er sie selbst denn noch kennt. Wohin niemand ihn begleitet. Wo er allein ist mit sich und dem Widerhall einer Erinnerung, die vage bleibt, aber doch so gegenwärtig ist, dass sie ihn umschließt und sogar abschließt gegen die Welt, in der er lebt, in der er zu Hause ist. Ein Teil von ihm, der sichtbare ... Und welcher Teil von ihm sitzt nun hier am Frühstückstisch der elterlichen Wohnung in Istanbul, im Kreis seiner Familie?

Jedem Betrachter müsste es doch scheinen, als gehöre er wie selbstverständlich dazu. Aber das tut er nicht. Harun fühlt, dass er eben nicht selbstverständlich dazugehört, dass er doch ein Fremder ist. Kein ganz Fremder, aber ein fremd Gewordener. So wie er ... zu Hause ein fremd Gebliebener ist. Im Ganzen. Im Ganzen gehört er weder dort noch hier selbstverständlich dazu. Im Ganzen ist er hier wie dort fremd. Ein je anderer Teil von ihm. Und hier wie dort kennen die, die jeweils selbstverständlich dazugehören, seinen anderen Teil nicht. Und würden ihn, den je anderen, unsichtbaren Teil nicht verstehen. So bleibt er ein, wie lautete noch der Titel dieses Buches, von dem er einmal gehört hat?, „Wanderer zwischen beiden Welten". Wieder nimmt er sich vor, dieses Buch zu kaufen. Nur wegen seines Titels. Worum es darin geht, weiß er nicht. Aber ein Wanderer, der nie ankommt, ist er, weil dort, wo er je ist, immer der andere Teil fehlt. Das macht den Preis, wenn man verlässt, woher man kommt, um ein Anderer zu werden.

Doch nun ist dieser Andere wieder dort, woher er kam, fast ... Aber bei denen, von denen er kam. Und für Augenblicke, die plötzlich in die Gegenwart blitzen, scheint sich all die Zeit, die zwischen ihnen gewachsen ist, aufzulösen. Und Harun tastet dieser auf einmal so dichten Ahnung von Geborgenheit nach, die er tief in sich und heimlich immer wieder vermisst. Dann, wenn er nicht der respektierte Virtuose seines Berufes ist, gespannt in die Vibrationen des hektischen Alltags, sondern allein, mit sich und seinen Gedanken.

Ja, und trotz der Ablehnung des Vaters, die seltsam ist, weil sie nur Gestalt bekommt, sobald Harun und er sich ganz nahe kommen, so, als sei nur eine gewisse Nähe möglich, die auf seine Weise auch der Vater zulässt, denn gegen Haruns Anwesenheit protestiert er nicht. Trotz dieses seltsamen Zustandes fühlt Harun sich in diesen Momenten, umgeben von der Familie, geborgen. Wie vielleicht nie zuvor in seinem Leben. Und mit einer überwältigenden Liebe, zugleich Sehnsucht im Herzen schaut Harun dabei auf seinen Bruder Ibrahim, auf Pinar und Yaprak, die keine Wanderer sind, sondern Angekommene, Heimische, selbstverständlich ihrer Welt zugehörig und nie von ihr getrennt. Dazu in ihr miteinander vereint.

Was bleibt ihm, wenn er wieder zu Hause sein wird ... Zu Hause. Da, wo er wohnt, arbeitet und lebt. Von wo er zu seinen Dienstreisen aufbricht, wohin er zurückkehrt. Aber was bleibt ihm dort, außer dem Erfolg, der seine Freiheit trägt, der die Kontur seiner Person für die Anderen zeichnet? Dem Erfolg, in dessen ihn immer wieder beflügelnder, erfüllender Anstrengung er seine geheime Sehnsucht irgendwo tief in sich vergisst. Der Arbeit, die seine Tage bestimmt, in der Harun aufgeht, die ihn beherrscht und die er beherrscht. Was bleibt ihm darüber hinaus? Und doch ... Er hätte damals nicht anders handeln können, als er gehandelt hat. Er hatte das Leben nicht gewollt, das sein Vater mit naiver Selbstverständlichkeit von ihm zu führen erwartete. Das alle um ihn von ihm zu führen erwarteten. Blind, taub, gefangen in ihrer eigenen Beschränktheit, die nur ein immer gleiches Wiederholen derselben Rituale zuließ. Jedes Wort überflüssig, jeder Erklärungsversuch sinnlos. Es war so ungeheuerlich. Und sie wussten nichts und wollten nichts wissen.

Nein, jede Vorstellung, damals darauf verzichtet zu haben, den anderen, den von anderen verlangten Weg zu gehen, den Widerständen nachzugeben, sich zu fügen, den Bruch zu scheuen, von dem er gleichwohl noch nicht wusste, wie tief er sein würde, jede solche Vorstellung ist, Harun weiß es, genauso illusorisch wie es illusorisch bliebe, sich jetzt, nach allem, einfach aus diesem Leben, das sein Leben geworden ist, zu lösen und zurückzukehren. Zurückzukehren ...

Aber zurück wohin? Hierher? Er ist das erste Mal in Istanbul. Zu seiner Familie, die hier ihr eigenes Leben hat? Ein gewachsenes Leben, in dem er doch immer ein Fremder, ein Gast, wenn auch ein, wenigstens von Ibrahim und Pinar und der kleinen Yaprak, aufrichtig gern empfangener Gast sein würde? Nein, die Vorstellung, ohne all das zu sein, was längst sein Leben bestimmt, auch ohne das Zuhause, das er sich selbst geschaffen hat, ohne seine Freiheit und selbst ohne seine in diese Freiheit unlösbar eingewebte Melancholie, die Vorstellung, ohne all das zu sein, ist eine, die er in Wirklichkeit nicht leben könnte. Harun weiß es, während jene Geborgenheit ihn sanft und zugleich mit sanftem Schmerz umspült, und die kleine Yaprak ihren neuen Onkel aus großen braunen Augen anstrahlt.

Immer wieder streift er durch die Straßen des Viertels mit seinen weißen, ockerfarbenen, grünen und hellblauen Häusern, den bunten hölzernen Fensterläden, kleinen Balkonen zur Straße, den engen Gässchen zwischen einzelnen Gebäuden und den Hofdurchgängen oder -fahrten, wo rückseits der Straße in vielen kleinen Betrieben gearbeitet wird. Obwohl die Gemäuer so alt nicht sind, haben sie schon Patina angesetzt. Wenn das Klima rauer, vielleicht nur wie dort wäre, wo Harun ... zu Hause ist, dann hätte der Zahn der Zeit schon tiefere Spuren hinterlassen. Aber hier stört man sich nicht an sichtbaren Defekten. Nicht an den Häusern, nicht an den Autos, von denen die meisten bejahrt sind, ihre Beulen und ihren Rost nicht verstecken. Was den Stolz ihrer Besitzer nicht mindert.

Immer wieder huschen Katzen aus schattigen Winkeln, unter geparkten Wagen hervor, verschwinden in Mauerspalten, auch Hauseingängen. Wenn die Hitze des Tages nachlässt, sind sie in Scharen hier draußen unterwegs. Oft hört Harun nachts dann ihr Rufen oder Fauchen bis durch das offene Fenster im vierten Stock. In Deutschland wäre längst und gar nicht zu Unrecht von einer Katzenplage die Rede, würden Maßnahmen dagegen ergriffen. Hier stört man sich daran so wenig wie an den Defekten, am Nichtfunktionieren, am nicht Ordnungsgemäßen, Provisorischen. Es tut dem Leben keinen Abbruch, das ungeniert durch die offenen Fenster und Türen dringt, sich auf der Straße sammelt und verbreitet, wo die Menschen ihre Gemeinschaft sichtbar und hörbar werden lassen.

Während Harun geht und schaut, eine Zigarette nach der anderen raucht, sich an den Zigaretten beinahe festhalten muss, wie um sich der Wirklichkeit des ihn jetzt Umgebenden zu versichern, währenddessen ist er dem Anblick nach Türke unter Türken. Kein Migrant. Kein Fremder. Als ob er hierher gehörte. Dem Anblick nach. Dem Wissen in sich nach aber bleibt er ein Fremder. Der sich an seinen Zigaretten festhalten muss. Und so empfindet er auch seinen eigenen Blick. Der Blick eines Fremden auf eine ihm fremde Welt. Wenn da nicht dieses diffuse Gefühl tief in ihm wäre, das Gefühl, sich hier nicht fremd fühlen zu wollen. Und es auch nicht ganz zu können. Trotz des Wissens. Zu den vorbestimmten Zeiten ruft der Muezzin von der Moschee des Viertels, vereinigt sich sein Ruf mit jener Welle von Rufen, die über das Dächermeer dieser riesigen Stadt wogt. Das ist die Art, in der Stadt Gott zu lauschen.

Harun hat Ibrahim gefragt, ob auch er regelmäßig bete.

„Ja, Bruder, das tue ich. Allerdings", Ibrahim hatte gelächelt, „kommt es auch vor, dass ich das ein und andere Mal auslasse. Aber wenn du wissen möchtest, ob ich glaube und meinen Glauben lebe: Ja. – Wie ist es mit dir? Oder möchtest du darüber nicht reden"? Harun hatte Ibrahim angesehen.

„Da gibt es nicht viel zu reden, leider ... Das gehört zu den ... den Dingen, die mir verloren gegangen sind. Manchmal wünsche ich mir, ich hätte einen Glauben, den ich, wie du gesagt hast, leben kann."

Und Ibrahim hatte seinen Arm um Harun gelegt. „Es ist nie zu spät, seinen Glauben zu finden. Glaube ich wenigstens ... Aber jetzt, Bruder, jetzt hast du erst einmal uns wieder. Und wir dich ..."

Harun hatte ein paar Mal schlucken müssen, dann seinen Bruder fest gedrückt. Er ist ihm unendlich dankbar dafür, dass er ihm keine Vorwürfe macht. Berechtigte Vorwürfe, dass er sich all die Jahre nicht gemeldet hatte. Nicht einmal bei Ibrahim, seinem kleinen, jetzt längst nicht mehr kleinen Bruder, der ohne ihn groß geworden ist.

Am vorletzten Tag seines Aufenthaltes sitzt Harun mit Ibrahim und der Mutter wie immer noch spätabends im Wohnraum. Jetzt sind die hölzernen Läden vor den Fenstern offen, die tagsüber vor dem gleißenden Sonnenlicht und der Hitze schützen. Ein leichter Wind geht und trägt die Klänge des Lebens von der Straße und aus anderen Fenstern in den Raum, wo neben ihnen der Tod residiert. Der Tod, der nicht allein aus diesem Raum gehen wird. Die Mutter sitzt am Bett ihres Mannes. Harun und Ibrahim unterhalten sich am Tisch. Der Bruder erzählt ihm, wie er seine Frau Pinar kennengelernt, wie er um sie geworben hat. Aus dem, was er erzählt, kann Harun schließen, dass die beiden sich wohl hatten kennenlernen sollen. Nach dem Willen ihrer Väter. Natürlich. Ibrahim sagt es nicht direkt. Und Harun fragt nicht nach. Wozu auch? Offenbar haben sich hier zwei finden sollen, die sich dann darüber freuten, dass sie einander gefunden hatten.

Auch Pinar ist die Tochter einer Gastarbeiterfamilie, die sich nach der Rückkehr aus Deutschland hier angesiedelt hat. Auch sie war noch ein Kind, als sie Deutschland verließ. Und wie Ibrahim hat sie außer ein paar wenigen Worten keine Erinnerung mehr an die Sprache, die nun Haruns Sprache geworden ist. Harun selbst staunt darüber, dass es ihm gelingt, sich nach all den Jahren wieder fließend in Türkisch zu verständigen. Und Ibrahim erzählt von der Geburt seiner Tochter, dem schönsten Tag in seinem Leben. Und er erzählt es mit einer Begeisterung und Innigkeit, die Harun ein seltsam wehmütiges Glücksgefühl empfinden lässt. Ibrahim scheint es gelungen oder vergönnt, sich den Bruch erspart zu haben, ohne sich dafür selbst aufzugeben. Harun freut sich für Ibrahim, ist glücklich, dass er glücklich ist. Er, sein kleiner Bruder, den er doch immer so geliebt hat.

Was ist in all den Jahren gewesen? Wie hatte Harun Ibrahim vergessen können? Und hatte er ihn überhaupt vergessen? Oder die Erinnerung an ihn nur verschlossen, weil es unmöglich gewesen war, in den beiden Welten zu existieren? Denn in beiden Welten zu leben, hätte für ihn bedeutet, in keiner leben zu können und also unterzugehen, unterzugehen in der Fremde, für die er sich damals entschieden hatte. Sich hatte entscheiden müssen. Für die er sich zu entscheiden gezwungen worden war. Und das ganze Ausmaß des Preises, den Harun dafür zahlen musste, wird ihm jetzt, in diesen Momenten, wieder bewusst. Er war kein Teil vom Leben seines Bruders gewesen, hatte nichts von dem mit ihm geteilt, das sein Leben geformt und geprägt hatte. Kein Erlebnis, keine Erfahrung und nichts von jenen großen Marken auf dem Lebensweg, an denen die ganze Familie teilnimmt: Seine Beschneidung, seine Verlobung, die Hochzeit, schließlich die Geburt seines Kindes. Und nichts von all dem, das Ibrahim auf diesem Weg gedacht, gefühlt, geträumt oder gehofft hatte.

„Ibrahim, ich hätte das alles so gerne mit dir erlebt. Ich bin so traurig, dass ich es nicht mit dir erlebt habe, dass ich nicht da war in all den Jahren." Und Harun versagt die Stimme, er müsste weinen, wenn er nur weinen könnte. Seine Augen brennen, er sieht seinen Bruder nur an, der seinen Blick erwidert und seine Hand auf Haruns Schulter legt.

„Jetzt bist du da. Und das Vergangene ist vergangen, Bruder."

Und da, plötzlich, kaum hörbar, ertönt die Stimme des Vaters:

„Harun ... Sohn ..." Und die Brüder sehen beinahe erschrocken zum Bett, wo der Vater sich mühsam aufgestützt hat und zu ihnen herübersieht.

„Harun, Sohn", wiederholt er mit erstickter Stimme, und er weint, aber dieses Mal verbirgt er seine Tränen nicht.

Harun steht auf, geht zu ihm, reicht ihm seine Hände, und der Vater drückt sie an sein tränennasses Gesicht.

„Harun, Sohn", sagt er wieder, und Harun beugt sich zu ihm hinunter, nimmt diesen schon fast vergangenen Körper in die Arme, spürt dessen Zittern, spürt die Tränen an seiner Wange, und da endlich schüttelt ein stummes, tränenloses Weinen auch ihn.

Obwohl sein Herz bis zum Hals schlägt und er das Gefühl hat, kaum noch atmen zu können, bringt er mit äußerster Anstrengung das Wort hervor: „Papa!"

Aber dieses Mal ist es eine bloß körperliche Anstrengung. Gegen sein hämmerndes Herz, gegen den wie abgeschnürten Atem, als würden die Tränen, die nicht fließen, ihn von innen her überschwemmen und ihn ersticken.

„Papa!"

Auch Ibrahim ist herangetreten, hat seine Hände auf die Schultern der Mutter gelegt, die ebenfalls zu weinen angefangen hat und wieder die Hände ringt. Aber dieses Mal nicht in demütig verzweifelter, sondern in dankbar freudiger Geste:

„Allmächtiger ... Allmächtiger!", ruft sie und: „Ahmed, Ahmed, endlich ...!"

Ibrahim atmet tief und lächelt, während ihm stille Tränen aus den Augen treten.

Und dann spricht der Vater mit seiner dünnen, heiseren Stimme die Worte: „Harun, vergib mir ..."

Da sind sie ausgesprochen. Hier in dieser Wohnung in Istanbul. Nach 17 Jahren. Und noch bevor der Tod ihre Trennung verewigen kann. Es ist geschehen!

Und Harun antwortet ohne Zögern, ohne irgendetwas zu denken: „Ja, Papa, ich vergebe dir ... Ich vergebe dir!"

Und er hält seinen Vater fest in den Armen, während es in ihm für alle anderen unhörbar tost und braust. Fast muss er sich jetzt an seinem Vater festhalten, weil alles plötzlich zu schwanken und zu wanken beginnt. Es ist ein Sturz, aber nicht hinunter, sondern ständig wechselnd in alle Richtungen. Wie ein zum Bersten gefüllter Ballon kommt Harun sich vor, dem plötzlich die Luft entweicht, und der von diesem machtvoll entweichenden Strahl in rasend wirrer Bewegung durch den Raum gejagt wird. Es ist geschehen!

Und als Vater und Sohn, Sohn und Vater, sich endlich, nach einer endlosen Weile voneinander lösen, bleibt Harun auf der Kante des Bettes sitzen. Sie sehen sich an, halten einander an den Händen. Der Vater nickt ganz leicht. Und Harun scheint es, als wäre ein Schatten von diesem schon dem Tod zugewandten Gesicht gewichen. Wird sich nun auch der Schatten in ihm selbst lösen? Immer noch brennen ihm die Augen wie Feuer, muss er sich anstrengen zu atmen.

„Ja, Papa, es ist gut", hört er sich sagen. „Es ist gut ..."

Und dann ist der Vater plötzlich eingeschlafen, und seine Züge scheinen Harun friedlicher als je. Langsam steht er auf, unsicher auf den eigenen Beinen. Die Mutter und Ibrahim sehen ihn an.

„Ich ... ich muss ein bisschen raus und laufen ..." Die Mutter ergreift seine Hände.

„Mein Junge, mein Junge ...!", sagt sie mit immer noch tränenvoller Stimme. „Wir müssen dem Allmächtigen danken ..."

„Ja, Mutter", sagt Harun und löst sich sanft von ihr. Ibrahim begleitet ihn zur Tür. Dort umarmen sich die Brüder.

„Harun, jetzt wird endlich alles gut. Jetzt bist du wieder da." Und drückt ihn fest.

„Das habe ich mir all die Jahre so sehr gewünscht", flüstert Harun. Mehr Kraft hat seine Stimme nicht.

Dann verlässt er die elterliche Wohnung, das Haus, streift durch das Viertel, erwidert reflexartig die Grüße von Menschen, die mittlerweile wissen, wer er ist.

Ja, Harun Kara, Ibrahims Bruder, Ahmeds Sohn, der in Deutschland lebt und dort ein Efendi ist, ein wichtiger Mann.

Und er nimmt an irgendeiner Ecke ein Taxi, lässt sich hinunter fahren zum Bosporus, ans Meer. Unter der großen Brücke gibt es einen Platz, wo sich abends die Menschen treffen, sitzen, aufs Wasser sehen, Ibrahim hat es ihm gezeigt.

Hier leisten viele Liebenden ihre Schwüre, hat er ihm erklärt. Und als Harun ihn fragend ansah, hat Ibrahim gelächelt und genickt. Im gleich angrenzenden Stadtviertel Ortogöy gehen er und seine Frau einmal die Woche aus.

„Man nennt es auch das Künstlerviertel", sagt Ibrahim. „Viele verrückte Menschen, es ist überall etwas los, weißt du. Man sieht einmal etwas ganz anderes. Und Pinar geht so gerne tanzen." Dann hat er den Finger auf seinen Mund gelegt und Harun zugezwinkert. „Aber sag zu Hause nichts davon, sonst grausen sich unsere alten Leute nur."

Harun lässt sich bis in jenes Viertel fahren, steigt dort irgendwo aus und geht durch die von vor allem jungen Leuten dicht belebten Gassen hinunter zum Meer. Überall Musik, Lärm, Licht, Bewegung. Leben vibriert durch die warme Nacht. Cafés, Bars, Restaurants, Tanzschuppen, kleine Höfe, wo Künstler und Artisten sich präsentieren. Das Viertel erinnert Harun an ein ähnliches in seiner Stadt. Auf der ganzen Welt gibt es in den Metropolen solche Epizentren der Freiheit, der Lebenslust, des Dranges und der Suche, und überall scheint die gleiche Art Menschen unterwegs. Einmal in der Woche sind es hier also auch Ibrahim und Pinar. Harun lächelt unwillkürlich.

Ja, für die Eltern, wahrscheinlich auch für die Eltern Pinars und für viele in diesem Land ist das hier ein Sündenpfuhl, ein unreiner, verdorbener Ort, den sie nie im Leben betreten haben und betreten werden.

Viele Touristen sind hier unterwegs, vor allem jüngere. Wahrscheinlich wird dieses Viertel in jedem Reiseführer für einen abendlichen Streifzug empfohlen. Harun hört Englisch, Französisch, Russisch. Und Deutsch natürlich. Deutsch. Seine Sprache. Aber hier, im vorherrschenden Gewoge türkischer Laute, kommt sie selbst ihm fremd vor. Nicht ganz fremd. Aber fremder als die Sprache dieses Landes. Des Landes seiner Wurzeln. Immer wieder werden die meist leicht erkennbaren Touristen angesprochen. Von irgendwelchen eifrigen Anbietern irgendwelcher Waren und sonstiger Angebote. Harun sprechen sie nicht an. Er ist kein Tourist. Nein, das ist er nicht.

Die Gasse, die Harun entlanggeschlendert ist, öffnet sich schließlich zum Meer hin. Dort sind die gewaltigen Pfeiler der Brücke, dort ist jener Platz. Menschen spazieren, stehen am Ufer, sitzen zusammen. Ein Gesang schwingt durch die Luft, eine Mädchenstimme, von einer Gitarre begleitet. Oder ist es dieses orientalische Saiteninstrument, wie heißt es noch? Harun fällt der Name nicht ein. Aber der Gesang des Mädchens klingt schön. Eine getragene Melodie, nicht eigentlich traurig, aber melancholisch.

Harun setzt sich auf einen steinernen Würfel, zündet eine neue Zigarette an. Der Himmel ist samtschwarz. Sterne blinken. Sein Blick geht zum Wasser hinunter und auf die andere, asiatische Seite Istanbuls. Dorthin, wo Anatolien liegt. Das Land, in dem er geboren wurde und aufgewachsen ist. Das selbst von hier noch ferne und noch einmal so andere Land. Die andere, die wahre Türkei. Dort wo ... Aber das ist eine andere Geschichte. Seine eigene, weit, weit von allem ...

Durch die Dunkelheit streifen auch hier die Katzen. Kaum, dass man eine allein sieht, es sind immer kleine Trupps, manchmal scheinen es sogar Horden. Wahrscheinlich finden sie hier ein besonders ergiebiges Revier auf der Suche nach Nahrung. Istanbul, Stadt der Katzen. Es gebe so viele von ihnen wie Einwohner, sagen die Leute.

Und während Harun dann irgendwo auf diesem Platz unter den vielen Menschen sitzt, ins Dunkel schaut und raucht, das Wogen der Stimmen um sich, immer wieder Lachen, es wird weiter gesungen, entfernter tönt das Rauschen des Verkehrs über die Brücke, dazu den Geruch des Wassers in der Nase und die schimmernden Lichter des anderen Ufers vor Augen, währenddessen erinnert er sich an Worte von Wolfgang. Wie hat er es einmal gesagt: „Die Eltern können ihre Kinder nicht erlösen, wohl aber die Kinder ihre Eltern."

Eigentlich ein ungeheurer Satz. Und welche Verantwortung. Harun weiß nicht, ob er seine Eltern erlösen kann. Ja, vielleicht hat er es getan. Dadurch, dass er gekommen ist. Dadurch, dass er seinem Vater verziehen hat. Und vielleicht hat er auch sich damit erlöst, sich endlich befreit von dem Bann, der ihn all die Jahre von seiner Vergangenheit abgeschnitten hat. Von seiner Herkunft, seinen Wurzeln. Aber was würde das nun bedeuten: Erlöst zu sein? Wäre nun alles gut, oder würde es gut werden, wie Ibrahim gesagt hat?

17 Jahre von allem und allen getrennt. Nun sind diese Menschen wieder in seinem Leben, sind gegenwärtig, lebendig. Er weiß um sie, und sie wissen um ihn. Er hat sich in ihrer Welt bewegt, hat ihre Sprache gesprochen. Und besonders zu Ibrahim und seiner Familie fühlt er sich hingezogen. Und sie geben ihm das Gefühl, zu ihnen zu gehören. Wärme spürt er, Zuneigung, ja, auch ihre Liebe.

Aber zugleich fühlt Harun sich nicht wie einer von ihnen. Da ist, anders nun, aber unverändert, diese Ferne zu ihnen, die Ferne, die er all die Jahre empfunden hat. Es ist in diesen Jahren eine mehr und mehr abstrakte Ferne geworden, weil ihr die Bilder fehlten. Jetzt gibt es sie, und Harun weiß, dass die Ferne geblieben ist, sich nur verändert hat. Noch hat er kein festes Gefühl dieser Ferne. Und es liegt auch nicht bloß an ihnen, vielleicht sogar gar nicht an ihnen, sondern an ihm. Er ist derjenige, der sich entfernt hat, die Brücken abgebrochen und sich ein fernes Leben in einer fernen Welt geschaffen hat. Weil er keine Wahl hatte. Ein Leben, eine Welt, die ihm jetzt nahe sind. Viel näher als ihre Welt, ihr Leben. Und trotzdem spürt er eine tiefe, unlösbare Verbindung, für die ihm die Worte, sogar die Gedanken fehlen.

Aber was wäre geschehen, wenn Ibrahim ihn nicht angerufen hätte? Er hat, sie haben den Schritt getan. Nicht er. Hätte er ihn auch irgendwann getan oder zu tun versucht? Hätte er, für den das Reisen, das Unterwegssein Gewohnheit ist, irgendwann den Weg nach Istanbul gefunden? Harun weiß es nicht. Und er fragt sich, ob es diese Versöhnung jetzt gegeben hätte, wenn der Vater nicht so krank wäre. Ohne es *erklären zu können, glaubt er nicht daran. Es ist die Krankheit, der nahe Tod vor allem. Vielleicht hat alles eigentlich nur damit zu tun.*

Man kann sich nicht vorstellen, was und wie ein Mensch empfindet, der weiß, dass er bald, sehr bald gehen wird. Plötzlich ist alles anders. Auch die Gefühle verändern sich dann. Die Gefühle desjenigen und die Gefühle der anderen. Aber der Vater hat schließlich die Worte gesprochen: „Harun, verzeihe mir!" Nicht „Ich verzeihe dir, Harun!" Und Harun hat die Hand ergriffen. Ohne Wenn und Aber. Er hat sich die ganze Zeit über gewünscht, dass etwas geschehen möge, was sie noch vor dem Tod des Vaters auf irgendeine Weise zueinander führt. Dass nicht die letzten Worte des Vaters an ihn jene sein und bleiben sollten, die er vor 17 Jahren gesagt, geschrien, mit denen er Harun angeklagt hatte. Und offenbar hat auch der Vater das nicht gewollt.

17 Jahre. 17 dafür verlorene Jahre. Und erst der nahe Tod hat die Brücke geschlagen. Wie absurd, denkt Harun, wie unglaublich absurd. Und er fühlt eine tiefe Leere und Traurigkeit in sich. Dahinter eine jetzt verglimmende Wut. Darüber, dass all die Jahre vergehen mussten und ihnen keine gemeinsamen mehr folgen würden. Obwohl er nicht weiß, wie eine Gemeinsamkeit aussehen sollte. Was hatten sein Vater und seine Mutter denn all die Jahre empfunden, wenn sie an ihn, Harun, dachten? Und haben sie überhaupt an ihn gedacht? An ihn, der sie so enttäuscht, der sie bloßgestellt, der sie „entehrt" hatte, wie der Vater nicht müde geworden war, ihm ins Gesicht zu schreien?

Und was ist heute? Hat der Vater irgendetwas begriffen, fühlt er seinen Teil der Schuld an allem? Oder ist es nur der nahe Tod, die Schwäche, die Angst, die nun alles überdecken? Und spielt es überhaupt eine Rolle? Harun hat seine Vergebung ernst gemeint. Nicht sich bloß aus Sentimentalität verstellt oder Pietät überwunden. Nein, er hat ihm wirklich verziehen. Und er hasst den Vater nicht, verachtet ihn nicht. Nicht mehr. Schon längst nicht mehr. Welches Gefühl er für ihn hat, weiß Harun nicht. Im Gedanken an ihn, an seine Mutter hält sich eine ratlose Leere mit bleierner Traurigkeit die Waage. Harun kommt erst spät in der Nacht in die Wohnung der Eltern zurück.

Am letzten Tag seines Aufenthaltes dann ist es Harun, der seinem Vater morgens hilft, sich zu waschen und zu rasieren, der ihm die Schüssel mit der Suppe hält, den Löffel führt. Und während er all das tut, fühlt Harun sich ihm nah. Die Nähe erfüllt sich in diesen Gesten des Augenblicks. Ohne Gedanken, ohne Erwartungen. Ohne Gestern und ohne Morgen. Die tief in ihren Höhlen liegenden Augen des Vaters sehen den Sohn an, und es liegt Frieden in ihnen. Lange Stunden bleibt Harun allein bei ihm, hält seine knochige, zerbrechlich wirkende Hand. Und der Frieden, der den Vater erfüllt, erfüllt in diesen Stunden plötzlich gemeinsamen Schweigens auch ihn. Ohne Gedanken, ohne Erwartungen. Ohne Gestern und Morgen. Als Harun sich am späten Nachmittag dann verabschiedet, sehen sie einander noch einmal lange an. Der Vater weint, aber dieses Mal ist es ein anderes Weinen. Harun nimmt ihn in die Arme.

„Allah segne dich, Sohn!", bringt der Vater leise hervor.

„Er segne dich, Vater!", antwortet Harun. Und seine Augen brennen, sein Hals ist wie verschnürt, der Herzschlag pocht bis in die Spitzen aller Glieder.

„Hallo, hören Sie, wir sind da!", musste der Taxifahrer zweimal wiederholen, bevor Harun registrierte, dass der Wagen, den er am Flughafen genommen hatte, vor der Tür des Hauses stand, in dem seine Wohnung lag. Abwesend kramte er nach Geld, reichte dem Fahrer einen Schein, winkte ab, als der herausgeben wollte, und stieg aus. Der Sommerabend lag in der Straße. Ein anderer Sommerabend in einer anderen Straße. Er war wieder – zu Hause. Und während er die Haustür aufschloss, langsam die Treppe hinaufstieg, verwehten sich umkreisend die letzten Bilder:

Wie er aus dem Flughafengebäude getreten war, sich wie unzählige Male ein Taxi genommen hatte, die so oft gefahrenen Straßen gefahren war, bis der Wagen schließlich wie immer vor seinem Haus gehalten hatte. Zu Hause. Nach dieser Reise, die wie keine gewesen war.

In Istanbul hatte Ibrahim ihn zum Flughafen gebracht. Die Mutter hatte beim Abschied geweint und geklagt, ihn nicht gehen lassen und wieder seine Hände küssen wollen. Dieses Mal hatte sich Harun ihr nicht entzogen.

„Es ist gut, Mutter, es ist gut. Ich komme wieder."

Das hatte er hoch und heilig auch der kleinen Yaprak versprechen müssen, die auf ihre Weise traurig gewesen war. Unschuldig und reinen Herzens traurig, dass der neue Onkel schon wieder ging. Pinar hatte ihn fest umarmt.

„Nun weißt du den Weg zu uns, Schwager!"

Das hatte Ibrahim am Flughafen wiederholt: „Nun weißt du den Weg zu uns, Bruder!" Und auch sie beide hatten sich dann lange und fest umarmt. Um sich das Hupen, die Motoren, das Rufen von Menschen, Klappen von Türen, Rasseln von Gepäckwagen. Und, leicht heranwehend, der Geruch des nahen Meeres.

„Ja, ich weiß den Weg zu euch, Bruder!"

Und endlich waren Harun stille Tränen über die Wangen gelaufen, Tränen, die sich in denen seines Bruders Ibrahim gespiegelt hatten, der lange stehen geblieben war und Harun nachgesehen hatte, bis der in einer der Türen der Abflughalle verschwunden war.

Ein einziger Augenblick, unwirklich und voller Wirklichkeit. Und jetzt stand Harun endlich wieder vor der Tür seiner Wohnung im obersten Geschoss des renovierten Altbaus. Dort, wo er zu Hause war ...

III. Kapitel – Zu Hause

Endlich.
Harun öffnete die Tür zu seiner Wohnung. Erst vor knapp einer Woche hatte er sie verlassen. Wie er sie oft verließ, wenn er beruflich auf Reisen ging. Aber dieses Mal war es anders. In dieser Woche schien die Zeit außer Kraft gesetzt gewesen. Und sie schien es noch jetzt. Seine Zeit, die Zeit seiner Welt, in der er bis zu Ibrahims Anruf vor einer Woche gelebt hatte. Die Tür fiel hinter ihm ins Schloss. Und hinter dieser Woche. Stille. Und Müdigkeit. Von der Woche, von den Gedanken.

Gegen seine Gewohnheit stellte er seine Reisetasche nur ab, ohne sie sofort auszupacken, die Sachen an ihren Platz zu tun, in die Wäsche, ins Bad, in den Schrank. Er hängte sein Sakko über einen Bügel im kleinen Vorraum, ging ins Bad, zog sein Hemd aus, warf es in den kleinen Wäschekorb, drehte den Wasserhahn auf und wusch sich das Gesicht. Selbst für eine kurze Dusche war er zu müde. Harun schaute in den Spiegel.

Dasselbe Gesicht. Natürlich. Aber etwas war anders. Die Augen, sie sahen nicht nur in den Spiegel, und die Augen im Spiegel sahen nicht nur zurück. Es war, als läge im Treffen des gespiegelten Augenpaares zugleich das Echo dieser nun vergangenen Woche. Das Echo einer anderen Zeit. War der einzige Augenblick, der mit Ibrahims Anruf vergangenen Sonntag plötzlich und ohne, dass Harun es nur ahnen konnte, begonnen hatte, war er nun vorüber? War er wieder in seiner Zeit, in seiner Welt, und was würde dort mit jenem einzigen, endlosen Augenblick werden? Nur Erinnerung? Oder würde er, jener endlose Augenblick, jetzt seine eigene Zeit für immer verändern? Doch wie?

Harun löschte das Licht im Bad und trat in den großen Raum, dem einzigen, neben Bad und Diele, aus dem seine Wohnung bestand. Er drehte den Dimmer, der kristallene Jugendstil-Lüster ließ ein mildes Licht ausschwärmen. Harun blieb stehen, als müsste er sich erst orientieren:

Ein einziger großer, offener Raum, nach Norden eine Fensterreihe, nach Süden die kleine Dachterrasse. Blanker Holzboden, keine Teppiche, hohe Decke und dazwischen vor allem freier Raum. Denn außer einem

Biedermeier-Bett, einem dazu passenden Kleiderschrank, dem alten, englischen Schreibtisch samt passendem Drehsessel, einem weiteren kleinen Tisch mit zwei grünbezogenen Stühlen neben der Küchennische, einigen Holzregalen mit Büchern, CDs und einer breiten ledernen Couch gab es keine Möbel. Doch, den Liegesessel direkt am Terrassenfenster. In dem er meistens saß, wenn er hier war. Daneben eine teure Musikanlage auf dem Boden und verstreut einige CD-Hüllen. An den Wänden lehnten ein paar großformatige Bilder in schweren Rahmen. Harun hatte sie immer noch nicht aufgehängt, obwohl er schon gut zwei Jahre hier wohnte. Auch standen in einer Ecke immer noch unausgepackte Kisten. Es war nur eine grüne Decke darüber geworfen.

    Harun trat an die Regale mit den vielen Büchern, ließ seine Hand leicht über ihre Rücken streifen. Eigentlich wollte er sie längst einmal ordnen, nach Gattungen, nach Autoren, nach Epochen. Als die Regale aufgestellt waren, was auch erst über ein halbes Jahr nach seinem Einzug geschah, hatte er sie einfach, Reihe für Reihe, aus den Kartons hineingestapelt. Irgendetwas schien ihn stets zu hindern oder zu hemmen, sich ganz einzurichten, sich fertig einzurichten. Als ob er darauf wartete, wieder auszuziehen. Ohne zu wissen, wann, wohin oder warum. Als ob er überhaupt auf irgendetwas wartete. Obwohl er sich hier sehr wohl fühlte, die wenigen Stunden genoss, die ihm jenseits seiner Arbeit blieben. Oder das Zurückkommen hierher, jedes Mal, nach einer der Reisen. Wie jetzt.

    Ja, er war zurück. Zurück in seiner Stille, die seiner Müdigkeit den Hafen bot. Aber sie war auch ein wenig ungewohnt, für die ersten Momente, die Stille. Niemand außer ihm. Vielleicht sollte er jetzt endlich, an diesem Wochenende, die Bücher sortieren. Gerade jetzt.

    Harun öffnete die Tür zu seiner kleinen Dachterrasse, trat hinaus in die warme Nacht. Auch hier eine warme Nacht. Eine andere Nacht. Eine andere Wärme. Andere Gerüche, andere Geräusche. Die Lichter seiner Stadt. Die weichen Konturen des Dachmeeres. Sein Blick fiel auf seine wenigen Topfpflanzen, die wieder einmal ihre Blätter hängen ließen. So war es immer mit den Pflanzen, wenn er doch irgendwann welche kaufte oder wie jetzt, von Luise, Wolfgangs Frau, geschenkt bekommen hatte. Harun besaß keine Hand dafür, kein Gefühl. Und wieder nahm er sich vor, dass er fortan keine Pflanzen mehr in seiner Wohnung haben wollte.

Es machte ihn nur traurig. Dieses Verwelken, Vergehen. Vielleicht würde es noch helfen, wenn er sie jetzt sofort gösse. Aber plötzlich packte ihn die Müdigkeit, die Erschöpfung mit solcher Macht, dass er sich anstrengen musste, bis zu seinem Bett zu kommen, die Hose auszuziehen, über einen Ständer zu hängen, um sich endlich hinzulegen. Wie von Gewichten beschwert.

Bevor ihn der Schlaf beinahe augenblicklich in die Tiefe zog, blitzte noch die verblüffende Erkenntnis auf, nicht nur jetzt keine Zigarette geraucht zu haben, sondern sich nicht erinnern zu können, wann er heute überhaupt die letzte Zigarette geraucht hatte. Etwa seit Verlassen des Flugzeugs keine einzige? War das ... Konnte das ...? Und dann, fast zugleich – Elaine! Und da war er sich in den letzten Momenten, gerade auf der Grenze zwischen Wachen und Schlafen, sicher:

Er hatte während jenes endlosen Augenblicks zwischen vergangenem Sonntag und jetzt nicht ein einziges Mal an sie gedacht. Elaine. Die ihn hier, in seiner Welt, seit fast einem Jahr begleitet hatte. In seiner Welt. In seinem Kopf. Ihr galt der letzte Gedanke vor dem Versinken im Schlaf. Wie ein Zeichen. Jetzt war der endlose Augenblick zu Ende, und Elaine führte ihn zurück in seine Welt. Ausgerechnet sie, die doch so unwirklich war, wie ihm die vergangenen Tage vorkamen. Aber sie sind nicht unwirklich gewesen. Und vielleicht waren sie viel wirklicher als sein Leben hier. Obwohl sich mit der Vorstellung Elaines auch die unvermeidliche Erregung einstellte, die Erregung, die ihn immer ergriff, durchpulste, gefangen nahm, wenn er an Elaine dachte, war er jetzt zu müde, zu erschöpft, dieser Erregung zu folgen, sich ihr hinzugeben, zu tun, was er immer tat, wenn er im Bett an sie dachte ...

Haruns Schlaf war tief, aber unruhig. Bilder trieben durcheinander, beliebig, unzusammenhängend, fügten sich nicht zu einem Traum. Wirkliche Bilder, unwirkliche, aus seiner Fantasie, der Erinnerung. Irgendwelche Szenen waren da, kaum angedeutet, schon wieder verwehend. Von seinen vielen Reisen, von Flughäfen, großen Hallen, die er durchquerte, langen, leeren Hotelfluren, die er durchschritt, von nüchternen Sitzungsräumen, gesichtslosen Menschen um ausladende Tische, über die hinweg Worte hallen, Satzfetzen. Und dazwischen immer wieder Elaine. Elaine, wie er sie gesehen hat. Damals, als er Frank besuchte, nach Jahren. Und

Elaine, wie er sie fantasierte. Sie und sich. Immer wieder. Aber auch diese Fantasien breiteten sich jetzt nicht aus, wurden nicht zum Traum, wie sonst, ließen ihn auch nicht erregt erwachen, um dann, benommen, berauscht, in den fantasierten Liebestaumel mit ihr zu stürzen.

Denn da war nun plötzlich sein Vater, bleich und stumm. Übergroß die eingesunkenen Augen, in denen Harun sich selbst erblickte und Ibrahim. Mit Ibrahim stand er einen Atemzug später schon am Bosporus, auf jenem Platz unter der großen Brücke, und sie sahen hinüber auf die andere Seite, die plötzlich ganz nah schien, so, als müsste man nur einen Schritt tun.

Und da war auch Yaprak auf der anderen Seite und winkte ihnen zu. Nein, nicht Yaprak, größer, das Mädchen ist größer da, auf der anderen Seite ... Und ihr Gesicht ein anderes ... Es war ... Aber noch bevor sich das Bild klärte und schärfte, spürte Harun ein Gewimmel um seine Beine: Katzen, tausende, abertausende von Katzen, ein Meer von Katzen ...

Als er mit den Beinen strampelte, wachte Harun auf. Dunkelheit. Wo ...? Keine Gerüche durch das offene Fenster, keine Geräusche, Stimmen. Und keine Rufe, kein Fauchen der Katzen ... Nein, hier gab es keine Katzenscharen, die nachts durch die Straßen streunten. Er fühlte eine bleierne Schwere, schwerer noch als der Schlaf. Sie hinderte ihn daran, einfach wieder wegzudämmern. Jetzt endlich griff er wie im Reflex zum kleinen Nachttisch, wo immer eine Zigarettenschachtel lag. Samt Feuerzeug. Mit angestrengten Bewegungen zündete er sich eine Zigarette an, nahm den ersten Zug und ließ sich in das Kissen zurückfallen. Seine Augen wanderten unstet durch den halbdunklen Raum. So, als müsste er sich vergewissern, nicht mehr in Ibrahims altem Zimmer zu liegen, sondern – zu Hause.

Ja, er war wieder zu Hause. Das Leuchtzifferblatt der Uhr auf dem Nachttisch zeigte 3 Uhr. Wenn da nicht diese bleierne Schwere in ihm wäre, in seinem Körper, in seinem Kopf. Am liebsten würde er jetzt, mitten in der Nacht, aufstehen, sich anziehen und einfach durch die Straßen laufen. Durch seine Straßen. Durch sein Viertel. Aber schon das Ziehen an der Zigarette kostete ihn Mühe. Schließlich tastete er mit ihr nach dem Aschenbecher, drückte sie aus und starrte wieder reglos in das Halbdunkel. Versuchte einzuschlafen.

Er wälzte sich hin und her. Die Schwere in Kopf und Körper blieb, aber schließlich fiel er wieder in seinen unruhigen Schlaf zurück und in das durcheinander wogende Bildermeer, an das er später keinerlei Erinnerung hatte. Gegen 10 Uhr am nächsten Vormittag erwachte er. Der Raum war in Helligkeit getaucht, Harun hatte vergessen, die Rouleaus herunterzulassen. Er brauchte eine Weile, um zu sich zu kommen, zu realisieren, wo er sich befand. Ein paar Momente lauschte er nach Geräuschen in der Wohnung, die sich nicht einstellten:

Die Mutter und Ibrahim, die den Vater ins Bad brachten. Oder müsste nicht er ... Es blieb still. Natürlich. Niemand außer ihm war da. Auch kein Frühstückstisch wäre gedeckt, um den sich gleich die Familie versammelte. Er lag allein hier, und diese sonst gewohnte Gewissheit trug in diesem Augenblick eine große Traurigkeit in sich. Aber das war es nicht. Harun bemerkte plötzlich, dass sein Kissen feucht war. Er musste geweint haben, im Schlaf. Von ihm selbst unbemerkte Tränen ...

Der Vater ...! Erst jetzt wurde es ihm richtig bewusst: Er spürte, dass er seinen Vater niemals wieder ins Bad bringen, ihm beim Waschen und Rasieren helfen, an seinem Bett sitzen würde, seine Hand halten, ihm mit Blick und Geste zu verstehen geben, dass er ihm vergeben hatte. Wirklich und aufrichtig vergeben. Sie hatten einander noch einmal gesehen, sie hatten sich miteinander versöhnt. Und dass sie sich versöhnt hatten, verdankten sie wohl dem wartenden Tod. Eine Versöhnung für den Tod. Nicht für das Leben. Ist das der Preis?

Mechanisch tastete Harun nach den Zigaretten auf dem Nachttisch, verhielt dann in der Bewegung. Ein seltsamer Gedanke jetzt: Er sollte weniger rauchen. Und offenbar konnte er es. Die Stunden gestern nach der Landung und bis er im Bett gewesen war, hatten es doch gezeigt. Oder hatte er doch geraucht und es nur vergessen? Er lag auf dem Rücken, sah an die Decke, eine plötzliche Leere in seinem Kopf. Eine unbestimmte Weile dämmerte er so vor sich hin. Und dann spürte er plötzlich und fast überfallartig jene Erregung, die ihm so vertraut war. Seit über einem Jahr – Elaine.

Vor seinen geschlossenen Augen formte sich ihre Gestalt, aus der Erregung wurde eine Erektion, die sich fiebernd in seinem ganzen Körper ausbreitete, und dann spürte, sah er Elaine auf sich sitzen, ihren Blick aus halbgeschlossenen Augen auf ihn gerichtet ... Langsam bewegte sie sich, beinahe zitternd ertastete Harun ihren schlanken Körper. Elaine ... Selbst jetzt, wo sie mit ihm schlief, blieb der Ausdruck auf ihrem Gesicht melancholisch, dunkel, was ihn desto mehr erregte. Harun hörte ihr leises Stöhnen, ihren gepressten Atem, mit seinen Händen fühlte er ihre schlanken Schenkel, ihren flachen Bauch, ihre festen Brüste oder ihre jetzt offenen, in leichten Wellen herabfallenden braunen Haare.

Nachdem er seinen Höhepunkt lange hinausgezögert, dann endlich und fast verzweifelt erreicht hatte, kam mit der Ermattung die Traurigkeit wieder. Eine andere Traurigkeit als eben oder vorhin.

Harun stand in plötzlichem Entschluss auf, als wollte er den Schleier dieser lastenden Traurigkeit zerreißen, bevor sie ihn ganz einspinnen und wie lähmend im Bett halten konnte, reglos, setzte in der kleinen Küchenzeile eine Kanne Kaffee auf und ging ins Bad. Unter der Dusche öffnete er den Hahn, empfing den starken Strahl, als könnte der alle Gedanken, alle Fragen, alle Traurigkeit und auch die Spuren der unsichtbaren Tränen abwaschen, die er nachts geweint hatte. Harun schäumte seinen Körper und die Haare ein, ließ sich danach lange noch vom kräftig strömenden Wasser beprasseln und hielt das Gesicht in dieses angenehm massierende Nass. Mit einem Frotteehandtuch rieb er sich endlich trocken, rasierte sich anschließend nass, wie immer an Wochenenden, wenn nicht die Zeit drängte. Sein Blick fiel in den großen Spiegel, der die Innenseite der Badezimmertür einnahm. Er betrachtete seine schlanke, athletische Gestalt, den eher schmalen Kopf mit dem dichten, kurzgeschnittenen schwarzen Haar.

Das also war er, Sohn seiner Eltern, aus ihnen hervorgegangen. Was war in ihm von ihnen? Ähnelte er seinem Vater oder mehr seiner Mutter? Und konnte es sein, dass man alles von den Eltern aus sich, ja, aus sich herauslebte? Dass nichts blieb?

Harun zog einen leichten Bademantel über, räumte seine in der Diele stehende Reisetasche aus, die Sachen an ihren Platz und ging wieder in die Küchenzeile. Seinen stark gebrühten Kaffee trank er wie meist auf einem Barhocker sitzend, der vor einem hohen, schmalen Tischbrett stand, das als eine Art offene, kleine Theke die Küchenzeile vom übrigen Raum trennte. Sein Blick fiel dabei durch das große Fenster auf die Dachterrasse. Die Pflanzen! Gleich würde er sie endlich gießen. Nein, sofort. Und er ließ seinen halbgetrunkenen Kaffee stehen, trat auf die Terrasse, wo auch die grüne Plastikkanne stand, nahm diese und füllte sie in der Küche mit Wasser, verteilte es anschließend mit fast behutsamer Bewegung in die verschiedenen Tontöpfe. Dies wiederholte er zweimal. Wenn es gelänge, die Pflanzen noch zu retten, würde er sich künftig besser darum kümmern. Nach getaner Arbeit belohnte er sich endlich mit einer Zigarette zum Kaffee. Warum sollte er auch weniger rauchen? Samstag also, ein Samstag.

Aus dem alten Biedermeierschrank holte er frische Unterwäsche, eine Jeans, ein dunkles Hemd heraus und zog sich an. Wieder trat er an das Terrassenfenster. Ein Sommertag ergoss sich über der Stadt. Was sollte er tun? Vielleicht wirklich darangehen, seine Bücher zu sortieren? Aber nicht jetzt, es zog ihn hinaus, er brauchte Bewegung um sich, Leben ... In der Stille seiner Wohnung würden doch nur die Fragen hervordrängen, die Erinnerungen an die vergangenen Tage, und das seltsame Gefühl die Oberhand gewinnen, das ihn sich so vorkommen ließ, als wäre er nicht wirklich, nicht ganz hier. Als wäre sein Gewicht nicht mehr groß oder die Schwerkraft nicht mehr stark genug, ihn hier sicher auf dem Boden zu halten. Als müsste er sich vor jeder Bewegung erst sammeln, damit sie auch gelänge.

Das Telefon klingelte und ließ ihn zusammenzucken. Harun trat langsam zum Apparat, der auf dem Schreibtisch stand, zögerte aber, nach dem Höher zu greifen. Wie vergangenen Sonntag. Und als er schließlich abgehoben hatte, war es Ibrahim gewesen. Ob es wieder Ibrahim war? Ibrahim, der ihm mitteilte, dass der Vater ...? Das Klingeln setzte sich fort, und endlich nahm er den Hörer auf.

„Ja ...?"

Es war Ines. Diesmal war es wirklich Ines. Von der er auch vergangenen Sonntag geglaubt hatte, dass sie es wäre. Ines, eine Freundin, mit der er sich seit ungefähr zwei Jahren regelmäßig traf. Sie gingen zusammen aus, ins Konzert, ins Theater, und eigentlich lag längst die Frage in der Luft, warum nicht mehr daraus wurde oder schon geworden war. Harun hätte niemandem erklären können, warum sein Verhältnis zu Ines in der Schwebe blieb. An ihr lag es jedenfalls nicht. Sie war, wie man so schön sagte, bereit. Sie wartete. Sie hoffte. Allerdings, ohne ihn allzu offen und nachdrücklich zu bedrängen. Hätte sie das getan, wäre ihr Verhältnis, oder wie immer man es sonst nennen mochte, wohl schon beendet gewesen.

„Du warst wohl wieder unterwegs ... Sehen wir uns heute?", fragte sie ihn.

Harun sagte spontan zu. Er war froh über diese Ablenkung, gerade heute, gerade jetzt. Sie würden sich in einem Café in der Stadt treffen, in dem sie sich oft verabredeten.

Ines. Kollegen von ihm, die sie zusammen gesehen und ihn dann nach ihr gefragt hatten, waren großen Auges erstaunt gewesen, als sie erfuhren, dass „da nichts wäre". Erstaunt, verhalten neidisch und vielleicht sogar ein bisschen ungehalten. Nach dem Motto: Wenn man denn schon einen solchen Fisch an der Angel hatte, war es doch Pflicht, ihn auch an Land zu ziehen. Männerlogik. Ja, Ines gehörte zu den Frauen, denen die Männer in fast schon unterschiedslosem Reflex hinterherschauten und fantasierten. Langes blondes Haar, schlank, groß und wohlproportioniert. Immer ebenso geschmack- wie reizvoll angezogen. Ohne dabei zu übertreiben. Eine Klassefrau. Ein Hauptgewinn. Nur Harun löste ihn nicht ein. Zwar genoss er es, sie anzusehen, wenn sie zusammen waren. Und wie oft hatte er sich vorgestellt, dass ein Abend damit enden würde, sie mit in seine Wohnung zu nehmen oder mit in ihre zu gehen, endlich mit ihr zu schlafen, aber immer, wenn es soweit war oder hätte soweit sein können, trennten sie sich. Trennte er sich spätestens den vorletzten Schritt davor. Und später, allein in seinem Bett, dachte er dann nicht an Ines, sondern an Elaine. Und dachte nicht bloß an sie.

Es blieb absurd. Unsinnig. Aber es wiederholte sich wie ein unveränderliches Programm. Doch irgendetwas ließ Ines offenbar weiterhin hoffen. Vielleicht waren es eben seine Blicke, die sie gewiss registrierte. Nur warum folgte diesen Blicken nicht endlich die Tat, der „Abschuss", wie seine Kollegen es nennen würden?

Es war noch etwas Zeit. Ob er Ines gleich erzählen würde, wo er die Woche über gewesen war? Warum nicht, er musste ja nicht den ganzen Hintergrund vor ihr ausbreiten, den sie ohnehin kaum begreifen würde.

Sie nicht, überhaupt andere nicht. Weil keiner etwas von seiner Familie wusste, nichts von der Vergangenheit.

Harun zündete sich eine Zigarette an. Die Vergangenheit, die jetzt wieder Gegenwart geworden war. Er sah durch den Raum, seine Wohnung, seinen Ort.

Ja, etwas war anders. Nicht an diesem Ort, sondern an seinem Blick. Gestern erst hatte er sich am Atatürk-Flughafen in Istanbul von Ibrahim verabschiedet. Nach einer knappen Woche und 17 Jahren. Als sie sich fest umarmten, hatte in dieser Umarmung alles gelegen, jenseits aller Worte, die ohnehin nicht ausgereicht hätten. Mit Ibrahim hatte Harun das wirkliche Empfinden gehabt, seinen Ursprung, seine Wurzeln wieder zu berühren. Die Eltern waren ihm, trotz allem, doch fremd und fern geblieben. Vergangenheit. Nicht mehr erreichbare Vergangenheit. Aber wenigstens der Bann war gebrochen, der Bann der Trennung, des Schweigens. So hatte er denn auch Ibrahim begegnen, wieder begegnen können, dem so sehr geliebten kleinen Bruder von einst.

Und Ibrahim hatte es ihm leicht gemacht. Keine Vorhaltungen, Vorwürfe, warum Harun sich all die Jahre nie gemeldet, nie den Kontakt gesucht hatte. Was er doch ohne Weiteres hätte tun können. Schon um Ibrahims willen. Nein, Ibrahim hatte ihm die Vorhaltungen und Vorwürfe nicht gemacht, die Harun sich selbst im Angesicht dieser 17 Jahre, dieser auf immer füreinander verlorenen Zeit machte. Aber wäre es wirklich möglich gewesen? Oder hatte es eben erst dieser Situation bedurft, um die Mauer endlich einzureißen? Die Mauer und den Damm, den Schutzwall.

Harun war vor allem glücklich darüber gewesen, dass Ibrahim nicht geworden war wie der Vater. Immerhin hatte er all die Jahre bei und mit den Eltern gelebt, in der Türkei, lebte noch jetzt im selben Haus, fügte sich auf seine Weise in die Tradition. Aber er war nicht geworden wie der Vater. Er hatte sich nicht aufgelehnt, war nicht davongegangen und hatte sich trotzdem ein eigenes Leben aufgebaut. Harun war stolz auf ihn. Und er beneidete ihn auf eine wohlwollende, herzlich zugetane Weise. Nein, Ibrahim hatte nicht studiert, war nicht weggegangen. Und er hatte nicht die Frau abgelehnt, die ihm von den Vätern zugedacht worden war. Zumindest hatte er ihr eine Chance gegeben. Und bereute es ganz offenbar nicht. Er, Pinar und die kleine Yaprak waren eine glückliche kleine Familie. Seine Arbeit machte Ibrahim Spaß, er genoss Anerkennung und Respekt, sie alle fühlten sich zu Hause, wo sie waren. Und im Umgang mit den Alten, mit der Tradition suchten sie sich ihre Freiheiten, ohne wie er, alles infrage zu stellen oder sogar mit der eigenen Herkunft zu brechen. Es war also möglich. Es war vielleicht sogar normal. War nur er nicht normal?

Ibrahim war es möglich gewesen. Ob Ibrahim auch ein wenig seinen großen Bruder beneidete, der sich ein ganz neues, ganz anderes Leben geschaffen hatte, in einem anderen Land, mit einer anderen Sprache? Der schon fast die ganze Welt bereist hatte, so viel herumkam, sehr gut verdiente und zum Kreis jener neuen globalen Funktionselite gehörte, die sich um die Epizentren der Entscheidungen herum bewegte. Immer dabei, informiert, gefordert, unablässig in und mit der großen Spannung vibrierend, die sich wie ein feines Geäder über die ganze Welt zog, mehr und mehr ihren Takt und Lauf bestimmte. Ja, darin ging sein Leben auf. Und zumindest war auch Ibrahim stolz auf ihn. Aber er schien keinen Augenblick den Wunsch gehabt zu haben, etwa sein Leben gegen das Leben seines großen Bruders einzutauschen. Und warum sollte er auch!

Als Harun auf Ibrahims Frage hin vage und mit gespielt leichter Geste von seinem Privatleben erzählt hatte, – „Nichts Festes, weißt du, das macht der Beruf halt schwer, aber es gibt da schon jemanden ..." – da hatte ihn Ibrahim aufmerksam angeschaut und nach einer Weile gesagt: „Manchmal braucht es Zeit, sein Glück zu finden, und die Zeit lässt sich nicht zwingen."

Nein, das ließ sie sich nicht. Auch anderes ließ sich nicht zwingen. Nicht wirklich. Und Harun fragte sich, wen er in dem Augenblick mit „jemanden" gemeint hatte: Ines? Elaine?

Er sah auf seine Armbanduhr. Jetzt wurde es höchste Zeit, sich auf den Weg zu machen. Obwohl er ein Auto hatte, einen alten Citroën, der in einer Garage in der Nähe stand, benutzte er ihn in der Stadt eigentlich nie. Es war eine Laune und ein alter Traum gewesen, sich genau ein solches Auto zu kaufen. Mit ihm unternahm er gerne lange Ausfahrten ins Umland und bis an die Küste. Auch mit Ines war er natürlich schon unterwegs gewesen. Der schwarze DS, die blonde Frau und der südländische Mann hatten für entsprechendes Aufsehen gesorgt.

Ein Fotograf, dem sie zufällig begegnet waren, war so angetan von diesem Ensemble gewesen, dass er Harun seine Karte gegeben hatte. Er wollte eine Fotoserie von ihnen machen, ihm, Ines, dem Wagen. Ines war begeistert gewesen und hatte immer wieder davon angefangen, bis die Sache irgendwann doch in Vergessenheit geraten war. Zwar hatte auch Harun die Idee als durchaus interessant empfunden, aber irgendetwas in ihm war sperrig geblieben. Vielleicht hatte er diese fotografische Fixierung gescheut: Er, sein Wagen, Ines. Auf dem Foto wie etwas, das zusammengehörte. Natürlich hatte er Ines von diesen abstrusen Gedanken nichts gesagt, immer wieder Termingründe, gerade mangelnde Lust oder eine erfundene Reparatur des Wagens vorgeschoben.

Harun schlenderte den vertrauten Weg zu dem Café, wo sie sich jetzt wie schon oft treffen wollten. Und während er diesen vertrauten Weg durch die vertrauten Straßen ging, registrierte er, wie er sich selbst dabei beobachtete, das heißt nicht eigentlich sich, wie er sich da wie immer bewegte, mit festem, lässigem Schritt, in der einen Hand wieder eine brennende Zigarette, sondern das Gefühl, das er dabei hatte.

Gestern noch war er durch andere Straßen gegangen, und es schien, als ob sich deren Anblick wie ein feiner Schleier über alles legte, was er jetzt wahrnahm. Doch vor allem das Gefühl war anders als sonst. Hier gehörte er doch selbstverständlich dazu, hier war sein Leben, seine Welt. Aber jetzt, gerade jetzt fühlte er es nicht. Und dort, dort hatte er nicht selbstverständlich dazugehört, aber da war so ein Gefühl gewesen. Ein merkwürdiges, zwischen flirrender Einbildung und ungreifbarer Tatsächlichkeit zitterndes Gefühl. Als ob er doch genau dorthin gehörte ... Was doch Unsinn war. War es Unsinn?

Gleich, jetzt war er hier. In seiner Stadt. Wie immer. Wie so lange schon. Harun versuchte, diese irritierenden Echos in sich abzuschütteln. Um ihn lag der Sommersamstagmittag. Licht, Wärme, Bewegung überall, das Leben dehnte sich mit Geräuschen, Klängen, Stimmen, hellen Farben in jeden Winkel. Zwischen den Fassaden, auf den Plätzen, an den Tischen der Restaurants und Cafés die Menschen in Sonnenlaune, dazwischen das Rauschen des Verkehrs, vorüberwehende Musik aus offenen Autofenstern. Wie immer an solchen Tagen, die Harun genoss. Weil in ihnen etwas von einer anderen Welt lag. Weniger eine Erinnerung als eine Sehnsucht.

Er lenkte seine Gedanken zu Ines, die ihn sicher schon erwartete. Ines war immer pünktlich. Im Unterschied zu ihm. Hatte das schon etwas zu besagen? Etwas, das mit ihm und ihr zu tun hatte, mit seinem Verhältnis zu ihr, seinem Gefühl für sie? Welches Gefühl hatte er überhaupt für Ines? Und wie fast immer, wenn sie sich sahen, hätte Harun auch heute nicht zu sagen gewusst, ob er sich wirklich auf sie freute, auf ihre Begegnung, die Zeit, die sie miteinander verbringen würden. Es blieb eine seltsame Verbindung zwischen ihnen. Wenn er ehrlich war, verstand er auch ihr ausdauerndes Interesse an ihm nicht so recht. Harun hatte ihr nie, wie sagte man es so schön, den Hof gemacht, was sie sonst und reichlich gewohnt war. Oder war es gerade das? Ein Mann, ein attraktiver Mann, das durfte er sich ohne Weiteres zubilligen, ein attraktiver und erfolgreicher Mann, der nicht auf kürzestem Wege versuchte, sie ins Bett zu bekommen. Nicht einmal auf längstem. Stattdessen war so etwas wie eine Freundschaft entstanden oder vielleicht eher eine gute Bekanntschaft. Wobei er wusste, dass es an ihm lag, ob mehr daraus wurde. Und Ines zeigte bemerkenswerte Geduld, bedrängte ihn nicht.

Nur was hinderte ihn? Vielleicht war die Antwort einfach: Er liebte sie nicht. Und er wusste oder glaubte zu wissen, dass sie in ihn verliebt war. Oder zumindest bereit, sich in ihn zu verlieben. Aber konnte er sie nicht vielleicht lieben lernen? Welcher Wunsch blieb bei dieser Frau offen? Wäre es nicht einen Versuch wert? Doch es bliebe ein unfairer Versuch. Ein Versuch auf ihre Kosten, die viel mehr zu verlieren hätte als er.

Nein, er konnte ihrer Hoffnung nicht entsprechen, konnte den entscheidenden Schritt nicht tun. Denn er liebte eine andere. Und sie bestimmte, beherrschte seine Fantasie, seine Träume, seine Wünsche – Elaine. Elaine, die Unerreichbare. Sie liebte er, sofern man das Liebe nennen konnte. Mit Ines verbrachte er Zeit. Viel der wenigen Zeit, die ihm neben seinem Beruf blieb. Seit knapp zwei Jahren trafen sie sich regelmäßig. Auf irgendeine Weise war es schön, mit ihr zusammen zu sein, mit ihr Zeit zu verbringen. Es lenkte ihn ab, es hatte etwas befreiend Normales, Erdendes.

Es war, als ob er mit Ines seine Einsamkeit tarnte. Vor sich selbst. Und wenn sie unterwegs waren, mochten sie auch nach außen wirken, als wären sie ein Paar. Ein junges, attraktives Paar auf der begünstigten Seite des Lebens. So könnte es sein. Vielleicht müsste es so sein. Aber es war nicht so und würde wohl auch nicht so werden. Und er wartete auf den Tag, wo seine sehr gute Bekannte ihm dann ihren Freund vorstellen würde, ihren festen Freund, ihren Partner. Irgendwann würde es so kommen, musste es so kommen. Obwohl er es Ines gönnte, sogar wünschte, hatte er auch Angst vor diesem Moment. Keine Tarnung mehr vor sich selbst. Aber er blieb unfähig, den Schritt zu tun, den Schritt als Mann.

Noch bevor plötzlich Erinnerungen an Früher aufsteigen konnten, Erinnerungen an die furchtbaren Auseinandersetzungen mit seinem Vater, damals, als Harun sich geweigert hatte, seiner ihm bestimmten Rolle als türkischer Sohn und Mann gerecht zu werden, erreichte er das Café.

Natürlich, sie saß bereits an einem kleinen Tisch beim Fenster, winkte und lächelte ihm zu. Und Harun registrierte die mehr oder weniger verhalten aufmerksamen Blicke insbesondere der anderen männlichen Gäste. Aha, das also war der Glückliche. Der Glückliche ... Sie umarmten einander. Wie Freunde es tun. Ob die Beobachter es registriert hatten? Harun setzte sich und zündete sich sofort eine Zigarette an. Ines rauchte nicht. Aber sie hatte immer ein Feuerzeug bei sich. Bemerkenswert für eine Frau. Und mit diesem Feuerzeug hatte sie ihm vor knapp zwei Jahren Feuer gegeben, als seines nicht funktionierte und er zunehmend ungeduldiger in dem flächigen Innenhof des Museums gestanden hatte.

„Wenn es Ihnen nichts ausmacht ...", hatte sie ihn unbefangen angelächelt und ihm die Flamme hingehalten. Natürlich war er überrascht, erstaunt gewesen. Das klassische Rollenspiel einmal umgekehrt.

„Aber nein, warum sollte es. Vielen Dank!"

So waren sie ins Gespräch gekommen. Es wäre gelogen gewesen, wenn Harun bestreiten würde, geschmeichelt gewesen zu sein. Eine Frau wie Ines ... Aber es war dann vor allem ihre natürliche, unkomplizierte, offene Art gewesen, dabei ohne jede Aufdringlichkeit oder gar Zweideutigkeit, die sein Interesse geweckt und vertieft hatten.

„Wo warst du denn die Woche? Wieder auf großer Fahrt zur Rettung einer Bilanz?" Ines strahlte ihn an, strich mit einer Hand eine Strähne ihres langen, glatten blonden Haares zurück. Sie besaß eine scheinbar nie ermüdende Lebendigkeit und kaum je getrübte Fröhlichkeit, die ihn manchmal auch überforderte. Vielleicht weil er sie selbst nicht besaß. Aber zugleich genoss er es, gerade diese Lebendigkeit, diese Fröhlichkeit mit ihr, durch sie zu erleben und auch sich selbst für ein paar Stunden davon einhüllen, forttragen zu lassen. Und er musste kaum etwas dafür tun.

„Aber ich sag dir, ich habe auch eine Woche hinter mir, manchmal kommt's wirklich dick."

Aber so dick, dass ihr Strahlen versiegte, ihr Temperament erlahmte, konnte es offenbar kaum kommen. Und wie so oft begann sie dann zu erzählen, von ihrer Arbeit, von ihren Kollegen, den Kolleginnen vor allem, von ihren Freundinnen, vom bunten Sammelsurium der Alltäglichkeiten, oft amüsant, manchmal auch dramatisch, aber nie so dramatisch, dass dauerhaft aufziehende Wolken ihren Blick, ihre Miene verhängten. Harun hörte ihr zu, sah ihr zu, wie immer, rauchte, trank von seinem schwarzen Kaffee. In diesem Café gab es leckere Quiches und Salate. Das Essen kam, das sie bestellt hatten, während Ines wie immer den Raum um sie beide mit jener unermüdlichen Leichtigkeit erfüllte, die Harun jedes Mal bestaunte. Er selbst fand kaum Gelegenheit oder den richtigen Moment, um etwas von dem zu erzählen, das ihn bewegte. Wirklich bewegte. Und eigentlich verspürte er auch nie rechte Lust dazu. Er hatte sogar das Gefühl, dass, wenn er wirklich einmal etwas von dem preisgäbe, was ihn bewegte, dass sich dann bloß ein Missklang um sie herum verbreiten würde, der sie beide ratlos zurückließe. Und vor allem den Schleier gerade dieser vorübergehend und dosiert wohltuenden Leichtigkeit zerrisse, der von Ines ausging.

Und während sie jetzt weiter mit leichter Geste von ihrer Woche berichtete, der helle Klang ihrer Stimme, der helle Ausdruck ihres Gesichts Harun wie immer umfing, wurde ihm nicht zum ersten Mal bewusst, dass sie im Grunde nie über etwas Ernstes oder Tiefes sprachen. So als gehörte das nicht zu ihrem Programm.

„Aber jetzt sag doch, wo du diese Woche über warst?" Sie sah ihn neugierig lächelnd an.

„Ich war bei ... bei meiner Familie ... Mein ... Vater ... Er ist sehr krank ..."

Ines machte große Augen. „Bei deiner Familie ...? Ich dachte, ihr hättet keinen Kontakt mehr ... Aber wenn jetzt dein Vater ..." Sie berührte kurz seine Hand.

„Woher wusstest du denn, dass er ..."

„Mein Bruder hat mich angerufen."

„Dein Bruder?" Sie dachte einen Moment nach.

„Den du auch so lange nicht ... Er ist doch viel jünger als du, nicht?"

„Ja ... Dreizehn Jahre."

„Und er ... sie leben doch alle in Istanbul, es war doch Istanbul, oder?"

„Ja, sie leben alle in Istanbul."

„Oh, Harun, wenn ich mir vorstelle, ich hätte meine Familie so lange nicht gesehen und dann ... Ich kann mir das überhaupt nicht vorstellen ... Und die ganze Zeit haben sie in Istanbul ... Dabei ist das gar nicht so weit, wie man vielleicht im ersten Moment meint. Es muss überhaupt eine tolle Stadt sein, die vielen alten Gebäude, die Geschichte und dazu das Meer."

Ines Worte breiteten sich wie ein plötzlich fallender Nebel in Harun aus, und in diesem Nebel formten sich Bilder.

Er nickte mechanisch. Und während sich in seinem Kopf die Bilder, die frischen und alten Erinnerungen zu stauen begannen, fühlte er die absolute Unmöglichkeit, Ines jetzt und vielleicht überhaupt auch nur einen Deut dessen begreiflich zu machen, was es mit ihm und seiner Familie auf sich hatte. Mit ihm selbst vor allem. Und fast verblüfft fiel ihm dabei auf, wie wenig Ines im Grunde über ihn wusste. Kaum etwas außerhalb der oder über die Fassade seines hiesigen Lebens hinaus ...

Fassade! Aber sein Leben hier war doch keine Fassade! Es war sein Leben. Und ein anderes gab es nicht. Aber es gab noch einen Anderen in ihm. Oder eine andere Seite. Eine vor allen versteckte Seite. Und von dieser Seite aus ging sein innerer Blick jetzt ganz woanders hin ...

„Wie lange fliegt man denn nach Istanbul?"

„Etwa zweieinhalb Stunden."

„Das ist doch wirklich gar nicht so weit ... Wenn ich Familie dort hätte, würde ich bestimmt öfters dorthin fliegen. Spricht deine Familie eigentlich noch Deutsch? Also weil, du bist doch hier aufgewachsen, dann müssen ja ..."

Das gehörte zu den wenigen Dingen, die Ines wusste. Dass Harun Türke war mit deutschem Pass. Und dass er hier aufgewachsen, zur Schule gegangen war, studiert hatte. Von allem anderen wusste sie nichts. Nur, dass er seit dem Abitur keinen Kontakt mehr zu seiner Familie hatte. Wolfgang war der einzige Mensch, der etwas mehr von Haruns anderer, vergangener, verborgener Seite kannte. Und der ihn vielleicht sogar verstand. Soweit ein Außenstehender es verstehen konnte.

„Nein. Und wenn sie ein paar Brocken gekonnt haben, sind die längst vergessen, das ist so lange her. Und Ibrahim war ja noch ein Kind, als ... als sie zurückgingen." Harun sah seinen kleinen Bruder vor sich, damals, vor 17 Jahren.

„Na, dann habe ich ja Glück, dass einer dageblieben ist!", sagte Ines und strahlte ihn mit ihren grünen Augen aufmunternd an.

„Ich hoffe, dass es deinem Vater bald wieder besser geht... Vielleicht bekomme ich ja mal eine Stadtführung durch Istanbul."

Harun lächelte mechanisch zurück: „Vielleicht ..."

Und für einen Moment stellte er sich unwillkürlich vor, wie es wäre, mit Ines durch Istanbul zu laufen. Auf jeden Fall würden immer tausend Augen auf sie gerichtet sein, sie, die große, schlanke, vor allem goldblonde, und ganz offensichtlich naturgoldblonde, Frau.

Natürlich würde er niemals mit Ines durch Istanbul laufen. Obwohl es kein unangenehmer Gedanke war. Nicht unangenehm, nur einfach unmöglich. So unmöglich wie mit Elaine. Nur aus ganz anderen Gründen.

Harun entschuldigte sich bei Ines und suchte die im Untergeschoss liegenden Toiletten auf. Nicht weil er einem Bedürfnis folgen musste, sondern weil er es für den Augenblick nicht mehr am Tisch ausgehalten hatte. Die Gewichte in seinem Kopf, in seinem Herzen waren zu schwer geworden, als dass er sie dort weiter hätte verbergen können. Und all das gehörte nicht in den Raum, den er mit Ines teilte. Nur ein paar Minuten allein, dann würde er wieder hinaufgehen und ihr vorschlagen, dass sie das schöne Wetter nutzen, spazieren gehen oder vielleicht sogar eine Ausfahrt machen sollten.

Gemeinsame Bewegung, in der sich die plötzliche Schwere in ihm wieder lösen und im Draußen verfliegen konnte. Im Draußen und in Ines' ungetrübter Leichtigkeit, um die er sie so oft beneidete. Merkwürdig genug, dass Harun eben diese Leichtigkeit bei ihr suchte und fand, sie zugleich aber auch zwischen ihnen stand. Elaine hatte diese Art Leichtigkeit nicht. Nein, ganz im Gegenteil. Von ihr ging jene Art tief im Wesen verwurzelter Melancholie aus, die Harun sie sofort als Seelenverwandte hatte erkennen lassen.

War es das? Lag da der Grund? Auch Elaines Schönheit war eine ganz andere. Dunkel wie ein einsam gelegener, unergründlicher See. Und sie passte so wenig zu Frank wie Harun zu Ines passen würde. Obwohl er gerne zu Ines gepasst hätte. Es wäre ... Ja, es wäre einfach gesünder, dem Leben näher. Aber ihn zog es zu jenem einsam gelegenen, unergründlichen See, in den er tief eintauchen wollte, immer wieder. Vielleicht war Frank auch gesünder für Elaine, gesünder als es Harun sein würde, und vielleicht lebte sie deshalb mit ihm, mit Frank, weil er sie hinderte, aus dem Leben zu fallen – Elaine! Ob sie auch nur im Entferntesten etwas von seinen Gedanken, seinen Gefühlen ahnte? Manchmal dachte Harun, dass es so sein müsste. Dann wieder, dass alles Unsinn war, Einbildung, wirre Wunschbilder. Die er jetzt abzuschütteln suchte.

Am Tisch zurück, machte Harun Ines den Vorschlag zu einer Ausfahrt, den sie sofort begeistert annahm. Eine Ausfahrt mit Haruns altem DS hatte den Vorteil, dass er sich vorgeblich aufs Fahren konzentrieren konnte, die bewegte Landschaft ringsum ablenkte, und Ines' Geplauder sich nur wie eine zusätzliche Tonspur ins Rauschen der Fahrt fügte. Außerdem war Harun eingefallen, dass es in einer nicht allzu weit entfernten kleineren Stadt eine Ausstellung gab, die er ohnehin gern gesehen hätte. Wolfgang hatte ihn darauf aufmerksam gemacht. Ines war solchen Dingen gegenüber immer aufgeschlossen, zeigte an eigentlich allem ihre unbefangene Neugier, ihr Interesse, war unkompliziert, unternehmungslustig. Wer immer einmal der Glückliche sein würde, hätte wirklich ein erstes Los gezogen, da war er sicher. Nur er selbst würde es nie sein.

Harun bezahlte. Zusammen gingen sie dann zur Garage in der Nähe von Haruns Wohnung, wo der Citroën stand. Früher Nachmittag, hoher blauer Himmel, nur ein paar hineingetupfte Schönwetterwolken. In der

Stadt herrschte wenig Verkehr, sie kamen zügig zur Autobahn. Harun hatte das Faltdach geöffnet, so machte der Fahrtwind das Schweigen natürlich. Ines hatte ihre Sonnenbrille aufgesetzt, schien wie er die Fahrt zu genießen, sah aus dem Fenster. Was mochte sie dabei denken? Was dachte sie über ihn, sie beide?

Sie erreichten das Ziel. Ines war sofort angetan von den idyllischen Kulissen. Es gab Straßenzüge mit gut erhaltenen und restaurierten alten Häusern, repräsentative Gebäude um einen flächigen, kopfsteingepflasterten Platz, Tische von Restaurants und Cafés unter Arkaden oder unter prächtig gewachsenen Ahornbäumen. Sie stellten den Wagen ab, schlenderten ein wenig umher, erkundigten sich dann nach dem Museum und besuchten die Ausstellung.

Es waren großformatige Schwarzweißfotografien eines berühmten Fotografen, der sehr alt geworden war. „Portrait eines Deutschen Jahrhunderts". Gesichter, Straßenszenen, Gebäude, zeitgeschichtliche Ereignisse oder deren Spiegelung im Kleinen, Alltäglichen. Privat, beinahe intim anmutende Aufnahmen, Schnappschüsse beiläufiger Lebensmomente, Webfäden von Schicksalen. Aus acht Jahrzehnten. „Portrait eines Deutschen Jahrhunderts" ... Wie würde wohl eine solche Ausstellung in der Türkei aussehen? Wie sähe das „Portrait eines Türkischen Jahrhunderts" aus?

Es blieb immer ein merkwürdiges Gefühl, wenn Harun solche oder andere Bilder sah, die von deutscher Vergangenheit erzählten. Es war schließlich nicht seine. Oder wenn, nur sehr begrenzt. Seine deutsche Vergangenheit umfasste die letzten 30 Jahre. Davon acht Jahre als ... als Gastarbeiterkind, als Türkenjunge. Als Türkenjunge in Deutschland. Erst danach, erst als er allein hier zurückgeblieben war, damals, vor 17 Jahren, hatte sich das plötzlich zu verändern begonnen. Aber seine Wurzeln lagen nicht in diesen Bildern. Sie reichten hier in diesem Land nicht über ihn selbst hinaus. Er selbst wurzelte nicht in diesem Land, entstammte ihm nicht. Anders als die geborenen Deutschen. Anders als Ines ...

„Sieh mal, Harun, die alte Frau hier, die sieht ein bisschen so aus wie meine Oma. Und diese Dorfstraße dort, wirklich, die erinnert mich ..."

„Ja ...?"

Später saßen sie an einem der Tische unter den Ahornbäumen, tranken Kaffee, aßen Kuchen. Geschirr und Besteck klapperte um sie herum, Stimmen woben in der Luft, ein paar Kinder spielten um einen großen, reich verzierten Brunnen in der Nähe. Früher Abend, über dem Platz veränderte sich das Licht, die Schatten wurden länger, aber es blieb warm. Sie sprachen über die Ausstellung, einzelne Bilder, die sie gesehen und die sie beeindruckt hatten. Ines mit ihrer hellen, unbeschwerten Stimme, ihren lebhaften Gesten, den sprühenden Augen.

Ja, da war auch eine Reihe von Momentaufnahmen gewesen, die der Fotograf dem Thema „Gastarbeiter" gewidmet hatte. Aufnahmen aus den Fünfzigern bis in die frühen Achtziger Jahre. Und während Ines sprach, sich ihre Worte plötzlich verwischten, ganz Klang wurden, sah Harun jene Aufnahmen wieder vor sich. Verlorene Menschen in einer trostlosen schwarzweißen Welt. So als läge das Schwarzweiße nicht am gewählten Film, sondern bildete die tatsächliche Atmosphäre ab. Natürlich hatten die türkischen Gastarbeiter den größten Raum eingenommen. Sie waren schließlich das bis in die Gegenwart reichende und massivste Erbe jener Wanderung in die Fremde. Teil des Portraits dieses Deutschen Jahrhunderts. Teil der Deutschen Gegenwart. Und Zukunft.

Gastarbeiter. Gastarbeiterkinder. Harun kam das Wort sperrig vor. Heute wurde es kaum mehr verwendet. Migranten. Migrantenkinder. Davon wurde geredet. Ibrahim war kein Gastarbeiterkind mehr. Und heute auch kein Migrant. Er war Türke unter Türken. Und er, Harun ...? Ein vorbildlich integrierter Migrant. Ein deutscher Bürger mit – wie hieß das doch heute korrekt? – mit Migrationshintergrund. Er mochte solche Begriffsakrobatik nicht. Aktendeutsch. Hüllendeutsch. Für die, die doch fremd blieben. Und plötzlich war Harun froh, dass auch seine Eltern keine Gastarbeiter mehr waren. Und keine Migranten. Denn das wären sie heute hier: Nicht oder kaum integrierte Migranten. Verlorene, Heimatlose. Aber sie waren jetzt zu Hause. In der Heimat zu Hause. Ob sie sich noch oft an die Zeit in Deutschland erinnerten? Und was bedeuteten ihnen diese Erinnerungen? Welche Gefühle sie dabei wohl hatten? Beim nächsten Mal würde er seinen Vater danach fragen. Danach und nach anderem. Jetzt, wo sie wieder versöhnt waren.

Plötzlich schnitt ein scharfer Schmerz in sein Herz: Es würde kein nächstes Mal geben. Das spürte er. Sie würden nie wieder über irgendetwas sprechen. Nichts mehr, das er seinen Vater fragen konnte. Fragen, um vielleicht etwas zu begreifen. Er wusste, es gab kein weiteres Mal.

Und da war wieder der Klang von Ines' Stimme. Langsam erst schälten sich einzelne Worte heraus. Langsam der Sinn ...

„Schöne Idee, hierher zu fahren", sagte Ines und überlegte einen Augenblick.

„Du, ich kann mir dich gar nicht so richtig vorstellen, also so wie ein ... ein Gastarbeiterkind eben, wie auf den Fotografien, weißt du?" Sie strich wieder eine Haarsträhne aus dem Gesicht, diesem schmalen, immer leuchtenden Gesicht mit seinen grünen, immer lebendigen Augen.

„Wie hast du denn damals eigentlich gelebt, ich meine, was haben deine Eltern gemacht? Du erzählst ja nie etwas davon ... Die müssen doch jetzt mächtig stolz auf dich sein! Wahrscheinlich wollten sie doch alles ganz genau wissen, nach so vielen Jahren. Meine Eltern sind auch so neugierig, obwohl wir uns recht oft sehen. Immer, wenn ich nach Hause komme, weißt du."

Ines hatte nicht registriert, dass Haruns Ausdruck von Schatten verdüstert worden war, er wie abwesend am Tisch saß, ihr ganz dicht gegenüber und doch unendlich entfernt für diese Momente. Ihre Stimme drang nur noch als helle Tonwelle zu ihm, ein leicht auf- und abschwellendes Dahinfließen, leuchtend wie ihr Gesicht, lebendig wie ihre Augen. Nur die Worte verwischten sich für ihn ohne Bedeutung, und Harun blieb in seinem Schweigen gefangen wie auf einer von ihrer Stimme und Gegenwart umplätscherten Insel. Eine unzugängliche Insel mit steilen Felswänden.

Ja, sein Vater würde sterben. Sehr bald. Jeden Tag konnte es passieren. Ihrer Versöhnung würde kein Neuanfang mehr folgen. Doch wäre so etwas überhaupt möglich gewesen, oder war nicht diese Versöhnung das Äußerste des Möglichen? Und Ibrahim ... Nichts brächte die 17 Jahre zurück, die er ihn verlassen, aus seinem Kopf verbannt hatte. Aus seinem Kopf, nie aus seinem Herzen.

„Bist du zufrieden?", hatte Ibrahim ihn gefragt. „Zufrieden mit deinem Leben?" Und ihn angesehen dabei, angesehen wie ein liebender Bruder.

„Zufrieden" hatte er gesagt. Nicht glücklich. Und Harun hatte ihm „Ja" geantwortet. „Ja, Ibrahim, ich bin zufrieden mit meinem Leben." Und in gewisser Weise war das nicht gelogen gewesen. In gewisser Weise ... Hätte Ibrahim „glücklich" gesagt, dann ...

„... und hast du gar keine Fotos von ihnen? Ich meine von deiner Familie, deinem Bruder und deinen Eltern?" Ines' Stimme drang plötzlich wieder zu ihm durch, und Harun fühlte einen unvermittelt in ihm aufsteigenden Zorn. Zorn darüber, dass Ines nicht wusste, was sie nicht wissen konnte. Dass sie nicht registrierte, was sie vielleicht doch hätte registrieren können. Sein Verstummen, seine Versunkenheit, sein Betroffensein von irgendetwas.

Harun gelang es nur mit Mühe, seiner Stimme im Reden die Härte zu nehmen.

„Nein, ich habe keine Fotos. Und ich will jetzt auch nicht weiter über meine Familie reden ..."

Er dachte an die Wohnung seiner Eltern, an die vielen Fotografien dort, vom Vater, der Mutter, Verwandten, immer wieder Ibrahim, seiner kleinen Familie. Nur von ihm, Harun, gab es keine Bilder dort. Er atmete tief durch.

„Hör zu, es ... es tut mir leid, aber ... dieses ganze Thema ... Ich kann das jetzt nicht alles erklären, und ich will es auch nicht. Sei mir nicht böse, du kannst es ja nicht ... Lass uns einfach über was anderes reden, ja?!" Er zündete sich mit heftigen Bewegungen eine Zigarette an.

Ines sah ihn überrascht an, wusste nicht gleich, was sagen, wie reagieren. Aber selbst jetzt verschwand das Leuchten nicht aus ihrem Gesicht, die Lebendigkeit nicht aus ihren Augen. Sie kehrten sich für Momente nur gleichsam nach innen. Harun spürte, wie sein plötzlich aufgewallter Zorn ebenso plötzlich verebbte. Nein, er verebbte nicht, sondern zog sich auf einen Schlag in ihn hinein, machte auch ihn jetzt rat- und hilflos.

Was konnte Ines dafür, außer dass sie eben so war wie sie war? Und dass die Dinge eben so waren wie sie waren. Es lag doch alles nur an ihm. In ihm. Mit Elaine wäre es ganz anders. Elaine würde alles verstehen, ohne dass er nur ein Wort sagen brauchte ... Elaine ...

„Du, es tut mir leid, wenn ich dich irgendwie ... Das wollte ich nicht ..." Ines sah ihm suchend entgegen. Wie jemand, der auf plötzlich trügerisch gewordenem Boden nach wieder sicherem Halt tastete und in aller Unschuld erwartete, ihn auch zu finden.

„Du weißt doch, ich bin halt manchmal ..."

„Nein, nein. Schon gut. Mir tut es leid. Lass es uns einfach vergessen, ja?!" Harun strich kurz über ihre Hand. „Komm, lass uns bezahlen und noch ein wenig laufen. Der Abend ist so schön."

„Ja, gern."

Harun registrierte ihre Erleichterung. Und seine eigene.

So streiften sie noch eine Weile durch die Straßen und Gassen der Stadt, die jetzt, im Sommerabendlicht, einen besonderen Zauber verstrahlten, gelangten an den See, auf dessen Oberfläche sich die Dämmerung goldflimmernd spiegelte. Dazu die sanfte Wärme, die Menschen überall, spazierend, auf Bänken sitzend oder am Seeufer stehend. Es war eine so friedliche, anheimelnde Stimmung, die ihnen beiden gut tat und das Schweigen milderte, in dem sie jetzt nebeneinander schritten. Unwillkürlich dachte Harun, das es geradezu unfair war, dass er rauchte und Ines nicht. Er konnte sich wenigstens an seiner Zigarette festhalten.

„Du bist mir doch wirklich nicht böse?", fragte sie.

„Nein, natürlich nicht. Ich hoffe, dass du mir nicht böse bist."

„Bin ich nicht, du ... Vielleicht können wir ja irgendwann mal darüber reden ..."

„Ja, vielleicht ..."

„Sehen wir uns nächste Woche?"

Erst jetzt fiel Harun ein, dass er kommenden Montag nach Paris fliegen würde. Noch während er in Istanbul war, hatte er natürlich mit seinem Chef gesprochen, ihm kurz das Wesentliche mitgeteilt und ihm gesagt, dass er zum Wochenende wieder zurück wäre.

„Dann machen Sie das Lautrec-Projekt, Harun", hatte Schornröder nach kurzem Überlegen geschnauft. „Paris, Stadt der Liebe, Montag geht es los. Ich lasse Ihnen den aktuellen Stand mailen, dann können Sie sich am Wochenende schon mal vorbereiten."

„Ich bin die nächsten 14 Tage gar nicht in der Stadt, Ines. Gut, dass du mich gerade fragst. Zu Hause warten nämlich noch Unterlagen, mit denen ich mich wohl oder übel beschäftigen muss. Lass uns mal langsam zurückfahren."

„Och, schade ..."

„Ja ... Aber wenn der Sommer so bleibt, werden wir noch andere Tage haben." Harun war erleichtert, den Abend jetzt beenden zu können. Erleichtert, nicht unbedingt froh. Wie immer. Es lag nicht nur an der kleinen Verstimmung von vorhin. Denn gegen Ende einer ihrer Verabredungen, die an den Saum der Nacht grenzten, drängte sich doch immer die von beiden unausgesprochen bleibende Frage nach dem „Was jetzt?" hervor.

Was jetzt? Zu dir, zu mir? Das Übliche ... Das Übliche, vor dem Harun zurückschreckte. Nein, nicht zurückschreckte. Von dem er einfach wusste, dass es nicht funktionieren würde. Dass es nur zu einer unangenehmen Situation für beide führte. Und wahrscheinlich das Ende wäre. Das Ende, das irgendwann ohnehin käme. Irgendwann. Aber nicht so.

Sie fuhren durch die sacht fallende Dunkelheit zurück. Wieder mit offenem Dach. Auch die Nacht blieb warm. Im Rauschen des Fahrtwinds verflog das Schweigen. Harun brachte Ines bis vor die Tür ihrer Wohnung, die in einem anderen Stadtteil lag. Sie küssten sich auf die Wangen, Harun roch ihren Duft, spürte die Wärme ihres Körpers und wusste, dass er auch jetzt nur einen Schritt zu tun brauchte, um die Einsamkeit seiner Nächte zu verbannen. Zumindest dieser Nacht. Ines sah ihn an.

„Und du versprichst mir, dass du mir wirklich nicht mehr böse bist?"

„Längst vergessen!" Harun zeigte ein kleines Lächeln. „Ehrenwort! Außerdem muss ich froh sein, dass du mir das nicht nachträgst." Auch sie lächelte.

„Längst vergessen. Ehrenwort!" Und gab ihm noch einen kleinen Kuss auf die Wange. „Schlaf gut! Und melde dich dann!"

„Mach ich. Du auch!"

Und dann saß Harun allein im Wagen, allein bis auf eine tiefe Traurigkeit, die ihn warm und vertraut wie die Luft dieser Nacht zu umfangen begann. Er fuhr den DS zurück in die Garage, deckte wie immer die Plane über die Karosserie, weil er nie wusste, wann er das nächste Mal fahren würde, und ging das kurze Stück zu seiner Wohnung, die er wie immer allein betrat. Er machte kein Licht, ging im Dunkeln zum Fenster, auf die Terrasse, zündete sich eine Zigarette an.

Nun war sie wieder da, diese uferlose Leere, die er meist empfand, wenn er sich von Ines getrennt hatte. Für den Abend, die Nacht getrennt. Ines, die jetzt hätte hier sein können, bei ihm, mit ihm. Ganz normal. Ganz natürlich. Oder er bei ihr, mit ihr. Einfach mitten im Leben. Wenn so ein Tag vorüber und er wieder alleine war, fühlte Harun sich weit jenseits davon. Es hatte nichts mit Moral zu tun. Oder etwa doch mit gewissen traditionellen, unwillkürlich übernommenen Ehrbegriffen, dass er sich Ines, dass er sich „dem Normalen" entzog? Davon abgesehen, dass diese sogenannten traditionellen Ehrbegriffe allzu vieler seiner Landsmänner sich ausschließlich auf eine teils radikale Bevormundung und auch Geringschätzung der Frauen bezogen, während sie selbst für sich auf jede Freiheit Anspruch zu haben glaubten. Das machte ihn jedes Mal wütend, wenn er darüber nachdachte. Für solche Art „Ehrbegriffe" hatte Harun nur Verachtung übrig.

Aber auch damit hatte es nichts zu tun. Er wusste einfach, dass er die Erwartungen, die Ines damit verbände, mit einer gemeinsamen Nacht, dass er diese Erwartungen nicht erfüllen konnte. Es gab keine wirkliche Vorstellung eines Zusammenseins mit ihr. Außer dem gelegentlichen Wunsch, dass es so sein möge, dass es diese Vorstellung und nicht nur sie doch geben könnte. Aber es gab sie nicht.

Lange stand er so auf seiner Terrasse, rauchend und den Blick über die nächtliche Dächerlandschaft oder hinauf in den Sommersternenhimmel gerichtet. Er fühlte sich zu jeder Bewegung außerstande. Alle Energie schien aus ihm gewichen. Irgendetwas müsste passieren. Mit ihm. Seinem Leben.

So endeten alle Abende, so begannen alle Nächte, die in seiner unfertigen Wohnung mündeten. Allein. Und es war ein Alleinsein, das über jenes Alleinsein in der Nacht hinausreichte. Man konnte die Nacht mit jemandem verbringen und trotzdem allein sein. Sich hinterher noch einsamer fühlen als zuvor. Dieses Alleinsein hier in seiner Wohnung, nach Einbruch der Dunkelheit, es unterschied sich auch vom Alleinsein im Hotelzimmer irgendeiner Stadt, nach einem langen Arbeitstag. Da fiel ihm das Alleinsein kaum auf. Vielleicht, weil es ein normaler Zustand war, während einer Geschäftsreise die Nächte im Hotelzimmer allein zu verbringen. Wenn man es nicht machte wie der eine oder andere Kollege und sich etwas „Abwechslung" mit aufs Zimmer nahm. Abwechslung vom Alleinsein im Hotel. Oder von der Freundin, der Frau zu Hause. Halb diskret, halb kokettierend. Männersolidarität. Harun lächelte flüchtig bei den einschlägigen Bemerkungen, ließ es unkommentiert. Jeder musste wissen, was er tat. Ihn befremdete es. Aber was wusste man schon über das Alleinsein anderer.

Vielleicht fiel ihm das eigene Alleinsein im Hotel auch deshalb nicht auf, weil die Zimmer es in ihrer luxuriösen Sterilität absorbierten. Es war merkwürdig genug, dass Harun sich während solcher Geschäftsreisen, aus denen sein Berufsleben fast ausschließlich bestand, eigentlich sogar mehr zu Hause fühlte als – zu Hause. Vielleicht, weil die Hotelzimmer keine Ansprüche stellten, sich wie ein Zuhause anzufühlen. Vielleicht, weil sich zwischen ihren Wänden keine Fragen zusammenballten. Weil dort nichts war, was ihn anging, betraf, ihn selbst. Dort, im beliebigen Irgendwo, konnte er sich dann einfach seiner Erschöpfung und Müdigkeit überlassen, wissend, dass ihn am folgenden Morgen wieder das rasante Getriebe seiner Arbeit empfinge. So empfinge wie einen guten Freund.

Noch eine Zigarette, dann würde er hineingehen und sich endlich ins Bett legen. Allein. Und doch nicht allein.

Harun spürte eine plötzlich aufsteigende Erregung – Elaine! Auch diese Nacht würde ihr gehören, ihr, die ihm nicht gehörte. Und nie gehören würde. In die sich in ihm jetzt unwillkürlich sammelnde Erregung mischte sich Wut. Wut auf Elaine, Wut auf sich selbst, auf dieses unsinnige Spiel der Fantasie, das zu nichts führte.

Fantasie. Aber Istanbul war keine Fantasie. Istanbul war Wirklichkeit. Gestern noch ... Gestern noch war er wirklich dort gewesen, bei seinen Eltern, seinem Bruder. Und er hatte sich wirklich mit seinem Vater versöhnt. Nach all dieser Zeit, all diesem Schweigen. Wie lange würde sein Vater noch leben? Aber sie hatten sich versöhnt. Harun sah das Gesicht seines Vaters vor sich, den Ausdruck dieser geweiteten, tief in ihren Höhlen liegenden Augen, deren Blick schon über die Grenze des Lebens hinwegging. Aber es war ein friedvoller, ein dankbarer Blick gewesen, den er zuletzt auf Harun gerichtet hatte. Der letzte Blick ...

In das Bild des Vaters mischte sich wieder die Gestalt Elaines, ihre eigentümliche, fast zeitlupenhafte Bewegung. Sogar der Augenaufschlag hatte etwas von einem schläfrigen Reptil. Aber welche Leidenschaft, welche Hingabe mochte sich dahinter verbergen? Harun drückte die Zigarette mit einer heftigen Geste am Geländer aus und ging hinein. Still und dunkel lag der große Raum, nur Schatten und Konturen. In seinem Kopf drängte es durcheinander: Elaine, Istanbul, Ines ...

Er zog seine Schuhe, Hemd und Hose aus, legte die Sachen auf die Couch, ging ins Bad. Zu jeder Bewegung musste er sich zwingen. Wie so oft, wenn die Stille in seiner Wohnung um ihn lag wie eine zähe Masse. Wenn er wie außer sich war, nicht wissend wo, aber nicht bei sich. Als müsste er seine Gestalt fernsteuern. Harun wusch sich Gesicht und Hände, putzte die Zähne und ging, nur mit seiner Unterhose bekleidet, ins Bett. Die Terrassentür blieb offen, die Nacht war warm, ein leichter Luftzug streifte durch den Raum. Nur das Rouleau ließ er herunter. Auf dem Bett liegend dann eine letzte Zigarette. Im Halbdunkel glomm immer wieder die Krone auf. Harun lauschte dem eigenen Atem und wie mit ihm der Rauch seiner Zigarette ausströmte.

Warum konnte er jetzt und hier nicht mit Ines liegen, morgen zusammen mit ihr aufwachen? Wegen Elaine? Weil er sie liebte? War das Liebe, auch wenn sie unerfüllt blieb? Harun wusste, dass es im Grunde weder um Elaine noch um Ines ging. Sondern um ihn. Durch beide spürte er, auf unterschiedliche Weise, dass etwas mit ihm nicht in Ordnung war. Mit ihm und seinem Leben. Und es war dasselbe, was ihn daran hinderte, die restlichen Kartons in seiner Wohnung auszupacken, die Bilder aufzuhängen, den Bücherschrank zu sortieren. Sich wirklich niederzulassen. Zu Hause zu Hause zu sein. Wie gerne würde er endlich diese merkwürdige Kluft in sich schließen, ganz bei und mit sich leben, fest sein und nicht nur so tun. Warum funktionierte nicht sein ganzes Leben wie sein Job?

Harun kannte die Antwort. Weil es dort nicht um ihn ging. Sondern nur darum, dass er funktionierte. Und er funktionierte gut, unbezweifelt anerkannt gut. Keine Aufgabe schreckte ihn, kein Problem brachte ihn aus der Ruhe, kein Druck verunsicherte ihn. Im Gegenteil. Seine Energie schien dort geradezu unerschöpflich und je größer die Aufgabe, je verzwickter die Probleme, je höher der Druck, desto besser funktionierte er. Aber das Leben ging über das Funktionieren hinaus.

Ein letzter Zug an der Zigarette, dann drückte er sie in dem Aschenbecher auf dem kleinen Nachtschränkchen aus und fiel fast augenblicklich in einen unruhigen Schlaf.

Wieder durchzogen wirre Träume den Saum zwischen Nochbewusstsein und den bodenlosen Tiefen darunter. Immer wieder tauchte er zwischendurch an den Rand des Wachseins, wie halb an den Strand gespült von einer der Traumwellen und von der nächsten schon wieder in den Schlaf gezogen, nicht wissend, ob er den letzten Bildern eines gerade vergehenden Traumes nachspürte oder selbst noch im Traum war und gerade von einem in den nächsten überging. Erinnern konnte er sich später nicht, was er geträumt hatte. Währenddessen wühlte er sich in seinem Bett hin und her, irgendwann wurde er wach, wirklich wach und sah auf die Leuchtzifferanzeige der Uhr auf dem Nachtschränkchen: 3 Uhr morgens. Nicht mehr lange und es würde bereits zu dämmern beginnen. Für ein paar Momente war Harun sich nicht sicher, welcher Tag heute war, schon Montag oder ...

... Paris. Der Flug nach Paris. Nur noch drei Stunden, dann würde er aufstehen müssen. Und er hatte sich noch nicht mit den Unterlagen beschäftigt. Gut, das konnte er auf dem Weg, am Flughafen und im Flugzeug tun. Harun besaß eine schnelle und präzise Auffassung. Eine seiner beruflichen Stärken. Nur noch drei Stunden.

Jetzt, während dieser paar Momente nach dem Erwachen, war es ihm ganz unvorstellbar, dass er in rund sechs Stunden schon wieder ganz in seiner Welt sein sollte. In der Welt, die durch seinen Beruf bestimmt war. Durch Zahlen, Daten, Fakten, geprägte Abläufe, definierte Prozesse, festgelegte Maßstäbe. Durch bestimmte Rollen, klare Erwartungen, eindeutige Anforderungen. Durch unbezweifelte Notwendigkeiten, gewohnte Rituale und einen aus all dem gebildeten Rhythmus, in den man sich fügte wie ein perfekt eingepasstes Glied. Perfekt eingepasst.

Aber während dieser paar Momente, an diesem frühen Morgen, kurz bevor die Dämmerung begann, fühlte Harun sich nicht mehr perfekt eingepasst. So fern lag ihm das alles, befremdend, jetzt beinahe bedrohlich fern, und die Erleichterung ließ ihn unwillkürlich tief ausatmen, die

Erleichterung darüber, dass es nicht bereits Montag war, sondern erst Sonntag.

Sonntag also, ein ganzer Tag noch. Das war gut. Er könnte Wolfgang treffen, vielleicht zum Frühstück. Wie sie es häufig taten. Sonntag war in der Regel ihr Tag. Ja, das wäre gut. Wolfgang, sein Freund. Vielleicht sein einziger. Der einzige Mensch, der ihn wirklich verstand. Soweit ein anderer es überhaupt verstehen konnte. Ein Anderer dazu, der nicht kam, woher Harun gekommen war. Die immer noch nachhallende Erleichterung darüber, nicht in wenigen Stunden wieder in den Strom geworfen zu werden, der ihn sonst trug, ließ Harun wieder in den Schlaf gleiten. Noch bevor er der Irritation darüber folgen konnte, warum er sich jenem Strom plötzlich so fern fühlte.

Kurz nach 5 Uhr erwachte er erneut. Er wusste, dass er wieder geträumt hatte, es war eine sich träge lichtende Schwere im Kopf, die es ihm verriet. Was er geträumt hatte, wusste er nicht. Gleich würde die Sonne über den Dächern aufsteigen. Sonntag. Vergangenen Sonntag war Ibrahims Anruf gekommen und hatte die ihn oft deprimierende Stille und Langsamkeit dieses Tages gebrochen. Heute war er froh, dass Sonntag war. Harun verspürte plötzlich Lust auf Kaffee.

In Istanbul, das weiter östlich lag, stünde die Sonne jetzt schon höher. Aber noch schliefen sie dort. Sein Vater, seine Mutter, Ibrahim und seine kleine Familie.

Aus der Küchenzeile gurgelte das Kaffeewasser. Harun ging langsam hinüber, drückte dort die Zigarette in einem der überall im Raum verteilten Aschenbecher aus, Aschenbecher mit bunten Werbeaufschriften, die er auf seinen Reisen sammelte, goss die hellblaufarbene Porzellantasse dreiviertelvoll und Milch aus dem Kühlschrank dazu, trat dann mit der Tasse zum Liegesessel gleich am Fenster, setzte sich hinein, streckte die Beine und hielt die Kaffeetasse mit beiden Händen. So saß er oft in der Morgendämmerung. In Istanbul, im alten Zimmer seines Bruders, hatte er sich frühmorgens aus dem Fenster gelehnt, in die Straße, auf die anderen Häuser geschaut, auf die Geräusche gehört, den Gerüchen nachgespürt. Eigentlich schöne Momente. So friedlich, ganz in sich ruhend. Eigentlich. Aber diese Momente blieben wie kleine Inseln, und das Bewusstsein, dass sie nur kleine Inseln blieben, das Bewusstsein, das über sie hinausragte, ließ die Unruhe nie ganz vergessen.

Harun trank von seinem Kaffee, sah aus dem Fenster auf seine Stadt. Für den Moment, für genau diesen Moment ein schönes Gefühl. Aber es blieb nicht über den Moment hinaus. Fast, als wäre es ihm nicht erlaubt, sich in diesem Gefühl des Aufgehobenseins zu verlieren, als schlügen die Gedanken wie metallisch an die Gitterstäbe eines unsichtbaren Gefängnisses, um den Gefangenen unerbittlich daran zu erinnern, dass er ein Gefangener war. Ein Gefangener, der sich selbst in Schach hielt.

Harun erinnerte sich vage an eine Geschichte von Kafka. Sie handelte von einem Tier, das sich von einem unsichtbaren, allgegenwärtigen Feind bedroht fühlt, jede Sekunde und immer enger umlauert, und sich deshalb immer weiter und tiefer in seinem unterirdischen Bau vergräbt. „Der Bau". War das nicht auch der Titel dieser Geschichte? Und wer oder was bedrohte ihn? Wer oder was hinderte ihn, ein freies und glückliches Leben zu führen, für das er alle Voraussetzungen besaß? Harun dachte an Wolfgangs Worte:

„Manchmal sind die Dinge im Grunde einfach, nur wir selbst machen sie uns so unendlich schwer, uns und oft dann auch anderen, weil wir innerlich blockiert sind. Das Schwere liegt nicht an den Dingen, es liegt in uns."

Läge es doch nur an den Dingen! Mit schwierigen Dingen, mit schwierigen Situationen, mit Widerständen und Problemen konnte Harun umgehen. Sofern es Widerstände und Probleme waren, die sich durch Arbeit, Einsatz, Ausdauer, Hartnäckigkeit und Stehvermögen bewältigen ließen. Das hatte er in seinem Leben reichlich bewiesen. Aber offenbar reichte all das nicht aus, um anzukommen. Wie kam man an? Worin bestand sie, die Ankunft? Gab es solche Ankunft nur mit einem anderen Menschen oder auch allein?

Die Sonne stieg schnell, schon stand sie über den Dächern, das fahle Licht tönte sich allmählich in ein sanftes, frisches Blau. Liebte er ihn nicht, diesen Ausblick? Liebte er sie nicht, diese Stadt? Überhaupt sein Leben, seine Reisen, seinen Beruf, das regelmäßige Zurückkommen hierher? Doch, er liebte es, sofern sich das so sagen ließ. Oder war es nicht doch nur Gewohnheit? Angenehme, schöne Gewohnheit? Und dahinter, etwas weiter, aber nicht viel weiter darum herum die Fremdheit. Diese merkwürdige, unfassbar eindringliche Fremdheit, die ihm immer wieder so wahr erschien, viel wahrer als alles andere.

Harun trank seinen Kaffee aus, stellte die Tasse neben sich auf den Boden, legte den Kopf zurück. Ankommen mit einem anderen Menschen.
Da war es wieder, dieses heranprickelnde Gefühl der Erregung, das ihm so vertraut geworden war, so unsinnig vertraut ... Elaine! Immer wieder Elaine. Dieser Wahn seit über einem Jahr. Wie war so etwas möglich? Er begriff es selbst nicht. Und wie in einer beginnenden Hypnose stand er aus dem Liegesessel auf, ging wieder hinüber zum Bett, zündete sich eine Zigarette an, legte sich hin, zog das leichte Laken über seinen Körper, wartete. Erwartete sie ... Elaine!
Harun erwartete den vertraut gewordenen Wahn, der sich in seinem Kopf, in seinem ganzen Körper eingenistet hatte wie eine Zecke. Aufsteigender Fieberwahn. Geliebter Fieberwahn. Einer in ihm, aus ihm selbst heraus produzierten Droge gleich, von der er abhängig geworden war. Die Abhängigkeit hasste er, aber die Wirkung der Droge liebte er. Die Droge, den Rausch, der alles überflutete. Seit über einem Jahr gab es nicht einen einzigen Tag, an dem er nicht an Elaine gedacht hatte ... Doch! Istanbul! Während der Tage in Istanbul! Als wäre dort der Bann gebrochen oder zumindest unterbrochen gewesen.
Für ein paar Augenblicke war Harun irritiert, als ob die aufsteigende Woge der Erregung innehielte. Aber der Sog, die Lust, der Wahn war stärker. Harun drängte die dagegen fließenden Bilder in sich zurück, Elaine war schon so nah. Er spürte seine eigenen Hände am Körper, an seinem Geschlecht ... Oder waren es ihre Hände? Kaum eine Nacht, einen frühen Morgen, wo er sich nicht in Gedanken an sie selbst befriedigte, während er sie liebkoste in seiner Fantasie und sich von ihr liebkost fühlte, von ihr, der nachlässig Schönen, der Geheimnisvollen, tief und abgründig wie ein dunkler, einsamer See.
Er spürte wie die Erregung seinen Körper ganz elektrisierte, ließ sich in seine erhitzte Vorstellung fallen, begann sich in ihr zu verlieren. Ein Drogenabhängiger, dessen Nerven und Sinne gierig ihre begehrte Dosis

verschlangen. Ihre begehrte Dosis Elaine. In seinem Kopf spielte Harun dann immer die gleichen Szenen, wiederholte und variierte sie, begann von vorn, wenn die Fantasie den Lauf seiner körperlichen Erregung überholt hatte, zögerte das Ende hinaus, genoss den Rausch des Weges, brachte sich schließlich doch zum Höhepunkt, wo ihm das Herz raste, das Blut an die Wände der Adern drängte, der Atem jagte und dann stockte. Danach fiel er wie immer tief, fühlte im endlosen Fall die Erschöpfung, die Leere, die Einsamkeit und wieder den Schmerz des allmählichen Zu-Sich-Kommens.

Manchmal, wenn die Erregung so groß war und sein Körper es erlaubte, stürzte er sich nach kurzer Erholung wieder in die noch nicht erkaltete Fantasie. Es gab einige Szenen, die er sich im Laufe der Zeit zurechtimaginiert, die sich in ihm zurechtimaginiert hatten. Szenen, in denen Elaine, ihre Schönheit, ihre Ausstrahlung, ihre ihn immer wieder bezwingende erotische Wirkung schmerzvoll eindringlich zur Geltung kamen. Und diese Szenen wiederholte er, bis die völlige Erschöpfung ihn endlich zur Ruhe brachte. Bis zur nächsten Nacht, zum nächsten Morgen. Denn er konnte nicht genug bekommen von diesen Szenen, den Bildern, den Blicken, Worten und Gesten, die alle zum Akt führten, und immer schon von seiner Erwartung aufgeladen waren.

So ging es jetzt seit über einem Jahr. Ohne dass er Elaine seither wiedergesehen oder auch nur sonst irgendeinen Kontakt zu ihr gehabt hätte. Obwohl Frank ihn mehrfach eingeladen hatte. Aber was hätte er davon gehabt, seiner Einladung Folge zu leisten, davon, Elaine wiederzubegegnen? Er brauchte seine Sehnsucht nach ihr nicht aufzuladen. Und was hätte er dann auch tun sollen? Sich Elaine gegenüber offenbaren? Dass wäre ihm so unmöglich wie es ihm unmöglich war, von seiner wahnhaften Fantasie zu lassen. Wahnhafte Fantasie oder – Liebe? Es konnte so dicht beieinander liegen. Aber konnte eine Liebe nur aus solchen Vorstellungen heraus existieren? Ohne Wirklichkeit? Reichte eine Begegnung, reichten ein paar Worte, Blicke, Gesten aus, um eine Liebe entstehen zu lassen? Kein mehr oder weniger flüchtiges Verliebtsein, sondern eine dauernde Leidenschaft ohne den Geliebten, die Geliebte? Ja, es reichte und sie konnte es. Harun wusste es. Lebte es.

Und seine fantasierte Wirklichkeit, genährt von jener einzigen Begegnung an jenem Wochenende vor etwas über einem Jahr, sie reichte aus, um die Liebe zu Elaine täglich oder nächtlich, morgendlich zu leben. Mit ihr. Und es hatte nicht einen einzigen Tag, keine einzige Nacht, keinen einzigen Morgen seither gegeben, wo Harun diese Szenen nicht gespielt hätte. In seinem Kopf, mit seinem Körper, so intensiv, als wäre Elaine so nahe bei ihm, wie er es sich im Rausch ersehnte. Bis auf die vergangene Woche. Da war Elaine plötzlich und ohne dass Harun es registriert hatte, aus seinem Bewusstsein verschwunden. So als wäre er nicht nur in einer anderen Welt, sondern selbst ein Anderer gewesen.

Aber jetzt war Elaine wieder da. Unerreichbar, unausweichlich da. Aber konnte man eine Frau wirklich lieben, die man bloß ein einziges Wochenende über gesehen und erlebt hatte? Und warum hatte er sie während der Zeit in Istanbul so einfach vergessen können? Weil Istanbul und was es bedeutete einfach mächtiger gewesen war? Was bedeutete es?

Allmählich zog sich die Erregung aus Haruns Körper zurück. Wie immer fühlte er den Schweiß auf seiner Haut. Und dieselbe Erschöpfung, eine ähnliche Leere, als hätte er tatsächlich gerade mit einer Frau geschlafen. Gleich danach kam immer die Leere. Auch wenn die Frau neben einem wirklich war. Und auch, wenn man die wirkliche Frau neben sich wirklich liebte. Nur dass die Leere dann verflog, so wie die Erschöpfung sich legte. Denn anstelle der Leere blieb da ein anderer Mensch. Ein geliebter Mensch.

Harun tastete nach den Zigaretten, zündete sich eine an, sog den ersten Zug tief in seine Lungen und blies den Rauch in die Leere, die nicht verging. Die nicht nur nicht verging, sondern sich wieder mit einer schneidenden Traurigkeit füllte. Traurigkeit und einem drückenden Gefühl. Und Harun erkannte verblüfft, dass er sich schämte. Sich schämte, dass er diesem unsinnigen Spiel wieder nachgegeben, dass er die vorhin aufsteigenden Bilder aus Istanbul dafür beiseite gedrängt hatte. Nur um sich seiner krankhaften Elaine-Fantasie hinzugeben, seine Rauschlust zu befriedigen.

Er spürte, wie seine Hand zitterte. Er wusste nicht, warum. Vielleicht war es die Kollision der Bilder und Gedanken in ihm: Elaine – Istanbul – Elaine – sein Vater – die Eltern – Elaine – die Vergangenheit – Ibrahim–

Elaine ... Es war das sich herandrängende Chaos in seinem Kopf. Nicht nur in seinem Kopf. Und Ines, da war auch Ines. Es stimmte doch alles nicht.

Harun hatte das Gefühl, als wenn er jetzt ganz viel Zeit brauchen würde, Zeit für sich und Zeit, um ... Um was zu tun? Er hatte das Gefühl, als wenn es jetzt, nach Istanbul, nicht einfach weitergehen könnte wie zuvor. Nur, was hatte sich denn geändert? Ja, er war in Istanbul gewesen, das erste Mal. Er hatte nach 17 Jahren seine Eltern wiedergesehen, seinen kleinen Bruder. Er hatte sich mit seinem Vater versöhnt. Und sein Vater lag im Sterben. Aber was sollte das alles an seinem Leben hier ändern? Es hatte doch mit seinem Leben hier nichts zu tun.

Das Klingeln des Telefons riss Harun aus seinen Gedanken. Seine Augen bemerkten plötzlich den hellen Tag. Und als wollte er das Klingeln wie ein ihm hingeworfenes Seil benutzen, um sich aus dem zwischen Wachen und Dämmern wogenden Denkgespinst zu befreien, stürzte er aus dem Bett zum Apparat und meldete sich. Es war Wolfgang. Harun hatte ihn aus Istanbul kurz angerufen, ihm gesagt, wo er war und warum. Sie verabredeten sich zum Frühstück, Wolfgang würde ein paar Brötchen mitbringen. Harun schaute zur Uhr, es war bereits halb elf.

Wie ihm die Zeit einfach zerrann, wenn sie nicht gefasst und getaktet wurde durch die Forderungen seines Berufes. Bloße Zeit hatte etwas Unheimliches. Bodenloses Meer. Ohne Ufer und Horizont. Gerade morgens, wenn er allein zu Hause war und nach dem Aufwachen nicht gleich aufstand. Nach dem Aufwachen und nach der Erschöpfung. Nach Elaine ... Im Dämmern und Denken und Fantasieren, zwischen halbem Wachen und halbem Schlafen verdunsteten dann unbemerkt die Minuten, die Stunden. Man hatte keine Kontrolle darüber. Und vielleicht war es gut, dass man keine Kontrolle besaß, dachte er. Besonders, wenn er sich Elaine hingab, der abwesenden Anwesenden.

Harun ging ins Bad, zog seine Unterhose aus, die wie immer feuchte Flecken aufwies, warf sie fast beschämt in den Wäschekorb, stellte sich unter die Dusche. Dort genoss er auch jetzt wieder ausgiebig den starken Strahl, noch lange nachdem er Kopf und Körper eingeschäumt und wieder freigespült hatte. Das Prasseln und Rauschen, wie ein Schutz.

Schließlich stieg er aus der Kabine, trocknete sich ab, putzte sich die Zähne, ging zu dem großen Biedermeierschrank, in dem er seine Garderobe aufbewahrte, griff nach kurzem Überlegen eine Jeans und ein schwarzes Shirt. In der Küchenzeile schüttete er den längst erkalteten Kaffee von frühmorgens weg, bereitete frischen und deckte zum Frühstück an dem kleinen Tisch, der am Fenster stand. Mit Wolfgang zu frühstücken war recht unkompliziert, beide mochten es süß: Orangensaft, Butter, Marmelade und Honig für die Brötchen reichten. Und ein Ei dazu. Nachdem Harun Teller, Tassen und Gläser hingestellt, die Zigaretten vom Nachttisch geholt hatte, setzte er sich rauchend auf einen der beiden Stühle und sah hinaus in den hellen, strahlenden Sonntagvormittag, der sich über den Dächern der Stadt spannte. So wie sich ein anderer Himmel jetzt über einer anderen Stadt weit südöstlich von hier spannte ...

Vorgestern Morgen war er selbst noch dort gewesen. In seiner fremden, fernen Heimat. Zumindest in dem Land, aus dem der Blutstrom hervorgegangen war, der auch in seinen Adern floss. Ob auch das Blut, vererbt über Generationen, Erinnerungen in sich trug? War doch etwas dran an all den Ausdrücken von „fremdem" oder „eigenem" Blut? Nicht im Sinn irgendwelcher wirrer Rassismen, sondern viel unmittelbarer, körperlicher und zugleich darüber hinaus? Waren nicht in seinem Körper, in seinen Zellen die Erinnerungen vieler Generationen gespeichert, deren Augen ein ganz anderes Land gesehen hatten, als das, in dem er nun lebte? Deren Sinne andere Geräusche, Gerüche aufgenommen hatten, andere Farben, ein anderes Klima, deren Zunge andere Laute hervorgebracht hatte, Laute, die andere Worte trugen und Worte, die andere Gedanken ausdrückten ...

Heimat, Herkunft, Wurzeln ... Als er unten am Meer gesessen hatte, am Bosporus, nahe der großen Brücke, und sein Blick hinüber gegangen war zum anatolischen Ufer, zum asiatischen Ufer der Stadt, da hatte Harun tief in sich gefühlt, dass dort drüben, weiter, viel weiter noch, als er sehen konnte, dass dort drüben irgendwo das lag, was man Heimat nannte. Seine Herkunft, seine Wurzeln und ... seine Kindheit, sein erstes Wachsen hinein in die Welt und ... in eine so andere Welt als die, in der er jetzt lebte. Nein, nicht erst jetzt, seit 30 und auf seine eigene Weise seit 17 Jahren.

Auf seine eigene Weise. Auf die Weise, auf die man lebte, vielleicht leben musste, wenn die letzte Verbindung zum Herkommen gekappt war. Immer wenn Harun versuchte, die vergangenen 17 Jahre zu fassen, schien sich die Erinnerung daran rasant zu beschleunigen. Als ob die fast zwei Jahrzehnte dabei zu einer unbestimmten, aber unverhältnismäßigen Kürze zusammenschmolzen. Oder waren sie im eigenen Erleben wirklich so schnell vergangen? 17 Jahre ...

Sofort nach dem Zerwürfnis hatte er seine Banklehre begonnen, danach das Studium an einer der ersten privaten Universitäten. Harun war Stipendiat gewesen, hatte neben dem dichten und anspruchsvollen Stundenplan noch gearbeitet, dazu die regelmäßigen Praktika. Endlich war er ganz in der Welt gewesen, in die er immer gewollt hatte. Und weil er eine gute Figur machte, nach außen ungebrochen selbstbewusst wirkte, selbstbewusst ohne überheblich zu sein, und nicht zuletzt seine Leistung ihm Respekt verschaffte, hatte es fast keine Rolle mehr gespielt, dass sein Hintergrund, damals noch einmalig an dieser Universität, anders gewesen war als der seiner Kommilitonen.

Und eigentlich hatte sich jenes „fast" auch beinahe nur auf den bleibenden Unterstrom eines immer wieder befremdlichen Staunens bezogen, das Harun selbst tief in sich empfand, wenn er allein war oder manchmal, für Augenblicke, zwischendurch, wenn er sich selbst beinahe ungläubig im Kreise der Anderen sah, die doch so anders waren als er. So wie diese Welt unendlich anders war als die, aus der er gekommen war. Wie sie unmessbar entfernt von der lag, in der seine Eltern lebten. Und sein kleiner Bruder. Den Schmerz und die Trauer darüber hatte er verdrängt. Immer wieder. Verdrängen müssen. Sonst hätte es ihn zerrissen. Und irgendwann waren Schmerz und Trauer in jenen Unterstrom eingegangen, der tief in ihm floss. Für alle anderen unsichtbar.

Dahingeflogen waren all diese Jahre. Und wie im übergehenden Flug dann auch der erste Job, den er als noch dazu besonders gelobter Eliteabsolvent problemlos bekam, die Bewährung, erste Berufsjahre, zwei Wechsel, Aufstieg, wachsende Verantwortung. Von viel Arbeit zu immer noch mehr Arbeit, Projekte reihten sich aneinander, Townhopping in Europa, schließlich über die Welt, das Reisen als Lebensform. Leben aus dem Koffer, in der eigenen Wohnung sein als Ausnahme, und wenn, dann zur knappen Regeneration zwischen den Terminen. Alles war von seiner Arbeit bestimmt gewesen und bis heute bestimmt geblieben. Als hätte sich der andere Teil seines Lebens, ganz unabhängig von seiner schon zeitlichen Beschränkung, nicht oder nur verkümmert entwickelt. Keine Hobbies, kein richtiger Freundeskreis, Bekannte ja, Kollegen. Und nie eine fertig eingerichtete Wohnung. Und keine Partnerin, keine feste Freundin.

Natürlich hatte er Erfahrungen gesammelt. Am Anfang, weil er so sein, so leben wollte wie die, mit denen oder in deren Kreis und Welt er von da an ausschließlich lebte. Und weil er einfach jung war. Auch neugierig. Und alles, was ihn von seiner versperrten Vergangenheit entfernte, von Schmerz und Traurigkeit trennte, schien ihm gut. Aber das letzthin bloß körperliche, sexuelle Streunen je nach Gelegenheit, es blieb ein schnell schaler werdendes, bald ganz freudloses Vergnügen. Dazu kamen die alle Energien bis an die Grenzen beanspruchenden Anforderungen seines Berufs, das im Laufe der Jahre abnehmende Bedürfnis, sich darüber hinaus zu bemühen, zu engagieren. Und, ja, er war nicht auf den Menschen getroffen, der ihm so nahe gekommen wäre, oder bei dem er sich jene Nähe hätte vorstellen können, die ihm eigentlich schon in sich selbst fehlte. Nur bei Elaine, der Unerreichten. Unerreichbaren ...

Harun war aufgegangen in seiner geheimen, ihm tiefeigenen Fremdheit, wie in ihr heimisch geworden. Einer Fremdheit, für die es nach außen keinen Grund zu geben schien. Denn mehr konnte man in dieser Welt, in der er nun lebte, nicht erreichen, perfekter ihre Maßstäbe und Ansprüche nicht erfüllen. Und diese Fremdheit hatte auch nichts damit zu tun, dass er einen türkischen Namen in seinem deutschen Pass trug. Nein, das alles war es nicht.

In dem Aschenbecher auf dem kleinen, zum Frühstück gedeckten Tisch am Fenster hatten sich drei gerauchte Stummel angesammelt. Die Zeit verkräuselte mit dem Rauch in der von draußen hell herein leuchtenden Luft. Und genauso kamen ihm jetzt diese vielen Jahre vor, 17 Jahre, die er so gelebt hatte wie er lebte: Ohne Familie, ohne einen Menschen an der

Seite, dabei von seiner Ausbildung an auf intensive Weise eingebunden in das Weltgetriebe, beruflich und daher auch materiell erfolgreich, ohne jedes Kainsmal des wie immer auch verqueren Außenseiters. Nein, stattdessen einer, der scheinbar bruchlos dazugehörte, sich äußerlich nicht von jener Klasse der hochqualifizierten Macher im gedeckten Anzug unterschied. Und bis zu einem gewissen Grade auch nicht innerlich, denn Leistung war es, die sein Leben bis hierhin bestimmt hatte. Leistung war der Maßstab seines beruflichen Lebens, ein Maßstab, den er bis hierhin perfekt erfüllt, mehr als erfüllt hatte und dafür belohnt worden war. Leistung. Unzweifelhaft, objektiv.

Und sein Leben, 17 Jahre ... Heimlich fremd. Wie ein stiller, ihn ganz umschließender Wind, mit dem er selbst durch die Zeit geweht war. Und selbst die darin aufleuchtenden Punkte, besondere Ereignisse, wie sein herausragender Studienabschluss, erfolgreich beendete Projekte, Beförderungen, selbst all diese bildeten keine Ankerplätze im Zeitstrom, an denen er sich hätte halten können. Es war geschehen und vergangen, wie tagtäglich neues geschah und verging. Es blieb nichts. Und selbst ... Elaine ... Seit einem Jahr wiederholten sich dieselben Rituale, dieselben heimlichen Rituale, derselbe heimliche Wahnsinn ... Heimlich fremd.

Ja, er war ein heimlich Fremder. Nichts sah man ihm an. Auch nicht, wenn er sich abseits seines Berufes draußen bewegte, unter Menschen, nein, nicht wirklich unter ihnen, nur dicht am Rande, in einem Café, einer Bar, einem Restaurant. Nein, er war kein Eremit, äußerlich. Und auch, wenn er allein herumstreifte, wirkte er nicht wie jemand, der wirklich allein war oder es lange bleiben würde ...

Harun drückte seine vierte Zigarette aus, als es klingelte. Harun drückte auf den Summer, ließ die Wohnungstür einen Spalt offen, stellte die Kaffeemaschine an.

Heimlich fremd. Oder war das jetzt alles nur die Nachwirkung von Istanbul, der Begegnung mit seinen Eltern, seinem Bruder, nach all den Jahren? Hatte er nicht einen guten, einen sehr guten Freund, Wolfgang? Gab es nicht Ines, eine gute, eine sehr gute Bekannte, vielleicht sogar eine Freundin? Nicht seine Kollegen, seine Arbeit, seinen alten Citroën und seine Wohnung hier? War er vielleicht nicht fremder, nicht einsamer als viele? Und Elaine? Mochte es nicht noch mehr Menschen geben, die jemanden liebten, der unerreichbar war? Und überhaupt: Wie viele Menschen lagen mit ihre Familie im Streit, Türken, Deutsche, wer auch immer! Und hatte er sich nicht gerade mit seiner Familie versöhnt? Seinen Bruder wiedergefunden?

Harun verspürte einen plötzlichen Drang nach Normalität, die er jetzt mit Wolfgang teilen wollte, der eben über die Schwelle trat.

„Schön dich zu sehen, Freund!", sagte er. Sie berührten sich kurz an den Armen.

„Croissants und Brötchen bringe ich hier." Wolfgang hielt die Papiertüte kurz in die Höhe.

„Und wahrscheinlich wissen die wenigsten, dass das urfranzösische Croissant eine urtürkische Erfindung ist. Wir verdanken dieses Erbe den einstigen Belagerern von Wien, natürlich samt dem zugehörigen Kaffee."

„Gern geschehen", scherzte Harun.

Sie setzten sich, Harun schenkte ihre Tassen voll, während Wolfgang den Inhalt der bunten Papiertüte in einen Brotkorb schüttete.

„Ich habe oft an dich gedacht die Woche über." Wolfgang trank seinen ersten Schluck. „Es hat mich sehr berührt ... Du warst jetzt das erste Mal dort seit ..."

„Seit 17 Jahren, ja."

„Wie geht es deinem Vater?"

„Er wird bald sterben. Ich fühle es ..."

Wolfgang sah ihn an, legte seine Hand kurz auf die des Freundes.

„Wir müssen nicht darüber reden, wenn du nicht willst ..."

„Doch, es ist in Ordnung." Harun tunkte sein Croissant in den Kaffee.

„Eigentlich müsste ich jetzt sogar erleichtert sein, denn wir ... also mein Vater und ich, wir haben uns versöhnt. Und er hat sogar mich um ... um Verzeihung gebeten." Wolfgang nickte langsam.

Er war um einiges älter als Harun, hätte dem Alter nach selbst Haruns Vater sein können. Aber Harun hatte ihr Verhältnis nie so empfunden und auch nie den Gedanken oder gar den Wunsch gehabt, dass es so sein möge. Wolfgang war ein wirklicher Freund, und sie beide verband, neben der spontanen Sympathie füreinander, eine bestimmte Art des vertieften Blicks auf die Dinge, die Welt, das Leben.

Wolfgang war promovierter Theologe, hatte auch einige Jahre als Pfarrer gewirkt, sich dann aber an den „Amtsfesseln kirchlicher Dogmatik" gestört, wie er es ausdrückte, sich daraufhin beruflich völlig neu orientiert, lange Jahre erfolgreich als Personalberater und Mediator gearbeitet. Heute leitete er als selbstbezeichneter „Pensionär im fortgesetzten Unruhezustand" eine Art christlicher Akademie, veranstaltete hochfrequentierte Tagungen und Seminare zu verschiedensten, für die Orientierung im Leben des Einzelnen und der Gesellschaft relevanten Themen, war selbst ein gesuchter Vortragsredner. Mit seinem vollen grauen Haar, den klaren blauen Augen und einer ruhigen, festen Stimme, die ganz seinem Wesen entsprach, gehörte er zu jener Art Menschen, die andere ohne jede Anstrengung erreichten, ansprachen und gewinnen konnten.

Harun hatte ihn vor sechs Jahren das erste Mal auf einem seiner Seminare erlebt, zu dem ihn damals eine Bekannte mitgenommen hatte und war sofort von diesem Mann fasziniert gewesen. Dafür, dass sie bald darauf schon Freunde wurden, blieb Harun bis heute dankbar.

„Aber du fragst dich jetzt, warum es diese ganzen 17 Jahre gebraucht hat, bis ihr euch versöhnen konntet ..." Wolfgang bestrich sein Croissant mit Marmelade.

„Und wahrscheinlich wirfst du dir auch vor, dass du selbst nicht längst schon den Schritt getan hast." Jetzt war es Harun, der wortlos nickte. Für Wolfgang brauchte es nie viele Worte, damit er verstand, worum es ging.

Harun zündete sich mit langsamer Bewegung eine Zigarette an. Wolfgang rauchte, wenn, nur abends und dann eine seiner ausgewählten Zigarren zu einem guten Glas Portwein.

Dann begann Harun, von Istanbul, von seiner Anreise, den ersten Momenten seiner Ankunft im Hause seiner Eltern, der ersten Begegnung mit dem Vater und schließlich den Tagen dort zu erzählen. Von den Nächten in Ibrahims altem Zimmer, den Morgen, in denen er auf die Geräusche aus der Wohnung gelauscht hatte. Von all seinen Empfindungen, Eindrücken, den vielen Augenblicken, die ihm ebenso unwirklich wie überwirklich vorgekommen waren. Und von seinem Gefühl, das während der Zeit dort in Istanbul wie in einem ständig bewegten Vexierspiegel zwischen Fremdheit und Vertrautheit gewechselt hatte. Wolfgang hörte ihm wie immer aufmerksam zu, unterbrach ihn nicht. Auch nicht, als irgendwann Tränen über Haruns Wangen zu laufen begannen.

Längst waren die Croissants und Brötchen gegessen, der Kaffee ausgetrunken, hatte sich das Licht vor den hohen Fenstern verändert, die Sonne ihren Zenit überschritten. Nachmittag. Harun war zwischendurch nur einmal aufgestanden, um die Karaffe mit Orangensaft aufzufüllen.

„Ich weiß, dass das nicht hilft, Harun", sagte Wolfgang irgendwann. „Aber wir können die Zeit nicht zwingen, die die Dinge brauchen. Gerade auch die Dinge in uns. Natürlich scheint das auf den ersten Blick verlockend, wenn wir alle Gefühle jederzeit unseren Wünschen anpassen oder unterwerfen könnten. Die Frage ist nur, was Gefühle dann überhaupt noch wert sind. Und die Frage bleibt, ob unsere Wünsche immer ein guter und eben wünschenswerter Maßstab für unsere Gefühle wären. Denk dabei nur mal an die Menschen, von denen man sagt, dass sie ihre Gefühle immer und überall unter Kontrolle hätten oder in der Lage wären, alle Gefühle ihrem Willen, ihren jeweiligen Zielen zu unterwerfen. Weißt du, Gefühle sind, wie alles, was uns betrifft, mit zwei Seiten behaftet: Sie können eine Geißel sein, unter der wir und im Zweifel andere zu leiden haben, und sie können das genaue Gegenteil, nämlich ein Korrektiv sein, um uns auf einem ... ja, auf einem menschlichen Weg zu halten. Und dazwischen spannt sich eben die Zeit, die es braucht, in uns, in anderen ..." Wolfgang lehnte sich etwas vor.

„Und kannst du dir denn überhaupt sicher sein, dass dein Vater zu einem früheren Zeitpunkt oder unter anderen Umständen bereit für diese Versöhnung gewesen wäre?"

Harun schwieg eine Weile.

„Aber Ibrahim ... Ich hätte mich doch viel früher wenigstens nach Ibrahim ..."

„Hat Ibrahim dir Vorwürfe gemacht?" Harun schüttelte den Kopf.

„Nach dem, was du mir von ihm erzählt hast, bin ich mir sicher, dass er verstanden hat, was man mit tausend Worten nicht erklären könnte. Ich bin mir sicher, Harun, dass er dir nicht nur keine Vorwürfe gemacht hat, sondern dir auch wirklich keine Vorwürfe macht." Wolfgang vollführte eine leichte Geste mit der Hand.

„Du hast mir doch erzählt, wie nahe ihr euch als Kinder gewesen seid. Der große und der kleine Bruder, nicht wahr? Und weißt du, das gehört auch zu den Gefühlen, dass sie uns nämlich abseits und sogar gegen alles Erklärliche miteinander verbinden können."

„Aber all diese Jahre ... diese Jahre ohne jedes Wort ..."

Wolfgang stand auf, trat ans Fenster.

„Ich weiß ... Die vergangene Zeit ist ein oft grausamer Preis, weil sie für immer vergangen bleibt. Aber du darfst dir dafür nicht die Schuld geben."

Er reckte sich ein wenig.

„Lass uns ein wenig laufen, ich bin schon ganz steif, und es wäre doch schade um den schönen Tag. Vielleicht kaufen wir unterwegs etwas Kuchen, und wenn du Lust hast, besuchen wir noch Luise. Sie hat immer wieder nach dir gefragt und freut sich bestimmt, wenn sie dich sieht, bevor du erstmal wieder auf Reisen gehst. Wohin zieht es dich denn als Nächstes?"

„Nach Paris. In die Stadt der Liebe ..." Ein flüchtiges Lächeln umspielte Haruns Mund. Auch er stand auf.

„Ich fliege morgen, ja, morgen früh." Einen Moment schien er beinahe ungläubig darüber. „Wahrscheinlich habe ich zwei Wochen dort zu tun."

Er trat neben den Freund ans Fenster.

„Es ist seltsam, aber das erscheint mir jetzt noch so fern. Wirklich, so habe ich das noch nie empfunden, also dass mir die Aussicht auf etwas, das mit der Arbeit zu tun hat ... Ich möchte eigentlich noch gar nicht daran denken ... Als wäre in meinem Kopf kein Platz dafür." Er legte Wolfgang kurz die Hand auf die Schulter. „Ja, lass uns raus gehen. Und Luise würde ich auch gerne besuchen." Sie räumten gemeinsam den Tisch ab und verließen dann Haruns Wohnung.

Wolfgang wohnte etwa 30 Minuten Fußweg von Harun entfernt. Oft gingen sie diese Strecke zusammen, begleiteten einander nach Hause, denn ein Teil des Weges führte durch einen Park und dann durch schmale, fast noch verträumte und von alten Fassaden gesäumte Kopfsteinpflaster-Gassen, wo es kleine, sehr individuelle Geschäfte gab, deren erlesen und mit besonderem Charme dekorierte Schaufenster den Eindruck längst vergangener Zeiten in diesem Viertel noch verstärkten. Unterwegs kauften sie dann in einer ebensolchen Konditorei einige Stücke Kuchen.

Wolfgangs große Wohnung lag im zweiten Stock eines herrschaftlichen Hauses mit hohen Fenstern. Knarrendes Parkett, offene, zweiflügelige Türen, überall Bücherregale, als wäre man in einer Bibliothek, an freien Stellen schlicht gerahmte Bilder eindrucksvoller Landschaften neben modernen Grafiken, dazu an vielen Stellen, auf Tischen, Bords, einem Flügel und in den Regalen Fotografien, die Wolfgang mit anderen Menschen zeigten oder ihn und Luise im Kreise anderer, darunter auch manch bekannte Gesichter.

Luise umarmte Harun wie immer herzlich, strich ihm wie immer kurz über die Wange.

„Schön, dass du kommst." Sie trat voraus in eine Art kleinen Salon, um einen runden, blankpolierten Kirschholztisch standen vier dazu passende Stühle.

„Setzt euch nur."

„Setzt ihr beide euch mal", sagte Wolfgang, „ich decke den Tisch." Er nahm Harun die Tüte mit dem Kuchen ab und verließ den Raum.

Ohne es je auszusprechen und ohne, dass es je etwas wie auch immer Bedrängendes bekam, war Harun für Luise ein wenig wie der Sohn geworden, den Wolfgang und sie nie hatten. Und Harun fühlte sich durch Luises diskrete, subtil geahnte Fantasie geehrt. Denn sie war eine besondere Frau. Ähnlich Wolfgang stark und empfindsam zugleich, klug, belesen und von unaufdringlicher Herzensgüte. Sie leitete einen über die Stadt hinaus renommierten Chor, führte einen Literaturkreis und stand ihrem Mann bei der Veranstaltung seiner Tagungen und Seminare zur Seite. Gemeinsam organisierten sie auch kleine Bildungsreisen und engagierten sich in verschiedenen sozialen Projekten. Fast immer schienen die beiden von Menschen umgeben, waren sie mit anderen verbunden und gingen darin auf, Menschen zusammenzuführen. Die Fotografien spiegelten es. Trotz ihres Alters, sie war wie Wolfgang Ende sechzig, durch die pfiffige Kurzhaarfrisur, die sportlich geschnittene Kleidung, sicher auch ihre schlanke Figur, aber vor allem ihr lebendiges, aufmerksames Gesicht, ging stets etwas Jugendliches, manchmal fast Verspieltes von ihr aus.

„Ich habe die Woche über viel an dich gedacht, Harun, und mir immer vorzustellen versucht, wie du wohl Istanbul erlebst. Du weißt ja, dass ich mit Wolfgang schon einmal dort war. Und wir laufen dann ja nie nur die Sehenswürdigkeiten ab. In welchem Viertel leben denn deine Eltern?" Auch sie berührte, wie vorhin Wolfgang, kurz Haruns Hand. „Nur, wenn du darüber sprechen magst ..."

Harun nickte, erzählte in wenigen Worten, jetzt weniger emotional, von seinem Aufenthalt. Sofern sich das, was er empfand, überhaupt ohne Weiteres vermitteln ließ. Zwischendurch brachte Wolfgang Teller, Besteck, Tassen und den Kaffee, nickte seiner Frau zu. Wolfgang, vor allem aber Luise, wie wohl jeder, der nicht selbst aus Haruns Welt kam, konnte kaum wirklich begreifen, wie diese Zeitschlucht von 17 Jahren sich in Haruns Leben, in das Leben seiner Familie graben konnte. 17 Jahre Totenstille zwischen Eltern und Sohn. Gerade für Luise, die sich immer ein Kind gewünscht hatte, überstieg die unerbittlich stumme Konsequenz des Zerwürfnisses das Maß ihres Verstehen-Könnens. Aber sie bemühte sich, es nicht zu sehr merken zu lassen.

„Ach, Harun, wenigstens habt Ihr euch jetzt noch im Leben versöhnt. Manchen ist nicht einmal das vergönnt."

Sie tranken gemeinsam Kaffee, aßen Kuchen, sprachen über andere Dinge. Harun rauchte. Luise und Wolfgang erzählten von ihren Aktivitäten, immer wieder mit kleinen Begebenheiten und Anekdoten, getragen von ihrer natürlichen Begeisterung für das, was sie, jeder für sich und gemeinsam, unternahmen. Vielleicht war es auch das, weshalb Harun sich bei und mit ihnen wohl fühlte. Zwei Menschen, die in sich ruhten, einander ergänzten und ganz von dem erfüllt waren, was sie taten. Und was sie taten, verband sie zugleich mit anderen Menschen, dem Leben.

Seit Harun vor sechs Jahren das erste Mal an einem der Wochenend-Seminare Wolfgangs teilgenommen hatte, war er, sofern es seine Arbeit zuließ und ihn ein Thema interessierte, ein regelmäßiger Gast. Dort konnte man mit wirklich gebildeten, kultivierten Leuten diskutieren, und wenn man es nicht anders wollte, blieb es bei der Sache, wurde nicht persönlich, privat, ohne deshalb unpersönlich oder gar oberflächlich zu sein. Niemand fühlte sich beleidigt, wenn man in dem Sinne auf Distanz blieb.

Haruns Bekannte, durch die er damals dazugekommen war, hatte sich bald, und nicht als erste, beleidigt, zurückgesetzt gefühlt, als Harun ihren nachdrücklicher werdenden Annäherungsversuchen ebenso konsequent ausgewichen war. Und eigentlich war Ines die erste Frau, die sich über einen so langen Zeitraum in Geduld übte.

Irgendwann hatte Luise sich unauffällig zurückgezogen, ihnen noch eine Schale frischen Obstes hingestellt, die beiden Männer dann ihrer ganz eigenen, zwischen ihnen gewachsenen Verbundenheit überlassen. Und als vor dem Fenster das Licht die sanftrötliche Farbe der Sommerabenddämmerung annahm, schlug Harun vor, noch ein paar Schritte zu gehen. Sie verabschiedeten sich von Luise, die am Flügel saß und einen bevorstehenden Auftritt ihres Chores vorbereitete. Wieder strich sie Harun kurz über die Wange.

„Und lass dich bald wieder sehen, Harun!"

Sie nahmen den Weg zu einer Bar, die den Sommer über auch draußen an kleinen Stehtischen ausschenkte. Außerdem gab es dort Kleinigkeiten zu essen. Immer noch war es warm, viele Menschen waren unterwegs und sie hatten Glück, einen gerade frei werdenden Stehtisch zu erwischen. Wolfgang bestellte Rotwein, zwei Teller mit Tapas nach spanischer Art und zündete sich genüsslich eine seiner Zigarren an, die er einem abgegriffenen Lederetui entnahm, gab Harun Feuer, der bei Zigaretten blieb. Beide beobachteten für eine Weile die Menschen um sie herum, lauschten auf das Gewoge der Stimmen, Worte und Sätze, auf die Geräusche von Gläsern, vorüberpassierenden Schritten.

Harun hatte für einen Moment jenes Künstler- und Ausgehviertel Ortogöy unten am Bosporus vor Augen und Ohren. Dort, wo Ibrahim und Pinar einmal die Woche und ohne Wissen der Alten hingingen, um etwas zu trinken, zu tanzen, Freunde zu treffen. Ibrahim und Pinar ... Nein, waren keine Fremden, auch nicht heimlich. Sie waren dort zu Hause. Und sie waren einander ein Zuhause. Oder gab es vielleicht auch hinter diesem Anschein noch eine andere Wahrheit. Plötzlich stieg ihm eine Frage in den Sinn, die er Wolfgang schon lange einmal stellen wollte.

Harun sprach zögernd, als wäre er nicht sicher, ob eine solche Frage angemessen wäre.

„Ihr ... Also du und Luise, ihr seid doch so lange schon verheiratet, und wenn man euch erlebt, ich meine, ihr wirkt so ... so glücklich, als gäbe es nichts, was ... Und dennoch ... Also, ich habe mich schon einige Male gefragt, aus keinem bestimmten Grund, wirklich ... Und wahrscheinlich muss man so gepolt sein wie ich es bin, um überhaupt darauf zu kommen." Harun hob, als ob im Voraus beschwichtigend, die Hände.

„Was hast du dich gefragt, Harun?" Wolfgang sah ihn aufmerksam an, und Harun hatte fast das Gefühl, als wüsste der Freund schon, was er ihn fragen wollte.

„Ich habe mich gefragt, ob du in all den vielen Jahren nicht auch mal an eine andere Frau gedacht oder sogar eine andere geliebt hast?"

Wolfgang sah ihn für einen Moment schweigend an, entließ eine dichte Rauchwolke seiner Zigarre und stützte dann beide Ellenbogen auf den Tisch.

„Ja, Harun, ich habe in all den Jahrzehnten andere Frauen ... geliebt. Und weder Luise noch die anderen Frauen haben je etwas davon erfahren. Wenn du es moralisch sehen willst, habe ich diese Frauen wie auch Luise betrogen. Ich könnte nichts dagegen einwenden. Die Liebe, also diese Seite der Liebe, die Begehrende, die Wollende, die Hinziehende, sie ist wirklich wie eine Krankheit: Man wird von ihr befallen wie von einem Virus und ist oft machtlos, etwas dagegen zu tun. Ich war es jedenfalls, machtlos. Oder einfach zu schwach. Und glaub mir, es hat mich danach immer fast zerrissen. Dann kommt der innere Schwur: Nie wieder! Und auch den habe ich gebrochen."

Wolfgang trank einen großen Schluck Wein.

„Und, bist du jetzt entsetzt, enttäuscht?"

„Nein!" Harun musste sich räuspern. „Nein, Wolfgang, das bin ich nicht. Wie sollte ich auch. Ich weiß genau, was du meinst, auch wenn ich in dieser Situation so noch nicht war ..." Er zündete sich eine neue Zigarette an.

„Aber wenn ich mir vorstelle, ich wäre mit Ines zusammen gewesen, als ich Elaine traf, und es hätte dann mit Elaine die Gelegenheit ..."

„Zur Wahrheit gehört auch, ohne dass sie dadurch besser oder etwa moralisch akzeptabel würde, zur Wahrheit gehört auch, dass ich Luise deshalb nie weniger geliebt habe und auch heute nicht weniger liebe. Es klingt vielleicht ziemlich banal oder nach einer lauen Entschuldigung, aber ich habe dann wirklich beide geliebt in dem Moment, nur auf unterschiedliche Weise. Und ich habe es Luise niemals gesagt, weil ich meine eigenen Gewissensbisse nicht auf sie abladen wollte."

„Glaubst du, dass Luise vielleicht auch ...?"

Jetzt musste Wolfgang unwillkürlich lachen.

„Das Gleichgewicht der Unmoral sozusagen? Nein, soweit ich meiner Intuition trauen darf, liegt auf der anderen Seite der Waage kein ausgleichendes Gewicht. Wobei noch die Frage ist, ob man derlei überhaupt so, nun sagen wir, verrechnen könnte."

Harun war sehr beeindruckt von diesem Geständnis seines Freundes. Von dessen Inhalt wie dessen Gelassenheit. Eine solche Antwort hatte er nicht erwartet. Aber was hatte er erwartet? Warum überhaupt die Frage gestellt? Auf gewisse Weise brachte ihm diese Antwort den Freund noch näher. Er war nicht so perfekt, eben keine bruchlos gegossene Einheit von Überzeugung, Werten und Leben, wie es Harun immer erschienen war. Aber selbst in und mit diesem ausdrücklich gewordenen Bruch, blieb ihm Wolfgang doch dieselbe gefestigte, wahrhaftige Persönlichkeit, Welten entfernt von jener haltlos trudelnden Fremdheit, die Harun in sich selbst empfand.

„Und bei dir, Harun, immer noch sie – Elaine?" Harun nickte.

„Ja, immer noch sie, und je länger es dauert, desto ... desto kranker komme ich mir vor ... Nur ..."

„Nur?"

„Nur während ich in Istanbul war, war sie plötzlich weg. Aber kaum, dass ich wieder ..." Harun schüttelte den Kopf. „Ich bekomme das alles nicht mehr zusammen. Und jetzt auch noch Istanbul."

„Irgendwann, und ich glaube sehr bald schon, wirst du etwas tun müssen. Alles in dir schreit doch danach, dass du etwas tust. Ich habe es, glaube ich, schon mal gesagt."

„Aber was soll ich tun?"

„Das wirst du dann wissen, wenn es soweit ist", sagte Wolfgang. „Glaub mir! Und ich denke, es wird nicht mehr lange dauern."

Harun begleitete Wolfgang zurück nach Hause, da er gerne noch etwas gehen wollte und ihm nicht nach seiner Wohnung zumute war. Dort würde er packen müssen für morgen und vielleicht doch noch einen kurzen Blick auf die Unterlagen werfen, die ihm sein Büro längst gemailt hatte. Zur Vorbereitung auf das Projekt, mit dem er ab morgen in Paris befasst war. Paris. Das Projekt. Wie eine andere, völlig entlegene Welt.

Der Abend war schön, und eigentlich liebte er es, so durch die immer noch mit warmer, weicher Luft gesättigten Straßen zu schlendern, die Lichter überall wie Bojen in einer sanft wogenden Dunkelheit. Aber jetzt ging er, weil sein Kopf zu unruhig war oder sein Herz. Oder beide.

Elaine. Er hatte sie doch nur ein Wochenende lang erlebt. Aber was hieß hier schon „nur"? Um sich zu verlieben ... Dabei klang „Verlieben" fast zu harmlos ... Nein, um in einen solchen Strudel gezogen zu werden, der plötzlich von einer anderen Person ausging, die dann ganz von der eigenen Fantasie, den Gefühlen und so wie von jeder Nervenfaser des eigenen Körpers Besitz ergriff, da genügten manchmal schon Augenblicke, konnte sogar ein einziger Augenblick genügen. Eine plötzlich entzündete Lunte am Pulverfass. Wie hatte Wolfgang es gesagt?

„Die Liebe, die eigentliche, unbedingte, wie ein Vulkan ausbrechende und eben alles überflutende Liebe ist wirklich wie eine Krankheit. Sie bricht aus, man wird wie von einem Virus befallen und ist machtlos, etwas dagegen zu tun ... Und wahrscheinlich hast du Recht: Dieser Virus kommt nicht oder wenigstens nicht nur von außen, sondern man trägt ihn schon in sich, und plötzlich, wenn dann der passende Impuls von außen kommt, wird er in einem aktiviert."

Wolfgang war der Einzige, der über Elaine Bescheid wusste. Mit wem sonst hätte Harun auch darüber reden sollen? Und wenn er mit Wolfgang über sie sprach, über sie und das, was sie für ihn bedeutete, wurde ihm jedes Mal die ganze Absurdität der Situation bewusst, seiner Fantasien, seines Verhaltens, und er wunderte sich, dass Wolfgang ihn nicht einfach bei den Schultern packte und schüttelte und sagte: „Harun, wach auf! Du bist ein erwachsener Mann, also benimm dich auch so!" Nein, er hörte ihm zu, schien tatsächlich zu begreifen oder zumindest zu ahnen, was in Harun vorging.

„Vielleicht bin ich wirklich krank ... Krank vor Liebe oder dem, das ich dafür halte", hatte Harun bei einem ihrer Gespräche darüber zu Wolfgang gesagt.

Wolfgang hatte bedächtig den Kopf geschüttelt.

„Was heißt ‚krank‘ ... Klar, es ist eine Art Krankheit. Liebe, leidenschaftliche Liebe, Sehnsucht, Begehren ... Und es ist Glück, wenn zwei diese Krankheit dann miteinander teilen können. Aber wenn alles unerfüllt bleibt, ist derjenige, den das betrifft, auch nicht kränker als der Glückliche. Er spürt seine Krankheit nur anders. Und in deinem Fall, immerhin ist Elaine die Partnerin deines alten Schulfreundes und bist du ein ... ein besonderer Charakter ...“

Besonderer Charakter, ja, Harun hatte gequält aufgelacht.

„Durch die ganze Sache mit Elaine merke ich, wie ... wie desolat in Wahrheit alles in mir ist, hinter der Fassade ... Jede Nacht erlebe ich durch sie, durch diese Fantasien solche intensiven Gefühle, berauschende und schmerzvolle, die mir sogar fehlen würden in meinem Leben ... Manchmal frage ich mich auch, ob ich dieses ... dieses eingebildete Glück vielleicht nur so ertragen kann, also in der Fantasie ... Vielleicht bin ich gar nicht wirklich fähig, einer Frau nah zu sein, wirklich nah, ihre Nähe jeden Tag wirklich zu ertragen ... Ich weiß es nicht, weil ich keine Erfahrung damit habe ... Und vielleicht würde von all dem, das in meiner Fantasie lebt, in der Wirklichkeit nichts übrig bleiben ... Vielleicht würde ich auch Elaine verlieren, mein Bild von ihr, von uns, wenn ich ihr räumlich nah wäre, ganz unabhängig davon, dass sie mit Frank lebt ... zu Frank gehört ...“

Aber all diese Gedanken waren nicht weniger unsinnig als seine Fantasien. Und der einzige Weg, seinen Fantasien diese Unsinnigkeit zu nehmen, war es zu handeln. Wolfgang hatte Recht:

„Irgendwann und ich glaube, sehr bald schon wirst du etwas tun müssen, alles in dir schreit doch danach, dass du etwas tust ...“

Nein, es konnte und durfte auch nicht mehr lange dauern. Verrückt genug, dass es überhaupt solange gedauert hatte.

„Und weißt du, was das Verrückteste an allem ist?“, hatte Harun zu Wolfgang gesagt. „Das Verrückteste an allem ist, das es mir vorkommt, als könnte es gar nicht anders sein. Ich ... ich empfinde es als ... ja, als normal, als mir genau entsprechend ... So wie es ist, verstehst du ...? Nicht, dass mir nicht klar wäre, wie ... wie verrückt es natürlich doch ist.

Aber dieses Verrückte kommt mir so vertraut vor, und ich wüsste nicht mehr, wie ich ohne das alles ... ja, leben sollte ..."

„Liebe", hatte Wolfgang leise geantwortet, „Liebe ist verrückt, ist gefährlich, vor allem dann, wenn ihr die Leitplanken der, sagen wir mal, der halbwegs geordneten Erfüllung, der lebendigen Wirklichkeit oder eben der kleinen und größeren Kompromisse fehlen. Dann bleibt nur das radikale, auf sich selbst zurückgeworfene Gefühl ..." Er hatte Harun angesehen.

„Natürlich verrät ein solches Gefühl mehr über den Liebenden als die Geliebte ... Wie auch in deinem Fall ... Es ist das Virus, das du in dir trägst, dein ganz eigenes Virus ..."

„Ich weiß ..." Und sie hatten geschwiegen. Mehr gab es dazu nicht zu sagen.

Die Dämmerung war inzwischen längst jener sanften Dunkelheit warmer Sommertage gewichen. Nach dem Abschied von Wolfgang hatte Harun noch einen Umweg durch den sonntäglich ruhig ausschwingenden Abend genommen. Um seine Gedanken im Gehen zu ermüden, bevor er in sein leeres Zuhause kommen würde. Sein Zuhause. Dort, wo er schlief, wenn er nicht auf Reisen war. Endlich doch zurück in seiner Wohnung, blieb er an der Balkontür wieder lange im Dunkeln stehen. Noch nie hatte er die Stille hier so intensiv empfunden. Fast bedrohlich. Irgendetwas begann ihm zu entgleiten.

Lag es an Elaine? An Istanbul? Oder lag es weit, weit hinter Istanbul? Lag es noch weiter in der Zeit zurück als jene 17 Jahre des Schweigens? Hatte es mit ihnen gar nichts zu tun? Und hing am Ende sogar alles zusammen? War Elaine auf irgendeine Weise der Schlüssel oder das Tor oder was auch immer? Oder war es das, was so weit, so unendlich weit zurücklag ... Noch viel weiter als das, was sich ihm jetzt wieder genähert hatte?

Harun fühlte, wie alle Kraft aus ihm wich. Er musste sich zusammennehmen. Morgen wäre er in seinem alten Rhythmus, umgeben und gefasst von dem, was sein Leben all die Jahre vor allem bestimmt hatte.

Und er war doch schließlich hier zu Hause! In dieser Wohnung, in dieser Stadt, in diesem Land, dessen Sprache er am besten sprach, dessen Kulissen, Gepflogenheiten, Rhythmus und Stimmung ihm am vertrautesten waren. Wo er sich vom Kind zum Jugendlichen und zum Erwachsenen entwickelt hatte, wo er schließlich seinen Weg gegangen war, sich ganz allein ein eigenes Leben aufgebaut hatte. Und in dem er heute zu den sogenannten Leistungsträgern gehörte. Er, der Muster-Migrant. Mehr war doch nicht möglich. Und privates Glück ließ sich nun einmal nicht erzwingen, nicht planen, nicht erleisten. Also, soweit man irgendwo zu Hause sein konnte, war er hier zu Hause!

Nein, das war er nicht. Oder zumindest empfand er es nicht so. Und seit er aus Istanbul zurückgekommen war, dehnte sich diese immer tief in ihm ruhende, manchmal auch in unbestimmter Nähe lauernde Empfindung wieder in ihm aus, verging nicht, trat nicht mehr zurück hinter dem einfach lang Gewohnten. Ja, er würde bald etwas tun müssen. Nur was?

Jetzt aber musste er vor allem noch packen, das Taxi für morgen früh bestellen und dann ins Bett. Sonst wäre er am nächsten Tag, der wie üblich dann ein langer Tag werden würde, wie gerädert. Es hatte keinen Zweck mehr, jetzt noch in die Unterlagen zu schauen. Das würde er morgen auf dem Weg machen. Der Flug ging wie immer sehr früh.

IV. Kapitel – Georg

Als Harun erwachte, glaubte er in den ersten Momenten, verschlafen zu haben. Dabei war er nicht einmal sicher, ob er dieses drohende Gefühl des Verschlafen-Habens einem Traum verdankte, der ihn noch halb gefangen hielt oder schon der sich gerade aus dem Schlaf schälenden Wirklichkeit. Mit bleiernem Kopf blieb er eine unbemessene Weile reglos liegen, bevor er imstande war, seine Augen zu der im Halbdunkel des Zimmers leuchtenden digitalen Anzeige des Weckers auf seinem Nachttisch zu wenden.

02:15 Uhr in der Nacht. Welcher Tag? – Sonntag ... Nein, schon Montag, Montag früh ... Aber noch zu früh ... Früh genug ... Nicht zu spät ... Nicht verschlafen.

Allmählich rückte sich sein Zeitbewusstsein zurecht.

Kurz vor halb drei. Noch zwei Stunden blieben, bevor er aufstehen musste. Immerhin hatte er seine Sachen gestern noch gepackt, und mehr als einen Kaffee trinken würde er hier ohnehin nicht. Auch das Taxi hatte er noch gestern Abend für 5 Uhr morgens bestellt.

Seine Welt erwartete ihn. Das Vertraute, das einzig und wirklich Vertraute. Aber selbst das kam ihm jetzt und immer noch beinahe befremdlich entrückt vor. Harun konnte sich nicht erinnern, es jemals so empfunden zu haben. Und erst jetzt registrierte er seine Erektion. Und er begann sich sogar an den Traum zu erinnern, den er geträumt hatte.

Verschlafen ... Im Traum hatte er verschlafen. Er musste Elaine vom Flughafen abholen. Er würde sie anrufen. Entweder würde sie am Flughafen auf ihn warten oder sich ein Taxi hierher nehmen. Es war ein Traum, den er oft träumte. Mit unzähligen Variationen. Eine war die, dass er verschlief ...

Dann wartete sie tatsächlich am Flughafen auf ihn oder kam mit dem Taxi. Szenenfolgen. Wo und wie auch immer nahmen sie sich dann in die Arme, roch er ihren Duft, Vanille, Tabak und Lavendel, spürte er ihren Körper, und ihre tiefgoldbraunen Augen meinten ihn, nur ihn. Sie fuhren in seinem alten Citroën, das Faltdach aufgerollt, Sonne und Wind, die Stadt leuchtend, er lud sie am Hafen zum Essen ein, sie saßen draußen auf einer der Terrassen mit Blick zum Fluss und auf die ein- wie ausfahrenden Schiffe.

Und hinter ihren Blicken, den Worten, den Gesten, in allem war das Begehren, das sie beide spürten, von dem jeder von ihnen wusste, dass es der andere spürte, und sie ließen sich trotzdem Zeit, genossen die sich immer mehr steigernde Erwartung in kleinen, wie zufälligen Berührungen, die wie Stromschläge waren, die ihrer beider Körper durchzuckten, ihre Sehnsucht und Erwartung noch ein Stück mehr aufluden. Auch die Welt um sie herum begann zu vibrieren. Es war jene Art von Glücksempfindung, die man nicht aushalten zu können meinte, ohne aufzuspringen und sie herauszuschreien. Irgendwann, endlich, bezahlte er, sie gingen dicht beieinander zum Wagen zurück, fuhren zu Haruns Wohnung, und kaum waren sie in seiner Wohnung angekommen, fielen sie übereinander her und versanken in dem gemeinsamen Rausch, in dem alles endete und alles begann.

Und Harun erreichte seinen Höhepunkt, stieß ihren Namen aus, während er sich verströmte, allein in seinem Bett und nur langsam aus seiner Fantasie wieder zu sich kommend. Sein Atem beruhigte sich.

In seiner Vorstellung ging diese Nacht nie zu Ende, nie folgte ein Morgen, es gab kein Danach, keinen nächsten Tag, kein gemeinsames Erwachen, kein Frühstück ... Stattdessen wiederholte sich alles in Variationen und immer bis zu dieser Liebesnacht hin, in der dann alles versank.

Das nächste Mal erwachte Harun gleichzeitig mit dem schlichten Summton seines Weckers. Eine leichte Drehung des Kopfes: 04:30 Uhr. Es war soweit. Jetzt erwartete ihn endlich wieder seine Welt.

Als er in gewohntem Reflex aus dem Bett sprang, meinte er ein zähes Gestrüpp um seinen Körper zu spüren, ein wirr gewuchertes Knäuel, das aus ineinander geworfenen, halb verblassten Bildern, einem schlierenden Gedankenbrei, durchmischt mit Resten einer jetzt missachteten Erregung, bestand. Er bewegte sich dagegen an, versuchte sein erwachendes Bewusstsein auf den beginnenden Tag zu konzentrieren.

Nachdem er Kaffee aufgesetzt und beim Blick aus dem Fenster eine erste Zigarette angeraucht hatte, ging er ins Bad, stellte sich unter die Dusche und drehte den Strahl voll auf. Versuchte, das klebrige Gespinst um sich abzuwaschen. Nach zehn Minuten trat er aus der Kabine, rubbelte sich und sein kurz geschnittenes Haar trocken und zog sich an: Dunkelgrauer Anzug, weißes Hemd, dezente Krawatte, schwarz glänzende Lederschuhe. Die Rüstung der modernen Ritter. Gleich, im Taxi, am Flughafen und später in der Maschine würde er sich endlich einen Überblick über die Unterlagen verschaffen müssen, die man ihm für Paris zugemailt hatte. Harun konnte sich nicht erinnern, wann er das letzte Mal so spät mit der Vorbereitung begonnen hatte. Und auch nicht, wann es ihm das letzte Mal so schwer gefallen war, in Gang und Tritt zu kommen. Innerlich, im Kopf, im Gefühl.

Die vergangene Woche in Istanbul begann sich wieder zwischen ihn und die immer so beruhigend fassende Routine, die zugleich animierende Erwartung kommender Aufgaben, auch Probleme, zu schieben, das vertraute Vorgefühl seiner Welt, der Welt, in der er wirklich zu Hause war. Seine Welt ... Was war seine Welt?

In seiner Küchenzeile trank er den Kaffee, rauchte eine Zigarette, versuchte diese befremdenden Empfindungen abzuschütteln. Aber es blieb vor allem das Bild seines kranken Vaters und dabei ein dunkles Gefühl.

Harun nahm den leichten, hellen Regenmantel vom Garderobenständer, den kleinen Trolley, die schmale Akten- und seine Notebooktasche und verließ das Haus. Das bestellte Taxi wartete bereits unten. Harun grüßte und bestätigte das Fahrziel. Während sie im graublauen Licht des Morgens über die noch spärlich belebten Straßen fuhren, vertraute Wege an vertrauten Fassaden vorbei, ein ungezähltes Mal mehr hin zum Flughafen, öffnete er sein flaches Notebook, schaltete es ein, um wie vorgenommen mit der Sichtung seiner Unterlagen zu beginnen. Der Bildschirm leuchtete ihm entgegen, aber sein Blick verschwamm, irrte immer wieder ab. Er zündete sich eine Zigarette an. Es war ein Raucherwagen, wie bei der Bestellung gewünscht.

Der Taxifahrer fuhr zügig, er hatte das Radio leiser gedreht und verzichtete auf Konversation. Wahrscheinlich wusste er seine Fahrgäste einzuschätzen oder es lag einfach an der frühen Stunde. Haruns Mobiltelefon klingelte, der Klingelton erschreckte ihn. Als er die Anzeige im Display erkannte, spürte er eine spontane Erleichterung. Nur das Büro. Sein Chef. Der Mann, der offenbar nie schlief. Harun meldete sich.

Schornröders volumige Stimme tönte an sein Ohr.

Ob er schon auf dem Wege ... Und ob er die Unterlagen ... Harun bejahte, jetzt bestand keine Gefahr, dass Schornröder ins Detail ging. Er ging eigentlich nie ins Detail. Das mussten die anderen tun. Schornröder erwartete immer schnelle und kurze Antworten auf seine Fragen. Auch auf die, die weder kurz noch schnell zu beantworten waren. Der Umgang mit ihm verlangte eine gewisse, improvisative Geschicklichkeit, an der es nicht wenigen mangelte. Harun gehörte zu den anderen. Auch deswegen schätzte Schornröder ihn. Aber an diesem Morgen musste er sich entschieden mehr konzentrieren als sonst, um nicht jenes kurze, aber deutliche Schnaufen bei Schornröder auszulösen, mit denen der eine wiederholende Nachfrage einzuleiten pflegte, die schon anzeigte, dass ihm die erste Antwort nicht gefiel. Letzte Chance, ohne beginnende und sich dann schnell steigernde Ungemütlichkeit davonzukommen.

Dass Harun sich jetzt mehr konzentrieren musste aber lag weder an Schornröders Frage noch daran, dass er sich noch nicht vorbereitet hatte. Es lag immer noch daran, dass er diese befremdende Empfindung nicht loswerden konnte, die ihn desto mehr verwirrte, weil er sie in dieser Form noch nie gehabt hatte. Schon gar nicht, wenn er sich in seiner Welt bewegte. Seiner Welt.

Schornröder puffte inzwischen eine natürlich kurze Information aus, die ungeachtet ihrer Kürze auf eher umfangreiche Komplikationen beim Lautrec-Projekt schließen ließ, dem sich Harun ab heute in Paris zu widmen hätte. Der Ball lag mit einem kleinen, aber kräftigen Kick in Haruns Hälfte. Und Schornröder erwartete wie immer, entweder nichts mehr von diesen Komplikationen zu hören oder schlicht deren Beseitigung gemeldet zu bekommen. Kurz und bündig, verstand sich.

Harun ließ seinen Blackberry in die Sakkotasche zurückgleiten. Immer noch flimmerte der Bildschirm seines Notebooks. Er flimmerte auch, als der Wagen dann vor dem Terminal 1 des Flughafens hielt, wo im Unterschied zu den Straßen, durch die sie gefahren waren, reger Verkehr herrschte. Taxis, Pkw, Kleinbusse, Männer in gedeckten Anzügen und mit leichtem Gepäck. Das montägliche Ausschwärmen von den Flughäfen der großen Städte in andere große Städte. Harun klappte das Notebook zu, zahlte, nahm sein Gepäck und nach einer letzten Zigarette draußen den vertrauten Kurs durch die vielfältige Bewegung in das Gebäude und zum Schalter.

Ungezählte Jahre die gleichen Wege, der gleiche Rhythmus, der gleiche Beginn, aber an diesem Morgen blieb alles, als wenn er sich aus einer undefinierbaren Distanz selbst dabei zuschaute. Am Schalter nahm er das hinterlegte Ticket entgegen, checkte ein, nur Handgepäck, wie immer, und ging zu den Sicherheitsschleusen. Am Gate suchte er sich einen Platz und anstatt jetzt endlich mit der Unterlagensichtung zu beginnen, beobachtete er die Menschen, die hier mit ihm auf den Flug nach Paris warteten. Es war ihm einfach nicht möglich, sich wie sonst auf lebloses Material zu konzentrieren. Es war, als ob er auf irgendetwas warten würde. Einen Impuls. Einen Einfall. Irgendetwas. Er wusste es nicht, saß einfach da und schaute.

Da waren die Männer, es waren mehr Männer als Frauen, die mit einer Hand telefonierten, mit der anderen etwas in ihr Notebook tippten, in Papieren oder einer der ausliegenden Zeitungen lasen. Und die wenigen Frauen waren im gleichen Stil gekleidet wie die Männer, telefonierten und tippten in ihre Notebooks wie ihre männlichen Kollegen, lasen in Papieren oder einem der ausliegenden Magazine. Figuren in einem Marionettentheater, bei denen gleichzeitig an den gleichen Fäden gezogen wurde. Und es gehörte zur Szene, hier am Gate die eigene Verwicklung in ein größeres und natürlich wichtiges Geschehen zu demonstrieren. Selbst beim Zeitung lesen. Schließlich gehörte man zu denen, die hinter die Schlagzeilen sahen. Bei manchen schien es, dass der Unterschied zwischen ihrer Rolle, die sie schon hier, am Flughafen, und wie automatisch zu spielen begannen, und sich selbst verwischt war. Dass sie ganz aufgesogen wurden von ihrer Rolle oder es längst waren. Aber war nicht auch Harun einer von ihnen? Zumindest was seine Rolle in diesem Spiel betraf?

Warum kam ihm dieser selbstverständliche, sich um keinen Deut von allen bisherigen unterscheidende Anblick heute so merkwürdig fremd vor? Warum wurde er heute nicht wie sonst immer genauso aufgesogen von dieser Welt und damit für lange Weilen von sich selbst erlöst? Warum tippte er selbst nicht in sein Notebook und telefonierte oder las wissend im Wirtschaftsteil, ganz seiner Rolle, seiner Aufgabe, seiner Arbeit hingegeben? Als ob plötzlich ein Film gerissen wäre, in dem er bis dahin immer mitgespielt hatte, als unbestrittenes Mitglied des Stammensembles. Und jetzt, wo der Film gerissen war, wussten seine Gedanken nicht wohin.

... Doch, sie wussten wohin! Nach Istanbul, zu seinem Vater, seiner Familie, zu Ibrahim, zu seiner und ihrer Welt, in die es Harun nach 17 Jahren plötzlich wieder verschlagen hatte. Von einem Augenblick zum anderen. Ihre Welt. Seine Welt ... Und Elaine ... Welcher Welt gehörte sie an? Welcher Welt er selbst eigentlich? Und wie ein Blitz durchgleißte ihn die Erkenntnis, dass darüber bald die Entscheidung fallen, und dass auch Elaine mit dieser Entscheidung zu tun haben würde. Dieser Blitz blendete auf und verging, bevor Harun auch nur den Ansatz eines Gedankens fassen, geschweige sich über das klar werden konnte, was die Vision bedeutete. Elaine ... Ihr Bild blieb, schob sich für den Moment vor die Bilder aus Istanbul.

Unwillkürlich musterte Harun die Frauen in seinem Sichtfeld. Keine war ihr auch nur im Geringsten ähnlich. Auch Elaine flog öfter. Und Harun versuchte sich vorzustellen, wie sie aussah und wirkte, wenn sie am Gate saß, auf das Boarding wartete, wie er jetzt und die anderen hier. Und versuchte sich vorzustellen, was und wie es gewesen wäre, wenn sie damals, vor einem Dreivierteljahr, wirklich in die Stadt gekommen wäre, er sie am Flughafen überrascht, abgeholt hätte.

... Schluss jetzt! Er musste sich zusammenreißen und endlich konzentrieren! Wieder klappte er sein Notebook auf, atmete tief, drängte, kaum dass Elaine vor seinem inneren Augen verblasste, die frischen Erinnerungen an seinen Vater, das wie eine Flut mit ihnen ansteigende Gefühl von Ahnung und Traurigkeit zurück, klickte endlich die Mail-Anhänge an, zwang seine Augen auf den Bildschirm, seine Gedanken zu den registrierten Informationen, überflog das Material wieder und wieder, machte an passender Stelle eine Ergänzung über Schornröders Hinweis von vorhin, der sich jetzt in den richtigen Zusammenhang fügte. Harun nickte leicht vor sich hin. Wenn Schornröder davon ausgegangen war, dass er die Unterlagen schon gelesen hatte, konnte er sich guten Gewissens kurz fassen. Aber Schornröder hätte sich auch in der Gewissheit kurz gefasst, dass sein Gesprächspartner nicht die geringste Ahnung hatte, worum es ging.

Harun versuchte, seine Augen am Bildschirm zu halten, es gelang ihm nur bedingt. Immer wieder schweifte sein Blick doch ab, und um zu verhindern, dass aus dem Abschweifen ein Versinken im eigenen Gedanken- und Gefühlslabyrinth wurde, konzentrierte er sich dann auf die Beobachtung seiner Reisegenossen.

Unwillkürlich wurde seine Aufmerksamkeit dabei immer wieder von einem Mann angezogen, der sich auf den ersten Blick nicht von den anderen seines eigenen und Haruns Schlages zu unterscheiden schien. Ein stattlicher, hochgewachsener Mann, etwa in Haruns Alter, braune, leicht gewellte Haare, kurz geschnitten, auch er in perfekt sitzendem dunklen Anzug, weißem Hemd mit dezenter Krawatte, schwarzen, erkennbar teuren Schuhen, einen kompakten Trolley, Akten- und Notebooktasche bei sich. Ein typischer Flughafenbewohner, für den das mindestens wöchentliche Fliegen einfach nur die Benutzung öffentlicher Verkehrsmittel war. Aktionsradius die ganze Welt, wenigstens ganz Europa. Einer jener routinierten Experten in Zahlen oder Paragrafen, selbstsicher, hochbezahlt, abgeklärt, die ein unsichtbares Netz um den Globus ziehen und immer dichter knüpfen halfen. Auf den ersten Blick. Trotzdem fiel gerade er Harun unter all den anderen auf.

Auch er telefonierte immer wieder, auch er mit einem dieser flachen, schwarzen Blackberrys für die komplette Bürokommunikation unterwegs. Immer erreichbar auf allen Kanälen. Immer bereit zur schnellen Reaktion. Harun musste sich kontrollieren, seinen beruflichen Artverwandten nicht allzu auffällig zu beobachten. Was war es, das er gerade an ihm, im Unterschied zu all den anderen hier, wahrnahm? Hinter dem ersten Blick? Die Art, wie der Mann mit konzentrierter Stimme in sein Gerät sprach, fest und bestimmt; die Art, wie er sich dabei bewegte, gelassen auf und ab gehend, eine Hand in der Hosentasche; die Art, wie er seinerseits dabei seine Umgebung musterte.

Das alles hätte man doch auch für jene sich einfach selbstgefällig verströmende Arroganz oder auf die Mitwelt hin berechnete, bewusst demonstrative Eitelkeit halten können. Jene raumgreifende Eitelkeit, die Angehörige dieser Klasse nicht selten auszeichnete. Auf den ersten Blick. Aber das war es nicht. In der ganzen Art dieses Mannes lag im Gegenteil eine ungeheure, nicht im Geringsten auf innere oder äußere Wirkung berechnete Selbstverständlichkeit. Im direktesten und gegenwärtigsten Sinn des Wortes. Da war nichts gespielt, nichts erzwungen. Und er war auch nicht einer von denen, die nur noch aus ihrer Rolle bestanden, eine Art Mutant, der aus dem Takt geriet oder gänzlich einer dann leeren und desto blasierteren Überheblichkeit verfiel, sobald er sich außerhalb solcher Szenerien bewegte, nein.

Harun meinte fast körperlich eine ganz der Welt, dem Dasein zugewandte Lebendigkeit zu verspüren, die von diesem Mann ausging, der sich jetzt seinem Beruf widmete, heute Abend irgendeiner Geselligkeit und heute Nacht vielleicht ... Und er bliebe immer derselbe, bliebe immer bei sich, ganz selbstverständlich.

Und Harun erfasste nicht nur diese Selbstverständlichkeit mit einer plötzlichen, irritierenden Macht, sondern zugleich und gerade deshalb so irritierend, dass er selbst Welten von solcher Selbstverständlichkeit entfernt war. Selbst hier und jetzt, wo niemand darauf käme, wie fremd er sich gerade vorkam. Der Anblick dieses Mannes wirkte, warum auch immer, wie ein grelles Licht auf Harun, in dem er seine eigene Fremdheit schonungslos beleuchtet fand.

Er selbst gehörte zu denen, die spielten, zwar nicht aus Eitelkeit, aber doch um andere, vor allem sich selbst, zu täuschen. Denn er blieb sogar hinter der Fassade und einer gewohnten Mechanik des Tuns, die den größten Teil seines Lebens einnahm und bestimmte, eben doch ein Fremder. Ein heimlicher Fremder, dessen vor allen, meistens sogar sich selbst verborgene Wahrheit die Einsamkeit war. Nicht, weil er keine Partnerin hatte, auch nicht wegen Elaine. Sondern weil sein ganzes Leben nicht stimmte, weil etwas mit ihm nicht stimmte, weil etwas falsch war. Und seit Ibrahims Anruf, seit der Woche in Istanbul ließ sich die Gewissheit dessen, die Gewissheit dieser Einsamkeit und Fremdheit in ihm, nicht mehr verdrängen.

Er hatte das Gefühl, dass sie sich niemals wieder verdrängen lassen, dass sie irgendwann, eher früher als später, auch für andere an ihm sichtbar werden, sich nicht mehr verbergen lassen würde. Wenn nicht bald, sehr bald etwas geschähe. Mit ihm. Und auch mit Elaine. Mit ihm und Elaine.

Dabei hatte sie doch nichts mit alledem zu tun, nichts mit den Gründen für alles. Und doch ... Als läge in ihr ein Teil der Lösung, ohne dass Harun die geringste Idee gehabt hätte, wie diese „Lösung" aussehen sollte. Verrückte Gedanken. Noch nie hatte er solche Gedanken gedacht, wenn er sich, wie jetzt, in seiner Welt befand.

Eine Lautsprecherstimme verkündete eine kleine Verspätung. Harun erhob sich spontan, auch um sich endlich vom Anblick dieses Mannes zu lösen, bevor es doch noch auffiele, und ging zu einer dieser neuartigen Kaffeebars, die man jetzt an allen Flughäfen fand, bestellte Kaffee, ein Croissant und einen Orangensaft. An der Theke wollte er sich eine Zigarette anzünden, doch er hatte sie kaum von der Packung zum Mund geführt, als die hübsche Barista, so nannte man das jetzt, ihn mit einem Lächeln auf das „No smoking"-Schild hinwies. Das wurde auch immer schlimmer. Glücklicherweise und obwohl er viel rauchte, konnte er es wenigstens begrenzte Zeitspannen ohne Zigarette aushalten. Harun sah sich im Spiegel an der Rückwand der Bar. Ein gutaussehender Mittdreißiger, Typ gehobener Geschäftsmann, für den der Aufenthalt an Flughäfen Routine war. Einer, der dazugehörte. Einer, der nirgendwo hingehörte ...

Es wurde zum Boarding aufgerufen. Langsam und wie beiläufig formierte sich die Reihe. Hier drängte niemand, viele blieben sitzen bis zum letzten Moment, in ihre Arbeit oder eine Lektüre vertieft. Erst als die Schlange auf wenige Leute vor dem kleinen Schalter geschmolzen war, schloss sich auch Harun an, sah flüchtig auf seine Bordkarte, Platz 27 B. Mobiltelefone wurden deaktiviert. Harun bewegte sich durch den engen Gang, bis er zu seinem Platz gelangte. Erstaunt, beinahe etwas erschrocken, registrierte er, dass eben jener Mann, den er gerade noch so gebannt beobachtet hatte, auf dem Platz neben ihm, am Fenster, saß. Der Platz zur Rechten, am Gang, blieb leer. Sie nickten sich kurz zu und Harun hoffte, dass sein Nebenmann vorhin wirklich nicht bemerkt hatte, wie er ihn immer wieder hatte mustern müssen.

Nachdem alle Passagiere saßen, die gewohnt ignorierte Sicherheitsunterweisung durch die Stewardessen beendet war, brummten die Motoren auf. Die Maschine rollte zur Startbahn, mit einem plötzlichen Aufrollen setzte der Schub ein, Harun wurde leicht in seinen Sitz gepresst und schon wies die Kabine in steilem Winkel nach oben. Wie viele Starts mochte er schon erlebt haben? Unwillkürlich wandte er den Blick, um aus dem Kabinenfenster zu schauen, während sie schnell aufstiegen. Bald würde das Flugzeug eine leichte Kurve beschreiben und man konnte, je nach Sicht, die Stadt tief unten liegen sehen. Auch sein Nachbar hatte den Kopf zum Fenster gewandt. Das taten die meisten. Wahrscheinlich blieb auch beim ungezähltesten Start doch etwas von der Faszination übrig, die es hatte, sich von der Erde in die Luft zu erheben. Fliegen ... Die grenzenlose Freiheit über den Wolken ...

Ein Teil dieser Freiheit bestand vor allem für Leute wie Harun darin, dass die Mobiltelefone hier oben ausgeschaltet bleiben mussten. Nicht erreichbar. Dafür stauten sich dann die Rufmeldungen nach der Landung. Aber bis dahin blieb Ruhe. Die Maschine war auf Kurs, draußen strahlte es blauweiß. Kurz begegnete Haruns Blick dem seines Sitznachbarn. Der lächelte leicht, wandte sich dann seiner Arbeit zu. Der Flug würde nicht lange dauern. Jetzt wäre die letzte Gelegenheit, sich in das Material zu vertiefen, bevor er in Paris ankam. Trotzdem hatte Harun immer noch Mühe, sich auf dieses Nächstliegende und eigentlich Notwendige zu konzentrieren. So oberflächlich vorbereitet wäre er noch zu kaum einem ersten Tag gekommen. Erst vor einer Woche hatte er in einem anderen Flugzeug gesessen, mit einer anderen Art Menschen. Und einem anderen Ziel: Istanbul.

Vor zwei oder drei Jahren etwa hatte ihn Schornröder einmal gefragt, ob er nicht Lust auf ein Projekt in Istanbul habe, das sich gerade ergeben hätte. Es wäre möglich, ihm dort die Leitung zu übertragen. Harun war überrascht gewesen, hatte nicht gleich gewusst, was antworten.

„Na, allzu begeistert sind Sie ja nicht, und da dachte ich, Ihnen einen Gefallen damit zu tun", hatte Schornröder seinerseits überrascht reagiert. Am Ende war es Harun gelungen, sich herauszuwinden.

Schließlich kenne er das Land so gut wie gar nicht, spreche zudem kaum Türkisch, und es sei dann eher problematisch, seine ..., beinahe hätte er da „Landsleute" gesagt, also seine Kollegen oder Partner dort sozusagen permanent enttäuschen zu müssen, weil er so wenig von dem sei, das er dem Namen und dem Aussehen nach scheine. Dass sein Türkisch trotz allem zwar eingerostet, aber noch ganz passabel war, verschwieg er.

„Verstehe, verstehe", hatte Schornröder gebrummt. „Vielleicht haben Sie Recht." Und dann hatte er eine Formulierung gebraucht, die Harun wie ein elektrischer Schlag durch und durch gegangen war:

„So ein bisschen wie der verlorene Sohn, was? ... Ja, manche Dinge haben mehr Seiten, als man ihnen im ersten Moment ansieht. Aber gut, gut, dann kann ich Sie nach Toronto schicken, großer Brocken, ist mir deshalb eigentlich auch lieber."

Das Projekt in Toronto hatte sich dann über ein halbes Jahr erstreckt und war eines der interessantesten und anspruchsvollsten geworden, mit denen Harun bis dahin befasst gewesen war. Das hatte dann auch geholfen, die Sache mit Istanbul zu vergessen.

„Der verlorene Sohn". Nein, er hatte nicht nach Istanbul gewollt, denn das hätte bedeutet ... Ja, es hätte bedeutet, dass er nach 14 oder 15 Jahren plötzlich in der Stadt aufgetaucht wäre, in der seine Eltern und sein Bruder lebten. Und dass er sich hätte fragen müssen, ob er sie aufsuchen würde oder nicht – Nein, das wäre dann keine Frage, es wäre undenkbar gewesen, sie nicht aufzusuchen. Trotz allem.

Was also wäre passiert, wenn er damals nach Istanbul, wenn er dort und von sich aus zu dem Haus gegangen wäre, in dem er nun die letzte Woche über gewesen war? Wie hätten seine Eltern da reagiert, sein Vater vor allem, der damals noch nicht krank gewesen war? Ibrahim hätte sich wohl kaum anders verhalten als jetzt ... Aber sein Vater?

Harun war so gut wie sicher, dass der Vater ihm zu dem Zeitpunkt nicht verziehen, ihn abgewiesen hätte, wie auch die ersten Tage vergangene Woche. Und nicht nur das. Wahrscheinlich hätte er viel rabiater und lauter reagiert, ihn der Wohnung verwiesen, ihn beschimpft. So wie damals. Und seine Mutter hätte stumm dabeigestanden, die Hände gerungen.

Aber es war nicht einmal, dass Harun genau davor Angst gehabt hatte und deshalb nicht auf Schornröders Offerte eingegangen war. Nein, es war ihm einfach unvorstellbar gewesen, immer noch, sich überhaupt diesem Land, der Sprache, dieser anderen Welt und damit vor allem seiner eigenen Herkunft und Vergangenheit zu nähern. Und das war nicht nur seine Familie und das hieß vor allem sein Vater. Es war um seine Wurzeln gegangen, seine wirklichen Wurzeln. Und die lagen ja nicht einmal in Istanbul. Nein, die lagen weiter, viel weiter, auf der anderen Seite, weit hinter dem asiatischen Ufer des Bosporus, auf das Harun letzte Woche von dem Platz bei der großen Brücke aus geschaut hatte. Dorthin, wo ... An der Stelle zwang er seine Gedanken zur Umkehr. Wie er es immer tat seit so langer Zeit. So lange und so weit ...

Unwillkürlich ging sein Blick zur Seite, zu seinem Sitznachbarn, der inzwischen ein Buch hervorgeholt hatte und las. Harun wollte seine gerade in noch entlegener Ferne berührte Erinnerung schnell abschütteln und starrte beinahe konzentriert auf das Buch. Es war ein schmaler roter Band, der Harun bekannt vorkam. Tatsächlich, Sartre. Eigentlich musste es nicht erstaunen, dass der Mann Sartre las. Wenn der Eindruck stimmte, den er vorhin, warum und wie auch immer, von ihm gewonnen hatte. Aber was konnte man schon mit Sicherheit aus dem äußeren Anschein ableiten? Welche Geschichte und welche Gedanken mochten in Wirklichkeit hinter dieser Stirn verborgen sein?

Für einen Moment war Harun sogar versucht, ihn anzusprechen, immerhin konnte das Buch einen Ansatzpunkt bieten. Doch der Nachbar schien in seine Lektüre versunken, und Harun konnte sich nicht entschließen, ihn aufzustören, raffte sich stattdessen in plötzlichem Entschluss noch einmal auf, holte sein Notebook heraus, schaltete es ein und ging die übermittelten Dateien zumindest soweit durch, dass er sich orientieren und die richtigen Fragen stellen konnte. Alles Übrige ergäbe sich vor Ort, und er besaß Routine wie Erfahrung genug, um nicht in unsicheres Fahrwasser zu geraten.

Außerdem genoss er mittlerweile den Vorzug eines gewissen Rufs. Das erleichterte Vieles. Sowohl bei den Unternehmen, mit denen er es zu tun hatte, und die in der Regel bemüht waren, sich vorteilhaft zu präsentieren, aber natürlich auch nach innen, was die ein und andere Freiheit betraf, die er sich nehmen konnte. Schornröder wusste, was er an ihm hatte, und so schwierig der Mann sonst sein mochte, wer ihn stets mit Ergebnissen und Lösungen versorgte, statt mit Problemen und Komplikationen behelligte, konnte manche Privilegien in Anspruch nehmen.

Und Harun hatte den größten Freiraum von allen. Was nicht zuletzt daran lag, dass er sich ohne Wenn und Aber seiner Arbeit widmete, keine Grenze zeitlicher und sonstiger Beanspruchung kannte, auch über den Punkt größtmöglicher Erschöpfung hinaus noch leistungsfähig blieb, eben bis eine Sache bewältigt war

Harun schloss das letzte Dokument und klappte das Notebook zu, registrierte, wie sein Sitznachbar im gleichen Augenblick das schmale rote Buch beiseite legte. Ein Band mit Sartres Dramen. Ohne dass er überlegt hätte, kamen jetzt die Worte aus seinem Mund:

„Bleiben wir also immer gefangen in unserer Geschichte ...?" Sein Nebenmann schien nicht einmal überrascht, auch nicht irritiert über diesen ohne jede Einleitung gesprochenen Satz. Er sah Harun offen an.

„Nun, ich denke schon ... Keiner kann wohl seiner Geschichte ganz entkommen, und selbst wenn er gegen sie revoltiert, bliebe sie ja der Angelpunkt seiner Revolte. Allerdings, eine gewisse Chance, unsere Geschichte zu beeinflussen, haben wir, glaube ich, doch."

Harun nickte und hatte das spontane Empfinden, dass sein Nachbar gerade nicht nur über Sartre, sondern auch über sich selbst sprach. Und über ihn, Harun. Eigentlich unsinnig. Aber es war einer jener Momente, wo zwei Menschen intuitiv erfassten, dass sie einander etwas zu sagen hatten und sich auch gerne etwas sagen wollten.

„Ich bin übrigens Georg Stein", sagte sein Sitznachbar. „Georg reicht."

„Harun ... Harun Kara ..."

„Interessant klingender Name. Woher kommt er?"

„Türkei."

„Ach ...", Georg Stein schien erfreut.

„Schönes Land ... Ich bin sozusagen ein Fan von Istanbul, also der Stadt, nicht von Fenabace." Er lächelte. „Vor drei Jahren hatte ich mal beruflich dort zu tun, und seitdem verbringe ich eigentlich jedes Jahr ein paar Tage dort. Ich weiß nicht, was es ist, die Lage, das Klima, das Leben dort, diese ungeheure Geschichte, die ganze Atmosphäre? Wahrscheinlich alles ... Kennst du Istanbul?"

Harun zögerte kurz.

„Nicht wirklich", sagte er. „Ich ... war letzte Woche das erste Mal dort."

Wie seltsam, dachte Harun dabei. Vor drei Jahren war Georg Stein zum ersten Mal in Istanbul gewesen. Wie damals beinahe auch er selbst.

„Aber richtig, eine faszinierende Stadt."

„Sie ... Du bist wahrscheinlich auch so ein ...", Georg zwinkerte, „Du nimmst mir das nicht krumm ... Du bist wahrscheinlich auch so ein synthetischer Türke, dem Deutschland viel vertrauter ist als die Türkei, oder?" Er hob kurz eine Hand. „Nein, ‚vertrauter' ist das falsche Wort, gewohnter, ich sage besser: gewohnter, denn vertraut kann einem ja auch etwas sein, das man gar nicht gewohnt ist."

Harun nickte. Keine schlechte Definition.

So kamen sie ins Gespräch. Ihre Worte und Gedanken griffen leicht, ohne jede Reserviertheit ineinander, es war merklich Sympathie, wechselseitiges Interesse und dabei mehr als nur eines jener letztlich vorübergehend bleibenden Reisegespräche, die Harun üblicherweise mied. Auch Georg gehörte zur Branche, da hatte der äußere Anschein nicht getrogen. Er war Systemanalyst und Berater, vor der offenbar erfolgreichen Selbstständigkeit bei einer der großen Firmen. Und er war nicht nur ein „Fan von Istanbul", sondern auch von Sartre und Camus, des französischen Existenzialismus'.

„Die meisten Philosophien, so faszinierend sie sonst sein können, gehen doch am Leben vorbei", hatte er gesagt. „Hier habe ich die einzige Philosophie gefunden, die klar und ohne Ausweichen ins Irgendwo oder Nirgendwo das ausspricht, was mit uns ist, und zwar hier und jetzt. Außerdem finde ich den Zigarettenkonsum der Existenzialisten sympathisch."

Georg hatte eine Grimasse geschnitten. „Wenn die Fitnessfanatiker von heute damals schon geherrscht hätten, wäre der Existenzialismus gar nicht erst zur Entfaltung gekommen." Sie hatten gelacht.

Und dann festgestellt, dass ihre Hotels in Paris nicht weit voneinander entfernt lagen, sich spontan für den Dienstagabend verabredet. Harun freute sich darauf und hatte von Georg den gleichen Eindruck. Er schien tatsächlich ein besonderer Charakter. Auch da hatte sich Harun offenbar nicht getäuscht, vorhin, als ihm Georg am Gate aufgefallen war. Er fragte sich, ob Georg das bemerkt hatte. Wenn, dann behielt er es für sich. Als das Flugzeug gelandet war, lief die gewohnte Welle hektischer Bewegung durch die Kabine, Taschen und Trolleys wurden gegriffen, im Gang entstanden die übliche Enge und Stau, einige schalteten noch beim Verlassen der Maschine ihre Mobiltelefone ein, Signaltöne piepten.

Das kurze Stück Freiheit über den Wolken war vorüber und viele schienen es kaum erwarten zu können. Schon auf dem Weg ins Terminal hatten sie ihre Geräte am Ohr, um dringliche Nachrichten abzuhören oder selbst Wichtiges loszuwerden. Als wäre es ein schlechtes Omen, nicht sogleich das eine oder andere zu tun. Wehe dem, auf den keine Nachricht wartete. Üblicherweise hätte auch Harun jetzt im Gebäude seinen Blackberry aktiviert, aber weil Georg keine Anstalten dazu machte, wäre er sich komisch vorgekommen. Sie bewegten sich zielsicher durch die riesigen Hallen des Flughafens Orly, durch das tausendfältige Gewimmel und Gerausche, Airport-Routiniers oder, von höherer Warte aus betrachtet, Ameisen in einem riesigen Haufen, die aber ihren Weg genau kannten. Der Vergleich stammte von Georg.

„Was meinst du, Harun, wenn ein Riese jetzt von oben auf den ganzen Betrieb hier schauen würde, käme ihm das nicht vor wie uns, wenn wir auf eine Ameisenkolonie heruntersähen? All die vielen kleinen Tierchen, die sich so flink und nur scheinbar ziellos durcheinander bewegen."

„Mit wem oder was sich wohl die Ameisen vergleichen, wenn sie mal dazu aufgelegt sind?"

„Oder die Riesen ..."

Am Taxistand, wo die Ankommenden sich selbst wie an einem unablässig vorwärts ruckenden Fließband auf dem Weg in die Stadt verluden, trennten sie sich.

„Bis morgen also", sagte Georg. „Ich komme dann um acht in dein Hotel. Und hier", er hielt sein Mobiltelefon in die Höhe. „Nicht vergessen ...!" Er zwinkerte Harun noch einmal zu.

Harun nannte seinem Taxifahrer die Adresse der Firma. Weil er ein gutes Französisch sprach und dem Aussehen nach durchaus hierhergehören konnte, brauchte er wenig Sorgen zu haben, dass der Chauffeur den Preis ausdehnende Umwege nahm. Er zündete sich eine Zigarette an. In den meisten französischen Taxis konnte man rauchen. Leider nun auch hier nicht mehr in den Bistros und Restaurants. Eine ungeheure Veränderung, allenfalls mit der französischen Revolution vergleichbar. Im Unterschied dazu nur so merkwürdig still vollzogen. Eigentlich kaum glaublich für dieses Land.

Auf seinem Blackberry waren einige Kurzmitteilungen und Sprachnachrichten. Das Übliche. Bruneault von der Pariser Niederlassung fragte an, wann er bei Lautrec einträfe. Harun schätzte eine halbe Stunde, bis er im Besprechungsraum sitzen und den Arbeitstag eröffnen würde. Das Taxi tauchte in den immer dichter werdenden Verkehr Richtung Innenstadt. Motorisierte Ameisen. Eigentlich mehr als staunenswert, dass in diesem trotz der breiten Straßen eng gedrängten Blechgewühl nicht mehr passierte. Ein Taxifahrer hatte ihm einmal erzählt, dass es hier nicht üblich war, bei kleineren Touchierungen anzuhalten, geschweige denn die Polizei zu rufen. Wenn die Leute das täten, würde der ganze Verkehr kollabieren.

Harun nutzte die Fahrt, um in seinem Notebook noch einmal das Material zu übersehen, insbesondere was den Punkt betraf, auf den Schornröder ihn aufmerksam gemacht hatte. Jetzt endlich fühlte er sich wieder in seinem Element und konnte sich konzentrieren. Die kommende Aufgabe legte sich wie ein Filter um ihn, der alle Eindrücke von außen absorbierte und seine eigenen Energien daraufhin verdichtete. Der Teil seines Lebens, der funktionierte.

Sein Job war es, Unternehmen oder Teile davon zu beurteilen, ihren Wert zu ermitteln und die mit einem Verkauf verbundenen, umfangreichen Prozesse vorzubereiten, manchmal auch im Anfang zu begleiten. Harun galt als Spezialist auf diesem Gebiet, gehörte zu den „GPPs", den „Global Prime Players" einer internationalen Investmentbank, wie Tyrell J. Kanovian, deren fast schon legendärer und nicht weniger gefürchtete Vorstandsvorsitzende, seine besten „Pferde im Stall" nannte. Einmal im Jahr gab es eine glamouröse Veranstaltung, jeweils von einer anderen Niederlassung auf einem anderen Kontinent ausgerichtet, wo das Haus seine Erfolge, sich selbst und die erfolgreichsten Mitarbeiter feierte.

Jedes Mal, wenn Harun sich bewusst machte, dass er dazugehörte, was selten vorkam und eigentlich mehr unwillkürlich geschah, erschien ihm das dann wie ein seltsamer Traum, den er nicht einmal gerne träumte, der ihn eher verwirrte, fast verstörte. Auch auf jene Jahresveranstaltungen fuhr er ungern, so reizvoll die Städte, Kulissen und sonstigen Umstände dabei auch sonst sein mochten. Vor allem weil er bei diesen Gelegenheiten, also außerhalb des fassenden Korsetts der Arbeit, feststellte, wie weit er von denen, in deren Kreisen er sich sonst und mit Selbstverständlichkeit bewegte, entfernt war. Innerlich entfernt, sowohl von den bürgerlich Soliden wie den abgehoben Dekadenten.

Denn die Arbeit selbst kam ihm oft wie eine Art unsichtbarer Schutzanzug vor, mit dem er sich erst in einer ihm eigentlich völlig fremden Welt bewegen konnte. Und seine Arbeit beruhte im Wesentlichen auf der Beherrschung von Fakten, Daten, Informationen, auf ihrer Erhebung, Ordnung, Steuerung, auf der nüchtern ergebnisgerichteten und klar termingefassten Organisation von darauf zielenden und darum zentrierten, unbestreitbar notwendigen Abläufen. Hier gab es wenig Raum für Geschwätz, für Pfauengehabe oder hierarchisches Geplänkel. Ein weiterer Vorzug bestand darin, dass er immer von außen kam und nur eine begrenzte Weile blieb, bevor der nächste Einsatz ihn wieder woanders hinführte. Das sicherte eine von ihm als wohltuend empfundene Abwechslung und auch Distanz. Er brauchte in keinem Unternehmen heimisch zu werden. Soweit man das heute überhaupt noch werden konnte. Doch allein die Vorstellung, Tag für Tag mit denselben Leuten und noch dazu auf begrenztem Raum zusammenhocken und das für ein wenigstens unauffälliges Mitschwimmen erforderliche Maß an Privatem preisgeben oder dauerhaft vorspiegeln zu müssen, war ihm ein Gräuel. Er bevorzugte die bewegte Außenposition, auch wenn sie einsam war.

Aber einsam war letztlich nicht sie, sondern er selbst. Also kam es darauf an, sich ein entsprechendes Feld zu suchen. Das war ihm gelungen. Mit Erfolg, in jeder Hinsicht. Harun hatte im Lauf seiner beruflichen Entwicklung, gemischt aus Naturell und Erfahrung, eine persönliche Manier entwickelt, mit der er gut fuhr: Er verband hohen Anspruch und nachhaltige Forderung in der Sache mit Höflichkeit und Verbindlichkeit im Auftreten. Es war kaum möglich, mit ihm in Konflikt zu geraten, ohne dass derjenige, der es darauf anlegte, sachlich ins Hintertreffen geriet.

Lautrec zeigte sich trotz der von Schornröder vermerkten möglichen Probleme als zwar anspruchsvolles, aber überschaubares Projekt. Die besagten Schwierigkeiten hatten hier auch eher mit Schornröders stets wachem Misstrauen zu tun. Seine Nase war überempfindlich, er verfügte über den Instinkt eines überzüchteten Raubtiers. Nach außen wie innen. Aber besser, man schärfte vorher das Auge für solche Unwägbarkeiten, als dass man später und mittendrin von ihnen überrascht wurde. Harun verstand es meistens schon im Vorfeld und mit Diplomatie wie Direktheit, potentiell problematische Lagen zu klären oder möglicherweise kritische Punkte zu entschärfen. Was wiederum Schornröder zu schätzen wusste, dem solches Talent gänzlich abging.

Und wirklich schwierig wurde es eigentlich nur, wenn irgendwelche internen Interessengegensätze, erst recht Machtkämpfe, den Informationsfluss und die übrigen Abläufe beeinträchtigten. Wenn es nicht um die Sache, sondern um Persönliches ging. Auch dabei allerdings behielt Harun den Vorteil, dass er selbst nichts persönlich nahm, von sich aus alles im Rahmen der Sache zu halten verstand, darin keine Auseinandersetzung scheute und sich um einschlägige Ränkespiele nicht scherte. Auch hier kam ihm unterdessen sein erworbener Ruf zugute. Es musste schon ein besonders schwerwiegender Konflikt vorliegen oder sich um besonders vernunftresistente Charaktere handeln, dass es überhaupt zu ernsthaften Konfrontationen kam. Mit ihm jedenfalls.

Bei Lautrec bestand aber zu entsprechenden Sorgen keinerlei Anlass. Schornröders Vorwitterung war in diesem Fall also falscher Alarm. Und Harun hatte gleich zu Beginn und geschickt eingebettet in einen harmlosen Zusammenhang die entsprechenden Fragen klären können. Auch dafür war ihm ein mittlerweile geübtes Talent zueigen. Zudem schien das Unternehmen gesund, die Kennzahlen, die er bereits errechnet hatte, lieferten ein positives Bild, ebenso gab das Management einen kompetenten Eindruck. Wie üblich ging es jetzt vor allem darum, eine riesige Datenmenge zusammenzuführen, aufzubereiten, ihre Kernaussagen und eben sachlich mögliche Problemlagen deutlich werden zu lassen, das Ganze digital zu archivieren und der weiteren Bewertung zugänglich zu machen. Und wie üblich gab es bereits einen genauen, zwischen Harun und seinen Ansprechpartnern bei Lautrec abgestimmten Zeit- und Aktionsplan, den der junge Bruneault von der Pariser Niederlassung im Detail ausgearbeitet hatte. Er kam frisch von der Universität, war hoch motiviert, ein wenig hektisch und allzu intensiver Benutzer seines Mobiltelefons, aber offenbar sorgfältig und verlässlich. So verflog der erste Tag in der gewohnten –Harun dachte an Georgs Definition – in der gewohnten und auch vertrauten Routine, denn diese Welt der arbeitsgefassten Abläufe war ihm nicht nur gewohnt, sondern vertraut und vor allem er sich in ihr.

Hier gab es keine Abgründe, auch nicht im Angesicht größtmöglicher Schwierigkeiten und höchstmöglichen Zeitdrucks. Nicht für ihn. Besprechungen, Besichtigungen, zwischendurch Zeit vor dem Bildschirm. Und immer wieder für eine Zigarette. Auch hier gab es inzwischen getrennte Raucherbereiche. Das von schwerem Tabakqualm gesättigte Büro, der mit filterlosen Zigaretten gefüllte Aschenbecher auf dem Schreibtisch gehörte der Vergangenheit an. Selbst in Frankreich. Harun war nicht sicher, wie er das finden sollte. Für den Abend wurde er von der Geschäftsführung zum Essen eingeladen. Auch das war üblich. Und es konnten durchaus angenehme Abende sein, abhängig natürlich davon, mit wem man es zu tun hatte.

Wenn es interessante Leute waren, solche, deren Horizont über ihren Beruf hinausreichte, über ihren Beruf und vor allem eine an Status, Besitz, Konvention orientierte und darauf verengte Privatheit, Leute, die gebildet waren, geistreich, lebenserfahren, dann konnte Harun diese Art Geselligkeit genießen. Dann gab es Momente, wo er sich auch außerhalb oder besser, am äußeren Saum seiner Arbeitstage, aber immer noch davon getragen, dazugehörig fühlte. Mitten im Kreis einer lebendigen Runde, im zwanglos angeregten Gespräch, im gemeinsam bewegten Disput, im periodisch aufwellenden Lachen. Solange, bis er wieder allein in seinem Hotelzimmer war, bis die letzten Nachklänge solchen Zusammenseins in ihm verebbten. Aber dann übernahm ihn die Müdigkeit, die Erschöpfung, der Schlaf bis zum frühen Aufstehen am folgenden Morgen, der in einen neuen Arbeitstag führte.

Solche gelungenen geselligen Abende erinnerten ihn immer an das Bild, das sich ihm manchmal bot, wenn er selbst, entweder auf seinen beruflichen Reisen oder am Wochenende zu Hause, wenn er dann abends noch allein durch die Straßen der Stadt lief, in einem Café oder Restaurant saß, und er irgendwo eine Gruppe von Menschen um einen Tisch versammelt sah. Menschen, die miteinander redeten und lachten, Bekannte, Freunde, Paare, Menschen, von denen Harun den Eindruck hatte, dass sie mittendrin verankert und fest im Leben verwurzelt waren. Im Leben, nicht nur im Beruf, in ihrer Geschichte, ihrer Herkunft und all den ganz selbstverständlichen Bindungen, die das bedeutete. Menschen, denen er sich gerne zugehörig gefühlt hätte. Mit seiner Geschichte, seinem Ursprung. Und etwas von dieser gewünschten Zugehörigkeit konnte er an jenen Abenden empfinden oder es sich jedenfalls für Momente einbilden.

Natürlich gab es auch die anderen Geselligkeiten, die eher öden, langweiligen Pflichttermine, an denen es ihn Anstrengung kostete, die Stunden höflichkeitshalber abzusitzen, so zu tun als ob. Aber auch dafür hatte er eine Routine entwickelt, stand ihm genügend Erfahrung zur Verfügung, ohne ungünstigen Eindruck seine Rolle im Kreis von Leuten zu spielen, bei denen man sich oft genug wundern musste, wie sie es überhaupt in Führungspositionen hatten schaffen können. Aber vielleicht musste man sich auch nicht darüber wundern.

An diesem Abend in Paris luden die beiden Geschäftsführer von Lautrec ihn zum Essen in ein malerisch gelegenes Restaurant direkt am Seineufer ein. Sie saßen draußen. Sommerdämmerung über der Stadt, Lichter spiegelten sich auf dem Wasser, immer wieder glitten Ausflugsschiffe vorüber, Musik und Gelächter tönte herauf. Und nicht zuletzt konnte man hier draußen rauchen. Ein Abend der angenehmen Sorte, was vor allem an den zwei sehr unterschiedlichen, aber sympathischen und jeder auf seine Art interessanten Gastgebern lag:

Der Ältere, Armand Schweitzer, ein Elsässer, knapp 60, ein grauköpfiger Charismatiker mit reicher Weltkenntnis, nicht zuletzt aus vielen Jahren außerhalb Europas, und sein wesentlich jüngerer Kollege, Gerold Somborn, ein Deutschfranzose mit dunklen Haaren und klarblauen Augen, den es nach Jahren in Deutschland doch in die Heimat seiner Mutter gezogen hatte.

Was Harun schon während ihrer ersten gemeinsamen Besprechung auffiel und gefallen hatte, war das Verhältnis der beiden zueinander. Offenbar bestand keine Rivalität zwischen ihnen, zeigte sich nicht jene rituelle Herablassung oder ein Kleinhalten des Älteren gegenüber dem Jüngeren und umgekehrt auch kein abschätziges Belauern und aggressives Bedrängen des Jüngeren gegenüber dem Älteren. Harun hatte genügend Konstellationen erlebt, wo genau das der Fall war. Eine unsinnige Verschwendung von Energie und Potential, kaum in der Sache, sondern immer in den Charakteren begründet. Hier dagegen fand eine Synergie statt, die sich auch auf das Klima im Unternehmen positiv auswirkte. Genau wie es negativ vom Gegenteil beeinflusst würde und leider allzu oft wurde.

Es waren gerade die kleinen Gesten, von denen große Wirkung ausging. Harun erinnerte sich, wie Armand Schweitzer bei der PowerPoint-Präsentation und in Anwesenheit der nachgeordneten Bereichsleiter seinen Juniorpartner völlig unbefangen nach einer bestimmten technischen Funktion fragte, die eigentlich jedem nur halbwegs geübten Nutzer geläufig war, und Somborn ihm ebenso uneitel zur Seite stand.

„Das frage ich Gerold, glaube ich, jedes Mal", hatte er augenzwinkernd bemerkt. „Aber er ist taktvoll genug, jedes Mal so zu tun, als sei es das erste Mal." Und Somborn hatte in jungenhafter Verlegenheit gelächelt.

„Bloß gut, dass niemand mitbekommt, wie viel ich Sie sonst frage."

Das hatte Harun spontan für das Gespann eingenommen. Obwohl fast 20 Jahre älter und den möglichen Ruhestand in Sicht, stand Schweitzer in puncto Engagement und Energie Somborn in nichts nach.

„Sie müssen Herrn Kara von Ihrer Vision erzählen, Gerold", sagte Schweitzer irgendwann am Abend. Längst war es dunkel geworden, aber es blieb immer noch warm. Armand Schweitzer und Harun waren die Raucher, Schweitzer rauchte teure Zigarillos, bot auch Harun immer wieder davon an.

„Jedes Mal, wenn ich Gerold davon schwärmen höre, bin ich hin- und hergerissen, ob das auch was für mich sein könnte. Und ich bin ja schließlich in einem Alter, wo man sich über das ‚Leben danach' dringend Gedanken machen sollte."

Gerold Somborn, der mit seiner französischen Frau und drei Kindern seit jetzt fünf Jahren hier in Paris lebte, hatte den Traum, mit seinen beiden besten Freunden irgendwann auf einem eigenen Schiff die Welt zu umsegeln.

„Mit unseren Frauen", erklärte er. „Nur damit keine Missverständnisse aufkommen."

„Ich fürchte, ich bin ein Workaholic", sagte Schweitzer, dessen dritte Ehe vor kurzem geschieden wurde.

„Nicht, dass ich keine Interessen hätte, weiß Gott nicht, aber mir würde es schmerzlich fehlen, nicht mehr – wie sagen die Politiker es immer so glaubwürdig?", er grinste: „Also, nicht mehr „gestalten" zu können. Und Gerold kennt ja meine Philosophie." Schweitzer betrachtete eine Weile sein bauchiges Rotweinglas.

„Ein Unternehmen zu führen ist auch eine künstlerische Aufgabe, sozusagen ein niemals fertiges, immer lebendiges Werk. Das eben den ganzen Künstler fordert", ergänzte er nachdenklich.

„Wenn Sie Armands Herz gewonnen haben, dann wird er Ihnen übrigens seine Kunstsammlung zeigen", lächelte Somborn. „Und ich sage Ihnen, Herr Kara, die ist ebenso sehenswert wie seine Exkurse dazu hörenswert sind."

„Alter Schmeichler ... Aber gut, dass Sie es erwähnen, Gerold. Was meinen Sie, Herr Kara, wenn wir mit unserem Projekt hier über den Berg sind, und bevor Sie wieder zurückgehen – hätten Sie Lust ...? Sie müssen nicht, wenn es Sie nicht interessiert, aber bei Ihnen könnte ich mir es denken."

„Sehr gern, Herr Schweitzer, wirklich."

Das reichliche Essen war ausgezeichnet, der nicht weniger reichliche Wein köstlich, das Gespräch blieb angeregt, immer wieder brandete Gelächter auf, und es war sehr spät, als das Taxi schließlich vor Haruns Hotel hielt. Fast eins. Noch blieb die Müdigkeit mit der nachklingenden Schwingung des geendeten Abends in der Waage. Im Kopf trieben Erinnerungen an das gerade Gehörte wie bunte Tücher in leichtem Wind.

Zwei ganz unterschiedliche Männer, anscheinend einig in sich, mit ihrem Leben, der Welt um sie herum. Harun konnte einen solchen Eindruck ohne jede Missgunst genießen, obwohl ihm dabei immer auch der Abstand zu seiner eigenen Wesensverfassung schmerzlich bewusst wurde. Was mochten diese beiden über ihn, Harun Kara, denken? Was konnten sie überhaupt über ihn denken, denn wie immer hatten die anderen kaum etwas über ihn erfahren. Auch eine Art Routine.

Harun verstand es, in der Rolle des Fragenden zu bleiben, desjenigen, der zuhört und andere unaufdringlich motiviert, zu erzählen. Und fragte sich manchmal, ob den anderen dann irgendwann hinterher auffallen mochte, sie sich vielleicht auch darüber wunderten, wie wenig sie über ihn erfahren hatten.

Die Müdigkeit begann zu überwiegen, der Arbeitstag war lang und würde morgen wieder lang werden. Harun ging kurz ins Bad, rauchte am Fenster noch eine Zigarette und legte sich dann ins Bett. Und als er endlich unter der leichten Decke lag, überzog ihn wie immer nach einem solchen Tag die bleierne Schwere, nahm von seinem Körper, seinem Kopf Besitz, eine kurze Weile noch von Gedankennebeln in irgendeine schwarze Tiefe begleitet. Georg, morgen ... Elaine ... Und als letztes der von Krankheit modellierte Kopf seines Vaters mit den großen, verschatteten Augen. Das Anfluten der Traurigkeit aus ihnen registrierte Harun schon nicht mehr.

Aber sein Schlaf reichte auch dieses Mal nicht über die Nacht. Seit der Rückkehr aus Istanbul schlief er noch unruhiger als vorher. Mehrfach wurde er wach, blieb aber liegen. Um 04:30 Uhr morgens verspürte er einen brennenden Durst, stand mühsam auf, holte zwei der kleinen Wasserflaschen aus der Minibar und trank sie aus, trat währenddessen ans Fenster, sah über die morgengraue Pariser Dächerlandschaft, deren Profil, Konturen, Formen so unverwechselbar waren. Wie immer hatte er auf Wunsch ein Zimmer in einem hohen Stockwerk bekommen. Er mochte, er brauchte die freie Sicht. Harun zündete sich eine Zigarette an, rauchte sie aber nur halb. Endlich tastete er sich wieder ins Bett, lag wach, versuchte die üblich aufsteigenden Gedanken an Elaine mit halbem Erfolg zu verdrängen, vollendete die wie hypnotisch begonnene Masturbation nicht, fühlte sich einfach zu kraftlos und fiel erst gegen 6 Uhr wieder in einen klammen Schlaf. Als sich eine Stunde später der eindringliche Weckton seines Mobiltelefons in sein Bewusstsein bohrte, war er nicht imstande, sich zu erheben. Als ob wieder ein unsichtbares Gestrüpp ihn fest umwickelt hielt. Er beschloss, dadurch ein kleines Zeitstück zu gewinnen, indem er auf das Frühstück verzichten würde.

Im Wissen um diese Morgenschwere, wie er es für sich nannte, und die jeden, der ihn kannte, wohl überraschen müsste, weil sie in völligem Gegensatz zu seiner offenbar doch nie ermüdenden Dynamik während langer Arbeitstage stand, im Wissen darum hatte Harun sich angewöhnt, nach Möglichkeit keine Termine vor 10 Uhr zu machen. Meistens konnte er darüber verfügen. Und normalerweise nutzte er dann den Zeitraum, um ein oder zwei Stunden in Ruhe zu arbeiten. Im Falle blieb ihm ein immer genügender Puffer. Wie heute. Er stellte die Weckzeit mit Mühe auf halb neun, verdämmerte die Zeit bis dahin im Halbschlaf. Trotzdem blieb die Schwere, löste sich auch nach einer ausgiebigen Dusche und einer Zigarette nicht ganz.

Um 9 Uhr verließ er sein Hotel, auf der Straße trafen ihn das Gerausche und Getriebe des Verkehrs, und für ein paar Sekunden hatte er das Gefühl, dem nicht gewachsen zu sein. Im Taxi erinnerte er sich der bevorstehenden Begegnung mit Georg am Abend und eine unbestimmte Aufregung erfasste ihn, vertrieb die in ihm verbliebene Schwere. Da war plötzlich die Vorstellung, dass dieses Treffen eine besondere Bedeutung haben würde, eine Bedeutung, die er schon und noch ungefährer, ungreifbarer geahnt hatte, als ihm Georg am Flughafen aufgefallen war.

Sein Arbeitstag verlief nach Plan. Wie immer bewältigte Harun zügig und präzise ein dicht getaktetes Pensum, den hoch motivierten, beinahe enthusiastisch aktiven Bruneault an seiner Seite, der sich durch Harun ganz offenbar inspiriert fühlte. Zusammen absolvierten sie die Besichtigung der Produktion, verschafften sich einen Eindruck des technischen Standes, der Abläufe und ihrer Effizienz, der aktuellen wie potentiellen Kapazitäten, nahmen Einblick in den laufenden und zu erwartenden Auftragsbestand, analysierten die Personalstruktur. Und Jaques Bruneault erwies sich auch hier als ein kompetenter wie zuverlässiger Assistent, der aufmerksam und genau registrierte und protokollierte. Wie Harun bereits vermutet hatte, ergab sich ein insgesamt positives, für den künftigen Investor lohnendes Bild. Dessen Aufgabe würde vor allem darin bestehen, notwendige technische Neuerungen im großen Maschinenpark zu finanzieren, die zwar ein beträchtliches Volumen hätten, aber durch Position und Perspektive von Lautrec auf dem Weltmarkt gedeckt wären.

Es war einer der häufigen Fälle, wo ein an und für sich gesundes Unternehmen durch Kapitalunterdeckung in Bedrängnis geraten war. Der bisherige Alleingesellschafter, ein über achtzigjähriger und nicht untypisch französischer Patron alter Schule, hatte es versäumt, hier rechtzeitig aktiv zu werden. Da es zudem wohl keine Erben und Nachfolger gab, war der Verkauf des Unternehmens die beste Lösung. Einer der im Grunde guten und konstruktiven Deals. Es gab andere. Wobei Haruns Arbeit immer dieselbe blieb und er sich angewöhnt hatte, moralische Bewertungen beiseite zu lassen. Allerdings scheute er sich nie, von sachlichen Gesichtspunkten her begründete Zweifel an der Sinnfälligkeit gewisser Transaktionen klar und deutlich werden zu lassen. Auch wenn er damit zuweilen Unmut erregte. Letztlich schätzte man ihn im Haus dafür.

Bei Lautrec jedenfalls tauchten solche Zweifel bisher nicht auf, Harun hatte Schornröder bereits dahingehend beruhigt. Und der verließ sich stets auf die Expertise seines besten Mannes. Nach Zusammenkünften mit verschiedenen Bereichsleitern gab es um 17 Uhr eine Besprechung mit den Herren Schweitzer und Somborn, gemeinsam diskutierte man den Stand der Untersuchungen und der sich daraus ableitenden Bewertungen. Die Atmosphäre war wiederum angenehm, die Erinnerung an den gemeinsam verbrachten Abend tat ein Übriges, und in der Sache kamen sie gut voran. Den ganzen Tag über war Harun wie eigentlich immer ganz von Zug und Takt seiner Arbeit erfüllt und getragen geblieben, war nichts darüber hinaus an oder in ihn gedrungen, hatte er trotz des mühsamen Starts am Morgen keine Erschöpfung oder Müdigkeit mehr verspürt.

Erst als er gegen 19 Uhr die Firma verließ und im Taxi zurück in die Stadt zu seinem Hotel fuhr, bemerkte er, wie sich jene Schwere wieder auszubreiten begann. Wie nicht selten, wenn die Fassung der Pflicht ihn dann entließ. Georg hatte ihm am späten Nachmittag eine SMS mit der Bestätigung ihrer Verabredung geschickt. In seinem Zimmer ging Harun unter die Dusche, blieb eine knappe Viertelstunde unter dem wie üblich voll aufgedrehten Strahl, zog sich dann eine schwarze Jeans und ein frisches weißes Hemd an, rauchte am Fenster eine Zigarette.

Um 20 Uhr fuhr er ins Foyer hinunter und fand Georg bereits in einem der Sessel sitzend. Sie begrüßten sich wie lang verbunden und traten zusammen auf die Straße. Es war unverändert warm, es flutete der Verkehr, auf den breiten Gehsteigen wogten Passanten, Automotoren hallten, Hupen, dazwischen das helle Bohren von Rollern, um sie herum Stimmenrauschen über tackernden Schritten. Sie liefen eine Weile, genossen beide das Flair dieses frühen Abends, berichteten einander kurz von ihren Arbeitstagen, schließlich winkte Georg einem Taxi, sie stiegen ein, er nannte eine Straßenecke in St. Germain de Pres als Fahrziel.

„Referenz an unsere Existenzialisten, was meinst du, mein Freund?", lächelte er. Harun gefiel es, dass Georg „Freund" gesagt hatte. Und es war nicht nur dahingesprochen. Zwischen ihnen lag eine Selbstverständlichkeit, die jeder an sich und am anderen spürte. Georg steuerte eines jener typischen Pariser Straßenrestaurants an, dort bestellten sie Rotwein, Wasser und etwas zu essen.

„Hier sind wir vom Geist Sartres und seines Castor umgeben", sagte er, „und haben sogar noch die Freiheit, zu rauchen, jedenfalls solange wir draußen sitzen." Sie entzündeten beide Zigaretten.

„Du hast mich gestern Morgen am Flughafen beobachtet." Georg sah Harun aufmerksam an.

„Was hast du da in mir gesehen? Du hast doch irgendetwas in mir gesehen, oder?" Eigentlich hätte Harun jetzt ein peinliches Empfinden haben, vielleicht sogar etwas erröten müssen. Aber er spürte nichts dergleichen, im Gegenteil war er sogar froh, dass Georg ihn fragte.

„War es doch so auffällig?"

„Nein, nein, gar nicht. Es ist mir aber trotzdem aufgefallen, und mich interessiert, was du gesehen oder besser, was du dich dabei gefragt hast? Du hast dich doch etwas gefragt?"

Harun nickte.

Wein, Wasser und das übliche Brot in einem Korb wurden gebracht.

„Ich weiß nicht, wie ich das erklären soll, aber ich habe mich gefragt, was dich von all den anderen um uns herum unterscheidet. Trotz aller Ähnlichkeit auf den ersten Blick."

„Und was mich von dir unterscheidet, oder?"

„Ja", erwiderte Harun.

Keiner von beiden empfand Irritation, nicht einmal Verwunderung über diese spontane Intimität ihres Gesprächs, die sich ohne langes Vorwärmen, ohne Umwege zwischen ihnen entfaltete. Es gab solche Arten Vertrautheit, die plötzlich aufgingen, so, als würden zwei Menschen etwas ernten, dessen Aussaat und Wachsen sie gar nicht bemerkt hatten, weil es in jedem einzelnen von beiden, unabhängig voneinander geschehen war.

Harun musste an Elaine denken, wo zumindest er das Gleiche empfunden hatte. So etwas wie das Einlösen einer schon wartenden Vertrautheit. Natürlich war bei Elaine das erotische Moment dazugekommen, die Anziehung der Frau auf den Mann, allerdings ohne allein bestimmend oder überhaupt auslösend gewesen zu sein.

Im Unterschied zur Begegnung mit Elaine aber sprach Harun jetzt und hier von sich, auf eine Weise, auf die er sonst eigentlich nur mit Wolfgang sprach. Jetzt war vor allem Georg der Zuhörer, dem nichts von dem, das er hörte, fremd oder unverständlich vorzukommen schien.

Das Essen kam, sie aßen, tranken, rauchten, es dämmerte, dunkelte, um sie herum brandeten Klänge und Bewegung. Die Zeit verflog schnell, und Harun kam es fast unwirklich vor, dass er zu diesem, ihm vor Kurzem noch völlig Unbekanntem so frei und ohne weiter darüber nachzudenken von dem sprach, was ihn im Innersten bewegte.

„Du hast gestern im Flugzeug gefragt, ob ich einer dieser ... ‚synthetischen Türken' wäre." Er lachte traurig.

„Ich bin, wenn, ein ebenso synthetischer Türke wie Deutscher." Und dann hatte er Georg von seiner Woche in Istanbul, seiner Familie und seinem Vater erzählt.

„Es ist komisch", sagte Georg später, „aber das, was ich jetzt von dir erfahren habe, überrascht mich eigentlich gar nicht. Aber vielleicht hat das mehr mit mir als mit dir zu tun." Harun schaute fragend und Georg schüttelte den Kopf, als ob er etwas in seinem Kopf wie eine lästige Fliege verscheuchen wollte.

„Ich will damit sagen, man sieht dir natürlich nichts davon an. Auf den ersten Blick jedenfalls." Er lächelte.

„Was würdest du jetzt tun, wenn du an meiner Stelle wärst?", fragte Harun.

Georg zögerte mit der Antwort, zündete sich eine Zigarette an, sog den ersten Zug tief ein.

„Das mit dem Stellentausch bleibt immer so eine Sache. Niemand ist je der Andere, sondern behält immer den Vorteil der ... ja, der mehr oder weniger distanzierten Betrachtung. Ich weiß nicht, ob dir das hilft", er machte eine ausholende Geste, „aber ich komme auf unseren Existenzialismus." Wieder verging eine Zigarettenlänge, bevor er fortfuhr.

„Zeit, Harun, sie ist das einzige, das uns hier bleibt. Die Zeit, von der wir nie wissen, wie viel wir von ihr haben oder wie viel Raum sie uns noch für etwas lässt. Und deshalb muss jeder Moment Leben sein, auf seine Weise, still oder laut, in Ruhe oder bewegt, nach innen gerichtet oder außen, in die Tiefe oder Weite. Verstehst du? Wenn wir heute nicht tun, was in uns nach Tun verlangt, kann es morgen schon zu spät sein, für immer zu spät. Wenn du also fürchtest, deinen Vater nicht mehr zu sehen, dann besuche ihn, solange noch Zeit dafür ist." Georg trank den letzten großen Schluck aus seinem Weinglas.

„Nichts kann bis morgen warten. Gar nichts. Komm, lass uns gehen, Harun", sagte er unvermittelt. „Wir brauchen jetzt Bewegung."

„Wohin?", fragte Harun verdutzt.

„Leben, mein Freund, einfach leben, oder?" Georg lachte plötzlich und lief gezielt durch das ihm anscheinend vertraute Viertel, führte Harun schließlich in eine Bar oder einen Club, wo Frauen in gediegenem Ambiente, unter gedämpfter Beleuchtung mit nicht schwer zu erratender Absicht auf Gesellschaft warteten. Auf einer kleinen Bühne wurde leichter Jazz und Soul gespielt. Unaufdringlich. Eine schöne Mulattin sang dazu. Und gar nicht mal schlecht. Sie bekam regelmäßig Applaus.

„Mein zweites Zuhause in Paris", erklärte Georg mit Augenzwinkern.

„Jaja, ich alter Seemann habe in mehreren Häfen so ein zweites Zuhause und kann dir sagen ... Na, hoffentlich bist du nicht allzu entrüstet ..." Harun schüttelte den Kopf. Entrüstet war er nicht, auch nicht eigentlich überrascht. Es passte zu Georg, noch ohne dass er hätte sagen können, warum.

Sie hatten bereits Einiges getrunken und Georg, der ebenfalls fließend Französisch sprach, verwandelte sich nun in einen sprühenden Unterhalter, riss damit sogar Harun mit. Sie flirteten, alberten und lachten, gaben großzügige Runden für die Frauen aus, deren Alter in dem schwülen Halbdunkel teils nur schwer zu schätzen war. Es war kein billiges Etablissement, was sich auch daran erkennen ließ, dass die Frauen in ihren Avancen nicht bedrängend wurden und durchaus Konversation zu machen verstanden. Dafür erwartete man von den Gästen Freigiebigkeit beim Ordern der dementsprechend nicht billigen Getränke. Endlich schritt Georg zur Tat.

„Du entschuldigst mich für eine halbe Stunde? Langweilig wird dir schon nicht werden. Und falls du selber ... Nur zu, es lohnt sich." Er klopfte Harun lächelnd auf die Schulter und verschwand mit einer langbeinigen blonden Frau in hohen schwarz glänzenden Lederstiefeln durch eine Tür im Hintergrund des Raumes. Harun blieb an der Theke sitzen, sah Georg nach.

Alles erinnerte ihn an jene noch gar nicht allzu lange zurückliegende Phase, als er selbst diese Ablenkung, Zerstreuung, im wahrsten Wortsinn Entspannung gesucht hatte. Nicht in Bars oder Clubs, nicht auf Umwegen, sondern dort, wo die Angebote direkt präsentiert wurden. Und nicht wie Georg jetzt souverän, aus einer schlichten Lustlaune heraus, sondern getrieben, dabei wie besinnungslos und hinterher voller Scham. Und nie erlöst von dem, das ihn getrieben hatte. Von der, die ihn getrieben hatte. Elaine ... Und er spürte eine aufsteigende Erregung, sah sich unwillkürlich um. Sollte er einfach auch? Warum nicht, es war doch nichts dabei. Dafür kam man doch schließlich hierher.

Er lauschte der Musik, zündete sich eine neue Zigarette an. Und konnte sich nicht überwinden, den Avancen einer der durchaus attraktiven Frauen einfach nachzugeben, wollte es auch nicht. Es hatte nicht einmal etwas mit moralischen Gründen zu tun. So, als ob er einen durchaus vorhandenen Drang ins moralische Korsett hätte zwingen müssen. Nein, Harun wusste, dass er hier nicht finden würde, was er suchte. Dass die Ablenkung nicht gelänge und das Wissen um den unwillkürlich bitteren Nachgeschmack, die Verlassenheit und Traurigkeit hinterher auch jeden Genuss verhinderten.

Und was überhaupt den „Genuss" anging, konnte Harun nie die Vorstellung loswerden, hatte sie auch während jener Phase damals nicht loswerden können, dass er bei einer der Frauen hier oder sonst wo nur einer in einer ungezählten Reihe und bei jeder Berührung, jedem Kontakt noch dem Geruch, dem Abdruck, der schnell und flüchtig beseitigten Hinterlassenschaft des Vorgängers ausgesetzt wäre, der sich gerade noch an dieser Frau ausgetobt hätte. Das war ekelhaft. Und es war entwürdigend. Ob Georg nichts davon spürte? Oder es einfach beiseite schieben konnte? Offenbar. Für ihn schien es ein Teil dessen, was er unter Freiheit verstand, der „Freiheit der Augenblicke", wie er sagte.

Es gibt Freiheit nur im Augenblick, hatte er ihm erklärt, alles was über den Augenblick hinausgeht, beginnt schon an ihr zu fressen.

Was aber mit Verantwortung wäre, mit Überzeugung, mit Prinzipien oder auch mit Liebe, hatte Harun gefragt.

Wenn man es damit und mit der Freiheit wirklich ernst meinte, müsste man es in jedem Augenblick neu beleben und auf den Prüfstand stellen. Und was die Liebe anginge, über Georgs Gesicht war ein Schatten von Traurigkeit gezogen, so wäre sie oft nur eine zur Gewohnheit abgekühlte Leidenschaft, man gebe Gefühl und eben auch Freiheit preis, um dafür Sicherheit einzutauschen, Ruhe. Dagegen wäre auch nichts zu sagen, wenn es für einen stimmte oder für zwei. Aber wenn es eben nicht mehr stimmte, dann würden Sicherheit und Ruhe zu einem Gefängnis, aus dem man ausbrechen müsste. In die Freiheit der Augenblicke.

Harun fühlte sich nicht unwohl, einfach hier zu sitzen, der Musik zuzuhören, zu trinken, zu rauchen, seine Blicke durch diese recht erlesen ausstaffierte Höhle der mehr oder weniger diskreten Lust schweifen zu lassen, irgendwelche belanglosen Worte und Sätze mit einer der Frauen zu wechseln, ihr ein Getränk zu spendieren. Am Saum des Lebens. Immerhin.

Das war der Unterschied zwischen ihm und Georg. Der bewegte sich nicht nur am Saum, sondern mittendrin. Nicht nur während seiner Arbeit, sondern auch sonst. Leben. Einfach leben. Was Georg sagen würde, wenn er ihm von Elaine erzählte. Der Frau, die seit einem Jahr seine Fantasie beherrschte. Wahrscheinlich würde er lachen, den Kopf schütteln, ihm auf die Schulter klopfen und sagen: Was bist du nur für ein hoffnungsloser Fall. Oder er würde ihm das Gleiche sagen, was er ihm zu Istanbul gesagt hatte. Und Harun erinnerte sich der im Grunde gleichen Aufforderung seines Freundes Wolfgang:

„Auf was wartest du, Harun?"

Ja, auf was wartete er noch? In ihm breitete sich eine seltsame Spannung aus, von der er nicht einmal sagen konnte, wie er sie empfand. Angenehm, unangenehm, bedrängend oder sogar beflügelnd? Auch Georg hatte mit dieser Spannung zu tun. Georg, der plötzlich wieder neben ihm stand, über sein ganzes Gesicht grinste und einen weiteren Cocktail orderte.

„Sie ist eine Rakete, diese Isabelle, hat mich fast um den Verstand gebracht, eine wahre Meisterin ihres Faches. Ich sage dir, mein Freund, diese Damen hier und auch in den anderen Häfen", er machte eine genüssliche Miene, „das sind Künstlerinnen."

„Na, wie gut, dass sie es nur fast geschafft hat, ich meine, das mit deinem Verstand, also dass du ihn noch hast."

„Noch mal Glück gehabt ... Andererseits, in einem solchen Rausch den Verstand zu verlieren, wäre vielleicht nicht das Schlechteste."

„Ja, vielleicht", bestätigte Harun und dachte an Elaine. Georg stieß mit ihm an.

„Auf das Leben ..."

Diese Nacht war es halb drei, als Harun endlich in sein Hotelbett fiel. Morgen würde er nicht vor zehn bei Lautrec erscheinen. Aber was sollte es, schließlich war man hier in Frankreich. Dem Land des Lebens. Auch wenn man nicht mehr überall rauchen durfte. Außerdem lief bisher alles reibungslos, und mit dem jungen Bruneault hatte er einen properen Mann an seiner Seite, den er guten Gewissens fordern durfte.

Harun konnte sich nicht erinnern, wann er das letzte Mal einen solchen Abend verbracht hatte. Nachklänge, Alkohol und die Müdigkeit verwirbelten mit jener immer noch nicht wieder abgeklungenen Spannung und einer plötzlich aufschießenden Erregung in ihm. Er sah Georg und diese Isabelle vor sich, sah sich selbst mit ihr, nein, mit Elaine und ehe er noch seine verwirrte Fantasie ordnen und zur gewohnten Bildfolge fügen konnte, spürte er seine Hände an sich und eine heftig drängende Ejakulation.

Irgendwann später taumelte er schwerfällig ins Bad, um sich von den unangenehm klebrigen Spuren zu befreien. Als er dann vor dem Spiegel stand, in sein sichtlich von Erschöpfung und Müdigkeit gezeichnetes Gesicht sah, wusste er plötzlich, dass er für diesen Freitag einen Flug nach Istanbul buchen würde. Georg hatte Recht. Jetzt war es an ihm, Harun, dass die erste Begegnung mit seinem Vater nicht die letzte sein würde. Es gab weder eine Ausflucht noch Grund für einen Aufschub. Und wenn die Dinge bei Lautrec weiter gut liefen, dann wäre es vielleicht sogar möglich, bis Montagabend in Istanbul zu bleiben. Er würde die nächsten Tage eben mit besonderer Konzentration und länger arbeiten, auf weitere Exkursionen mit Georg vorerst verzichten, mit dem er sich schon für den morgigen ... nein, heutigen Abend wieder verabredet hatte.

Harun trank zwei der kleinen Wasserflaschen leer, legte sich wieder ins Bett und wachte erst mit dem Alarmton seines Mobiltelefons um halb zehn wieder auf. Natürlich steckte ihm die vergangene Nacht noch in den Knochen, würde man ihm das trotz ausgiebiger Dusche und von Natur aus dunklem Teint wohl auch ansehen. Und wenn schon ...

An der Rezeption bat er, für den Freitagabend Flugmöglichkeiten nach Istanbul zu recherchieren, mit Rückflugoption für Montagabend. Und fühlte sich danach, trotz einer leichten Dumpfheit in Kopf und Gliedern, gut.

Ausgerechnet an diesem Tag reihte sich eine Besprechung an die nächste, war seine ständige und konzentrierte Aufmerksamkeit verlangt. Zudem musste er die wesentlichen Aussagen der wichtigsten Verträge erfassen. Verträge mit Lieferanten, Partnern und Kunden, Vereinbarungen mit Banken und Versicherungen. Zu einem Teil blieb es auch seiner heute etwas eingeschränkten Konzentrationsfähigkeit geschuldet, dass er sein angestrebtes Pensum nicht durchbekam. Zum anderen Teil lag es, wie oft, an der mangelnd strukturierten Vortragsweise jener immerhin leitenden Mitarbeiter, die ihn zu informieren hatten. Denn wie nicht selten wurde mehr erzählt als eigentlich notwendig und leider fehlte dabei dann auch noch das eigentlich Notwendige. Das hielt auf, kostete Zeit, und Harun reagierte an diesem Tag ungeduldiger, auch ungehaltener als es sonst seine Art war. Und das lag nicht nur an seinem angeschlagenen Zustand, der sich im Lauf des Tages in einem leise pochenden Kopfschmerz niederschlug, sondern ebenso an jener wieder aufgekommenen Spannung in ihm.

Spannung und Erwartung. Es musste, es würde etwas geschehen. Istanbul! Seine Entscheidung! Georg hatte Recht. Wolfgang hatte immer Recht gehabt. Und jetzt schien der Zeitpunkt gekommen. Endlich ...

Vielleicht hing seine Unduldsamkeit an diesem Tag auch einfach damit zusammen, dass er sich vorgenommen hatte, in dieser Woche soviel zu schaffen, dass er sich den kommenden Montag mehr oder weniger inoffiziell frei nehmen konnte, ohne Sorge haben zu müssen, dadurch unaufholbar in Verzug zu geraten. Vielleicht spielten auch die hochsommerlichen Temperaturen eine Rolle. Obwohl sie hier drinnen in klimatisierten Räumen saßen, und obwohl ihn das sonst nicht in seiner Leistungsfähigkeit beeinträchtigte.

Harun versuchte also wo nötig, den Präsentationen Zug und Struktur zu geben, wo keine andere Möglichkeit blieb, andere Präsentationen vorzuziehen, um währenddessen noch einmal Gelegenheit zu geben, die fehlenden Informationen zu beschaffen oder die vorhandenen brauchbar aufzubereiten.

Manchmal registrierte er dabei das unwillkürliche Erstaunen bei seinem französischen Gegenüber. Das Erstaunen wohl über diesen offenbar arabisch oder vorderorientalisch Stämmigen, der in seinem zügigen, dabei genauen und heute besonders strengen, auch unduldsamem Vorgehen „deutscher" erschien als sogar die meisten Deutschen, die man erlebt hatte. Wie unwissend sie damit den Punkt trafen, der gerade an diesem Tag diesen Eindruck so nachhaltig machte.

Bei der heutigen Verabredung mit Georg sollte es beim gemeinsamen Essen bleiben. Harun wollte auf keinen Fall allzu spät ins Bett, der fehlende Schlaf machte sich bemerkbar. So trafen sie sich dieses Mal direkt in einem Café, an dem sie auch gestern vorbeigeschlendert waren.

Harun war sogar vor Georg dort, bestellte Perrier und einen Kaffee, zündete sich eine Zigarette an. An der Rezeption hatte man ihm vorhin eine Liste mit Flügen gegeben, die ab Freitagmittag von Paris nach Istanbul, ab Montagmittag in umgekehrte Richtung gingen. Harun hatte noch nicht buchen lassen, aber er würde fliegen, und schon Freitagabend oder Freitagnacht würde er seinen Vater wiedersehen, seine Mutter, Ibrahim. So einfach war es. Nein, es war nicht einfach. Aber es war der einzige Weg, den er gehen konnte. Den er jetzt gehen musste.

„Woran denkst du, mein Freund?" Georg war unbemerkt herangetreten und setzte sich an den kleinen Tisch. Auch er entzündete sich eine Zigarette.

„An Istanbul ... Ich werde hinfliegen!"

„Gut, das ist gut." Georg nickte ihm aufmunternd zu und legte ihm kurz seine Hand auf den Arm.

Sie bestellten Quiches, Oliven, Käse, Georg einen Rotwein für sich, während Harun bei Perrier blieb. Beide schauten der Kellnerin nach.

Eine sehr aparte junge Frau, die auch die Aufmerksamkeit der übrigen Gäste und vorübergehender Passanten auf sich zog. Es war nicht nur ihre schlanke, schön geformte Figur, ihr hochwangiges Gesicht mit den fassenden grünen Augen und der frechen Kurzhaarfrisur, vor allem war es die Art, wie sie sich bewegte, wie sie schaute, wie sie sprach. Es ging eine anziehende Intensität von ihr aus, sie schien in jedem Moment ganz in dem aufzugehen, was sie tat. Und das nicht aus Berechnung, obwohl sie um ihre Wirkung wusste. Georg flirtete ganz unversteckt mit ihr, sah ihr offen ins Gesicht. Beide hielten dabei dem Blick des anderen stand.

„Und, wie findest du sie?", fragte Georg.

Harun lächelte. „Ich kann dich verstehen."

„Wahrscheinlich hältst du mich in Wirklichkeit für einen haltlosen Schürzenjäger."

„Nein, ganz und gar nicht."

„Was hast du gestern gedacht, als ich mit der fantastischen Isabelle abgezogen bin?" Georg blies eine dichte Rauchwolke aus.

„Sag mal ehrlich, hat dich das irgendwie ... erregt, oder warst du eher abgestoßen. Oder beides?"

Harun wurde für einen Moment verlegen, ließ eine Zigarettenlänge vergehen.

„Ich weiß nicht ... Nein, ich habe mich gefragt, wie du das bei diesen Frauen empfindest, also dass sie ... dass sie sozusagen noch ... also noch warm sind vom Vorgänger."

Georg lachte auf, machte aber sofort eine beschwichtigende Geste.

„Ich lache nicht über dich, nur die Formulierung ist gut. Und du hast ja Recht."

„Das ist es, woran ... ja, woran ich nicht vorbeikomme. Verstehst du, ich kriege das dabei nicht aus dem Kopf. Ich fühle mich so ... so schmutzig dabei, nicht im moralischen Sinn, nein, ganz körperlich, ganz unmittelbar. Und ich frage mich immer, wie die Frau das in dem Moment empfindet."

„Also hast du auch Erfahrung mit ... solchen Frauen?"

Harun nickte.

„Es gab da eine Phase, da habe ich versucht, mich auf diese Weise ... abzulenken. Aber es hat nicht funktioniert."

„Verstehe ... Abzulenken wovon, wenn ich fragen darf?" Harun lächelte unwillkürlich und ohne, dass ihm wirklich danach zumute war.

„Von dem, was du wahrscheinlich als den Einstieg in die Gewohnheit bezeichnen würdest."

„Das heißt ... die große Liebe."

„Was soll ich sagen ... Ja, wahrscheinlich."

Die Kellnerin, die Hortense hieß, wie Georg in Erfahrung brachte, servierte mit Geschick und Grazie das Bestellte, und Georg überreichte ihr mit nicht weniger Geschick und natürlichem Charme seine Visitenkarte.

„Ich bin dieses Mal noch bis Freitag in Paris und würde Sie gerne einladen."

„Soso und wozu?", fragte Hortense in einer unbestimmten Mischung aus Scherz und Ernst.

„Wonach Ihnen der Sinn steht, Hortense, Sie dürfen nach Herzenslust bestellen." Die junge Frau schüttelte mit kurz aufblitzenden Augen ihren hübschen Kopf, steckte die Visitenkarte ein und ging davon.

„Das war wohl ein Dreiviertel-Ja", sagte Harun.

„Könntest Recht haben, trinken wir auf das restliche Viertel." Georg hob sein Rotweinglas.

„Waren dir, wie du es nennst, Sicherheit und Ruhe denn immer fremd?", fragte Harun. „Immerhin ist so ein Leben in ständiger ... ja, in dieser „ständigen Freiheit des Augenblicks", bei allem doch auch ziemlich anstrengend. Fehlt dir gar nichts? Hattest du nie ...?"

„Was glaubst du?" Georg lehnte sich vor, sah ihn abwartend an.

„Ich bin mir nicht sicher ... Einerseits ... Frag mich nicht warum, aber ich kann mir nicht vorstellen, dass du immer schon ... so gelebt hast. Nur ein Gefühl, ich kann es nicht einmal begründen."

Georg nickte. „Ein richtiges Gefühl ... Nein, ich habe allerdings nicht immer so gelebt. Es war alles einmal ganz anders. So, wie es sein soll, wie es wenigstens scheinen soll ..."

Und dann begann Georg, von sich zu erzählen, während sie aßen, tranken, auch Harun wählte nun Wein, rauchten, und alles um sie herum, der von Bewegung und Klängen erfüllte Pariser Sommerabend, selbst Hortense, trat in den Hintergrund.

„Es ist gerade erst zwei Jahre her", sagte Georg, „aber mir kommt es vor, als läge es viel länger zurück oder als wäre das überhaupt jemand anderer gewesen, der dieses Leben damals geführt hat. Ich erinnere mich, ganz klar und deutlich, aber es ist, als wäre es nicht meine eigene Erinnerung, es erscheint mir unmöglich, dass ich, der ich heute hier vor dir sitze, derselbe sein soll, um den sich meine Erinnerung dreht. Manchmal bin ich mir ... wie soll ich es sagen... Manchmal bin ich wie doppelt fremd, wie losgerissen von allem, irgendwo ... Ich weiß nicht, ob du verstehst."

„Doch ... Sehr gut sogar."

„Erinnerst du dich, wie du mich im Flieger gefragt hast, was ich darüber denke, ob jeder von uns immer der Gefangene seiner eigenen Geschichte bleibt oder daraus entkommen kann?" Harun nickte.

„Man kann entkommen, wenn der Impuls stark genug ist, wenn man die Kraft dazu hat. Aber natürlich bleibt die Geschichte immer Teil von einem, und man zahlt einen hohen Preis für den ... den Ausbruch."

„Und du bist ausgebrochen ...?"

„Ja, bin ich." Georg atmete tief.

„Noch vor zwei Jahren war ich verheiratet, seit sieben Jahren verheiratet, ich war ein Topmanager mit bester Karriereaussicht, und wir bewohnten zu zweit ein zu großes Haus in einer dieser gehobenen Vorstadtgegenden. Eigentlich wollten wir längst zu dritt oder viert darin leben. Aber so waren es nur sie, ich und die zwei Autos in der großen Garage ..."

Harun sah ihn fragend an.

„Ich war ihr übrigens immer treu, falls du ... Meine ganzen weiblichen ‚Außenposten' ", Georg lachte kurz auf, „sind das Werk der vergangenen beiden Jahre."

„War das auch der Punkt, wo du deine Firma verlassen und dich selbstständig gemacht hast?"

„Richtig." Georg drückte seine Zigarette aus, entzündete sich sofort eine neue.

„Ich habe mich von Mara getrennt, Mara, so heißt meine ... Ex. Ich bin aus der Firma geschieden, habe mir drei Monate Auszeit gegönnt und mich dann auf eigene Beine gestellt."

„Du hattest aber schon länger darüber nachgedacht?"

„Nachgedacht ist vielleicht das falsche Wort ... Es war ein langer, eigentlich viel zu langer Gärprozess in mir. Und dann kam das mit dem ... dem Impuls, wenn du so willst ..." Über Georgs Gesicht legte sich ein Schatten. Er holte Luft.

„Natürlich hatte ich lange schon und immer unausweichlicher gemerkt, dass ich mich unwohl fühle, mehr als unwohl. Wie allmählich von immer näher rückenden Wänden erdrückt. Und das Verrückte war, dass ich diese Wände im Grunde selbst hochgezogen hatte." Wieder lachte er kurz und freudlos.

„Wie man sich halt so ein Leben baut ..."

Und dann erzählte er einfach.

Georg und Mara hatten sich noch auf der Uni kennengelernt und wurden schon dort ein Paar. Im Unterschied zu Georg nahm Mara ihr Studium wenig ernst. Georg hatte sich bereits damals gefragt, warum sie überhaupt studierte. Wahrscheinlich, weil sie aus gutem Haus kam, Abitur gemacht und sich dann einfach dem Strom dessen ergeben hatte, was man von ihr erwartete. „Man", das war ihre Familie, der Freundeskreis und vielleicht auch, was gemeinhin „Gesellschaft" genannt wurde. Was man in ihren Kreisen darunter verstand. Denn die moderne und intelligente Frau musste natürlich studieren und eine eigenständige Karriere zumindest anstreben. Allerdings schien Mara schon damals gezeichnet von einer manchmal wie treibsandigen Interessenlosigkeit, die bei anderen nach Halt und Fassung, Füllung und Führung suchte. Aber sie war auch von kaum bestreitbarer Schönheit, zählte auf dem Campus zur „Premiumklasse", und es gab keinen Mann, der nicht aufs Höchste geschmeichelt gewesen wäre, ihre Aufmerksamkeit zu bekommen, geschweige denn von ihr „erwählt" zu werden.

„Ich habe mich blenden lassen", sagte Georg, der selbst aus einfachen Verhältnissen kam und bei seiner Mutter aufgewachsen war, die alles unternommen hatte, um ihrem Sohn das Gymnasium zu ermöglichen.

„Mara hat die meiste Zeit auf dem Tennisplatz verbracht oder mit Freundinnen beim Shoppen und Tratschen in, versteht sich, gebührend exklusivem Ambiente. Und ich, ich habe fürs Studium geackert, nebenher gearbeitet und einen immer größeren Teil meines Geldes ausgegeben, um

Maras Ansprüchen beim Ausgehen oder bei kleinen Wochenendtouren zu genügen ..." Georg trank einen mächtigen Schluck Rotwein.

„Jaja, du fragst dich wahrscheinlich, ob ich ganz bei Verstand war." Er lachte, dieses Mal befreiter.

„Nein, war ich nicht, mein Freund. Ich war – verliebt! Schlicht und ergreifend verliebt. Und stolz wie ein König, dass Mara, die Schöne, die ‚First Lady', wie man sie nannte, ausgerechnet mir ihre Gunst schenkte. Gut, ich war nun auch nicht gerade Quasimodo und brauchte mich über mangelnden Zuspruch der Damen nicht zu beklagen. Das war natürlich auch Mara nicht entgangen und hat für einen immer belebenden Eifersuchtspegel und, ja, auch für eine ziemlich scharf gewürzte Leidenschaft zwischen uns gesorgt ..."

„Und dann habt ihr geheiratet ..." Georg nickte.

„Gleich nachdem ich meinen ersten Job angetreten hatte, einen ziemlich gut bezahlten Job. Dank meines erstklassigen Abschlusses – und dank der Beziehungen von Maras Vater. Wie gesagt, ich habe die Wände, von denen ich sprach, Lage um Lage selbst hochgezogen ..."

Maras Mutter hatte Georg nie recht gemocht. Dabei war es gar nicht um Georg als Mensch gegangen, sondern um seinen Status: Ein zwar für die Zukunft viel versprechender junger Mann, aber vor allem ein Mann ohne Hintergrund, ohne „Herkunft", wie man so sagte. Aber dafür mochte und schätzte ihn Maras Vater desto mehr. Er, der sich vielleicht ein wenig in ihm wiedererkannte und sich auf einen Sohn freute, den er selbst nicht hatte.

„Unsere Hochzeit war ein Großereignis", erzählte Georg. „Über 150 Gäste, die Feier in einem Schlosshotel, alles vom Feinsten. Als meine Mutter mich gefragt hat, ob ich jetzt wirklich glücklich wäre, war ich noch so überwältigt von allem, dass ich es nicht einmal wirklich sagen konnte."

„Du hattest alles erreicht, was du zu dem Zeitpunkt bestenfalls erreichen konntest: Traumjob, Traumfrau und den Ausblick auf eine goldene Zukunft."

„So war's wohl, ja, es schien alles perfekt. Und dann habe ich richtig losgelegt." Georg verstummte eine Weile, nahm eine neue Zigarette. Harun gab ihm Feuer.

„Und wahrscheinlich habe ich deshalb nichts gemerkt oder nichts merken wollen ... Dank Maras Vater konnten wir bald schon bauen, er hat das Grundstück gestiftet und dafür gesorgt, dass die nötige Finanzierung zustande kam, auf die ich natürlich bestand. Ich habe bis zum Anschlag und darüber hinaus gearbeitet, und ich glaube, es hat mir auch Spaß gemacht. Es war aufregend. Plötzlich bist du genau da, wohin du immer wolltest, kannst machen, bist dabei, gehörst dazu, und wenn dann noch der Erfolg dazukommt ..."

„Ich weiß genau, was du meinst", sagte Harun. „Oh ja, sehr genau. Und Mara ...?"

„Ja, und Mara ..." Georg seufzte auf. „Sie hat in unserem prächtigen neuen Haus gesessen und das getan, was sie schon vorher getan hatte: Ihre Zeit verplempert und sich darüber beklagt, dass ich mich nicht um sie kümmern würde."

„Hatte sie denn ihr Studium nicht ..."

„Doch, hatte sie, zwar nur durchschnittlich, aber wenn sie gewollt hätte, wäre es für ihren Vater kein Problem gewesen, sie irgendwo unterzubringen. Aber sie hatte kein Interesse daran. Sie hatte eigentlich an überhaupt nichts wirklich Interesse, außer, dass sie im Mittelpunkt stand und man sich um sie kümmerte, sie unterhielt, für sie Programm machte. Es klingt hart, aber es ist eigentlich eine ungeheure Leere von ihr ausgegangen, und ich werde niemals begreifen, wie mir das so lange hatte entgehen oder wie ich das so lange hatte übersehen können. Oder wollen ..."

„Du hast sie geliebt ..."

„Ja, zumindest habe ich das lange, sehr lange geglaubt, und irgendwie gehörte das alles auch zusammen, wollte ich nichts davon aufgeben, wollte ich, dass alles so wird, wie es nach außen schien." Georg schüttelte den Kopf.

„Das Verrückte war auch, dass sich mit uns wiederholte, was auch bei Maras Eltern der Fall war: Maras Mutter aus reichem Haus, Maras Vater ein ehrgeiziger Aufsteiger und zwischen ihnen keinerlei Gemeinsamkeit außer der zusammen, wenngleich aus unterschiedlichen Gründen aufrechterhaltenen Fassade – und natürlich Mara. Denn auch, wenn ihr Vater wenig mit seiner Tochter anzufangen wusste, hing er doch sehr an ihr."

„Ihr habt keine Kinder bekommen?"

„Nein. Und Gott sei Dank!", sagte Georg nicht ohne Bitterkeit. „Natürlich haben wir uns, habe auch ich mir zuerst Kinder gewünscht. Das war, was noch fehlte, und genau das wurde dann zum Drama ..." Er fuhr sich mit einer Hand über das Gesicht.

„Besonders Mara wartete mit wachsender Spannung darauf, dass sie endlich schwanger würde. Heute ist es mir völlig unvorstellbar, sie als ... als Mutter zu sehen. Vielleicht tue ich ihr auch Unrecht, und es wäre ... Aber was soll's ... Es klappte nicht. Und je länger es nicht klappte, desto unzufriedener, ungeduldiger, launischer wurde sie. Wir haben natürlich alles versucht, gingen schließlich von einem Arzt zum nächsten, ohne Erfolg. Für sie wurde es immer mehr zu einer Manie und für mich immer mehr zur letzten Hoffnung, weil ich keine Ahnung hatte, wie Mara sonst noch aufzufangen wäre. Es hat mich völlig überfordert zu sehen, wie sie ihre Tage untätig vertändelte, von einer Haushälterin und einem Gärtner, die regelmäßig kamen, sogar noch von allen Arbeiten im Haus befreit, aber trotzdem immer unzufriedener und aggressiver wurde."

Hortense brachte neuen Wein. Es schien, als registrierte sie die besondere Stimmung dieses Gesprächs zwischen den beiden Männern. Ein kurzer Blick zwischen ihr und Georg, bevor sie sich wieder entfernte. Georg sah ihr gedankenversunken nach, bevor er weitersprach.

„Ich hatte ja immer viel gearbeitet, du kennst das in dieser Art Job, aber mehr und mehr suchte ich auch nach Gelegenheiten, später nach Hause zu kommen, länger abwesend zu bleiben, mich nicht ihren immer unerträglicheren Launen auszusetzen. Natürlich machte sie mich dafür verantwortlich, dass es mit dem Kind nicht klappte, ich ihr das Kind sozusagen verweigerte, es selbst gar nicht wirklich wollte undundund ... Ein paradoxes Detail, dass ich mich auch noch wirklich schuldig fühlte. Obwohl es sogar medizinisch klar war, dass es an mir nicht lag." Georg stieß heftig eine Rauchwolke aus.

„Ja, es ist schon erstaunlich, wie man sich in das eigene Gefängnis geradezu verwickelt, wie man allmählich Sinn und Bewusstsein dafür verliert und trotzdem oder gerade deshalb die äußere Leistungsfähigkeit immer weiter steigert. Erfolg, mein Freund, sagt nichts über den Zustand eines Menschen, schon gar nichts über das, was man Glück nennt. Man kann erfolgreich sein, sehr erfolgreich und trotzdem im Innersten unglücklich." Harun berührte kurz Georgs Schulter.

„Warst du unglücklich ...?"

„Ich habe mir diese Frage lange überhaupt nicht gestellt. Du stehst da Tag für Tag mitten in den von dir selbst einmal begonnenen Verwicklungen, die ein immer dichteres und weiteres Netz um dich gesponnen haben. Du funktionierst, deine Zeit jagt dir in randgefüllten Tagen davon und selbst den immer unsinnigeren Zweikampf in deinem Luxushaus setzt du fort. Anders ist es ja nicht erklärbar, wie man all die Jahre überhaupt so aushält. Wenn man nicht ein völlig abgestumpfter Geist oder ein ausschließlich berechnender Charakter ist."

„Aber dann hast du sie dir doch gestellt ... Und gehandelt ..."

Georg schüttelte den Kopf.

„Nein, obwohl Mara und ich schließlich nur noch nebeneinander her gelebt haben, abgesehen von ihren immer mehr ausufernden Vorwürfen und unseren immer um dasselbe kreisenden Streits. Nein, es war ein ... ein Ereignis, das mich plötzlich und von einem Tag zum nächsten ... ja, aus dieser Bahn geworfen, mich sozusagen aus dem selbstgebauten Gefängnis katapultiert hat."

Und wieder verschattete sich Georgs Gesicht, und Harun war plötzlich sicher, dass dieses „Ereignis" mit dem Tod zu tun hatte.

Ja, der Tod war Georgs „Impuls" zum Ausbruch gewesen. Er empfand eine tiefe Verbundenheit mit diesem ihm bis vor zwei Tagen noch völlig unbekannten Mann. Sein erster Eindruck von ihm in der Abflughalle hatte ihn nicht getrogen. Ohne dass er diesen Eindruck da schon hätte fassen können. Es war eine merkwürdige Anziehung gewesen, ein Interesse, mehr über diesen Menschen wissen zu wollen. Und eigentlich bestand jener Eindruck genau darin: In dem Gefühl, dass es da etwas zu wissen gab. Auch für ihn selbst. Oder gerade für ihn selbst.

Georg sprach jetzt leise.

„Es gab einen Kollegen, fast eine Art Freund, mit dem ich in den letzten paar Jahren eigentlich fast alle Projekte zusammen abgewickelt hatte. Robert, so hieß er, war nur wenig älter als ich, auch verheiratet, allerdings hatte er drei Kinder. Und ansonsten", Georg machte eine beiläufige Geste, „ansonsten war er ein typischer Jobjunkie, stand ständig unter Strom, machte Druck und galt als ziemlich scharfer Hund. Wo er auftauchte, gab es jedenfalls keinen Stillstand, er brachte die Leute auf und hielt sie in Trab." Unwillkürlich lächelte Georg.

„Obwohl das für viele bestimmt nicht gerade angenehm gewesen ist, war ich froh, ihn bei mir zu haben. Er hat mir ... ja, sagen wir ruhig, viel vom Hals geschafft. Wir waren ein gutes Team und hatten vor allem einen Draht zueinander. Weißt du, diese bestimmte Art Respekt, den sich zwei ... zwei, ich nenne es jetzt mal so, also zwei Wölfe entgegenbringen, die sich als gleichwertig erkannt haben. Mit Robert habe ich in diesen Jahren mehr Zeit verbracht als mit jedem anderen Menschen. Wir waren zusammen rund um den Globus unterwegs und brachten es fertig, bis zu zwanzigmal täglich zu telefonieren. Das heißt", Georg musste unwillkürlich lächeln, „Robert brachte es fertig, davon fünfzehn Mal und mehr anzurufen. Er war sozusagen das erwachsene Pendant zu einem hyperaktiven Kind, aber dabei eben ein unbestreitbar versierter Profi. Ja, Robert ..."

Georg lehnte sich zurück, wandte den Kopf in den Nacken. Und Harun registrierte plötzlich, dass es dunkel geworden war, kleine Kandelaber brannten zwischen den Tischen, aus den großen Scheiben des Cafés fiel das Licht. Vielleicht war es die unveränderte Wärme, die ihn den Einbruch der Nacht hatte einfach übersehen lassen. Wie spät mochte es sein? Egal, das spielte keine Rolle ...

„Wir waren zwei Menschen, die ihr eigentliches Zuhause im Job hatten. Er, obwohl er Familie hatte und ich ... ja, ich, weil ich Familie, das heißt Mara hatte oder vielmehr nicht. Unsere Gespräche an den Abenden, in den Restaurants oder Bars der Hotels oder draußen in irgendeiner Stadt, sie drehten sich dann auch meistens um unseren Job, um das laufende Projekt, die jeweilige Firma, andere Unternehmen oder unseren eigenen Laden, um Leute, Vorgänge, Geschichten, Gerüchte und so weiter, du wirst das kennen, das Übliche eben, wenn man sich in dieser Welt bewegt, die immer so groß scheint und oft doch so ... so übersichtlich ist. Und für Leute wie uns ist das alles auch eine Art ... doch, Heimat oder eben Zuhause. Fische im Wasser. Aber will man immer Fisch sein?" Wieder machte Georg eine kurze Pause, sah in das belebte Dunkel um sie herum, auf die anderen Gäste, die Passanten, den Autoverkehr.

„Einmal, wir waren zusammen in ... in Buenos Aires, es war so ein Abend wie heute, da hat Robert etwas erzählt, was mich ziemlich ... wie soll ich sagen, ja, was mich noch lange ziemlich beschäftigt hat. Er war als Student schon einmal dort gewesen, ein dreimonatiges Praktikum während der Semesterferien. Und er hatte da ein Mädchen kennengelernt, Tochter von irgendeinem Großgrundbesitzer. Kurz und gut, es gab eine ziemlich intensive Affäre und schließlich stand sogar im Raum, dass Robert dableiben sollte. Er hätte dort weiter und zu Ende studieren können, die Firma, bei der er damals war, wollte ihm einen Nebenjob geben und später auch anstellen, die Bedingungen für einen solchen Schritt waren also ziemlich, eher schon unverschämt gut, abgesehen davon, dass er das Mädchen, sie hieß ... ja, Estelle, glaube ich, wohl wirklich geliebt hat."

„Er hat es aber nicht gemacht ...?!" Georg schüttelte den Kopf.

„Nein. Als er wieder zurück war, am Anfang noch mit der Absicht, dieser ... Einladung des Schicksals, so hat er es genannt, zu folgen, hat er sich nicht mehr entschließen können.

‚Und Teufel noch mal, Georg', hatte Robert damals gesagt, ‚wenn du mich heute fragst, warum ich es nicht getan habe, dann habe ich darauf keine Antwort. Keine Begründung, nicht den Hauch einer Erklärung außer vielleicht oder wahrscheinlich der, dass ich einfach zu feige, zu träge oder was auch immer gewesen bin. Aber weißt du, das wäre der Impuls gewesen und was für einer, um meinem Leben eine ganz andere Richtung zu geben. Mein Gott, welche Chance ...' Und als ich ihn gefragt hatte, ob er denn mit seinem gegenwärtigen Leben, seinem beruflichen Erfolg, seiner Familie nicht zufrieden wäre, hatte Robert nach einigem Überlegen geantwortet:

‚Das Schlimme ist, wenn ich lange genug darüber nachdenke, dann ... dann weiß ich es manchmal nicht. Natürlich läuft alles prima, natürlich bin ich ... zufrieden, es wäre ja auch mehr als anmaßend, wenn nicht, aber ... Aber manchmal ... Es gibt einfach Momente, da kommt es mir vor, als lebte nicht ich mein Leben, sondern mein Leben mich. Als ob ich sozusagen bloß die Konsequenzen einmal getroffener Entscheidungen oder eben Nicht–Entscheidungen ...' Über sein Gesicht war ein Schatten gehuscht.

‚Ja, als ob ich sie unendlich abarbeitete, ohne dass noch viel Raum für ... für mich bleibt. Der Job, meine Frau, die Kinder, alles wie ein unaufhörlich in Betrieb zu haltender Apparat, oder ein Apparat, der mich zum ständigen Betrieb zwingt, dem ich mich ganz anpasse und unterwerfe.' Robert hatte die Hand gehoben.

‚Das klingt jetzt alles furchtbar daneben und ... und es wird ihnen nicht gerecht. Natürlich liebe ich sie. Es ist etwas anderes ...' Er hatte nach Worten gesucht.

‚Damals, hier, da hätte ich eine Entscheidung treffen müssen, eine ganz bewusste Entscheidung, vielleicht auch eine falsche, wer weiß das schon, aber mein Leben oder das Leben, das ich heute führe, das hat sich eigentlich so gefügt, ich bin in das alles fast unmerklich hineingeglitten. Verstehst du, was ich sagen will?' Ich hatte langsam genickt.

‚Und wovon träumst du heute?' Robert hatte mich mit einem resignierten Lächeln angesehen.

‚Ja, wovon träume ich heute? Wenn ich das wüsste ... Manchmal einfach davon, Zeit zu haben und Raum für mich, ohne jemandem Erklärungen dafür schuldig zu sein oder ein schlechtes Gewissen haben zu müssen. Und vielleicht würde ich dann auch feststellen, dass mir das, was ich habe, so wichtig ist, dass ich es auf keinen Fall missen möchte. Aber ich komme nie dazu, diese Feststellung überhaupt machen zu können. Ich funktioniere einfach, jeden Tag und schon heute sind die Anforderungen für morgen, nächste Woche, nächsten Monat, die nächsten Jahre fixiert, der Horizont ist ausgemessen. Und ich frage mich, was dahinter ist, hinter diesem Gerüst, das alles bestimmt ...'"

„Niemand, der Robert kannte", sagte Georg nun zu Harun, „also vor allem vom Job her kannte, wäre auch nur im Entferntesten darauf gekommen, dass ihn solche Gedanken bewegen könnten. ‚Mister Strong', wie sie ihn bei uns genannt haben. Für mich war er längst eine ganz eigene Konstante geworden. Im Nachhinein scheint es mir sogar so, dass es nicht zuletzt Roberts Gegenwart war, die mich während dieser letzten Jahre sozusagen in der Spur gehalten hat. Vielleicht, weil ich immer gespürt habe, dass es hinter seiner Fassade ähnlich ausgesehen hat wie bei mir." Wieder verstummte Georg, zündete sich eine neue Zigarette an.

„Robert ist – tot, nicht?"

Georg atmete tief. „Ja. Von einem Tag auf den anderen." Er lächelte traurig.

„An einem Montagmorgen kam kein Anruf von ihm, und er kam auch nicht zum Flughafen, wo wir verabredet waren. Und dann teilte mir der Bereichsvorstand telefonisch mit, dass Herr Grandow leider überraschend verstorben sei. Gehirnschlag, zu Hause, sofort tot. Unfassbar. Das war's."

Und diese wenigen Minuten hatten auch Georgs bisheriges Leben beendet. Es war, als ob ein bis zu dem Zeitpunkt gewohnter Klang, eine bis zu diesem Zeitpunkt gewohnte Bewegung in ihm, um ihn plötzlich aufgehört hätte. Eine Weile noch hatte es nachgeklungen, nachgeschwungen, aber nur wie ein immer leiser, immer schwächer werdendes Echo, an dessen Stelle eine immer größer werdende Stille getreten war. Die Stille hatte sich ganz unmittelbar in Roberts von nun an ausbleibenden Anrufen manifestiert. Jahrelang waren sie wie Taktschläge für Georgs Tage gewesen, etwas das zu seinem Leben gehört hatte. Und in die sich ausbreitende Stille hinein war die schließlich unüberhörbare Frage gewachsen: Wozu das alles noch? Ohne, dass er irgendetwas dagegen hätte tun können oder auch wollen, hatte sich sein bisheriges Leben von ihm zu entfernen begonnen. Wie das Ufer, das hinter einem mit der plötzlich einsetzenden Flut aufs offene Meer hinaustreibenden Schiff zurückbleibt.

„Weißt du, Roberts Tod war wie der plötzlich gelöste Knoten", sagte Georg. „Ich habe ihn nicht gelöst, sein Tod hat ihn durchschlagen, und alles, was mir gerade noch und trotz allem selbstverständlich, unabänderlich erschienen war, wurde von jetzt auf gleich zu einem immer befremdlicheren Rätsel, zu einem bis dahin gewohnheitshalber praktizierten Widersinn, dem ich dann fassungslos gegenüberstand, fassungslos darüber, wie ich es so lange hatte aushalten können. Am Tag seiner Beerdigung fuhr ich über die Autobahn zurück ... nach Hause ... Zu dem Haus, in dem ich wohnte, wenn ich nicht in der Firma oder auf Reisen war. Zu der Frau, mit der mich nur noch Schweigen, Streit und die Unfähigkeit zu handeln verband." Georgs Blick ging in die Ferne.

„Es war so ein klarer Spätherbstabend mit leuchtenden Farben, vor mir flammte und brannte der Himmel, ich hörte ein Klavierkonzert von Mozart, und für ein paar Momente spürte ich die ... ja, die Großartigkeit, die traurige und erhebende Großartigkeit des Augenblicks. Das alles gibt es nur im Augenblick, und mit jedem Augenblick verändert es sich, und wir wissen nie, wie viele Augenblicke wir haben. Und ich hatte nur noch den einen Wunsch: Frei sein, endlich frei ..."

„Um die Augenblicke zu erleben ..."

„Ja, all die Augeblicke, von denen mich die Mauern trennten, die ich selbst errichtet hatte. Als ich dann nach Hause kam, habe ich Mara gesagt, dass ich mich von ihr trenne und bin noch am gleichen Abend in ein Hotel gezogen. Plötzlich lagen die Dinge so klar, und ich fühlte mich mit jedem Schritt befreiter."

Trotz vieler unschöner Szenen, mit denen Georg allerdings gerechnet hatte, ging von da an alles so schnell und leicht, dass er nicht fassen konnte, solange damit gewartet zu haben. Er reichte die Scheidung ein, wies seinen Anwalt an, sich auf keine unnötigen Streitereien einzulassen und verdankte nicht zuletzt und wie schon ganz zu Anfang Maras Vater, dass die Sache für ihn nicht wirklich nachteilig ausging.

Und wie ganz zu Anfang hatte sich Maras Vater auch wieder gegen das genau andersherum geartete Betreiben seiner Frau, Maras Mutter, durchgesetzt, die Georg jetzt mit offenem Hass verfolgte. Zwar war er traurig über den Verlust seines Schwiegersohnes, aber offenbar machte er sich, zu Georgs Erstaunen, keine Illusionen über den Charakter seiner Tochter. Wie längst auch nicht mehr über den seiner Frau. Und vielleicht sah er in Georgs Weg auch den eigenen, den er selbst nie gegangen war. Als die privaten Dinge im Ablauf geklärt waren, hatte Georg zur allgemeinen Verblüffung auch seinen Job gekündigt, sich auf keine Diskussionen oder Verhandlungen eingelassen.

„Mein Job hat mir eigentlich immer Spaß gemacht, und tut es noch, auch oder gerade das viele Reisen, der ständige Wechsel von Menschen und Orten." Georg sah Harun an.

„Bei dir ist das ja wohl genauso, aber dieses spätestens von einer gewissen Karrierehöhe an, zumindest bei uns, eben doch unvermeidliche Gerangel nach innen wollte ich nicht mehr, und ich wollte auch nicht mehr den von oben verursachten, unausweichlichen Druck."

„Was all das angeht, habe ich Glück", sagte Harun „und eigentlich immer Glück gehabt." Er klopfte die letzte Zigarette aus seiner Packung.

„Ich hab' noch!" Georg schob seine Packung in die Mitte des Tisches.
„Und ich fürchte, ich bin auf dieses Glück auch angewiesen, denn die Vorstellung, selbst Kunden akquirieren zu müssen oder nie zu wissen, wie es im nächsten Monat läuft ... Das wäre nichts für mich. Und mit dem Druck komme ich klar."
„Weil du außer diesem Druck nichts hast. Entschuldige, wenn ich das so offen sage, aber ..."
„Es stimmt ja."
„Weißt du, in der ersten Zeit war ich viel an Roberts Grab. Irgendwann hatte er mal einen Satz gesagt, ungefähr: ‚Ich habe manchmal immer noch das Gefühl, mein Leben müsste, es könnte ganz anders sein, aber ich habe nicht die geringste Idee, wie. Und deshalb mache ich eben weiter, auf vollen Touren, du kennst mich ja, aber wenn ich die Idee hätte, wenn es noch einmal so einen ... einen Impuls gäbe wie damals in Buenos Aires, wer weiß ...'"
„Ich hatte jetzt die Idee", sagte Georg. „Wenn man es denn eine Idee nennen kann: Frei sein, frei von dem, das bis dahin war, das eigene Leben noch einmal ganz in die Hand nehmen, sich nicht, weder privat noch beruflich, sozusagen leben lassen. Und das verdanke ich eben Robert, das heißt seinem Tod. Und er hätte mich gut verstanden, wenn er noch lebte. Und du verstehst es wohl auch, oder ...?"
Harun nickte.
Was war nötig, damit man aufhörte, die „Konsequenzen einmal getroffener Entscheidungen oder Nicht-Entscheidungen" abzuarbeiten? Was war nötig, sich aus dem dicht gesponnenen Netz der eigenen Geschichte zu befreien oder ihr einfach eine neue Richtung zu geben?
Für eine Weile schwiegen beide. Trotz der vorgerückten Stunde war es immer noch lebendig um sie herum. Stimmen, Gesprächsfetzen von den Nachbartischen, von den Vorübergehenden, das Rauschen, Brummen und Summen von der Fahrbahn. Sie bestellten bei der schönen Hortense noch einen Absacker, stritten ein wenig, wer von ihnen zahlte, aber heute bestand Harun darauf. Er gab ein großzügiges Trinkgeld.
„Merci Monsieur, und beehren Sie uns bald wieder."
„Das werden wir gewiss tun", sagte Georg. „Und vergessen Sie nicht ... Dieses Mal noch bis Freitag ..."

Hortense gab ihm einen ihrer schwebenden Blicke.

„Man wird sehen, Monsieur George."

„Sie hat sich deine Visitenkarte angeschaut."

„Na, mal sehen, ob sie bis zur Telefonnummer kommt ..." Georg streckte sich auf seinem Stuhl. „Ein schöner Abend, mein Freund. Danke dir, dass du zugehört hast!" Harun winkte ab.

„Da nicht für ... Sag mal, hast du eigentlich noch Kontakt zu Mara?" Georg schüttelte den Kopf.

„Nein. Ich habe sie damals noch ein paar Mal gesehen, notgedrungen, und es gab hässliche Auftritte von ihr, aber das war's dann. Und abgesehen davon, dass ich ... dass ich keinerlei Bedürfnis danach hatte und habe, abgesehen davon hätte es auch wenig Sinn gehabt. Für sie – und ihre Mutter natürlich – bin ich der Zerstörer ihres Lebens, der Mann, der ihr das Kind, auf das sie Anspruch hatte, verweigerte. Die beiden haben da einen neuen Lebensinhalt gefunden."

„Und du, bist du ihr böse?"

„Nein, ich müsste allenfalls mir böse sein. Ich war schließlich derjenige, der zu viele Jahre seines Lebens einer Vorstellung geopfert hat, die sich schon längst als Illusion herausgestellt hatte. Was mich manchmal erschreckt, das ist die Verwandlung der Gefühle. Als ich in Mara verliebt war, als ich sie liebte, und ich glaube schon, dass ich sie geliebt habe, da hätte ich mir nie vorstellen können, dass sich das jemals ändern würde. Und dann ... Und jetzt ist mir die Vorstellung, dass ich sie einmal geliebt habe, so fern, so fremd, dass es doch unmöglich derselbe Mensch gewesen sein kann, der sie einmal geliebt hat. Und er ist es ja auch nicht ... Er ist es natürlich, aber er ist es eben auch nicht oder nicht mehr. Das stärkste Gefühl, dass ich dazu noch empfinde, ist heute wirklich eines der Erleichterung, der Erleichterung darüber, dass wir keine Kinder bekommen haben. Wahrscheinlich war es nur das, was Maras Eltern letztlich zusammengehalten hat. Und ich weiß nicht, ob ich auch dann die Kraft gehabt hätte, auszubrechen ..." Georg trank sein Glas leer.

„Nein, wirklich, ich trage ihr nichts nach, weil ich jederzeit hätte gehen können, aber ich habe es nicht gekonnt, aus welchen Gründen auch immer, und als ich es dann konnte, war es gut. Es vollzog sich bloß, was längst überfällig war. Ich wünsche ihr, dass auch sie eines Tages aus ihrem Gefängnis ausbrechen, sich vor allem von dem vergiftenden Einfluss ihrer Mutter befreien kann. Allerdings habe ich da wenig Hoffnung ..."

Es war wieder weit nach Mitternacht, als sie endlich aufbrachen und gemeinsam noch ein paar Schritte durch die warme Nacht gingen, rauchten und die Atmosphäre genossen.

„Und jetzt lebst du das Leben, das du dir immer gewünscht hast?" In Haruns Frage schwang eine unterschwellige Skepsis mit. Georg lachte.

„Du spielst auf meine ‚Außenposten' an, was? Hier die sündige Isabelle, da die lockende Maureen, dort die rassige Mercedes ... Und, wer weiß, hier auch bald die süße Hortense ..." Auch Harun musste grinsen.

„Durchschaut."

„Nein, im Ernst und wie sagt man so schön: Das hat keine Bedeutung. Hat es natürlich doch, außerdem fände ich es den Damen gegenüber nicht angemessen, das hätten sie nicht verdient." Er blieb stehen, trat seine Zigarette aus.

„Was ich sagen will, darin lag und liegt nicht mein Ziel, aber noch genieße ich es einfach. Und weißt du, jede von meinen Damen reizt mich erotisch, also wirklich als Ganzes, und was wir zusammen erleben ..." Georg klopfte Harun kurz auf die Schulter.

„Üblicherweise bleibe ich nicht nur eine halbe Stunde, aber ich konnte dich ja schlecht länger warten lassen. Also, was wir zusammen erleben, hat für mich schon auch mit einer Dimension von Freiheit zu tun, der sinnlichen Freiheit, sich gegenseitig in den Rausch zu versetzen, Dinge auszuprobieren und ... ja, und eben diese Augenblicke einfach nur zu genießen. Alles ohne Überbau, wenn du so willst, also ohne Versprechen, Verpflichtung, Zwang, Komplikation, einfach nur dem gemeinsamen Erleben der Momente hingegeben. Natürlich, auf der Basis einer klaren geschäftlichen Vereinbarung. Aber", jetzt grinste Georg über sein ganzes Gesicht, „ich will nicht unbescheiden sein, denn meine Damen genießen es, glaube ich, nicht weniger ... Mir wurden da schon manches Mal, na, sagen wir, großzügige Rabatte eingeräumt."

„Eigentlich bist du darum zu beneiden", sagte Harun. „Ich wünschte, ich hätte diese Art von Freiheit auch, also die innere Freiheit, mich dem einfach hingeben zu können, anstatt ... Man verhält sich oft so ... so absurd ..."

„Das Leben ist absurd, wie unsere existenzialistischen Freunde sagen."

„Ich bin froh, dass du mir das alles heute Abend erzählt hast. Vielleicht ..."

In diesem Augenblick klingelte Haruns Mobiltelefon. Beide schauten überrascht.

„Ein später Gast", sagte Georg.

Harun meldete sich.

Es war Ibrahim. Ihrem Vater gehe es deutlich schlechter, sehr viel schlechter. Und er habe nach Harun verlangt ... Harun spürte eine gleichzeitige Hitze und Kälte durch seinen ganzen Körper schauern.

„Ich komme, Ibrahim, ich nehme den nächsten Flieger ... Nein, du brauchst mich nicht abzuholen, bleib' bei ... Ich nehme ein Taxi. Ja, du auch ..." Das Gespräch war zu Ende.

„Schlechte Nachrichten?"

Harun nickte langsam: „Mein Vater ..." Er spürte, wie sich ihm die Kehle verschloss. Georg sah ihn an, dann nahm er ihn kurz in den Arm.

„Du meldest dich jederzeit, hast du verstanden?!"

„Ja."

Georg winkte einem Taxi, sie verabschiedeten sich.

Harun ging zu Fuß durch die warme Dunkelheit, von den Geräuschen und Lichtern nächtlichen Lebens um ihn herum begleitet. Paris war ihm vertraut genug, um seinen Weg auch jetzt sicher zu finden. Er musste sich bewegen, und als er unwillkürlich in einen kräftig ausschreitenden Rhythmus gefallen war, konnte Harun sich nicht einmal mehr entschließen, bei einer der hier immer noch belebten Bars oder Bistros Halt zu machen, um neue Zigaretten für unterwegs zu kaufen. Im Hotel hatte er welche.

Bewegung, Bewegung, um dem Sturm im Kopf standhalten zu können. Und dann begann er in Gedanken zu beten, vielleicht murmelte er dabei auch vor sich hin, zu beten, dass er seinen Vater noch lebend antreffen würde. Wenigstens ein letztes Mal noch. Ein letztes Mal nach ihrer ... Versöhnung. Als Versöhnte.

Aber hinter seinem Gebet verknäulten sich plötzlich ganz andere Gedanken. Und immer wieder blitzte eine Gewissheit dabei auf: Es war soweit! Was es auch bedeuten mochte. Auf jeden Fall bedeutete es, dass er Entscheidungen würde treffen müssen. Um seiner selbst willen. Dass er endlich handelte. Nicht mehr wartete ... Entscheidungen treffen. Was hatte Georgs verstorbener Kollege gesagt? Er hätte das Gefühl, sein Leben lebe ihn, statt er sein Leben. Entscheidungen treffen ...

Wenn er jetzt doch mit Elaine sprechen könnte. Am Telefon oder ... – Elaine! Auch das war ihm nun klar, ungreifbar, unausweichlich klar: Was immer jetzt auch weiter geschähe, es hätte mit ihr zu tun. So oder so ...

Und während Harun weiter durch die warme Pariser Nacht zu seinem Hotel lief, verschwanden alle Gedanken in seiner Bewegung. Irgendwann hatte er sein Hotel erreicht. Er ließ sich die Schlüssel geben, fuhr hoch auf sein Zimmer. Unmöglich, jetzt zu schlafen. Er buchte den frühestmöglichen Flug nach Istanbul. Morgen Nachmittag würde er dort sein. Hoffentlich noch rechtzeitig. Er überlegte, Ibrahim noch einmal anzurufen, ließ es dann aber. Was sollte es nützen? Stattdessen schaltete er sein Notebook ein und begann zu arbeiten, um seine Abwesenheit für die nächsten Tage vorzubereiten.

V. Kapitel – Die zweite Rückkehr

Als die Maschine nach Istanbul in der Luft war, übermannte Harun endlich die Erschöpfung. Er kam sich vor, als wäre er in den vergangenen Stunden wie ein Besessener gerannt. Vergeblich gerannt, um dem Lärmen und dem Dröhnen zu entkommen, die in seinem Kopf gewesen waren. Als ob all die auf ihn einstürzenden Empfindungen, Gedanken, Bilder sich verkantet und unaufhörlich aneinander gestoßen und geschliffen hätten: Sein Vater, Elaine, all die Erinnerungen. Die frischen und die von früher. Das Gefühl, sein ganzes Lebensgefüge geriete außer Fassung. Der Drang, endlich irgendetwas zu tun, noch ohne zu wissen, was. Und hinter allem eine unbestimmte, sich immer mehr aufladende Erwartung.

Jetzt endlich verebbte dieses Chaos in ihm, hinterließ aber einen pulsierenden Schmerz in den Schläfen. Sein Körper fühlte sich so schwer an, dass er für eine Weile den beklemmenden Eindruck hatte, es müsste ihn mitsamt der Maschine in die Tiefe ziehen. Bei einer der Stewardessen bat er um ein Glas Wasser und eine Kopfschmerztablette. Dann stellte er seine Rückenlehne nach hinten und versuchte, sich dem bislang vergeblich wartenden Schlaf entgegensinken zu lassen. Wenigstens für die wenigen Stunden, die bis zur Landung in Istanbul blieben. Am frühen Nachmittag würde er dort sein. Wieder dort sein. Und hoffentlich …

Vor nur fünf Tagen war er von seinem ersten Besuch in Istanbul zurückgekehrt. Wie hatte Georg gesagt: Ein „synthetischer Türke" … Eine Woche im fremden und doch vertrauten Land seiner Herkunft. Eine Woche bei … der Familie seiner Herkunft … seinen Eltern, seinem Bruder. Den ihm nächsten und fernsten Menschen. Nach 17 Jahren. Eine Woche wie aus der Zeit gefallen. Eine Ewigkeit. Ein Augenblick. Ein verstörend gewesener Augenblick. Und dann wieder … zu Hause.

Dort, wo er seit Langem sein Leben lebte, war dann der Samstag mit Ines gewesen, ein Samstag wie viele. Der Sonntag mit Wolfgang, ein Sonntag wie viele. Und doch wie noch nie. Und dann war der Montag gekommen, die neue Woche, wie immer, mit ihr ein neues Projekt, Paris, Lautrec, die Arbeit, wieder neue Kulissen, Gesichter, der erste Abend mit Schweitzer und Somborn. Alles wie schon ungezählte Male. Und doch war alles anders gewesen. Als hätte sich alles verdichtet, plötzlich bedrängt von einer sich immer mehr aufladenden und immer näher rückenden Erwartung. Ja, etwas würde geschehen. Etwas müsste geschehen.

Und dann das Treffen mit Georg. Ihm hatte er von Istanbul erzählt, ihm, dem gerade noch völlig Fremden und schon ganz selbstverständlich Vertrauten. Und Georg schien es ähnlich gegangen zu sein. Ihr sonderbarer Streifzug durch die Nacht, der Club. Jetzt kannte er auch Georgs Geschichte. Die nicht nur eine der Geschichten war, die er irgendwann, irgendwo gehört hatte. Wie schon manche Geschichten. Diese Geschichte bedeutete mehr. So wie der Mensch, der sie erzählt hatte. Ohne, dass Harun irgendeine Vorstellung dazu gehabt hätte, war er sich nun gewiss, dass nichts mehr so bleiben würde, wie es vorher gewesen war. Wenn nicht seine Woche in Istanbul schon die Ahnung dieses Einschnitts markiert hatte, was immer dann jenseits des Einschnitts auch kommen mochte, dann war es jetzt Georgs Geschichte. Dann war es Georg selbst, der ihm plötzlich wie jemand vorkam, der an der Grenze stand zwischen dem Davor und dem Danach. Als ob er ihn, Harun, dort erwartet hatte, um ihn über die Grenze zu führen. Weil es jetzt, so hatte er es plötzlich empfunden, soweit war! Was immer das bedeuten mochte ...

Die Zeit zwischen Ibrahims Anruf nach Mitternacht und dem frühestmöglich gewesenen Abflug am darauffolgenden späten Vormittag hatte Harun nach seinem Eintreffen im Hotel in einer Art dumpfer Hochspannung verbracht. Obwohl seit 15 Stunden auf den Beinen und dazu mit dem Schlafdefizit der beiden vorangegangenen Nächte, war es ihm unmöglich gewesen, zu schlafen, sich auch nur hinzulegen. Selbst sein kräftiger Fußmarsch zurück ins Hotel nach dem Abschied von Georg hatte ihn nicht dazu ermüden können. Stattdessen hatte Harun die Nachtstunden bis zum Morgen genutzt, auf seinem Notebook einen detaillierten Zwischenstand samt Nahprognosen für Schornröder und vor allem eine minutiöse Agenda für den jungen Bruneault zu erstellen. Mit diesem Leitfaden und einer lexikalisch präzisen Zusammenstellung von Hinweisen müsste der, bereits gut eingearbeitet, nun imstande sein, die beiden verbleibenden Tage dieser Woche und möglicherweise auch die ersten der folgenden alleine auszukommen. Weiter war momentan nicht zu denken. Gegen acht waren die beiden Aschenbecher im Zimmer dann randvoll, die Luft von blaugrauem Dunst durchzogen und die Arbeit getan gewesen. Wahrscheinlich hatte Harun in diesen Stunden konzentrierter gearbeitet als es über Tag in der Firma möglich gewesen wäre. Vor allem über seine Konzentration wunderte er sich hinterher. Vielleicht eine Art schützender Reflex.

Denn die ganze Zeit über hatte es doch in ihm rumort, war sein Kopf doch übervoll von ganz anderem gewesen. Von der jetzt glühend anwellenden Furcht, seinen Vater nicht mehr ... Und einer das Gefürchtete vorwegnehmend abgründigen Traurigkeit, in die sich auch wieder die nachdrängenden Erinnerungen der vergangenen Woche in Istanbul mischten. Dazu die immer wieder aufgischtenden Eindrücke dessen, was er gerade erst von Georg gehört hatte und dem, das ohnehin in ihm in Bewegung war. Als enthielte das, was Georg ihm erzählt hatte, Antworten auf noch gar nicht gestellte Fragen. Antworten, die er selbst für sich zum Leben bringen musste, zu seinem Leben. Und dann erschien und verschwand auf diesem in ihm wogenden Durcheinander immer wieder Elaine, dazu dann auch Ines, Isabelle, Hortense und eine Frau, die er weder kannte noch beschreiben konnte, die vielleicht sein Bild von Mara gewesen war.

Aber trotz oder gerade wegen dieses Chaos' in ihm hatte das dünne, aufs Äußerste gespannte Band der Konzentration gehalten, ihn sogar ungeachtet seiner eigentlichen Erschöpfung mit noch gesteigerter Effektivität arbeiten lassen. Danach hatte Harun lange geduscht, sich für eine Weile einfach nur und wie er es liebte dem kräftigen Strahl ergeben, dem Prasseln wie Nadeln auf seiner Haut, dem beruhigenden Rauschen und Trommeln des Wassers in der Duschkabine. Sich anschließend trocken gerieben, frische Sachen angezogen, am Buffet ein flüchtiges Frühstück eingenommen und war dann vom Hotel in die Firma gefahren. Dort hatte er den völlig überraschten, erst ein wenig verunsicherten, dann aber schnell motivierten Yves Bruneault eingewiesen und Gerold Somborn über den Grund der plötzlichen Veränderung unterrichtet. Dessen Kollege Schweitzer war auf einem wichtigen Geschäftstermin in Nancy.

Auch das Gespräch mit Schornröder verlief völlig unkompliziert. Harun hatte ihm das Ergebnis seiner Nachtarbeit bereits zugemailt.

„Ich sehe schon, ich sehe ... Gut, gut. Das sieht doch ganz passabel aus ..." Dann war ein kurzes Schnaufen aus der Membran ertönt, und Harun hatte die massige Gestalt seines Chefs vor sich gesehen.

„Hören Sie, Harun, wir haben nur einen Vater und eine Mutter, und wenn wir die Gelegenheit bekommen, da zu sein, wenn ... Sie verstehen schon, dann soll uns der Teufel holen, wenn wir nicht da sind. Also, fliegen Sie, bleiben Sie und geben Sie mir Nachricht, wie sich ... na, die Dinge da unten entwickeln. Und vergessen Sie solange alles andere ... Sollte es länger dauern, schicken wir jemanden nach Paris. Also, ich höre von Ihnen." Wieder ein Schnaufen, dann hatte Schornröder aufgelegt.

Harun hatte ein paar Mal schlucken müssen, Feuchtigkeit in seinen Augenwinkeln gespürt. Gut, er hatte ein wahrscheinlich nie mehr abzubauendes Kontingent an Urlaubstagen, es sei denn er würde sich wie Georg einmal entschließen. Aber es war Schornröders Reaktion, es waren seine Worte gewesen. Er hatte wirklich Glück, was seine berufliche Situation anbetraf. In jeder Hinsicht. Und das war heutzutage viel. Auch ein Grund für Dankbarkeit.

Irgendwann hatte er dann wieder am Flughafen gesessen, am Gate und auf den Aufruf gewartet. Den Anruf, der hoffentlich nicht kam. Er war unfähig gewesen, irgendetwas zu tun, auch nur zu lesen, hatte einfach nur dagesessen, wie eingeschlossen in einen unsichtbaren Kokon, der ihn dicht umpresst hielt. Jetzt gab es nichts mehr zu tun. Außer zu warten. Zu hoffen. Gegen die Furcht anzuhoffen.

Würde er seinen Vater noch lebend sehen? Es ginge ihm schlecht, sehr schlecht, hatte Ibrahim gesagt. Hieß das ... es ginge zu Ende ...? Selbst wenn es so war, würde man das in der Türkei nicht aussprechen. Und wenn es wirklich zu Ende ginge, wie viel Zeit würde noch bleiben?

Sein Vater wollte ihn sehen, hatte nach ihm rufen lassen. Nach ihm, seinem Sohn Harun ... Und sein Vater hatte ihm verziehen. Hatte er nun auch seinem Vater verziehen? Spielte das, was war, was gewesen war, jetzt noch eine Rolle? Durfte er es noch eine Rolle spielen lassen? Obwohl er sich ein solches Gespräch nicht wirklich vorstellen konnte, auch jetzt nicht, hätte Harun gern mit seinem Vater über alles gesprochen. Über das, was gewesen war. Aber vielleicht wäre das zuviel. Vielleicht war diese Geste seines Vaters, war sein Blick, waren seine stockenden Worte das

Äußerste an Möglichem für ihn. Vielleicht war das seine Weise, um Verzeihung zu bitten. Aber Harun könnte ihm wenigstens von seinem Leben erzählen, von seiner Welt. Von all den Jahren.

Nur, was war sein Leben, was seine Welt? Wie hatte Georg es ausgedrückt: „Du hast ja auch sonst nichts ..."

Nichts, außer seiner Arbeit, seinem Erfolg, seinem privilegierten Leben. Nichts außer der Gewissheit, all das selbst und aus eigener Kraft erreicht zu haben: Vom türkischen Gastarbeiterjungen zum hochbezahlten deutschen High Potential. Ein riesiger Sprung. Und da hatte er gesessen, der M&A-Spitzenmann Harun Kara, sah aus wie Seinesgleichen, saß unter Seinesgleichen, wie immer, wie ungezählte Male, wartete auf den Aufruf zum Boarding, um nach Istanbul zu fliegen, wo Geschäfte gemacht wurden wie anderswo auch, wo seine Mitpassagiere zu ihren Terminen, Besprechungen, Einsätzen ausschwärmen würden, wie man es auch von ihm glauben konnte. So fern, so fremd war ihm das alles jetzt.

Die Tablette tat ihre Wirkung, seine Kopfschmerzen ließen etwas nach. Harun dämmerte vor sich hin, das gleichmäßige Summen und Brummen um ihn herum wirkte immerhin beruhigend. Aber schlafen konnte er noch immer nicht. Aller Erschöpfung, aller Müdigkeit zum Trotz, hielt ihn jene Spannung doch zwischen den Rändern des Wachseins und des Schlafes. Er sah sich beim Vater am Bett sitzen. Dessen Hand in seiner, Blick in Blick, im Schweigen alles gesagt, im Angesicht alles empfunden, was keine Worte und Erklärungen, keine Fragen und Antworten je einholen könnten.

Ja, man konnte Grenzen überschreiten, es tun, wenn der Zeitpunkt gekommen war. Aber dieser ließ sich weder bestimmen noch der Weg dahin festlegen. Und erst recht ließ sich dort nicht Gericht halten, denn das hieße doch nur, in den Grenzen zu bleiben. Über solche Grenzen ging man mit leichtem Gepäck, ein Wort konnte es sein, eine Geste, ein Blick. Es war etwas ungeheuer Intensives, und es war etwas ganz Zerbrechliches. Wer an diesen Grenzen die Vergangenheit, wie hieß das so schön, aufarbeiten wollte, der schloss vielleicht für immer die Zukunft. An diesen Grenzen zählte nur der Augenblick.

Und Harun wünschte sich noch einmal jenes stille Miteinander mit dem Vater. Jenseits der Grenze, die sie beide überschritten hatten, auf die ihnen mögliche Weise. Jenseits der Vergangenheit, die nun hinter ihnen, nein, die für immer in ihnen lag, aber deren Schatten nicht mehr über der Zukunft liegen sollten. Morgen hatte er ohnehin nach Istanbul fliegen wollen. Von sich aus. Es ging plötzlich alles so schnell. Nur die Zeit jetzt, die Zeit bis zur Ankunft dehnte sich. Aber es durfte nicht zu spät sein! Harun versuchte, sich von seiner immer wieder aufblitzenden Furcht abzulenken, indem er einem der unfertigen Gedanken folgte, die in ihm trieben.

Dieses Zeitgefühl, dieses aus der Fassung geratende Zeitgefühl. Selbst die 17 Jahre, die ganzen 17 Jahre von dem Tag an, als er allein in Deutschland zurückgeblieben war, seine Ausbildung gemacht, sein Studium absolviert, seinen Berufsweg begonnen, der ihn bis hierher geführt hatte, selbst diese 17 Jahre Tag für Tag gelebten Lebens passten jetzt in eine einzige, umfassende Erinnerung, als wäre es bloß eine Woche gewesen oder zwei. Ja, diese ganze Zeitstrecke von fast zwei Jahrzehnten schien jetzt nicht länger als der gedrängte Zeitraum von Ibrahims erstem Anruf bis heute. Ibrahims Anruf vor fast zwei Wochen war der Scheidepunkt gewesen. Equinox. Tag- und Nacht-Gleiche. Als ob alles sich zusammenziehen würde. Auf den Punkt irgendeiner Entscheidung. Davor und Danach. Und wohin neigte sich die Waage dann?

Und wieder, wie schon vergangene Nacht während seines Fußmarsches zurück ins Hotel, war Elaine ganz nah. Wie es wäre, wenn sie jetzt hier neben ihm säße ... Würde ihn Elaine dieses Mal nach Istanbul begleiten, Teil von allem sein, in ihm? Wenigstens in ihm? Es gab so vieles, was sie wissen musste, über ihn, sein Leben. Und vielleicht spürte sie sogar, wo immer sie jetzt in Wirklichkeit sein mochte, dass etwas mit ihm, Harun, war, dass er sich an einem Punkt seines Lebens befand, hinter dem sich die Gegenwart nicht einfach fortsetzen würde, konnte. So etwas gab es ja, dass Menschen, die auf irgendeine intensive Weise verbunden waren, über beliebige Entfernungen spürten, wenn etwas mit dem anderen war. Und in diesen Momenten kam es Harun nicht abwegig vor, dass auch Elaine auf solche Weise mit ihm verbunden wäre, weil sie doch beide auf den Augenblick warteten, dem anderen gegenüber das bisher nie Gesagte zu offenbaren. Als ob nicht nur er wartete.

Er hatte so lange gewartet. Viel länger als das eine Jahr, seit er Elaine das erste Mal begegnet war. Viel länger als die 17 Jahre, seit der Trennung von seiner ... Familie. Denn eigentlich hatte das Warten begonnen, als ...

Ja, wann hatte es begonnen? Es lag so unendlich weit zurück. So weit und plötzlich wieder ganz nah. Da waren sie, die Bilder, die er lange, sehr lange nicht mehr gesehen hatte, und aus den Bildern kehrte die Wirklichkeit von damals zurück, die Wirklichkeit, die immer tief in ihm gewesen war ...

Diese großen, leuchtenden Augen. Voller Freude, voller Vertrauen. Voller Reinheit. Welches Glücksgefühl, wenn sie ihn ansehen. Und dieses liebliche Gesicht, das immer strahlt, wenn sie auf ihn zukommt oder zuläuft. Seine kleine Freundin Bahar. Neben dem alten Mesut, der als etwas verrückt gilt, aber gar nicht so verrückt ist, wie die anderen sagen, neben ihm ist sie der wichtigste Mensch – Nein, neben ihr ist er der wichtigste Mensch. Sie ist der allerwichtigste. Jetzt und für immer. Und er ist es für sie. Das haben sie so beschlossen. Und eines Tages ...

Bahar ist das jüngste Kind eines Schwagers seines Onkels. Ihre Familie lebt im Nachbardorf, das man gut zu Fuß erreichen kann. Entweder unten, entlang des kleinen Flusses, oder auf einem schmalen Pfad zwischen den Felsen gelangt man dorthin. Er braucht dazu etwa eine halbe Stunde. Und wie gut er die beiden Wege kennt. Die wichtigsten Wege. Im Sommer nimmt Harun meist den Felsenpfad. An einer Stelle gibt es einen weiten Ausblick über die beiden, durch eine enge Schlucht verbundenen Täler, in denen die Dörfer liegen. Im Winter, wenn alles vereist und hoch verschneit ist, bleibt der Weg unten am Fluss sicherer.

Harun selbst lebt bei seinem Onkel Kemal. Seine Eltern sind in ein fremdes, fernes Land gegangen, dessen Name schwer auszusprechen ist. Sie arbeiten dort und verdienen viel Geld, sagen die Leute. Harun ist gerade ein Jahr alt gewesen, als sie aufbrachen. Aber er hat keine Erinnerungen mehr an seine Eltern, es gibt nur eine Fotografie, die im Haus seines Onkels an einer Wand hängt. Manchmal steht Harun davor und sieht die beiden Menschen an, von denen er hört: Das, Harun, das sind dein Vater und deine Mutter. Aber er empfindet nichts dabei. Für ihn sind sie fremd. Dabei wäre es schön, wenn auch er mit seinen Eltern leben würde. Nicht unbedingt mit diesen, die er nicht kennt, sondern überhaupt mit Eltern, egal welchen, anstatt bei Onkel und Tante. Denn hier ist er nur der Gast, ein langer Gast zwar, aber eben nur ein Gast. Seine Tante Burcu beklagt sich bei ihrem Mann oft, dass Haruns Eltern nicht genug Geld für Harun schicken. Wo sie doch so viel verdienen in diesem weit entfernten und unermesslich reichen Land. Bei Eltern wäre er richtig zu Hause und nicht bloß ein Gast, für den nicht genug bezahlt wurde. Wie Bahar bei ihren Eltern zu Hause ist ...

Bahar lacht und fragt, ob sie nicht zu ihrer Höhle gehen wollen. Es ist sehr heiß, und dort ist es eigentlich immer angenehm kühl. Die Höhle ist keine richtige Höhle, sondern eine tiefe Einbuchtung unter schroff darüber ragenden Felsen. Die Stelle liegt auf halbem Weg zwischen den Dörfern und nahe dem Platz, von dem aus man die weite Aussicht hat: auf die hellgraufelsigen Kuppen der Berge, die jetzt grünen, von leuchtenden Blumen bewachsenen Abhänge, die beiden Täler mit ihren im Sommer saftigen und bunten Wiesen, den niedrigen Hütten aus groben Steinen und Holz, die windschiefen Schuppen, den silbergrün schimmernden Fluss, der sich unten entlangschlängelt. Aber Harun muss auf die kleine Herde von Schafen und Ziegen aufpassen, die sich am sattgrünen Gras gütlich tut.

„Dann bleibe ich auch", sagt Bahar. „Wir sind jetzt Schäfer und Schäferfrau."

Auch Bahar hütet manchmal die kleine Herde ihrer Eltern, dann leistet Harun ihr dabei Gesellschaft. Wenn er nicht irgendetwas für Onkel Kemal oder Tante Burcu tun muss, was oft vorkommt. Und er arbeitet mehr als die anderen Kinder. Der Mann und die Frau auf dem Bild bleiben stumm, protestieren nicht, schützen ihn nicht. Im Sommer schläft Harun nicht im Haus, sondern in einem kleinen Verschlag. Nur im Winter, wenn es sehr kalt wird, darf auch er im Haus schlafen, mit den anderen in dem großen Raum, wo der Ofen steht.

„Ja!", sagt Harun, und ist glücklich. Bahar ist seine Sonne. Ihre Gegenwart wärmt sein Herz. Und nicht bloß ihre Gegenwart, auch wenn er an sie denkt.

Bahar holt einen Haufen kleine, glattgeschliffene weiße Steinchen aus einem ledernen Beutel. Sie haben die Steine aus dem Fluss gesammelt. Oft, wenn sie so im Gras sitzen, spielen sie ein Spiel. Dazu brauchen sie nur noch den alten Stofffetzen, den Harun mit einem Messer zu einem Viereck geschnitten hat. Auf diesem ausgeblichenen Stück Stoff wiederum sind, einigermaßen gleichmäßig, Linien gezeichnet, die von außen nach innen kleiner werdende Rechtecke bilden. Außerdem gibt es ein über die ganze Fläche gehendes Kreuz, dessen Geraden die verschiedenen Rechtecke schneiden. Harun holt das säuberlich zusammengerollte Stück Stoff aus seiner kleinen Tasche, die er immer umgehängt trägt. Das Spiel, das sie spielen, heißt Mühle. Der alte Mesut hat es ihm erklärt und ihm gezeigt, wie er das Stück Stoff bemalen muss. Und Harun hat es dann Bahar erklärt. Am Anfang ließ er sie oft gewinnen, weil er fürchtete, sie könnte sonst die Freude am Spiel verlieren. Jetzt muss er sich selbst anstrengen, um nicht zu verlieren. Die Steinchen haben Markierungen. Ein Kreuz für Haruns, einen Kreis für Bahars Spielsteine. Sie können stundenlang im Gras sitzen und Mühle spielen oder nebeneinander liegen und in den hohen blauen Himmel sehen, über den bauschige weiße Wolkenschafe ziehen. Ab und zu gehen sie mit der Herde ein Stück weiter.

„Später werden wir eine eigene Herde haben", sagt Harun.

„Und ein eigenes Haus", sagt Bahar.

„Ja, aber nur im Winter werden wir dort sein, sonst ziehen wir mit unserer Herde über das Land."

Und Harun deutet gen Horizont. Er würde gern wissen, wie weit das Land geht, wie es dort aussieht und ob es irgendwo zu Ende ist. Der alte Mesut sagt, es sei nie zu Ende, es gehe immer weiter, aber irgendwann, wenn man immer weiter gehe, komme man wieder dort an, wo man losgegangen wäre. Manchmal fragt Harun ihn, ob er das Land kenne, wo der Mann und die Frau seien, von denen alle sagen, es wären seine Eltern. Dann schüttelt der alte Mesut den Kopf.

„Dieses Land, Harun, liegt jenseits des Sonnenunterganges."

Und er zeigt nach Nordwesten. Harun kennt die Himmelsrichtungen und den Tageslauf der Sonne, der hier allein die Zeit bestimmt.

Jenseits des Sonnenuntergangs ... Ob es dort immer dunkel ist?

„Wir ziehen mit unserer Herde so lange weiter, bis wir wieder hier ankommen", erklärt Harun bedeutsam, und Bahar sieht ihn staunend an.

„Das wird schön!", sagt sie und lacht.

„Ich habe eine Mühle!" Und sie nimmt eines von Haruns Steinchen. Harun runzelt die Stirn. Er muss sich besser konzentrieren, wenn er mit Bahar spielt.

Die langen, heißen Sommer verbringt er fast nur draußen. Da sind der Himmel, die Wiesen, der Fluss, die Felsen, da sind die Konturen der entfernter liegenden Gebirge. Da ist der Wind im Gras, das Summen der Insekten, da sind die heranklingenden Stimmen der Frauen und Kinder vom Fluss her, das Rauschen des Wassers und manchmal auch der Schrei eines Adlers, der hoch oben über allem kreist. Der muss doch hinter den Horizont sehen können, denkt Harun, und könnte ihm erzählen, wie es dort wohl aussieht. Vielleicht wie hier, vielleicht ganz anders. „Hier wohnt Gott", sagt der alte Mesut immer, „nicht in der Stadt. In der Stadt wohnt der Teufel." Die Leute sagen, der alte Mesut habe in großen Städten gelebt, weit, weit fort von hier. In unvorstellbar großen Städten mit riesigen Straßen und bis zu den Wolken ragenden Gebäuden, die sogar die Sonne verdecken und mit unendlich vielen Menschen und Autos und lauter Dingen, die es hier nicht gebe.

Denn das Leben in diesen einsam gelegenen Bergdörfern ist wie vergessen von der Zeit und dem Lauf der Welt draußen. Die Menschen leben von dem, was die Natur ihnen bietet, was sich daraus und mit einfachen Mitteln herstellen lässt. Hier gibt es keinen Strom, kein elektrisches Licht, kein fließendes Wasser aus Leitungen, keine Toiletten oder etwa Heizungen. Das Wasser kommt vom Fluss und wird von den Frauen mit Kübeln in die Hütten und Häuser getragen. Darin gibt es große steinerne Öfen, die im Winter mit Holz und dem eingelagerten Tiermist befeuert werden. Über einem Rost erhitzt man dann außerdem möglichst flache oder flach geschlagene Felsstücke und verteilt sie. Die größeren kommen in die Ecken der Räume, die kleineren unter die groben Decken. In den Dörfern gibt es keine Bürgersteige, keine Geschäfte mit Schaufenstern, nur eine staubige Straße verläuft von irgendwoher kommend hindurch und geht dann irgendwohin weiter.

Oft begleitet Harun seinen Onkel Kemal diese Straße entlang, der alte Esel zieht dann einen schwerfälligen Karren, auf den sie flache Kisten, Säcke und bauchige Gefäße geladen haben. Sie brauchen einen halben Tag bis in die Stadt – oder eigentlich keine Stadt, sondern bloß ein größeres Dorf mit mehr und größeren Häusern und mehr davon aus Stein. Sogar Stromleitungen gibt es dort, die sich zwischen hölzernen Masten die breitere Straße entlangschwingen. Auf dem Weg dahin oder von dort zurück werden sie manchmal von einem klapprigen alten Bus überholt, dessen Dach hoch beladen ist und der schwarze Rußwolken ausstößt. In dem großen Dorf gibt es einen Markt, wo Haruns Onkel die Dinge verkauft, die sie auf dem Karren dorthin gebracht haben.

„Nein", lacht der alte Mesut, „das ist keine Stadt, aber", und er wird wieder ernst, „dort bist du schon ein Stück weiter von Gott entfernt. Denn Gott", das wiederholt er immer wieder, „Gott wohnt hier draußen, du musst ihm nur lauschen, Harun!"

Und Harun lauscht ihm oft, im Sommer, auf den Wiesen, bei den Felsen, unter diesem unendlichen, hohen Himmel. Und oft zusammen mit Bahar. Er ist Gott dankbar. Dankbar für die vielen Stunden, die er so verbringen kann. Und dankbar für Bahar, mit der er so viele dieser Stunden verbringen darf. Wenn er groß ist, wird er Bahar zur Frau nehmen, das weiß er genau. Hier ist es üblich, es früh zu wissen. Und auch Bahar hat ihn erwählt. Und wie eine gute Frau bringt sie ihm oft etwas zu essen mit, eingewickelt in ein Tuch. Oder hält etwas für ihn bereit, wenn er sie besucht. Denn Haruns Tante Burcu hat manches Mal nicht genug oder auch gar nichts für ihn übrig.

„Ich habe genug eigene Kinder zu versorgen", sagt sie dann. „Und wenn deine Eltern nicht genug für dich schicken, wo sie doch so viel Geld verdienen ..."

Auch der alte Mesut hat immer etwas für Harun, und gar nicht selten steckt ihm auch eine seiner Cousinen noch etwas zu, heimlich, dass es weder die Tante noch sein etwas älterer Cousin Erdogan merken, der immer eifersüchtig auf Harun ist. Auch auf seine Freundschaft mit Bahar, die zu Recht als sehr hübsches Mädchen gilt. Aber in beiden Dörfern und bei beiden Familien gilt es ebenso als ausgemacht, dass Harun und Bahar einmal Mann und Frau werden. Deshalb lässt man ihnen viele

Freiheiten, sie zum Beispiel zusammen die kleinen Herden ihrer Familien hüten, was sie nicht bloß gerne, sondern auch zuverlässig wie gewissenhaft tun und so die Älteren und Kräftigeren für andere Arbeiten freihalten.

Wie immer spielen auch sonst praktische Erwägungen dabei eine Rolle. Bahars Mutter gibt ihrer Tochter regelmäßig zu essen für Harun mit, näht ihm Sachen, besonders für den Winter. Denn Bahars Eltern rechnen darauf, dass Harun sie später in dieses ferne, reiche Land führen und dort heiraten würde, in dem seine Eltern schon lange leben. Es ist nämlich verabredet, dass Haruns Eltern ihren Sohn dorthin holen, sobald er alt genug ist, in die Schule zu gehen.

In Haruns Gedankenwelt ist das allenfalls wie ein ferner Nebel. Er hat keine Vorstellung davon, auch nicht über das Wann. Die Zeit unterliegt hier eigentlich nur dem Wechsel von Sommer und Winter. Wie lange sind seine Eltern schon fort, wie lange ist er schon ... Gast bei Onkel Kemal? Und wie lange dauert es noch, bis ... Alles nur wie ein ferner Nebel. Für Bahars Eltern aber ist dieser ferne Nebel und das, was sich mit ihm verbindet, die beste Aussicht, die sie sich für ihre Tochter wünschen können. Denn das Leben hier, wo Gott wohnt, ist hart, und sie hoffen auf eine bessere Zukunft für sie.

Die Frauen sieht man jeden Tag nicht nur auf den Feldern, sondern auch am Fluss, wo sie die Wäsche reiben, die einfachen Kochgefäße und das Essgeschirr säubern. Dabei stehen sie mit ihren langen Röcken halb im Wasser. Trotz der Hitze im Sommer haben sie oft mehrere Kleidungsstücke übereinander angezogen und sind dazu mit Schleiern bedeckt. Harun fragt sich oft, wie sie das bei den Temperaturen aushalten. Einmal hat er eine seiner Cousinen nachts beobachtet, wie sie sich entkleidete. Er ist erstaunt gewesen, wie dünn sie in Wirklichkeit ist, obwohl sie in Kleidern viel kräftiger aussieht und wirkt. Um ihre Hüften trug sie noch dazu eine Art Kissen gebunden, über dessen Bedeutung und Funktion er bis heute rätselt. Im Sommer wird hier schwer auf den Feldern gearbeitet, um die Versorgung für den Winter sicherzustellen. Den Mist der wenigen Kühe, Esel und Pferde, die sich immer in der Nähe der Häuser aufhalten, sammeln die Frauen und legen ihn in der glühenden

Sonne zum Trocknen aus, um dann gutes Heizmaterial für den Winter einzulagern.

Tiere, vor allem die kleinen Schaf- und Ziegenherden, sind das Kostbarste, was die Menschen in den Dörfern besitzen. Desto vertrauensvoller im Grunde die Aufgabe, die Harun und Bahar zu erfüllen haben. Für die Arbeit auf den anstrengend zu bestellenden Feldern sind sie noch zu klein. Sehr zum Ärger von Haruns Cousin Erdogan, der Harun um seine Aufgabe beneidet. Was ihm Harun kaum verübeln kann. Denn was gibt es Schöneres, als mit den genügsamen Tieren hinauszuziehen, weg vom Dorf, in die Wiesen auf den Hügeln und den weniger steilen Abhängen, dorthin, wo es bis auf den Wind ganz still ist, und wo man, wie der alte Mesut sagt, Gott lauschen kann. Dann legt sich Harun ins Gras, sieht zu den friedlich über den Himmel ziehenden weißen Wolkenschafen hinauf und träumt vor sich hin, bis irgendwann Bahar herankommt.

Die Winter hier sind streng, kalt und voller Schnee. Mit ihnen senkt sich eine Zeit der Dunkelheit und des Schweigens über das Land. Aus den Hütten und Häusern kräuselt sich dann der Rauch der Öfen in einen grauen, schweren Himmel. Die Berge sind kaum zu sehen. Im Winter verbringt Harun viel Zeit beim alten Mesut. Der weiß viele Geschichten zu erzählen. Und er bringt ihm eine geheimnisvolle Sprache bei, die überall auf der Welt verstanden wird, wie er sagt.

„Das ist die Sprache der Zahlen, Harun, einst kam sie aus einem Land noch viel weiter im Osten, und heute gilt sie unter allen Menschen ..." Dann lächelt er und hebt einen Finger.

„Unter allen klugen Menschen, hörst du, und du willst doch einmal zu den klugen Menschen gehören, Harun?!" Harun nickt dann immer eifrig.

Ja, er will zu den klugen Menschen gehören. Nicht wie sein Onkel Kemal, seine Tante Burcu oder sein Cousin Erdogan und seine Cousinen, die alle nicht klug sind. Ob der Mann und die Frau auf dem Foto wohl klug sind, die, von denen es heißt, sie seien seine Eltern? Sie müssen doch klug sein, sonst könnten sie in jenem fernen, reichen Land nicht so viel Geld verdienen. Und wenn sie eines Tages wirklich kommen, um ihn zu holen, dann will Harun so klug sein wie sie.

Der alte Mesut hat einige fleckige, zerfledderte Bücher in seiner Hütte. Auch Bücher über die Sprache der Zahlen. Damit erklärt er Harun, wie diese Sprache funktioniert, stellt ihm Aufgaben. Und Harun hat Spaß daran, über diesen Aufgaben zu brüten, am meisten natürlich sie zu lösen. Und ist jedes Mal stolz, wenn es ihm gelingt.

„Du hast einen guten Kopf", lobt ihn der alte Mesut dann. „Aber du musst auch immer weiter üben, hörst du?!"

Und während der Wintermonate übt Harun so viel, dass er während der Sommermonate mehr Zeit hat, draußen zu sein. Und natürlich für Bahar, die sich nicht so sehr für die Sprache der Zahlen interessiert, viel lieber Geschichten hört oder Geschichten erfindet, am liebsten aber mit Harun die Welt um ihre beiden Dörfer erkundet, mit ihm in ihrer „Höhle" sitzt, wenn ein Sommerregen niedergeht, es um die Mittagsstunde zu heiß draußen ist, oder sonst auf dem Aussichtsplatz mit dem weiten Blick über das Land neben ihm ihre unermüdliche Fantasie schweifen lässt.

Wenn Harun seine kleine Freundin im Winter abholt, um mit ihr zusammen zum alten Mesut zu gehen, dessen Hütte etwas oberhalb seines Dorfes gleich an einer schützenden Felswand steht, dann erzählt der den beiden unglaubliche Geschichten aus „der Stadt, wo der Teufel zu Hause ist" oder liest ihnen etwas aus einem seiner Bücher vor. Aus einem, das nichts mit Zahlen zu tun hat. Und manchmal liest auch Harun, langsam und mit sorgfältiger Betonung, immer wieder und mit einem perlenden Glücksgefühl in die staunenden und stolzen Augen seiner Freundin blickend. Auch das hat er vom alten Mesut gelernt. Mögen den viele für etwas verrückt halten, haben sie doch auch Respekt vor ihm, denn er ist von den drei Männern in beiden Dörfern, die überhaupt lesen können, der einzige, der auch schreiben kann.

Die meisten der übrigen Erwachsenen hier sind fast ausnahmslos Analphabeten, haben nie eine richtige Schule besucht. Zwar gibt es heute ein kleines Schulhaus im Dorf, und dreimal die Woche kommt ein Lehrer, aber obwohl die Kinder dort zwei Jahre hingehen, lernen viele doch nie richtig lesen und schreiben, geschweige denn rechnen oder irgendetwas anderes darüber hinaus. In dem großen Dorf, da, wo auch der Markt ist, gibt es eine richtige Schule, aber dorthin gehen nur die Kinder von reichen Eltern. Völlig unmöglich, sich vorzustellen, dass die Menschen aus den Bergdörfern ihre Kinder jeden Tag dorthin schickten. Und wie sollte das auch gehen? Sie bräuchten ja mindestens einen halben Tag zu Fuß dorthin und auch wieder zurück. Der Bus kommt, wie auch der Lehrer mit ihm, nur dreimal in der Woche. Deshalb genießen die wenigen, die des Lesens kundig sind, besonderen Respekt. Und der alte Mesut noch mehr, weil er sogar schreiben kann.

Wenn jemand einen Brief bekommt, vielleicht von Verwandten aus der Stadt, manchmal aus einem anderen Land, wohin sie, wie auch Haruns Eltern, gegangen sind oder, seltener, von irgendeiner Behörde, dann geht er mitsamt ganzem Anhang zu Mesut, um sich das Schreiben vorlesen und manchmal auch eine Antwort aufsetzen zu lassen.

Harun ist entschlossen, selbst ein solcher Mann zu werden. Keiner, der zu einem anderen gehen muss, um sich vorlesen oder für sich schreiben zu lassen. Und er ist entschlossen, das Land hinter dem Horizont kennenzulernen. Zusammen mit Bahar.

„Du musst lernen, Bahar!", redet er immer wieder auf sie ein und hat dafür gesorgt, dass Bahar dreimal in der Woche ins Schulhaus kommt, wenn der Lehrer da ist. Obwohl Mädchen hier noch weniger zur Schule gehen als schon die Jungen, lassen ihre Eltern sie gewähren. Denn wenn ihre Tochter einmal Harun in das ferne, reiche Land folgt, dann kann es nicht von Schaden sein, wenn sie klüger wird. Nicht zu klug, das braucht eine Frau nicht zu sein, aber doch so klug, dass sie ihrem künftigen Mann dort eine Unterstützung ist.

Dass Harun dank des alten Mesut mit Buchstaben und Wörtern etwas anfangen kann, vor allem schon ein guter und geschwinder Rechner geworden ist, hat ihm auch ganz unmittelbare Vorteile eingebracht. Denn seit sein Onkel Kemal das offenbare Talent seines Neffen erkannt hat – und Harun ist so geschickt gewesen, ihn seine Überlegenheit nicht spüren zu lassen – genießt er immerhin dessen besondere Duldsamkeit, wurde von den schweren und unangenehmen Arbeiten, die er früher zu verrichten hatte, um „sich seinen Platz unter unserem Dach zu verdienen", wie Tante Burcu nicht müde geworden war zu betonen, Zug um Zug befreit. Heute ist er verantwortlich für die kleine Schaf- und Ziegenherde, über deren Bestand er tatsächlich eine Art Heft führt, das ihm der alte Mesut geschenkt hat und nicht zuletzt dafür, dass Onkel Kemal, der eben nicht zu den hellsten Köpfen zählt, wie zu dessen Verdruss auch sein Ältester, Erdogan, dass also Onkel Kemal auf dem Markt und beim Einkaufen im großen Dorf nicht betrogen wird. Was wohl stets der Fall war, denn Onkel Kemal wie auch Cousin Erdogan können nicht nur nicht lesen und schreiben, sondern tun sich auch mit dem Rechnen schwer. Seit Harun seinen Onkel begleitet, gibt er ihm dann ein zwischen ihnen verabredetes Zeichen, wenn etwas bei der Einnahme oder Ausgabe von Geld nicht stimmt. Und seit sie das tun, wurden die Male, bei denen etwas nicht stimmte, immer seltener.

Und auch die Male, wo Harun geschlagen wurde, wurden seltener. Eigentlich schlägt ihn bloß noch sein Cousin Erdogan, der eifersüchtig ist, sich zurückgesetzt fühlt. Dass Kinder von ihren Eltern geschlagen werden, kleinere Kinder von ihren Müttern, jüngere Geschwister von älteren Brüdern, ist hier nichts Besonderes. Die älteren Brüder übernehmen dieses Verhalten von ihren Vätern, denen sie nacheifern. Denn die Väter, die Männer überhaupt, haben ein Recht dazu. Die Tradition verleiht es ihnen. Und Allah. Es gibt keine Familie, in der nicht geschlagen würde. In der einen mehr, in der anderen weniger. Und selbst wenn einem Mann dieses Schlagen, dieses Zeigen seiner Macht und Möglichkeit eigentlich zuwider ist, kommt er nicht umhin, es doch zu tun, um in den Augen der anderen nicht an Gesicht zu verlieren. Der alte Mesut hat versucht, es Harun zu erklären.

Jeder Mann habe seine Frau, jeder Vater seine Familie im Griff zu halten. Und das gehe, so glauben sie, nur durch Schläge. Sie kennen es hier nicht anders, sie lernen es nicht anders. Seit Jahrhunderten. Harun kann sich nicht im Entferntesten vorstellen, Bahar jemals zu schlagen. Und hat doch eine unheimliche Angst in sich, es eines Tages doch zu tun. Wie es alle hier irgendwann tun. Er schämt sich schon jetzt für etwas, von dem er entschlossen ist, es niemals zu tun.

Dabei wird hier und beinahe unentwegt auch von Liebe gesprochen. Von Liebe und Ehre und Respekt und Demut und Dankbarkeit, von Schicksal und Allah und Gehorsam, alles durcheinander und immer mit größtem Ernst, in farbigsten Worten. Denn mögen die wenigsten hier auch lesen und erst recht schreiben können – dramatische Rede und *große Geste scheinen dafür angeboren. Alles ist so unbedingt, wie der Lauf der Sonne, der Wechsel der Jahreszeiten. Und schnell kann die Gewalt hervorbrechen, wie eine leidenschaftliche Urkraft, rücksichtslos und unschuldig zugleich. Keiner, der schlägt, empfindet Schuld. Im Gegenteil ist es die Schuld des Geschlagenen, den Schlagenden soweit gebracht zu haben. Durch Respektlosigkeit, Ungehorsam, schlimmer, durch Verrat, durch Untreue. Oder nur ihren nicht entkräfteten Verdacht. Dann kennt die Gewalt hier keine Grenzen. Und keine Polizei, kein Richter sühnt je die Toten, die in Schande an irgendeiner Stelle verscharrt werden. Niemand spricht mehr von ihnen. Aber manchmal sieht man doch einen Menschen plötzlich an irgendeinem Platz verharren, meistens eine Frau, wie gebannt dastehen, bevor sie wieder davonschleicht, heimlich, sodass niemand sie sieht.*

„Wir alle hier werden so früh erwachsen", sagt der alte Mesut und sieht Harun dabei mit einem traurigen Blick an.

„Und bleiben doch lebenslang wie Kinder, grausame Kinder oft." Und dann wird seine Stimme schwer.

„Ich bin es auch gewesen, aber dann … Später einmal, später, vielleicht … Wenn du größer bist …" Er macht eine wie trösten wollende Geste. Und Harun meint dann jedes Mal, Mesuts Augen aufschimmern zu sehen, so, als ob es in ihm weinte.

Manchmal weint auch Harun. Heimlich. Nicht, wenn er geschlagen wurde, außer früher, als ganz kleines Kind natürlich. Nein, er weint manchmal, weil er plötzlich eine unendliche Einsamkeit in sich fühlt. Kommt es daher, dass er nicht bei seinen Eltern lebt und sie nicht mit ihm? Auch wenn er diese Eltern gar nicht kennt? Zwar würde er dort auch geschlagen, wie alle, wie auch Bahar von ihren Eltern, manchmal, aber dort wäre er kein … Gast, dort wäre er eingeschlossen, ganz selbstverständlich eingeschlossen, im Schlagen und im Lieben. Und auch die anderen, also sein Onkel und seine Tante, sein Cousin und seine Cousinen, würden ihn anders ansehen und behandeln, wenn er, wie alle, Eltern hätte, einfach irgendwelche Eltern, zu denen er ganz selbstverständlich gehörte, denen er keine Last wäre, kein Gast, für den zu wenig Geld geschickt wurde.

Es ist ein komisches Gefühl, Harun bekommt es nie richtig zu fassen, denn andererseits möchte er doch keinesfalls etwa mit seinem Cousin Erdogan tauschen. Führt er doch mittlerweile und alles in allem gesehen eigentlich sogar das freiere, schönere Leben. Von Bahar gar nicht erst zu reden. Aber es ist dieses namenlose, bodenlose Empfinden, nirgendwo richtig dazuzugehören, sich den Platz, den er heute hat, durch „einen guten Kopf", wie der alte Mesut sagt, durch Geschick und ja, auch mit Allahs Gunst, erworben zu haben. Was aber, wenn er keinen „guten Kopf" hätte, mit weniger Geschick und ohne Allahs Gunst bloß auf die Liebe oder das, was man hier darunter versteht, angewiesen wäre. So wie die allermeisten hier, die bei allem doch zufrieden scheinen mit ihrem einfachen Leben unter Ihresgleichen. Zufrieden in der lauten, engen Gemeinschaft um den Tisch im großen, oft einzigen Raum des Hauses. Zufrieden unter Ihresgleichen ... Wer aber sind Seinesgleichen?, fragt sich Harun oft.

Und wieder geht ein Sommer zu Ende. Die Sonne sinkt früher hinter die Berge, die Abende werden kühler, die Nächte. Und Onkel Kemal sagt, dass Harun nun im Haus schlafen solle, wo es warm sei. Sonst geschieht das immer erst, wenn der erste Schnee im Jahr fällt. Und manchmal auch erst, wenn der Schnee richtig hoch liegt und man den kleinen Verschlag neben dem Haus schon fast nicht mehr sehen kann. Harun wundert sich. Und eigentlich hat er sich längst an den kleinen Verschlag gewöhnt. Von Bahars Mutter hat er eine warme Decke, vom alten Mesut eine viel geflickte Zeltbahn bekommen, und sich den hölzernen Verschlag mit Lehm, Stroh und Steinen so ausgestattet, dass er selbst bei Kälte ein bequemes Lager dort findet.
    Auch Tante Burcu ist plötzlich seltsam bemüht, weist ihm einen Schlafplatz dicht beim Ofen zu, wo eine der besseren Decken für Harun bereit liegt. Es kommt noch seltsamer: Sobald Onkel Kemal oder Tante Burcu bemerken, dass Erdogan auch nur frech zu Harun ist, weisen sie ihn streng zurecht. Und so, dass Harun es mitbekommt.
    „Es geht dir doch gut bei uns?", fragen sie nun ständig. „Dir fehlt es doch an nichts? Wir haben dich doch immer gut behandelt?"

Und eigentlich sind es weniger Fragen als um Zustimmung heischende Bekundungen. Er dürfe das nicht vergessen, was man alles für ihn getan habe während all der Jahre. Nicht vergessen dürfe er es und erzählen müsse er es, wenn er gefragt werde. Wie gut sie ihn hier alle behandelt hätten. Harun nickt dann, sagt „Ja, Onkel Kemal" oder „Ja, Tante Burcu", und nimmt diese neue, eher irritierende Aufmerksamkeit hin, wie er alles immer hingenommen hat, darauf bedacht, keinen Unmut zu erregen oder auch nur allzu nachdrückliche Aufmerksamkeit auf sich zu ziehen. Und auch beim Essen am großen Tisch wird Harun nun bevorzugt bedacht, ist nicht länger auf die lieblos zusammengeschobenen Reste angewiesen. Einmal gibt Onkel Kemal ihm sogar die Zunge einer Ente, die eigentlich für ihn bestimmt gewesen ist. Es ist beinahe unheimlich.

Der alte Mesut hat Harun nachdenklich angesehen, als der ihm von diesen Veränderungen erzählte. So als wüsste er, was es zu bedeuten hat. Aber er hat Harun nur über den Kopf gestrichen und gesagt: „Allah führt uns unserer Wege."

Und dann, nach Wochen mit viel Regen, Tagen mit heftigem Wind, ist es wirklich Winter geworden, aber noch kein Schnee gefallen. An einem Tag nimmt Onkel Kemal Harun beiseite und verkündet ihm mit feierlicher Miene, dass seine Eltern ihn nun bald holen kommen und mit in das ferne, reiche Land nehmen würden, dessen Name Harun nicht aussprechen kann. Er weiß nicht, ob er sich über diese Nachricht freut. Seine Eltern. Der Mann und die Frau auf dem Foto. Aber er begreift, warum man ihn besser behandelt als die Jahre zuvor. Da er keine Vorstellung über das hat, was kommt, und was es für ihn bedeutet, lebt er so weiter wie immer. Aber seit er die Nachricht bekommen hat, ist es eben nicht mehr so wie immer. In seinem Kopf, mehr noch in seinem Herzen, beginnt sich etwas auszubreiten, über das er nicht nachdenken will. Auch Bahar sagt er nichts, obwohl ihm das schwerfällt.

Irgendwann sind sie dann wirklich da. Der Mann und die Frau aus dem fernen, reichen Land. Eine einzige große Unruhe überall, ein vielstimmiges Durcheinanderreden, eine brodelnde Aufregung. Von allen Seiten wird auf ihn eingeredet, alle klopfen ihm auf die Schultern, werfen ihm beinahe respektvolle Blicke zu. Und Harun fühlt bloß eine über-

volle Leere in sich. Was geschieht, ist zuviel, was geschehen wird, ist zuviel. Obwohl er die Folgen dessen, was die Ankunft seiner Eltern für ihn bedeutet, noch immer kaum erfassen kann. Nicht erfassen will. Schließlich steht er, frisch gewaschen und sauber gekämmt wie nie, in neuen Kleidern zum ersten Mal vor dem Mann und der Frau, die er nur von dem Foto her kennt. Seine Eltern umarmen ihn abwechselnd, immer wieder streichen sie ihm über die Haare.

„*Harun, mein Sohn! Geht es dir gut? Harun, mein kostbarer Liebling! Allah sei Dank! Harun, mein größter Schatz! Solange habe ich für diesen Augenblick gebetet.*"

Und Harun ist umso verwirrter. Noch nie hat er so im Mittelpunkt aller Aufmerksamkeit gestanden. Und dann sehen diese zwei Menschen ganz anders aus, als auf dem Foto an der Wand. Nicht, dass man sie nicht erkennen könnte, aber jetzt, wo sie lebend vor ihm stehen, wirken sie so anders. Oder liegt es an dem Schwarzweißfoto? Hier nun, in Wirklichkeit, waren sie viel kräftiger und besonders die Mutter dick. Auch älter natürlich. So viele Jahre ... Wie viele genau weiß Harun nicht. Er fragt sich, ob seine Eltern ihn wiedererkennen, sich an ihn erinnern, von früher. Er erinnert sich nicht. Seine Eltern bleiben fünf Tage in ihrem alten Dorf. Und während der ganzen Zeit kreist alle Aufmerksamkeit um sie und Harun. Und natürlich das Auto, mit dem sie gekommen sind. Es steht die ganze Zeit vor dem Haus und ist immer wieder von Kindern und den Männern des Dorfes umringt, die den Vater, der sichtlich stolz Auskunft gibt, alles Mögliche fragen. Denn Autos gibt es hier sonst nicht. Nur wenn hin und wieder Verwandte aus den großen Städten oder dem Ausland zu Besuch kommen. Unwillkürlich ist Harun stolz auf seinen Vater, dem dieses Auto gehört, der dieses Auto fahren kann. Sein Vater. Seine Mutter. Nun also hat auch er Eltern. Aber statt unendlicher Freude empfindet Harun eine seltsame Beklemmung.

Die Eltern haben vieles aus dem fernen, reichen Land mitgebracht, großzügige Geschenke, wie es üblich ist. Das heißt solche Geschenke sind nur dann üblich, wenn die reich gewordenen Leute aus den Städten oder dem Ausland kommen: Shampoos, Cremes, Waschmittel, Hosen, Blusen, Hemden, Pullover, Jacken, Mäntel, praktische Sachen für die Küche, Zigaretten und Süßigkeiten. Seine Eltern müssen sehr reich geworden sein. Und für die Dorfbewohner ist es, als wäre jemand gekommen, der Gold austeilte. Die meisten haben die wohlriechenden Flüssigkeiten und Pasten in den Flaschen, Tuben und Dosen kaum je oder noch nie benutzt. Hier wäscht man sich gewöhnlich mit Sand und Wasser. Unter seinen Cousinen herrscht große Aufregung, keine möchte bei der Zuteilung zu kurz kommen, und alle hüten ihre Ration wie einen Schatz. Und all die vornehmen Sachen zum Anziehen. Wie Könige kommen sich die Beschenkten vor, und reger Andrang herrscht vor den Häusern, in denen es größere Spiegel gibt, vor denen sie sich ausgiebig betrachten können.

Natürlich werden seine Eltern mit Fragen bestürmt, nach ihrem Leben in dem Land jenseits des Sonnenuntergangs. Harun muss immer wieder fragen, wie denn das Land heißt, und seine Eltern sprechen es ihm langsam vor: D e u t s c h l a n d. Für alle ist dieses Land das Paradies. Alle haben dort ein Auto und elektrisches Licht, das man an- und ausschalten kann, wann und sooft man will. Und jeder hat mehr als genug zum Essen, es gibt überall Geschäfte, die voll sind mit Sachen. Es gibt sogar Essen für Hunde, das man kaufen kann. Und die Städte sind groß, die Straßen voll mit Autos. Harun denkt an das, was der alte Mesut immer sagt: „Dort, wo der Teufel wohnt ..." Einige wissen, dass das Volk, das in diesem fernen Land lebt, gegen die ganze Welt Krieg geführt hat, nur nicht gegen die Türkei. Zwar habe das Volk diesen Krieg zuletzt verloren, aber jetzt sei es das reichste Volk auf der Erde. Und bei diesem Volk leben seine Eltern und sind auch reich. Was müssen sie also klug sein, denkt Harun, denn viele träumen davon, dorthin zu gehen, und nur wenigen gelingt es.

So vergehen diese seltsamen, lauten und bewegten Tage wie ein einziges merkwürdiges Fest, in dessen Zentrum seine Eltern und Harun stehen. Alles ist so unwirklich. Die schon bedrängende Aufmerksamkeit seiner Eltern, die fast bewundernde Aufmerksamkeit der anderen. Und erst allmählich begreift Harun, dass dies seine letzten Tage hier sind. Die letzten Tage in seinem Dorf. Den nächsten Sommer wird er nicht mehr hier erleben, nicht mehr den Himmel, nicht mehr die Wiesen, nicht mehr die Stille ... In ihm ist alles durcheinander.

Ja, jetzt hat auch er Eltern. Und er wird mit ihnen gehen. Weg von hier, weit weg. Unendlich weit. Und zum ersten Mal wird sich Harun bewusst, dass er hier, hier in diesem Dorf und in diesem Land seine Heimat hat, die er jetzt verlassen wird. Diese Gewissheit schmerzt. Trotz allem. Auch wenn er dafür endlich Eltern bekommt. Die haben sich diesen Zeitpunkt ausgesucht, ihren Sohn zu holen, damit Harun den Winter über Gelegenheit hat, sich an seine neue Umgebung zu gewöhnen, an sein neues Zuhause in dem fernen Land, bis er dann dort zur Schule gehen soll. Jeden Tag in eine richtige Schule mit vielen Kindern. Es ist alles so unvorstellbar.

Das Wetter beginnt schlechter zu werden, die ersten Schneeflocken fallen. Immer wieder wird die Schneeschicht vorsichtig vom Auto gekehrt, was wenig Sinn macht, da es nicht lange dauert, bis es wieder mit Schnee bedeckt ist. Aber jedes Mal wird ein anderer mit dieser Aufgabe bedacht, und keiner kann es erwarten, bis er an der Reihe ist. So schnell ist das alles gekommen. Seit die erste Aufregung sich gelegt hat, spürt Harun eine tiefe Traurigkeit in sich. Eine andere und doch ähnliche Traurigkeit wie die, die er sonst manchmal in sich verspürt hat. Er wagt kaum, an Bahar zu denken. Auch von ihr wird er sich nun also trennen müssen. Er hat Eltern bekommen, dafür verliert er seine ... Heimat, verliert er Bahar. Er hätte sie so gerne gesehen, aber diese fünf Tage sind verflogen wie ein Atemzug. Und kaum, dass seine Eltern und die anderen ihn auch nur eine Minute aus den Augen gelassen hätten. Ihn, den Prinzen, der nun ins Paradies ziehen wird.

Aber ein Paradies ohne Bahar ...?!

Und plötzlich ist der Tag da, wo die Sachen gepackt, Taschen und Koffer in das Auto getragen werden, das wieder vom Schnee befreit werden muss. Mit ein paar Männern zieht der Vater Schneeketten auf. Das große Verabschieden beginnt, wortreich, gestenreich, tränenreich. Die Zeit scheint wie ein steiler Abhang, auf dem Harun immer schneller einem unbekannten Morgen entgegenrutscht. Er weiß nicht, wie er diese Schussfahrt aufhalten, wo er sich festhalten könnte und was passieren würde, wenn er sich festhielte ... Er wird gedrückt, mit Küssen bedeckt, mit Wünschen überhäuft, sogar sein Cousin Erdogan gibt ihm die Hand, sieht ihn mit einer Mischung aus Neid und Erleichterung an.

Endlich sitzt Harun dann auf der Rückbank im Auto, sieht aus dem Fenster, wie die Eltern von den anderen umringt und ebenso lautstark verabschiedet werden. Sein Kopf dröhnt und ist zugleich wie voller Watte gestopft. Bahar ... der alte Mesut ... Er will wieder aus dem Auto springen, durch den jetzt dichter fallenden Schnee laufen, um sich von ihnen, besonders Bahar zu verabschieden, ihr zu sagen, dass er wiederkommen, sie nicht vergessen, nie vergessen, dass er sie holen werde, so schnell wie möglich, sobald auch er reich geworden ist in dem fernen Land.

Da sieht er Bahar plötzlich in einiger Entfernung an einer niedrigen Mauer stehen. Sie ist dicht vermummt, und auf ihren Kleidern liegt der Schnee. Nur ihr Gesicht ist zu sehen. Sie steht dort an der Mauer und sieht zu dem Auto herüber, in dem Harun sitzt, unfähig, sich zu rühren, kaum imstande, noch zu atmen. Er merkt, wie ihm die Tränen über das Gesicht laufen. Ob auch Bahar weint, kann er nicht sehen. Ihre Blicke treffen sich, lassen einander nicht los. Es gibt nur noch diese Bahn ihrer Blicke, umfallen vom Schnee, eingehüllt in eine merkwürdig hallende Stille. In dieser Stille bewegen sich Schatten und Konturen. Und dann fährt plötzlich das Auto los. Seine Eltern sitzen vorn und sagen etwas. Ihre Stimmen dringen nur wie ferne, dumpfe Klänge zu ihm, so als wäre Harun unter Wasser. Tief unter Wasser. Aber durch die Wasseroberfläche sieht er Bahars Gesicht, sieht er ihre Augen, ihr Lächeln und wie sich ihre kleine Hand ein wenig hebt ...

Und ihre Gestalt bleibt noch eine ganze Weile nah, viel näher als sie in Wirklichkeit von ihm entfernt steht und sich jetzt immer weiter entfernt, bis das Auto um eine Kurve biegt, das Dorf, sein Dorf hinter ihm zurückbleibt und die Landschaft hinter einem immer dichteren Vorhang von Schnee zu versinken beginnt ...

... Und Harun spürte, wie jemand sanft an seiner Schulter rüttelte, schrak hoch und sah in das Gesicht eines ihm unbekannten Mannes, der ihn etwas besorgt anlächelte und auf Französisch etwas zu ihm sagte. Auf Französisch ...

Der Mann saß neben ihm auf einem Sitz. Und um Harun fügte sich, Sekunde für Sekunde, das Bild der Kabine eines Flugzeugs, in dem auch er selbst saß, an einem Fensterplatz. Und Harun verstand mit kleiner

Verzögerung, was der Mann ihm sagte, erkannte die Stewardess neben ihrer Sitzreihe.

Es gehe zur Landung, er müsse den Sitz vorstellen und sich wieder anschnallen. Harun bedankte sich zerstreut, drückte den Knopf für die Rückenlehne und schloss mechanisch den Gurt. Eine Weile noch taumelten die Bilder in ihm, diese lang vergessenen Bilder, die nun endlich wieder da waren, als wäre das alles nicht 30 Jahre her. Dann fiel sein Blick aus dem Kabinenfenster, und er sah den Bosporus und Istanbul, das tief unten blau schimmernde Meer, das bunte Mustergeflecht der riesigen Stadt an beiden Ufern.

In der Stadt wohnt der Teufel, und Gott, Gott ist hier zu Hause, hier, wo man ihm lauschen kann ...

Harun spürte einen Kloß im Hals, und er beugte den Kopf ganz zum Fenster, sah zum östlichen Ufer der Stadt und dem endlosen Horizont dahinter. Da, irgendwo, ganz weit ... Da konnte man ihm lauschen ... Da war ...

Mit einem Schlag war die Furcht wieder da. Denn gleich würden sie landen, gleich würde er im Terminal des Flughafens stehen, sein Mobiltelefon anschalten. Alles in allem eine Dreiviertelstunde noch, dann konnte er dort sein, im Haus, in der Wohnung seiner Eltern, bei seinem Vater. Dann konnte er seine Hand halten, mit ihm sprechen ... Eine Dreiviertelstunde noch, alles in allem.

Und als sie gelandet waren, er das Flugzeug verlassen hatte, endlich in der Halle stand und noch dabei war, die Nachrichten auf dem Display zu kontrollieren, klingelte es bereits, und es war Ibrahim. Noch bevor er ein Wort sagte, wusste Harun, dass es zu spät war.

Der Vater war tot. Harun hörte Ibrahim weinen.

„Ja, Bruder ... Ich ... bin am Flughafen ... Ich komme jetzt ..." Und dann liefen ihm selbst die Tränen über die Wangen. Auch im Taxi noch. Der Fahrer reichte ihm seine Zigarettenpackung nach hinten.

„Es beruhigt", sagte er. Harun nahm eine Zigarette, zündete sie an, dankte.

„Etwas sehr Schlimmes?", fragte der Fahrer.

„Mein ... Vater ist gestorben ..."

„Oh ..." Der Fahrer hob kurz beide Hände.

„Allah sei ihm gnädig und Ihnen, Efendi, und allen Verwandten. Ich fühle Ihren Schmerz." Und er sprach vom Tod, vom Leben, erzählte von seinem Cousin, der auch vor kurzem gestorben war. Harun hörte nur den bewegten Klangfluss seiner Worte, ohne zu verstehen. So wie er nur Konturen und Bewegung aus den offenen Fenstern wahrnahm, während sie sich in zügiger Fahrt der Stadt näherten.

Zum zweiten Mal in seinem Leben. Der Fahrtwind rauschte, in ihn geflochten drang die Rede des Fahrers, draußen gleißte die Sonne, blendeten die Fassaden, und der Asphalt auf der Straße flimmerte. Dann standen sie plötzlich wieder vor dem Haus, das Harun nun schon kannte. Obwohl die Straße halb im Schatten lag, traf Harun die Hitze wie ein Schlag. Er musste ein paar Mal tief Luft holen. Oder war es nur die Ankunft?

„Allah sei mit Ihnen, mit Ihnen allen", sagte der Fahrer.

„Danke."

Harun klingelte, obwohl wieder die Tür unten offenstand. Und schon im Treppenflur hörte er von oben die lauten Stimmen und Schreie. Türkische Trauer war laut, versteckte sich nicht. Und das galt nicht nur für die nächsten Verwandten. Niemand zählte hier als unbeherrscht, der seine Trauer, seinen Schmerz hinausweinte, hinausschrie. Es waren allerdings die Frauen, die den Tod wie auf- und abschwellende Sirenen beschrien, von ausholenden, den ganzen Körper erfassenden, mehr durchzitternden Gesten begleitet. Dem Mann war ein kurzer Zusammenbruch gestattet, eine kraftvolle Anklage, stumme Tränen und, wenn es ein besonders großer Verlust war, auch ein furioses Crescendo der Verzweiflung und später ein wie versteinertes, apathisches Dasitzen über Tage. Die Trauer des Mannes. Oder des Jungen ... Noch bevor weitere, lang, lang versunken gewesene Bilder in ihm hochsteigen konnten, stand Harun seinem Bruder gegenüber. Sie nahmen sich fest in die Arme.

„Ich komme zu spät ... zu spät ..." Ibrahim sah ihn fest an. Seine Stimme klang brüchig, er atmete tief, bevor er sprach.

„Vater hat immer wieder deinen Namen gesagt und ..." Er musste schlucken.

„Und dass du sein Sohn und ... mein Bruder bist ..." Auch Ibrahim liefen Tränen über die Wangen.

„Aber er ... er ist dann ganz friedlich eingeschlafen ... Ohne Schmerzen, hat der Arzt gesagt."

Und sie gingen zusammen in den Wohnraum, der voller Menschen war. Verwandte, Freunde, Nachbarn, Bekannte. Ein Geraune und Gemurmel, aus dem die Klagen der Frauen stiegen. Da war seine Mutter. Als sie ihn sah, kam sie mit schweren Schritten auf ihn zu, Kopf und Hände immer wieder klagend zur Decke erhoben. Alle Blicke folgten ihr.

„Ahmed ist fort ... Dein Vater, euer Vater ist fort, Harun ... Ibrahim ..." Und sie sah aus verweinten Augen ihre beiden Söhne an.

„Allah hat ihn zu sich geholt." Und sie umarmte Harun.

Seine Mutter trauerte wirklich um diesen Mann, der sie kaum je gut behandelt hatte. Jedenfalls nicht, solange Harun bei ihnen gewesen war. Aber es war doch alles solange her. Nicht vergessen, nein, aber nach all der Zeit vielleicht ...

Auch Haruns Tränen flossen wieder, spülten jetzt alle Bilder, alle Gedanken weg, noch bevor sie sein Bewusstsein erreichten, sich dort ausbreiten konnten und die Tränen in Frage stellten. Aber ließen Tränen, echte Tränen sich überhaupt in Frage stellen? Lag in ihnen nicht auch etwas wie eine ... eine Versöhnung, nach all diesen Jahren?

Schließlich trat er mit seiner Mutter zum unverändert stehenden Bett, in dem der nun tote Vater lag. Die Umstehenden bildeten ihnen eine Gasse. Und Harun kniete sich hin, nahm die schon kalte Hand des Mannes, der sein Vater war, küsste sie, küsste ihn auf Gesicht und Stirn, wie man es hier tat und ohne darüber nachzudenken ... Alles um ihn herum versank in diesen Momenten, der Raum, die Menschen, seine Mutter, sein Bruder ...

Sein Vater war tot. Der Mann, der ihn niemals verstanden hatte, der ihm immer fremd geblieben war. Bis sie sich in einem letzten, schrecklichen Streit getrennt hatten. Vor 17 Jahren ... Aber dabei war es nicht geblieben. Der Tod hatte ihr Zerwürfnis zuletzt nicht besiegelt. Sie hatten sich versöhnt, soweit es möglich war. Ihnen beiden. Ohne Erklärungen, Rechtfertigungen, Zurücknahmen, Entschuldigungen. Ein Austausch von Gesten. Gesten, die ernst gemeint waren, von seinem Vater, von Harun. Er würde niemals mehr erfahren, was sein Vater gedacht, was er gefühlt hatte. Und sein Vater nicht, wie es in Harun aussah. Jetzt, früher, damals.

Und vielleicht war es wirklich besser so. Vielleicht war es eine große Gunst, dass sie ganz zuletzt noch die Chance gehabt hatten, sich mit Gesten zu verständigen. Einfachen Gesten, die alle Abgründe zwischen ihnen überflogen. Nicht verschütteten. Aber die einst unüberwindlich erschienene Grenze war überwunden. Soweit es möglich war. Für sie beide.

Und Harun staunte über den Schmerz, den er in diesen Augenblicken wirklich empfand. Mochte dieser Schmerz auch einem Vater gelten, den er nie gehabt hatte. Mochte er all den Jahren ohne einander und den lang vergangenen Jahren miteinander gelten. Den Jahren nebeneinander und doch immer ohne einander. Zu weit waren ihre Welten entfernt voneinander geblieben.

Und plötzlich sah Harun sich als kleinen Jungen an der Hand des Vaters, den er gerade erst kennengelernt hatte. Den Mann aus dem fernen, reichen Land, der gekommen war, ihn mit sich zu nehmen. Es musste gewesen sein, als seine Eltern ihn aus dem Bergdorf geholt hatten, auf dem langen Weg von Ostanatolien nach Deutschland. Da hatten sie in einer großen Stadt, einer unfassbar großen Stadt Station gemacht. Und die Stadt war Istanbul. Er war also tatsächlich schon einmal hier gewesen. Ohne damals zu wissen, wo er war auf dieser merkwürdigen Reise.

Und Harun erinnert sich an einen strahlend sonnigen, sogar warmen Wintervormittag auf einem Markt irgendwo in dieser riesigen, unfassbar riesigen Stadt, wo es so unfassbar viele Menschen gab und Autos und Lärm und Bewegung auf riesigen Straßen zwischen unendlich vielen Häusern, die groß waren und hoch ...

Und der Mann, der sein Vater ist, hat das Auto sicher und leicht durch all diese Straßen, zwischen all den anderen Autos hindurch gesteuert bis zu dem Haus, in dem Verwandte leben, bei denen sie schlafen. Und an diesem leuchtenden Vormittag ist sein Vater mit ihm auf den Markt gegangen, der nicht weit von dem Haus entfernt liegt. Aus engen, winkligen Gassen hat sich der sonnengeflutete Platz plötzlich geöffnet, wo unter bunten Stoffdächern die vielen Stände von Menschen umlagert sind. Der Markt ist viel größer als der, den Harun aus dem großen Dorf kennt, wohin er seinen Onkel Kemal immer begleitet hat.

Und er ist stolz, an der Seite dieses Mannes zu gehen, den er nicht davor schützen muss, betrogen zu werden, denn natürlich kann dieser Mann, sein Vater, sehr gut rechnen, lesen und sicher auch schreiben. So wie er das Auto lenken kann und sicher den Weg über endlose Entfernungen oder im wimmelnden Gewirr dieser gewaltigen Stadt findet. Der Vater kauft ihm etwas Gebäck, streicht ihm immer wieder über den Kopf. Und Harun hat das Gefühl, dass auch sein Vater stolz ist. Stolz auf ihn, seinen Sohn, der auch schon rechnen kann und etwas lesen und ein wenig schreiben. Obwohl der Vater das noch gar nicht weiß. Aber vielleicht geht er einfach davon aus, dass sein Sohn so klug sein muss wie er es selbst ist. Während dieses Vormittags ist Harun glücklich, hat vorübergehend alles andere vergessen, auch seine Traurigkeit über den Abschied, trotz allem, und vor allem seine Traurigkeit über Bahar, die er immer noch da im Schnee stehen und ihm nachschauen sieht ...

Aber jetzt hat er einen Vater, hat er Eltern, endlich, und fest drückt er seine kleine Hand in die des Mannes, der neben ihm geht.

Nie wieder hat Harun sich seinem Vater so nahe, so verbunden gefühlt wie in jenen Momenten damals auf dem Markt in der riesigen, fremden Stadt. Es war wie ein großes Versprechen gewesen. Ein Versprechen, das dann niemals eingelöst wurde. Auch deshalb seine Traurigkeit jetzt, während der Raum um ihn, die Menschen, ihr Gemurmel und Geklage, der tote Vater auf dem Bett vor ihm, während alles wieder Gestalt anzunehmen begann. Er blickte auf das eingefallene, friedliche Gesicht des Vaters dicht vor ihm, und es kam ihm wirklich so vor, als wären jene weit entlegenen Vormittagsstunden damals auf dem Markt irgendwo hier in Istanbul die einzig ungetrübten gewesen, die er je mit seinem Vater erlebt hatte.

Istanbul. Er war also jetzt nicht das zweite, sondern eigentlich das dritte Mal in dieser Stadt. Seltsam, dass ihm das nicht vorige Woche schon eingefallen war. So lange ist es her.

Und in seiner Erinnerung sieht er das gleißende Licht der Wintersonne aus dem blitzblauen Himmel, spürt fast ihre wärmenden Strahlen auf seinem Gesicht und seine Hand in der des Vaters, neben dem er geht.

Diese und die anderen Stunden voller Unschuld, Erwartung, Spannung auf dem Weg nach Nordwesten, in das Land jenseits des Sonnenuntergangs, wie der alte Mesut es nennt. Voll ungeheurer Eindrücke über das, was Harun auf dem Weg dorthin aus dem Fenster des Autos sieht. Wie groß doch die Welt sein muss, denn der Weg geht immer weiter, der Horizont scheint sich endlos zu dehnen, und wenn sie nicht aufpassen, würden sie unversehens wieder dort ankommen, wo sie losgefahren sind, wie es der alte Mesut gesagt hat ... Aber das würde seinem Vater nicht passieren, der sicher auch davon weiß, der genauso viel, nein, bestimmt noch mehr weiß als der alte Mesut und es sicher schaffen würde, sie davor zu bewahren. Sie sicher führen wird, wie jetzt ihn, Harun, an seiner Hand über diesen bunten, duftenden Markt.

Aber die Hand des Vaters war kalt und schlaff, kein Leben mehr in ihr. Und durch Haruns stumme Träne zogen noch einmal ein paar flüchtige Bilder jener langen Reise von damals. Eigentlich waren es keine richtigen Bilder, mehr vage nachhallende Bildempfindungen, lange verwehte Stimmungsklänge. Denn schon damals hatte er die ungeheure Flut neuer, fremder Eindrücke kaum fassen können, war überwältigt gewesen von der Welt, die nicht aufhörte, immer neue Anblicke zeigte. Er hatte hinten gesessen, das Gesicht fast die ganze Zeit über gegen die Scheibe gepresst, um nur ja nichts zu verpassen. Vor allem die Städte, durch die sie kamen und in denen sie Station machten, richtige Städte, deren größte Istanbul gewesen war, hatten ihn ebenso fasziniert wie verwirrt und auch ein wenig geängstigt.

Hatte der alte Mesut nicht gesagt, dass dort der Teufel wohnte? Und wie sollte man auch bei all dem Lärm, all dem Gewimmel auf den großen Straßen und Plätzen Gott hören können? Oder in dem Gewirr verwinkelter Gassen, zwischen hohen, finsteren Häuserwänden, die nur einen kleinen Ausschnitt des Himmels freiließen.

Die Reise damals schien ihm Jahre gedauert zu haben, obwohl es in Wirklichkeit nur eine knappe Woche gewesen war. Und trotz seiner beinahe fiebrigen Aufmerksamkeit, hatte er später nur ganz wenige genaue Erinnerungen daran. Etwa an die erste Banane seines Lebens, die ihm die

Mutter irgendwann gereicht hatte, an den süßen, etwas mehligen Geschmack dieser seltsam geformten gelben Frucht ...

Endlich erhob sich Harun, war umgeben von einem dichten Netz aus Blicken und Stimmen. Hände berührten ihn, Worte drangen an sein Ohr, auch er sagte etwas, antwortete auf Beileidsbekundungen, nickte, dankte und bahnte sich langsam einen Weg aus dem Zimmer, ohne zu wissen, wohin. Plötzlich sah er in das Gesicht seiner Schwägerin Pinar, die ihn umarmte.

„Dein Vater hat gewusst, dass du kommst", sagte sie leise. „‚Mein Sohn Harun wird kommen, ich weiß es', hat er immer wieder gesagt, ‚Meine Söhne werden an meiner Seite sein ...' "

„Aber ich ... ich bin zu spät gekommen ..." Sie schüttelte den Kopf.

„Nicht für ihn, für ihn warst du da, lieber Schwager." Und sie drückte ihn noch einmal fest.

Plötzlich entstand noch einmal große Unruhe. Männer kamen mit einer Art geschlossenen Wanne, um den Leichnam des Vaters in einen Kühlraum zu bringen, wo er gelagert würde, um dann später für die Überführung in sein Heimatdorf vorbereitet zu werden. Sein Heimatdorf, das auch Haruns Heimatdorf war und das seiner Mutter. Ja, von dort waren sie einst in das ferne, fremde Land jenseits des Sonnenuntergangs aufgebrochen. Das ferne, fremde Land, in dem Harun bis heute geblieben war. Aber jetzt würde auch er, mit seinem toten Vater, endlich zurückkehren, dorthin, wo man Gott lauschen konnte. Und dorthin, wo ...

Und Harun hielt sein Weinen nicht zurück. Zusammen mit der Mutter, Ibrahim, Pinar, der kleinen Yaprak, einigen weiteren Verwandten und guten Freunden würden sie morgen dorthin aufbrechen. Ibrahim hatte einen Kleinbus gemietet. Auch von Izmir her würden Verwandte anreisen. Im Dorf war man bereits informiert und bereitete sich auf die Gäste und das Begräbnis vor. Harun fragte sich, ob seine Angst vor der Nachricht über den Tod seines Vaters auch damit zu tun hatte. Mit dem Wissen, dass die Beerdigung dort stattfinden, und er also dorthin zurückkehren würde. Nach 30 Jahren ...

Als die Wanne schließlich aus der Wohnung getragen wurde, an den Menschen vorüber, die dem Toten laut klagend, mit Zurufen oder stummen Tränen das Geleit gaben, standen Harun und Ibrahim neben ihrer Mutter, die tränenüberströmt unablässig den Namen ihres Mannes rief und die Hände rang. Wieder schien die Zeit sich zu dehnen, und während Harun dort stand, die Männer mit der Wanne dicht an sich vorübergehen sah, waren es zugleich ganz andere, lang entlegene Bilder, die ihm vor Augen standen. So, als liefen zwei, abwechselnd in den Vorder- und Hintergrund tretende Filme ab.

War die Atmosphäre zwischen seinen Eltern, jedenfalls damals in Deutschland, nicht immer unerträglich gewesen? Und hatte das nicht zu den vielen Enttäuschungen gehört, die er allmählich realisieren musste und die in völligem Gegensatz zu dem standen, was er sich darunter vorgestellt hatte, nun in jenem fernen, fremden Land mit Eltern, seinen Eltern zu leben? Hatte sein Vater die Mutter nicht immer bloß angeschrien, beschimpft und gedemütigt, sie überhaupt wie eine Sklavin behandelt? Und seine Mutter sich nie dagegen gewehrt, nie aufbegehrt, sich stumm und ergeben in ihr Schicksal gefügt? Nur geweint hatte sie viel, und Harun hatte oft vergeblich versucht, sie zu trösten. Je älter er wurde, desto weniger verstand er, warum sie alles immer nur hinnahm. Und desto größer wurde seine Distanz zum Vater. Es war unwürdig, unmenschlich.

Aber es war nicht nur zwischen seinem Vater und seiner Mutter so gewesen. Auch in anderen türkischen Familien, die er kannte, hatte er diese demütige Unterwerfung der Frau unter die launische Despotie des Mannes erlebt. Und in seiner Erinnerung war es ihm vorgekommen, als wäre das in jener neuen Heimat damals noch ungleich schlimmer gewesen, als er es natürlich auch schon im Dorf mitbekommen hatte.

All diesen Frauen fehlten wie seiner Mutter offenbar Kraft und Willen, sich zur Wehr zu setzen. Harun hatte oft gehört, wie seine Mutter betete, dass alles anders werden würde. Einfach anders, ohne dass sie irgendeine Vorstellung über dieses „anders" gehabt hätte. Geschweige denn davon, wie und warum es „anders" werden sollte. Offenbar waren diese Frauen es gewöhnt, zu weinen, zu klagen, zu hoffen, das Schicksal oder Allah zu beschwören und zu warten. Auszuharren, zu ertragen und zu warten. Allen Zumutungen, allen Erniedrigungen, allen Verletzungen zum Trotz.

Harun war fassungslos gewesen, als er erfuhr, dass sein Vater oft zu Prostituierten ging. Andere erzählten es ihm und später auch die Mutter.

Allerdings war der Vater nicht der Einzige. Mochten diese Männer in Deutschland auch am untersten Ende der Leiter stehen, als Männer und unter ihresgleichen übertrafen sie sich an Großspurigkeit, Prahlerei und Verschwendung, wenn sie bis spät in die Nacht in ihren türkischen Cafés saßen, geschlossene Gesellschaft selbsternannter Paschas. Und dazu gehörte es offenbar auch, ihre eigenen Frauen wie Tiere zu behandeln.

Es war sogar vorgekommen, dass der Vater eine Prostituierte mit nach Hause gebracht und im Wohnzimmer mit ihr geschlafen hatte, während die Mutter im Schlafzimmer nebenan weinend lauschte. Für Harun waren all das Momente voller Scham und hilfloser Wut gewesen. Und je älter er wurde, desto mehr und bewusster hatte er sich von dieser Welt entfernt, für die er sich schämte, für die er Verachtung empfand. Das war er nicht, und so wollte und würde er niemals werden. Desto mehr und entschlossener hatte er sich der anderen Welt zugewandt, obwohl der Vater irgendwann, als Ibrahim vielleicht drei, vier Jahre alt gewesen war, mit den schlimmsten Entgleisungen aufgehört oder sich zumindest bemüht hatte, sie nicht mehr so schamlos bis in die eigenen vier Wände und vor ihrer aller Augen dringen zu lassen.

„Harun ...?!" Ibrahim hielt ihn sanft an der Schulter gefasst. „Was ist mit dir, Bruder?"

„Nichts ..." Harun sah sich fast erstaunt um. Die Männer mit der Wanne waren verschwunden, die Menschen hatten sich wieder in die Räume verteilt. Von überall hörte er Stimmen. Harun wusste nicht wohin, wollte nur ein paar Augenblicke Ruhe.

„Komm, Bruder", sagte Ibrahim, der es spürte und führte ihn hinaus.

„Wo geht ihr hin, meine Söhne?", rief ihnen die Mutter nach.

„Nur ein wenig vor die Tür, Mutter ... Aber wir sind hier, wir sind hier."

„Du warst ganz weit weg eben." Ibrahim sah Harun an, hielt ihm seine Zigarettenpackung hin. Harun nahm eine Zigarette heraus, zündete sie an, gab dann Ibrahim Feuer. Sie gingen langsam die Treppen hinunter, traten vor das Haus.

Harun legte dem Bruder den Arm um die Schulter und erzählte ihm, wo er mit seinen Gedanken gewesen war. Aber er erzählte ihm nicht von den Erinnerungen, die er gehabt hatte, während der Vater eben an ihnen vorüber hinausgetragen worden war. Wozu sollte er Ibrahims Gedenken an seinen Vater jetzt damit belasten? Und spielte das alles jetzt überhaupt noch eine Rolle?

Während er sprach, versuchte er sich vorzustellen, wie Ibrahim den Tod des Vaters empfinden mochte. Ibrahim, der eine ganz andere Beziehung zu diesem Mann gehabt hatte. Und der zu ihm. Vielleicht war er Ibrahim ein guter Vater gewesen. Nach dem, was ihm Ibrahim vorige Woche erzählt hatte, von der Zeit, nachdem sie Deutschland verlassen hatten und hierher nach Istanbul gekommen waren, schien es wohl so. Jedenfalls hatte es keine Konflikte zwischen ihm und dem Vater gegeben. Keine wirklich ernsthaften. Und schon gar kein Zerwürfnis. Nein, Ibrahim hatte immer eine Familie gehabt, die, aus der er kam und jetzt seine eigene.

Harun empfand ein Glücksgefühl bei dieser Vorstellung. Ein Glücksgefühl und vor allem tiefe Erleichterung. Denn es wäre unerträglich für ihn gewesen, erfahren zu müssen, dass Ibrahim gelitten hätte, und er ihn nicht beschützt hatte. Die Empfindung des Verrats an seinem kleinen Bruder war er nie losgeworden seit damals, als er zurückgeblieben war und alle Verbindungen abgebrochen waren. Es war nicht anders gegangen. Es war dann einfach so gekommen. Oh nein, nicht einfach ... Aber Ibrahim hatte es ihm bis jetzt nicht vorgeworfen. Die Stimme des Bruders drang wieder an Haruns Ohr:

„Ich habe mich oft gefragt, wie das wohl für dich war, Bruder, als du damals nach Deutschland kamst", sagte er. „Ich kenne ja unser Dorf", er lächelte kurz. „Was heißt unser, also euer Dorf, auch wenn es heute wahrscheinlich etwas anders aussieht als früher. Und ich habe mich gefragt, wie das war, die eigenen Eltern so kennenzulernen, also so spät ..." Sie setzten sich auf eine der Bänke, die hier in Abständen an den Häuserwänden standen. Wahrscheinlich waren sie jetzt nur frei, weil die Nachbarn sich alle in der Wohnung oben aufhielten. Oder auch wegen der schweigenden Hitze des Nachmittags, die satt und schwer in der Straße lag. Hinter die Frontscheiben vieler Wagen waren silbern glitzernde Isolierbahnen geklemmt, die Läden der meisten Fenster geschlossen.

„Ach Ibrahim ..." Sie zündeten sich beide neue Zigaretten an.

„Damals war ich selbst noch zu klein, und außerdem war das alles viel zu dicht, zu nah, zu überwältigend, um darüber irgendeinen Gedanken fassen zu können. Ich war eigentlich nur mit Staunen beschäftigt, endlosem, uferlosem Staunen. Über alles, die Landschaften, das Licht, den Himmel, die Häuser, die Menschen, alles war anders, alles klang anders, roch anders ... Und dann irgendwann ..." Harun lehnte den Kopf zurück.

„Später, viel später ist mir klargeworden, dass es dann lange Zeit wie ein Aufwachen aus diesem Staunen war, aus dem Staunen und meinen eigenen Vorstellungen, die ich mir gemacht hatte. Über meine Eltern, dieses ferne, fremde, nun gar nicht mehr ferne, aber immer noch fremde, auf eine andere Art fremde und eigentlich viel schmerzlicher fremde Land, und darüber, was es hieß, dort zu leben, also wie wir dort zu leben, wie ... Gastarbeiter eben ..."

„Was hattest du denn für Vorstellungen über sie, also unsere Eltern?", fragte Ibrahim. Unwillkürlich lächelte jetzt auch Harun. Über das, worüber man heute vielleicht lächeln konnte. Heute, aus der Entfernung.

„Ich dachte mir natürlich, dass sie ... also Vater vor allem, dass er ein sehr kluger Mann sein müsste, dass sie reich und bedeutend wären, so wie es alle bei uns glaubten und so wie sie allen erschienen, auch mir natürlich, mit ihrem Auto, den vielen Geschenken ..." Wieder lächelte Harun.

„Wenn ... Vater sprach, dachte man, einen Staatsmann vor sich zu haben. Er konnte so überzeugend sprechen, sich und seine Ideen darstellen, aber ... in Wirklichkeit, im wirklichen Leben konnte er weder Zeitung lesen noch einen Brief entziffern, weder auf Türkisch und schon gar nicht auf Deutsch. Er war abhängig davon, dass jemand mit zum Arzt, zu irgendwelchen Behörden oder wohin auch immer ging, um zu übersetzen. Genauso wenn irgendein Schreiben kam, das man ihm vorlesen musste. Ich habe mich dann später immer darüber gewundert, wie Vater zu seinem Führerschein gekommen war. Und je mehr ich dann selbst gelernt habe, in der Schule, desto weniger habe ich verstanden, warum Vater und Mutter all diese Jahre keine Zeit dafür investiert hatten, selbst lesen und schreiben, auch Deutsch zu lernen, um sich aus ihrer ... ihrer kläglichen Abhängigkeit zu befreien, um vielleicht sogar eine bessere Arbeit zu bekommen als die, die sie immer gemacht haben, weil sie ja nichts anderes konnten ..." Harun seufzte.

„Weißt du, Ibrahim, ich glaube, damit hat unser ... unser, wie soll ich es nennen, unser Missverhältnis begonnen. Eigentlich damit, dass ich gelernt habe, immer mehr und immer besser und dass besonders Vater, wenn er andererseits auch stolz darauf war, gemerkt hat, dass ich ihm seine Unbildung, seine ... seine Trägheit vorgeworfen habe. Es ist komisch oder eigentlich traurig, aber wir haben uns kennengelernt, um uns dann immer fremder zu werden."

„Ich verstehe", sagte Ibrahim leise. „Früher hat Vater oft gesagt ..." Er sah Harun an, überlegte.

„Was hat er früher oft gesagt?"

„Dass du ..."

„... dass ich euch, also meine Familie, mein Land, mein Volk verraten habe, um ein Deutscher zu werden ...?" Ibrahim nickte.

„Das kenne ich, das hat er auch mir immer wieder vorgeworfen. Je älter ich wurde und je fremder wir einander wurden."

„Aber später hat er es nicht mehr gesagt, und ich glaube ..." Ibrahim legte einen Arm um die Schulter seines Bruders. „Ich glaube, er hätte dich gerne früher wiedergesehen, auch wenn er das natürlich nie direkt gesagt hat." Harun spürte wieder Tränen in seinen Augen.

„Ich doch auch, Ibrahim, ich doch auch ... Ihn und dich, dich vor allem ... und Mutter ..." Beide Brüder nahmen sich für einen Moment fest in den Arm.

„Gehen wir wieder hoch?"

Harun nickte. „Wo ist eigentlich Yaprak?"

„Sie schläft", sagte Ibrahim und lächelte. „Aber sie hat schon nach dir gefragt und freut sich darauf, dich zu sehen."

In der Wohnung oben war es inzwischen ruhiger geworden. Die Menschen saßen überall, redeten miteinander oder schwiegen gemeinsam. Einige beteten auch. Mädchen und junge Frauen brachten kleine Tabletts mit Gebäck, in Scheiben geschnittenem Obst und frisch gebrühtem Tee. Ibrahims Frau Pinar war in der Küche, bereitete mit zwei anderen Frauen

Essen für den Abend vor. Viele der Menschen hier waren mit Harun verwandt, ein paar Gesichter erkannte er von seinem Besuch vergangene Woche. Immer wieder wurde ihm teilnahmsvoll oder aufmunternd zugenickt, sein Arm oder seine Hand berührt, ein paar Worte zu ihm gesagt. Und Harun antwortete mit Gesten und Worten, ohne dass er hinterher hätte sagen können, was er gesagt und welche Gesten er gemacht hatte. Es war auch nicht von Bedeutung. Denn alle Worte und alle Gesten sagten vor allem eines: Du bist einer von uns, du bist hier zu Hause, und wir alle fühlen mit dir. Es war selbstverständlich. Hier musste nichts erklärt, nichts hinterfragt werden.

Auch er, der Fremde, musste hier nichts erklären, sich nicht rechtfertigen, denn er war den anderen trotz allem, trotz all der Jahre kein Fremder. Nein, für sie gehörte er dazu, ohne dass er sich dieses Dazugehören erst erkämpfen, erlernen, erarbeiten musste.

Es war ein verwirrendes Gefühl. Kaum hätte er doch irgendwo fremder sein können als hier. Nach allem. Nach all den Jahren. Er, der er geworden war. Und trotzdem gab es diese Vertrautheit, die unaussprechlich blieb, nicht einmal denkbar. Denn mit jedem Versuch, sie sich auch nur ganz bewusst zu machen, drohte sie sich ihm wieder zu entziehen. Es war genau andersherum als in seiner anderen, seiner eigentlichen Welt, der Welt, in der er seit Langem lebte. Immer war es da schon so gewesen. Er hatte sich immer wieder klar machen, sich vor Augen führen, sich selbst beweisen müssen, dass er einen Platz dort hatte. Dass er dort zu Hause war. Weil er doch die Sprache sprach, die Regeln beherrschte, seine Leistung anerkannt, er dafür belohnt wurde. Nicht für das, was er war, sondern für das, was er tat, unaufhörlich getan hatte und weiter tat. Etwas zu leisten. Viel zu leisten. Mehr zu leisten.

„Onkel Harun ...!"
Fast schrak er auf, als die kleine Yaprak plötzlich auf ihn zulief. Sie war an der Hand ihrer Mutter in den Raum gekommen, in dem Harun mit seinem Bruder und anderen saß, mit ihnen rauchte, Tee trank, Obst und Gebäck aß, eingehüllt in das Gemurmel über den Tod des Vaters, den Tod und das Leben überhaupt, in Geschichten, die erzählt wurden.

„Meine Sonne ..." Er nahm die Kleine in den Arm, drückte sie und war für ein paar Sekunden völlig überwältigt, während Yaprak ihrem Onkel feuchte Kinderküsse auf die Wangen gab und ihn anstrahlte.

„Opa in Himmel", sagte sie dann ernsthaft und nickte dazu.

„Ja ... er ist jetzt im Himmel ... Und er kann uns alle von dort sehen."

„Opa winken", sagte Yaprak und zog ihren Onkel von seinem Stuhl in Richtung Balkon. Harun folgte ihr. Die Dächerlandschaft des Viertels lag leuchtend unter der glasigen Nachmittagshitze. Yaprak schaute nach oben und winkte mit ihrer kleinen Hand.

Opa winken, forderte sie ihn nachdrücklich auf.

Und Harun sah in den tiefblauen Himmel, hob langsam seine Hand und winkte, während wieder stille Tränen über seine Wangen liefen. Plötzlich fehlte er, dieser Vater, dieser fremde Vater, den er erst ganz zuletzt und nur für wenige Momente als Vater fühlen konnte. Als den Vater, der er vielleicht hätte sein können, oder überhaupt als Vater, als einen Mann, den er trotz allem hätte achten, respektieren und sogar lieben können. Wie er es sich damals gewünscht hatte, als Junge, der endlich Eltern bekam. Aber als er dann Eltern bekommen hatte, schien das nur geschehen zu sein, um sich an ihrer Seite immer mehr von ihnen zu entfernen. Und nicht nur von ihnen, sondern von allem, was sie verkörperten: Seine Heimat, seine Herkunft, seine Sprache, seine Kultur ...

„Perlen", sagte Yaprak und zeigte auf Haruns Gesicht, der zuerst nicht verstand.

„Augenperlen", wiederholte sie. Und Harun lächelte plötzlich.

„Ja, Augenperlen ... Für den Opa ... Augenperlen für den Opa ..." Und er nahm die Kleine hoch, die wieder winkte und rief: „Opa, Perlen ..."

So verging der Nachmittag. Gegen Abend verabschiedeten sich die Nachbarn, die Bekannten und Freunde aus dem Viertel. Es blieben die Verwandten, die in der Wohnung der Eltern und Ibrahims übernachten würden, um am nächsten Morgen dann alle gemeinsam nach Ostanatolien aufzubrechen. Harun hatte Ibrahim schließlich in der Rolle des Gastgebers unterstützt, im Laufe des Tages mit jedem gesprochen, sich für Kommen und Anteilnahme bedankt. Immer wieder hatten beide Söhne auch, abwechselnd oder gemeinsam, bei der Mutter gesessen, die den

Verlust „ihres geliebten Ahmed" beklagte und Allah für ihre Söhne dankte, die sie nicht alleine ließen.

Diese Gefühle, auch und gerade die für ihren Mann, waren echt. Unfassbar, unbegreiflich echt. Es hatte keinen Sinn, sie durch eine schonungslose Bilanz von Realitäten entwerten zu wollen. Und diese Gefühle hatten auch nichts damit zu tun, dass die Zeit hier in Istanbul wahrscheinlich besser gewesen war als die in Deutschland. Und ebenso zweifelte Harun nicht, dass seine Mutter ihn liebte. Nicht weniger als Ibrahim ... Plötzlich war ihm ein Satz eingefallen, den der alte Mesut einmal gesagt hatte:

„Wir werden hier alle früh erwachsen und bleiben doch immer wie die Kinder ..."

Ja, die Mutter war wie ein Kind. Alles war Gegenwart. Träume blieben Träume. Die Wirklichkeit immer unantastbar. Das Schlimme musste unausweichlich ertragen werden, und das Schöne schien alles Schlimme vergessen zu machen. Als wäre Harun niemals weg gewesen, als hätten keine 17 Jahre des Schweigens zwischen ihnen gelegen. Jetzt war er da. Als ob er immer da gewesen wäre. Und als ob er niemals mehr fortgehen würde.

Zum Abend versammelten sich dann alle in dem frei geräumten Wohnraum. In der Mitte war ein großes, buntes Tischtuch ausgelegt, darum unzählige Kissen und abgenommene Polster ausgelegt, auf denen man sich niederließ. Pinar und einige andere der jüngeren Frauen brachten tiefe Schüsseln und flächige Teller mit türkischen Leckereien, dazu jede Menge Brot. Und es entstand jene Atmosphäre dichter, lauter, sinnlicher Geselligkeit, in der jeder auf gleiche Weise eingebunden und aufgehoben war. Als ob alle für diese Weilen zu einem einzigen schwingenden Ganzen entgrenzter Augenblicke verschmolzen, während derer nichts zählte als diese gemeinsam verbrachten Momente. Man hatte zu essen, man teilte, man redete, lachte sogar, zwischen Tränen und Klagen, auch jetzt, wenn jemand etwas Komisches erzählte, Erinnerung an ein Erlebnis mit dem Vater, jeder Moment war so sich selbst genug und reichte dem nächsten die Hand.

Und Harun lauschte wieder erstaunt diesen Geschichten über seinen Vater, die er nicht kannte. Nicht kennen konnte. Hatte es noch einen anderen Mann gegeben, außer dem, den er kannte? Einen Mann, den er nie kennengelernt hatte und jetzt nie mehr kennenlernen würde? Harun wusste, dass es nichts an dem ändern konnte und würde, was gewesen war. Eine Wahrheit konnte nicht gelöscht werden. Nicht durch eine Lüge, nicht einmal durch eine weitere Wahrheit. Nicht gelöscht, vergessen gemacht.

Aber darum ging es nicht mehr, und er spürte trotz allem einen Schmerz in sich, den er nie für möglich gehalten hätte. Wie wäre alles gekommen, wenn es nicht den Bruch zwischen ihm und seinem Vater gegeben hätte? Wenn sie, aller Verschiedenheit und aller schon gewordenen und weiter werdenden Ferne zwischen sich doch die ... die Liebe füreinander, die Liebe zwischen Vater und Sohn nicht verloren hätten? Aus dem Blick ihrer Herzen verloren, ohne dass sie, die Liebe, je wirklich ganz weg gewesen wäre, aber sie beide hatten sie über all die Jahre, die viel zu vielen Jahre nicht mehr erreichen können ... Bis kurz vor dem Ende.

Und jetzt war Harun hier, in dem Raum, wo sein Vater ihm sein Herz wieder zugewandt hatte. Wo sein Vater gestorben war und noch im Moment des Todes nach ihm, seinem Sohn, gerufen hatte. Und Harun empfand auch Erleichterung, ja, es war wirklich Erleichterung, jetzt hier zu sein, hier Abschied nehmen zu können, unter den anderen, in ihrer Mitte.

War es nicht dieser Teil der Welt seiner Herkunft, den er oft vermisst, entbehrt hatte? Diese besondere und zugleich einfache Geborgenheit im Zusammensein, die so voraussetzungslos war, so bedingungslos, ganz gleich, wer oder was man selbst sein mochte? Man gehörte einfach dazu, weil man einer von ihnen war. Und je mehr er sich von ihnen und ihrer Welt auf seinem Weg entfernt hatte, je mehr er einer von denen geworden war, zu denen er und gerade im Unterschied zu ihnen gehören wollte, desto mehr hatte er diese selbstverständliche, sogar körperlich empfundene Geborgenheit des Dazugehörens verloren. Denn soviel er auch erreicht, so weit er es auch gebracht hatte, nichts davon hatte mit jener Selbstverständlichkeit, mit jener tief innen wurzelnden Gewissheit zu tun, die nicht von Leistung und Beweis abhing.

In seinem Herzen, in seiner Seele war er ein Fremder geblieben und wusste es. Ein Vertriebener und Getriebener. Aber weil diese Fremdheit in der Welt, in der er nun lebte, keine Rolle spielte, solange sie nicht das Leistungsvermögen beeinträchtigte, hatte er sie nur weit genug in sich verbergen müssen, um seinen Weg nach den dortigen Regeln gehen zu können. Aber in Wirklichkeit war er doch immer zwischen diesen beiden so unterschiedlichen Welten geblieben, irgendwo in einem äußerlich unsichtbaren Niemandsland. In Kopf und Gegenwart Teil der Welt, die von seinem Aufstieg, seinem beruflichen Erfolg bestimmt blieb. In Herz und Seele, meist auch vor sich selbst heimlich, aber einer Welt zugewandt, die sich so anfühlte wie diese Augenblicke jetzt, im Wohnzimmer seiner Eltern, im Kreis all dieser Menschen, die ihn selbstverständlich als einen der ihren betrachteten, obwohl er ihnen doch unsagbar fremd erscheinen musste. So fremd wie sie doch eigentlich ihm ...

Immer wieder flammte in der versammelten Gemeinschaft auch der Schmerz über den Tod des Mannes auf, der sein Vater gewesen war. Dann begann seine Mutter oder eine der anderen älteren Frauen zu schreien, mit den Händen auf den Boden zu schlagen und Allah anzurufen, warum er gerade Ahmed Kara zu sich geholt hatte. Niemand nahm auch nur mit einem Augenaufschlag an diesen Ausbrüchen Anstoß. Die Männer seufzten, murmelten über die Weisheit und Gnade Allahs, es schien wie eine heimliche Liturgie. Ibrahim holte die Mutter tröstend in den Arm. Dieses Bild schnitt Haruns ins Herz. Es rührte und freute ihn. Für Ibrahim. Auch seine Mutter. Und es machte ihn bodenlos traurig. Denn er wäre dazu nicht imstande gewesen. Aber Ibrahim war kein Fremder geworden, nicht vertrieben und getrieben. Er gehörte hierher, hatte hier seinen selbstverständlichen Platz. Und das war schön.

Später wurden in der gesamten Wohnung, auch in der Wohnung von Ibrahim, Matratzen ausgelegt, damit jeder einen Schlafplatz hatte. Harun sollte wieder in dem kleinen Raum schlafen, Ibrahims altem Zimmer, wie letzte Woche. Neben seinem Bett würden ein Verwandter und sein Sohn ihren Platz auf zwei Matratzen finden. Auch die kleinen Balkone rundum waren in der elterlichen und Ibrahims Wohnung mit Matratzen belegt. Die Hitze des Sommers machte sie hier zu beliebten Schlafplätzen.

Überhaupt war diese Art des Unterbringens von nahestehenden Menschen in der eigenen Wohnung hierzulande üblich, mochte die Wohnung auch noch so klein oder mochten es der Gäste auch noch so viele sein.

Ebenso üblich wie das uneingeschränkte Teilen von allem, was man hatte, mochte das auch noch so wenig sein. Ein fragloses Gebot der Gastfreundschaft, stets und mit Eifer erfüllt. Die Nähe wurde nicht nur nicht gescheut, sondern gesucht. Und es galt als mindestens unhöflich, ihr auszuweichen. Außer, dass Frauen und Männer, gleich ob verheiratet oder nicht, getrennt schliefen. Denn auch wenn diese Menschen jetzt in einer großen Stadt lebten, manche von ihnen auch Jahre im Ausland, meist in Deutschland, gewesen waren, hatten sie die Dörfer, aus denen sie ursprünglich kamen, immer noch in sich.

Lange saß man noch im Wohnzimmer zusammen, es war tiefe Nacht, als endlich zu Bett gegangen wurde. Durch die offenen Fenster und Balkontüren kam jetzt ein angenehm lauer Luftzug. Auch Harun hatte sich für eine Matratze draußen entschieden, mit einem seiner Verwandten den Schlafplatz getauscht. Nach soviel ununterbrochener, völlig ungewohnter Nähe brauchte er jetzt Raum für sich. Außerdem fürchtete er die Erinnerungen, wenn er wieder im selben Bett läge wie vergangene Woche. Im selben Bett derselben Wohnung. Die der Vater nun für immer verlassen hatte.

Als Harun dann endlich allein auf dem kleinen Küchenbalkon stand, der gerade groß genug war, um die Matratze aufzunehmen, und rauchend in den weichschwarzen Himmel sah, fiel ihm Georg ein. Er holte sein Mobiltelefon heraus, sah auf die Zeitanzeige und wählte kurz entschlossen seine Nummer. Es dauerte nur wenige Töne, bis Georg sich meldete.

„Georg ...? ... Harun ... Ich hoffe, ich habe dich nicht ..."

„Nein, hast du nicht, bin doch eine Nachteule, wie du weißt." Georg lachte kurz.

„Und ich bin auch nicht bei Isabelle, falls du das dachtest. Wie geht es dir? Was ist mit deinem Vater?"

„Er ist gestorben ... Noch bevor ich da war ..."

Georg schwieg eine Weile.

„Das liegt nicht in unserer Hand. Aber du warst auf dem Weg zu ihm, das zählt ..."

„Ja ..."

„Was ... Was wirst du jetzt tun?" Harun erzählte ihm kurz von der bevorstehenden Beisetzung seines Vaters in dessen und seinem Heimatdorf. Wieder schwieg Georg ein paar Augenblicke.

„Du rufst mich an, wenn du reden willst, egal wann ...!"

„Danke dir ...!"

„Unsinn ... Und melde dich, wenn du zurück bist!"

Harun hörte, wie Georg sich eine Zigarette anzündete.

„Weißt du, Harun, es gibt diese Punkte im Leben, an denen sich viel mehr entscheidet, als man fürs Erste meint. Es lässt sich nicht vergleichen, hier geht es um deinen Vater, aber damals, als Robert gestorben war, damals hatte sein Tod für mich viel größere Folgen als ich je gedacht hätte. Folgen, die gar nicht nur mit ihm, eigentlich vielmehr mit mir zu tun hatten. Und ich habe so das Gefühl, frag mich nicht, warum, dass der Tod deines Vaters jetzt für dich ..."

„Wie kommst du darauf?", fragte Harun erstaunt. Schließlich hatte er mit Georg kaum über sich gesprochen. Wie er ja nie mit anderen über sich sprach, sondern wenn, über die anderen. Aber bei Georg hätte das schon an dem Abend anders sein können. Und es würde auch noch anders werden. Da war Harun sich sicher.

„Wie ich darauf komme? Ich weiß nicht, es ist wie gesagt nur so ein Gefühl, und dieses Gefühl sagt mir, dass für dich jetzt noch viel mehr geschehen wird. Sag mir, wenn ich Blödsinn rede ..."

„Nein, tust du nicht. Ich melde mich, sobald ..."

„Wann immer dir danach ist."

Als das Gespräch beendet war, lehnte Harun noch lange über dem Geländer des kleinen Balkons, rauchte und sah über die dunklen Konturen der Dächer und Häuser, wo nur noch vereinzelt Lichtpunkte leuchteten.

Ohne dass er es erklären konnte, kam ihm Georg wie das andere Ufer vor. Dazwischen ein breiter Strom. Die Rückkehr an den Ort seiner Kindheit. Dorthin, wo er zur Welt gekommen und in die Welt gewachsen war. Dorthin, wo man Gott lauschen konnte. Der Ort, der ihm nach so vielen Jahren plötzlich wieder so nahe gerückt war. Weit jenseits der Welt, die bis heute oder bis zu Ibrahims erstem Anruf sein ... sein Zuhause gewesen war. Aber war sie überhaupt je sein Zuhause geworden? Oder nur eine

Täuschung geblieben? Nein, sie war keine Täuschung, sie war seine Wirklichkeit. Die Wirklichkeit seines täglichen Lebens, die Wirklichkeit seines Kopfes, seines Tuns. Aber nicht seines Herzens ...

Endlich legte Harun sich auf seine Matratze, den Blick zu den blassen Sternen hoch über ihm gerichtet ... Ja, vielleicht war er jetzt dort, der Vater. Und vielleicht wusste und verstand er jetzt alles, was mit Worten hier doch nie zu erklären gewesen wäre.

Irgendwann schlief Harun ein. Erste Traumbilder bauschten sich wie leichte Vorhänge im Wind. Kamen und verschwanden, als suchte der Traum noch seine Geschichte für diese Nacht.

Harun sah sich im Kreis all seiner Verwandten am Tisch, es wurde laut gesprochen und gelacht, und am Kopfende saß der Vater und lachte auch. Für ein paar ewige Sekunden war Harun erfüllt von einem pulsierenden Glücksgefühl, dann verwehte auch dieses Bild hinter Nebelschleiern, und ihm kam es vor, als ob er fiele, tief fiele durch die Zeit, bis er wieder etwas erkennen kann, und da ist plötzlich Constanze ...

... und Constanze ist sehr schön. Und sehr nett. Sie hat lange blonde Haare und blaue Augen. Wie ihre Mutter. Nur dass die Haare von Frau Zerwas kürzer sind. Und beide sind unglaublich klug. Bestimmt so klug wie der alte Mesut. Oder noch klüger, obwohl sie jünger sind. Auch der Mann von Frau Zerwas ist sehr klug. Das muss er sein. Er ist Direktor einer Bank. Wenn Harun ihn sieht, was nicht oft vorkommt, weil er meistens arbeitet, aber wenn er ihn doch einmal sieht, ist er immer sehr vornehm angezogen. Er trägt immer einen dunklen Anzug, ein blendend weißes Hemd und eine schöne Krawatte. Auch das Haus, in dem sie alle leben, ist sehr schön und groß. Es hat auch einen großen, schönen Garten. Harun ist gerne hier. Alles ist so anders als bei ihm zu Hause. Bestimmt schreit Herr Zerwas seine Frau nie an. Und auch Constanze nicht oder ihre etwas jüngere Schwester Kathrin, die ihr sehr ähnelt. Kathrin lacht immer viel und probiert aus, wie viel Harun schon versteht. Manchmal neckt sie ihn, aber nicht böse. Vor allem freut sie sich, wenn Harun eine gute Antwort geben kann. Dann klatscht sie in die Hände.

Wenn Harun ganz ehrlich ist, dann ist er ein bisschen verliebt. In Kathrin, vielleicht auch in Constanze, aber die ist nun wirklich viel zu groß. Außerdem hilft das leichte Schwärmen für Constanze und Kathrin, seine manchmal schmerzliche Sehnsucht nach Bahar zu ertragen, die er nun schon so lange nicht mehr gesehen hat. In Wirklichkeit, denn in seinen Träumen sieht er sie ja oft.

Frau Zerwas ist Haruns Klassenlehrerin, seit er mit seinen Eltern in diesen Ort gezogen ist. Und Harun ist sehr froh darüber. Denn Frau Zerwas sorgt dafür, dass er nun endlich richtig Deutsch lernt. Sie und ihre Tochter Constanze. Die geht auf eine ganz besondere Schule, auf die man nur gehen kann, wenn man ein sehr guter Schüler ist. Und wer diese Schule besuchen darf und fleißig lernt, der kann später auf eine noch mehr besondere Schule gehen. Harun hat sich den Namen gemerkt, der schwierig ist: U n i v e r s i t ä t. So heißt das. Und er hat sich vorgenommen, ein so guter Schüler zu werden, dass auch er einmal dahin gehen darf. Denn wer dahin geht, der verdient später viel Geld und sieht aus wie Herr Zerwas. Wie stolz Bahar auf ihn sein würde, wenn er es schafft! Dann kann er sie hierher holen. Aber dafür muss er lernen, lernen, lernen. Zuerst und vor allem die Sprache, die hier gesprochen wird. Eine schwere Sprache. Frau Zerwas und Constanze wechseln sich beim Unterricht für Harun ab. Er ist stolz darauf, dass diese beiden Menschen sich die Zeit nehmen, ihm Deutsch beizubringen. Und er spürt, dass sie es gerne tun, was ihn manchmal auch verlegen macht.

So lernt er mit Eifer und Ausdauer, dabei selbst viel ungeduldiger als seine Lehrerinnen, diese schwere Sprache, die seine Eltern nicht können, obwohl sie schon so lange Jahre hier leben. Am Anfang ist er zwar zur Schule gegangen, hat dort ganz hinten in der letzten Bank neben einem anderen Jungen, aber im Grunde alleine gesessen, weil er ihn nicht und auch sonst niemanden und nichts verstand.

Von seinem Vater hatte er eine schöne neue Schultasche bekommen, mit der er jeden Morgen zur Schule und mittags wieder nach Hause gegangen ist. Am Anfang hatten die anderen Kinder noch mit ihm zu sprechen versucht, aber da Harun wirklich kein Wort verstand, hatten sie es bald aufgegeben. So ist er auch in den Pausen allein geblieben, und eigentlich hatte er immer nur darauf gewartet, dass die letzte Klingel ertönte, und er wieder nach Hause konnte. Selbst wenn der Lehrer etwas an die Tafel gemalt hatte, was Harun kannte, Zahlen und Zeichen, die Sprache, die überall gleich war, wie der alte Mesut immer sagte, selbst da war er zu ängstlich geblieben, sich zu melden. Denn was und wie hätte er sagen sollen, dass er die Aufgabe begriff, sogar die Lösung wusste?

Manchmal ist er dann morgens auch gar nicht mehr in die Schule gegangen. Wenn der Tag besonders schön war, schlenderte er stattdessen über die nahen Felder, durch ein kleines Wäldchen und saß dort oft an einem Bach, träumte mit seinem Plätschern im Ohr stundenlang vor sich hin.

Wenn doch Bahar jetzt bei ihm sein könnte, hier in diesem fremden, merkwürdigen Land, wo alles so anders ist.

Das mit dem Umzug, der gar nicht so weit führte, war Haruns Glück. Denn Frau Zerwas musste in der Rechenstunde das Leuchten in Haruns Augen bemerkt haben. Sie war an seinen Platz, wieder ganz hinten und diesmal ganz für sich, gekommen und hatte ihn mit nach vorne an die Tafel geholt. Harun war so aufgeregt gewesen wie allenfalls in dem Moment, als seine Eltern in das Dorf gekommen waren. Und Frau Zerwas hatte mit bunter Kreide Aufgaben an das große dunkelgrüne Brett vorne an der Wand gemalt, die Kreide dann Harun in die Hand gedrückt, ihm die einzelnen Zahlen und Zeichen laut und langsam vorgesprochen, sie ihn nachsprechen lassen, bis er endlich und platzend vor Ungeduld die Lösung anschreiben durfte. Harun wusste alle Lösungen, und zum Schluss malte er selbst eine Aufgabe und ihre Lösung an die Tafel, $16 - 8 = 8$. Die Kinder in der Klasse jubelten, und Frau Zerwas nickte ihm aufmerksam zu. So hatte es begonnen.

Und jetzt kommt Harun regelmäßig nach der Schule mit zu Frau Zerwas, die, zusammen mit ihrer Tochter Constanze, mit ihm Deutsch lernt. Es scheint beiden großen Spaß zu machen, Harun ist stolz, dass sich diese beiden klugen Menschen um ihn kümmern, und gibt sich größte Mühe. Auch zu Hause lernt er und selbst, wenn er hinaus zu seinen Lieblingsplätzen in der Umgebung geht, hat er Buch und Heft bei sich. Frau Zerwas ist bei seinen Eltern gewesen, zusammen mit einem Türken, der beide Sprachen spricht. Sie hat ihnen erklärt, dass Harun

Deutsch lernen muss. Die Eltern und zu Haruns Erstaunen besonders der Vater sind fast unterwürfig gewesen, haben zu allem mit großen Augen genickt. Nur hinterher hat der Vater herumgeschrien, die Mutter beschimpft, weil sie die kleine Wohnung angeblich nicht gut genug aufgeräumt hatte und auch Harun zugezischt, ein richtiger Mann brauche keine Bücher, um sich Respekt zu verschaffen. Andererseits lässt er ihn doch gewähren.

Vielleicht auch, weil es praktisch ist. Vater und Mutter arbeiten in einer großen Fabrik. Sie müssen viel und lange arbeiten. Beide stehen in wechselnden Schichten am Fließband. Oft ist niemand zu Hause, wenn Harun aus der Schule kommt. Dann hat die Mutter etwas für ihn zum Essen auf die Kochplatte gestellt, was er sich warm macht und alleine isst. Die Eltern kommen oft erst sehr spät. Der Vater manchmal gar nicht oder dann tief in der Nacht. Und es ist schon vorgekommen, dass er ... nicht allein war, wenn er gekommen ist. Harun versteht das alles nicht. Seine Mutter weint viel. Nie würde Herr Zerwas ... so etwas tun. Und nie würde Frau Zerwas einfach nur weinen und ... und einfach nichts machen. Harun schämt sich für seine Eltern, obwohl ja Frau Zerwas oder die anderen nichts von alldem wissen. Nur die Nachbarn wissen es und die Bekannten dort, wo Harun mit seinen Eltern wohnt. Es sind alles Türken wie sie, und viele arbeiten in derselben Fabrik. Und auch bei ihnen gibt es ... so etwas ...

Alle können nur sehr schlecht oder gar nicht Deutsch. Und offenbar wollen sie es auch nicht lernen. Für ihre Arbeit scheinen sie es nicht zu brauchen. Auch nicht, um Auto zu fahren. Und sonst bleiben sie unter sich, dort, wo sie keine Fremden sind in diesem fremden Land, das ihnen so fremd bleibt wie sie ihm. In ihren Köpfen und Herzen leben sie immer noch da, wo sie hergekommen sind. Und wo sie wieder hinwollen. Als wäre das alles hier nur ein unangenehmer Traum, aus dem sie einst wieder zu Hause, in der Heimat erwachen werden. Aber sie werden aus ihrem langwährend tristen Traum Schätze mit zurückbringen. Und dort, wo sie früher arm gewesen sind, werden sie dann reich sein und den unangenehmen Traum bald vergessen.

Die Weite und Größe der Welt sehen sie nicht, was es alles zu entdecken und zu wissen gibt, interessiert sie nicht. Sie wollen bleiben, was sie sind. Harun will nicht bleiben, was er ist. Er will in die fantastische Weite und Größe der Welt hineinwachsen. Und er möchte mit Bahar nicht so leben wie seine Eltern und die anderen. Auch Bahar muss Deutsch lernen, wenn er sie zu sich holt, auch sie soll klug werden, vielleicht, nein bestimmt, so klug wie Constanze und noch viel klüger.

Zu seinem eigenen und zum Erstaunen von Frau Zerwas und Constanze und auch Kathrin macht Harun schnelle und große Fortschritte. Sehr bald schon kann er das Nötigste sagen, sich verständigen. Und er hat das Glück, sogar Schulfreunde zu finden, Kinder, die ihn mögen und einen eigenen Ehrgeiz entwickeln, ihn beim Lernen ihrer Sprache zu unterstützen. Frau Zerwas hat später einmal etwas Ähnliches gesagt wie damals der alte Mesut:

„Du hast einen klugen und einen hübschen Kopf, Harun, das sind Geschenke, die es dir trotz allem leichter machen als anderen. Es ist schön, dass du das zu schätzen weißt und etwas daraus machst."

Harun ist stolz über seine Fortschritte, stolz darauf, dass er die Schule für sich erobern kann. Er lernt mit Begeisterung und er ist glücklich darüber, Anschluss zu finden bei den anderen Kindern. Nur eines ist merkwürdig. Je mehr er in deren Welt hineinwächst, desto weiter scheint er sich von der Welt seiner Eltern zu entfernen. Irgendwann verbringt er die meiste Zeit mit deutschen Kindern und in anderen Gegenden. Natürlich ist man zu Hause einerseits auch stolz über seinen offensichtlichen Erfolg. Andererseits wird seine Entwicklung aber auch mit Misstrauen beobachtet.

Ein türkischer Junge bleibt doch immer und vor allem ein türkischer Junge und hat sich so zu verhalten. Harun verhält sich immer weniger wie ein türkischer Junge. Das stört seinen Vater, der nicht will, dass Harun ihm Schande macht, wie er sagt. Harun versteht nicht, was daran „Schande" sein soll. Außerdem fragt doch sein Vater, fragen ihn auch andere aus der Nachbarschaft immer öfter, wenn es um das Entziffern irgendwelcher geschriebenen Sachen geht. Und verblüfft denkt Harun, dass er jetzt in der gleichen Rolle ist wie früher der alte Mesut im Dorf... Ach, früher ...

Obwohl sein Leben in diesem Land jetzt eine Form gefunden hat, eine merkwürdige Form irgendwo zwischen seinen beiden oder eigentlich seinen drei Welten, denn neben der Welt der Schule, seines Lernens, seiner neuen Freunde und der ihm immer fremder werdenden, mehr noch, ihn befremdenden Welt seiner Eltern gibt es da noch die dritte Welt seiner Erinnerung an das Dorf und vor allem an Bahar. Und obwohl diese Welt nun immer ferner rückt, fast schon unwirklich scheint, bleibt doch die Sehnsucht nach ihr. Und es bleiben die Bilder ihrer vielen gemeinsamem Stunden unter jenem weiten Himmel über der stillen Landschaft, die ihm hier nun oft vorkommt wie die Landschaft eines Traums.

Aber Bahar ist kein Traum! Auch die Landschaft nicht. Und sie lebt dort und wartet, wartet darauf, dass er sie zu sich holt. Aber solange er sie noch nicht holen kann, sind es eben Träume, seine Träume, in denen Harun sie wieder auf sich zulaufen sieht, mit ihrem wundervollen Lächeln und den Augen, die leuchten wie kleine Sterne. Immer wieder aber träumt er auch von ihrem Abschied, der nicht einmal ein richtiger Abschied war. Dann sieht er sie endlos lange da im Schnee stehen, zum Greifen nah und doch unerreichbar ...

Immer wieder bedrängt Harun die Eltern, während der großen Ferien doch wieder in die Türkei zu fahren, zu ihrem Dorf, ihrem und seinem. Zu Bahar. Von Bahar sagt er nichts. Und immer wieder heißt es: Nächstes Jahr. Vielleicht. Es sei zu teuer. So ein Urlaub würde sehr viel Geld kosten, zu viel. Und all die Verwandten, sagt der Vater, würden ihn nackt ausziehen, wollten immer nur haben, mehr haben, alle warteten doch nur darauf, dass er wieder käme, sie alle beschenkte wie ein Scheich und wären noch nicht zufrieden. Und er müsse für all das hart arbeiten. Und die Mutter sagt, sie müssten doch das Geld sparen, um eines Tages ganz in die Türkei zurückgehen und dort dann in einem eigenen Haus leben zu können. Das sagt sie mit tiefer Sehnsucht in Blick und Stimme. Außerdem gebe es mittlerweile Telefon im Dorf, sodass man hin und wieder anrufen könne. Was die Mutter auch tut. Öfter als hin und wieder. Und diese Gespräche seien schon teuer genug, brummt dann der Vater.

Geld. Immer wieder Geld. Harun hat längst begriffen, dass die Eltern nicht reich sind und niemals reich waren. Außer für die Leute im Dorf. Im Vergleich zu ihnen sind sie allerdings reich. Aber für den Besuch *damals, als sie ihn geholt haben und für all die Geschenke hatten sie lange sparen müssen. Und auch jetzt sparen sie. Für die einstmalige Rückkehr in die Heimat. Wo sie dann reich oder zumindest wohlhabend sein wollen unter den Ihren. Einen Teil des Geldes, das sie verdienen, legen sie beiseite, den anderen Teil gibt der Vater aus. In den türkischen Cafés. Und für ... Frauen ... Die Mutter muss für das Haushaltsgeld jedes Mal bitten. Und sich dann Beschimpfungen anhören, wie verschwenderisch sie mit seinem Geld umgehe. Obwohl sie doch selbst verdient. Wenn Harun etwas braucht, ist der Vater manchmal großzügig. Aber Harun fällt es immer schwerer, ihm dafür dankbar zu sein. Zu sehr verstört, befremdet ihn mittlerweile sein ganzes Verhalten. Seines und das der anderen Männer unter den Nachbarn und Bekannten. Überall das Gleiche, bloß in unterschiedlichem Grad.*

Harun ist fest entschlossen, selbst niemals so zu werden. Und erst recht, Bahar niemals so zu behandeln, wie der Vater seine Mutter behandelt. Er hilft seiner Mutter oft, die müde und erschöpft ist, wenn sie von ihrer Schicht kommt. Der Vater missbilligt das. Das sei Frauenarbeit und nichts für einen Mann. Überhaupt solle Harun nicht soviel Zeit mit seinen Büchern oder seinen verzärtelten deutschen Freunden verbringen. Er solle lernen, sich wie ein richtiger Mann zu benehmen, auf den er, der Vater, stolz sein könne. Mit Haruns immer besseren Leistungen in der Schule bleibt es dabei merkwürdig. Einerseits ist der Vater natürlich stolz auf seinen offenbar gescheiten Sohn, andererseits kann er damit nichts anfangen, fühlt vielleicht sogar seine eigene Autorität dadurch untergraben.

„Was willst du damit, wenn wir in die Türkei zurückgehen?", fragt er dann ungehalten. „Es ist doch alles unnützes Zeug. In der Türkei zählt nur, wer ein richtiger Mann ist!" Aber wenn der Vater ein „richtiger Mann" sein soll, dann will Harun keinesfalls ein solcher Mann werden.

Und auch das mit dem Zurückgehen in die Türkei verwirrt Harun mehr und mehr. Denn in seiner Fantasie ist Bahar bei ihm hier in Deutschland, leben sie zusammen hier. Aber jedes Jahr werden sie Urlaub machen in der Landschaft ihrer Kindheit. Zusammen im Gras liegen an der Stelle mit der weiten Aussicht und Gott lauschen in der Stille. Und darin liegt jetzt das Verwirrende: In dem immer tiefen, körperli-

chen, durch und durch dringenden Gefühl für jene Landschaft und all die Momente, die er dort erlebt hat, allein und mit Bahar. Und in dem gleichzeitigen Blick seiner nun überreich genährten Fantasie auf ein künftiges Leben hier, in diesem so ganz anderen Land, unter diesem so ganz anders gemalten Himmel über einer so ganz anders gemusterten Erde. Unter all den so ganz anderen, so vornehmen und klugen Menschen, die eine andere Sprache sprechen, sich anders benehmen.

Seine Fantasie und ein immer wacherer Geist ziehen ihn immer mehr dahin, auch wenn der Weg noch weit ist. Sehr weit. Und manchmal verbunden mit einer unheimlich aufflackernden Angst. So, als ob einem plötzlich bewusst würde, dass man auf einem Seil über einen Abgrund balanciert. Dann wünscht Harun sich nichts sehnlicher als auf einen Schlag wieder mit Bahar über ihre Hügel zu streifen. Und dass alles andere nur ein Traum gewesen wäre. Ein schöner und beängstigender Traum ...

Niemandem kann er davon erzählen. Wer sollte ihn wirklich verstehen? Und wer von den Menschen hier könnte sich jene andere, so unendlich fern liegende Landschaft vorstellen, in der Gott zu hören ist? In der es keine Stundenpläne gibt, Uhren keine Rolle spielen, die Straßen nicht von adrett eingezäunten Häusern in gepflegten Gärten flankiert sind oder von hohen, grün und leblos ineinander übergehenden Gebäuden, wo sie keine festen Oberflächen mit aufgemalten Zeichen oder etwa Ampeln haben, wozu auch, für die paar Autos im Jahr? Wem sollte er erklären, was ihm jene Landschaft bedeutet, die nur vom Himmel und dem Horizont begrenzt ist, der irgendwo von hohen Berggipfeln gebildet wird? Er selbst weiß es ja nicht einmal genau zu sagen. Und auch von Bahar erzählt er niemandem. Sie bleibt sein größtes Geheimnis. Der Mensch, der immer bei ihm ist. Der Mensch, der all das weiß und versteht, von dem hier niemand etwas ahnt. Der Mensch, in dessen Augen sich all das Unsagbare spiegelt. Und noch viel mehr ...

Seine Schulkameraden und Spielfreunde würden ihn verständnislos ansehen, wahrscheinlich lachen. Sein Vater verächtlich den Kopf schütteln. Und seine Mutter? Harun weiß es nicht, vielleicht würde sie lächeln, ihm wortlos über den Kopf streichen. Oder sagen, dass Allah alle Dinge leite und richte, alles in seiner Hand läge. So behält Harun sein

Geheimnis für sich. Bahar ist sein geheimer Schatz. Viel zu kostbar, ihn anderen zu zeigen. Und wie hätte er auch nur ihr süßes Lächeln beschreiben sollen, das er in sich trägt und tragen wird, bis er es wiedersieht. Harun fühlt sich insgeheim ausgezeichnet durch dieses Geheimnis und einmal mehr angespornt, sich in diesem Land zu bewähren. Denn schließlich muss er sich für zwei anstrengen. Und manchmal stellt er sich vor, wie die ersten deutschen Worte klingen werden, die er selbst Bahar beibringen wird.

Dann ist die Mutter noch einmal schwanger geworden. Der Vater schwadroniert, manchmal sogar drohend, dass sie ihm nun doch noch einen richtigen Jungen schenken solle.

Der Winter, bevor dann Ibrahim auf die Welt kommt, ist kalt und sehr schneereich. Leuchtend weiß verwandelt der Schnee die Welt, und fast erinnern die überall gedämpften Geräusche und Laute an die Stille von einst. An einem solchen Wintertag, die frisch verschneiten Straßen, Häuser, Wiesen und Felder scheinen sich mit dem tief hängenden weißgrauen Himmel zu berühren, kommt Harun nach dem Spielen von draußen. Er ist angenehm erschöpft, ein bisschen durchgefroren, vor allem die Hände, trotz der Handschuhe. Als er die Wohnung betritt, ist die Mutter zu Hause. Sie sitzt im Wohnzimmer, ihr Gesicht zeigt einen traurigen Ausdruck. Das tut es oft, aber dieses Mal ist irgendetwas anders. Harun fragt, was sie so bedrückt. Und sie seufzt kurz auf.

„Ach, mein kleiner Harun ..." Dann erzählt sie mit müder Stimme, dass sie wieder einmal im Dorf angerufen habe, um sich zu erkundigen, was es dort Neues gebe, wie es allen gehe. In Wirklichkeit wohl auch, um sich selbst ein wenig abzulenken, zu trösten und ihre beinahe angstvolle Hoffnung zu teilen, dass das Kind, das sie erwarte, nur ja ein Junge werden möge.

Und dann sagt sie, was Harun zuerst gar nicht begreift ...

Und eine laute Stimme, eine von weiter her klingende laute, singende Stimme übertönte jetzt auch noch, was die Mutter wiederholte ... Aaaallaaahh, Aaaallaaahh ...

Harun öffnete die Augen, über sich einen klaren frühblauen Himmel. Er lag auf der Matratze, die er am Abend zuvor aus Ibrahims altem Zimmer auf den kleinen Küchenbalkon der Wohnung seiner Eltern in Istanbul getragen hatte. Die Rufe des Muezzins erfüllten den frühen Morgen, und wieder schien es Harun, als liefe eine gewaltige, endlose Welle aus solchen Rufen über die ganze Stadt. Jeder Ruf ging an seinen Rändern in einen anderen Ruf über, wie ein riesiges, zitterndes Tuch.

Harun stand auf, lehnte sich auf das einfache metallene Geländer, und plötzlich fühlte er eine ungeheure Erleichterung. Denn für einen Moment war da das Bild gewesen, er stünde auf dem Balkon seiner Wohnung, im fernen, fremden Land, allein und hätte gerade erfahren, dass sein Vater gestorben war, der Vater, den er nie wieder gesehen hatte. Hätte gerade erfahren, dass er gestorben war und dass sie trauerten, alle, Ibrahim, sein Bruder, den er nie wieder gesehen hatte, seine Frau Pinar, die er nicht kannte, seine Mutter und all die anderen, die seine Familie waren. Trauerten ohne ihn, den Fremden in der Ferne.

Nein! Er war hier, bei ihnen, mit ihnen. Und er hatte Vater noch gesehen und der Vater ihn. Sie hatten einander gesehen, und sie hatten einander verziehen. Abschied im Frieden. Gemeinsamer Abschied unter all den anderen, deren Teil er war. Und vielleicht war dieser Abschied nun auch der Weg zu ... Elaine. Zur Zukunft. Vergangenheit und Zukunft. Es gab keine Zukunft ohne Vergangenheit.

Aber bisher, bis zu Ibrahims Anruf vor nicht einmal zwei Wochen, da hatte er seine Vergangenheit tief in sich verschlossen. Und seine Zukunft bloß fantasiert. Eine Zukunft mit Elaine, die endlich ganz anders sein sollte als sein bisheriges Leben. Aber diese Zukunft, wenn es sie überhaupt geben würde, wäre unmöglich ohne seine Vergangenheit. Wenn Elaine Teil seiner wirklichen Zukunft werden sollte, musste er seine Vergangenheit wieder zu einem wirklichen Teil von sich selbst machen. Vor allem um seiner selbst willen. Um nicht länger bloß ein ... ein Funktionsträger zu sein, der zwar perfekt funktionierte, aber letztlich nicht mehr wusste, wozu. Der heimlich auf etwas wartete. Nicht bloß auf die Zukunft.

Harun blieb über das Geländer gelehnt, zündete sich eine Zigarette an. All diese Jahre, obwohl ausgefüllt mit Tun, mit Zielen und Wollen, mit Geschehen, mit Erfolg auf seinem Weg, mit Bestätigung, Gelingen, ja. Und trotzdem war er all die Jahre über in einem Zustand geblieben, als würde er neben und hinter allem auf etwas, auf das Eigentliche, warten.

Als hätte er sich mit allem anderen, das gleichwohl sein Leben bestimmte, nur abgelenkt, um dieses eigentliche Warten auszuhalten. Bis er Elaine begegnet war.

Hatte er also auf Elaine gewartet oder auf das, was Elaine für ihn verkörperte, bedeutete? Harun wusste nicht warum, aber ihr konnte er sagen, ihr, der seit ihrer Begegnung in seiner Fantasie Anwesenden, ihr könnte er sagen, was das für ein Gefühl war, das er manchmal, für Sekunden, irgendwann zwischendurch eingefangen hat. Nein, nicht eingefangen, nur berührt, gestreift, bevor es wieder verging. In einer von irgendwoher herangewehten Melodie etwa, die in ihm widerhallte, einer plötzlich intensiven Lichtstimmung und ihrem Widerschein, die ihn ergriff, beim Anblick von Kindern, die er bei ihrem alles um sie herum vergessenden Spiel beobachtete oder einer Gruppe Menschen, die an einem Tisch zusammen saßen, gemeinsam aßen, redeten, lachten, unter denen er sich dann für einen Moment selbst fand, so, als gehörte er ganz selbstverständlich und wirklich dazu, nicht bloß für den Augenblick, sondern immer schon und für alle Zukunft.

Ihr könnte er all das sagen, ihr, der unerreicht wirklich fern von, dabei doch so nah mit ihm Lebenden. Und während Haruns Blick vom Küchenbalkon der elterlichen Wohnung über die Dächer des erwachenden Viertels streifte, kam es ihm für ein paar Momente vor, als stünde Elaine neben ihm, als stünden sie beide da, im Schweigen einander nah.

„Harun ... ?!" Pinar war auf den kleinen Balkon getreten. „Du hast hier geschlafen?" Sie lächelte.

„Ja ..." Er deutete auf den Himmel. „Ich ... wollte die Sterne sehen."

Sie nickte. Hinter ihr sah Harun seine Cousinen Aiyshe und Selina in der Küche hantieren, die das Frühstück vorbereiteten. Wenn er richtig verstanden hatte, waren es seine Cousinen. Türkische Verwandtschaftsverhältnisse waren weit verzweigt und kompliziert. In der Theorie. Praktisch waren sie einfach. Man war einfach mit vielen Menschen verwandt, und die Verwandtschaft wurde gelebt, ganz gleich wie nah oder fern der Verwandtschaftsgrad dabei sein mochte. Und eine der beiden jungen Frauen musste Harun als Kind sogar schon einmal gesehen haben. In Deutschland. Er konnte sich aber nicht mehr daran erinnern.

„Soll ich nachschauen, ob das Bad frei ist?", fragte Pinar.

„Nein, lass nur, ich bleibe noch eine Weile hier draußen. Die Luft ist so angenehm."

„Wechselt ihr euch nachher beim Fahren ab, Ibrahim und du? Es ist so weit."

„Natürlich!"

Und sie würden zeitig aufbrechen. Harun zündete sich wieder eine Zigarette an, Pinar lehnte dankend ab. „Ist mir noch zu früh, Schwager."

„Ich sollte weniger rauchen ..."

Pinar lächelte.

„Das sagt Ibrahim auch immer. Immerhin raucht er zu Hause nur noch auf dem Balkon, seit Yaprak da ist. Ich auch."

„Harun." Pinar hatte eine Hand auf seinen Arm gelegt.

„Ja?"

„Ibrahim ist sehr glücklich, dass du hier bist, dass ihr wieder ... Und ich bin es auch!"

Harun sah seine Schwägerin an, schloss einmal kurz die Augen. Sie drückte fest seinen Arm.

„Gleich gibt es Frühstück, Schwager." Pinar lächelte, dann ging sie hinein.

Harun lehnte sich wieder auf das Geländer, atmete tief.

Ja, auch er war froh, glücklich. Und traurig zugleich. Erst Vaters Tod hatte den Weg hierher geöffnet. Es war der Preis für ... für einen neuen Anfang vielleicht. Obwohl es keine neuen Anfänge gab. Immer nur Fortsetzungen des einen Anfangs, der irgendwann und ohne unser Zutun eingesetzt hat. Und alles, was auf dem Weg passierte, der sich von da an in die Zukunft hinein erstreckte, alles behielt man in sich, mit sich, bei sich, alles wirkte auf irgendeine Weise. Es gab keinen neuen Anfang ohne das Vorher. Mit dem Glück der Umstände und der Gunst eigener Kraft konnte man die Richtung des Weiter verändern. Aber selbst solche Veränderung bezog sich doch immer auf das, was vorher gewesen war.

Harun sah in das kräftiger gewordene Blau eines wolkenlosen Himmels. Schon kündigte sich die Hitze des Tages an. Wenn Yaprak Recht hätte, dann sah der Vater jetzt, wie die Familienmitglieder sich versammelten, um gemeinsam um ihn zu trauern. Und er sah seinen Sohn Harun mitten unter ihnen.

Sie wollten zeitig aufbrechen, denn der Weg war weit. Ja, weit war er. Und es wäre der Weg, den Harun vor über 30 Jahren mit den Eltern aus der entgegengesetzten Richtung gekommen war. Es wäre der Weg nach ... nach Hause. Der Weg auch zu ... Bahar ...

Wieder schloss er die Augen, holte ein paar Mal tief Luft. Dann drückte er seine Zigarette aus, trat in die Küche und begrüßte seine mit der Vorbereitung des gemeinsamen Frühstücks beschäftigten Cousinen.

VI. Kapitel – Die Heimkehr

Der Motor brummte ruhig, Ibrahim hielt das Steuer, eine Zigarette zwischen den Lippen. Hinten war es still. Die Anderen dösten vor sich hin. Von den Älteren waren einige eingeschlafen. Auch Harun trieb irgendwo an der Grenze zum Schlaf, halb in Gedanken, halb in Träumen.

So wenige Tage, so viel geschehen. Und eine Grenze, die sein Leben noch einmal teilen würde. Noch einmal in ein Davor und ein Danach. Nichts würde bleiben, wie es zuvor gewesen war. 17 Jahre ohne seine Familie. Über 30 Jahre fern seiner Wurzeln. Und seit fast einem Jahr mit Elaine. In seiner Fantasie. Diesmal war sie auch hier bei ihm. Ein Teil von ihr, der mit allem verbunden schien, was ihn betraf. In seiner Vorstellung. Aber es war an der Zeit, sich der Zukunft zu stellen. Genauso wie der Vergangenheit. Und der Weg, den sie jetzt in diesem Bus durch Anatolien und in Richtung Osten fuhren, führte weit, sehr weit in diese Vergangenheit. Bis zum Ursprung zurück.

Im Stauraum des Wagens lag die Leiche des Vaters in einem schlichten Holzsarg. Ihre Versöhnung, die zugleich ein Abschied war, hatte diese Rückkehr eröffnet. Ein Ende und, vielleicht, ein Anfang. So oder so.

Harun atmete tief, hielt seine Augen geschlossen, in denen sich wieder Tränen sammeln wollten. An der Schwelle seiner Zukunft stand Elaine. Gleich, ob es eine Zukunft mit ihr oder ohne sie sein würde. Er musste den Schritt tun, so wie Georg seinen Schritt getan und sein ganzes Leben aus dem Gleis gebracht hatte. Aus dem alten Gleis und auf ein neues ... Leben ...

Sein Nacken schmerzte, Harun blinzelte in gleißende Helligkeit. Vor der großflächigen Frontscheibe des Busses dehnte sich das helle Band der hier wenig befahrenen Fernstraße aus. Während sie auf der einzigen Autobahn, der breit ausgebauten Überlandverbindung von Istanbul nach Ankara, ins Innere Anatoliens fuhren, durch die getönten Scheiben und die Klimaanlage des Kleinbusses vor der Hitze draußen geschützt, fiel auch Harun irgendwann in einen leichten Schlaf. Erwartung, Schmerz, Erinnerung, Trauer, alles ineinander geschoben, übereinander gelagert. Und so kurze Nächte, gerade in den letzten Tagen. Paris, Istanbul. Georg,

Ibrahim. Immer wieder Elaine ... Und jetzt diese Rückkehr. Auch zu Bahar ...

Während des Schlafes auf dem Beifahrersitz des Busses, neben Ibrahim, am äußersten Rand des Bewusstseins gerade noch umspült vom gleichmäßigen Motorengebrumm und Gesang der Reifen auf dem glatten Asphalt, war es wieder Elaine. Als ob sie, die mit all dem nichts zu tun hatte, von all dem nichts wusste, doch in allem gegenwärtig war. Als würde sie jetzt, in diesem Moment, spüren, ahnen, was in ihm, mit ihm war.

Fast ein Jahr nach ihrer ersten und einzigen Begegnung, ein Dreivierteljahr nach jener Beinahebegegnung am Flughafen. Was wäre passiert, wenn es eine zweite Begegnung gegeben hätte? Aber hatte keine Begegnung gegeben, nichts war passiert. Und nichts hatte sich seitdem geändert. Er lebte weiter seine kranke Fantasie, die sich damals, in Barcelona, entzündet hatte. Unwürdig für einen erwachsenen Mann. Hatte sein Vater doch Recht gehabt? War er in Wirklichkeit einfach nur ein ... „jämmerlicher Waschlappen"? Unfähig, sich wie ein Mann zu verhalten? Was würde Ibrahim zu all dem sagen? Oder Georg? Harun drängte die unwillkürlich aufgestoßene Erinnerung an die hässlichen Auseinandersetzungen mit dem Vater in sich zurück. Nicht jetzt. Nicht hier.

„Einen Schluck Tee, Bruder?"

Ibrahim sah ihn forschend an und Harun brauchte ein paar Augenblicke, um ganz zu sich zu kommen. Dann reichte Pinar ihnen beiden zwei Becher Tee nach vorne und sie bedienten sich aus einer offenen Zigarettenschachtel, die auf dem Armaturenbrett lag. Im Bus war es ruhig, die meisten schliefen oder dösten, seit sie hinter den letzten Ausläufern der Stadt über offenes Land fuhren. Aus dem leise gedrehten Radio wehte eine Mischung aus Worten und Musik. Türkischen Worten und türkischer Musik.

Jetzt war er also da, tief in diesem Land, seinem Land, seinem gewesenen oder nie gewesenen Land, auf dem Weg nach dort, wohin vor einer Woche schon sein Blick gegangen war, vom europäischen Ufer des Bosporus aus hinüber auf die andere Seite und noch weiter, viel weiter. Als hätte er da bereits geahnt, dass er diesem Blick bald, sehr bald selbst folgen würde. Endlich.

Vor mehr als 30 Jahren hatte er dort, hatte er hier, irgendwo auf dieser Strecke, die damals vielleicht noch etwas anders und gewiss auf einer nicht so modern ausgebauten Straße verlaufen war, vor 30 Jahren hatte er mit großen Augen hinten im Auto der Eltern gesessen. Einem alten Ford Taunus, dessen Scheiben ständig beschlugen. Damals, endlos weit her, so war es ihm jedenfalls erschienen, aus der Gegenrichtung, von Osten kommend und in Richtung Istanbul unterwegs, der großen Stadt zwischen den Kontinenten, den Kulturen, von der er so wenig gewusst hatte wie überhaupt von Städten, von Kontinenten oder Kulturen. Von der Welt jenseits seiner Berge. Damals auf dem Weg in das ferne Land, dessen komischen Namen er nicht einmal aussprechen konnte. Dorthin, wo seine Eltern lange schon lebten und auch er von da an leben sollte. Endlos weit weg von seinem Dorf, vom Tal, vom Fluss, den Abhängen, den Felsen, den Wiesen, dem grenzenlosen Himmel darüber.

Und endlos weit weg von ... Bahar. Bahar, die er während der ganzen Fahrt immer wieder vor sich gesehen hatte: Ihre kleine, dicht vermummte Gestalt an der niedrigen Mauer, die Hand zu einem verzagten Winken erhoben und im dichter werdenden Schneetreiben hinter ihm zurückbleibend. Und Harun hatte wie gebannt durch die Rückscheibe des Autos gestarrt, bis der Weg, auf dem sie gefahren waren, eine letzte Biegung machte, hinter der ihr vom fallenden Schnee fast schon ganz verwischter Anblick dann endgültig verschwunden war. Endgültig ... Ja, damals war es Winter gewesen, und den ersten Teil des Weges durch die Berge und über das Hochland hatte es weiter geschneit, war die Landschaft fast konturlos in weißgraue Schleier und eine noch größere Stille als sonst getaucht gewesen, durch die nur das dumpfe Brummen des Motors und das schabende Geräusch der Scheibenwischer noch hatte dringen können. Und manchmal ein Wort der Eltern. Alles wie durch Watte hindurch. Unwirklich wirklich war es gewesen, wie in einem Traum.

Jetzt lagen über 30 Jahre dazwischen und der Sommer wie eine stahlblaue Glocke über derselben welligen Landschaft. Die Luft flimmerte vor ihnen, ließ die Formen der mächtigen Bergmassive in der Ferne zittern. Und der Kleinbus mit Ibrahim am Steuer bewegte sich heute in die Gegenrichtung. Aus Istanbul heraus und in Richtung Osten, zunächst Richtung Ankara. Auf dem Weg dorthin, woher Harun einst gekommen war.

In die Welt seiner lange versunken gewesenen Träume. Er wusste gar nicht mehr, wann sie versunken waren. Aber wirklich verloren hatte er sie nie.

Während sein Blick sich in den Weiten des Hochlands um sie herum verlor, hörte Harun die Stimmen der Anderen im Bus hinter sich. Für eine Weile schien der Anlass dieser Fahrt, schien der Sarg im Gepäckraum, vergessen. Es wurde über dieses und jenes durcheinander geschwatzt und in seinen Ohren klang jenes typische, gedrängt auf- und abschwellende Lautgeflecht seiner Muttersprache ... Mutter ... Muttersprache ...

„Du warst nie wieder dort, nicht?", fragte Ibrahim.

„Nein", antwortete Harun.

Nein, er war nie wieder dort gewesen, seit die Eltern ihn damals ab- und mit sich nach Deutschland geholt hatten. Das war ungewöhnlich, denn üblicherweise fuhren die meisten Familien im Sommer, während der Ferien, in die Heimat. Wenn nicht jedes Jahr, dann jedes zweite oder dritte oder wenigstens vierte. Abhängig von ihren meist beschränkten finanziellen Möglichkeiten, über die sich ihre Verwandten in der Türkei völlig falsche Vorstellungen machten. Oder auch nicht. Es blieb eben eine Sache der Perspektive. Aber seine Eltern waren auch im vierten Jahr nicht gefahren.

Viel zu teuer, Geldverschwendung, hatte der Vater immer wieder gesagt. Und dass die gierige Sippschaft dort doch nur darauf warten würde, ihn auszunehmen. So waren sie, so war Harun in Deutschland geblieben. Und er hatte Bahar nie wiedergesehen. Bahar ...

Denn als die Eltern dann mit Ibrahim ganz in die Türkei zurückgegangen waren, später, viel später, hatte Harun sich von ihnen getrennt. Von ihnen und allem, was mit seiner Herkunft, seinen Erinnerungen daran verbunden gewesen war. Und hatte sich ganz dem anderen Land zugewandt, dem fremden Land, in dem er groß geworden, in dem er ein anderer geworden war, dem Land, dessen Sprache heute die seine war. Dem Land, in dem er seit über drei Jahrzehnten lebte, von den ungezählten beruflichen Reisen während der letzten zehn Jahre abgesehen. Reisen in die ganze Welt. Aber niemals in die Türkei. Und niemals wieder dorthin ...

Harun spürte seine Augen feucht werden. Ibrahim berührte seine Schulter.

„Aber du wirst sicher vieles wiedererkennen, Bruder, eigentlich hat sich nicht allzu viel verändert. Es ist immer noch ein Dorf. Und Onkel Kemal und Tante Burcu werden ganz überwältigt sein, dich zu sehen."

Harun nickte abwesend.

Verschwommen tauchten nun Gesichter auf. Es wären alte Leute, auf die er treffen würde. Und für den Moment schien es ihm kaum vorstellbar, dass Menschen wirklich ihr ganzes Leben in diesem Dorf verbringen konnten. Als wäre die Welt hinter den Bergen zu Ende. Nein, das war sie nicht. Aber so groß sie auch sein mochte, Harun hatte das Dorf, sein Dorf, nie vergessen. Sein Herz, seine Seele hatten es nie vergessen. Das Dorf nicht, den alten Mesut nicht. Und auch nicht ... Bahar.

„Was ist mit ... mit Erdogan?", fragte Harun unwillkürlich. Er wollte sich der aufsteigenden Erinnerung an Bahar nicht ergeben. Nicht jetzt. Noch nicht.

Ibrahim rümpfte etwas die Nase.

„Cousin Erdogan, na ja, er hat es zu etwas gebracht, glaubt er wenigstens und lässt es auch jeden regelmäßig wissen. Offen gesagt mag ich ihn nicht besonders." Harun sah Ibrahim fragend an.

„Er ist bei der Armee ..." Ibrahim winkte mit einer Hand ab.

„Nach Jahren endlich Unteroffizier. Er bewacht irgendein Depot in der Provinzhauptstadt. Weißt du, wenn du dir einen typischen Kleinbürokraten aus dem hintersten Hinterland vorstellen willst, engstirnig und eingebildet, dann hast du unseren Cousin Erdogan." Unwillkürlich musste Harun lachen. Es erleichterte ihn.

„In einem Depot ...? Na, ich hoffe, er kann heute besser lesen und rechnen als früher."

„Er war wohl nie besonders helle, was?"

„Nein, weiß Gott nicht." Und beide Brüder lachten.

„Sprecht ihr etwa über unseren ‚General'?", rief der alte Hüseyin nach vorne und Ibrahim bestätigte.

„Wenn ich ihn sehe, denke ich immer, dass Allah auch Humor haben muss", sagte der Onkel, „einen sehr komischen Humor, wenn ihr mich fragt." Und jetzt lachten auch die Anderen im Bus. Für ein paar Augenblicke spürte Harun ein durchdringendes Glücksgefühl. Es war so unglaublich: Vor nicht ganz zwei Wochen hatte all das und hatten all die, die jetzt um ihn waren, ihm noch so fern gelegen wie der Mond. Der Mond, das schweigende Licht der Nacht, das doch immer wieder ungreifbar nah am Himmel stand.

„Wenn wir dort sind ... Zeigst du mir deine Plätze von früher?", fragte Ibrahim seinen Bruder.

„Ja, Ibrahim, ja, sehr gerne." Er hätte ihn jetzt am liebsten umarmt. Und es war ein gutes Gefühl, zu wissen, dass er nicht allein dort hingehen würde, dort, wo all die Erinnerungen waren ... Und Bahar ... Harun schloss die Augen.

Sie waren am Morgen früh aufgestanden und zeitig aufgebrochen. Weil es jetzt im Hochsommer hier, noch weiter östlich und nach deutscher Zeit schon um 04:30 Uhr hell wurde, war es Harun zuerst gar nicht so früh vorgekommen. Mit den ersten Rufen von den Minaretten der Stadt hatte sich die voll belegte Wohnung wieder mit Leben erfüllt, war einer nach dem anderen im Bad verschwunden, hatten die jungen Frauen damit begonnen, Ordnung zu schaffen und das Frühstück vorzubereiten. Dazu hatten sich dann nicht nur die Familie und ihre Logiergäste versammelt, sondern auch wieder Freunde und Nachbarn, die etwas später durch die offenstehende Wohnungstür getreten waren und sich ihren Platz im dann dicht besetzten Wohnzimmer gesucht hatten, wo mit Kissen und Matten auf dem Boden zum Frühstück gedeckt worden war.

An diesem frühen Morgen, nachdem die ersten Tassen Tee und Kaffee die Müdigkeit vertrieben hatten, hatten besonders die älteren Frauen wieder zu weinen begonnen, zu schreien und auf den Boden zu schlagen. Dazwischen hatten sie ihre Hände immer wieder zum Himmel gehoben und vor Allah beklagt, warum er nun gerade diesen Mann zu sich geholt hatte. Die Männer hingegen hatten Allah gepriesen und Ahmed Kara seiner Güte und Weisheit empfohlen. Wieder dieser eigenartige Dialog. Und Harun war ihm wiederum leicht befangen gefolgt. Er war berührt gewesen und hatte zugleich gestaunt über die völlige Selbstverständlichkeit dieser ... dieser exaltierten, so würde man es in Deutschland wohl nennen, dieser unbedingten und im wahrsten Sinne des Wortes schamlosen Äußerung von Trauer. Aber warum sollte man sich auch seiner Trauer und ihrer einfach unmittelbaren Äußerung schämen?

So hatte auch die Mutter geweint und geschrien, auch sie hatte mit den Händen abwechselnd auf den Boden geschlagen und sie zum Himmel gehoben oder ihr Gesicht mit ihnen bedeckt. Harun hatte sie verstohlen beobachtet, nicht wissend, was er selbst dabei empfand. Ihr gegenüber, die seine Mutter war. Und überhaupt, in dieser Gemeinschaft des Trauerns um seinen Vater.

Er hatte sich gleichzeitig beklommen und geborgen gefühlt. Es war ihm nicht einmal möglich gewesen, aufzustehen und seine Zigaretten zu holen. Eine merkwürdige Lähmung hatte ihn auf seinem Platz gehalten. Und er hatte sich gefragt, ob die Anderen es ihm im Stillen vorwarfen, dass er so stumm, so reglos blieb. Aber niemand hatte auch nur die geringste Miene gemacht. Im Gegenteil. Immer wieder wurden auch ihm, wie seinem Bruder und seiner Mutter, Blicke und Worte zuteil, die Harun sofort und aufmerksam mit einem Blick, einem Nicken oder einem Dank beantwortet hatte. In seltsamer Konzentration darauf bedacht, niemanden zu ... zu befremden. Er, der Fremde ... Der doch da wie anscheinend selbstverständlich unter den Seinen saß.

Ja, es waren die Seinen, auch wenn er ihnen fremd geworden sein mochte. Und sie ihm. Aber trotz dieses Fremdseins, das ihn befangen, unsicher bleiben ließ, das aus all den Jahren woanders gewachsen war, dennoch: Was ihn mit ihnen verband, reichte tiefer als alles reichen konnte, was man danach erlebt hatte. Tiefer und weiter als das ganz andere Leben, das so lange schon seine Wirklichkeit bildete. Aber keiner von denen, die da um ihn gewesen waren, hatte ihn auch nur im Entferntesten spüren lassen, dass er doch eigentlich dort und unter ihnen ein Fremder blieb. Es schien wirklich eine unaussprechliche Vertrautheit zu geben, die unabhängig davon war, ob sie gelebt werden konnte. Eine unerreichbare Vertrautheit. Ebenso wie die Fremdheit immer geblieben war, so vertraut ein anderes Leben, eine andere Welt auch längst geworden sein mochte.

Das hier war Ibrahims Welt, sein Zuhause, sein Leben. Für ihn gab es jene Fremdheit nicht, er ging in der Vertrautheit auf, die in allen Blicken, Gesten und Worten zum Ausdruck kam. Er brauchte sich nicht zu konzentrieren, er staunte nicht, empfand keine Distanz zu denen, die um ihn waren. Und Harun war glücklich darüber, seinen kleinen Bruder so zu sehen, glücklich und stolz. Denn Ibrahim, dessen Gesicht die Trauer zeigte, die auf ihm lastete, Trauer um einen Vater, den er geliebt hatte, Ibrahim, der seine Tränen zeigte, der einstimmte in den Choral der Männer, Ibrahim war auch an diesem Morgen zugleich derjenige gewesen, der alles mit ruhiger Hand geführt und organisiert hatte. Er hatte die Mutter getröstet, jedem seine Aufmerksamkeit geschenkt, mit Blicken und Gesten der Anteilnahme und Trauer Respekt gezollt, die dem Vater und der Familie entgegengebracht wurden. Immer wieder war er zwischendurch aufgestanden, war kurz verschwunden, um irgendetwas zu regeln, bei allem diskret unterstützt von seiner Frau Pinar.

Harun hätte ihm gerne beigestanden, aber es war ihm unmöglich gewesen, sich aus dem seltsamen Kokon zu lösen, der ihn eingesponnen gehalten hatte, dem Kokon aus seinen ineinander wogenden Empfindungen, der ganzen Atmosphäre und auch der dichten Anwesenheit all dieser Menschen, die ihm gleichzeitig so nah und so fern waren.

Das Einzige, was mit Klarheit wiederkehrend an die Ufer seines Bewusstseins gespült war wie die sanft an- und zurückflutenden Wellen eines abendlich ruhigen Meeres, war die Gewissheit, dass der Tod des Vaters Anlass für dieses Beisammensein blieb. Anlass für dieses Beisammensein, Anlass dafür, dass Harun nun hier war, der Anlass, dass er sich überhaupt wieder im Kreis der Familie befand. So wie der nahende Tod des Vaters Anlass für die Versöhnung gewesen war. Nicht das Leben.

Gegen halb zehn war dann der Bus mit dem toten Vater vorgefahren worden. Seine Leiche lag in dem einfachen Sarg, der aber nur dem Transport diente. Später, am Ort des Begräbnisses, würde der Körper dann in einer großen weißen Stoffbahn in die Erde hinabgelassen werden. So war es in der Türkei üblich. Schließlich hatten alle vor dem Haus zur Abfahrt bereitgestanden. Die Frauen hatten für Reisegepäck und -proviant gesorgt. Es hatte recht lange gedauert, bis der Bus, den wiederum Ibrahim lenken würde, endlich abfahren konnte. Immer wieder stürzten sich Frauen, aber nun auch Männer auf die Erde vor dem offenen Gepäckraum mit dem Sarg, riefen dem Toten unter Tränen Abschied, Segen und Dankesworte zu. Und wieder war es Ibrahim gewesen, der schließlich entschieden zum Aufbruch gemahnt hatte. Schließlich würden sie lange unterwegs sein. Er hatte sich auch bei allen Freunden und Nachbarn bedankt, die nicht mit in das weit im Osten liegende Dorf fahren würden, wo der Vater geboren und aufgewachsen war und nun seine letzte Ruhe fände. Geboren und aufgewachsen wie die Mutter. Und wie Harun. Die kleine Yaprak blieb bei einer Nachbarsfamilie. Die lange Fahrt wäre doch zu anstrengend geworden.

In den Bus waren endlich neben der Mutter, Ibrahim und Pinar, Gökan, der alte Freund des Vaters, und dessen Frau Emine, zwei Cousins mit ihren Frauen und Töchtern, ein weiterer mit Frau und Sohn und der betagte Onkel Hüseyin gestiegen. Er und einer der Cousins mit Frau waren die Einzigen, an die Harun sich mit Bestimmtheit von Früher erinnern konnte. Denn sie alle waren auch in Deutschland gewesen, allerdings in einer anderen Stadt. Die ganze Straße schien auf den Beinen gewesen, als der Bus langsam angerollt war. Zum Abschied hatten die Zurückbleibenden noch lange gesungen und gewunken. Auch im Bus wurden traurige türkische Lieder angestimmt, teils gesungen, teils gesummt, immer wieder unterbrochen von Schreien und Weinen.

Obwohl sie nun schon einige Stunden unterwegs waren, behielt man hier im Hochland das Gefühl, nicht von der Stelle zu kommen, weil alles gleich aussah. Irgendwann hatten sich die letzten Auswucherungen Istanbuls im steil ansteigenden Land endgültig verloren. Zum Horizont hin flankierten noch steiler aufragende Felsmassive ihren Weg. Solange sie nicht allzu weit von der Küstenregion entfernt gewesen waren, hatte es noch Waldstreifen, kleinere Städte und Dörfer als Angelpunkte für die Augen gegeben. Aber je weiter sie ins Landesinnere drangen, desto mehr füllte dieses uferlose, leicht wellige Meer aus leerem Land den Blick, immer wieder leicht verschwimmend im Sonnenglast. Nur noch vereinzelte Gebäude, Ackerland, vor allem gelbgold leuchtende Weizenfelder, soweit das Auge reichte, auch Weideflächen mit zunehmend dürrer werdendem Gras, auf denen Schaf-, manchmal Rinderherden zu sehen waren. Und dann ausgedehnte felsige Ebenen mit kargem, niedrigem Bewuchs.

Bestimmte Erinnerungsbilder von seiner entgegengesetzten Fahrt damals blieben aus. Lag es an der so verschiedenen Atmosphäre der Jahreszeiten, dem anderen Licht, der anderen Sicht? Aber vielleicht waren es damals auch zu viele Eindrücke auf einmal für den kleinen, vollkommen überwältigten Kopf gewesen, dessen große Augen nur staunend geschaut hatten. Staunend darüber, dass es immer weiter ging. Wie groß musste die Welt sein, und was würde noch kommen, was ihn erwarten ...? Seine kühnste Vorstellung hätte damals nicht gereicht, sich das Leben vorzustellen, das er heute führte. Sich die Welt vorzustellen, die er heute von Berufs wegen so selbstverständlich bereiste.

Aber je weiter sie jetzt nach Osten vorankamen, desto mehr erfasste Harun ein Gefühl, das ein noch fernes Echo in ihm fand. Diese Leere, die Stille, die aufragenden steinernen Massive im Hintergrund. Als ob sie die Leere und Stille des Landes bewachten. Die Leere und Stille, die nur äußerlich war. Die nach Innen hören ließ. Auf das Herz, die Fantasie. Und auf die Stimmen, die aus der Landschaft, aus der Natur sprachen. Trotz allen Betriebs und Lärms, die immer weiter und bis in die letzten Winkel des Globus' vordrangen, trotzdem gab es sie immer noch, diese ganz andere Welt. Und sie war nicht nur dort draußen, sie war auch in ihm, wie in allen Menschen, die von hier kamen. Die Gott gelauscht hatten.

Vorhin hatten sie an einer einsam gelegenen Tankstelle angehalten, wo es auch Toiletten gab, die vor allem von den Älteren aufgesucht wurden. Außerhalb des Busses wirkte die Hitze wie erschlagend. Sie saßen eine kleine Weile unter einem der länglichen, bastgedeckten Schutzdächer, aßen von dem mitgeführten Proviant, Käse, Oliven, getrocknete Früchte und tranken gekühlten Tee. Eine Gruppe Türken wie auf einem Familienausflug irgendwo in ihrem Land. Und niemand würde Harun, der eine schwarze Hose und ein weißes Hemd trug, von den anderen unterscheiden können. Er war einfach ein Türke unter den anderen. Irgendwo in diesem Land.

„Ihr seid so prächtige Söhne", sagte Onkel Hüseyin immer wieder, und die anderen stimmten ihm zu. „Allah hat dir etwas genommen, Schwester, aber du bist immer noch so reich."

Und die Mutter nickte stumm, während Ibrahim zu ihr trat, und dabei Harun unauffällig mit den Augen aufforderte, es ihm gleichzutun. So nahmen sie die Mutter in ihre Mitte, die ihrer beide Hände ergriff, abwechselnd Harun und Ibrahim anschaute.

„Allah, dem Allmächtigen sei Dank!"

Und wieder hatte jener merkwürdige Dialog der Männer und Frauen eingesetzt, in dem sich Trauer, Klage und das Lobpreisen Allahs mischten, der immer gegenwärtig blieb in den Gefühlen, den Schmerzen und Hoffnungen, dem Glück und der Trauer. Alles war so wie es hier immer gewesen war und nicht anders sein konnte, und Harun hörte sich zum ersten Mal in den Chor der Männer einstimmen, die Allah für seine Weisheit und Güte lobten. Es war unwillkürlich geschehen, einfach aus dem Moment und vielleicht auch oder sogar vor allem, um seine beinahe beschämende Leere vor sich selbst zu verdecken, die er sogar jetzt gegenüber der Mutter empfand. Als stünde sie einfach außerhalb von allem, was ihn im Innersten bewegte.

Und wieder hatte ihn etwas ganz anderes auch während dieser kleinen Rast berührt. So war in Sichtweite eine kleine Schafherde gewesen, die das karge Gras abweidete. Der Schäfer hatte unter einem Baum am Stamm gelehnt, in den Händen eine einfache Flöte, auf der er melancholische Tonfolgen blies. Diese Töne hatten Harun ins Herz getroffen. Und plötzlich hatte er einen Schmerz gespürt, jenen Schmerz, der in ihm war wie in allen Menschen, die hier geboren und aufgewachsen waren, die hier lebten und von hier kamen. Den Schmerz, der ganz tief saß und wie ein Erkennungszeichen war, das alle hier und von hier in sich trugen. Es war ein Schmerz, in dem alles lag, was diese Menschen bestimmte, ihre oft so extremen Gefühle, ihr Glaube, ihre Sehnsucht und ihr Fatalismus. Ein Schmerz, der zugleich Geborgenheit verhieß, weil er nicht nur in ihnen war, sondern auch in der Landschaft, in der sie lebten.

Immer noch sah Harun jetzt das Bild des Hirten vor sich. So wie er selbst einst, als Junge, die kleine Herde aus Schafen und Ziegen gehütet hatte, im hohen Sommer oft unter dem Schatten eines Baumes sitzend und der Stille lauschend, dem leichten Wind, dem Gras. Ohne Zeit, ohne Gedanken. So natürlich und selbstverständlich, als wäre es die einzig wahre und mögliche Tätigkeit der Welt. Und neben ihm, mit ihm ... Bahar.

Sie waren doch beide Kinder dieser Landschaft, dieser Welt und auch dieses eigentümlichen Schmerzes gewesen. Und sie hatten zueinander gehört wie man nur zueinander gehören konnte, noch vor allen Worten. Zusammen hatten sie in die hohen weißen Wolken geschaut und Bilder in ihnen entdeckt, zusammen waren sie mit der Herde über die Wiesen gezogen, Schäfer und Schäferin, zusammen hatten sie in dem kleinen Fluss mit der Hand Fische zu fangen versucht, Mühle hatten sie zusammen gespielt, mit ihren dafür aufgesammelten Steinchen, und zusammen ins flammende Abendrot geschaut von jenem Platz aus oben in den Felsen. Sie hatten kein einfaches Leben, aber sie hatten doch sich gehabt, diese Stunden miteinander unter dem freien Himmel, die kindlich durchschauernde Gewissheit, dass es den Anderen gab.

Was waren es für intensive Momente gewesen, wenn er an einem ihrer Plätze darauf gewartet hatte, dass Bahar plötzlich auftauchte, die sich manchmal herangeschlichen hatte, um ihn dann mit einem kleinen Aufschrei und ihrem hellen Lachen zu überraschen. So klang es, das Glück, das einfache, wortlose, sich selbst erklärende und keiner Erklärung bedürfende. Also war Allah oder Gott oder wer oder was auch immer nicht trotz allem mit ihnen gewesen?

Das waren Gedanken geblieben, die Harun auch später noch manchmal gedacht hatte. Seltsame Gedanken. Oder gar nicht so seltsam. Denn hatte der alte Mesut nicht Recht gehabt? Gott, der Gott, der Große und Einzige, er kam nicht aus der Stadt. Die Stadt, hatte er immer gesagt, sie erfand allenfalls Götter, Götter, die wie Menschen waren, vielleicht überreich begabte, begnadete Menschen, eine verschwenderisch privilegierte Schar illustrer Figuren, die letztlich menschliche Komödien oder Tragödien aufführten. Aber Gott selbst, Gott konnte nur aus dieser weiten, leeren, einsamen Landschaft kommen, wo es noch möglich war, seiner Stimme zu lauschen, der Stimme, die wirklich seine Stimme war.

Damals hatte Harun noch gespürt, dass Gott existierte, trotz allem. Und dass Gott groß war, unendlich groß, auch viel zu groß, als dass er sich um die Belange jedes einzelnen Menschen hätte kümmern können. In der Stadt hatte er dieses Empfinden irgendwann verloren. Zu viel Bewegung, zu viel Lärm. Zu viel Mammon, wie der alte Mesut gesagt und ihn gewarnt hatte. Die Städte wären nicht für Gott gebaut, und dass sie große, prächtige Moscheen oder Kirchen oder Tempel hätten, täusche die Anwesenheit Gottes nur vor ...

„Woran denkst du?", fragte Ibrahim.

„An Gott", antwortete Harun spontan und noch halb in Gedanken. Fast war ihm seine Antwort peinlich. Mechanisch tastete er nach den Zigaretten, nahm sich eine aus der fast leeren Packung und zündete sie an.

Ibrahim nickte langsam. „Ja, wenn man durch diese Landschaft fährt, hat man das Gefühl, Gott viel näher zu sein als ... als in der Stadt, nicht?!" Harun sah leicht erstaunt zu seinem Bruder.

„Empfindest du das auch so?"

„Es ist mir immer so gegangen, wenn ich mit mei... mit unseren Eltern ins Dorf gefahren bin", sagte Ibrahim.

„Wart ihr denn oft dort?"

„Fast jedes Jahr, im Sommer ..." Ibrahim nahm einen tiefen Zug. „Später, als ich etwas älter war, habe ich mich immer gefragt, wie es damals gewesen sein mochte, also damals, als ... als du dort gelebt hast."

Sie schwiegen. Es war ein plötzliches, aber wie einvernehmliches Schweigen.

„Als du dort gelebt hast ..." Ein einfacher Satz. Ein erschlagender Satz. Aber er zeigte doch nur die Wirklichkeit an. Eine lange vergangene und doch nie vergangene Wirklichkeit. Denn er, Harun, war es gewesen, der dort gelebt hatte, derselbe Mensch, der jetzt hier, mehr als 30 Jahre später, auf dem Beifahrersitz saß. So wie er derselbe Mensch war, der später, weit weg von jenem „dort", an der Seite seines kleinen Bruders gelebt hatte, bis zu ihrer Trennung. Und nun rückte alles wieder so nah. Nicht einmal zwei Wochen, in denen seine Vergangenheit durch den Boden seiner Gegenwart gebrochen war wie bei einer plötzlichen tektonischen Verwerfung, von der man nie sagen konnte, wie lange ihre Bewegung dauern und welche Folgen sie haben würde. Außer der, dass nichts mehr so sein würde, wie es vorher gewesen war.

Was hatte Ibrahim eben gesagt: Dass er sich das Dorf vorzustellen versucht hatte, so, wie es gewesen war, als sein Bruder dort gelebt hatte. Er hatte also an ihn, Harun, gedacht. Ob er die Eltern nach ihm gefragt hatte, danach, warum Harun weg war, warum er nie kam. Wie gerne hätte er Ibrahim alles erklärt. Aber es gab Dinge, die ließen sich nicht erklären, nicht so, wie man es gerne tun würde. Schon die Gedanken, mit denen man das zu Erklärende fassen wollte, wichen davon ab, vom Eigentlichen, Wesentlichen. Und die Worte, die es brauchte, die Gedanken zu übermitteln, taten es noch mehr. So kam es dann zu immer ausufernderen Wortfluten, mit denen man sich immer mehr von dem entfernte, was man eigentlich sagen wollte. Und selbst wenn einem, eher zufällig, Sätze gelangen, die dem doch vielleicht sogar nahe kamen, setzte es voraus, dass der andere diese Sätze in genau diesem Moment auch so verstand, wie sie gemeint waren. Der Andere, der immer der Andere blieb, mit einer anderen Sicht, einer anderen Geschichte, der nie, auch nicht für Augenblicke, man selbst wurde.

Manchmal, wie jetzt, war das besonders schmerzhaft. Und aus solchem Schmerz heraus versuchte man dann oft jene vergeblichen Wortbrücken zu bauen, die viel zu schwer an sich selber trugen, als dass sie noch tragen könnten, wofür sie gedacht waren. Der einzige Weg, die einzige Gunst, die blieb, war ein wortloses Verstehen. Oder ein Gefühl von Verstehen, das beiden für einen gleichzeitigen Moment geschenkt wurde, und das keiner von beiden durch Worte zerstörte.

Neben Ibrahim gab es jetzt noch seine Mutter. Doch zu ihr fand er kein Gefühl. Keine Nähe. Auch keinen Zorn oder gar Hass, wie Harun ihn eine Zeit lang seinem Vater gegenüber empfunden hatte. Dem Mann, der aus Borniertheit, Sturheit und Dummheit so viel zerstört hatte. Auch das Leben der Mutter. Oder wenn nicht zerstört, dann doch über eine lange Zeit unerträglich gemacht. Aber sie hatte immer alles ertragen. Jetzt saß sie wie erstarrt auf ihrem Platz, schaute ins Leere, man konnte sich die Bilder in ihrem Kopf vorstellen oder vielleicht auch nicht. Die Bilder, die man sich vorstellte, blieben doch immer die eigenen, nicht die des Anderen. Wer konnte sagen, wie ihre Bilder aussahen, ihre Bilder des Lebens mit einem Mann, der nun hinter ihr im Sarg lag. Ihr Mann. Sein Vater.

Mit ihm hatte Harun nach all den Jahren doch noch diesen einen Moment gehabt. Den Moment des Verstehens, des Gefühls von Verstehen. Mochte das auch eine Illusion gewesen sein, die dann offenbar geworden wäre, wenn sie beide versucht hätten, einander durch Worte zu erklären. Aber darauf kam es nicht an. Es kam nur auf diesen Moment an und auf dieses Gefühl. Und wenn es Allah gab oder Gott oder sonst eine Macht des Schicksals, dann musste er ihm oder ihr unendlich dankbar dafür sein, dass er jetzt neben seinem Bruder sitzen konnte, während sie sich auch geografisch dem Ort näherten, in den seine Wurzeln reichten. Tief unten in Haruns Bewusstsein war das alles lange verborgen gewesen, herabgesunken, herabgedrängt. Und darüber der aufgewehte Treibsand so vieler Jahre eines ganz anderen Lebens, der seinen ureigentlichen Beginn, sein erstes, sein kindliches und bald auch schon nicht mehr kindlich gewesenes In-die-Welt-Wachsen immer weiter bedeckt und vergraben hatte. Seine ihm wesenseigenste Vergangenheit, die ihm an der Oberfläche seines Bewusstseins fremd geworden war, weil er sie vergessen wollte. Vielleicht hatte vergessen müssen. Ja, er hatte diese Zeit und alles, was sie enthielt, von sich getrennt, diese Zeit und mit ihr auch alles andere, was zu ihr führte oder mit ihr verbunden war. Sie Schicht um Schicht mit seinem neuen Leben überbaut, bis sie schließlich mehr Ahnung als Wirklichkeit geworden war.

Denn es gab den einen Tag, als sich ihm der Weg dorthin, hierher, plötzlich verschlossen hatte und ihm nur noch die Wahl geblieben war, am für immer Unerreichbaren zugrunde oder einen anderen Weg zu gehen.

Heiß flammte der Schmerz in Harun auf. Ja, jetzt hätte auch er so schreien und klagen mögen wie die anderen es taten in ihrer Trauer. Aber er konnte es nicht. Die Vorstellung, hier im Bus plötzlich und vor allen aus sich herauszubrechen, war ihm einfach unmöglich.

Er schluckte und holte tief Luft. Vielleicht hatte es auch damit zu tun, dass seine Trauer etwas ganz anderem galt als dem Tod des Vaters. Etwas, das nur ihn selbst betraf. Sein Leben. Etwas, das für ihn verloren war, unwiederbringlich. Etwas, das immer gefehlt hatte. Ohne dass jemand davon wusste.

Denn es gab jenen Tag ... Und es war lange bevor der Konflikt mit seinem Vater so eskaliert war, dass auch sie einander verloren, dass Harun seine Familie aufgab, seine Herkunft, sofern es überhaupt möglich war, dass er sich mit der Radikalität von seiner ihm gegebenen Identität abgewandt hatte, wie es nur aus Verletzung, Schmerz und Zorn geschah, alle Brücken hinter sich abgebrochen hatte, alle Spuren zu tilgen versucht hatte und sogar in Kauf genommen hatte, Ibrahim niemals wiederzusehen. Und hätte jetzt nicht der Tod des Vaters ...

Harun konnte diese Gedanken nicht weiterdenken, sie wogen zu schwer. Ein Schaudern überkam ihn, er zündete sich mit zitternden Händen eine weitere Zigarette an. Diese verdammte Raucherei. Hier fiel sie nicht einmal auf, weil fast alle rauchten, auch die Frauen.

Er beobachtete seinen Bruder, der konzentriert fuhr, ab und an einen vielachsigen Laster überholte. Es waren überwiegend Lastwagen, die hier auf der einsamen Hochebene unterwegs waren. Haruns Gedanken flimmerten wie die heiße Luft zwischen Erde und Himmel. Ein Gebiet uralter Hochkultur, durch das sie hier fuhren, schon vor 3000 Jahren. Als es nicht einmal das Wort „Europa" gab. Alles aufgesogen von der unersättlichen Zeit. Unersättlich, aber nicht unbegrenzt. Zeit. Und nicht wiederholbar. Vor nicht ganz zwei Wochen waren auch sie einander nach 17 Jahren zum ersten Mal wieder begegnet. 17 Jahre. Ein Lidschlag innerhalb von 3000 Jahren. Aber eine Ewigkeit in einem Menschenleben. Mit Ibrahim war es ganz anders als mit dem Vater. Hier fühlte Harun sich allein schuldig. Schuldig dafür, den kleinen Bruder damals verlassen und aus seinem Leben verbannt zu haben. Denn das hatte er getan. Ohne es tun zu wollen. Es war geschehen, weil es sich nicht vermeiden ließ. Hatte es sich nicht vermeiden lassen? Im Nachhinein blieben sie ihm unerklärlich und unverzeihlich, diese 17 Jahre, all die gemeinsam ungelebte Zeit, die füreinander verloren war. Warum hatte er nie von sich aus ...

Ibrahim ließ es ihn auch jetzt mit keinem Blick, keiner Geste und keinem Wort spüren, ob er ihm genau das vorwarf. Und bisher hatte er ihn auch nicht danach gefragt. Vielleicht weil er wusste, dass es keine Antwort darauf geben konnte, keine, die der Frage wirklich gerecht würde. Nicht für ihn und nicht für Harun. Vielleicht weil er fürchtete, dass eine solche Frage und ihre Antwort erst recht Gräben aufrissen und alle Distanz dann uneinholbar markierten. Alle Distanz, die sie beide bis jetzt in einem unausdrücklichen Einvernehmen wie mit einem Schritt übersprungen hatten. Alle Wärme und Geborgenheit, die Harun immer gesucht hatte, ging jetzt von diesem Mann neben ihm aus. Und der Sprung dauerte noch an, vielleicht würde er noch sehr viel länger andauern und ihnen dabei die Chance geben, wirklich wieder zueinander zu finden.

Vielleicht war es so, wie es beim Vater gewesen war: Solange keiner von ihnen darauf bestand, Erklärungen zu geben oder Erklärungen zu fordern, Erklärungen, die den einen erlösten und den anderen befriedigten und umgekehrt, solange hatten sie eine Chance.

Und Harun empfand wieder diese tiefe Dankbarkeit. Darüber, dass sie nun die Chance auf eine Zukunft hatten, auf gemeinsame Momente. Ibrahim, Pinar und die kleine Yaprak, der er nun ein richtiger Onkel sein wollte, ein regelmäßig anwesender Onkel. Gern hätte er Ibrahim jetzt fest in die Arme genommen ...

„Wann soll ich dich ablösen, Bruder?", fragte er ihn. „Du musst doch müde sein."

„Bin ich auch, Harun, lass mich noch bis zum nächsten Parkplatz fahren, dann kannst du das Steuer übernehmen." Er lächelte plötzlich.

„Ich habe letzte Woche von dir geträumt, Bruder."

„Von mir?" Harun sah Ibrahim beinahe erschrocken an. „Was denn?"

„Hat mich auch erstaunt, aber Träume sind ja oft so ... so eigenartig. Obwohl. Im Grunde ..." Ibrahim räusperte sich.

„Also, ich habe von deinem Sünnet damals geträumt ..."

„Meinem Sünnet?" Harun war perplex. „Mein Gott, das ist doch ..."

„Ich weiß", sagte Ibrahim, „schon fast nicht mehr wahr, und vor allem war ich damals gerade mal vier." Er lächelte wieder.

„Vielleicht hat mein Traum auch andere Erinnerungen da hineingemischt, aber was ich noch genau weiß und auch im Traum genau wusste ..." Er machte eine kleine Pause. „... Weißt du, ich war damals so stolz auf dich, auf meinen großen Bruder, der da von allen gefeiert wurde."

„Oh ja, ein schönes Fest, ich erinnere mich auch, nicht wahr, ein schönes Fest, meine Schwester", rief Onkel Hüseyin und sah zur Mutter. „Auch wenn ihr damals nicht in der Heimat und mit allen feiern konntet."

Die Mutter nickte eine Weile stumm.

„Daran erinnerst du dich noch, Ibrahim?", fragte sie dann. Und ein Schluchzen schüttelte sie plötzlich, ein weiteres Mal erhob sie ihre Hände. „Ich danke Allah, dem Allmächtigen, dass er meine Söhne wieder zusammengeführt hat ..."

Die anderen stimmten ein, während Harun verschwommene Bilder in sich aufsteigen sah. Sein Sünnet ... An das Ibrahim sich noch erinnern konnte. Stolz war er also gewesen auf seinen großen Bruder. Und sofort wieder eine jener schmerzlichen Verdichtungen von Erkenntnis: Ibrahims Sünnet hatte Harun nicht erlebt. Er hatte nicht ganz vorn unter den anderen Gästen gestanden, während sein kleiner Bruder, prächtig gekleidet und geschmückt wie es üblich war, durch den Raum getragen wurde. Er wusste nicht, wie der Raum, nicht, wie Ibrahim ausgesehen hatte. Er hatte sein Gesicht nicht gesehen, dessen Augen vielleicht nach dem großen Bruder Ausschau gehalten hatten, ob der nicht vielleicht doch an jenem Tag ...

Nein, er war es nicht. Ein paar Jahre war es da schon her gewesen, dass die Eltern mit Ibrahim zurück in die Türkei gegangen waren. Und Harun auf seinem anderen Weg gewesen war, der ihn immer weiter weg von ihnen geführt hatte. Hatte er damals wenigstens an Ibrahim gedacht? Harun wusste es nicht und versuchte sich jetzt auf die Erinnerungsbilder zu konzentrieren. Sein Sünnet. So lange war es her ...

Sünnet, das für jede traditionelle türkische Familie unbedingte Beschneidungsfest. Der erste Schritt des Jungen in die Welt der Männer, die ihm vom Alter her eigentlich noch fern lag. Es wurde auch von den einfachen Leuten mit großer Pracht gefeiert. Viele im Ausland lebende Familien fuhren zum Sünnet des Sohnes in die Türkei, um das Fest dort mit allen Verwandten zu begehen.

Als die Zeit damals für Harun gekommen war, ging es der Firma, in der seine Eltern arbeiteten, gerade schlecht. Es herrschte Kurzarbeit. Auch viele Nachbarn und Bekannte waren davon betroffen. Das mochte die Idee hervorgebracht und unterstützt haben, das Sünnetfest mehrerer Jungen aus dem Viertel gemeinsam auszurichten, deren Familien sich die Reise in die Türkei nicht leisten konnten. Es wurde ein großer Saal angemietet und durch die dort dann zusammenkommenden Familien mit ihren jeweiligen Verwandten und Freunden entstand eine noch größere und aufwendiger scheinende Veranstaltung, als es jede für sich gewesen wäre. Trotz der bedrängten finanziellen Lage der einzelnen Familien war es ein ausgelassenes, buntes Fest geworden, dem es an nichts gefehlt hatte. Einzig die Geldgeschenke für die Jungen waren bescheidener ausgefallen.

Haruns Erinnerungen an den alten, großen Saal, der voller Menschen und farbenfroh dekoriert gewesen war, blieben verschwommen. Laut war es gewesen, natürlich, chaotisch, Stimmen, Gesang, Musik, es wurde auch getanzt.

Aber er erinnerte sich plötzlich desto genauer seiner damals zwiespältigen Gefühle. Er hatte nie gerne im Mittelpunkt gestanden, schon gar nicht auf eine solch demonstrative Weise. Auch wenn es damals dadurch abgemildert worden war, dass es insgesamt fünf Jungen gewesen waren, deren Sünnet zusammen gefeiert wurde. Aber daran hatte es nicht einmal gelegen, es war etwas anderes gewesen, etwas Tiefergehendes, Weiterreichendes. Wie eine noch gestaltlose Vorahnung dessen, was kommen sollte, was die Zeit unausweichlich auf ihn zutragen würde.

In jenen Stunden damals hatte er die Geborgenheit der Gemeinschaft empfunden, jenes selbstverständliche Aufgehobensein unter denen, zu denen man gehörte, die die gleichen Wurzeln hatten, die gleiche Sprache sprachen. Ein Aufgehobensein, das man sich nicht erst erleisten und erwerben, für das man eigentlich nichts tun musste außer einfach einer von ihnen zu sein, sich so zu bewegen, so zu sprechen und so zu denken wie die anderen. Einfach einer von ihnen zu sein. Aber eben das war nicht einfach gewesen. Nicht mehr. Für ihn nicht mehr. Denn von wenigen Momenten abgesehen, in denen es ihm gelungen war, sich in jener Empfindung der Geborgenheit treiben zu lassen, hatte Harun umso deutlicher und verstörender gespürt, dass er schon damals nicht mehr einfach einer von den anderen gewesen war.

Dass er nicht dachte wie sie, sich bemühen musste, so zu sprechen wie sie. Und dass er sich von den Wurzeln, die er mit ihnen teilte, längst zu entfernen begonnen hatte. Die zwischendurch aufblitzende Geborgenheit in dieser Welt seiner Herkunft war eine Täuschung gewesen. Er war bereits ein Anderer geworden und wusste es. Wie es auch die anderen wussten. Oder spürten. Besonders wohl der Vater. Vielleicht, dachte Harun, war sein ganzes Verhalten auch in einer Art hilfloser Verzweiflung oder Wut begründet gewesen. Darüber, dass er ohnmächtig registrieren musste, wie ihm der erstgeborene Sohn immer mehr entglitt, ohne dass er begreifen konnte, warum. Das einzige, was ihm klar war, blieb, dass er der unheimlichen Kraft, die ihm den Sohn immer weiter zu entziehen schien, nichts entgegensetzen konnte.

Denn Haruns damalige Rolle in der Nachbarschaft, die fast ausnahmslos aus Türken bestand, seine damalige Rolle hatte trotz seiner erst 14 Jahre tatsächlich Ähnlichkeit bekommen mit der Rolle des alten Mesut seinerzeit im Dorf. Dem Dorf, das zu dem Zeitpunkt schon in unendliche Ferne gerückt war. An das er nicht mehr denken mochte, das er bis auf seine Träume, die er nicht kontrollieren konnte, aus seiner Erinnerung zu tilgen suchte.

Harun ging als einziger aus der Nachbarschaft auf das Gymnasium. Er hatte geschafft, was er sich auf der Grundschule vorgenommen hatte. Dank der Hilfe von Frau Zerwas, ihrer Tochter Constanze und vor allem dank seines unermüdlichen Fleißes. Und zu ihm, dem „halben Deutschen", wie er in eigentümlicher Mischung aus Respekt und Misstrauen genannt wurde, zu ihm waren die Nachbarn gekommen, wenn es um irgendwelche Schreiben ging, die sie nicht verstanden, oder sogar, wenn Behördengänge zu machen waren, vor denen sie Angst hatten, weil sie nicht oder nur unvollständig verstanden, worum es ging.

Harun half ihnen, wie er seinen Eltern half, die nach wie vor kaum ein Wort Deutsch sprachen, sich ängstlich wie die Mutter oder vordergründig stolz wie der Vater in der kleinen türkischen Welt verschanzten. Und nur in diesem engen Raum waren die oft rabiaten Patriarchen uneingeschränkte Herrscher geblieben, vielleicht deshalb desto rabiater, denn kaum mussten sie dessen Grenzen überschreiten, sanken sie herab zu kleinen, verschreckten Gestalten, die noch vor dem unbedeutendsten Behördenmitarbeiter all ihren sonstigen Stolz verloren.

Besonders bei seinem Vater war Harun das immer unsagbar peinlich gewesen und die größte Anstrengung hatte für ihn nie im Bewältigen der jeweiligen Angelegenheit bestanden, sondern im krampfhaften Bemühen, die Peinlichkeit, die natürlich auch sein Vater unweigerlich spüren musste, zu übersehen oder sie sich nicht anmerken, sie vor allem den Vater nicht seinerseits spüren zu lassen. Und das war ihm nicht zuletzt deshalb schwer gefallen, weil er nicht verstand, wie die Eltern sich mit dieser traurigen Rolle abfinden konnten, sie, die doch schon so lange in diesem Land lebten, und von denen er sich so viel versprochen hatte, als sie ihn endlich zu sich geholt hatten.

„Wo bist du mit deinen Gedanken, Bruder?" Harun schrak auf.

Der Wagen stand auf einem länglichen Parkstreifen. Lastzüge heulten vorüber, wie eine zweite Melodie über dem Rauschen des dichter gewordenen Verkehrs. Sie hatten sich Ankara genähert, der türkischen Hauptstadt im anatolischen Hochland, eine wachsende Insel von Lärm und Bewegung inmitten der Stille. Zur Rechten erstreckte sich hier ein ausgedehntes Feld, rot leuchtete der Mohn in der Sonne. Ibrahim sah Harun aufmerksam an.

„Bist du doch müde, soll erst einmal Pinar das Steuer übernehmen, sie kennt den Weg." Harun schüttelte den Kopf.

„Nein, ich bin nicht müde ... Im Gegenteil, ich möchte gerne fahren."

„Gut, ich setze mich eine Weile nach hinten", sagte Ibrahim. „Du musst nur der Autobahn folgen. Wir fahren nördlich um Ankara herum und dann auf die E 88, Richtung Sivas, das ist dann zwar keine Autobahn mehr, aber eine gute Schnellstraße."

Wieder nutzten einige die kurze Pause, um ihre Notdurft zu verrichten. Die jungen Frauen halfen den älteren. Immer noch war es heiß. Eine trockene Hitze, Staub wirbelte auf der Straße. Harun sah immer noch auf das in leichtem Wind bewegte Mohnfeld. Das Rot des Sommers. Das Rot jener stillen, trockenen Hitze. Nur das Sausen und Brausen der Autobahn musste man weghören.

In der Nähe des Dorfes war auch ein kleines Feld mit Mohnblumen gewesen. Und manchmal hatte er Bahar dort einen Mohnblumenstrauß gepflückt. Und sie hatte sich dann eine der langstieligen Blüten ins Haar oder hinter eines ihrer Ohren gesteckt.

„Beim Dorf gibt es auch eine Mohnblumenwiese ..." Ibrahim war neben ihn getreten.

„Ja ... ich weiß", antwortete Harun mit rauer Stimme.

„Sie liegt an einem Hang, und man muss aufpassen, dass man den Abbruch nicht übersieht, da ist eine steile Kante, zwei Meter etwa ..."

„Genau ... Sie mahnen die Kinder immer, dort nicht zu spielen. Komm, lass uns weiterfahren, Bruder." Ibrahim legte ihm den Arm um die Schulter, und sie gingen zum Bus zurück.

Die Mutter stand mit Pinar, des Vaters altem Freund Gökan und dessen Frau Emine vor der Gepäckklappe, hinter der der Sarg des Vaters mit speziellen Kühlelementen für die Fahrt geschützt stand. Harun fürchtete, dass es wieder einen jener Ausbrüche geben würde, die ihn so verlegen und beklommen machten, hilflos, weil er nicht wusste, was tun, aber die

Mutter, Gökan und Emine standen nur leise murmelnd da, Pinar hatte die Mutter im Arm.

Sie stiegen wieder in den Bus, Ibrahim setzte sich zu seiner Mutter, die auch Haruns Mutter war, und Harun hoffte, dass er ihr für sie beide den Trost geben konnte, den sie jetzt brauchte. Eine Frau, die nach langer Ehe ihren Mann verloren und jetzt noch ihre beiden Söhne hatte. Zumindest einen wirklich.

Mit der Mutter war es anders als mit dem Vater. Kein Konflikt, keine Auseinandersetzung. Vielleicht etwas Schlimmeres. Harun hatte verlernt, seine Mutter zu lieben, weil er sie ... verachtete. Das war noch ungleich grausamer, vor allem für ihn selbst. Aber er konnte nichts daran ändern. Es gab nichts zu versöhnen. Heute verachtete er sie nicht mehr. Nicht einmal das. Sie war für ihn eine Person, mit der ihn nichts verband, außer etwas mehr als zehn Jahre seines Lebens, in denen sie für ihn genau das geworden war: Eine Person, mit der ihn nichts verband.

Nachdem man ihn aus der Türkei geholt hatte und während der Jahre in Deutschland war Harun die bis dahin fremde Mutter auch nicht vertrauter, sondern immer fremder geworden. Auf andere Weise als der Vater, der wohl von Harun ebenso enttäuscht gewesen war wie Harun von ihm. Und beide hatten die Enttäuschung des anderen gespürt, schmerzlich, weil es keine Möglichkeit einer Annäherung gab. War auch die Mutter von ihrem erstgeborenen Sohn enttäuscht gewesen? Oder hatte sie, wenigstens insgeheim, seine immer deutlicher gewordene Haltung, seinen sich immer klarer abzeichnenden Weg doch gutgeheißen, auf seiner Seite gestanden?

Harun wusste es nicht. Er wusste nichts über diese Frau. Über diese Mutter, die keinen Stolz und keine Scham besessen, sich ihr Leben lang wie ein Nichts und weniger wie ein Nichts behandeln lassen hatte. Da half auch die Einsicht kaum, dass es wohl niemals einen Ort gegeben hatte, wo sie hätte hingehen können, ihr überhaupt die geringste Voraussetzung an Wissen und Fähigkeit gefehlt hatten, alleine zurechtzukommen. Aber Haruns unwillkürliche Verachtung hatte immer ihrer Haltung gegolten, dass sie nie, nicht einmal in Gedanken, versucht hatte, etwas an ihrem Zustand zu ändern. Niemals wenigstens der wenn auch aussichtslose

Versuch, sich zu wehren, aufzubegehren, oder das Unerträgliche, Unzumutbare einmal auszusprechen, es herauszuschreien. Oder sogar wirklich einfach wegzugehen, egal wohin, egal wie, nur um nicht länger und völlig unverhohlen wie Dreck behandelt zu werden.

Denn Harun hatte an ihrer Stelle den Schmerz gespürt, den für ihn brennenden Schmerz fehlender Würde. Niemals hatte es ein anderes Bild für ihn gegeben, als das jener stummen, alles erduldenden Resignation, aus der heraus ebenso verschämt wie folgenlos Allah für ein Schicksal beklagt wurde, über das seine Mutter selbst zugleich nie hinauszudenken vermochte. In seiner ihn selbst schmerzenden Verachtung war alles Gefühl des Sohnes für die Mutter über die Jahre erloschen. Sie war zu einem seltsamen Neutrum für ihn geworden, dem er sich hilflos fern gegenübersah. Viel ferner, als er je dem Vater gegenübergestanden hatte. Vielleicht, nein, gewiss war es ungerecht. Aber nicht zu ändern.

Ibrahim saß jetzt neben der Mutter, hatte den Arm um sie gelegt, sprach leise mit ihr. Ein Sohn, der seine Mutter tröstete. Und wieder empfand Harun Erleichterung und Glück. Ibrahim hatte Vater und Mutter gehabt, hatte jetzt noch eine Mutter, der er sich zuwenden konnte, die Mutter für ihn war und blieb und Großmutter für seine Tochter und Schwiegermutter für seine Frau. Ibrahim hatte Familie, hatte Heimat, hatte Zuhause, und es kam Harun vor, als wäre damit eine ungeheure Last von ihm genommen, von ihm, der seinen kleinen Bruder damals verlassen hatte. Vielleicht, wer konnte das schon sagen, vielleicht hatten die Eltern, hatte besonders der Vater an Ibrahim gutgemacht, was er an Harun ... Aber selbst wenn, wäre das nicht Haruns Verdienst, denn er war gegangen, ohne die Folgen zu kennen.

Harun schüttelte diese Gedanken ab, sie führten zu nichts. Mochte sein, dass am Ende einfach nur jene Dankbarkeit blieb, Dankbarkeit, dass es für Ibrahim so gekommen war, Dankbarkeit gegenüber dem Schicksal oder Allah ... Wer wusste das schon.

Harun sah in den großen Innenrückspiegel. Die Jüngeren unter seinen Verwandten hatten sich so gesetzt, dass sie irgendein Kartenspiel spielen konnten, Onkel Hüseyin drehte mit geschlossenen Augen die kleinen hölzernen Perlen einer jener hier verbreiteten Gebetsketten, Gökan versuchte, in einer Sportzeitung zu lesen, konnte sich aber nicht konzentrieren, immer wieder rieb er sich die Augen. Die anderen unterhielten sich oder dösten auf ihrem Sitz.

Es war gut, jetzt selbst zu fahren, sich auf das Fahren konzentrieren zu müssen. Beim Fahren konnte man sich den Gedanken überlassen, ohne Gefahr zu laufen, dass sie einen überwältigten. Das verhinderte die notwendige Konzentration.

Die Sonne hatte ihren Zenit schon überschritten. Waren die Bergmassive am Horizont endlich nähergekommen? Es schien so. Harun stellte das Radio etwas lauter. Das Gewoge aus schnell gesprochenen Worten und meist orientalisch durchklingender Musik kam ihm – es gab so ein unübersetzbares deutsches Wort – „anheimelnd" vor. Und nun, wo er selbst das Steuer in der Hand hielt, wurde das Bewusstsein, über diese Erde zu fahren, unter diesem Himmel zu sein, noch eindringlicher. Als hätte er es im unmittelbarsten Wortsinn selbst in der Hand, sich hier zu bewegen, als hätte er es gewollt und wollte es. Als wäre nicht alles durch die Umstände bedingt, von denen überwältigt er sich plötzlich hierher versetzt sah, schneller als er sich selbst folgen konnte. Nein, jetzt steuerte er selbst den Horizont an, dorthin, wo sein Dorf lag und mit jedem Kilometer näher rückte. Vielleicht endlich so nah, wie es tief in ihm immer gelegen hatte. Das Dorf und Bahar ...

Und wieder blitzte Elaine in ihm auf. Als würde sie auf die Erinnerung an Bahar antworten wollen. Dabei hatte sie doch nichts mit alledem zu tun. Nichts mit dem, was in den vergangenen beiden Wochen passiert war. Erst recht nicht mit dem, was so weit in ihm zurücklag. Aber mit ihm hatte sie zu tun. Und jetzt, mitten auf dieser plötzlichen Reise zurück zu seinem eigenen Ursprung, spürte er plötzlich die Gewissheit, dass er sich Elaine stellen musste und stellen würde. Elaine und den unerklärlichen, vielleicht absurden Gefühlen, die er für sie empfand. Da war dieser drängende Wunsch, sie an all dem teilhaben zu lassen: An sich, an dem, der er wirklich war, an dem, den er jetzt begann, wieder- und neu zu entdecken. Denn sie war für ihn, warum auch immer, der Mensch, in dem er sich spiegeln wollte. Ganz und wahr. Darin lag seine eigentliche Sehnsucht, in ihre Augen zu sehen, während ihr Blick, ihre Miene, ihr Ausdruck die Person spiegelte, die er ihr enthüllte.

Ja, ihr wollte und würde er von Bahar erzählen, seinem Dorf, den Bergen, dieser Landschaft. Und er war sicher, grundlos sicher, dass sie verstehen würde, mehr als er ihr mit Worten sagen konnte.

Mehr als man mit Worten diese Landschaft beschreiben konnte, durch die er selbst nun den Bus lenkte. Eine Landschaft, schweigend und leer bis auf den jetzt allmählich zunehmenden Verkehr auf diesem seltsamen Band der Autobahn, die nirgendwohin zu führen schien. Darüber die endlos blaue Hitze und manchmal, auf einem staubigen Weg neben der Straße, ein Karren, langsam von einem Esel gezogen. Darauf ein Mann mit der hier typischen Kappe auf dem Kopf, neben ihm eine Frau mit Kopftuch und hinter ihnen ein paar Kisten mit Obst, das in der Sonne vorüberleuchtete. Als wäre die Autobahn dicht neben ihnen gar nicht vorhanden, saßen sie reglos in der langsamen Bewegung ihres Karrens, inmitten einer unendlich anmutenden Wegstrecke, bei der es keine Rolle zu spielen schien, wann und ob sie überhaupt jemals ankamen. Begegnung der Welten.

Und jene andere Welt jenseits der Zeit fand eine Resonanz tief in Harun. Eine leise und immer erfüllendere Resonanz, die ihn wegsteuerte von dem Leben, das er führte. Weg von den Büros, Konferenzräumen, Flughäfen, Hotels, der ständigen, von Terminen dicht getakteten Bewegung von einer Stadt zur anderen, von Projekt zu Projekt. Von irgendwelchen Gesichtern zu anderen Gesichtern. Weg von seiner nur halb eingerichteten Wohnung und dem Gefühl der Einsamkeit, das sich auch in diesen Wänden eingenistet hatte, wie seit Jahren überall. Diese ungreifbare Gewissheit, er wäre doch nur der Verwalter eines Lebens, dessen alles beherrschende berufliche Aktivität eben bloß die unausgesprochene Vorläufigkeit überdeckte, die Vorläufigkeit bis zum eigentlichen Leben, das noch kommen sollte. Irgendwann. Sein eigentliches Leben …

Und auf einmal, hier, inmitten dieses sonnengleißenden Irgendwo, auf dieser fast unwirklichen Autobahn durch ein Land, in dem etwas Ewiges, etwas Archaisches zwischen Himmel und Erde lag, auf einmal verlor sich auch Haruns sonst lange vertraut gewordenes Gefühl, überall und immer ein Fremder zu bleiben, gleich, wo er war. Hier, in dieser zeitvergessenen Welt, in dieser Landschaft voll majestätischer Elegie, war er tief in sich und nur für sich kein Fremder mehr. Auch wenn er niemals wieder hier leben würde oder es könnte. Auch, wenn ihn die Welt, in die hinein er seit langem und so lange gewachsen war, wenn das, was sein Leben geworden war, ihn nicht mehr freigeben würde. Denn trotz alledem, das hier blieb sein Wurzelboden, dessen Ströme über Generationen in ihm flossen. Und jetzt meinte er deren Intensität über das Lenkrad, das seine Hände fest umschlossen hielten, bis in die letzten Nervenfasern zu spüren.

Im Rückspiegel sah er, dass Ibrahim neben der Mutter eingeschlafen war, und ein ungeheure Welle der Rührung durchzitterte ihn. Sein kleiner Bruder. Hinten unterhielten die anderen sich. Wieder wurden Geschichten vom Vater erzählt, die Harun mit halbem Ohr hörte. Er hatte das Radio leiser gedreht. Wieder Geschichten von einem Mann, den er nicht kannte. Oder der ein anderer schien als der, den er gekannt hatte. Oder auch kein anderer, und nur die Perspektive war verschieden. Und hinten erzählten sie, weinten, lachten auch wieder, wenn es etwas Komisches oder Kurioses war, das zum Besten gegeben wurde. Auf Ibrahims Gesicht lagen stille Schatten von Trauer, so, als hörte der Schlafende ihnen zu.

Harun registrierte die Hinweisschilder. Ankara war nun nicht mehr weit. Die türkische Hauptstadt inmitten der Leere. Fast ein Fremdkörper. Mustafa Kemal, Atatürk, Gründer und bis heute Übervater der türkischen Nation, er wollte ein Bollwerk der Moderne, des Westens, inmitten des mächtigen anatolischen Landblocks daraus machen, aus dem die Türkei nach dem Untergang des Osmanischen Reiches noch bestand. Harun hatte viel über ihn gelesen, diesen Mann, dessen unheimlich flammende Augen alle Fotografien beherrschten, die es von ihm gab. Was mochte in ihm vorgegangen sein, ihm, der ein Volk und einen Staat neu zu erfinden gesucht, und der erkannt hatte, dass dieser Weg des Volkes und seines Staates zwischen Morgen- und Abendland nach Westen führte?

Ob auch er, auf andere Weise, ein Zerrissener, ein Suchender gewesen war? Und damit ein Getriebener, der wie viele Getriebene seine Erlösung in der Radikalität einer Antwort gesucht hatte? Die brachiale Entschlossenheit, mit der Atatürk die Modernisierung und Verwestlichung seines Landes auf allen Gebieten betrieben hatte, verdankte sich seiner Überzeugung, dass dieses Land sonst verloren, dem Untergang geweiht wäre, wie zuvor schon das Osmanische Reich. Und es war eben jene Radikalität, die Harun auch in sich erkannte. Die Radikalität, mit der er sein eigenes Leben ganz „in den Westen" gerissen und gezwungen hatte, weil er sich damals gewiss gewesen war, sonst verloren zu sein. Natürlich aus ganz anderen Gründen.

Das Ziel, das er damals erreichen wollte, hatte er mehr als erreicht. Aber welches Ziel war es eigentlich gewesen? Und war nicht auch sein Antrieb vor allem der der Enttäuschung, Verletzung, Verachtung, Verzweiflung gewesen? Also vor allem *weg von* statt *hin zu*, weil aus dem *weg von* die Energie der unbedingten Bewegung gequollen war? Unbedingt weg von dem, woher er kam, wohin er doch gehörte. Aber auch jenes einfache, aus sich selbst lebende, ungebrochene Dazugehören hatte sich damals nie erfüllt, war mehr Sehnsucht als Wirklichkeit geblieben. Er war von Anfang an zur Distanz verurteilt gewesen, verdammt zur *anderen Seite ...*

Und das, was er immer *die andere Seite* genannt hatte, war sein Lebensziel geworden. Die Seite derer, die in dem Land zu Hause waren, in das man ihn in jenem Winter vor 30 Jahren gebracht hatte. Die Seite derer, die aus diesem Land kamen, die seine Höhe und Größe, wie sie ihm erschienen war, allesamt und schon von Geburt an, so meinte er früher, in sich trugen. Die Seite derer, die ihm so vornehm, gebildet, kultiviert, unendlich überlegen vorgekommen waren. So wie Frau Zerwas, ihr Mann, wie selbst deren Tochter Constanze und sogar ihre jüngere Schwester.

Das war die Seite derer, die selbstverständlich lesen und schreiben und noch viel mehr konnten, die sich gut zu benehmen und sich in dieser unübersichtlich wimmelnden Welt voller komplizierter Dinge und Abläufe sicher zu bewegen wussten. Welten entfernt von ihm, der immerhin ein Bewusstsein für diese Distanz entwickelt und bald den Entschluss gefasst hatte, sie zu überwinden. Und erst recht Welten entfernt von seinen Eltern wie Ihresgleichen, die sich an dieser Distanz und an ihrer eigenen, nach dortigen Maßstäben allenfalls armseligen Rolle nicht zu stören schienen.

Am Anfang hatte er jene andere Seite erreichen wollen, um schnellstmöglich in der Lage zu sein, Bahar aus den mit einem Mal so unwirklich fern gerückten Bergen zu sich zu holen und in jenem neuen, immer noch fremden, aber doch auch so faszinierenden Land für sie zu sorgen. Bahar ... Wie es wohl sein mochte, mit ihr in diesem Land zu leben, hatte er sich damals zu fragen begonnen. Nicht als Schäfer und Schäferin inmitten der Stille, sondern in einer großen Stadt als ... als was auch immer, jedenfalls gemeinsam mit ihr auf *der anderen Seite*. So war die Mahnung des alten Mesut vor dem „gottfernen Blendwerk der Städte" für eine lange Zeit in ihm stumm geworden. *Die andere Seite* ... Zu Anfang war ihm dort alles gleich und vereint erschienen:

Die Privilegierten, die kleinen und größeren Mächtigen mit ihren Krawatten und Anzügen, in ihren Autos, hinter den Barrieren und Schreibtischen oder vor den Menschen stehend, die ihnen respektvoll zuhörten, sie schienen ihm zugleich die Vornehmen und Gebildeten, die Kultivierten und Belesenen. Jeder von ihnen, dachte er damals, musste so viele Bücher zu Hause haben wie sie im Hause Zerwas standen, mancher vielleicht noch mehr. Dass es nicht so war, hatte Harun erst im Laufe der Zeit festgestellt, als die anfängliche Distanz sich schon ein gutes Stück verringert und er selbst eine andere Perspektive hatte. Auch in diesem Land waren die Menschen sehr unterschiedlich, nicht alle gebildet und schon gar nicht vornehm. Manch aus der Entfernung und eben jener unermesslichen Distanz heraus verzerrt gewesenes Größenverhältnis hatte sich zurechtgerückt. Und auch sein Ziel hatte sich verändert. Das hieß nicht sein Ziel, sondern der Grund, warum er es erreichen wollte. Bahar ...

Der Blick auf die Straße verwischte durch Haruns Tränen, er musste aufpassen, denn die Autobahn war nicht mehr fast leer, mittlerweile fuhren sie in einem anwachsenden Strom anderer Fahrzeuge. Bahar ...

Ja, es hatte den einen Tag gegeben, den er lange, sehr lange nicht vergessen konnte und eigentlich wohl nie vergessen hatte. Aber jetzt endlich würde er zu ihr gehen, Jahre nach jenem Tag, der ein Wintertag gewesen war, genau wie der Tag, an dem er sie zum letzten Mal gesehen hatte, an der niedrigen Mauer stehend, von den immer heftiger wirbelnden Flocken umweht. Damals vor 30 Jahren, als er mit seinen Eltern für immer in das andere Land gegangen war. Und nach jenem anderen Wintertag, es mochte ungefähr vier Jahre später gewesen sein, war Haruns Weg endgültig zu einer langen und ausdauernd vorbereiteten Flucht geworden, genährt von Schmerz und Enttäuschung und einer innerlich immer schärferen Distanz zu allem, was seine eigene Herkunft und Vergangenheit betraf. Er hatte sich auf den Weg zwischen zwei Distanzen begeben und war irgendwo dazwischen geblieben. Ohne je wirklich irgendwo anzukommen.

Harun bemerkte, dass Ibrahim wieder nach vorn gekommen war. Er wischte sich über die Wangen. Sein Bruder schaute schweigend nach vorn und rauchte. Der Verkehr hatte sich jetzt, in unmittelbarer Nähe der Hauptstadt, stark verdichtet, deren Ausläufer längst schon das nicht mehr leere Land durchsetzten. Unwillkürlich staunte Harun darüber, hier auf solch massive Zeichen der modernen Welt zu treffen. Atatürks Bollwerk im Herzen Anatoliens.

Aber jenseits davon, noch weiter im Osten, wartete seine Heimat auf ihn, würde er all die Plätze wiedersehen, die von ihrem, von Bahars Lächeln gesiegelt waren, und er konnte sich nicht vorstellen, dass diese Plätze sich verändert hatten. Sie durften sich nicht verändert haben, auch wenn sie niemals mehr sein würden, was sie damals gewesen waren. Die Sonne stand merklich tiefer, die Schatten waren länger geworden.

„Bleib auf dieser Bahn", sagte Ibrahim mit rauer Stimme. „Wir müssen immer Richtung Sivas ..." Als Harun zu ihm sah, bemerkte er, dass auch Ibrahim geweint hatte. Die Spuren ihrer Tränen wie der verwehende Rauch eines Feuers von Schmerz und Trauer. Aber dieses Feuer hatte sich jetzt von Verschiedenem genährt. Ibrahim wusste ja nichts von Bahar und der Zeit, die Harun an dem Ort verbracht hatte, zu dem sie unterwegs waren. Er weinte um den Vater, den er verloren hatte. Den Vater, der Harun fremd war.

„Wie war das eigentlich damals ... Ich meine damals, als du weggegangen bist?", fragte Ibrahim. „Vater hat ja nie davon erzählt und Mutter immer nur ..." Er seufzte kurz.

„Das Einzige, was ... Es hieß eben nur, dass du uns ... dass du ... weggegangen wärst, weil ..." Ibrahim sah ihn kopfschüttelnd an. Harun atmete tief.

„Ja, das bin ich ... Das bin ich, Ibrahim." Er lachte kurz und freudlos auf. „Wahrscheinlich hat man gesagt, dass ich die Familie ‚entehrt' habe."

Und plötzlich waren die Bilder wieder da. Der Tag, an dem er gegangen war, die Wohnung verlassen hatte, die auch seine Eltern in Kürze verlassen wollten, um in die Türkei zurückzukehren. Mit Ibrahim. Ohne ihn. Nach dem Willen seines Vaters allerdings mit ihm. Aber damals, nach einer fürchterlichen Auseinandersetzung mit dem Vater, hatte er seine Sachen gepackt, war gegangen, und das Schlagen der Wohnungstür hatte sein Leben zerrissen. Damit war er endgültig auf *die andere Seite* gesprungen, über einen Abgrund hinweg war er selbst ein Anderer geworden. Sofern und soweit man überhaupt je wirklich ein Anderer werden konnte. Ganz tief innen ...

Es war ein Tag im Sommer gewesen, ein Sonntagnachmittag, irgendwann kurz nach dem Abitur, das Harun mit Auszeichnung bestanden hatte. Auch die Ausbildungsstelle in einer Bank war ihm bereits sicher gewesen. Davon wussten die Eltern noch nichts. Wie sie von vielem nichts gewusst hatten oder hatten wissen wollen. Und im Grunde war Haruns Weggang an dem Tag auch nicht der Anfang gewesen, sondern das Ende. Das Ende eines langen Weggehens.

Denn längst hatte er sich da von seinen Eltern und ihrer Welt, erst recht von einer Zukunft in der Türkei entfernt. Und schon gar nicht war er imstande oder willens gewesen, dem Plan seines Vaters Folge zu leisten, der ihn in völliger Verkennung oder auch nur trotzigen Ignoranz der Haltung und Verfassung seines ältesten Sohnes mit einem Mädchen in Istanbul verheiraten wollte. Dessen Familie hatte er, wie es üblich war, mit patriarchalischer Selbstherrlichkeit seinerseits den Schwiegersohn versprochen. Es war eine seltsame Situation gewesen. Wie ein endlich ganz nah gerücktes Unwetter, das sich jeden Moment entladen musste. Harun hatte bereits alle notwendigen Formalitäten bei den Behörden erledigt und längst gewusst, dass er nicht mit in die Türkei zurückgehen, sondern in dem Land bleiben würde, dem er sich inzwischen näher fühlte, auf jeden Fall näher fühlen wollte als dem Land, aus dem er kam.

Da waren auf einmal die Bilder, und da war jetzt auch wieder die Stimme seines Vaters ...

„Und zu Hause, in Istanbul, wirst du Yildiz heiraten und das tun, was ein Mann tut, der eine Frau und bald eine eigene Familie zu versorgen hat." Er macht eine beinahe drohende Handbewegung.

"Dann hast du endlich Gelegenheit zu zeigen, dass du ein Mann bist, ein türkischer Mann und nicht einer von diesen ... diesen erbärmlichen Waschlappen, die sich hier auf den sogenannten Schulen herumdrücken, sich durchfüttern lassen und so werden wie die verkommenen Weiber in diesem Land."

Von Yildiz, seiner zukünftigen Frau, weiß Harun seit Längerem. Auch Bilder hat er gesehen, die der Vater ihm zeigte. Sie sei ein gutes Mädchen, hat er immer wieder betont, ein prächtiges Mädchen aus einem ehrbaren Haus, das die Traditionen respektiere und ihre Pflichten als Frau wie als Tochter kenne.

Wie er, Harun, hoffentlich seine Pflichten als Sohn kenne und der Familie keine Schande machen würde.

"Ich mache niemandem Schande!", hat Harun darauf erwidert und jede weitere Diskussion vermieden. Sein Vater und er spielen seit Jahren ein unsinniges Spiel, indem sie so tun, als wären ihre Standpunkte nicht Welten voneinander entfernt, unversöhnlich, vor allem, indem sie so tun, als hätte die Entfernung dieser Standpunkte und ihre Unversöhnlichkeit keine unmittelbaren Folgen für die Zukunft. Als steuerten sie nicht auf eine Auseinandersetzung zu, die nur zum Zerwürfnis führen kann. Spätestens wenn der Tag kommt ...

Zwar hat der Vater ihn immer wieder spüren lassen, was er von Haruns „unwürdiger Anbiederei an die Deutschen" hält, versichert, wie er sich unter den anderen Vätern in der Straße und bei der Arbeit dafür und für seine „Weichheit" schämen müsse, dafür, dass ausgerechnet sein Sohn „so wäre". Andererseits hat er sich nie gescheut, Haruns Dienste in all den Belangen in Anspruch zu nehmen, die ihn überfordern. Und manchmal seinen wenn auch widerwilligen Stolz darauf gezeigt, dass Harun einen besonderen Respekt unter ihren Leuten genießt, einen Respekt allerdings, der auch von gewissem Befremden gezeichnet ist.

"Ich habe Yildiz' Familie bereits gesagt, dass wir in drei Wochen kommen, damit sich die Braut auf ihren Mann vorbereiten kann."

Yildiz heißt übersetzt „Stern", und den Bildern nach zu urteilen, passt der Name auch. Die Bilder und der Name sind das einzige, was Harun von ihr kennt. Er hat sie selbst nie im Leben gesehen, kennt nicht ihre Stimme, weiß nicht, wie sie sich bewegt, wie sie lacht, was sie denkt, wer sie überhaupt ist. Und abgesehen von den Plänen der beiden Familien, die ihm der Vater mitgeteilt hat, besitzt Harun zu diesem fremden Mädchen keinerlei Beziehung, verbindet ihn kein Gefühl mit ihr. So wenig wohl wie sie mit ihm. Außer dass man ihn, Harun, einen fremden Mann auf einem Foto, zu ihrem Schicksal bestimmt hat.

Er verurteilt diese sogenannte Tradition, dass Familienoberhäupter ihre Kinder einander zuweisen, vor allem die Geringschätzung den Mädchen und Frauen gegenüber, deren einziger Wert als rechtlose Gabe für den Mann bestehen soll. Rückständig, peinlich, unwürdig! Am Ende sollen sie bloß alle so werden wie seine Mutter.

„Du kannst nicht im Ernst glauben, dass ich Yildiz heiraten werde, Vater!", sagt ihm Harun ruhig ins Gesicht. „Ganz abgesehen davon, dass ich nicht mit in die Türkei komme. Ich beginne im September eine Ausbildung, hier ..."

Sie sitzen in dem kleinen, dunklen Wohnzimmer, dessen schmale, hohe Fenster auf den Hof hinausgehen. Der Vater sieht ihn einen Moment sprachlos an. Das kann ihn doch nicht wirklich überraschen, denkt Harun und bleibt äußerlich ruhig sitzen. In ihm aber brodelt und gärt es. Das jetzt ist der Moment, der irgendwann kommen musste. Vor dem er immer Angst gehabt hat. Weil er nicht wusste oder doch wusste, was die Konsequenzen sein würden.

Das Gesicht des Vaters verfärbt sich dunkelrot.

„Was sagst du da?", flüstert er fast. Seltsamerweise verspürt auch Harun eine immer machtvoller aufflammende Wut in sich. Noch bevor irgendetwas gesagt oder geschehen ist. Und diese Wut richtet sich gegen die anscheinende Überraschung und Verblüffung, die der Vater zeigt. Was soll das? Wozu das? Es ist doch lange alles klar.

Dann springt der Vater auf und schreit los:

„Du ... Du unwürdiger Nichtsnutz, du ehrloser Wurm! Du wagst es, mir deine verdorbene Frechheit so ins Gesicht zu spucken, mir, der ich dich jahrelang in meinem Haus durchgefüttert habe. Ich habe es immer gewusst, du hast schlechtes Blut, schlechtes, fauliges Blut, ich hätte dich dalassen sollen. Wahrscheinlich bist du gar nicht mein Sohn, sondern nur ein Bastard dieser billigen Hure."

Damit ist die Mutter gemeint. Harun hat sich langsam aus dem Sessel erhoben. Jetzt stehen sie sich gegenüber. Der Vater ist ein kräftiger, untersetzter Mann, mittlerweile etwas kleiner als Harun, aber stärker gebaut als der schlank gewachsene Sohn. Harun sieht die ausholende Hand, neigt aber nur etwas den Kopf, um die Wucht des Schlages abzumildern. Dem satten Klatschen auf seiner Wange folgt ein brennender Schmerz. Aber dieser Schmerz verschmilzt mit der uferlosen Wut, die in Harun tobt. Wut auf diesen engstirnigen, beschränkten, ungerechten, egoistischen, rücksichtslosen Mann, der von Tradition und Ehre faselt, von Stolz und Männlichkeit, aber nichts weiter ist als ein kleiner, ungebildeter Tyrann, dessen Horizont gerade bis zu dem verräucherten türkischen Café in ihrer Straße reicht, wo er mit seinesgleichen sitzt und sich wie ein Satrap aufspielt. Dieser Mann, der seine Frau wie Dreck behandelt. Dieser Mann, der ... der ... sein Vater ist ...

„Ja", bricht es plötzlich aus Harun heraus, „ja, schlag nur, schrei nur, es interessiert mich nicht, es erreicht mich nicht! Nichts, was von dir kommt, hat irgendetwas mit mir zu tun."

„Was redest du da, du verdammter Bastard?!" Der Vater packt Harun am Kragen, schüttelt und rüttelt ihn, brüllt immer lauter.

„Ich habe die Ehre der Familie, ich habe meine Ehre verpfändet und du wagst es, mit deinen dreckigen Worten alles zu beschmutzen, du elende Missgeburt ..." Die Worte explodieren in einem immer heftigeren Crescendo, Schimpfworte und Flüche verwischen, der Vater schiebt Harun durch das kleine Wohnzimmer bis zur Tür.

„Du ... Du wirst Yildiz heiraten, und wenn ich dich nach Istanbul prügeln muss!"

Harun drückt den Vater von sich weg, der für einen Moment außer Atem ist.

„Das werde ich nicht, und ich bleibe hier." Harun sagt es betont langsam und ruhig. „Und es gibt gar nichts, was du dagegen tun kannst."

Einen Moment Schweigen. Dann hebt der Vater seine Fäuste, will auf Harun losgehen, im gleichen Moment überschlägt sich wieder seine Stimme in einer losbrechenden Flut von Beschimpfungen, Vorwürfen und Verwünschungen, während Harun die Arme seines Vaters packt und den tobenden Mann in kurzer Distanz von sich fernhält, den erneu-

ten Ausbruch über sich ergehen lässt, während sein Herz sich zusammenkrampft, weil es schon und noch viel klarer als sein Verstand weiß, dass das hier das Ende ist, es kein Zurück mehr geben wird.

„Du bist nicht mehr mein Sohn, geh mir aus den Augen, möge dich der Dreck verschlingen, aus dem du gemacht bist ..." Und dann spuckt ihm der Vater mit letzter Kraft ins Gesicht, reißt sich von ihm los und wendet sich ab.

Die plötzliche Stille liegt wie ein gefrorener Donnerschlag in dem engen Raum. Es ist der schlimmste Moment in Haruns Leben. Nein, nicht der schlimmste oder nicht der alleinig schlimmste, es gibt ja noch einen anderen, anders, aber genauso schlimm ... Er fühlt, was unrettbar zerbrochen ist, steht nur da. Wie lange, weiß er nicht, bevor er sich dann umdreht, die Tür öffnet, an der Mutter vorbeigeht, die händeringend in dem schmalen Flur steht. Schweigt sie oder murmelt sie irgendetwas vor sich hin? Es spielt keine Rolle. Sie wird jetzt nicht reagieren oder etwas tun wie sie in den Jahren zuvor nicht reagiert oder etwas getan hat. Außer Allah zu beklagen und alles, wirklich alles, was an Ungeheuerlichem geschehen ist, in ihrer für Harun nie begreiflichen Duldsamkeit hinzunehmen. Gut, dass Ibrahim nicht da ist ... Ibrahim ... Auch ihn wird er verlieren und kann nichts daran ändern. Nichts ...

Er geht wie betäubt in das Zimmer, das er sich mit seinem kleinen Bruder teilt. Er öffnet Schranktüren und Schubladen, räumt Sachen heraus, stapelt sie auf seinem Bett. Unter dem Bett holt er drei große, faltbare Kartons hervor, die er sich aus dem Stapel genommen hat, der seit einiger Zeit in der Wohnung liegt. Vorbereitungen für die Rückkehr in die Türkei. Die Rückkehr seiner Eltern und Ibrahims. Nicht seine. Harun hat es seit Langem gewusst. Es war keine Frage des Ob, nur des Wie und Wann. Harun arbeitet mechanisch, wie eine aufgezogene Maschine. Keine Spur mehr von Wut oder Zorn in ihm, nur eine dumpfe Leere um ihn. Niemand stört ihn. In der Wohnung bleibt es still. Irgendwann ist die Wohnungstür zugeschlagen worden. Der Vater wahrscheinlich. Immerhin hat er sich nicht an der Mutter vergriffen ... „der Hure, die den Bastard in die Welt geworfen hat" ...

Vielleicht wegen Ibrahim ... Denn seit Haruns Bruder Ibrahim geboren wurde, hat der Vater ihm eine für seine Verhältnisse beinahe über-

schwängliche Zuneigung geschenkt. Er soll der Sohn werden, den er in Harun schon vor Jahren und immer mehr verloren ahnte.

„Ibrahim soll werden wie ich", hat er immer wieder gesagt, „ein richtiger Mann, der weiß, was es heißt, ein Mann zu sein!"

Und Ibrahim wurde zugleich zu einem merkwürdigen Bindeglied zwischen Harun und ihm. Denn während Haruns Distanz zu seinem Vater und, auf andere Weise, auch zu seiner Mutter stetig wuchs, liebte und liebt er seinen kleinen Bruder abgöttisch. Und von Herzen hat er die ihm zukommende Aufgabe erfüllt, sich um den Kleinen zu kümmern, damit die Mutter weiterhin nachmittags oder in Nachtschicht arbeiten konnte. Aber auch dieses Kümmern um den Kleinen ist in den Augen des Vaters immer paradox doppeldeutig geblieben, weil es eigentlich doch eine „Arbeit für Frauen" war, nichts womit ein Mann, ein „richtiger Mann", sich den gebührenden Respekt erwerben kann. Aber da Harun ohnehin kein „richtiger Mann" werden zu wollen schien ...

Neben der Schule, seinem Fußballverein und den Nachhilfestunden, die Harun seit der Oberstufe in Mathematik, Physik und Chemie gibt, hat er also die meiste Zeit mit Ibrahim verbracht, auf ihn aufgepasst, ist mit ihm auf den Spielplatz gegangen, hat ihm Schwimmen und Radfahren beigebracht oder ihn zum Arzt geführt, wenn er krank war, was besonders in den ersten Jahren oft vorgekommen ist, weil die Eltern immer noch kaum ein Wort Deutsch sprachen und sprechen.

Dass der kleine Bruder mehr geliebt und bevorzugt wird, hat ihm dabei nie etwas ausgemacht. Im Gegenteil. Wenn nur Ibrahim eine gute Kindheit erlebt. Sogar der Drohung des Vaters hat er sich gefügt, mit Ibrahim niemals Deutsch zu reden. Sonst würde Ibrahim „weggebracht", wie der Vater Harun nachdrücklich gewarnt hat. Es ist ihm nicht leicht gefallen. Auch weil ihm natürlich klar gewesen ist, dass Ibrahim damit in eine Richtung geführt wurde, die immer weniger die seine wurde. Aber er wollte nicht riskieren, Ibrahim zu verlieren oder ihm sein Elternhaus zu nehmen, sich zwischen ihn und besonders den Vater zu stellen. Was hätte dann werden sollen? Auf die Unterstützung oder Hilfe der Mutter ist ja nie zu rechnen gewesen, und er allein konnte und kann ja schließlich nicht einfach mit Ibrahim weggehen.

Den Gedanken, was kommen würde, wenn der Tag da wäre, der Tag der Trennung, wann immer und wie immer, diesen Gedanken hat Harun über all die Jahre verdrängt. Denn tief in sich hat er geahnt, dass wiederholt geschehen würde, was schon einmal geschehen ist. Ja, es hat alles auch mit jenem einen Tag zu tun, der jetzt fast zehn Jahre zurückliegt, dem schlimmsten aller Tage ... Bis zum heutigen ...

Harun trägt die drei großen Kartons nach unten und stapelt sie in dem dunklen Hausflur. Dann geht er wieder hoch. Die Mutter steht immer noch in der Küchentür, ringt ihre Hände, schüttelt den Kopf, weint: „Du musst Vater gehorchen, Harun, sonst ... sonst ..."

„Sonst was, Mutter?!" Harun sieht sie an. „Ich soll in die Türkei zurückgehen und eine Frau heiraten, die ich nie gesehen habe? All die Arbeit der vergangenen Jahre, mein Abitur soll umsonst gewesen sein, damit ich ein ..." Er holt tief Luft. „Damit ich da unten ein ‚richtiger türkischer Mann' werde ...?!"

Die Mutter berührt seine Arme. „Aber so sind die Dinge, so waren sie immer, Allah will es, du darfst nicht ..." Wieder hebt sie ihre Hände, ihr Blick bekommt etwas hilflos Beschwörendes.

„Vater hat sein Wort für dich gegeben, du darfst ihn nicht enttäuschen, Harun ... Niemand darf so etwas ..."

„Ach Mutter, du ... Du verstehst nichts." Harun seufzt auf. „Aber ich werfe es dir nicht vor." Er umarmt sie, löst sich nach einigen Sekunden mit sanfter Gewalt aus ihrer Umklammerung.

„Harun, du darfst nicht gehen ... Warte auf deinen Vater und bitte ihn um Verzeihung ..."

Harun schüttelt den Kopf. „Ich werde euch meine neue Adresse wissen lassen."

Mit schnellen Schritten verlässt er die Wohnung, er hat das Gefühl, sonst erdrückt zu werden. Nur raus, nur weg. Die Tür fällt hinter ihm ins Schloss. Das Geräusch hallt durch das Treppenhaus. Und in ihm wider.

Von einer Zelle aus telefoniert Harun mit seinem Freund Peter. Sie haben in der Oberstufe die Leistungskurse zusammen gehabt. Er, Peter Löschwald, Frank Keller und Uwe Brink. Und sie haben zusammen in der Schulmannschaft Fußball gespielt. Peter Löschwald wohnt allein, sein Vater ist ein hoher Bundeswehroffizier und für ein Jahr in die USA versetzt, seine Frau hat ihn begleitet. Weil Peter seine Schullaufbahn hier nicht unterbrechen wollte, bewohnt er seither ein großes Appartement. Bei ihm kann Harun ein paar Tage unterkommen. Bis er selbst ein billiges Zimmer gefunden hat. Haruns Ausbildungsstelle bei einer Bank liegt ohnehin in einer benachbarten Stadt. Als Peter mit seinem Golf vor dem Haus hält und sie die Kartons einladen, wird Harun bewusst, wie sehr er schon lange in zwei Welten gelebt hat. Ohne Trennung getrennt.

Peter stellt keine Fragen, hat schon am Telefon sofort „Ja, kein Problem!" gesagt, als Harun ihn anrief. Vielleicht wundert er sich gar nicht. Denn hat Harun nicht schon bis jetzt sein deutsches Leben von seiner türkischen Welt strikt separiert? Vielleicht, weil er sich schämte, aber viel mehr eigentlich, weil er den äußeren Eindruck von Normalität nicht hat zerstören wollen, den er mit den Jahren in seinem deutschen Umfeld gerade auch für sich selbst aufgebaut hat. Die zwei Welten haben immer nur in ihm existiert, für alle anderen hat es bloß den einen Harun Kara gegeben, der sich perfekt in ihrer Welt bewegte.

„Macht es dir was aus, schon mal vorzufahren zu dir? Ich komme später nach, die Kartons können ja bis dahin im Auto bleiben?" Peter sieht ihn nur kurz an.

„Geht klar." Er nickt ihm zu, steigt ein und fährt davon.

Harun ist froh, dass gerade bei Peter die optimalen Bedingungen für diese kurzfristige Aktion gegeben sind. Natürlich hätten ihm auch Frank oder Uwe geholfen, aber Peter ist derjenige von den dreien, der am wenigsten in ihn zu dringen versuchen oder überhaupt viele Worte um das Ganze machen wird.

Er geht langsam die Straße entlang. Weiche Schatten liegen auf den Fassaden der alten, renovierungsbedürftigen Häuser, Spätnachmittagsstimmung. Jeder Schritt fällt ihm schwer. Aber er muss diese Schritte jetzt tun. Es gibt keine andere Möglichkeit. Harun betritt ein Haus, dessen Tür offen steht. Essensgerüche im Flur, türkische Musik. Im ersten Stock ist Ibrahim bei einer befreundeten Familie. Er spielt dort mit deren gleichaltrigen Söhnen. Harun hat ihn schon oft dort abgeholt. Heute wird er ihn nicht abholen ... Heute wird er ihn sagen, dass er ihn von nun an überhaupt nicht mehr abholen wird. Jede Stufe der ausgetrete-

nen Treppe scheint die Schwerkraft zu verdoppeln. Gleich wird sein Herz noch einmal sterben ...

„Da vorn müssen wir rechts", sagte Ibrahim mit heiserer Stimme, „dann geht es auf der Straße weiter bis Sivas ..."

Harun erschrak fast. Sie hatten Ankara bereits hinter sich gelassen, wieder öffnete sich weites, nur von Bergmassiven gesäumtes Land. Als ob er die ganze Zeit über blind gefahren wäre. Die Sonne stand merklich tiefer, und die Berge waren sehr viel näher gerückt.

„Ich habe das damals natürlich nicht verstanden", hörte er seinen Bruder leise sagen, „als du an dem Tag gekommen bist und mir gesagt hast, du müsstest weggehen und würdest auch nicht mit in die Türkei kommen. Ich dachte oder habe mir eingeredet, das wäre irgendein Spiel und du ständest dann irgendwann doch vor der Tür. Und du hattest mich noch ..." Ibrahim musste unwillkürlich lächeln, „du hattest mich noch so ermahnt, brav zu sein, immer gut zu lernen." Er stockte, schluckte ein paar Mal. „Und dass du immer an mich denken würdest ..."

„Ich wusste nicht, wie ich es dir erklären sollte." Auch Harun hatte große Mühe zu sprechen.

„Vor allem wollte ich dich nicht in den Streit zwischen Vater und mir hineinziehen, du solltest ... Wenn ich damals gewusst hätte, dass es 17 Jahre dauern würde ..." Er brach ab, schüttelte den Kopf, unterdrückte ein Schluchzen ...

Ibrahim griff seine Schulter fest.

„Weißt du, Bruder, irgendwie war es für mich ein Glück, dass wir dann in die Türkei gegangen sind. Da wurde auf einmal so vieles anders, und für mich als Kind gab es so viele neue Eindrücke. Ich verstand die Sprache, die alle Leute sprachen, ich hatte plötzlich viele Spielkameraden und ... auch Vater hat sich verändert, auf seine Weise ..." Ibrahim seufzte.

„Nur deinen Namen durfte lange Zeit keiner nennen und schon gar nicht irgendwelche Fragen nach dir stellen. Und wenn ich Mutter doch gefragt habe, hat sie immer nur in den Himmel geschaut und gesagt, dass alles in Allahs Händen liegt. Du weißt schon. Aber vielleicht ist sogar irgendetwas daran ..." Ibrahim nahm sich eine Zigarette, hielt dem Bruder die Packung hin, gab ihm und sich Feuer.

„Weißt du, in dem Sinn, dass es eben Dinge gibt, die ihre Zeit brauchen, und diese Zeit können wir nicht beschleunigen, sondern eines Tages ist es dann soweit, wenn wir soweit sind, aber wir können diesen Zeitpunkt nicht selbst bestimmen. In gewisser Weise ist das wirklich ... ja, Schicksal oder wie man es sonst nennen will." Harun nickte.

„Ja, wahrscheinlich ist es so ... Ibrahim, ich bin so froh, dass du ... dass es dir gut gegangen ist all die Jahre. Es ist dir doch gut gegangen, ja ...?"

Ibrahim sah ihn an. „Ja, Bruder ... Ja ... Und jetzt werden wir uns nicht wieder verlieren."

„Nein, das werden wir nicht."

Und Harun hatte wirklich das unmittelbare Gefühl, als würde jetzt, genau in diesem Moment, jene ungeheure Last von damals, von jenem Nachmittag, als er die Treppenstufen hochgestiegen war, um sich von Ibrahim zu verabschieden, als würde diese Tonnenlast, die er für Sekunden noch einmal auf sich fühlte, gerade jetzt von ihm genommen. Und seine Hände packten das Lenkrad noch fester, als müsste er verhindern, von seinem Sitz aufzuschweben, so ungeheuer leicht kam er sich in diesen Augenblicken vor.

Jetzt endlich war gesagt, was zu sagen war, und obwohl Ibrahim ihn seit ihrem Wiedersehen keinerlei Vorwurf auch nur im Entferntesten hatte spüren lassen, erst jetzt war der Bann der Vergangenheit wirklich gebrochen. Jetzt war Harun frei für den letzten Weg, den er machen musste und in wenigen Stunden machen würde. Den Weg zu Bahar ...

Ein Hinweisschild rechts der Straße, die jetzt nicht mehr so breit wie die Autobahn, aber immer noch gut ausgebaut war, zeigte die Entfernung nach Sivas und das Vorhandensein eines Flughafens dort an. In Gedanken überschlug Harun die Kilometer, die sie schon hinter sich gebracht hatten und noch fahren mussten und registrierte erstaunt, dass es trotz dieser sich scheinbar endlos ins Land dehnenden Fahrt so viele Kilometer gar nicht waren. Sivas. Im Grunde keine nennenswerte Entfernung im Vergleich mit den Strecken, die er beruflich zurücklegte. Und einen Flughafen gab es dort auch. Nie hatte er sich danach erkundigt. Wie leicht wäre es gewesen, einen Flug dorthin zu nehmen und den Weg zu gehen.

Aber er hatte es nie getan, es sich nie vorgenommen, nicht einmal bewusst darüber nachgedacht. Und jetzt war er auf dem Weg. Jetzt war er schon so nah. Als könnte es gar nicht anders sein. Vor zwei Wochen noch hätte Harun sich das nicht im Entferntesten vorstellen können. Nichts von dem, das geschehen war und noch geschehen würde. Ibrahim hatte Recht. Es gab Dinge, die lagen nicht in unserer Verfügung. Und es waren gerade die Dinge, die uns im Innersten, im Wesen betrafen. Mit viel Glück gab uns die Zeit eine Antwort auf alles, aber das Maß dieser Zeit war uns entzogen. Wenn es an der Zeit war, und wir Glück hatten, dann fügte sich, was niemals zu zwingen war. Zwingen konnten wir allenfalls uns selbst, wenn wir stark genug waren, zwingen zu vergessen, zwingen zu verdrängen und zwingen zu leben, irgendwie.

Als sie wieder einen Halt machten, um sich die Beine zu vertreten, ihre Notdurft zu verrichten und im Schatten einer hohen Felswand von dem mitgeführten Proviant zu essen, spürte Harun, dass sich die Luft verändert hatte. Sie waren höher. Und das Licht schien noch klarer, noch leuchtender. Die Dämmerung kündigte sich in einem ersten weichen Gelbton an. Das war das Licht, war die Luft seiner Kindheit. Er schloss seine Augen und atmete tief. Onkel Hüseyin trat neben ihn, legte ihm den Arm um die Schulter.

„Nun bist du bald zu Hause, Harun. Ja, mein Sohn, Allahs Wege sind oft verschlungen, und manchmal verbinden sich der Tod und das Leben, um uns doch noch ans Ziel zu führen ..." Harun nickte schweigend.

Sie standen zusammen und sahen in den glänzenden Himmel, auf die scharf gezackten Konturen der Berge.

Onkel Hüseyin hatte er damals seine neue Adresse geschickt, ohne größere Erklärungen. Wozu auch? Ohne Zweifel war die Nachricht von Haruns „Verrat" da schon umgelaufen, von der „Schande", die er dem Vater, der ganzen Familie bereitet hatte. Aber Hüseyin, der damals auch in Deutschland, nur in einer anderen Stadt gelebt hatte, er war der einzige gewesen, von dem Harun sich hatte vorstellen können, dass er ihn nicht, zumindest nicht so unbedingt, verurteilte wie es der Vater und andere taten.

Die neue Adresse war ein kleines Zimmer gewesen, nicht weit von der Bankfiliale gelegen, wo er damals seine Ausbildung begonnen hatte. Und damals war ihm auch, zum ersten und einzigen Mal, so etwas begegnet wie Diskriminierung. Es hatte fünf Anläufe gebraucht, ein Zimmer zu finden, und bei den ersten vier Malen war es mehr oder weniger unverhohlen daran gescheitert, dass er Ausländer, genauer Türke war. Dafür hatte er beim fünften Versuch dann eine ebenso aufgeschlossene wie fürsorgliche Vermieterin gefunden.

Und wieder verwischten aufsteigende Tränen seinen Blick. Wie oft hatte die gute Frau Ranzek ihn mit sorgenvoller Miene angesehen: „Sie sind immer so traurig, Herr Kara ... Ich mache Ihnen mal einen guten Tee."

Ja, traurig war er damals gewesen, unendlich traurig. Wie er diese ersten Wochen und Monate und Jahre überhaupt ausgehalten hatte, blieb ein Rätsel. So etwas entzog sich jeder Vorstellung. Man hielt es aus, irgendwie. Oder nicht. Dafür gab es keinen Plan, keinen Vorsatz. Zum zweiten Mal in seinem Leben war er sich wie ein lebend Gestorbener vorgekommen. Aber er hatte funktioniert, was die Notwendigkeiten der Welt betraf, wie er immer funktioniert hatte.

„Kommt, wir wollen weiterfahren", Ibrahim war zu ihnen getreten.

„Ich hatte deinem Vater damals deine Adresse gegeben", sagte Onkel Hüseyin leise. „Nach einem Jahr, vorher hätte es keinen Zweck gehabt. Und auch deiner Mutter ..."

Ibrahim übernahm wieder das Steuer. Am späten Abend würden sie Imranli erreichen und dort Rast machen, um dann am nächsten Morgen die restliche Strecke über eine enge Bergstraße ins Dorf zu fahren. Imranli. Der Marktflecken, wohin er immer mit Onkel Kemal gezogen war, neben dem alten Holzkarren, von einem Esel gezogen. Eine halbe Tagesreise, ans Ende seiner damaligen Welt. Wie viele Welten passten in einen Kopf? Wie viele Erinnerungen? Wie groß konnte, durfte die Last sein, die man mit in die Zukunft nahm?

Das Licht schien sich mit jeder Minute zu verändern. Aus dem leichten Gelbton wurde ein sich kräftigendes Orange, das ging allmählich über in flammendes Rot. Umgeben von diesem Licht- und Farbenspiel, fielen Haruns Augen immer wieder zu, er glitt zwischen halber Wachheit und halbem Schlaf. Es hätte alles auch ein Traum sein können.

Ja, funktioniert hatte er immer. Von Kind an. Mehr zu tun als andere, sich seinen Platz auch gegen Widerstände zu erkämpfen, sich zusammenzunehmen, nach innen und außen zu schützen, so war es immer gewesen. Schon in jener versunkenen Zeit, deren Raum er jetzt wieder entgegenfuhr. Immer war da das Gefühl gewesen, nie nachlassen zu dürfen, um nicht in ... in ein undefinierbares Nichts zu fallen, wo er für alle Zeiten unendlich allein sein würde, allein mit sich und seinen Ängsten, seinen Erinnerungen ... Und seiner Schuld ...

Nur wenn er lernte, arbeitete, in fassenden Zwecken unterwegs, eingebunden, aus sich selbst oder von anderen verpflichtet war, nur dann fand er Halt, Sicherheit für die Momente und später auch so etwas wie Erfüllung, wenn gelang, was er tat. Sich selbst überlassen zu bleiben, sich und seinen Gedanken, den Gefühlen. Das war am schwersten auszuhalten gewesen. Und jede Art von Nähe, die es erforderte, sich zu öffnen, sich selbst, jenseits von Aufgabe, Pflicht und bestimmtem Ziel.

Sein Vater hatte sich nicht mehr gemeldet. Auch seine Mutter nicht. Und Harun hatte sich in einer Art versteinertem Schmerz ganz losgerissen von der Welt seiner Herkunft, hatte die ersten Jahre alles „Türkische" vollkommen aus seinem Leben verbannt. Es war überlebensnotwendig gewesen. Wie sonst hätte er die Trennung von Ibrahim aushalten sollen, den er auf absehbare Zeit, vielleicht niemals mehr sehen würde, wer wusste das schon? Und waren nicht genau jene starren türkischen Traditionen, jener verstockte türkische Patriarchalismus schuld an allem?

Er hatte sich von der ganzen Kultur seiner Herkunft, den Menschen, ihrem Leben auf eine unausweichlich radikale Weise entfernt, aus der zornigen Überzeugung, an den schlechten Seiten nicht teilhaben zu wollen, und dem hilflosen Empfinden, an den guten Seiten nicht teilhaben zu können. Die dadurch tief in ihm entstandene Leere hatte er nie füllen, die daraus quellende Sehnsucht nie stillen können. Im Grunde war alles geblieben, wie es immer gewesen war:

Wieder hatte er gelernt und gearbeitet, mehr und schwerer als die anderen, um sein nächstes Ziel zu realisieren, nach der Ausbildung zu studieren. Er hatte es realisiert, auf die gleiche Art wie alles andere zuvor. Und er hatte auch danach erreicht, was viele sich zu erreichen vornahmen, ohne es überhaupt oder in dem Maße zu erreichen, wie es ihm gelungen war. In seinem Fall stimmte dieser Spruch „Der Weg ist das Ziel" auf eine absurde Weise. Denn der Weg musste davon ablenken, dass es eigentlich gar kein Ziel gab. Von den Gedanken darüber, was er tun sollte, wenn – was erreicht war? Von den Gedanken, was er tun wollte, wenn er nicht dabei war, irgendetwas zu erreichen. So hatten die Jahre sich aneinandergereiht, unfassbare 17 Jahre ...

Eine strahlende Sommerabenddämmerung fiel über die Berge. Wie in ein grünblauschwarz leuchtendes Tuch waren die Flammenzungen der sinkenden Sonne gewirkt. Dieser Himmel beschloss oft den Tag, den er mit Bahar draußen verbracht hatte. Dann waren die ersten Sterne erschienen, während er in einer unendlich geborgenen Stille und oft am mattsilbrig schimmernden Fluss entlang zurück ins Dorf gegangen war. Auf seine Art glücklich. Harun schloss wieder die Augen. Und lauschte den Gesprächen hinten im Bus.

„Was habt ihr doch für großartige Söhne, meine Schwester!", hörte er Onkel Hüseyin sagen. „Und Harun, was für ein stolzer und stattlicher Mann! Wie konnte es nur sein, dass ihr so lange keinen Kontakt mit ihm hattet?! Ich habe später oft mit Ahmed, Allah sei seiner Seele gnädig, darüber gestritten. Aber er war auch ein sturer, sehr sturer Mann. Du weißt das, Schwester. Und dafür hat er eine große Strafe bekommen, seinen Sohn erst am Tor zum Tode noch einmal zu sehen. Er hätte es in der Hand gehabt. Und du auch, Schwester, ja, du auch ..., Allah ist mein Zeuge ..."

Die Mutter blieb still, flüsterte dann irgendetwas und begann wieder zu weinen. Worüber sie weinen mochte? Über ihren Mann, den beinahe für immer oder so lange Jahre verlorenen Sohn, über ihr eigenes, vertanes Leben? Oder vielleicht über die Entfernung zu ihrem Sohn Harun, von der auch sie spürte, dass sie nicht mehr zu überbrücken war, nicht wirklich, weil sie schon begonnen hatte, als sie noch beieinander gelebt hatten? Es gab Dinge, die irgendwann dann doch noch ihre Zeit bekamen. Andere Dinge nicht. Damit musste man leben. Und es machte keinen Sinn, sie schlimmer zu machen als sie es waren. Und schließlich: Hatte er, Harun, je den ernsthaften Versuch gemacht, das Wesen seiner Mutter zu erschließen, sich mit ihr wirklich auseinanderzusetzen, sie wirklich zu verstehen? Und hätte nicht auch er in diesen vergangenen 17 Jahren den Versuch einer Wiederannäherung machen können, machen müssen?

Es war spät, gegen 22 Uhr, als sie in Imranli ankamen. Immer noch lagen blaue und grüne Schleier im sanften Schwarz des Himmels. Ibrahim parkte den Bus am Rande eines kleinen Platzes mit einer Säule. Sie stiegen aus, reckten die Glieder, atmeten die zwar immer noch sehr warme, trotzdem frische Luft. Hatte es diese Säule nicht schon damals gegeben? Und hatte sie nicht gleich neben dem Markt gestanden? Harun war sich nicht sicher. Keine schlagartig einsetzende Erinnerung.

Es gab hier eine asphaltierte, von Bogenlampen beleuchtete Hauptstraße, sie sahen ein großes Lebensmittelgeschäft, einen Obst- und Gemüseladen, ein Schaufenster mit Kleidern, eins mit Haushaltswaren, sogar einen Juwelier. Etwas weiter flackerte ein Postschild. Gleich gegenüber fanden sich ein größeres Restaurant und zwei der typische Cafés, die nur von Männern frequentiert wurden. Wie es sie auch in Deutschland gab. Dort würde Imranli als größeres Dorf durchgehen, wie es sie in den weniger dicht besiedelten Gegenden gab. Hier, tief im anatolischen Hinterland, galt es schon als kleine Stadt. Und so musste es auch jedem erscheinen, der aus einem der winzigen Dörfer kam, die verstreut in den Bergen lagen. So war es auch Harun damals erschienen.

Vor dem Restaurant und den beiden Cafés standen Tische, aus den Fenstern fiel gelbgoldenes Licht in die warme Nacht. Die Leute aßen, redeten oder spielten jenes hier beliebte Brettspiel Tabla. Die herantretende Gruppe Neuankömmlinge wurde sogleich neugierig beäugt und von allen Seiten freundlich begrüßt. Erschöpft und müde betraten sie das Restaurant, in dem noch einiger Betrieb herrschte. Auch hier wandten sich ihnen sofort alle Blicke zu. Der Wirt empfing sie mit herzlicher Geste, und schnell entspannten sich die hier üblichen Gespräche. Es dauerte auch nicht lange, bis sich allerlei Bekanntschafts- und Verwandtschaftsverhältnisse herausstellten. In der Türkei, insbesondere abseits der großen Städte, schien letztlich jeder mit jedem irgendwie verwandt. Sie bestellten gemischte Platten mit Obst, Früchten, Gemüse, Reis und Gebratenem. Erschöpfung und Müdigkeit lösten sich bald in einem schwingenden, schnell das ganze Restaurant überspannenden Palaver.

Ebenso schnell wurde auch der Anlass ihres Daseins, der Grund ihrer Reise offenbar, und es entspann sich in diesem großen Kreis das gleiche Ritual, wie es Harun schon in Istanbul erlebt hatte. Die Tische wurden zusammengerückt, der Wirt und seine ganze Familie setzten sich dazu, es gab Tee umsonst für alle, die Wirtstöchter sorgten dafür, dass keines der kleinen schmalen Gläser lange leer blieb. Plötzlich war eine große, anteilnehmende Trauergemeinde entstanden, und es wurde nach weiteren Leuten in Imranli geschickt, von denen sich herausstellte, dass sie Ahmed Kara von früher her kannten. Als wäre der berühmteste Sohn dieser Stadt oder dieses Großdorfes gestorben. Und wieder wurden Geschichten erzählt, wurde Allah beschworen, wurde geweint, geklagt, gebetet. Besonders die Mutter, Harun und Ibrahim standen im Mittelpunkt, ihnen wurde eine herzliche und ehrliche Aufmerksamkeit zuteil.

Und all die Worte, Blicke und Gesten waren fern von jeder Oberflächlichkeit, die ihnen ein Außenstehender und somit immer oberflächlicher Betrachter vielleicht unterstellte. Nein, diese Nähe und Wärme, das Unmittelbare, Spontane, die gezeigten Gefühle und die daraus entstehende Gemeinschaftlichkeit waren echt. Vielleicht so, wie man es manchmal bei Kindern beobachten konnte, die noch, wie sagte man, ja, die noch reinen Herzens waren. Ganz offen und mit Inbrunst dem Augenblick hingegeben, der nicht mehr enden sollte. Ohne Kalkül und Reserve. Darin lag eine Dimension dieser Welt, dieser Kultur, ohne die niemand, der aus ihr kam, je wirklich leben konnte. Mochte er auch noch so große Anstrengungen unternehmen, sich an irgendein Anderswo anzupassen, dem diese Art Nähe fremd war.

Und Harun ließ sich in das Gewoge, in das Rauschen, in dieses warm umspülende Meer von Gegenwart fallen. Auf einmal war alle Distanz aufgehoben, alle Vergangenheit und alle Zukunft. Für diese plötzlich von allem entgrenzten Momente war er wirklich nur einer unter den anderen, in diesen zeit- und weltlosen Abend- und Nachtstunden, in diesem Restaurant in irgendeinem Großdorf im Osten Anatoliens. Er war ein Sohn, unterwegs zur Bestattung seines Vaters, an der Seite seiner Mutter und seines Bruders, begleitet von Verwandten und Freunden, jetzt umgeben von dieser anteilnehmenden Gemeinschaft. In diesen Stunden weinte und lachte er mit den anderen, hörte, was gesagt wurde, sagte selbst etwas, ohne später irgendeine genaue Erinnerung daran zu haben. Im Wechsel mit Ibrahim, der ihm immer wieder Blicke zuwarf, die wie Umarmungen waren, hielt er sogar die Hand der Mutter oder fasste sie bei der Schulter. Nur der Augenblick zählte. Ohne Fragen, ohne Zweifel, ohne Wahrheit. Denn die Wahrheit erfüllte sich im Augenblick.

Und hatte Harun nicht gerade das all die Jahre vermisst? Dieses Einfach-Dasein, unter urverwandten Seelen, die ohne Erklärungen und Nachweise, ohne Überlegung und Absicht beieinander waren, die einander jenes tiefe Empfinden von Heimat und Geborgenheit gaben, wie man es im guten Fall sonst nur in der engeren Familie fand. „Familie", dieser Begriff dehnte sich in der türkischen Kultur viel weiter, auch über direkte Blutsbande hinaus, und es gab eben nicht nur jene dunklen Seiten einer letztlich unmenschlichen Ehrvorstellung, einer finsteren Unterdrückung von Mädchen und Frauen, eines ebenso engstirnigen wie rücksichtslosen Regiments beschränkter Patriarchen. All das gab es auch, leider und immer noch viel zu oft, wie Harun selbst es hatte erleben müssen, aber es war trotzdem nicht das Fundament, nicht der Kern und nicht das Herz dieser Verbundenheit der Menschen. Daran glaubte er heute fest.

Und er hatte sich all die Jahre über, entgegen seiner eigenen Erfahrungen, nach jenem Herz gesehnt, das ihm schon als Kind verwehrt geblieben war, weil er, ohne Eltern, nur am Rande dazugehört hatte. Das ihm später, in Deutschland, verwehrt geblieben war, weil er sich, dann endlich mit seinen Eltern, immer weiter von ihnen entfernt hatte, statt ihnen immer näher zu kommen. Von ihnen und ihrer Welt. Seiner Welt. Sehnsucht nach jenem Herz, das er nach der Trennung erst recht nicht mehr erreichen konnte, weil es ihm lange unmöglich gewesen war, überhaupt noch in Kontakt mit der türkischen Welt zu treten. Dieser Welt, die ihm die beiden nächsten und liebsten Menschen genommen hatte.

Spät löste sich die Gemeinde in dem Restaurant auf. Ursprünglich hatten sie nur vorgehabt, dort noch eine Kleinigkeit zu essen, sich mit frischem Wasser zu versorgen und die Nacht in ihrem Bus zu verbringen, um zeitig am nächsten Morgen die restliche Strecke über eine schmale, kurvige Bergstraße ins Dorf zu fahren, wo die Bestattung dann stattfinden sollte. Dass sie im Bus übernachteten, kam natürlich nicht mehr infrage, die Menschen im Restaurant wetteiferten darum, den überraschenden Gästen einen Schlafplatz in ihren Wohnungen und Häusern anzubieten. Die Mutter, Ibrahim und Harun fanden Unterkunft beim Wirt und seiner

Familie. Obwohl Harun, den solch intensive Geselligkeit nach all den Jahren auch sehr anstrengte, es vorgezogen hätte, nun auch allein im Bus zu schlafen, war es unmöglich, diese Gastfreundschaft abzulehnen. Auch hier gab es weder Vorbehalt noch gar irgendwelches Misstrauen, wenn bis dahin völlig Fremden das eigene Haus geöffnet und den Gästen das beste Zimmer, die beste Wäsche und bei allem selbstverständlich der Vortritt gewährt wurde. „Mein Haus ist euer Haus!" Das galt hier wörtlich. Harun und Ibrahim schliefen in den Betten der beiden Wirtstöchter. Beide waren sehr müde.

„Jetzt bist du wieder bei uns, Bruder. Ich bin sehr glücklich", sagte Ibrahim, bevor sie das Licht löschten.

„Ich bin es auch, Bruder." Haruns Kopf schwirrte, aber sein Körper war nach all den Erlebnissen und der langen Fahrt doch so erschöpft, dass er schnell in einen tiefen Schlaf sank, noch bevor die kreisenden Gedanken sich in all dem, was geschehen war, und im kommenden Tag verfangen konnten.

Am nächsten Morgen versammelten sich alle zeitig zu einem gemeinsamen Frühstück im Restaurant, zu dem die Dorfgemeinschaft die kleine Trauergesellschaft einlud. Ein blitzblauer Himmel vergoss helles, frisches Licht, schon früh füllte die Luft sich wieder mit trockener Hitze, feiner Staub tanzte draußen vor den Fenstern. Und als sie dann aufbrachen, schlossen sich noch zwei betagte, vollbesetzte Autos mit Menschen an, die Ahmed Kara oder seine Familie von früher her kannten. Jetzt, im Hellen, kam Harun die eine und andere Blickperspektive vage bekannt vor. Es war weniger die konkrete Erinnerung an irgendetwas Bestimmtes als das ferne Wiederaufscheinen von Sichtkonturen und Stimmungen. Damals war er ein kleiner Junge gewesen, der zu Fuß neben seinem Onkel und dem Eselskarren geschritten war. Heute, über 30 Jahre später und mit einer dicken Schicht überlagernder Bilder, saß er erhöht in diesem Bus und sah aus der großflächigen Frontscheibe.

Aus den Gesprächen wusste er, dass in Imranli einiges verändert worden war, man vor allem den alten Dorfkern mit diesen um den Marktplatz gelegenen und heute auch schon wieder zehn bis fünfzehn Jahre alten Gebäuden neu bebaut hatte. Aber von den Ständen, die mittlerweile auf dem Marktplatz errichtet wurden, von ihren bunten Planen wehte etwas von jener so fernen Vergangenheit heran.

Und dann fuhren sie auf der engen, bald an-, dann wieder absteigenden Bergstraße, Harun hielt das Steuer, darum hatte er Ibrahim gebeten, weil er buchstäblich etwas in den Händen, etwas zum Festhalten haben wollte, wenn vor seinem Blick plötzlich das Dorf auftauchen würde. Wenn seine Augen hinter der letzten Biegung der Straße dann auf die niedrige Mauer träfen, sofern es sie noch gab, jene Mauer, vor der dieselben Augen damals im Winter das letzte Mal ihre Gestalt erfasst hatten. Bahar, von immer dichter wirbelnden Flocken umweht.

Gut zwei Stunden würden sie noch zu fahren haben, sagte Ibrahim. In seinem Gesicht spiegelte sich die Trauer seines Herzens. Denn der Ort, zu dem sie unterwegs waren, war der letzte für den Vater. Der erste und der letzte Ort. Für Harun war es der erste gewesen.

Erstaunt bemerkte er, wie hoch die Felsen zur Seite tatsächlich aufragten. Oft gab es doch den Effekt, dass die Dinge in Wirklichkeit kleiner waren als in der Erinnerung. „Treppen zum Himmel", hatte der alte Mesut oft gesagt, „Wir haben nur den Weg vergessen ..." Und plötzlich war auf der Gegenseite, gar nicht so tief unten, auch der kleine Fluss zu sehen, der später durch das Dorf strömte. Es konnte nicht mehr weit entfernt liegen. Und auf dieser Straße mussten sie damals gefahren sein, damals im Winter, nach dem nichts mehr so sein sollte, wie es gewesen war, und alles so kommen sollte, wie Harun es sich nie hätte vorstellen können.

Er trank die Landschaft mit den Augen, es war wie ein Rauschen in ihm, die Zeit schien sich gleichzeitig zu verlangsamen und zu beschleunigen. Er fühlte Schauer, die ihn seine Hände immer fester um das Lenkrad schließen ließen. Und hinter einer weiteren scharfen Biegung öffnete sich plötzlich der Blick in das kleine Tal, durch deren Mitte der Fluss lief. Er atmete tief durch, gleich war es soweit. Noch eine Biegung. Dann rief die Mutter plötzlich nach vorn: „Da ist es, wir sind da, Ahmed, hörst du, wir sind da ..." Und sie schluchzte auf, begann laut zu weinen. Andere stimmten ein.

Vor ihnen leuchteten kleine, niedrige Häuser in der Sonne. Sie standen scheinbar ungeordnet und leicht abfallend bis in die Nähe des Flussufers. Eine richtige Straße gab es nicht, man fuhr oder ging einfach auf den festgestampften Flächen zwischen den Häusern. Haruns Hände zitterten. Es war gar nicht so sehr ein bestimmtes Wiedererkennen als ein plötzlich rauschendes Aufsteigen von Empfindungen. Vielleicht erkannte etwas, was hier von damals her immer noch in der Luft lag, vergangenes, unsichtbar gespeichertes Leben, auch ihn. Es hätte ein Traum sein können. Alles geschah mit äußerster Eindringlichkeit und dabei wie bewegungslos schwebend. Wo war nur die Mauer... Es ging so schnell. Sein Dorf. Schwindelnde Blicke. So als hätte jemand überlange die Luft angehalten und begänne eben wieder zu atmen. Ja, er war wieder da...

Die einzigen Veränderungen schienen, dass viele Häuser in bunten, leuchtenden Farben gestrichen waren, eines ganz rot, ein anderes in Gelb, ein drittes in einer Art Türkisblau. Auch die Dächer waren neu gedeckt. Aber doch dieselben Häuser an denselben Plätzen. Derselbe Weg, immer noch unbefestigt, nur vor Kürzerem an einigen Stellen offenbar mit frischem Schotter beschüttet. Und ja, auch Strom schien es hier mittlerweile zu geben, worauf die hölzernen Masten hindeuteten, zwischen denen sich die Kabel leicht durchhängend von Haus zu Haus schwangen. Der Bus rollte langsam weiter, dennoch zu Seiten und hinter sich eine dichte Staubwolke, die sich mit den beiden Autos, die aus Imranli folgten, fortsetzte. Trockene Hitze und Staub. Von allen Seiten liefen die Menschen zusammen, winkten, riefen. Auch Klagerufe waren zu hören. Sie hatten die Besucher erwartet und waren vorbereitet. Außerdem konnte man im Dorf ein herannahendes Auto schon von Weitem hören, weil die Straße zwischen den Felsen verlief, und der Schall zum Dorf hin wie in einem großen Trichter mündete. Auch ein abfahrendes Auto war im Dorf noch lange zu hören ... Wie lange mochte Bahar damals dem sich entfernenden Motorengeräusch gelauscht haben ...?

Harun hielt den Bus auf einer Art Dorfplatz an, wo die umliegenden Häuser ein größeres Halbrund bildeten, das zum Fluss hin offen war. Dort unten hatten die Frauen immer Geschirr und Kleider gewaschen. Jetzt sah man neben mehreren Häusern weiß lackierte Tanks unter einfach gezimmerten, mit Bambus oder Stroh gedeckten Holzdächern. Wasserspeicher wohl. Immer mehr Menschen, Männer, Frauen, Kinder, Junge, Alte kamen heran. Das ganze Dorf musste auf den Beinen sein. Etwa 150 Menschen lebten noch hier, hatte Ibrahim gesagt. Damals, zu Haruns

Zeit, waren es viermal so viele gewesen. Vor allem von den Jungen waren viele abgewandert, meist in die großen Städte im Westen und Süden des Landes, andere ins Ausland, nachgeholt von ihren Verwandten oder selbst sich aufmachend. Und die Kinder, die heute noch hier lebten, gingen alle in Imranli zur Schule. Dort gab es mittlerweile eine Art Internat für die Kinder aus den umliegenden Dörfern. Die Woche über konnten sie so in Imranli bleiben und kamen nur an den Wochenenden oder während der Ferien zurück ins Dorf. Heute waren bestimmt alle da, und alle hatten, trotz der Hitze und des Staubs, ihre besten Kleider an.

Sie stiegen aus, die Älteren ächzten unter der schwer lastenden Hitze. Ibrahim stützte die Mutter, Harun Onkel Hüseyin. Seine Blicke suchten unwillkürlich.

Die Mauer, wo war nur die niedrige Mauer? Oder hatte er sie übersehen? Es ging alles so schnell, er hatte Mühe, seine Bewegung dem äußeren Gang der Dinge anzupassen, ihnen zeitgleich zu folgen. Er war da. Aber noch nicht jetzt.

Alle, vor allem natürlich die Mutter, Ibrahim und Harun, wurden herzlichst begrüßt. Besonders um Harun sammelten sich dabei neugierige Blicke. Ein Sohn dieses Dorfes, der ein Efendi draußen in der Welt geworden war. Wie schon der Vater. Das hatte sich hier herumgesprochen und, wie es üblich war, wolkig bunt gebauscht. Ein Gebrodel von Worten, Rufen, Gesten, Berührungen. Wimmelnde Bewegung unter dieser bedrängenden Hitze. Alles ganz dicht, ganz nah, ganz wirklich. Und wie in einem Traum. Zwei alte Leute traten heran, grau und gebeugt, man machte ihnen Platz.

„Harun, mein Sohn! – Harun, mein Herz!" Der Mann umarmte Harun, wozu dieser sich hinabbeugen musste, die Frau nahm Haruns Hand und küsste sie. Onkel Kemal und Tante Burcu. Er hätte sie unter den anderen nicht erkannt.

„Dass wir dich noch einmal sehen dürfen. Wenn nur nicht Tod und Schmerz dich hergeführt hätten ... Allah sei der Seele deines Vaters gnädig! – Unsere Trauer ist mit dir, Sohn!"

Harun nickte, dankte, antwortete.

Ein einziges Rauschen in ihm. Wo war er wirklich? Und wann? Seine immer noch witternden Blicke suchten – sich. Der Sarg wurde ausgeladen. Ibrahim, Harun und vier Männer aus dem Dorf trugen ihn in das größte Haus im Dorf, das aus einer Art Saal bestand, den man als gemeinschaftlichen Gebets- und Zeremonienraum, für Hochzeiten, Beschneidungen oder wie jetzt Bestattungen nutzte. Ibrahim flüsterte Harun unauffällig zu, was dieser tun musste, dann folgte er in seinen Bewegungen einfach den anderen. War er damals überhaupt je in diesem Saal gewesen?

Während sie den Sarg unter der sengenden Sonne trugen, erscholl ein vielstimmiges Geschrei und Wehklagen. Pinar und Gökans Frau Emine mussten die Mutter mühsam aufrechthalten, die Anstalten zu machen schien, sich vor dem Sarg in den Staub zu werfen. Staub, soviel Staub überall, bei jedem kleinsten Schritt. Derselbe Staub wie damals? Harun bewegte sich in diesem überwältigenden Hier wie ein Schlafwandler.

Am späten Nachmittag würden alle sich im Gemeinschaftshaus versammeln und die Totenandacht zelebrieren. Im Dorf gab es sogar einen Hoca, eine Art Pastor, der das Gebet, ein paar Worte sprechen und aus dem Koran lesen würde. Dann zöge die Trauergesellschaft aus dem Saal, durch das Dorf und auf eine nahe Anhöhe, wo die Toten des Dorfes begraben lagen. Von dort oben konnte man das kleine Tal mit dem Dorf und dem Fluss übersehen. Auf dem Friedhof war Harun zwar nie gewesen, aber die Anhöhe und ihre Aussicht kannte er. Besonders abends war sie schön, wenn das Licht im Sommer weich wurde und sich ganz langsam zu verfärben begann. So unendlich friedlich. Ja, in solchen Momenten konnte man Gott lauschen ...

Im Haus von Onkel Kemal und Tante Burcu war eine große, mit vielen kleinen Köstlichkeiten gedeckte Tafel aufgestellt. Alle anderen Möbel musste man herausgeschafft haben. Dort versammelten sich die Familie und die engeren Freunde. Harun hielt sich neben Ibrahim und der Mutter. In Istanbul hatte er sich auf seinen Part als trauernder Sohn konzentrieren müssen wie ein untalentierter Tänzer, der nicht aus dem Takt kommen, nicht auffallen wollte. Gestern in Sivas war er wirklich Teil dieser spontanen Trauergemeinde gewesen, war aufgegangen im Kreis der anderen, wenngleich seine Gefühle und Gedanken ein ganz eigenes Zentrum gehabt hatten. Heute und jetzt musste er sich wieder konzentrieren, weil sein Kopf und vor allem sein Herz zwar hier, aber nur zu einem Teil auch *jetzt* waren. Es drängte ihn, endlich all den Echos zu folgen, die sich immer mächtiger um ihn schlossen. Den Echos des kleinen Harun Kara, die hier auf ihn gewartet hatten. Und ihrem, Bahars Echo, das etwas leiser noch und zart nach ihm rief ...

Die niedrige Mauer aus Feldsteinen ... Wo war sie nur? Gab es sie noch? Harun wäre gern hinausgegangen, wäre jetzt gern allein gewesen, endlich hier, bei sich. Und endlich wieder bei ihr.

Vor dem Haus war eine große, längliche Zeltbahn auf grobe Holzpfosten gespannt, die in die Erde gerammt worden waren. Auf einfachen Klapptischen gab es Speisen und Getränke für alle anderen. Allerlei Stühle, Sessel, Hocker und kleine Bänke aus anderen Häusern boten hier den Älteren Platz im Schatten. Die jungen Frauen und Mädchen des Dorfes sorgten drinnen und draußen für die Gäste. Es herrschte ein ständiges Kommen und Gehen. Begrüßungen, Gesten, Umarmungen, Trauerbezeugungen. Und das vieltönig wellende Stimmenmeer wurde plötzlich wieder durchdrungen von lauten Schreien und Klagen. Einige ältere Frauen, aber dieses Mal auch Männer, Menschen, die mit Ahmed Kara verwandt waren, schlugen mit ihren Händen auf den Boden, bedeckten ihre Gesichter, weinten und weihten ihren Schmerz Allah.

Es wurde gegessen, getrunken und in der Runde immer wieder vom Leben und Tod des Vaters erzählt. Die Ältesten aus dem Dorf berichteten vom jungen Ahmed Kara, der hier geboren und aufgewachsen, eines Tages dann mit seiner jungen Frau in die Fremde gezogen war. Andere ließen das Bild vom später wohlhabenden Ahmed Kara lebendig werden, von seinem Leben in Istanbul, schließlich seinem Tod. Was Harun dabei am meisten berührte, war die Trauer, die er auf Ibrahims Gesicht lesen konnte, während auch er dann mit brüchiger Stimme vom Vater sprach, von seinem Vater, den er verloren hatte und sich seiner Tränen deshalb nicht schämte.

Irgendwann war ein dicklicher Mann mit schwarzem Haarkranz und einer schlecht sitzenden Uniform im Haus erschienen, an der Seite eine kaum schlankere Frau. Erdogan. Als er Harun begrüßte und etwas linkisch umarmte, auf die Schulter klopfte, hatte Harun wirklich das Empfinden, sein Mitgefühl wäre echt, ebenso wie seine Freude, ihn zu sehen nach all den Jahren. Und wahrscheinlich war es auch so. Was immer die

Menschen von hier sagten und taten, es kam, ganz Augenblick, von der hellen oder dunklen Seite ihres Herzens.

Harun rauchte viel, versuchte, sich einfach treiben zu lassen, seine in ihm wachsende Ungeduld zu ignorieren, sie sich vor allem nicht anmerken zu lassen. Was er mit seinem Vater noch hatte ausmachen können, war ausgemacht. Ihre Geschichte war zu Ende. Und die Trauer all der Menschen hier, seiner Mutter und selbst Ibrahims, es war nicht seine Trauer. Der Mann, um den sie alle weinten, war nicht der Mann, den er gekannt hatte. Er hatte ihn nur hierhergeführt. Mochte das vielleicht sein letztes Vermächtnis für ihn sein.

Erdogan bot ihm immer wieder von seinen schmalen schwarzen Zigarillos an, gab ihm Feuer und erklärte seiner mit großen Augen lauschenden Frau, dass Harun Efendi früher hier bei ihnen gelebt habe, bevor man ihn nach Deutschland geholt hätte. Natürlich sei er stolz auf seinen Cousin, der es dort, genau wie er, Erdogan, hier zu etwas gebracht habe.

„Nun ist dein Vater, Allah sei mit ihm, in die Heimat zurückgekehrt, genau wie du, lieber Cousin. Unsere Herzen sind dir offen ... Und wenn ich irgendetwas für dich tun kann", dabei reckte er sich unwillkürlich in Positur, „dein Wort sei mir Gebot, Freund!"

Harun nickte, dankte und hätte dabei sicher unwillkürlich lächeln müssen, wenn er nicht nur mit seiner Außenseite hier anwesend gewesen wäre. Was um ihn herum geschah, mischte sich mit diesem bleibenden Rauschen in ihm zu einem tagtraumartigen Gleiten durch die überwirklich unwirklich verströmenden Stunden.

Irgendwann am späten Nachmittag, als die größte Hitze etwas nachgelassen hatte, brach man wie vorgesehen zum Gemeinschaftshaus auf, das sich schnell dicht mit Menschen füllte. Trotz hinter geschlossenen Läden offener Fenster stand die Luft. Durch die Lamellen schnitt das Licht. An der Stirnseite des länglichen Raumes, nach Mekka gerichtet, der Sarg, inzwischen mit einfachen Feldblumen und Gebinden geschmückt. Vorne reihten sich die Männer und Jungen, hinter ihnen die Frauen und Mädchen, unter ihnen auch die Mutter. Der fernste Mann stand dem Sarg näher als die nächste Frau. Bis zur letzten Stunde herrschte das Patriarchat. Der Hoca las Verse aus dem Koran und sprach über Allahs Sohn,

Ahmed Kara, einen stolzen Mann, einen guten Gatten und sorgenden Vater, der nun heimgekehrt war.

Harun musste sich beherrschen, nicht unwillkürlich den Kopf zu schütteln. Wahrscheinlich war auch das nicht einmal Heuchelei. Sie empfanden es wirklich so. Die Worte des Hoca wurden von Klagen und Weinen begleitet, besonders die Mutter, deren Stimme Harun irgendwo hinter sich hörte, Onkel Hüseyin, Vaters Freund Gökan, Onkel Kemal und noch einige andere. Alles ein einziges Rauschen. Zwischen den Zeiten. Endlich da, aber immer noch nicht ganz ... Auch über Ibrahims Gesicht liefen Tränen. Harun nahm seine Hand und drückte sie. Dass er jetzt bei ihm, neben ihm sein konnte, rechtfertigte es, an dieser Zeremonie teilzunehmen, die einem Fremden galt, statt endlich, endlich hinauszugehen und zu ihr. Die Mauer, die kleine Mauer ...? Aber der Druck von Ibrahims Hand erfüllte ihn mit einem Glücksgefühl.

Nach der Andacht formierte sich der Zug, wieder gab Ibrahim seinem Bruder diskrete Zeichen, wieder trugen sechs Männer, vorne Ibrahim und Harun, den Sarg des Vaters. Und wieder richtete Harun sich nach den Bewegungen der anderen. Weiter das Rauschen in ihm. Geschäumte Zeit. Wo war er? Und wann? War er wirklich hier? Und war es wirklich jetzt? Langsam ging es aus dem Dorf, und die Schritte der Vielen wirbelten wieder den Staub auf, dann zwischen den Felsen auf die Anhöhe, wo das Grab schon vorbereitet war. Der Zug hielt mehrfach, damit die Älteren verschnaufen konnten. Immer noch lag die trockene Sommerhitze über allem, aber sie brannte jetzt nicht mehr, und die Schatten waren länger geworden.

Am Grab wurde der Leichnam aus dem Sarg gehoben, er war in weißes Leinen gewickelt. Bevor sie ihn in die Erde hinabließen, küsste Ibrahim die Stelle, wo der Kopf war, die Mutter sank zu Boden, immer wieder von Weinkrämpfen geschüttelt. Harun stand hinter den beiden, seinen Kopf gesenkt. Es war nur noch eine Zeremonie. Es war nur noch Ibrahim, dem er jetzt und hier der Bruder sein wollte, der er 17 Jahre lang nicht hatte sein können. Wieder ein kurzes Flüstern Ibrahims, dann ließen die sechs Männer den Körper an den Enden des Tuches in die Erde. Schließlich setzten oder knieten sich alle in lockeren Runden um die Grabstelle, der Hoca las noch einmal aus dem Koran und ließ zum Abschluss einen langen, traurigen Gesang hören, von Schluchzen und leisem Weinen vieler Trauernder begleitet. Es war ein schöner Gesang, und Harun hob unauffällig den Blick, sah von der Anhöhe in das kleine Tal mit dem Dorf und dem Fluss, und dann weinte auch er. Aber seine Tränen galten nicht dem Vater. Er ließ den Gesang des Hoca tief in sich zu den Bildern tönen, die wie leichte Nebelschleier vor der vertrauten Aussicht wehten.

In diesen Bildern und im Nachklang des Gesangs blieb Harun, auch während der anschließenden Umarmungen und Anteilsbekundungen, gefangen, bis sie endlich wieder unten im Dorf anlangten. Mochten alle glauben, dass auch er, wie sein Bruder und die Mutter, um den Vater trauerten. Es war gut so. Es bedeutete Frieden. Zu erklären gab es nichts. Denn was in ihm vorging, betraf Dinge, um die nur er wusste. Und selbst die, die um das äußere Geschehen oder Teile davon wussten, seine Mutter, viele Leute hier im Dorf, sofern sie sich noch daran erinnerten, hatten keine Ahnung, was es für ihn bedeutete. Niemand hatte eine Ahnung davon. Davon und von ihm. All diese Jahre. Aber bald würde er Ibrahim davon erzählen. Und vielleicht ... Elaine ...

Das Gemeinschaftshaus war inzwischen umgeräumt, Tische und Sitzgelegenheiten hineingetragen, die Tische frisch gedeckt worden. Es gab Hühnchen, Reis, Brot und dazu Tee. Stille gewann jetzt trotz der vielen Menschen Raum. Der Tag war lang gewesen, anstrengend, und auch die Trauer wurde leiser, während man an den Tischen saß, sich jetzt mit gedämpften Stimmen unterhielt, viele ihren eigenen Erinnerungen und Gedanken nachhingen. Wie Harun, in dem eine plötzliche Schwere gegen seine nun immer stärker andrängende Ungeduld lehnte und ihn an dem Tisch festhielt, an dem wieder Erdogan sich um seine Aufmerksamkeit bemühte, gestenreich irgendetwas erzählte, von dem jedes Wort schon in dem Moment, da es gesprochen wurde, spurlos verging.

Als das allmählich sinkende Licht die Felsen sanft zu verfärben begann, kehrten die Ersten in ihre Häuser zurück, im Saal hing ein dunkles Gemurmel, nur hie und da noch von Weinen durchzogen. Auch das Rauschen in Harun war leiser und langsamer geworden. Es war hier. Und jetzt. Und gleich würde er dem Damals entgegengehen, die letzten Schritte. Zu ihr. Mit Onkel Kemal, Tante Burcu, Erdogan und seiner Frau gingen schließlich auch die Mutter, Ibrahim und Harun die kurze Entfernung zu deren Haus, wo sie schlafen würden. Sogar dieser kleine Weg nahm Zeit in Anspruch, denn immer wieder gab es Beileids- oder Segenswünsche, ein paar Worte über Ahmed Kara, das Schicksal und Allahs Willen.

Haruns Blicke strichen über die einstöckigen Häuser, ein paar einfach gezimmerte Ställe und niedrige Schuppen, zwei eingezäunte Plätze mit kargem Gras, auf denen Schafe und Ziegen standen. Zum Abend hin war die Luft merklich freier, frischer geworden, auch wenn die Wärme blieb. Sogar der allgegenwärtige Staub schien träger zu werden, oder man nahm ihn einfach weniger wahr. Die Schwere fiel von Harun ab, er wollte und musste jetzt endlich alleine sein. Und während sie gingen, suchte sein Blick wieder nach jener kleinen, niedrigen Mauer ...

„Ich möchte noch etwas gehen", sagte Harun, als sie vor dem Haus angekommen waren. „Vielleicht übernachte ich auch draußen ..."

„Aber die kleine Hütte gibt es nicht mehr, Sohn, da haben wir jetzt unseren Tank ..."

„Schweig' doch, Frau", fuhr Onkel Kemal der Tante über den Mund, deren Hand tatsächlich beinahe erschrocken an die Lippen fuhr.

Die Mutter und Ibrahim schauten kurz irritiert. Harun lächelte flüchtig, wie abwesend. Dann fuhr Onkel Kemal zu Harun gewandt fort: „Tu das nur, mein Sohn", er deutete zum Himmel, „Allahs Augen werden dich behüten."

„Ich werde dich be..." setzte Erdogan beflissen an.

„Ich hole dir Wasser, Bruder", unterbrach Ibrahim. „Erdogan, ihr habt doch sicher noch diese Feldflaschen im Haus?!" Er zog Erdogan zur Tür, bevor dieser Harun wirklich seine Begleitung aufdrängen konnte.

„Und nimm auch eine Decke mit, Harun", sagte die Mutter, sah ihren Sohn an. „Damit du nicht frierst. Nachts kann es doch kühler werden."

„Ja, danke, Mutter."

Und endlich, endlich allein. Es hatte zu dämmern angefangen, würde aber noch lange hell bleiben. Und sehr warm. Harun ging langsam über den sandigen, nie ganz ebenen Boden zwischen den Häusern entlang, vor denen jetzt die Menschen saßen, ihm zuwinkten und zuriefen. Über die Schulter gehängt trug er einen alten ledernen Beutel, darin zwei Feldflaschen mit Wasser, etwas eingewickeltes Brot und eine verblichen bunte Stoffdecke. Ibrahim hatte ihm noch zwei Zigarettenpäckchen dazugelegt. Sein weißes Hemd war verschwitzt, die schwarze Hose und seine Schuhe staubig, aber das spielte keine Rolle. Er fühlte sich gut. Und mit jedem Schritt wich der Druck auf seiner Brust.

Seine Schritte führten ihn jetzt zum Eingang des Dorfes, dahin, wo jene kleine, niedrige Mauer gestanden hatte – und immer noch stand, wie er nun endlich sah. Vorhin, beim Einfahren in das Dorf, musste er sie übersehen haben. Es war zuviel Wirklichkeit für seine Blicke gewesen. Zuviel Wirklichkeit und zuviel Erinnerung. Er ging an der Mauer vorbei, der Schotterweg begann nach der Bergstraße hin anzusteigen. Dann blieb er stehen, drehte sich um und sah zur Mauer zurück. Dort, am rechten Rand hatte sie damals gestanden, im wieder beginnenden Schneetreiben dick vermummt, das kleine Gesicht von einem groben Tuch umschlossen, ihren Blick in seine Richtung, eine Hand zu einem verzagten Winken erhoben. Bahar. Sein letztes Bild von ihr. Und ihr letztes Bild von ihm hinter der Heckscheibe des sich langsam entfernenden Autos.

Harun schloss die Augen, atmete tief. Nach einer Weile ging er das Stück Weg zurück, trat an die aus einfach übereinander geschichteten Feldsteinen gefügte Mauer, lehnte sich auf ihren mit gesprungenen Ziegeln belegten Sims, zündete sich eine Zigarette an, sah auf die ersten Häuser des Dorfes und hinüber zum Fluss. Ob Bahar damals den Weg am Fluss entlang zu ihrem Dorf genommen hatte, nachdem das Motorengeräusch des Autos, in dem Harun seinen Weg in die Fremde begann, verklungen war? In die Fremde und fort von ihr. Oder war sie über die Anhöhe gelaufen? Damals war es Winter gewesen, also würde sie gewiss den unteren Weg längs des Flusses gegangen sein.

Weil Harun nicht wieder inmitten der Häuser bis ans Ufer laufen wollte, stieg er jetzt gleich hier den steileren Abhang zum Wasser hinunter. Dank des niedrigen Wasserstandes konnte er so am Rande des Flussbetts und an der Rückseite der Häuser oben vorbeigehen, bis sich das Ufer sandig verbreiterte und sein Dorf kurz darauf hinter ihm zurückblieb.

Es war sein Weg und sein Fluss. Und jetzt war das einzige und nur leise Rauschen nicht mehr in ihm, sondern kam vom langsam fließenden Wasser. Fast mehr ein Dahinplätschern. Dasselbe Dahinplätschern wie in jenen lange vergangenen Sommern, wenn er hier unten entlanggegangen war, unterwegs zum Nachbardorf, um Bahar entgegenzukommen, die ihn oft hinter einer der Felsecken erwartete, sich dort versteckte und dann plötzlich mit einem lauten Ruf hervorsprang. Weil Harun meist in Gedanken versunken war, erschreckte er sich jedes Mal wieder, worüber sie sich immer wieder ausgelassen freuen konnte. Dann ergriff er ihre beiden Hände und antwortete ihrem hellen Lachen, vor sich ihr strahlendes Gesicht, das ihn ein schauerndes Glücksgefühl empfinden ließ.

Unwillkürlich wandte Harun jetzt seinen Blick, um hinter einen bis nahe ans Ufers reichenden Felsblock zu schauen. Natürlich wartete niemand dahinter. Nicht hinter diesem noch hinter einem anderen auf diesem Weg. Nur in seiner Erinnerung. Er blieb stehen.

Von hier unten schienen die Felsen viel steiler und noch weiter hinaufzureichen als vom Dorf aus. Als ob man wirklich, wenn man nur den Weg kannte, bis in den Himmel gelangen könnte. Nichts hatte sich hier verändert. All das, was die Welt, seine Welt, in der er seit Langem lebte, prägte und bestimmte, nichts davon spielte hier eine Rolle. Vielleicht würde es hier nie eine Rolle spielen. Für die, die dablieben, nicht weggingen, für die ihre Welt immer hier war, von den Bergen rundum begrenzt. Beschützt. Und doch hatte sich unter diesem Himmel, zwischen diesen Felsen alles verändert. Für Harun. Nicht, weil vor dieser Landschaft jetzt ein ganzes Leben lag, ein anderes, fremdes Leben. Sondern weil etwas für immer aus dieser Landschaft verschwunden war ...

Er trank einen Schluck Wasser, zündete sich eine Zigarette an und ging weiter.

Zum Nachbardorf lief man am Fluss entlang eine gute Dreiviertelstunde, oben, über die Höhe, dauerte es etwas länger. Außer dem Rauschen und Plätschern des Wassers, einem Hauch von Abendwind in den Büschen hier am Ufer und dem gelegentlichen Schrei eines Bussards hoch oben über den Felsen war es still. Harun begegnete niemandem. Er hatte gedacht, dass wachsende Unruhe und Aufregung ihn erfassen würden, je näher er seinem Ziel kam. Aber es wurde im Gegenteil immer ruhiger in ihm. Als ob er mit dieser Stille um ihn, der bergig schirmenden Landschaft und dem Lichtspiel der tief stehenden Sonne bis hier unten ins kleine Tal immer mehr verschmölze. Das war seine Heimat. Und er fühlte es wie eine sanfte Umarmung.

Wie weit er und sein Leben sich auch längst von dieser Welt entfernt haben, wie viel Enttäuschung, Schmerz und Zorn dazwischen liegen mochten, wie fremd er auch in Wirklichkeit hier unterdessen sein mochte – niemals hatte Harun in der Fremde, die ihm längst und viel mehr Lebensheimat geworden war, ein ähnlich tiefes, unmittelbares, ihn ganz durchdringendes, keiner Erklärung bedürfendes noch fähiges Empfinden von Geborgenheit verspürt wie er es jetzt wieder spürte. Allem Erreichten, allen Erfolgen, allen Bestätigungen, Anerkennungen und weitestgehenden Sicherheiten dort zum Trotz.

Der Himmel leuchtete immer noch, als er die ersten Häuser vor sich sah. Bahars Dorf war noch kleiner, dort lebten noch weniger Menschen als in seinem. Es lag wie auf einer Art großer Wiese, die jetzt im Sommer mit leuchtend rotem Mohn dicht gesprenkelt war. Der Fluss wurde dort etwas breiter und von einer weiteren kleinen Quelle aus den Bergen gespeist. Auch einen kleinen Buschwald, der sich vor dem Dorf direkt an ein Felsmassiv schmiegte, gab es. An seinem Rand lag der hiesige Friedhof.

Harun brauchte nicht lange zu suchen, dann hatte er den verwitterten kleinen Stein gefunden. Frische Mohnblumen lagen auf dem schmalen Grab. Das Gefühl von Ruhe und Geborgenheit wich nicht von ihm. Und die Traurigkeit kam wie der durchs Tal streifende Abendwind, war überall, nicht verzehrender Brand, sondern hüllte ihn wie mit einem weichen, weiten Mantel ein, nahm seine Tränen auf, die nun zu fließen begannen wie ein befreiter Atem. Harun streifte seinen Beutel ab, setzte sich neben den Stein, berührte mit beiden Händen seine nassen Wangen und strich dann leicht über ihn hin. Seine raue Oberfläche fühlte sich warm an. Er ließ seine Hände auf ihr ruhen und seinen Tränen freien Lauf. So viele Sommer und Winter waren vergangen, bis er den Weg hierher gefunden hatte. Winter war es gewesen, als ihre Blicke sich das letzte Mal getroffen hatten, und Winter war es gewesen, als jener Abschied sich in ein unfassbares Niemals mehr verwandelt hatte ...

Harun mag den Winter. Wenn er so ist, wie er ihn aus seinen Bergen kennt. Wenn der Schnee alle Konturen verwandelt, alle die hier sonst lauten Geräusche dämpft, dabei manche Laute plötzlich ferner, andere dafür eigentümlich intensiver klingen lässt. Auch hier, so unendlich weit weg von seinen Bergen, gibt es den Winter und gibt es Schnee. Anders als dort. Die Stadt, die vielen Menschen und Dinge, die Bewegungen, all das verwandelt auch den Winter. Aber wenn die Flocken in dichten Schleiern von oben herabtreiben, wenn die frisch verschneiten Straßen und Häuser, die Wiesen und Felder vor der Stadt sich mit dem tief hängenden, weißgrauen Himmel zu berühren scheinen, dann ist es, als wäre Bahar plötzlich ganz nah.

Und manchmal denkt Harun, dass sie ihn vielleicht sogar hören kann, wenn er nur laut genug ruft. Könnte es nicht sein, dass der Schnee seine Worte von hier bis zu ihr trägt? Sobald er sich allein und unbeobachtet fühlt, auf dem Weg über die ausgedehnte Feld- und Wiesenlandschaft am Stadtrand, ruft er Bahars Namen in die gedämpfte weiße Welt, und dass er sie bald holen kommt. Und dann lauscht er selbst angestrengt, ob er nicht ihre Antwort hören kann. Aber vielleicht ist es dazu hier doch zu laut. Verglichen mit der Stille dort unten. Als Harun an jenem Tag vom Spielen draußen nach Hause kommt, ist er wie immer angenehm erschöpft, ein bisschen durchgefroren, vor allem die Hände, trotz der Handschuhe. Der ganze Körper prickelt, als er die Wohnung betritt. Seine Mutter ist zu Hause, sie sitzt im Wohnzimmer, und ihr Gesicht zeigt einen traurigen Ausdruck. Das tut es oft, aber dieses Mal ist irgendetwas anders. Harun fragt, was sie bedrückt. Und sie seufzt kurz auf.

„Ach, mein kleiner Harun ..." Und dann erzählt sie mit müder Stimme, dass sie wieder einmal im Dorf angerufen habe, um sich zu erkundigen, was es dort Neues gebe und wie es allen gehe. Aber wohl auch, um sich selbst ein wenig abzulenken, zu trösten und ihre beinahe angstvolle Hoffnung durch Zuspruch nähren zu lassen, dass das Kind, das sie erwartet, nur ja ein Junge werden möge.

Und dann erzählt sie, was Harun zuerst gar nicht begreift. Die Tante habe von einem Mädchen aus dem Nachbardorf berichtet, das vor ein paar Tagen an Tuberkulose gestorben sei. Gerade einmal elf Jahre, so jung noch. In Harun steigt sofort eine heiße Unruhe auf, aber er fragt *bemüht ruhig, wer es denn gewesen sei, wessen Tochter und wie der Name laute, denn er müsse sie ja zumindest vom Sehen kennen.*

Und die Mutter antwortet, dass es die kleine Bahar sei, die gestorben wäre. Und dass die Tante gemeint habe, er, Harun, habe oft mit ihr gespielt und die Tiere gehütet. Es wäre wohl ein sehr liebes und hübsches Mädchen gewesen, sagt die Mutter und seufzt wieder auf. Nun sei sie bei Allah, dem Allmächtigen, die arme Kleine, und dort gehe es ihr bestimmt gut.

„Ich bin so froh, dass wir dich nun bei uns haben, mein kleiner Harun ..."

Aber Harun ist erstarrt. Alles ist erstarrt. Keine Bewegung mehr. Die Zeit steht. Und zum ersten Mal ist es hier so still und noch viel stiller, als es in den Bergen je war. Aber es ist keine friedliche Stille. Diese Stille ist kalt und drohend. Harun bringt kein Wort heraus. Die Mutter sieht ihn mitfühlend an, streckt ihre Arme aus.

„Es ist sehr traurig, mein kleiner Harun, aber Allah ist groß."

Diese drückende, schnürende Stille.

„NEIN!" Harun schreit das Wort heraus, es bricht aus ihm hervor. Die Mutter sieht ihn erschrocken an. Und als wäre seine Erstarrung damit für einen Moment durchbrochen, dreht er sich um und rennt aus dem Zimmer, aus der Wohnung, die Treppen hinunter, aus dem Haus, die Straße entlang, rennt immer schneller, schlingert, rutscht, fängt sich, rennt weiter, nur um dieser alles erdrückenden Stille zu entkommen. Der Stille und der Botschaft, die in ihr flammt wie eine frisch geschlagene Wunde. Es kann nicht sein! Es darf nicht sein! Ein Irrtum! Eine Verwechslung! Aber Harun weiß, dass es wahr ist. Unumkehrbar wahr. Sein Gefühl sagt es ihm. Auch wenn er es nicht hören will. Und wenn er vor diesem Gefühl, vor der Wahrheit davon zu rennen versucht. Er rennt lange, nimmt nichts um sich herum wahr, kennt nicht seinen Weg, schon gar nicht ein Ziel. Tränen strömen über sein Gesicht, die Kälte lässt ihre kleinen Ströme auf der Haut brennen. Irgendwann bleibt er stehen, weil ein spitzer Schmerz in seinen Lungen ihn dazu zwingt. So gerannt ist er noch nie.

Verschwommen registriert er seine Umgebung. Irgendein braches Gelände, eine Ziegelmauer, Unrat, Gerümpel, irgendwelche Dinge ge-

schichtet, gestapelt, alles überschneit. Wie bizarre Skulpturen aus Weiß. Weit und breit kein Mensch. Zur Rechten eine windschiefe Baracke mit gesprungenen Fenstern. Eine Tür hängt in ihren Angeln. Es beginnt zu dunkeln. Ohne weiter zu überlegen geht Harun in diese hölzerne Hütte. Drinnen diffuses Licht, der gleiche Anblick wie draußen, Unordnung, ausgediente, kaputte, tote Dinge. Tot!

Harun lehnt sich an eine Wand und sinkt langsam zu Boden. Ihm ist heiß, kalt, dumpf und schwindelig. Keine Kraft mehr. Tot! Ein kurzes Wort. Ein endgültiges Wort. Das endgültigste von allen. Ein Wort, das nichts mehr zulässt. Und Harun schreit das Wort, schreit es aus kraftlosen Leibeskräften, auf Deutsch und auf Türkisch, während Weinkrämpfe ihn schütteln. Schreit es, bis seine Stimme bricht, in die drückende Stille um ihn.

Er kann nur noch schemenhafte Konturen erkennen. Es ist dunkel geworden. Und wird niemals wieder hell werden. Jetzt in diesem Dunkel aufgehen ... Auch tot sein. Wie sie tot ist. Und im Tod doch wieder mit ihr zusammen ... Vielleicht muss er jetzt einfach nur hier sitzen bleiben und auf den Tod warten. Sich der Erschöpfung, der Müdigkeit, dieser unendlichen Schwere überlassen.

Als Harun aufwacht, sticht ihm ein heller Morgen in den Augen. Strahlendes Licht fällt in die Baracke. Ihm ist kalt, entsetzlich kalt, sein Aufwachen und Zusichkommen besteht in einem einzigen Zittern. Mühsam steht er auf, benommen, seine Glieder sind steif gefroren, der Kopf schmerzt, und seine Nase tut weh. Er lehnt an der Wand, selbst das Atmen fällt schwer. Durch eines der gesprungenen Fenster sieht er einen klaren, sich allmählich mit eisigem Blau füllenden Himmel. Derselbe Himmel wie gestern. Aber eine andere Welt darunter. Eine für immer schweigende Welt. Bahar ist tot! Und wieder der andere Schmerz, und dieser Schmerz übertost alle Schmerzen, die von seinem Körper ausgehen. Schmerzen heißen Leben. Er lebt noch, ist nicht tot, nicht bei ihr, mit ihr. Warum? Es gibt keine Antworten mehr. Warum er all seine Kraft zusammennimmt und sich ungelenk aus der Baracke schleppt, auch das weiß er nicht. So wenig wie er weiß, warum er sich überhaupt auf den Weg nach Hause macht. Sicher würde es Ärger geben, er ist noch nie weggelaufen.

Obwohl er manchmal daran gedacht hat. Weglaufen von diesem Vater, der ihm fremd geworden ist, den er nicht versteht, den er manchmal sogar hasst. Weglaufen von dieser Mutter, die alles erträgt und immer nur schweigt oder bloß heimlich klagt und zu Allah fleht. Weglaufen – zu ihr. Er hat es nicht gemacht. Natürlich nicht. Er weiß, dass es kein Weg ist. Kein Weg zu ihr. Hier muss er seinen Weg gehen, in diesem fremden Land, das er sich mit allem Eifer zu erschließen versucht. Durch unablässig fleißiges Lernen. Dieses Land kann der Weg sein, der Weg zu ihr ...

... Jetzt nicht mehr. Nichts mehr. Es gibt keinen Weg mehr zu ihr. Im Leben nicht. Nur im Tod. Warum noch leben, warum sich noch anstrengen? Immer noch zittert er am ganzen Körper, setzt seine Schritte mühsam, versucht sich in der unvertrauten Gegend, in die er gestern wie blind gelaufen ist, zu orientieren und bemerkt dabei nicht die Blicke der Leute auf ihn, den langsam dahintrottenden Jungen, der eigentlich tot sein sollte. Er weiß nicht, warum er geht. Der Ärger, der ihn zu Hause erwartet, ist ihm gleichgültig. Er hat keine Angst. Es gibt nichts mehr, wovor er Angst haben müsste.

Irgendwann steht er dann wieder vor der Wohnungstür, keine Zeit im Bewusstsein, keinen Weg in der Erinnerung. Er klingelt, die Mutter öffnet, schreit kurz auf, dankt Allah, dem Allmächtigen, der doch nicht allmächtig sein kann, wenn er Bahar hat sterben lassen.

Die Mutter weint, will ihn in ihre Arme ziehen, aber da erscheint der Vater, zornrot ist sein Gesicht, reißt den bewegungslos und stumm dastehenden Harun in die Wohnung, schlägt fluchend auf ihn los.

Was ihm einfiele, einfach wegzulaufen?! Was die Nachbarn denken sollen? Ob er keinen Respekt habe? Aber den werde er ihm jetzt einprügeln, ein für allemal. Harun lässt alles ohne einen Laut über sich ergehen. Was soll er tun? Was sagen? Die Mutter steht wie immer schweigend in einer Ecke, ringt die Hände und murmelt vor sich hin. Als der Vater von ihm ablässt, immer noch wüst schimpfend hin und her geht, zieht sie Harun aus dem Zimmer.

„Komm, mein Kleiner, komm. Du siehst ja ganz erfroren aus, wo warst du bloß, was hast du nur gemacht? Wie konntest du uns das nur antun, wir haben uns solche Sorgen gemacht ..." Harun sagt nichts.

Die Mutter lässt ein heißes Bad ein, nimmt ihm seine kalten Sachen ab, er lässt alles willenlos, reglos geschehen, steigt schließlich in die Wanne, das heiße Wasser fast wie ein Schock.

„Ich mache dir Tee, hoffentlich wirst du nicht krank. Was ist denn nur, Harun, warum bist du nur weggelaufen? Hat es mit dem Mädchen zu tun, von dem ich erzählt habe? Der Kleinen, die gestorben ist ...?"

Harun sagt immer noch nichts, aber die Tränen fließen wieder über seine Wangen, als ob sie von der ihn jetzt umfangenden Wärme befreit würden.

Da steht der Vater in der Tür des kleinen Badezimmers, sieht verächtlich auf seinen Sohn.

„Dass bloß keiner davon erfährt, was für ein Schlappschwanz mein Sohn ist! Ein Mann, der sich wie ein Weib benimmt! Das kommt davon, dass er seine Nase immer nur in diese nutzlosen Bücher steckt ..."

„Lass ihn doch, Mann, lass ihn doch in Frieden. Er ... Er ist doch bloß traurig, weil seine kleine Freundin gestorben ist." Das erste und einzige Mal, dass die Mutter ihre Stimme erhebt, leise und zögerlich.

„Pah, nur weil irgendein Mädchen da unten tot ist, führt er sich auf wie ein Klageweib, schämen muss man sich!", ruft der Vater aus.

„Und du, Frau, ich warne dich!", zischt er drohend, „Wenn das da," er zeigt auf ihren schon sichtbaren Bauch, „wenn das da nicht ein richtiger Mann wird, dann kannst du was erleben ... Ich frage mich schon die ganze Zeit, ob der da", er nickt kurz zu seinem Sohn in der Wanne, „ob der da überhaupt von mir ist."

Dann verlässt der Vater mit krachender Tür die Wohnung. Er wird wohl in sein Café gehen. Und später vielleicht zu einer Frau. Harun liegt in der Wanne, er ist müde, unendlich müde. Selbst die zwischendurch in ihm aufschießende Wut auf seinen Vater fällt wieder in sich zusammen. Wäre der nicht so geizig gewesen! Immer nur Geld, Geld, Geld, sein Geld, auf das alle es abgesehen hätten, wenn er sich nur im Dorf blicken ließe. Deshalb sind sie nicht hingefahren. Und deshalb hatte Harun seine kleine Bahar nicht mehr gesehen ...

Dann doch wieder Wut! Wenn der Vater nicht all das Geld, das sie nicht für die große Rückkehr einst in die Türkei sparen, wenn er nicht all das Geld im Café oder mit Frauen durchbringen würde, dann hätten sie in den großen Ferien ins Dorf fahren, er hätte Bahar sehen und vielleicht noch alles verhindern können. Oder auch nicht. Sie ist ja nicht im Sommer gestorben, sondern jetzt, im Winter. Aber trotzdem ... Aufflammende Wut, unendliche Müdigkeit und dieser gestaltlos, ortlos allgegenwärtige Schmerz.

Zwei Wochen ist Harun krank, eine schwere Erkältung, fast eine Lungenentzündung. Eine Nachbarin kümmert sich um ihn, wenn die Mutter arbeitet. Wenn der Vater ab und zu mürrisch hereinsieht, schüttelt er den Kopf. Dieser Weichling soll nun sein Sohn sein. Und Harun dämmert vor sich hin, ist heiß vor Hitze, zittert vor Kälte, fiebert, schläft, träumt, liegt apathisch da. Und immer dieser überall in ihm wühlende Schmerz.

Bahar ist tot! In einem Traum sieht er sich die Felsen im Flusstal erklimmen, Winter ist es, silberweißes Gleißen und Leuchten überall, immer höher steigt er, der Fluss unten wird immer kleiner, es sind die Stufen Allahs, und gleich wird er sie wiedersehen, denn er kennt den Weg, aber dann ertönt von irgendwoher plötzlich ihr helles Lachen, und Harun erschrickt, kommt ins Straucheln, stolpert, fällt –das Muster, er hat das Muster zerstört, das Muster im Schnee, und da ist Bahar, sie läuft auf ihn zu, er streckt seine Hände nach ihr aus, aber obwohl sie immer weiter auf ihn zuläuft, kommt sie nicht näher, und Harun selbst stürzt, stürzt von den Felsen, immer tiefer, immer weiter weg von ihr, während Bahars Lachen wie ein letztes Echo verklingt, und dann nur noch Sturz ...

Als er erwacht, nassgeschwitzt in seinem Bett, schlägt rasend sein Herz, er bekommt kaum Luft, will aufspringen, hinausrennen, aber ist doch zu schwach. Und dann kommt er wieder, dieser überall in ihm wühlende Schmerz. Uferlos, bodenlos, fassungslos. Aber es ist der Schmerz des Lebens.

Und vielleicht ist es gerade dieser Schmerz, der ihn irgendwann zwingt, aufzustehen. Da seine Krankheit nicht stark genug war, ihn aus dem Leben zu nehmen, muss er etwas tun, ihm nicht reglos ausgesetzt zu bleiben. Zwar geht der Schmerz dadurch nicht weg, aber wenn er sich bewegt, etwas tut, sich ablenkt, scheint er sich zu verteilen, was ihn abschwächt. Am schlimmsten bleiben die Nächte, solange, bis ihn die Be-

wusstlosigkeit des Schlafes erlöst, und der Morgen, wenn er aufwacht, zu sich kommt und ihm ein jedes Mal wieder klar wird, dass sie tot ist. Verloren für ihn. Für immer.

Schließlich geht er wieder zur Schule, lernt, arbeitet. Noch mehr, noch intensiver als vorher. Aber es ist anders. Er funktioniert zwar, und vielleicht funktioniert er sogar noch besser, noch effektiver als vorher. Aber das Funktionieren beschränkt sich nun bloß noch auf sich selbst. Es gibt ja kein Ziel mehr. Funktionieren gegen den Schmerz. Und auch die Welt um ihn, dieselbe Welt wie vorher, dieselben Räume, dieselben Menschen und doch ... Als ob die Farbe aus allem gewichen wäre, nicht ganz, so, als läge ein matter, grauer Schleier über allem. Auch über den Klängen, den Stimmen. Und oft erscheint es Harun, als würde er, der doch nach wie vor da ist wie vorher, von allem und allen um ihn herum ein unmerkliches Stück entfernt bleiben. Auch von sich. Ein unmerkliches Stück, das ihn die Welt und sich selbst manchmal so fern spüren lässt, wie es der Abstand von der Höhe der Felsen zum Talgrund ist, durch den unten der Fluss fließt. Und nur, indem er etwas tut, sich mit etwas beschäftigt, kann er diesen Abstand soweit überbrücken, dass er nicht aus der Welt, aus sich selbst heraus fällt. Nur gegen jenen Schmerz, jenen immer wieder in ihm wühlenden Schmerz kann er nichts tun.

Natürlich bemerken manche seiner Schulkameraden und auch manche Lehrer, dass irgendetwas mit Harun vorgegangen ist. Ihren Fragen weicht er aus. Was sollte er sagen? Wem sollte er erklären, was er fühlt und warum? Niemand weiß und wusste von ihr, von Bahar, seinem großen Geheimnis. Niemand weiß und wusste von ihrer Welt weit, weit von hier, von ihren Träumen und von seinem großen Plan. Und niemand weiß von ihrem Tod. Und von seinem. Aber weil Harun weiter funktioniert, niemanden brüskiert oder, wie es in solchen Fällen oft heißt, „schwierig" wird, gewöhnen sich die anderen auch an sein nun fehlendes Lachen, an seinen Ernst, an seine Zurückhaltung, die ihn noch mehr von seinen Altersgenossen trennt. Er gewinnt dadurch im Gegenteil und ohne es zu wollen sogar eine besondere Art von Autorität.

So geht auch dieser Winter zu Ende, der Sommer folgt, Tage reihen sich, werden länger, wärmer. Es ist seltsam, aber Harun hat an diesen Winter später keine Erinnerung. Und auch die Erinnerung an jenen *anderen Winter, an den Tag, an dem er sein Dorf verließ, versinkt irgendwo tief in ihm. Doch fortan scheut er diese Jahreszeit. Vor allem den Schnee. Denn über sein glitzerndes Weiß ist ein Schatten gefallen. Und wenn auch der Schmerz im Laufe der Zeit vernarbt, bleibt doch der Schatten. Und nicht nur im Winter. In diesem Schatten liegt das unmerkliche, unermessliche Stück, das ihn von der Welt und sich selbst trennt. Glücklicherweise werden die Schneetage im Laufe der Jahre seltener und weniger.*

Zur Mitte des folgenden Jahres wird dann Ibrahim geboren, der „Mann", den sich der Vater gewünscht hat. Und ausgerechnet Harun fällt die Aufgabe zu, sich um den kleinen Bruder zu kümmern, damit die Mutter schnell wieder arbeiten gehen kann. Harun ist froh darüber. Ibrahim füllt einen Teil der Leere in ihm, die der Schatten wirft, hilft, mit dem zwar irgendwann seltener auftreibenden, aber immer noch überall in ihm nistenden Schmerz fertig zu werden. Wenn es überhaupt noch einen Sinn gibt, dann den, für Ibrahim da zu sein. Ihm schenkt er all seine Liebe, während die Zeit weiter durch Stunden, Wochen, Jahre fließt, und Harun in ihrem Strom immer weiter wegtreibt von seinen Wurzeln, seiner Vergangenheit und Herkunft. Ohne es zu wollen, ohne anders zu können ...

Warmer Sommerabend um ihn. Und die Stille, in der man Gott lauschen konnte. Ja, es war wirklich alles weitergegangen, damals, nach jenem Winter. Wenn er heute erklären müsste, wie und warum, er könnte es nicht. Es hatte auch nicht nur mit Ibrahim zu tun, obwohl er der wichtigste Mensch in seinem Leben wurde. Es war einfach passiert, keine Erklärung, warum.

Genauso wenig konnte Harun es sich jetzt erklären, dass er sich bereits wieder auf dem Rückweg zu seinem Dorf befand. Wann und wie er sich von Bahars Grab erhoben und dieses Mal den Pfad über die Höhe eingeschlagen hatte, wo das Abendlicht länger weilte als unten im Flusstal, auch das wusste er nicht. Goldrot flammte hier oben der Himmel, und es war noch hell genug, den Weg nicht zu verfehlen. Morgen würde er wieder unten am Fluss entlang zum Nachbardorf gehen, um Bahars Mutter zu besuchen. Für heute war es ihm zu spät gewesen. Und zuviel. Diese erste Rückkehr sollte nur ihnen beiden gehören, Bahar und ihm. Und es würde nicht das letzte Mal sein, dass er hierher käme. Dieser Ort, diese Welt gehörte zu seinem Leben. Auf die Art, die heute möglich war und nun ihre eigene Wirklichkeit finden würde. Es war und blieb ein Teil von ihm. So wie Bahar.

Den Nächsten, die tot waren, einen Platz im Leben zu geben, ohne selbst zu sterben, für sie und mit ihnen weiterzuleben, das eigene Leben ... So hatte es Wolfgang einmal gesagt. Und er hatte Recht. Es war die einzige Weise, dem Tod im Leben zu begegnen, das Gleichgewicht zwischen beiden zu halten, ohne sich selbst und die, die gegangen waren, zu verlieren. Er war ein anderer geworden, aber er war auch der kleine Junge von damals. Und würde es immer bleiben. In beiden lag die Wahrheit seines Lebens. Als Harun die Anhöhe erreicht hatte, von der aus man über sein Dorf sehen konnte, wo jetzt Lichter in den kleinen Fenstern brannten, und wo auch der Friedhof lag, jetzt mit dem Grab des Vaters, breitete er die Decke aus, setzte sich ins Gras, zündete sich eine Zigarette an. Dunkelheit fiel, und im Samtblauschwarz des Himmels blinkten die Sterne hoch über ihm. Er legte sich auf den Rücken, schlug die Decke um sich. Er war da. Und jetzt.

Das Morgenrot weckte ihn. Seine Glieder schmerzten ein wenig. Keine Gewohnheit mehr, die Nacht draußen im Gras zu verbringen. Trotzdem hatte er gut geschlafen. Als er jetzt in die frische Helligkeit um ihn blinzelte, stieg für ein paar Weilen Traurigkeit in ihm hoch. Sein Blick fiel in die Richtung, aus der Bahar manchmal hier hoch gelaufen gekommen war. Und er sah ihre Gestalt und ihr Gesicht so deutlich, ihr Lächeln, dieses Leuchten in ihren Augen, als würde sie gerade jetzt wirklich auf ihn zukommen. Sein Herz klopfte den Takt der gleichen inneren Aufgeregtheit, die er früher in sich gefühlt hatte, wenn er sie erblickte. Ein Geschenk. Es würde bleiben. Und er sah dem Bild seiner Erinnerung mit einem Lächeln entgegen.

Langsam stand er auf, reckte und streckte sich, sah hinunter in das noch morgenstille Dorf. Seine Heimat. Das war es, was er bei diesem Anblick empfand. Allen Härten, die er auch damals hatte erleben müssen, zum Trotz. Er war einer von ihnen und würde es immer sein, gleich wo und wie er sein Leben in Zukunft auch führte. Und dann ergriff ihn plötzlich eine andere Aufregung

Es war an der Zeit! Jetzt! Jetzt würde er Elaine anrufen. Nicht später, nicht morgen, nicht irgendwann – jetzt! Er zündete sich beinahe nervös eine Zigarette an, tastete nach seiner Brieftasche in der Hose. Darin war der Zettel mit ihrer Handynummer. Hoffentlich galt sie noch! Mit schnellen Schritten nahm er den schmalen Pfad hinunter ins Dorf, begann zu laufen. Ein Telefon, er brauchte ein Telefon, mit dem Handy hatte man hier keinen Empfang. Aber es gab doch Telefon hier, schon lange, er musste nur fragen, wo ...

Unten trat Ibrahim aus der Tür des Hauses von Onkel Kemal und sah dem hereineilenden Bruder entgegen. Auch er rauchte, winkte Harun zu.

„Guten Morgen, Bruder! Was ist denn mit dir?", fragte er dann erstaunt. „Du hast offenbar gut geschlafen draußen."

„Das habe ich ... ja ... das habe ich ... Ibrahim ..." Harun merkte, dass er leicht außer Atem war.

„Ich ... muss endlich weniger ... rauchen, das ... wird ja schon peinlich." Immer noch hielt er die brennende Zigarette in der Hand.

„Da sagst du was, das täte mir auch gut." Ibrahim sah ihn unschlüssig an, schnippte dann seine Zigarette weg.

„Was meinst du, ob wir das zusammen schaffen?"

„Einen Versuch wäre es wert ..." Die Brüder sahen sich an. Dann nahm Harun Ibrahim spontan in die Arme.

„Ich bin froh, hier zu sein! Mit dir, bei dir ..." Ibrahim drückte ihn.

„Und ich bin froh, dass du bei mir bist."

Eine Weile standen sie so, während das Morgenlicht sich schon wieder mit der Hitze des aufsteigenden Tages zu laden begann.

„Ich ... ich muss telefonieren ... Wo ist hier ein Apparat?"

Ibrahim löste sich langsam, sah Harun neugierig an.

„Im Haus von Onkel Ceyhan, da haben sie hier sozusagen ihre kleine Poststation." Er lächelte. „Man könnte ja glauben, es ginge um eine Frau. So wie du eben gelaufen bist "

Harun nickte. „Du ... Du bist mir doch nicht böse, dass ich jetzt ..." Ibrahim lächelte leise.

„Warum sollte ich denn?" Er schüttelte den Kopf. „Ich freue mich doch, wenn es dir gut geht. Erzählst du mir von ihr?"

„Das werde ich, Bruder ..."

„Mein großer Bruder! Komm, werfen wir also den guten Ceyhan aus dem Bett!" Sie gingen mit schnellen Schritten zu dessen Haus, Staub wirbelte unter ihren Schritten. An einer Ecke prangte tatsächlich ein längst verblichenes Schild mit dem Postemblem.

„Das war der einzige Grund, warum Ceyhan sich dafür gemeldet hat", erklärte Ibrahim. „Damit er dieses Schild anbringen konnte. Und dann hat er es so oft abgewaschen, dass man es jetzt fast nicht mehr erkennen kann." Sie lachten beide.

„Du, wenn ich telefoniert habe, nehmen wir zusammen ein Bad im Fluss, was meinst du?"

„Machen wir!"

Ceyhan, ein drahtiger kleiner Mann mit kurzem eisgrauem Haar und runzliger Haut war schon auf den Beinen und fühlte sich vom Besuch der beiden Brüder, Ahmed Karas Söhnen, sehr geehrt.

„Ja, kleiner Harun, du erlaubst mir, dass ich das sage, jetzt bist du ein stattlicher Mann! Dein Vater konnte wirklich stolz auf dich sein, auf euch beide natürlich, meine Kinder. Allah muss euren Vater sehr geliebt haben, dass er ihm solche Söhne bescherte." Er führte Harun in eine Ecke, wo ein betagter schwarzer Telefonapparat stand, der allerdings glänzte, als wäre er frisch gewachst und poliert. Neben dem Apparat lag eine große Kladde in abgegriffenem grünem Leder.

„Wir lassen dich allein, mein Sohn ..."

Harun holte den verknitterten Zettel aus seiner Brieftasche, hob den schweren Hörer von der Gabel, wählte, verwählte sich, hängte wieder auf, wählte erneut. Sein Herz schlug immer heftiger, schnürte ihm fast die Kehle zu. Er räusperte sich heftig. Fehlte noch, dass ihm jetzt die Worte im Hals steckenblieben. In der Leitung rauschte und knackte es. Es war unglaublich. Da stand er nun hier, irgendwo in den Bergen Ostanatoliens und wartete auf die Antwort einer Stimme, von der er nicht einmal wusste, von wo sie sprechen würde.

Schließlich ein flackerndes Freizeichen. Hoffentlich würde die Verbindung halten. Und dann, dann war sie plötzlich in seinem Ohr, ihre heisere, leicht schleppende Stimme. Elaine sprach Französisch.

Harun meldete sich, sagte seinen Namen, und noch nie hatten ihn so wenige Worte soviel Anstrengung gekostet. Stille folgte, erneut ein Rauschen, Knacken. Dann wieder ihre Stimme. Ganz nah, unglaublich nah.

„Ich habe gedacht, du rufst nie mehr an", sagte Elaine. Harun durchfuhr es wie ein Blitzschlag.

„Ich bin in Paris", fuhr Elaine fort. „Von wo sprichst du?"

„Vom ... vom Ende der Welt", sagte Harun. „Und vom Anfang ... ja, vielleicht vom Anfang."

Die Autorin

Ipek Demirtas kam 1967 im kurdischen Bergland Ostanatoliens zur Welt, verbrachte die ersten sieben Lebensjahre dort bei Verwandten der Eltern in einem kleinen Dorf, bevor sie dann von ihren Eltern in die Bundesrepublik nachgeholt und hier im einfachen Gastarbeitermilieu groß wurde. Erst im Verlauf der Grundschulzeit erlernte sie die deutsche Sprache. Nach der schwierigen Trennung von ihrer Familie und später mehr oder weniger auf sich allein gestellt, machte sie über den zweiten Bildungsweg Abitur, studierte Betriebswirtschaft in Koblenz und arbeitet heute, nach über zehn Jahren, bei einer der großen Wirtschaftsprüfungs-Gesellschaften, als Spitzenmanagerin eines internationalen Konzerns und unterrichtet als freie Dozentin an der Universität Dortmund.

„Als Kind kannte ich weder Elektrizität noch fließendes Wasser und heute verbringe ich einen Großteil meiner Zeit auf Geschäftsreisen in Flugzeugen. Vielleicht ist die niemals zu schließende Lücke dazwischen der Raum für mein künstlerisches Interesse und eine nie endende Suche nach dem Sinn", sagt Ipek Demirtas.

2009 erschien ihr Debütroman „Die Skulptur" im ACABUS Verlag.

Ipek Demirtas

Die Skulptur

Warin trennt sich von Karl, zwei Menschen und eine gescheiterte Beziehung. Eine ganz alltägliche Geschichte. Hinter dem äußeren Anschein jedoch verliert sich die Alltäglichkeit und es entfalten sich die ganz persönlichen Abgründe der Existenz.
Der Roman beschreibt in kraftvollen und poetischen Bildern Warins inneren Verzweifelungskampf um ihre große, unmögliche Liebe. Schritt für Schritt unterspülen die Untiefen ihrer Gefühle ihre gesamte Existenz – bis zum Zusammenbruch.
Während Warin kämpft, hat ein tragisches Ereignis in Karls Kindheit dessen Schicksal bereits besiegelt, auch wenn es noch über 30 Jahre dauern wird, bis es sich erfüllt.

„Die Skulptur geht einer Frage nach, die wir uns selbst kaum zu stellen wagen: Was passiert wenn unser Leben durch ein plötzliches Ereignis von nur noch einem übermächtigen Gefühl beherrscht wird, das durch seine unbedingte Absolutheit unser ganzes vordergründiges Sein zum Einsturz bringt? Dieser Roman ist wunderschön und ‚Furcht'-bar zugleich, weil er Emotionen beschreibt, die wir alle kennen, doch noch nie zuvor in einem solchen, fast ins Unerträgliche reichenden Ausmaß erlebt haben."

(Daniela Sechtig, Programmleitung ACABUS)

ISBN: 978-3-941404-53-3	ISBN: 978-3-941404-53-3
Hardcover	Paperback
Preis: 24,90 EUR	Preis: 15,90 EUR
344 Seiten	352 Seiten
14,8 x 21 cm	15,5 x 22 cm
ACABUS Verlag 2009	ACABUS Verlag 2011

Unser gesamtes Verlagsprogramm
finden Sie unter:

www.acabus-verlag.de